Judith Lennox
Serafinas später Sieg

Zu diesem Buch

Die kleine Serafina Guardi und ihr Vater, ein wohlhabender Seidenhändler aus Marseille, sind auf dem Weg nach Italien, wo Serafinas Verlobung mit einem weitaus älteren Mann gefeiert werden soll. Doch das Segelschiff wird von Korsaren gekapert, und Serafina gelangt als Sklavin nach Nordafrika. Von dort beginnt ein langer und mühevoller Weg in die Freiheit: Serafina hat sich geschworen, ihr verlorenes Erbe, das Seidengeschäft der Guardis, wiederzuerlangen – koste es, was es wolle. Sie muß sich gegen die Vorurteile ihrer Zeit und gegen ihren hinterhältigen Kusin Angelo durchsetzen. Und Serafina ist nicht nur klug und schön, sondern auch rücksichtslos. Fesselnd und mit Liebe zum historischen Detail schildert Judith Lennox den Kampf einer jungen Frau um ihre Unabhängigkeit – vor dem glanzvollen Hintergrund der großen Zeit des Seidenhandels im 16. Jahrhundert.

Judith Lennox wurde in Salisbury im Südwesten Englands geboren. Nach ihrem Englischstudium in Lancester arbeitete sie unter anderem als Pianistin in einer Ballettschule, bevor sie sich ganz aufs Schreiben verlegte. Sie lebt mit ihrem Mann und dem jüngsten ihrer drei Söhne auf dem Land bei Cambridge. Auf deutsch liegen von ihr außerdem vor: »Bis der Tag sich neigt«, »Der Garten von Schloß Marigny«, »Das Winterhaus«, »Tildas Geheimnis«, »Picknick im Schatten«, »Am Strand von Deauville« und »Die geheimen Jahre«.

Judith Lennox
Serafinas später Sieg

Roman

Aus dem Englischen von
Georgia Sommerfeld

Piper München Zürich

Von Judith Lennox liegen in der Serie Piper vor:
Das Winterhaus (2962)
Tildas Geheimnis (3219)
Serafinas später Sieg (3391)
Picknick im Schatten (3463)
Am Strand von Deauville (3593)
Der Garten von Schloß Marigny (6024)
Die geheimen Jahre (Piper Original, 7043)

Ungekürzte Taschenbuchausgabe
September 2001 (SP 3391)
November 2002
© 1991 Judith Lennox
Titel der englischen Originalausgabe:
»The Glittering Strand«, Hamish Hamilton,
London 1991
© der deutschsprachigen Ausgabe:
2001 Piper Verlag GmbH, München
Deutsche Erstausgabe unter dem Titel:
»Der späte Sieg der Serafina Guardi«,
Knaur Taschenbuch, München 1993
© der Übersetzung:
1993 Droemer Knaur Verlag, München
Umschlag: ZERO, München
Umschlagabbildung: John Waterhouse (»Windflower«)
Foto Umschlagrückseite: Peter von Felbert
Satz: Compusatz, München
Druck und Bindung: Clausen & Bosse, Leck
Printed in Germany   ISBN 3-492-26042-X

www.piper.de

INHALT

Erster Teil
1586–88
Knechtschaft und Qual
9

Zweiter Teil
1593
Gestrandet an verlassenem Gestade
57

Dritter Teil
1594
Die Gier nach Gold
99

Vierter Teil
1594–95
Ein geeigneter Hafen
131

Fünfter Teil
1595
Oh, mein kleines Herz!
181

Sechster Teil

1595

Ein Duft wie aus dem Paradies

223

Siebter Teil

1595

Umzingelt

265

Achter Teil

1595–96

Seltsame Abweichungen

301

Neunter Teil

1596

Unmögliches wird ermöglicht

337

Zehnter Teil

1596

Ein Opfer der Wellen

379

Elfter Teil

1596

Drohende Staubwolken

417

Zwölfter Teil

1596
Einbruch der Dunkelheit
449

Dreizehnter Teil

1597
Angenehme Tage in Aleppo
477

Vierzehnter Teil

1597
Unangebrachte Dinge
517

Fünfzehnter Teil

1599
Jetzt, da ich müde bin
563

ERSTER TEIL

1586–88
KNECHTSCHAFT
UND QUAL

Die Christen wurden auf den Galeeren eingesetzt. Sobald sie an Bord waren, riß man ihnen die Kleider vom Leib und fesselte sie an die Ruderbänke.

266 Christen aus türkischer Gefangenschaft befreit:
Richard Hakluyt

PROLOG

Wenn ich die Augen schließe, sehe ich nur Blau. Blau über Blau – von Azur über Aquamarin bis Lapislazuli. Das Blau des Meeres ist mit silbernen Flecken gesprenkelt, das Blau des Himmels unendlich.
Das intensive Blau und das grelle Weiß der Häuser von Algier blendeten mich schmerzhaft. Die Mondsicheln auf den Segeln der Galeeren leuchteten blutrot in der gnadenlosen Mittagssonne.
In diesem Hafen gibt es keine Galeeren – nur Barkschiffe, Pinassen und Galeonen. Wenn ich die Augen halb schließe, kann ich mir vormachen, die *Kingfisher* zu sehen, wie sie zwischen den auf dem Wasser schaukelnden Booten hindurchgleitet. Ihre Wimpel sind hellblau, und die Segel tragen mein Emblem. Beim Anblick von soviel Schönheit schlagen die Herzen schneller, und der Atem stockt. Habe ich dir das jemals gesagt, Thomas? Habe ich dir jemals gesagt, du solltest innehalten und auf den kollektiven Seufzer lauschen, der Freude, Neid und einen kaum begreiflichen Schmerz ausdrückte?
Nein, das habe ich nicht getan – aber es hätte auch nichts genützt: Du hättest dir nicht die Zeit dazu genommen –, du warst immer in Eile, nicht wahr, Thomas? Damit beschäftigt, Taue festzuzurren, Entfernungen zu berechnen, den Stand der Sterne festzustellen. Immer in Eile – als wüßtest du, was kommen würde.
Wußte ich es auch – damals an jenem Tag, als wir in

Marseille Segel setzten? Nicht im entferntesten: Ich war zehn Jahre alt und glaubte, meinen Lebensweg genau zu kennen. Ich nahm das blaue Kleid mit, das die Farbe deiner Augen hatte – die Farbe von Francescos Augen. Komm her, Francesco – ich will dich in die Arme nehmen. Ich will nichts mehr sehen – ich will mich erinnern...

Marthe, die Haushälterin der Guardis, nähte das blaue Kleid, und Serafina bestickte es. Marthes Augen waren schon zu schlecht für derart diffizile Arbeiten, und Serafina hatte keine Mutter, die sich diese Mühe mit dem Verlobungskleid ihrer Tochter hätte machen können, doch das störte Serafina nicht – Sie stickte gerne, ebensogerne, wie sie mit ihrem Vater, Monsieur Jacques oder Angelo zum Lagerhaus ging, wo die Seidenstoffe aufbewahrt wurden.

Wenn sie ihn dorthin begleitete, zog ihr Vater wahllos leuchtende Tuchballen aus den Stapeln und sagte: »Such dir aus, was du möchtest, Petite, dies wird einmal alles dir gehören.«

Mit Monsieur Jacques verliefen die Besuche anders. Er war immer nervös, wischte sich unentwegt den Schweiß von der Stirn und jammerte. »Diese hier sollten längst verkauft sein«, klagte er beispielsweise über liegengebliebene Stoffe. »Der Teufel soll den Krieg holen! Welches Muster wünschen Sie heute, Mademoiselle?«

Nur Angelo hatte für das schimmernde Material die gleichen Gefühle wie Serafina. Voller Achtung, ja Ehrerbietung ließ er die bestickten, gemusterten Bahnen langsam durch die Finger gleiten. Smaragdgrün, ockerfarben, goldglänzend, purpurrot – Herrlichkeiten in Damast und Brokat. Angelos Stimme bekam einen schwärmerischen Klang, wenn er über die Stoffe sprach. »Die Rohseide wurde von Persien nach Frankreich gebracht, Serafina. Von Persien nach Aleppo, weiter nach Scanderoon und von dort nach Florenz, wo die Corsinis sie zu Stoffen verarbeiteten. Die wurden dann nach Livorno geschickt und von da per Schiff nach Marseille. Und jetzt werden wir, die Guardis, sie zu den großen Städten im Norden transportieren.«

Serafina hing anbetend an seinen Lippen. Er war gescheit, sah gut aus und verstand ebensoviel vom Seidenhandel wie Franco Guardi, Serafinas Vater. Eigentlich war Angelo kein echter Guardi, sondern der uneheliche Sohn des älteren Bruders von Serafinas Mutter, doch er lebte bereits bei der Familie, noch bevor Serafina geboren wurde. Sein Name war Angelo Desmoines, und als Serafina nach Marseille aufbrach, war er neunzehn Jahre alt. Als sie sechs Jahre alt war, träumte sie davon, Angelo zu heiraten – mit neun begrub sie diesen Traum.

Sie wählte die blaue Seide aus, weil sie die Farbe des Meeres hatte – eine Bahn für sich und eine Bahn für Rosalie, ihre Puppe. Rosalie hatte einen Stoffkörper und einen Holzkopf. Später, als Serafina auf dem Balkon saß, von dem aus man den Hafen überblicken konnte, stickte sie silberne Sterne und goldene Monde auf das Mieder ihres Verlobungskleides. Auch Rosalies Kleid wurde auf diese Weise verziert.

Das Haus der Guardis war vier Stockwerke hoch und lag fast im Zentrum von Marseille. Serafinas Großvater, der aus Florenz nach Frankreich gekommen war, hatte es gebaut. Er sah voraus, wie die Stadt sich entwickeln würde: zu einem Tor zum Norden, durch das mit seiner kundigen Hilfe die Schätze der Levanten strömen könnten. Im Laufe der Zeit überließ er den Handel mit Gewürzen und Metallgegenständen anderen und spezialisierte sich auf Stoffe. Kerseys, Leinen und Wollstoffe flossen von Norden nach Süden; Seide, Grogram und Baumwolle von Süden nach Norden – wie zwei entgegengesetzte Ströme im selben Flußbett, die einander jedoch nicht zuwiderliefen, sondern sich ergänzten. Guardi-Packtiere trugen ihre Lasten durch die Rhônetäler, Guardi-Koggen und -Rundschiffe segelten durch den Golf von Lyon und das Ligurische Meer. Der französische Bürgerkrieg verursachte den Guardis zwar Unbilden, doch sie überstanden sie. Die Provence lag geographisch so günstig, daß Serafina vom Krieg nicht mehr mitbekam als Monsieur Jacques' Klagen und einige verkrüppelte Bettler mehr in den Straßen.

Abgesehen von Monsieur Jacques, der Franco Guardis Disponent war, gab es noch Monsieur de Coniques, den Notar. Er arbeitete Verträge aus, stellte Versicherungsansprüche, wenn Schiffe ihr Ziel aus irgendwelchen Gründen nicht erreichten, und fungierte bei allen geschäftlichen Belangen als Ratgeber. Franco Guardi sprach ihn mit seinem Vornamen, Jehan, an, was niemand sonst wagte, denn der Mann entstammte einer vornehmen, ehemals reichen Familie, die ihn jedoch mit nichts ausgestattet hatte als mit einem guten Namen und einem an der Sorbonne abgeschlossenen Jurastudium. Franco Guardi hatte großen Respekt vor Namen mit Tradition und Verständnis dafür, daß ein Mensch, der so viel verloren hatte, gelegentlich Trost im Wein suchte. Jehan war dünn, dunkelhäutig und in Serafinas Augen alt: Jeder Mann, der älter war als Angelo, erschien ihr alt. Oft musterte sie ihn – unbemerkt, wie sie glaubte – und fragte sich, wie es sein mochte, alles zu verlieren, außer dem Namen und der Bildung.

Marthe, die Haushälterin der Guardis, war Serafinas Amme gewesen. Sie hatte auch Serafinas ältere Brüder gestillt, doch die starben, noch bevor sie entwöhnt waren. Marguerite Guardi war an den Pocken gestorben, als Serafina sechs Monate alt war. Serafina, die an Marthes fülliger Brust genährt worden war, hatte nur eine Pocke auf dem Bauch bekommen und kein Fieber. Natürlich hatte Serafina keine Erinnerung an ihre Mutter. Marthe war groß, dunkelhaarig und jähzornig, und ehe ihre Augen sich trübten, lehrte sie Serafina das Sticken. Jehan de Coniques lehrte sie Latein. Angelo lehrte sie, hochwertige Seide von minderer Qualität zu unterscheiden. Auf den Docks und in den Straßen lernte sie Französisch und zu Hause Italienisch. Zahlen faszinierten sie am meisten – doch sie erinnerte sich nicht daran, wer ihr den Umgang mit ihnen beigebracht hatte.

An dem Morgen, als sie von ihrer Verlobung erfuhr, spielte Serafina mit Lisette, der Tochter des Bäckers. Lisette war zwei Jahre älter als sie, hatte dunkle Locken und einen kleinen, aber bereits deutlich erkennbaren Busen. Serafina beneidete sie insgeheim glühend um beides.
Sie hatten in Serafinas Schlafzimmerkommode ein Bett für Rosalie gerichtet. Unterröcke, Weißwäsche und Hemden aus der Schublade lagen auf dem Boden verstreut. Rosalies Holzkopf ruhte auf einem mit Spitzen eingefaßten Kissen, und sie war mit einer Seidendecke zugedeckt.
Lisette, die auf dem Boden kniete, erzählte Serafina, was sich kurz zuvor in der Bäckerei zugetragen hatte: »Er stolperte, und der Mehlsack platzte. Er war über und über weiß! Er sah aus«, Lisette senkte die Stimme, damit Marthe, die in einem Sessel döste, es nicht hörte, »wie Madame Lamotte!«
Serafina kicherte. Madame Lamotte war uralt, trug eine

orangefarbene Perücke und hatte immer eine dicke Puderschicht auf dem Gesicht. Lisette schnitt eine Grimasse und fing ebenfalls zu kichern an. Marthes Lider zuckten, und sie regte sich in ihrem Sessel. Die Mädchen preßten die Hände auf den Mund, vergruben die Gesichter in den Röcken und bebten vor Lachen.

Plötzlich wurden draußen Schritte laut, und gleich darauf öffnete sich die Tür. Serafina wischte sich die Tränen von den Wangen und hob den Kopf.

»Papa!«

Gleich darauf lag sie in den Armen ihres Vaters und klammerte sich mit beiden Händen an seine von der Reise staubigen Kleider. Dann rückte sie ein wenig von ihm ab und studierte, auf der Suche nach Veränderungen, die es in den vier Monaten Abwesenheit erfahren haben könnte, das geliebte Gesicht.

Franco Guardi war hochgewachsen und für einen Italiener ein erstaunlich heller Typ. Serafina sah ihm nicht ähnlich: Sie war klein und dunkelhaarig wie ihre Mutter, die aus der Provence stammte.

»Herr...« Marthe hatte sich schlaftrunken aus dem Sessel hochgestemmt und sank taftraschelnd in einem tiefen Knicks zu Boden. »Es ist schön, Sie wohlbehalten wiederzusehen. Lauf, Kind.«

Letzteres war an Lisette gerichtet, die gehorsam verschwand.

»Wir haben Rosalie ein Bett gemacht, Papa.« Serafina nahm ihn bei der Hand und zog ihn zu der Schublade. »Schau – hat sie es nicht bequem?«

»Sehr bequem«, lächelte er. »Komm her, Petite, ich habe eine Neuigkeit für dich. Angelo, Jehan und Marthe – ihr müßt sie auch hören.«

Angelo und Jehan, die die Treppe heraufgekommen waren, um ihren zurückgekehrten Arbeitgeber zu begrüßen, hatten auf dem Flur gewartet. Jetzt traten sie ins Zimmer.

»Als ich in Florenz war«, berichtete Franco Guardi, »habe ich natürlich auch unsere alten Freunde, die Corsinis, besucht – und ich erfuhr von Michele, daß er sich wieder verheiraten will. Nach einem langen Gespräch traf er eine Entscheidung, die, wie ich voller Freude sagen darf, meine uneingeschränkte Zustimmung fand: *Du* wirst Michele Corsini heiraten, Serafina!«

Ihre erste Empfindung war Verwirrung. Heiraten war etwas für erwachsene Frauen und für Prinzessinnen in Märchen – aber nichts für Serafina Guardi, die hier in Marseille alles hatte, was sie sich wünschte. Und dann erwachte Furcht in ihr: Ihr Vater hatte über sie gesprochen wie über eine Schachfigur, wie über ein Tauschobjekt bei einem Handel. Er wollte sie fortschicken! Weshalb?

Ihre Augen brannten. Sie ließ die Hand ihres Vaters los, wandte sich ab, damit er ihr Gesicht nicht sähe, beugte sich über die Schublade, hob die Puppe heraus und drückte sie fest an ihre Brust.

»Marthe wird dir ein wunderschönes Kleid nähen, Serafina«, lockte ihr Vater. »Angelo wird mit dir zum Lagerhaus gehen, und dort darfst du dir die Seide dafür aussuchen.« Lächelnd berührte er Rosalies Kopf und schmeichelte: »Und für deine Puppe darfst du auch ein neues Kleid nähen.«

»Sie heißt Rosalie«, erinnerte Serafina ihn. Ihre Stimme zitterte kaum merklich. »Aus der gleichen Seide, Papa?« Franco Guardi strahlte. »Natürlich, mein Schatz.« Mit einem Handzeichen bedeutete er Angelo, den Festtagswein einzuschenken.

Serafina dachte an das Kleid, das sie für Rosalie schneidern würde: blau, mit Sternen und Monden auf dem Mieder...

Sie atmete tief durch, jetzt war ihr nicht mehr zum Weinen zumute. Sie war sich ihrer Pflicht bewußt, seit sie denken konnte – schließlich war sie das einzige Kind ihres Vaters und damit die Alleinerbin. Ohne sie gäbe es niemanden, der sich um das Haus, die Schiffe, die Lagerhäuser, die Maultierkarawanen und die Schaluppen kümmerte, auf denen die Seidenstoffe nach Norden transportiert wurden.

Serafina hob den Kopf und blickte in die Runde: Marthes Gesicht drückte Stolz aus, Jehan de Coniques' Gleichgültigkeit und Angelos – sie konnte keinen Zorn bei ihm darüber entdecken, daß nun ein Fremder bekäme, was unter anderen Umständen vielleicht ihm gehört hätte. Nein, in seinen Augen stand Resignation. Als habe er gewußt, daß es so kommen würde.

Die Heirat mit Michele Corsini bedeutete, daß sie ihrem geliebten Marseille würde Lebewohl sagen müssen. Der Gedanke ließ erneut Tränen in ihre Augen schießen. Sie drängte sie zurück.

Sie tranken ihr zu. Eine Neunjährige wurde von drei erwachsenen Männern geehrt – und nächstes Jahr würde eine Zehnjährige mit einem Mann verlobt werden, der so alt war wie ihr Vater. Plötzlich stieg Stolz in Serafina auf. Am nächsten Tag suchte sie die blaue Seide aus.

Eine Woche später, als die Unruhe und die Arbeit, die Franco Guardis Heimkehr mit sich brachten, nachgelassen hatten, machte Angelo mit Serafina einen Ausflug. Das tat er, wenn er Zeit hatte, einmal im Monat, sofern das Wetter es erlaubte. Dieser Tag war besonders schön, kaum Wind und ein wolkenloser Himmel. Sie ritten durch die weißen Hügel hinter Marseille – Serafina auf ihrem gutmütigen Muli, Angelo auf seinem kleinen spanischen Pony. Serafina war in levantinische Seide gekleidet, saß auf einem Sattel aus spanischem Leder, und ihre Handschuhe waren mit einem exotischen Duft von den Westindischen Inseln parfümiert. Doch das alles war ihr nicht wichtig, sie interessierte sich nur für Angelo, der vor ihr herritt. Die Sonne verlieh seinem Haar einen goldenen Schimmer, die Locken wippten im Rhythmus der Hufschläge auf und ab. Serafina zeigte sich gern mit Angelo – um so mehr, seit sie bemerkt hatte, wie die anderen Mädchen ihn ansahen.

Nach einer Weile hielten sie an, und Angelo half Serafina von ihrem Muli. Vor ihnen lagen Marseille und das Blau des Mittelmeeres, hinter ihnen die Berge und das alte Räubernest Les Baux. Serafina hatte es sich einmal angesehen, doch sie wollte nie mehr dorthin, denn dort gab es Geister, die Geister derjenigen, die von den hohen Festungsmauern in den Tod gestürzt worden waren. Grausamkeit als Zeitvertreib – die Erkenntnis einer solchen Möglichkeit hatte sie nächtelang wachgehalten.

Angelo breitete seinen Mantel auf dem Boden aus. Serafina setzte sich hin, zog die Knie an, stützte das Kinn darauf und beobachtete die Schmetterlinge, die fast reglos in der warmen Luft schwebten. Verstohlen musterte sie Angelo. Die Schatten der Ölbaumblätter sprenkelten sein glattrasiertes Gesicht mit dem schöngeschwungenen Mund, der klassischen Nase und dem Grübchen im Kinn. Er trug ein dunkelblaues Wams und ein ebensolches Beinkleid, und auch seine Kleidung wurde von dem zitternden Laub mit tanzenden Mustern versehen. Damals war Serafinas Lieblingsgeschichte die von Aucassin und Nicolette. In ihrer

Phantasie ersetzte sie Aucassin durch Angelo: Goldbraune Locken fielen weich bis auf seine Schultern, und sein Lächeln versicherte ihr, daß er mit niemandem auf der Welt so gerne zusammen war wie mit ihr. Und während sie verträumt Rosmarinzweige abpflückte, wünschte sie sich inständig, daß die Zeit stehenbliebe.
Plötzlich riß Angelo sie aus ihren Träumereien: »Wie wird es dir gefallen, eine verheiratete Frau zu sein, Serafina?«
Sie hatte Michele Corsini bereits wieder vergessen gehabt. »Es wird mir bestimmt sehr gefallen«, antwortete sie leichthin und rollte sich auf den Bauch. »Aber ich werde erst in vielen Jahren heiraten. Ich fahre im Frühling nur zu meiner Verlobung nach Italien.« Das bloße Aussprechen des Wortes »Italien« bereitete ihr Genuß. Ihr Vater besuchte das Land seiner Väter häufig, doch sie war noch nie dort gewesen.
»Eine Verlobung ist ebenso bindend wie eine Heirat«, bemerkte Angelo, der Gräser um die Rosmarinzweige wickelte, die Serafina ihm gegeben hatte. »Du darfst dann nur noch deinen Verlobten lieben.«
Serafina starrte ihn an. Lieben? Liebe kam in Märchen und Balladen vor. Warum sollte sie Michele Corsini lieben, der ein alter Mann war – und ein Fremder für sie? Sie sprach die Frage aus, und Angelo grinste. Seine Zähne leuchteten strahlend weiß in dem dunklen Gesicht.
»Warum heiratest du, wenn nicht wegen der Liebe, Serafina?«
Sie war neun Jahre alt und verstand nicht, was er meinte, sie wußte lediglich, daß es etwas gab, was vor ihr geheimgehalten wurde, etwas Wichtiges, über das nur die Erwachsenen miteinander sprachen. Sie versuchte, ihre Unwissenheit mit Arroganz zu überspielen. »Ich heirate,

geschätzter Kusin, weil Michele Corsini einen guten Namen hat.«
Angelo lächelte noch immer. Er stand auf, ließ den Kranz, den er geflochten hatte, auf Serafinas Kopf fallen und entfernte sich ein paar Schritte. Erschrocken sprang Serafina auf, lief ihm nach, griff nach seiner Hand und flüsterte: »Bitte sei mein Freund, Angelo. Bitte!« In ihrer Stimme zitterten Tränen.
Angelo wandte sich ihr zu, rückte den Kranz auf ihren Haaren zurecht, doch gleich darauf kehrte sein Blick zu den winzigen Inseln vor der Küste und zu den weißen Wellenkämmen zurück, die ans Ufer schäumten. »Ich werde immer dein Freund sein, Serafina«, sagte er leise. »Was sollte ich auch sonst sein?« Dann hob er ihre Hand, die immer noch in der seinen lag, an die Lippen, beugte sich herunter und streifte mit seinem Mund flüchtig den ihren. Seine dunklen Augen strahlten, und sie hörte die Vögel nicht mehr zwitschern: Ihre Lieder wurden durch das Hämmern von Serafinas Herz übertönt.
Die laue Brise frischte auf, und der Bann war gebrochen. Serafina erkannte, daß die vermeintlichen Schmetterlinge, die in der Luft tanzten, in Wahrheit trockene Blätter waren – Vorboten des nahenden Winters.

Nach diesem Nachmittag beschloß Serafina, ihrer Unwissenheit ein Ende zu setzen. Als sie am Abend mit Marthe zusammensaß und ihr Verlobungskleid mit winzigen silbernen Stichen verzierte, bat sie ihre ehemalige Amme, sie in die Geheimnisse der Ehe einzuweihen.
Sie erfuhr, daß sie erst heiraten würde, wenn sie zur Frau erblüht sei – und daß dies, da sie noch so kindlich sei, viele Jahre dauern könne. Sie lernte, wie Kinder gezeugt und geboren wurden. Die Vorstellung erfüllte sie mit Furcht,

doch sie war sich der Tatsache bewußt, daß sie sich ihren Pflichten nicht würde entziehen können. Während Marthe sprach, stickte Serafina unbeirrt weiter – sie war entschlossen, sich keine Gefühlsregung anmerken zu lassen. Als Marthe geendet hatte, sagte Serafina: »Angelo behauptet, daß ich Michele Corsini lieben muß.«

Marthe runzelte mißbilligend die Stirn. »Du solltest derartige Dinge nicht mit Monsieur Desmoines besprechen, Petite, es ziemt sich nicht. Natürlich wirst du Michele Corsini lieben, er wird dein Ehemann sein.«

Serafina knüpfte einen Knoten und widerstand der Versuchung, den Faden abzubeißen. »Ich werde ihn heiraten und seine Kinder austragen, aber ich werde ihn nicht lieben. Er ist zu alt.«

Marthe sah sie besorgt an. Taftraschelnd setzte sie sich in ihrem Sessel zurecht und sagte streng: »Du darfst keinen anderen Mann lieben, Serafina. Italienische Männer sind sehr eifersüchtig und verstehen keinen Spaß, wenn es um die Ehre ihrer Frauen geht – und um ihre eigene.«

Serafina fühlte Ungeduld mit der geliebten Marthe in sich aufsteigen. Ihre Heirat mit dem alten Mann würde sich nicht nachteilig auf ihre wahre Liebe auswirken, im Gegenteil, sie würde ihr gestatten, sich richtig zu entfalten.

»Ist das nicht wunderhübsch?« Sie hielt die blaue Seide hoch. Leise rauschend floß sie in schimmernden Bahnen zu Boden. »Wie der Nachthimmel, an dem die silbernen Sterne blitzen.«

Eine alleinstehende Frau würde es schwer haben, sich in der Männerwelt zu behaupten, doch eine verheiratete Frau könnte es schaffen. Wenn sie es klug anstellte. Serafinas Heirat mit Michele Corsini wäre eine geschäftliche Transaktion, und als solche würde sie sie respektieren, und nutzen. Sie würde ihrem Mann die gewünschten

Erben schenken, und im Gegenzug würde er die erforderliche männliche Galionsfigur an ihrem geliebten Schiff darstellen: dem Guardi-Tuchhandel.

Das Geschäft, das Serafinas Großvater gegründet hatte, war von seinem Sohn in großem Umfang ausgebaut worden. Marseille hatte durch Venedigs jüngste Probleme erheblich profitiert. Sein Reichtum hatte Venedig verwundbar gemacht gegenüber den Türken und den Ragusan-Piraten, und es hatte den Neid anderer christlicher Länder auf sich gezogen. Obwohl die Küste der Provence immer noch von Berber-Galeeren heimgesucht wurde, verhinderten die Verträge zwischen dem türkischen Sultan und dem König von Frankreich, daß die Unterwanderung durch den Islam sich von einer Hautreizung zu einer Wunde ausweitete.

All dies war Serafina bekannt. Sie begleitete Monsieur Jacques, wenn er an den Docks das Be- und Entladen der Schiffe überwachte, stand mit den Händen auf dem Rücken schweigend und aufmerksam neben den Büroangestellten, wenn sie ihre endlosen Zahlenkolonnen schrieben, und sah zu, wenn Angelo die verschiedenen Stoffe mit Preisen und Angabe der Ursprungsländer auszeichnete. Das Personal wußte, daß es bei dem einzigen Kind des Arbeitgebers Geduld walten lassen mußte.

Die Guardis besaßen sowohl Galeeren als auch Rundschiffe. Letztere faßten mehr Ladung, waren jedoch langsamer und schwer zu manövrieren. Die Galeeren, deren Bug weiß und goldfarben glänzte, waren dagegen wendig und schnell wie Fische. Mit flatternden Fahnen schwebten sie aus dem Hafen in die offene See hinaus.

Die Galeeren wurden von Sklaven und Sträflingen bewegt. Fünfundzwanzig Reihen von Ruderern, die an die

Bänke gekettet waren, tauchten fünfundzwanzig Mal pro Minute die Ruder ein, bis sie ohnmächtig zusammenbrachen – oder tot. Serafina fiel der faulige Gestank, der von den Schiffen ausging, längst nicht mehr auf, doch ein Fremder roch ihn bereits lange, bevor er den herrlichen Anblick genießen konnte. Die Galeerensklaven hatten nackte Oberkörper und kahlgeschorene Köpfe. An Land waren sie in einem Barackenviertel untergebracht, das sogar eine Moschee mit einschloß. Die Guardis besaßen einen heidnischen Koch namens Ibrahim. Fünfmal am Tag fiel er, gleichgültig, wo er sich gerade befand, auf die Knie und betete zu seinen Göttern.

Die Guardis verfügten auch über eine fünfzig Mann starke Soldatentruppe. Es war ihre Aufgabe, den Transport von Seide, Grogram und Mohair nach Arles, Beaucaire und Valence und auf den Markt von Lyon zu bewachen. Umgekehrt mußte gewährleistet sein, daß die Wollstoffe und Kerseys sicher Marseille und Italien erreichten. Der Religionskrieg hatte Frankreich zu einem unsicheren Pflaster für Gold- und Tuchtransporte gemacht. Monsieur Jacques jammerte zwar ständig über die Kosten für die Söldner, doch er wußte, daß sie ein notwendiges Übel waren.

Im Winter führte Franco Guardi seine Tochter intensiv in die Geschäfte ein. Er hatte erkannt, daß er in der Vergangenheit stets zu beschäftigt und auch zu oft verreist gewesen war, um sich ihr ausreichend zu widmen. Er freute sich über ihr Interesse an den Belangen, die ihm so sehr am Herzen lagen, und er freute sich auch darüber, daß Angelo und Jehan, die oft miteinander gestritten hatten, endlich besser auszukommen schienen. Er erklärte seiner Tochter die Wichtigkeit von Angestellten wie Angelo und Jehan und schärfte ihr ein, sie stets mit Respekt zu behan-

deln. Serafina errötete, als sie sich daran erinnerte, wie herablassend sie mit Angelo umgegangen war, und schwor sich, ihre Worte in Zukunft mit mehr Bedacht zu wählen. Zu Monsieur de Coniques war sie immer höflich gewesen, etwas anderes wäre ihr gar nicht in den Sinn gekommen.
Der Notar strahlte eine unterschwellige Ablehnung aus, die sogar Serafina auffiel. Diese Ablehnung richtete sich nicht gegen eine bestimmte Person, sondern gegen die Welt im allgemeinen. Jehan de Coniques war damals noch recht jung – Mitte Zwanzig –, doch die Verbitterung darüber, alles verloren zu haben, ließ ihn doppelt so alt erscheinen. Er tolerierte Serafina, wie er alle tolerierte, die ihm gleichgestellt oder übergeordnet waren. Vielleicht lag darin der Grund für seine Schwierigkeiten mit Angelo, dessen Position konnte er nicht einordnen. Angelo war zwar ein Bastard, aber er hatte eine familiäre Beziehung zu den Guardis und aß mit am Tisch. Serafina hatte manchmal den Verdacht, daß Monsieur de Coniques wußte, daß Angelo sich über ihn lustig machte, was er ständig tat – mit Serafina als Publikum. Er drehte dann seinen Hut zu einer Anwaltskappe zusammen und verzog sein Gesicht in einer Mischung aus Gram und Stolz. »Meine Familie hatte drei Schlösser und hundert Männer unter Waffen«, klagte er. »Und nun ist uns nicht einmal mehr ein Nachttopf geblieben.« Serafina vergaß völlig, daß ihre Stellung ihr eine gewisse Würde abverlangte, und wälzte sich in Lachkrämpfen am Boden.

In jenem Winter war sie glücklich. Sie hatte sich an den Gedanken gewöhnt, sich zu verloben – ja, sie freute sich sogar darauf, seit ihr klargeworden war, daß ihr zukünftiger Status ihr eine zusätzliche und erfreuliche Wichtigkeit im Hause Guardi verlieh. Nicht einmal der Mistral – zunächst nur ein Rascheln trockener Blätter und Abfälle in den Gossen, dann kupfergoldene Wolkentürme am Horizont und schließlich ein Ungeheuer, das die Ziegel von den Dächern stahl und die Schiffe aus ihren Verankerungen riß – ängstigte Serafina wie früher, als sie Schutz in Marthes Armen suchte. Sie war jetzt erwachsen, sie würde sich verloben. Anstatt sich zu fürchten, spähte sie zwischen den Fensterläden hindurch und sah zu, wie Schiffe wie Spielzeuge zerbrachen und das Dach der Bäckerei gegenüber abgedeckt wurde.

Erst am Abend vor ihrer Reise in die Toskana geriet ihr Gleichmut ins Wanken. Serafina war den ganzen Tag unruhig gewesen – unfähig zu nähen oder zu lesen, umgetrieben von einer unbestimmten, wachsenden Angst. Marthe hatte Franco Guardi erklärt, daß sie nicht mitkommen werde, ihre Sehkraft sei inzwischen zu schwach und ihre Gesundheit zu wenig stabil. Ein nervöses, fahriges Ding namens Mathilde sollte Serafina als Zofe begleiten.

Als Serafina mit ihrer Puppe auf dem Schoß am Fenster saß, kam ihr in den Sinn, daß bei ihrer Rückkehr nichts mehr so sein würde wie bisher. Sie wäre dann kein Kind mehr, sondern eine verlobte junge Frau und gehörte zu einem alten Mann in Florenz.

Nein! Sie ballte die Fäuste. Rosalie fiel zu Boden. Serafina merkte es nicht. Die Taschen und Kisten, die Marthe gepackt hatte, verschwammen vor ihren Augen. Franco Guardi stand mit dem Rücken zu ihr am Kamin und starrte ins Feuer. Nein! dachte sie. Ich bin hier zu Hause! Ich bin eine Guardi! Warum soll ich mein Heim verlassen?

»Serafina?« Ihr Vater hatte sich ihr zugewandt und trat auf sie zu. »Was ist mit dir?«

Sie schaute ihn trotzig an. »Ich will nicht weg!« murmelte sie. Ihre Aufsässigkeit erfüllte sie mit einer Mischung aus Stolz und Furcht.
»Ich habe dich nicht verstanden.« Ihr Vater sah sie fragend an.
»Ich will nicht weg«, wiederholte sie, wobei sie die Unterlippe vorschob, wie sie es als kleines Kind getan hatte, wenn ihr etwas nicht gefiel.
»Du kommst ja wieder«, versuchte ihr Vater sie zu besänftigen. »Und wenn du Angst vor der Seereise hast, kann ich dich beruhigen, wir werden uns immer nah an der Küste halten. Es besteht also kein Grund, dich vor dem offenen Meer zu fürchten.«
»Ich will nicht weg«, beharrte Serafina. »Ich will hierbleiben!«
Ihr Vater wollte sie in den Arm nehmen, doch sie wich aus, ging zum Fenster und starrte auf den Hafen hinunter. Einige der Masten da draußen gehörten zu den drei Schiffen, die am kommenden Morgen nach Pisa aufbrechen würden: Die *Gabrielle*, die *Mignon* und die *Petit Cœur*. Plötzlich wirkte das Meer fremd und bedrohlich. Die Masten erschienen ihr wie gegen den Himmel gerichtete Lanzen und Schwerter.
Mit gezwungener Munterkeit sagte ihr Vater: »Du wirst das Land deiner Ahnen kennenlernen, Serafina. Die wichtigsten florentinischen Familien werden zu deiner Verlobung erscheinen, und du wirst das schöne Kleid tragen, das Marthe für dich genäht hat.«
Als nächstes, dachte Serafina wütend, wird er mir eine Schachtel Süßigkeiten und einen jungen Hund versprechen. »*Du* bist meine Familie«, sagte sie, »und dieses Haus ist mein Heim. Warum muß ich es verlassen?«
»Weil eine Ehefrau nun mal im Hause ihres Mannes

wohnt«, erklärte Franco Guardi ernst. »Aber bis dahin werden noch Jahre vergehen. Wenn wir deine Verlobung gefeiert haben, werde ich in Florenz, Neapel und Livorno einige Geschäfte abwickeln, und zum Ende des Sommers werden wir hierher zurückkehren.«
Als Marthe ihr die körperliche Seite der Ehe erklärt hatte, hatte sie sich geängstigt – jetzt war sie zornig. »Aber irgendwann muß ich für immer weg – um im Bett eines alten Mannes einen Erben für dich zu empfangen!«
Sie hörte Marthe mißbilligend zischen und bemerkte, daß alle Farbe aus dem Gesicht ihres Vaters wich. Plötzlich sah er aus wie ein alter Mann. Sie bereute ihre Worte sofort: Es war ihr unerträglich, ihn gekränkt zu haben. Sie lief zu ihm, öffnete seine Fäuste und flocht ihre Finger in seine. »Verzeih mir«, flüsterte sie. »Es ist eine Ehre für mich, Michele Corsini zu heiraten.«
Er schaute kummervoll auf sie hinunter. »Dieses Haus wird immer dein Heim bleiben. Die Corsinis haben einen großen Namen, aber kaum Vermögen. Eines Tages, wenn ich nicht mehr bin, werden Micheles Söhne – deine Söhne – das Geschäft weiterführen, das dein Großvater gegründet hat. Es wird deine Aufgabe sein, sie alles zu lehren, was sie dafür wissen müssen, Serafina.«
Sie fing an zu weinen. Ihr Kopf schmerzte, und ihre Augen brannten. Glitzernd wie Brillanten fielen die Tränen auf ihr Mieder.
Am folgenden Morgen mußten sie früh aufstehen, da sie mit der Flut auslaufen wollten. Marthe steckte Serafina in zahlreiche Unterröcke und in ein mit Steinen besetztes Samtkleid. Schon vor dem Verlassen des Hauses hatte Serafina das Gefühl zu ersticken.
Das Wetter war schön, der Himmel eine hohe blaue Kuppel, an der ein paar Wattewolken schwebten. Sie gingen

den kurzen Weg zum Hafen zu Fuß. Das Gepäck wurde von Bediensteten getragen – auch von Ibrahim. Als er aus dem Haus trat, warf er sich zu Boden, um zu beten. Ein so vertrautes Bild, daß niemand stehenblieb, um ihn anzustarren oder aufzuscheuchen. Als kleines Mädchen wäre Serafina auf den Schultern ihres Vaters geritten – doch heute trug sie ein steifes Mieder und einen sperrigen Reifrock wie eine Erwachsene. Ihr war übel, und ihre Beine drohten bei jedem Schritt nachzugeben, aber sie setzte verbissen Fuß vor Fuß.

Bis Angelo, den sie an diesem Morgen noch nicht gesehen hatte, ihnen über den Marktplatz entgegenkam. Er führte sein gesatteltes und aufgezäumtes spanisches Pony am Zügel, blieb vor Serafina und ihrem Vater stehen, riß schwungvoll seine Kappe vom Kopf und verbeugte sich tief. Seine goldbraunen Locken flogen. »Mademoiselle«, sagte er und reichte ihr die Hand.

Und so ritt Serafina den Rest des Weges wie eine große Dame. Sie kamen an der Bäckerei vorbei, beim Fleischer und Konditor und an den Fischkörben am Kai: Meeräschen, Blaufische, Starraugen und Loups de mer schimmerten in der Morgensonne wie Seide. Serafina winkte den Menschen, die sie seit ihrer Geburt kannte, und sie winkten zurück und warfen ihr Blumen zu. Alles erschien ihr gestochen scharf – als wolle diese Szene sich für immer in ihr Gedächtnis einprägen. Als sie die *Gabrielle* erreichten, hob Angelo Serafina aus dem Sattel und küßte ihre Wangen und ihre Hände. Graziös lüftete sie ihre Röcke ein wenig, damit sie nicht durch den Staub schleiften, und schritt an der Seite ihres Vaters die Gangway hinauf.

Als die Galeere ablegte, stand sie an der Reling und winkte Marthe und Angelo und allen anderen zu, die sich zur Verabschiedung versammelt hatten. Später, als nur noch das Klatschen der Ruder zu hören war und nichts mehr zu sehen als Wasser und Felsen, nahm sie insgeheim noch einmal Abschied von den weißen Hügeln ihrer Heimat, den Schmetterlingen und den Blumen. Das Ende des Sommers erschien ihr unerreichbar fern. Würde sie wirklich zurückkehren?

Sie segelten an der Küste entlang und legten immer wieder in Häfen an. So konnte Franco Guardi auch unterwegs Handel treiben. Die *Mignon* und die *Petit Cœur* waren Koggen – kleine, plumpe Rundschiffe –, doch die *Gabrielle* war eine Zweimastgaleere, fünfzig Schritt lang und graziös und glitzernd wie eine Libelle.
Serafina stand an der Reling und beobachtete das rhythmische Eintauchen der Ruder. Die Salzluft überlagerte die unangenehmen Gerüche, die von unten heraufstiegen. Das Auf und Nieder der Ruder hatte eine fast hypnotische Wirkung. Die Sonne brannte unbarmherzig herunter. Der enge Kragen von Serafinas Kleid scheuerte ihren Hals auf, die Ränder des steifen Korsetts, das ihre nichtvorhandenen Brüste hochschieben sollte, gruben sich in ihr Fleisch. Sie hätte sich gerne gekratzt, doch sie beherrschte sich. Sie war kein Kind mehr, sondern eine Frau – eine bald verlobte Frau!
Sie sah den Zahlmeister mit ihrem Vater sprechen, und dann ließ sie den Blick zu der *Mignon* und der *Petit Cœur* wandern, die im Kielwasser der *Gabrielle* dahinschaukelten. Sie schaute zu den der Küste vorgelagerten Inseln hinüber, die im Rhythmus der Ruderschläge und der Wellen auf und ab zu tanzen schienen.
Und dann mußte sie plötzlich die Augen schließen und sich an der geschnitzten Reling festhalten. Kalter Schweiß

erschien auf ihrer Stirn, ihre Hände waren heiß und feucht. Serafina konnte es nicht glauben, sie, in deren Adern Meerwasser floß, war seekrank! Sie überlegte, ob sie Mathilde rufen lassen sollte, entschied sich jedoch dagegen. Für das Mädchen war es die erste Seereise, und sie lag unten in der Messe auf den Knien und betete zu allen Heiligen, die ihr einfielen. In diesem Zustand könnte sie Serafina keinen Beistand leisten.

Sie biß die Zähne zusammen, ließ die Reling los und ging mit festen Schritten zum Achterdeck, wo unter einer Seidenmarkise ein Ruhelager aus Kissen für sie hergerichtet war. Der gestreifte Stoff schützte sie zwar gegen die Sonne, doch die bohrenden Kopfschmerzen, die sich seit gestern hartnäckig hielten, quälten Serafina noch mehr als das grelle Licht. Sie legte sich in die verschwenderische Kissenfülle zurück und schloß die Augen. Und dann begann auf einmal ihr Handgelenk zu jucken. Als sie den engen Ärmel etwas hochschob, entdeckte sie einen Ring roter Pusteln. Ein Hitzeausschlag, dachte sie und wurde von einer verzweifelten Sehnsucht nach Marthe ergriffen: Ihre alte Amme hätte ihre Beschwerden lindern können. Doch gleich darauf rief sie sich zur Ordnung. Nur Kleinkinder brauchten ein Kindermädchen – sie war erwachsen!

Sie setzte sich kerzengerade auf, blickte starr auf den Horizont – und entdeckte ein fremdes Schiff! Sie erkannte sofort, daß es sich um eine Galeere handelte, deren Länge und schmalerer Bug die arme *Gabrielle* geradezu plump wirken ließen. Serafina hörte, daß der Zahlmeister ihrem Vater, der beim Hauptmast stand, etwas zurief. Franco Guardi drehte sich um, beschattete seine Augen mit der Hand und antwortete: »Ja – offenbar eine venezianische. Sehen Sie sich die Wimpel an.«

Serafina zog sich an einem der Pfosten hoch, die ihr

Sonnenzelt trugen, und kniff die Augen zusammen. Die Galeere kam mit hoher Geschwindigkeit aus östlicher Richtung auf die Guardi-Schiffe zu. Sie war reich geschnitzt und verschwenderisch mit Gold verziert. Serafina erkannte den Löwen von San Marco auf dem dreieckigen Segel. Die Hitze, das gleißende Licht und das Rollen der *Gabrielle* machten sie noch immer schwindlig. Venezianische Galeeren kannte sie aus Marseille, sie waren nichts Neues für sie. Sie ließ sich wieder in die Kissen sinken und versuchte zu schlafen.
Als sie sich später zurückerinnerte, erschien es ihr unfaßbar, daß sie diese letzten Augenblicke der Freiheit gedöst hatte. Etwas – jemand – hätte sie warnen, aus ihrer Trägheit reißen müssen.
Es war der Ruf des Zahlmeisters, der sie schließlich aufstörte und wie alle anderen zur Reling stürzen ließ. Drei weitere Galeeren steuerten aus dem Schutz der Inseln auf die Guardi-Schiffe zu. Der Löwe von San Marco war verschwunden: An den Masten leuchtete die Mondsichel des Islam! Berber-Korsaren von der Küste Nordafrikas, türkische Piraten, die ihre christlichen Gefangenen versklavten, die Männer in Galeeren steckten und die Frauen in Harems! Selbst Serafina hatte bereits Greuelgeschichten über ihre Grausamkeiten gehört. Die Guardi-Schiffe hatten keine Chance zu entkommen, und sie hatten auch keine Möglichkeit, sich zur Wehr zu setzen, denn die Korsaren hatten Positionen eingenommen, in denen die französischen Geschütze sie nicht treffen würden.
Niemand sprach in diesen endlosen, entsetzlichen Augenblicken mit Serafina, niemand beachtete sie. Hilflos und schweigend beobachtete sie die Zerstörung ihrer Zukunft. Die Besatzung lief kopflos durcheinander. Franco Guardi brüllte den Befehl, die Kanonen feuerbereit zu

machen und die *Gabrielle* breitseits zu den türkischen Schiffen zu bringen.
Die Rundschiffe wurden als erste geentert, und die Hoffnung, daß die Korsaren sich nur der Ladung bemächtigen würden, erlosch sehr bald. Menschen waren für sie ebenso wertvoll wie Stoffe, das türkische Reich war durch christliche Fronarbeit hochgekommen und wurde durch sie aufrechterhalten.
Serafina hatte ihre Seekrankheit völlig vergessen. Atemlos sah sie zu, wie zwei der feindlichen Galeeren auf die *Gabrielle* zukamen und ihre Kanonen abfeuerten. Zwei Männer sanken blutüberströmt nicht weit von ihr auf die Planken. Sie stand wie angewurzelt. Das Hämmern hinter ihren Schläfen spielte eine gespenstische Begleitmusik zu dem Schauspiel, dessen Zeuge sie war. Es erschien ihr unwirklich, erinnerte sie an Aufführungen, die sie auf den Marktplätzen von Marseille gesehen hatte: Da wurden Drachen enthauptet, Ungeheuer erlegt. Dies geschah nicht wirklich – es konnte nicht Wirklichkeit sein! Unablässig zischten türkische Pfeile durch die Luft. Die getroffenen Seeleute fielen um wie Stoffpuppen.
Beißender Pulverdampf lag in der Luft. Die Mondsicheln auf den Piratensegeln sahen aus wie jene, die sie auf das Mieder ihres Verlobungskleides gestickt hatte, das jetzt in ihrer Kabine in einer Kiste lag. Wo war ihr Vater? Sie konnte ihn vor lauter Rauch nicht sehen, doch sie war sicher, daß er bald zu ihr kommen würde. Dann könnte ihr nichts mehr passieren.
Die Türken bereiteten sich zum Entern vor. Ihre losen weißen Gewänder flatterten im Wind, die Klingen ihrer Krummschwerter fingen das Sonnenlicht ein. Plötzlich hörte sie über die Schreie und das Stöhnen und das Rauschen der Wellen hinweg die Stimme ihres Vaters –

und dann stand er neben ihr. Franco Guardis gutgeschnittenes Gesicht war rauchgeschwärzt, und es drückte Verzweiflung aus. Zum ersten Mal fühlte Serafina Furcht in sich aufsteigen. Er umfaßte ihre Hände so fest, daß die zarten Knochen knackten, und beschwor sie: »Sag, daß du erst sieben bist, Petite! Erst sieben!«

Seine Panik erschreckte sie mehr als der Kanonendonner und die Toten um sie herum. Warum sollte sie ein falsches Alter angeben? Sie war doch schon zehn – fast erwachsen. Doch sie nickte gehorsam, und ihr Vater ließ ihre Hände los. Später begriff sie, daß er sie vor einem Leben im Harem hatte bewahren wollen.

Als die Feinde die *Gabrielle* rammten, verlor Serafina den Halt und fiel zwischen ihre Seidenkissen. Ihr Vater war verschwunden, aber das war ihr ganz recht, denn sein Zustand hatte ihr angst gemacht. Sie rappelte sich auf und begann, die Kissen zu sortieren. Sie war schon immer ein sehr ordentliches Kind gewesen. Die blauen hierhin, die roten dorthin, die orangefarbenen in die Ecke, Quasten entwirren, die Seide glatt streichen, damit sie wieder schimmerte, wie es Guardi-Seide zukam. Plötzlich hörte sie eine Stimme hinter sich, drehte sich um und sah sich einem bärtigen Mann mit einem Turban auf dem Kopf gegenüber. Neben ihm stand ihr Vater. Sollte sie aufstehen und einen Knicks machen? Der Mann hob die Hand und schlug ihr Rosalie aus dem Arm. Dann zückte er sein Krummschwert und setzte die Spitze auf Serafinas Mieder.

Ihr Blick glitt von ihrer Puppe zu ihrem Vater und zurück zu dem Korsar. Rosalie hatte die rüde Behandlung nicht gut überstanden: Das blaue Kleid war schmutzig und zerrissen, die mühsame Stickerei kaum noch zu erkennen, nur das hölzerne Gesicht starrte sie mit unverändert stoischer Ruhe an. Serafina hörte ihren Vater fluchen, und dann sah sie, wie er mit der Peitsche geschlagen wurde. Er war, wie alle anderen Christen, nur noch mit Hosen bekleidet.

Da verstand sie, was der Türke wollte, und stand langsam auf. Sie war sich erst seit dem Gespräch mit Marthe ihres Körpers bewußt und hatte Schamgefühl entwickelt, doch weder zitterte noch weinte sie, und ihre Finger bebten kaum, als sie begann, ihr Kleid aufzuknöpfen. Sie sagte sich, daß sie froh sein könne, das enge Ding loszuwerden, daß es in den Unterröcken angenehm kühl sein würde.

Sie stießen Serafina und Mathilde unter Deck in den Raum, in dem die Weinfässer lagerten. Mathilde hatte ihr Kleid noch an, Serafina war ihres nur wegen der aufgenähten Perlen weggenommen worden.

Die Korsaren befreiten ihre Glaubensbrüder und ketteten statt ihrer die christlichen Gefangenen an die Ruderbänke. Wie sie so im Dämmerlicht kauerte, sah Serafina ihren Vater vor sich, den stolzen Franco Guardi, wie er, von türkischen Peitschen angetrieben, das ihm zugewiesene Ruder bewegte – und plötzlich wurde sie von Angst überwältigt. Nein, sie durfte sich diese Schwäche nicht gestatten! Angewidert schaute sie zu Mathilde hinüber, die schniefend in einer Ecke lag. Ihre Gebete waren umsonst gewesen. Das Mädchen hatte jede Menschenwürde verloren. Serafina verachtete sie dafür, sie würde nicht zulassen, daß ihr dasselbe geschähe!

Besorgt schaute sie an sich herunter. Nachdem ihr das Kleid abgenommen worden war, hatte sie entdeckt, daß ihr Körper mit kleinen roten Flecken übersät war. In diesem Zustand sollte sie sich mit Michele Corsini verloben? fragte sie sich alarmiert. Doch dann wurde ihr bewußt, daß es aufgrund der neuesten Entwicklung nicht dazu kommen würde. Beruhigt rollte sie sich auf einer Bank zusammen und schlief ein.

Viele Stunden später ging das Schiff bei einer kleinen Insel vor Anker, um Wasser aufzunehmen. Die Gefangenen wurden ans Ufer getrieben. Das kühle Salzwasser war eine Wohltat für Serafinas heiße, juckende Glieder. Mathilde, deren Gesicht vom Weinen völlig verschwollen war, ließ sich von ihr an Land führen.
Als Serafina sich neben ihr in den Sand setzte, sah sie ihren Vater zum letzten Mal. Der Himmel wölbte sich leuchtend blau über dem kargen Eiland, dessen einzige Wasserader sich durch ein von spärlichem Grün gesäumtes Bachbett schlängelte. Es war Serafina unmöglich, die von der gleißenden Helligkeit geblendeten Augen ganz zu öffnen.
Die Gefangenen waren gezwungen worden, ein großes Feuer zu entfachen. Neben den Kochkesseln steckte eine Eisenstange in der Glut. Einer der rotgekleideten türkischen Schergen befahl Franco Guardi, sich hinzusetzen und einen nackten Fuß auszustrecken. Dann ergriff er die Eisenstange und zog ihre glühende Spitze zweimal über Franco Guardis Fußsohle. Serafina hatte die Hände über die Augen gelegt, um sich gegen das Sonnenlicht zu schützen, doch durch die Spalten zwischen ihren Fingern sah sie, welches Zeichen der Mann auf den Fuß ihres Vaters gemacht hatte: ein Kreuz. Dies war eine ebenso grausame wie übliche Zeremonie, die Christen wurden gekennzeichnet wie Vieh.
Die Reise wurde fortgesetzt. Serafinas Haut juckte unerträglich. Sie saß mit Mathilde in ihrer Kabine und kratzte sich blutig. Mathilde weinte nicht mehr – sie war in einen Zustand erstarrter Teilnahmslosigkeit gesunken. Ihre ge-

schwollenen Lippen murmelten keine Gebete mehr, der Rosenkranz war ihren Fingern entglitten und zu Boden gefallen. Als Serafina erkannte, daß das Mädchen nichts um sich herum wahrnahm, schubste sie ihn in die Lücke zwischen zwei Bodenbrettern. Sie hatte begriffen, daß Vernunft wichtiger war als Glauben. Es hatte keinen Sinn, ihre religiöse Überzeugung zu betonen – es würde den Zorn der Ungläubigen nur unnötig schüren.
Trotz des Bullauges verlor Serafina nach einer Weile jedes Zeitgefühl. Waren sie eine Woche unterwegs oder einen Monat? Manchmal fror sie so sehr, daß sie überzeugt war, sie seien auf dem Weg in die Gefilde des ewigen Schnees, dann wieder lief ihr der Schweiß in Strömen herunter, verklebte ihre Haare und legte die Unterröcke wie nasse Lappen um ihren glühenden Körper.
Irgendwann kam einer der türkischen Soldaten, um die Mädchen an Deck zu holen. Mathilde wollte nicht aufstehen, aber Serafina zerrte so lange an ihr, bis sie stöhnend auf die Füße kam und hinausschlurfte.
Das grelle Licht stach in die Augen, das Wasser reflektierte es wie Glas. In Marseille war es niemals so heiß oder so hell gewesen. Serafina stieß Mathilde weg, die sich an ihr festklammerte. Sie hatte schon allein genug Mühe, sich auf den Beinen zu halten. Sie zwang sich, die Augen weit zu öffnen. Vor ihnen lag eine Stadt.
Weiße Häuser mit blauen Fensterläden und flachen Dächern. Die Gärten wirkten aus der Ferne wie Mooskissen. Auf dem steilen Hügel erhob sich eine riesige Festung, eine hohe Mauer sicherte den Hafen. Festung und Mauer hielten die Stadt in schützender Umarmung.
Algier.
Serafina wurde in eine kleine, düstere Zelle des Gefängnisses gebracht und alleingelassen. Sie sah Mathilde nie

wieder. Wahrscheinlich war sie in einen Harem gesteckt worden, wo sie bis an ihr Lebensende beten und jammern könnte.

Serafina kam wegen ihrer kindlichen Erscheinung nicht in Frage für einen solchen Zweck. Zudem war sie auch krank und schien geistig zurückgeblieben. Als der Dolmetscher sie schwanken sah und feststellte, daß sie die einfachsten Fragen nicht beantworten konnte, tätschelte er freundlich ihre Hand. Das arme Mädchen konnte sich offenbar weder an ihren Namen noch ihren Geburtsort erinnern. Er schickte sie mit einer Decke, dem schimmeligen Brotkanten und der Schüssel Wasser zu den anderen, die in die Gefängnisanlage geschafft wurden. Sie wehrte sich nicht, als man ihr einen Eisenring um den Knöchel legte – sie hatte nicht einmal mehr genug Energie, um sich zu fürchten.

Es war ihr unmöglich, das Brot hinunterzuwürgen, aber das Wasser trank sie bis auf den letzten Tropfen. Dann legte sie sich auf die Pritsche in der Ecke, wickelte sich in die Decke und versuchte zu schlafen. Sie sehnte sich nach einer tröstlichen Berührung. Wenn sie doch Rosalie noch hätte! Aus den anderen Zellen drangen Gespräche in unterschiedlichsten Sprachen an ihr Ohr: Französisch, Spanisch, Italienisch – und andere, die sie nicht kannte. Und auch die merkwürdige Lingua franca des Gefängnisses, eine Mischung aus Italienisch und Spanisch, die sie brockenweise sogar verstand. Als sie die fieberglänzenden Augen schloß, hielt die Sprache der Sklaven Einzug in ihre Träume. Sie sprach in ihr, dachte in ihr – sie hatte jede andere Sprache vergessen.

Das Bagno, das Gefängnis, war eine riesige, stinkende Höhle, in der es von rotbemützten Sklaven wimmelte. Der wachhabende Pascha und seine Schergen huschten durch

das Labyrinth der Gänge wie große, schemenhafte Fledermäuse. Wie Ibrahim in Marseille warfen auch sie sich fünfmal am Tag auf den Boden, um zu beten.
Am nächsten Tag hatte Serafinas Krankheit ihren Höhepunkt erreicht, und ihre Füße trugen sie nur dank eiserner Disziplin, als sie dem Dolmetscher aus dem Bagno folgte. Zitternd blinzelte sie in den grellen Sonnenschein, während eine Handvoll weiterer Gefangener zusammengetrieben wurde. Es handelte sich ausnahmslos um Frauen und Kinder – all diejenigen, die zu alt, zu jung oder zu krank für ein Leben im Harem waren. Serafina kannte keines der Gesichter, doch nachdem sie lange genug hingeschaut hatte, nahm das der dicken Frau den geliebten mißmutigen Ausdruck von Martha an, und das lockenköpfige Mädchen, das einen Lumpen umklammert hielt, verwandelte sich in Lisette, die Tochter des Bäckers in Marseille. Serafina wehrte sich nicht gegen diese Illusionen – sie begann zu begreifen, daß dieses Leben nur mit Illusionen zu ertragen war.
Sie wurden auf den Suk getrieben, den scheinbar endlosen, überdachten Markt, durch einen Wald von Zeltstangen, an denen Segeltuchplanen befestigt waren. Die Frauen kamen tief verschleiert daher, Kinder schossen wie kleine dunkle Vögel durch die Gänge, und die reichen Reis mit ihren juwelenbesetzten, federgeschmückten Turbanen stellten voller Stolz ihre hübschen Diener zur Schau. Die Gerüche von Kuskus und Scherbett (verdünnter Fruchtsaft), Gewürzen und Haschisch, Ziegendung und Menschenschweiß machten die Luft zum Schneiden dick. Die leuchtenden Farben der feilgebotenen Seidenstoffe erinnerten Serafina schmerzlich an zu Hause. Der Lärm auf dem Suk wurde von dem Hämmern in ihrem Kopf übertönt. Gefesselt wie die anderen, bewegte

sie sich langsam voran. Manchmal sang sie leise vor sich hin, dann wieder führte sie Selbstgespräche – und immer wieder glaubte sie, die Stimme ihres Vaters zu hören. Jedesmal schaute sie sich um, doch sie konnte ihn nicht entdecken.

Auf dem Bedestan, dem Sklavenmarkt, wurden die Gefangenen von Interessenten eingehend untersucht, ihre Münder geöffnet und wie bei Pferden die Zähne inspiziert. Serafina nahm das alles gar nicht richtig wahr. Ihre Gedanken waren auf ihren Vater konzentriert. Papa würde bald kommen und sein kleines Mädchen holen. Papa hatte sie noch nie im Stich gelassen, noch nie enttäuscht. Sie unterhielt sich auf lateinisch mit ihm, als sei er bei ihr, auf französisch – und manchmal auch in der Vielvölkersprache des Bagno. Doch als ein potentieller Käufer sie besonders gründlich untersuchte, beschimpfte sie ihn in der prallen Sprache der Marseiller Docks.

Daß sie laut gesprochen hatte, wurde ihr erst klar, als ein Schlag ins Gesicht sie zu Boden streckte. Sie lag im Staub und fragte sich gerade, ob sie wohl noch alle Zähne im Mund habe, als sie ein dröhnendes Lachen hörte, und eine Stimme rief: »Wenn du nicht böse enden willst, wirst du deine Zunge zähmen müssen, Kleines.«

Sie rappelte sich auf und suchte in der umstehenden Menge das zu der Stimme gehörende Gesicht. Der Mann war hochgewachsen und breitschultrig. Furchen zogen sich durch die dunkle Haut, die durch das Lachen noch vertieft wurden. Er trug ein wallendes Gewand und einen bunten Turban – aber er hatte blaue Augen!

»Kleines – diese Herren schätzen es nicht, mit Kanalratten verglichen zu werden –, es wäre fatal für dich, wenn einer von ihnen dich verstünde.« Seine Stimme klang tadelnd, doch seine Augen blitzten vor Vergnügen. Er verbeugte sich vor dem Mann, der sie geschlagen hatte, streckte Serafina die Hand hin und zog sie aus ihrer Kauerstellung hoch. Sie hatte den rostigen Geschmack von Blut auf der Zunge, und ihr rechtes Auge begann bereits zuzuschwellen. Er schüttelte den Kopf. »Ich habe seit Jahren keine solchen Ausdrücke mehr gehört«, sagte er. »Seit ich Marseille verließ, um genau zu sein – und das liegt mehr als fünfundzwanzig Jahre zurück. Bei dir ist es ja wohl noch nicht so lange her, Kleines.«

Serafina starrte auf den blutbefleckten Boden. »Drei Tage – vier...«, flüsterte sie, und dann fing sie an zu weinen – nicht nur, weil ihr das Sprechen weh tat, sondern weil sie sich nicht daran erinnern konnte, wann sie ihre Heimatstadt verlassen hatte.

»Ich bin in Marseille geboren worden«, lächelte der Franzose.

Ihr Käufer sprach in fließendem, schnellem Französisch auf sie ein, während sie neben ihm hertrottete, doch sie verstand von Sekunde zu Sekunde weniger: Sie näherte sich mit großen Schritten einem Zustand, in dem nicht einmal mehr ihr Stolz sie aufrecht halten würde. Sie hatten den Bedestan unmittelbar nach der Abwicklung des Geschäftes – dem Kauf von Serafina und zwei Frauen, die bei ihm in der Küche arbeiten sollten – verlassen. Vor dem westlichen Stadttor, dem Bab-el-Oued, wartete auf einem Platz, auf dem zwischen Holzstößen rußverschmierte Holzkohlenverkäufer ihre Ware anpriesen, eine Gruppe von Soldaten und Sklaven. Trotz der Hitze zitternd, betrachtete Serafina die Häuser der Reichen mit ihren üppigen Gärten und plätschernden Springbrunnen. Ihr neuer Herr schickte sich an, auf sein Pferd zu steigen, hielt inne, schaute auf sie hinunter und runzelte die Stirn. »Komm, Kleines«, sagte er dann.

Unfähig, sich zu rühren, harrte sie apathisch weiterer Schläge – aber anstatt die Hand gegen sie zu erheben, ließ er sein Pferd los, trat zu ihr, legte einen Finger unter ihr Kinn und hob ihr Gesicht der Sonne entgegen.
»Du bist krank, Kleines«, stellte er fest.
Wieder begann sie zu weinen – doch diesmal verachtete sie sich nicht mehr dafür.
»Kleines«, vorsichtig berührte er ihre rotfleckige Stirn, »du hast die Masern.«
Er hob sie hoch und setzte sie vor sich auf den Sattel.

Früher – in einem anderen Leben, als er noch Christ gewesen war – hatte Serafinas neuer Herr nach einem Medizinstudium in Padua seine Kunst in den vornehmen Häusern von Florenz, in den Elendsvierteln von Neapel und auf den Docks seiner Geburtsstadt Marseille ausgeübt. Als sein Schiff auf dem Weg von Neapel nach Malta von algerischen Korsaren gekapert wurde, bewahrte sein Beruf ihn vor dem Schicksal eines Galeerensklaven – die Mohammedaner brauchten Ärzte. Und als er wie viele andere Christen zum Islam konvertierte, war es ihm nach einiger Zeit möglich, sich zwischen Algier und Oran auf fruchtbarem Boden ein schönes Haus zu bauen und sich so viele Pferde und Sklaven zu halten, wie er wollte. »La ilaha illa'llah«, sagte er. Es gibt keinen Gott außer Allah. Früher hatte er Raoul Hérault geheißen – seit seinem Glaubenswechsel führte er den Namen Kara Ali.
Von all dem wußte Serafina auf der langen, heißen Reise, die sie in eine ungewisse Zukunft führte, nichts, sie wußte nur, daß ihr neuer Herr ein freundlicher Mann war. Er sammelte Kräuter, mit deren Sud er ihr kühlende Umschläge machte, und braute einen Trank, der sie viele Stunden ruhig schlafen ließ – und er wickelte ihr ein Tuch

um den Kopf, damit ihre Augen nicht durch die strahlendweißen Salzebenen und Dünen geblendet würden.
Häufig machten sie bei Karawansereien halt, in deren Innenhöfen es schattenspendende Bäume und Brunnen gab. Einmal, als Kara Ali Serafina erfrischende saure Milch einflößte, sagte er ihr seinen Namen. »Und wie heißt du, Kleines?«
»Serafina«, antwortete sie, doch der Name klang ihr seltsam fremd in den Ohren. Als Kara Ali sich zum Essen niederließ, kroch sie zum Brunnen hinüber, um ihr Gesicht zu waschen. Ihr Spiegelbild erschreckte sie zutiefst: verschwollene Augen, aufgeplatzte, schrundige Lippen, verfilzte Haare, die strähnig über schmutzige Wangen hingen.
Das war nicht Serafina Guardi, die gepflegte, behütete Tochter des reichen Marseiller Tuchhändlers – das war ein verwahrlostes Sklavenmädchen!

Kara Alis Haus hatte einen ebensolchen Innenhof wie die Karawansereien – und dort lag Serafina viele Tage und Nächte, bis ihr Fieber sank und der rote Ausschlag verblaßte. Während dieser Zeit beobachtete und lauschte sie und bereitete sich schrittweise auf ihr neues Leben vor. Man hatte ihr das Kleid weggenommen, ihr einen Eisenring um den Fuß gelegt und sie geschlagen – Erlebnisse, die sie sich in ihren schlimmsten Träumen nicht ausgemalt hätte –, und während über ihr die Palmwedel in der leichten Brise raschelten, entwickelte Serafina allmählich eine neue Lebenseinstellung. Wenn feine Kleider ihr Erniedrigung einbrachten, würde sie eben Lumpen tragen, und wenn Auflehnung ihr Schläge bescherte, würde sie ihre Zunge eben im Zaum halten. Sie sog den Duft von Reis, Hammelfleisch und Gewürzen ein, der aus der

Küche herüberwehte, hörte zu, wie die Sklaven sich in der Lingua franca der Bagnos unterhielten und beobachtete die Sklavinnen, wenn sie mit Körben oder Krügen auf dem Kopf verschleiert den Innenhof durchquerten.

Als sie wieder gesund war, wurde sie in die Küche geschickt, wo sie von der spanischen Köchin lernte, die großen Töpfe zu reinigen, in denen der Kuskus zubereitet wurde, Gemüse zu schneiden und Fleisch zu tranchieren – Arbeiten, die sie nie zuvor getan hatte, doch sie erwies sich zu ihrer eigenen Überraschung als recht gelehrig. Ja, es machte ihr sogar Spaß. Wenn sie arbeitete, kam sie nicht dazu, an ihren Vater zu denken – und an das Kreuz, mit dem er für alle Zeit gekennzeichnet worden war. Nach einem anstrengenden Tag sank sie in tiefen Schlaf, anstatt davon zu träumen, wie sie mit einem Kranz aus Rosmarinzweigen und Gräsern im Hinterland von Marseille neben Angelo stand. Serafina arbeitete flink und präzise, und sie lernte schnell. Wenn sie die Paprikaschoten wie vorgeschrieben würfelte und auf dem Weg vom Brunnen kein Wasser verschüttete, bekam sie keine Schläge – und sie gewann eine Erkenntnis, die sie ihr restliches Leben begleiten würde: Harte Arbeit war ein hervorragendes Mittel gegen Kummer.

Nachdem sie sich von ihrer Krankheit erholt hatte, sah Serafina ihren neuen Herrn lange nicht. Die Köchin und die Sklavinnen behaupteten, daß er ein Magier sei, der nachts die Jins herbeirief, die ihn in der Zauberei unterwiesen. Die Jins, sagte die Köchin, seien von Gott aus einem rauchlosen Feuer erschaffen worden – im Gegensatz zum Menschen, den er aus Lehm geformt habe. Sie sähen furchterregend aus und beträten die Häuser durch deckenhohe Mauerritzen. Als sie eines Abends losgeschickt wurde, um ihrem Herrn ein Glas Scherbet zu bringen, erwartete Serafina, ihn im Gespräch mit einem dieser unheimlichen Geschöpfe zu finden – doch er war allein.

Die Arbeitsräume des Arztes lagen der Küche gegenüber auf der anderen Seite des Innenhofs. Serafina klopfte an, der Arzt öffnete und ließ sie ein.

»Nun, meine kleine Serafina«, sagte er, als sie das Glas auf den Tisch stellte, »wie gefällt dir mein Reich?«

Seit Wochen hatte sie kaum ein Wort gesprochen, und jetzt war sie sprachlos. Schließlich brachte sie ein gestammeltes »Sehr gut, Herr« hervor, während ihre Augen den Raum in sich aufnahmen. Er war groß, mit hoher Decke und kleinen, weit oben eingesetzten Fenstern. An einem Ende ragten drei Öfen in die Höhe, deren Brausen und Zischen so beängstigend war wie die Jins in Serafinas Vorstellung. Der orangefarbene Feuerschein beleuchtete Flaschen verschiedenster Größen und Kräuterbündel, die an Dachbalken hingen. Voller Entsetzen betrachtete Serafina den Knochenhaufen in einer Ecke, bei dem sich auch ein Menschenschädel mit gähnenden Augenhöhlen befand. Und die Bücher! Mehr Bücher als in Franco Guardis Bibliothek in Marseille, mehr als in der Kanzlei des Notars. Sie bedeckten eine ganze Wand, lagen verstreut auf dem großen Tisch – manche offen, mit einem Federkiel und Papier daneben, andere geschlossen und verstaubt.

Der Arzt folgte ihrem Blick und lachte. »Es ist ziemlich unordentlich hier, nicht wahr, Serafina? Wenn du magst, kannst du ein bißchen Ordnung in das Durcheinander bringen. Hier ist ein Tuch – staub die Bücher ab, und stell sie in die Regale zurück. Aber geh sorgsam damit um.«

Sie nahm das Tuch, wischte sorgfältig ein Buch nach dem anderen ab und räumte sie ab. Und dann sah sie in einem

aufgeschlagenen Buch ein Bild, das ihr einen leisen Schreckensschrei entlockte.
Kara Ali wandte sich ihr zu. »Was ist, Kleines?«
Sie deutete auf das Bild: »Ein Jin, Herr!«
Er lächelte. »Das ist kein Jin, Serafina – das ist ein Elefant«, erklärte er belustigt. »Es ist zwar ein wundervolles Tier, aber kein magisches Wesen. Ein Dram pulverisiertes Elfenbein vom Stoßzahn des Elefanten lindert die Beschwerden der Lepra, und wenn man sich ein Stück Elefantenhaut an den Körper bindet, wirkt sie gegen Schüttelfrost. Dieses Buch ist das Tierlexikon von Ibn Bakhtishu, einem berühmten Arzt, der vor langer Zeit lebte. Schau her.« Er blätterte langsam weiter und zeigte Serafina Bilder vom Löwen, dem Bären und dem Simurgh, dem sagenhaften persischen Riesenvogel, der aussah, als könne er den Elefanten in seinen Fängen davontragen.
»Ein schönes Buch«, sagte Serafina ehrfürchtig.
»Ein sehr schönes Buch«, stimmte Kara Ali zu, »und außerdem ein überaus nützliches. Es enthält Berichte über die Tiere und die medizinische Hilfe, die sie dem Menschen geben können. Auch das hier«, er zog ein größeres Buch ohne Bilder heran, »ist ein äußerst wichtiges Werk – aber ich kann die Buchstaben nur noch mit Mühe entziffern, meine Sehkraft hat stark nachgelassen.«
»Irrwege der Ärzte«, las Serafina laut, und machte sich, als Kara Ali nichts dazu sagte, wieder ans Staubwischen. Sie merkte nicht, daß ihr Herr sie anstarrte – sie hörte ihn nur leise fragen: »Du kannst lesen, Kleines?«
Sie nickte und stellte ein Buch ins Regal. Natürlich konnte sie lesen! Hatte sie jemals nicht lesen können?
»Und schreiben auch?«
Wieder nickte Serafina. Monsieur Coniques hatte ihr das

Schreiben beigebracht – und großen Wert auf ein schönes Schriftbild gelegt.
»Wie ist es mit Rechnen?«
Zahlen waren immer wie Spielzeug für sie gewesen, es hatte ihr stets großes Vergnügen bereitet, mit ihnen zu jonglieren. »Ja, Herr«, antwortete sie.
Kara Ali musterte sie nachdenklich. Der Feuerschein betonte die tiefen Furchen, die das Alter in sein gütiges Gesicht gegraben hatte. »Setz dich, Serafina«, forderte er sie schließlich auf, und sie kletterte auf einen Hocker, der sie fast auf gleiche Höhe mit ihm brachte.
Wieder schwieg er eine Weile, dann fuhr er fort: »Ich habe nur fünfzig Asper für dich bezahlen müssen, weil man dich für kränklich, geistesschwach und von niederer Geburt hielt. Aber jetzt bist du gesund, ganz offensichtlich nicht geistesschwach und zweifellos aus gutem Hause. Erzähle mir von dir, Kind.«
Und sie erzählte. Von Marseille und dem Guardi-Tuchhandel und danach, zur Begleitmusik des Ofenbrausens und des heulenden Windes draußen, von ihrem Vater.
Als sie geendet hatte, trank der Arzt seinen Scherbett aus, stellte das Glas auf den Tisch zurück und sagte: »Die Korsaren, die euere Schiffe überfielen, beabsichtigen bestimmt, deinen Vater gegen Lösegeld freizulassen. Er muß in Algier im Gefängnis sein, wie du es ebenfalls sein solltest.«
Sie sah ihn verständnislos an, und so erklärte Kara Ali ihr, daß ein reicher Gefangener für die Korsaren ebensoviel wert sei wie ein Goldschatz, einen solchen Fang würde man nicht auf einer Galeere verkommen oder in den Straßen von Algier als Sklaven sterben lassen, sondern an seine Familie verkaufen. »Wenn sie gewußt hätten, daß du aus gutem Hause stammst, hätte ich dich niemals

kaufen können. Wenn ich das nächste Mal nach Algier komme, werde ich Nachforschungen über den Verbleib deines Vaters anstellen und sehen, was ich für ihn tun kann. Und bis dahin«, er schaute auf das Buch hinunter, »wirst du für mich schreiben.«

Von diesem Abend an spürte Serafina wieder Hoffnung in sich aufkeimen. Tagsüber arbeitete sie nach wie vor in der Küche, doch abends half sie ihrem Herrn. Sie las ihm vor, sie schrieb für ihn, er diktierte ihr komplizierte Rezepturen für Heiltränke, sie lernte die Elemente kennen, die drei chemischen Grundsätze, den Archaeus – das paracelsische geistige Urprinzip des Lebens – und den Vulcanus. Sie erfuhr vom Stein der Weisen, diesem Wunderding, das angeblich Metall in Gold verwandelte. Oft, wenn ihr Federkiel noch nach Mitternacht über das Papier kratzte und dies und das Brausen der Öfen die einzigen Geräusche im Universum zu sein schienen, erwartete Serafina immer noch, einen Jin zu sehen – doch sie hatte nicht mehr soviel Angst davor. Überhaupt war sie nicht mehr so voller Furcht – sie hatte sich einen Plan für ihre Verbannung zurechtgelegt, an dessen Ende die Freiheit lag. Ihr Herr würde eine bestimmte Zeit nach Algier brauchen, eine bestimmte Zeit, um ihren Vater zu finden – und dann würden sie nach Frankreich zurückkehren und Marseille niemals, niemals wieder verlassen...
Und dann kam der Ramadan: Einen Monat lang fasteten alle im Haus bei Tag und schlemmten bei Nacht. Unmittelbar danach brachen der Arzt und sein Gefolge auf, um durch die Wüste zu reiten, durch die Serafina vor Monaten hierhergekommen war.
Jeden Abend stand sie im Innenhof und schaute zu den Sternen hinauf, die, wie Kara Ali ihr erklärt hatte, auch

über Marseille strahlten und dem Menschen die Zukunft offenbaren könnten, wenn er den Schlüssel zu ihrem Geheimnis fände.
Auch am Abend von Kara Alis Rückkehr stand sie dort. Die Nacht war sehr kalt, und Serafina hatte sich eine Stola um die Schultern gelegt. Als sie die Reiter kommen hörte, wurde sie zwischen Furcht und Neugier hin und her gerissen. Wie erstarrt blieb sie stehen.
Der Arzt kam auf sie zu. »Serafina!« Sein Gesicht war staubbedeckt. »Gehen wir ein paar Schritte, Kleines.«
Gehorsam folgte sie ihm aus dem Hof. Das Haus war von weitläufigen Gärten umgeben – die Flüsse, die von den Bergen zum Meer flossen, waren für ein Bewässerungssystem angezapft worden. Dattelpalmen, Zitronenbäume und Alpenveilchen gediehen prächtig in der künstlichen Oase. Kara Ali und Serafina gingen langsam auf eine Gruppe von Eukalyptus- und Olivenbäumen zu. Die krummen Äste und silbrigen Blätter wurden vom Mondlicht nachgezeichnet. Serafina war noch nie hiergewesen – und deshalb hatte sie auch nie den kleinen Grabstein gesehen, der unter den Bäumen stand.
»Hier liegt meine Tochter«, sagte Kara Ali leise. »Ihr Name war Badr-al-Dujja. Das bedeutet ›Nächtlicher Vollmond‹. Sie war zehn Jahre alt, als sie an einem Fieber starb. Ich wandte alle mir zu Gebote stehenden Mittel an, doch ich konnte sie nicht retten. Es war Allahs Wille, sie sterben zu lassen.«
Serafina schaute zu ihm auf und dann wieder auf den unscheinbaren Stein hinunter, und ihr Herz krampfte sich zusammen. Sie ahnte, was ihr Herr ihr gleich sagen würde. Sie hatte sich nicht getäuscht. »Es war auch Gottes Wille, deinen Vater zu sich zu nehmen, Kleines. Ich habe mich in Algier umgehört und erfahren, daß er kurz nach eurer

Ankunft dort gestorben ist. Er bekam ein Fieber. Das kommt häufig vor, wenn Menschen die Hitze und die Ernährung nicht gewöhnt sind. Aber er hat nicht lange leiden müssen – der Tod kam schnell...«
Seine Stimme verwehte. Serafina hörte das Rascheln der Blätter, das leise Singen des Windes. Sie sah ihren Vater am Eßtisch in ihrem Haus in Marseille, am Bug der *Gabrielle* – und am Strand einer unbekannten Insel, wo ihm ein Kreuz in die Fußsohle gebrannt wurde. Sie hatte eine so enge Beziehung zu ihm gehabt, wie war es möglich, daß sie es nicht gespürt hatte, als er gestorben war?
Kara Ali versuchte nicht, sie mit irgendwelchen fadenscheinigen Worten über die Freuden des Himmels zu trösten – sei es des islamischen oder des christlichen. Statt dessen strich er ihr zart über den Kopf und ließ sie allein mit dem Grabstein, den bebenden Ölbaumblättern und dem sternenübersäten Himmel.

Nach diesem Abend begann sie, sich darauf einzustellen, daß dieses neue Leben, das sie für vorübergehend gehalten hatte, ein Dauerzustand würde. Bei Tag war sie Küchensklavin, abends Kara Alis Sekretärin. Sie hatte Glück im Unglück. Weder wurde sie ausgepeitscht, noch ließ man sie hungern. Einige Sklavinnen wußten schlimme Geschichten von anderen Herren zu berichten, bei denen es wegen jeder Kleinigkeit Peitschenschläge und Stockhiebe auf die Fußsohlen gab. Sie schätzte sich fast glücklich. Sie war nicht wie ihr Vater im Bagno am Fieber gestorben, nicht wie wahrscheinlich Mathilde in einen Harem gesteckt worden und auch nicht wie der Rest der Guardi-Mannschaft dazu verdammt, Korsarenschiffe über die Meere zu rudern. Sie hatte zu essen und zu trinken und ein Bett.

Nur manchmal, frühmorgens, bevor der Haushalt zum Leben erwachte, wurde Serafina von Verzweiflung ergriffen. Die meiste Zeit empfand sie gar nichts – sie existierte. Sie bemühte sich, alles richtig zu machen, denn wenn sie es nicht tat, wurde dies mit Ohrfeigen seitens der Köchin geahndet – und ab und zu stahl sie irgendwelche Leckerbissen, weil die anderen das auch taten: Es war für einen Sklaven ganz natürlich zu stehlen. Mit ihrem Herrn sprach sie französisch, in der Küche Lingua franca – und bald waren ihr beide Sprachen gleichermaßen geläufig.
Doch in den frühen Morgenstunden, wenn es noch dunkel war und das Haus noch still, weinte sie – um ihren Vater, um ihr Zuhause, um alle, die sie verloren hatte, und alles, was sie vermißte. Sie weinte leise – sie hatte gelernt, sich unauffällig zu benehmen, denn es war nicht ratsam, Aufmerksamkeit zu erregen –, und wenn sie ihr Kissen mit Tränen getränkt hatte, schlief sie irgendwann wieder ein.

Kara Ali alterte schnell. Er konnte mittlerweile auch größere Buchstaben nicht mehr lesen und auch nicht mehr so schwungvoll vom Pferd auf- und absteigen, wie er es als erfahrener Reiter beherrscht hatte. Er arbeitete immer noch als Arzt, reiste nach wie vor durch das Land, doch nicht mehr so häufig und auch nicht mehr so weit. Statt dessen konzentrierte er sich auf Alchemie und Astrologie, wozu er früher kaum gekommen war.
Serafina machte sich zusehends weniger Gedanken über ihre Zukunft. Die Tage schleppten sich gleichförmig dahin, nur unterbrochen von dem kurzen Nervenkitzel eines kleinen Diebstahls von Süßigkeiten oder eines heimlichen Schlucks Scherbett an einem besonders heißen Tag, dem gelegentlichen Besuch eines Märchenerzählers und

den allabendlichen Stunden im Arbeitszimmer ihres Herrn. Alles in allem führte sie ein angenehmes Leben – doch ihr Herz war leer: Sie hatte das Objekt ihrer kindlichen Liebe verloren.

Sie hätte immer so weitermachen können – in einem Zustand, in dem es weder Glück noch Kummer gab, weder Zorn noch Freude, schließlich war es viel einfacher, nichts zu empfinden. Doch an einem Tag im folgenden Sommer, als die Sonne wie eine Messingscheibe am blassen Himmel hing und die Luft so dick war, daß man glaubte, sie schneiden zu können, stahl Serafina eine Schale mit Mandeln.

Es waren wohlschmeckende, dicke Mandeln von der gerade beendeten Mahlzeit übriggeblieben. Serafina versteckte sich unter einem Busch und stellte die Schale auf ihren Schoß. Es war eine herrliche Schale – leuchtend blau wie das Mittelmeer. Sie hatte nicht gestohlen, weil sie hungrig war – die Pracht des Gefäßes hatte sie dazu veranlaßt.

Die Mandeln waren köstlich knusprig, mit Honig überzogen. An jenem Tag war die Luft voller Sand. Er drang unter Serafinas Lider und knirschte in ihrem Mund, während sie kaute. Sie hatte ihr staubiges dunkles Gewand so um sich gewickelt, daß sie sich gegen die dunklen Blätter des Busches nicht abhob. Als sie die Reiter hörte, zog sie die Dschellaba weiter ins Gesicht, verbarg die Schale in den Falten ihres Kleides und kauerte sich noch mehr zusammen.

Einer der Reiter – er trug das rote Gewand und den hohen Hut der türkischen Soldaten – verlangte, den Herrn des Hauses zu sprechen, und Hasan bat ihn untertänig ins Haus. Serafina hatte vor Aufregung aufgehört zu kauen und saß mit offenem Mund da. Kurz darauf erschien der Fremde wieder – diesmal in Begleitung Kara Alis, der sich angeregt mit ihm unterhielt.

»Das Mädchen ist tot«, erklärte er dem Besucher. »Sie war ein kränkliches Geschöpf.«

Serafina rollte die Mandel, die sie in den Mund zu stecken vergessen hatte, zwischen den Fingern hin und her und lauschte gespannt. Die beiden kamen nahe an ihr vorbei, als der Arzt seinen Besucher zu den Bäumen führte, unter denen seine Tochter begraben lag.

»Ich bedauere, Ihnen nicht zu Diensten sein zu können, mein Freund«, fügte Kara Ali hinzu. »Sie hat mich nur fünfzig Asper gekostet – ich hätte einen ansehnlichen Gewinn machen können.«

Die Schale auf Serafinas Schoß kippte, und die restlichen Mandeln rollten auf den Boden, doch Serafina rührte sich nicht. Atemlos starrte sie die beiden Männer an, die mit dem Rücken zu ihr vor dem Grab standen.

Der Soldat breitete die Hände aus. »Es hat nicht sollen sein. Allah hat getan, was ansonsten meine Pflicht gewesen wäre. Gott mit Ihnen, mein Freund.«

»Gott mit Ihnen.« Kara Ali begleitete seinen Gast zum Haus zurück. Serafina verbarg das Gesicht in ihrem Schoß: Sie hatte Angst, daß die brennende Frage in ihren Augen bis zu den Türken hinüberleuchten und sie verraten könnte. »Sie hat mich nur fünfzig Asper gekostet – ich hätte einen ansehnlichen Gewinn machen können.« Die Worte hallten durch ihren Kopf wie Paukenschläge. Plötzlich hatte sie keinen Appetit mehr. Als sie Hufschläge hörte, hob sie den Kopf: Der Soldat und seine Begleiter waren in einer Staubwolke verschwunden.

Und dann rief Kara Ali ihren Namen. Es war Nachmittag, die Luft flimmerte vor Hitze. Der Arzt stand im Innenhof neben dem Brunnen. Er wirkte zutiefst beunruhigt.

»Hör mir gut zu, Kleines«, sagte er eindringlich. »Du heißt nicht länger Serafina – ab jetzt bist du Badr-al-Dujja und lebst seit deiner Geburt hier. Vergiß deine Heimat, vergiß deine Familie – es ist besser so.«
Serafina starrte ihn an. Badr-al-Dujja war der Name seiner verstorbenen Tochter. »Weshalb?« fragte sie.
Er schwieg lange. Schließlich sagte er: »Weil du dann in Sicherheit sein wirst, Kleines.«
In Sicherheit. Mit klebrigen Fingern die blaue Schale umklammernd – sie hatte völlig vergessen, daß sie die gestohlen hatte –, ließ Serafina den Blick durch den Innenhof gleiten, der von der Küche, den Ställen und den Arbeitsräumen ihres Herrn umgeben war. »Ich bin in Sicherheit!« erwiderte sie aufsässig.
Kara Ali schalt sie nicht wegen ihres Trotzes, er schüttelte nur besorgt den Kopf. »Es gibt Menschen, die dir übelwollen, Kind«, sagte er sanft.
Sie verstand das alles nicht. Warum sollte sie ihren Namen ändern, ihre Heimat und ihre Familie vergessen?
Die hochstehende Sonne zeichnete scharfe Schatten auf Kara Alis Gesicht. »Wer wird das Vermögen deines Vaters erben, Kleines?«
»Mein einziger Verwandter ist ein Halbkusin, aber es wird alles mir gehören.« Sie hatte bisher nie darüber nachgedacht, daß sie mit ihren erst elf Jahren das Oberhaupt des Hauses Guardi war. Dann fiel ihr Michele Corsini ein. »Und meinem Ehemann natürlich«, fügte sie hinzu. »Wir waren auf dem Weg nach Italien, weil ich mit einem Florentiner Grafen verlobt werden sollte.«
»Und falls dir etwas zustieße«, hakte der Arzt nach, ohne sie anzusehen, »an wen fiele der Besitz dann?« An diese Möglichkeit hatte sie noch nicht gedacht. »Ich weiß es nicht.«

Der Arzt bedeutete ihr, sich neben ihn auf den Brunnenrand zu setzen. »Kleines – der Soldat, der vorhin hier war, hat mir eine große Summe geboten: Ich sollte dich töten! Ich sagte, du seist an einem Fieber gestorben, das du dir im Bagno zugezogen hättest, und zeigte ihm das Grab meiner Tochter als deines.«
Trotz der Hitze fror Serafina plötzlich. Ihr Herr hatte dem Fremden erzählt, sie sei tot. Der Soldat hatte ihm Geld geboten, damit er sie tötete...
Die blaue Schale entglitt ihren Fingern und zerschellte auf dem Steinboden. Serafina stellte keine Fragen mehr, sie akzeptierte Kara Alis Worte als weiteren Beweis dafür, daß die Welt schlecht war. Eine Weile war sie unfähig, zu sprechen oder sich zu bewegen, doch schließlich sank sie auf die Knie und begann, die Tonscherben aufzusammeln, ein schwieriges Unterfangen, da ihre Finger ihr nicht recht gehorchen wollten. Als sie wieder sprechen konnte, sagte sie: »Dann bin ich also jetzt Badr-al-Dujja, Papa.«
Sie sprach die vertrauliche Anrede aus, ohne darüber nachzudenken. Ihr Herr strich ihr über den Kopf und betrachtete sie liebevoll. »Allah sei mit dir, Kind.« Er erhob sich und ging ins Haus.
Sie blieb noch lange auf dem Brunnenrand sitzen. Das Sonnenlicht lag auf den verzierten Bogengängen, glitzerte in den zarten Wasserstrahlen des Brunnens und ließ die damastblütigen Rosen leuchten. Voller Kummer schaute sie auf die Scherben der Schale hinunter, die sie auf dem Schoß hielt. Sie hatte ihr Zuhause verloren, ihre Familie – und jetzt auch noch ihre Muttersprache: Wenn sie als Arabermädchen leben sollte, durfte sie natürlich nur noch die Landessprache sprechen. Tiefe Trauer erfüllte sie, doch sie sah ein, daß KaraAlis Plan für sie das beste war,

ebenso wie sie eingesehen hatte, daß es besser für sie war, von einem Tag zum anderen zu leben und nicht an die Zukunft zu denken, denn dadurch ersparte sie sich unnötigen Schmerz.

Doch trotz dieser vernünftigen Gedanken war sie sich des Zorns bewußt, der unter den Schichten von Resignation und Zugeständnissen lag. Man konnte ihr alles nehmen, was sie besaß, jeden Menschen, den sie liebte – aber solange sie sich an ihn erinnerte, könnte ihr niemand ihren Namen nehmen! Eines Tages würde sie ihn wieder führen.

»Ich heiße Serafina«, flüsterte sie. »Ich heiße Serafina...«

ZWEITER TEIL

1593
GESTRANDET AN
VERLASSENEM GESTADE

Hätten wir uns über den Kurs
einigen können, wäre das Unglück
nicht geschehen.

Das traurige Ende der Toby:
Richard Hakluyt

»Du bist wirklich ein schamloses Weib«, stieß Thomas Marlowe hervor, als er wieder zu Atem kam.
Es war Mitte August, und ein für die Jahreszeit unüblicher Regen trommelte auf die Straßen von Greenwich – doch das störte die beiden Liebenden in Faith Whitlocks Schlafzimmer wenig. In einer Ecke stand ein Reifrock auf dem polierten Holzboden wie ein Hüter der Moral, der nicht akzeptieren will, daß er auf verlorenem Posten kämpft, und neben dem Bett lag ein schwarzer Filzhut, der seinem Besitzer beim Sprung in die Federn vom Kopf gefallen war.
»Wenn ich das nicht wäre, würdest du mich nicht lieben«, antwortete sie mit einem schelmischen Lächeln.
»Das stimmt«, grinste Thomas. »Man kann einen verregneten Nachmittag kaum angenehmer verbringen – findest du nicht, meine Liebe?«
»Da gebe ich dir recht.« Faith, deren rostrotes Haar wie ein Fächer ausgebreitet auf dem Kopfkissen lag, lächelte. Der Lärm von den nahegelegenen Docks wurde durch den prasselnden Regen wohltuend gedämpft. Thomas Marlowe, dessen schwarze Haare vom Schweiß der Leidenschaft gelockt waren, ergriff seinen Hut, legte ihn auf seine nackte Brust, schloß die Augen und gab sich dem Traum von seinem Schiff hin: vier Masten, schlanker Rumpf, und nicht so topplastig wie Richard Stapers verdammte *Toby*, als Rahschiff getakelt und aus bestem englischem Eichenholz. Es würde doppelt so schnell sein wie die *Toby* – und das bei halbem Risiko.

Faith, die spürte, daß ihr Liebhaber nur noch körperlich anwesend war, sagte in scharfem Ton: »Ich muß noch mit der Köchin über Edwards Heimkehr-Dinner morgen sprechen. Und Lucy kann jeden Augenblick zurückkommen...«

Thomas warf den Hut wieder auf den Boden, drehte sich auf die Seite und stützte sich auf einen Ellbogen. Dann beugte er sich vor und ließ seine freie Hand und seine Lippen über Faith' volle weiße Brüste gleiten. »Lucy und Ned werden frühestens in einer Stunde hier sein«, murmelte er. »Ned wird sie nicht weglassen, bevor sie sämtliche Schiffe getauft hat. Der Junge«, Thomas' Hand und Lippen wanderten zu Faith' flachem Bauch hinunter, »hat nichts anderes im Kopf als die See. Nächsten Sommer werde ich ihn mit hinausnehmen. Und was Edward angeht – da er erst morgen heimkommt, hast du noch reichlich Zeit, das Festmahl mit der Köchin zu besprechen. Ich jedenfalls«, er hob den Kopf und grinste«, »genehmige mir meines heute.«

Zehn Minuten später fragte Faith besänftigt: »Hast du mit Mr. Staper gesprochen?«

Thomas ließ sich in die Kissen zurücksinken und runzelte die Stirn. »Habe ich.« Und dann ahmte er in bösartiger, jedoch treffender Weise die Stimme Richard Stapers, des Gründers der English Levant Company nach: »Sie sind ein exzellenter Steuermann, Mr. Marlowe, aber Sie sind kein Schiffsbauer.« Sein Gesicht verfinsterte sich. »Er will mich überreden, auf der *Toby* anzuheuern.«

Faith, seit zehn Jahren mit einem Kaufmann verheiratet, sagte: »Edward hält die *Toby* für eir gutes Schiff.«

»Sie ist ein mittelmäßiges Schiff – nicht mehr. Mein Schiff wird ein gutes Schiff sein. Das beste!« Splitter-

nackt stieg er aus dem Himmelbett, trat ans Fenster und starrte wütend auf die regenglänzenden Docks hinunter.
»Was hast du ihm geantwortet?« fragte Faith.
»Daß er sich seine *Toby* an den Hut stecken könne – und den Idioten von Kapitän, den er ausgesucht hat, gleich dazu.«
Faith, die fünf Jahre älter war als Thomas, seufzte, wie sie des öfteren über ihren dickköpfigen kleinen Sohn seufzte. »Woraufhin dir Mr. Staper fünfhundert Kronen und die Benutzung der Docks anbot«, meinte sie sarkastisch.
Thomas wandte sich ihr zu und grinste schief. »Nicht ganz. Die *Toby* läuft morgen früh mit der Flut aus, Faith, und ich sage dir, ich habe recht, was den Kapitän betrifft. Er heißt George Goodlay, ist etwa in meinem Alter und mit ebensoviel Vernunft gesegnet wie dein Ned. Er ist nur Kapitän geworden, weil sein Vater Richard Staper mal einen Gefallen getan hat. Der Kerl weiß weniger über die Seefahrt als du, mein Schatz.«
Im Erdgeschoß fiel die Haustür ins Schloß. »Lucy«, erklärte Faith gelassen und türmte ihre rote Haarflut auf ihrem Kopf auf. »Offenbar hat sie sich diesmal doch eher losmachen kön...« Das waren keine leichten Kindermädchenschritte, und keine Kinderstimme rief fordernd ihren Namen: Männerschritte donnerten durch die Halle!
»Edward!« flüsterten Faith und Thomas wie aus einem Munde. Thomas fuhr eiligst in Hose und Hemd, packte Stiefel und Hut und eilte zur Treppe.
Zu spät! Sie wären fast zusammengeprallt. Wenn halbgeschlossene Hosen und ein flatterndes offenes Hemd nicht genug Beweis gewesen wären – Thomas' fluchtartiger Rückzug und Sprung zum Schlafzimmerfenster ließen keine Frage offen.
Faith Whitlock setzte sich im Ehebett auf und betrachtete

die Szene voller Unbehagen. Ihr Liebhaber verschwand durch das Flügelfenster, und ihr Mann, nach der langen Reise noch schlechter gelaunt als üblich, stürmte mit einem vernichtenden Blick auf seine Frau hinaus, um seine Pistole zu holen. Die Geräusche, die Thomas' überstürzten Abstieg begleiteten, wurden unvermittelt von dem Krachen eines Schusses übertönt – und dann schlug ein Körper dumpf auf dem Boden auf.
»Verdammter Mist!« fluchte Thomas.
»Wenn ich Sie je wieder in London sehe, schieße ich Ihnen den Arsch weg!« brüllte Edward.
Faith schlug die Hände vors Gesicht: Jetzt würden ihr nur noch Tränen helfen.
Am nächsten Morgen stand Thomas Marlowe beim Auslaufen am Steuer der *Toby*.

In den folgenden Wochen hatte Thomas Gelegenheit festzustellen, daß er die *Toby* richtig eingeschätzt hatte – nur konnte er sich darüber nicht so recht freuen. Das Zweihundertfünfzigtonnenschiff war auf dem Weg nach Livorno. Zakynthos und Patras auf dem Peloponnes – mit Waren im Wert von zwölftausend Pfund im Laderaum. Die Crew setzte sich aus Männern zusammen, die ihr Handwerk verstanden – allen voran Thomas Marlowe als Steuermann. Doch der Kapitän...
Der Kapitän, dachte Thomas, als sie in die sturmgebeutelte Straße von Gibraltar segelten, war ein Idiot! Er weigerte sich stur, einen Rat anzunehmen. In seinen Pumphosen und dem französischen Rüschenhemd wäre er in Whitehall sicherlich eine schmückende Bereicherung gewesen, auf dem Deck eines zerbrechlichen Holzschiffes, das sich durch ein subtropisches Unwetter kämpfen mußte, war er eine Zumutung. Thomas, der seit achtundvierzig Stun-

den kein Auge geschlossen hatte, fühlte sich ernsthaft versucht, diesem Ignoranten eins über seine gepflegten Löckchen zu ziehen, damit die Besatzung ohne weitere Störungen ihrer Arbeit nachgehen könnte. Nur der gesunde Menschenverstand und die Gelassenheit von William Williams, dem Schiffszimmermann, hielten ihn davon ab.
»Wenn er wieder zu sich käme, würde er Sie in Eisen legen lassen und darauf bestehen, das Schiff selbst zu steuern, und dann fänden wir uns sehr bald bei den Fischen wieder. Es sei denn, Sie wollen dafür sorgen, daß er nicht mehr zu sich kommt.«
»Der Gedanke ist nicht ohne Reiz!« knurrte Thomas und schlug mit der Faust gegen die Holzwand seiner Kabine. »Es würde kaum einen Unterschied machen, wenn er mich in Eisen legen ließe, Will. Unser geschätzter Mr. Goodlay hört sowieso nicht auf mich.«
»Das stimmt.« William Williams schüttelte den Kopf. Plötzlich neigte sich das Schiff zur Seite. Die Sanduhr fiel um und rollte über den Tisch. Thomas konnte sie gerade noch auffangen, bevor sie zu Boden fiel. Er nahm seinen Hut und machte sich auf den Weg zum Halbdeck.
George Goodlay stand neben dem Besanmast. Mit der einen Hand, die in einem bestickten Handschuh steckte, stützte er sich auf einen Spazierstock, an dem bunte Bänder flatterten, den anderen Arm hatte er um den Mast gelegt. Er trug purpurroten, gesteppten Samt und einen mit Steinen besetzten Federhut.
Mit übermenschlicher Anstrengung um Höflichkeit bemüht, nickte Thomas zum Bug hin und sagte: »Ich halte es für möglich, daß wir ein wenig vom Kurs abgekommen sein könnten, Sir.« Er mußte brüllen, um sich ge-

gen den tosenden Sturm und den prasselnden Regen Gehör zu verschaffen.
»Wenn es so ist, dann liegt die Schuld dafür zweifellos bei Ihnen«, gab der Kapitän herablassend zurück.
Thomas knirschte vor Wut mit den Zähnen. Allerdings bereitete die Erscheinung des sogenannten Kapitäns ihm eine kleine Genugtuung: Hutkrempe und Spitzenjabot hingen durchweicht herunter, und das Gesicht wies eine aparte Grüntönung auf. Thomas unterdrückte ein boshaftes Grinsen und sagte: »Wir werden zu weit nach Süden abgetrieben, Sir, und wir segeln zu nah an der Küste. Sie müssen Befehl zum Wenden geben, Sir.«
Ein Brecher riß die beiden Männer fast von den Füßen. Als er seinen Hut wieder richtig aufgesetzt hatte, richtete der Kapitän seine grauen Augen hochmütig auf Thomas.
»Ich muß, Mr. Marlowe? Sie haben wohl vergessen, wer auf diesem Schiff das Sagen hat, mein Guter.«
Wieder mußte Thomas gegen den Impuls ankämpfen, den Mann niederzuschlagen. »Und Sie haben offenbar vergessen, wer der Steuermann dieses Schiffes ist, Sir«, schnauzte er zurück, riß seinen Hut aus der Takelage, wohin die Welle ihn getragen hatte, und stampfte zurück unter Deck.

Am späten Nachmittag legte sich der Sturm. Zu dieser Zeit waren das einzig Trockengebliebene an Bord der *Toby* die kostbaren Ballen Hampshire- und Devonshire-Kersey, das Dutzend taftgefütterte Hüte, die sechs Dutzend Leinenhemden und die Blechkisten im Lagerraum. Die Haare der Besatzung waren salzverklebt, die Augen rotgerändert von Wind und Erschöpfung.
Doch Thomas Marlowe schlief noch immer nicht: Die Arme auf die Reling gestützt, betrachtete er die kupferfar-

bene Sonne, die sich in der See spiegelte, während sein Verstand allmählich die Grenzen seiner Leistungsfähigkeit erreichte.

Wie Thomas gesagt hatte, befanden sie sich zu weit südlich und zu nah an der Küste. Vor zwei Tagen hatten sie den Bujeo gesichtet – und jetzt waren sie irgendwo vor der Berber-Küste, südlich von Kap Espartel. Es war angeraten, sich von der Küste und den gefährlichen Strömungen und Sandbänken fernzuhalten und zu der Meerenge zurückzufahren. Statt dessen zwang der Kapitän – in dem Bestreben, Zeit gutzumachen – die Mannschaft, die ganze Nacht vor dem auffrischenden Wind herzusegeln. Die Sonne verschwand gerade hinter dem Horizont, als Thomas Marlowe aufstöhnend das Gesicht in den Händen barg. Wenn er George Goodlay nur hätte klarmachen können, daß die navigatorischen Geräte für ihn nur Hilfsmittel waren und daß er die Bewegungen der See und den Verlauf der Küsten im Blut hatte, dann hätte der Mann ihn vielleicht verstanden, anstatt ihn als dreisten Frechling zu betrachten, den man auf seinen Platz verweisen mußte. Doch sobald die beiden miteinander sprachen, degradierte George Goodlay ihn binnen Sekunden zu einem aufsässigen Schuljungen. William Williams – der ungebildete Williams, der Analphabet – konnte wesentlich besser mit dem Kapitän umgehen, doch auch er war nicht in der Lage, ihn dazu zu überreden, den Kurs zu ändern. Thomas wußte, daß sie geradewegs ins Verderben segelten.

Es ereilte sie eine halbe Stunde vor Tagesanbruch. Thomas hatte sich unter dem Steuer zusammengerollt. Plötzlich lief ein unheilvolles Beben, begleitet von einem scharrenden Geräusch, durch den Schiffsrumpf. Thomas war sofort auf den Beinen und stürzte zur Reling. In diesem Augenblick rief der Mann auf dem Ausguck: »Alle Mann an Deck – wir sind auf Grund gelaufen!« Als Thomas sich umdrehte, sah er George Goodlay mit schlafverquollenem Gesicht zum Vordeck heraufklettern. Unwillkürlich schlossen sich seine Finger um den Griff seines Messers, doch gleich darauf entspannte er sich wieder. Eine Bluttat würde die Lage nicht verbessern.

Wellen brandeten gegen den Schiffsrumpf, in der Ferne leuchtete die Berber-Küste verheißungsvoll wie das Schlaraffenland. William Williams, der neben Thomas stand, murmelte: »Jesus Christus!« und bekreuzigte sich. Der Kapitän war auf die Knie gesunken und hatte den Kopf zum Gebet gesenkt. Thomas überquerte das Deck und fragte mit beißender Höflichkeit: »Sollen wir den Hauptmast kappen, Sir?«

George Goodlays Augen fanden nur mühsam ihr Ziel. Schwankend kam er auf die Füße. »Meine Schuld«, stammelte er. »Gott, vergib mir...«

Thomas fühlte Mitleid mit diesem unfähigen Häufchen Elend in sich aufsteigen, doch es wurde im Keim erstickt, als der Mann fortfuhr: »Nein, Mr. Marlowe, wir werden den Hauptmast nicht kappen. Wir werden das Rettungsboot zu Wasser lassen.«

Thomas biß die Zähne so fest zusammen, daß sie schmerzten. Dann brachte er mühsam beherrscht hervor: »Das Schiff wird kentern, Sir. Mit den Masten und den Segeln ist es zu topplastig. In dem Boot ist nur Platz für etwa achtzehn...«

Aus dem Bauch des Schiffes schollen Rufe herauf. »Wir nehmen Wasser auf!« schrie jemand. Thomas hielt die Zeit für gekommen, eigenmächtig zu handeln. Gemeinsam mit anderen Besatzungsmitgliedern stützte er den Hauptmast ab, als der Schiffszimmermann die Säge ansetzte. Zu spät, zu spät! echote es im Rhythmus der herantosenden

Brecher und dem Scharren der Säge durch Thomas' Kopf. Und er hatte recht. Als sie den Mast auf das Deck herunterließen, begann der Rumpf unter der Doppelbelastung des Wassers innen und von außen auseinanderzubrechen.
Plötzlich fand Thomas sich oben in der Takelage des Vormasts wieder. Auch viele der anderen Seeleute hingen dort. Andere, die auf dem Achterdeck in der Falle gesessen hatten, kämpften in den Fluten um ihr Leben. Mächtige grünliche Brecher krachten über den Bug. Thomas schätzte, daß die Küste etwa eine halbe Meile entfernt lag. Irgend jemand intonierte den zwölften Psalm. »Lieber Gott, hilf diesen frommen Männern«, murmelte Thomas, als er sich sein Messer in den Gürtel steckte und den Filzhut ins Hemd stopfte. Und es brach das völlige Chaos aus, als der Vormast durch das Gewicht der Männer und die Wucht der Wellen umstürzte und die Männer ins Wasser geschleudert wurden.
Wenn es stimmt, daß an Ertrinkenden ihr ganzes Leben vorbeizieht, dann hätte Thomas Marlowe Greenwich, die Docks und das Meer gesehen; die Jahre in der Schule, die ihn über seine mittelständische Herkunft hinaushoben und einen Steuermann aus ihm werden ließen anstatt eines Bootsmannes; die hübschen Mädchen verschiedener Hautfarben und Temperamente, die sein Leben seit seinem fünfzehnten Lebensjahr bereichert hatten; seine gewinnbringenden letzten Jahre, in denen er für die Levant Company fuhr; aber vor allem das Schiff – sein Schiff, das bislang nur in seinem Kopf existierte, das zu bauen er sich jedoch fest vorgenommen hatte.
Später glaubte er, daß die Gedanken an sein Schiff ihm die Kraft gegeben hatten, sich aus dem nassen grünen Kerker zu befreien. Wie auch immer – jedenfalls durchstieß sein

Kopf irgendwann die Wasseroberfläche, seine Lungen füllten sich mit Luft, und seine muskulösen Arme begannen, ihn mit kräftigen Bewegungen der Küste näher zu bringen. Das Meer tat ein übriges. Vor jedem Wellenkamm holte Thomas tief Luft, tauchte ab und wieder auf... Und dann schabten seine Knie über Sand, und eine Welle warf ihn auf den Strand.

Als er wieder zu sich kam, wußte er nicht, ob er bewußtlos gewesen war oder nur den tiefen Schlaf der totalen Erschöpfung geschlafen hatte. Seine erste Empfindung war ein schwaches Triumphgefühl. Er hatte den Kampf gegen den Tod gewonnen!

Die Sonne schien auf seinen ungeschützten Körper herunter, klebte seine schwarzen Locken zu einer salzverkrusteten Masse zusammen und verbrannte die Haut in seinem Nacken. Mühsam rollte er sich auf den Rücken. Seine Glieder waren kraftlos und zitterten wie im Fieber. Thomas legte einen Arm über die Augen und zog mit der anderen Hand den durchweichten Filzhut aus seinem Hemd.

Erst lange Zeit später schaffte er es, sich aufzusetzen. Er schirmte die Augen mit der Hand ab und schaute aufs Meer hinaus. Wo war die *Toby* geblieben? Er war leewärts abgetrieben und in eine kleine Felsenbucht gespült worden. Und dann entdeckte er das Schiff. Der Rumpf war durch den Druck des angeschwemmten Sandes zerquetscht worden, die Reste der Aufbauten ragten wie anklagende knochige Finger in die Luft. Thomas hatte entschiedene Vorbehalte gegen die baulichen Qualitäten der *Toby* gehabt, doch jetzt war ihm, als erlebe er den frühen und qualvollen Tod eines Freundes mit. Unsicher kam er auf die Füße.

Die Wellen schwemmten immer neues Strandgut an. Taue

und Seile, Balken und Sparren und Gegenstände des täglichen Lebens lagen zwischen bunten Steinen und Muschelschalen. Thomas stolperte an der Wasserlinie entlang. Der Korken eines Oxhoft-Fasses hatte sich gelockert, und das Ale versickerte langsam tröpfelnd im Sand. Und dann wurde Thomas' Blick von einem Gegenstand gefesselt, der auf den Wellen tanzte, und plötzlich lag der ehemals prachtvolle Samthut vor seinen Füßen. Die verbliebenen Federn hingen zerrupft herunter, doch die Perlenspange befand sich noch an ihrem Platz.

Thomas wandte sich ab und übergab sich. Als er den salzwasserverdünnten Inhalt seines Magens auf den Berber-Strand entleert hatte, stellte er fest, daß sein Kopf wieder klar war, und seine Gliedmaßen begannen, sich ihrer Pflichten zu erinnern.

Seiner Ansicht nach befand er sich irgendwo zwischen Rabat und Tanger. Er würde nordwärts marschieren – Richtung Tanger. Doch zuerst mußte er herausfinden, ob es noch andere Überlebende der *Toby* gäbe.

Thomas kletterte die Felsen hinauf, die die Bucht begrenzten. Sie waren schwarz und scharfkantig und schnitten ihm in Hände und Füße. Seine Schuhe hatte er im Kampf mit den Wellen verloren. Gottlob war ihm sein Hut geblieben, so konnte er wenigstens seinen Kopf gegen die sengende Sonne schützen.

Als er beinahe oben angekommen war, hielt er inne, um Atem zu schöpfen. Ein Glitzern stach ihm in die Augen. Er kniff sie zusammen und erkannte eine kleine Holzkiste, die sich in einer Felsspalte verklemmt hatte. Aus einem Loch in der Seitenwand fielen Goldmünzen in das dunkle Wasser.

Gold der Levant Company, um ein paar Hände zu schmieren, Rädchen zu ölen. Hundert Pfund oder mehr – eingeschlossen in der Kapitänskajüte, bis das Schiff in Livorno, Zakynthos oder Patras anlegte. Doch die *Toby* würde keines dieser Ziele je erreichen.

Mit grimmigem Gesicht setzte Thomas seinen Aufstieg fort, und plötzlich hörte er noch andere Geräusche außer dem Donnern der Brandung gegen die Felsen: Männerstimmen! Durch eine Felsspalte konnte er in die angrenzende Bucht schauen. Da unten diskutierten William Williams, der Schiffszimmermann, und etwa ein Dutzend weiterer Männer. Thomas wollte sich schon aufrichten und hutschwenkend bemerkbar machen, als ein Gedanke ihn erstarren ließ. Hundert Kronen oder mehr – für alle Welt bei dem Schiffsunglück verlorengegangen! Sein Atem stockte. Wenn er die Kameraden auf sich aufmerksam machte, würde er gemeinsam mit ihnen irgendwann nach London zurückkehren und wieder als Steuermann für die Levant Company fahren – doch wenn er sich ruhig verhielte...

Hundert Kronen würden ihm gestatten, mit dem Bau seines Schiffes zu beginnen. Hundert Kronen und ein hübscher Freihafen, wo niemand unangenehme Fragen stellte...

Es gab nur eine mögliche Entscheidung. Die anderen würden schon ohne ihn zurechtkommen. Lieber Gott, steh ihnen bei, betete Thomas, als er begann, die Goldmünzen mit der Hand aus dem Felsenbassin in seinen Hut zu schaufeln.

Zunächst gab es keine Probleme. Entgegen seiner ursprünglichen Idee marschierte Thomas im schützenden Schatten von Tamarisken und Pinien landeinwärts. Seine nackten Füße liefen über weichen Sand und trockene Nadeln. Sein Körper schmerzte von der rüden Behandlung durch die See, aber er fühlte sich regelrecht beschwingt. Er war kein Leichnam, der bleich und aufgedunsen an die Berber-Küste geschwemmt würde. Er hatte eine Wasserflasche und ein Wams dabei – beides Strandgut von der *Toby*. Im Schutz der Bäume riß er das Futter aus dem Wams und ersetzte die Wattierung durch die Goldmünzen.

Schließlich lichtete sich der Wald. Die Sonne hing wie ein Messingteller am wolkenlosen Himmel. Es mußte zwischen drei und vier Uhr sein. Thomas war noch keiner Menschenseele begegnet, doch das störte ihn nicht, im Gegenteil. Seine Kleidung und sein heller Teint wiesen ihn als Europäer aus, und auch die Tatsache, daß er weder Pferd noch Kamel und als einzige Waffe ein Messer besaß, konnte sich in dieser Gegend nur nachteilig für ihn auswirken.

Was wußte er über das marokkanische Königreich? Wenig genug. Seit 1585 trieb die Levant Company Handel mit Marokko – Thomas hatte selbst mehrmals in Sallee angedockt –, aber auf den Berber-Feldern und -Schiffen arbeiteten englische Sklaven, und die Nomadenstämme ließen keine anderen Gesetze gelten als ihre eigenen. Immerhin, dachte Thomas mit einem Anflug von Galgenhumor, bin ich erst vor kurzem dem Tod durch Erschießen und Ertrinken entkommen. Er nahm es als gutes Omen. Als es dunkel war, rollte er sich unter einem Ölbaum zusammen und schlief ein.

Am folgenden Morgen erwachte er, da ihn jemand anbrüllte. Es waren unverständliche Laute. Sobald sein Verstand zu arbeiten begann, registrierte er einen Fuß, der gegen seinen Kopf stieß, und eine Schwertspitze, die über seinen Bauch strich.

Er öffnete die Augen und musterte den Mann, der über

ihm stand. Der Kerl war in schmutzige Lumpen gehüllt, die früher einmal weiß gewesen waren. Er stank atemberaubend und grinste bösartig auf Thomas herunter. Dieser setzte sich auf, ließ sein schönstes Lächeln erstrahlen, das sonst für reiche Schiffseigner und hübsche Frauen reserviert war, und zermarterte sich den Kopf nach einer besänftigenden Formulierung. Welche Sprache würde der Bursche wohl verstehen? Er probierte alle durch, die er notdürftig beherrschte, und überprüfte währenddessen verstohlen, ob sein Messer noch im Gürtel steckte. Doch weder sein Lächeln noch seine Worte hatten einen positiven Erfolg. Aus dem Stoß mit dem Stiefel wurde ein Tritt, und der Druck der Schwertspitze verstärkte sich, bis Blut floß.
Es war früher Morgen. Die Sonne stand noch tief am Horizont, das spärliche Gras glänzte taufeucht. Thomas ließ den Blick von dem Fremden zu dem kräftigen Pferd wandern, das in der Nähe an einem Baum festgebunden war. Am Sattel hingen Wasserflaschen! Jetzt oder nie! Als Thomas aufstand, schloß sich seine Hand um den Griff seines Messers.
Doch er bekam keine Chance, es zu benutzen. Er spürte, wie etwas die verbrannte Haut seines Nackens ritzte, und dann packte von hinten eine Hand zu und bog seine Finger auf. Sekunden später beförderten ihn Schläge und Tritte in eine tiefe Bewußtlosigkeit.

Sie hatten ihm sein Messer und den Hut abgenommen, aber gottlob nicht sein Wams! Als Thomas aufwachte, stand die Sonne hoch am Himmel. Er lag auf dem Rücken – noch immer in dem Olivenhain, in dem die Fremden auf ihn gestoßen waren. Er spürte geronnenes Blut auf seinem Gesicht und im Nacken. Seine Lider waren so ge-

schwollen, daß er die Augen nur einen Spaltbreit öffnen konnte. Seine Glieder, am Vortag von der See übel geschunden, fühlten sich an, als seien sie zerschmettert.
Verschwommen nahm er Männer, Frauen und Kinder wahr, die sich wie Geistwesen bewegten. Einige räudige Mulis, mehrere Kamele und eine kleine Schafherde grasten am Rande des Wäldchens. Thomas versuchte, sich aufzusetzen. Seine Hände und Füße waren gefesselt, die Handgelenke zusätzlich an einen Baum gebunden. Thomas konnte ein Stöhnen nicht unterdrücken.
Er bekam einen Tritt in den Leib, riß automatisch die Knie hoch. Seine Fußfessel wurde durchschnitten und er auf die Füße gestellt. Die Karawane machte sich zum Weiterziehen bereit. Die bereits beladenen Kamele wurden aneinandergebunden, die Tragekörbe auf die Maultiere gehievt. Thomas fragte sich, was das Schicksal wohl für einen Steuermann bereithielt, der so unvorsichtig gewesen war, sich an die Berber-Küste spülen zu lassen, und er fragte sich, weshalb sie ihn nicht getötet hatten.
Sie zogen landeinwärts – auf die Berge zu. Vegetation wurde immer seltener.
Er bekam genügend Wasser und Essen – Datteln, Oliven und Brot –, um am Leben zu bleiben und ihnen von Nutzen sein zu können. Hätten die Jahre auf See seinen Körper nicht gestählt, wäre er am zweiten Tag zusammengebrochen, doch so empfand er den Marsch nicht anstrengender als das Durchsegeln eines Unwetters.
Sie kamen nur langsam voran – etwa drei Meilen täglich, schätzte Thomas. Nach einer Weile setzte er ganz automatisch einen Fuß vor den anderen, spürte die Last auf seinem Rücken kaum noch. Wenn er mit dem Rest der Karawane Schritt hielt, hatte er keine Prügel zu befürchten. In der Mittagshitze suchten sie so gut wie möglich

Schutz vor der sengenden Sonne. Nachts schlief Thomas unter den Sternen, während die Nomaden in ihren Ziegenfellzelten lachten, stritten und Haschisch rauchten.
Irgendwann hörte er auf, die Tage zu zählen. Vielleicht waren sie zwei Wochen unterwegs, vielleicht auch drei. Die Fahrt mit der *Toby* und das Schiffsunglück verblaßten zu einer schmerzlosen Erinnerung, und je mehr dieser Prozeß fortschritt, um so stärker machte sich Thomas' alte Ungeduld bemerkbar. Er war nicht auf der Welt, um der Spielball eines wilden Berber-Haufens zu sein. Er war auf der Welt, um ein Schiff zu bauen und mit diesem Schiff zu jedem Ort zu segeln, mit dem es sich zu handeln lohnte. Jetzt hatte er das Geld dazu, er hatte sein Hemd ausgezogen, um Kopf und Nacken zu bedecken, und das schwere Wams klatschte bei jedem Schritt gegen seinen schweißnassen Rücken. Er mußte nur noch den geeigneten Platz finden, Schiffszimmerleute auftreiben und das Holz aussuchen. Er konnte es kaum erwarten.
Eine Ewigkeit, wie ihm schien, hatte er auf den richtigen Augenblick gewartet – und dann kam er endlich eines Nachts. An einen Baum gebunden, betrachtete Thomas die Szene vor sich. Die Gewänder der Nomaden wirkten im Mondlicht wie fahle Flecken. Schwerer Haschischduft wehte zu ihm herüber. Ein Punkt für ihn! Die Wasserflaschen, die er an einem Bach füllen geholfen hatte, lagen vor einem der Zelte auf einem Haufen. Ausgezeichnet!
Thomas schaute sich nach dem Werkzeug um, das er für seine Befreiung benötigte. Einen scharfkantigen Stein. Bitte, lieber Gott, laß irgendwo in meiner Nähe einen solchen Stein liegen! Und dann entdeckte er einen. Sein sonst so ruhiges Herz begann zu flattern, und er konnte nur mit Mühe einen Freudenlaut unterdrücken. Vorsichtig zog er den Stein mit den Zehen zu sich heran, packte

ihn wie ein Affe, hob ihn zu seinen Händen hinauf, klemmte ihn in einen Rindenspalt und machte sich an die Arbeit. Manchmal rutschte der Stein ab und schnitt in seine blasenübersäten Handgelenke, doch er machte weiter, bis er den Strick reißen spürte.

Doch auch jetzt, da er frei war, mußte er sich noch in Geduld fassen. Wie beim Navigieren konnte Untätigkeit ebenso entscheidend sein wie ein kalkuliertes Manöver. Der Haschischgeruch war so intensiv, daß er Thomas allmählich eine gefährliche Ruhe schenkte. Noch ein wenig mehr, und er würde in völlige Gleichgültigkeit versinken. Er drehte den Kopf weg und pumpte seine Lungen mit frischer Luft voll, wobei sein Blick auf das eine Ende des Lagers fiel.

Zuerst glaubte er, sein haschischvernebelter Verstand gaukle ihm ein Trugbild vor, doch dann erkannte er, daß er es nicht mit einer Illusion zu tun hatte. Plötzlich war er hellwach. Dort draußen waren Menschen – schwarze Schemen im Mondlicht – und große weiße Kamele, mit prächtigen Schabracken und herrlichem Zaumzeug. Hier und da blitzte die Klinge eines Dolches oder Schwertes auf. Eine Horde Räuber, die die Waren und Tiere der Karawane stehlen wollte! Thomas warf einen schnellen Blick zu den Berber-Zelten. Gedämpft drang träges Gelächter herüber. Einige der Nomaden waren bereits am Einschlafen.

Jetzt kam es darauf an, den Wind und dessen Strömungen richtig zu nutzen – und niemand verstand das besser als er. Thomas spannte alle Muskeln an. Er würde sich eine Wasserflasche holen – und wenn möglich einen Dolch. Als die Räuberbande das Lager stürmte, rannte er los. Bevor die Berber begriffen, was geschah, hatte er sich eine Wasserflasche gegriffen, einem der benebelten Nomaden

sein kurzes gebogenes Messer entrissen und hetzte davon, ehe die ersten Schwertklingen aufeinandertrafen.
Keine Fesseln behinderten seine Bewegungsfreiheit, keine Lasten drückten ihn nieder, keine spöttischen Stimmen verhöhnten ihn, und nirgends roch es nach Kameldung. Thomas wurde von einer berauschenden Hochstimmung erfaßt. Vor sich hin summend, marschierte er beschwingt dahin. Sein Schicksal hatte ihn auf einen Umweg geführt – jetzt galt es, zu seiner ursprünglichen Bestimmung zurückzufinden. Aber wie? Bisher war ihm in Marokko nur übel mitgespielt worden. Würde er in diesem Land auch irgendwo Hilfe finden? Die Landschaft wurde immer karger, die Erde ging in Sand über, Baumgruppen wurden selten.
Thomas ging weiter in Richtung Süden, das lag zwar entgegengesetzt zu seinem Ziel, aber er fürchtete, daß er den Berbern in die Arme liefe, wenn er umkehrte. Die Hitze wurde immer größer, und Wolken von Insekten feierten Festgelage auf seiner Haut. Um die Mittagszeit machte er Rast unter ein paar Palmen und kratzte sich die geschwollenen Stiche, mit denen jede freie Stelle seines Körpers übersät war. Und dann sah er etwas Blaues blitzen – blauer als der Himmel. Ein Eisvogel, schoß es ihm durch den Kopf, obwohl er natürlich wußte, daß dies, weiß Gott, keine Gegend für Eisvögel war. Plötzlich erschien ein Schiff vor seinem geistigen Auge – sein Schiff. Die Masten zeichneten sich scharf gegen den Mittelmeerhimmel ab, am Bug glänzte golden der Namenszug: *Kingfisher*. (Eisvogel, A. d. Ü.) Die blauen Segel blähten sich im Wind, schnittig und graziös wie ihr Namensvetter flog sie über das Wasser. »Ich taufe dich auf den Namen *Kingfisher*!« rief Thomas den Moskitos und dem weiten und afrikanischen Himmel zu.

Am folgenden Tag verstärkte sich der Verdacht in ihm, daß er einem Feind zugunsten eines weit gefährlicheren entflohen war. Bisher war er auf keine menschliche Ansiedlung gestoßen, und sein Wasservorrat ging zur Neige. Das Gelände wurde immer unwirtlicher. Die Berge verhießen erfrischende Kühle, doch er schien ihnen nicht näher zu kommen. Sein erschöpfter Verstand gaukelte ihm eiskalte Wasserfälle und schattige Haine vor. Als er in dem dürftigen Schatten eines Felsens Rast machte und die Augen schloß, spürte er die Gischt herabstürzender Wassermassen auf seinem Gesicht und hörte Blätter rascheln, doch als er aufwachte, war da wieder nur die quälende Hitze und neben ihm ein Nest mit kleinen Schlangen, die wie er Schutz vor der unbarmherzigen Sonne suchten. Seine Lippen waren aufgesprungen, die Lider geschwollen und voller Blasen. Das Gewicht des goldgefütterten Wamses erschien ihm schwerer als die Lasten, die die Berber ihm aufgebürdet hatten. Es drückte ihn nieder, verlangsamte seine Schritte.
Thomas verlor jedes Zeitgefühl. Er ging eine Weile, rastete eine Weile – mechanisch, ohne nachzudenken, ohne Plan. Jeder Knochen, jeder Muskel schmerzte. Das Bedürfnis nach Wasser wurde übermächtig. Er hatte seine Wasserflasche in einem schlammigen Rinnsal aufgefüllt, aber jetzt waren nur noch ein paar Schlucke übrig. Seit Tagen hatte er nichts gegessen, doch er empfand keinen Hunger mehr. Er wollte nur Wasser – eiskaltes, kristallklares Wasser. Aber um ihn herum war nur Wüste, endlos rollende Dünen, zwischen denen sich scharfkantige Felsen erhoben. Die Trockenheit der Luft, der Sand und der gnadenlos blaue Himmel peinigten ihn.
Irgendwann konnte er nicht mehr weiter. Nirgends ein grüner Schimmer, kein Tropfen Wasser. Himmel und

Sand wechselten von blendender Helligkeit zu samtiger Nachtschwärze und wieder zu gleißendem Strahlen. Ein paar Fliegen flogen auf, als Thomas in einen schattigen Spalt zwischen Felsen und Wüste kroch. Das Gewicht seines Wamses machte ihm das Atmen schwer, doch er brachte nicht die Kraft auf, es auszuziehen. Er schloß die Augen.
Thomas dachte an seine Familie, seine Eltern, die vor vielen Jahren an der Pest gestorben waren, an seinen älteren Bruder, der die Vernunft besessen hatte, sich etwas Geld zu sparen und in Southwark ein Wirtshaus zu kaufen. Robert würde nicht in einer fremden Wüste sterben, denn Robert war weder dickköpfig noch von der See besessen. Thomas dachte an Faith mit den rostroten Haaren und der cremeweißen, sommersprossigen Haut. Er mochte unkomplizierte Frauen. Er dachte an die Seereisen, die er in den letzten zehn Jahren gemacht hatte – und an die verdammte *Toby*. Und dann stand er am Steuer der *Kingfisher* und lenkte sie durch einen Gischtnebel dem Paradies entgegen.

Die Sterne, Kristalltropfen auf schwarzem Samt, kündigten eine Veränderung an. Eine Entscheidung. Das Ende der Zufriedenheit.
Später, im Haus, dachte der Arzt über das Wesen der Zufriedenheit nach. Glück war zerbrechlich – er hatte es im Laufe seines Lebens oft gefunden und verloren –, doch Zufriedenheit war ein etwas dauerhafterer Zustand. Sie kam mit dem Alter – mit dem Verlust der Erwartungen, mit der Akzeptanz der eigenen Grenzen. Jetzt brauchte er seine Medikamente nicht mehr für sich selbst – abgesehen von denjenigen, die gegen Schmerzen wirkten oder ihm das Schlafen ermöglichten. Er würde sich nicht gegen den

Tod wehren, er fürchtete ihn nicht. Er hatte seine Nationalität und seine Religion geändert, eine Identität aufgegeben und eine andere erworben, aber etwas in seinem Leben hatte Beständigkeit gehabt und ihm immer Halt gegeben – sein Beruf und sein Wissensdurst. Doch all seine Kunst hatte ihm in den entscheidenden Augenblicken nicht weitergeholfen. Er mußte seine geliebte Frau begraben und verlor seine Tochter. Lange war er einsam gewesen, aber dann hatte das Schicksal ihm eine neue Tochter zugeführt: Serafina. Der Name befremdete den Arzt beinahe – zu lange schon war sie Badr-al-Dujja für ihn. Manchmal vergaß er sogar, daß sein leibliches Kind, das diesen Namen getragen hatte, unter den Eukalyptusbäumen im Garten begraben lag. Serafina sah ebenso arabisch aus, wie seine Mischlingstochter es getan hatte: dunkles Haar, dunkle Augen. Es schien, als sei ihm sein Kind genommen und zehn Jahre später auf dem Sklavenmarkt von Algier wiedergegeben worden.

Doch an diesem Abend spürte Kara Ali – obwohl er für gewöhnlich eine tiefe Zufriedenheit empfand, wenn er sie dabei beobachtete, wenn sie für ihn schrieb – einen Anflug von Unbehagen. Sie war kein Kind mehr, sondern eine junge Frau von sechzehn Jahren. Er musterte das Mädchen, das ihm gegenüber mit gesenktem Kopf über einer Schreibarbeit saß. Sie war klein für ihr Alter, hatte jedoch eine sehr hübsche Figur. Ihre Bewegungen waren flink und graziös wie die eines Vogels. Oft geschah es, daß er sich umdrehte und feststellte, daß sie hinter ihn getreten war, ohne daß er mehr als einen leichten Luftzug gespürt hatte. Nach sechs Jahren an der Berber-Küste hatte ihre Haut einen satten Olivton bekommen. Ihr Benehmen war so tadellos, wie ein Vater es sich nur wünschen konnte. Warum fühlte er sich unbehaglich? Weil die Veränderung,

die Entscheidung, die die Sterne ankündigten, Badr-al-Dujja betrafen – nein, Serafina?
»Papa?« Sie schaute ihn mit hochgezogenen Brauen an. Der Federkiel schwebte über dem Papier.
Kara Ali spürte ein schmerzhaftes Ziehen in der Brust, doch er ließ sich nichts anmerken. Veränderung, Entscheidung, das Ende der Zufriedenheit. Nichts davon galt für ihn, es ging um dieses Kind, das Allah ihm geschenkt hatte. Seit damals der türkische Soldat nach Serafina gefragt hatte, waren keine Überraschungsbesuche mehr erfolgt, doch er hatte sie stets versteckt gehalten und niemals erlaubt, daß sie ihn nach Algier begleitete, was ihr nichts auszumachen schien. Doch ein Gedanke beunruhigte ihn: Wie könnte er einen Ehemann für eine Frau finden, deren Existenz ein Geheimnis bleiben sollte? Einem Durchreisenden könnte er sie als Badr-al-Dujja vorstellen, aber jede nähere Bekanntschaft würde die Gefahr bergen, daß der Betrug aufflöge.
Das Feuer in den Öfen war fast erloschen. Er konnte nicht mehr selber nachlegen, doch er wollte nicht nach Hassan schicken. Er zwang sich zu einem Lächeln. »Es ist spät, Kleines. Geh zu Bett!«
Sie wischte den Federkiel ab, schloß das Tintenfaß und streute Sand über das Geschriebene. Ihre Züge waren edel und klar, aber ihre Augen verbargen ihre Gefühle. Nicht einmal ihm hatte sie jemals offenbart, was in ihr vorging. Auch er hatte seine Geheimnisse. Er berührte sanft ihre Hand, als sie vorbeiging, und lauschte auf ihre leichten Schritte, mit denen sie den Innenhof durchquerte. Er mußte sie ihre Wahl treffen lassen, bevor seine angegriffene Gesundheit einen Strich durch diese Rechnung machte. Um eine Entscheidung treffen zu können, müßte sie die Wahrheit erfahren. Er hatte zu lange Gott gespielt. Auf

die Sterne war Verlaß, bald würde er wissen, wann er sprechen und was er sagen sollte.

Thomas befand sich auf seinem Schiff. Die Vorkommnisse der vergangenen Wochen konnten nur ein Traum gewesen sein, denn er spürte das Rollen der Wellen – auf und nieder, auf und nieder –, festgezurrt in einer unbequemen Hängematte.
Eine Weile glitt Thomas von einer Ohnmacht in die nächste, und wenn er glaubte, wach zu sein, war er überzeugt, auf See zu sein. Es war herrlich. Wasser tropfte in seinen Mund, etwas kühlte seine geschundene Haut, doch die Geräusche stimmten nicht, er hörte keine Masten knarren, keine Segel flattern und keine Männerschritte auf hölzernen Deckplanken. Und dann dieser aufdringliche Geruch! Er konnte ihn nicht einordnen, aber es war weder der Geruch von Pech noch von Salzluft.
Irgendwann hörten die rollenden Bewegungen auf. Thomas wurde aus der Hängematte gehoben, und dann folgte das Erlebnis, das er in den vergangenen Tagen immer wieder herbeigesehnt hatte – eiskaltes Wasser floß in seinen Mund. Doch diesmal war es zuviel, er spuckte und würgte und öffnete die Augen.
Nur ganz allmählich nahm die Welt Konturen an, und schließlich erkannte er, daß er sich im Himmel befand. Nicht nur gab es Wasser – es saß auch die schönste Frau, die er jemals gesehen hatte, neben ihm. Sie trug keinen Schleier, und so hatte Thomas Gelegenheit, die edle Nase und den schöngeschwungenen Mund zu bewundern, aber die Krönung waren die feuchtglänzenden dunklen Augen in dem erstaunlich hellhäutigen Gesicht, die von langen Wimpern umrahmt wurden. Ein Seidengewand schmiegte sich an ihren wohlgeformten Körper, der

Schmuck – Gold, Silber, Bernstein und Karneol – lenkte Thomas' Blick auf ihren zarten Hals und die zierlichen Hand- und Fußgelenke. Er schluckte trocken, und sie drückte aus dem Schwamm, den sie in der Hand hielt, Wasser in seinen Mund.
Langsam, ganz langsam begann sein Verstand wieder zu arbeiten. Er befand sich in einem Zelt. Durch die hochgeschlagene Plane sah er weitere Zelte – und Menschen, die um Lagerfeuer saßen. Die Szenerie hob sich wie ein Scherenschnitt gegen den Sonnenuntergang ab. Die Illusion, sich auf einem Schiff zu befinden, mußte durch den schaukelnden Gang eines Kamels in ihm geweckt worden sein. Das erklärte auch den Geruch. Ja, er war offenbar im Tragekorb eines Kamels transportiert worden. Also hatten diese Leute ihn gefunden und mitgenommen. Er schaute an sich herunter – und erstarrte, er war nackt! Zu erschöpft, um sich gegen diese Situation aufzulehnen – allerdings war er unter normalen Umständen nicht gerade prüde –, galt Thomas Marlowes nächster Gedanke seinem Wams. Er versuchte sich aufzusetzen und deutete hektisch auf seinen Oberkörper.
»Sie vermissen Ihr Wams?« fragte die Lady gelassen auf spanisch. »Ich habe es hier.« Sie reichte ihm das kostbare Kleidungsstück. Er wog es prüfend in der Hand und hörte sie sagen: »Ich habe es flicken lassen.«
Tatsächlich, die Risse waren mit ordentlichen Stichen geschlossen worden, doch das Wams war erschreckend leicht. Entsetzt schaute er die Frau an.
»Ihr Gold ist in Sicherheit«, beantwortete sie lächelnd seine stumme Frage.
Thomas murmelte spanische Dankesworte und nahm den Becher, den sie ihm reichte. Während er trank, musterte er seine Umgebung. Das Zelt war aus Leder, mit Seidenbah-

nen behängt, die Kissen, auf denen er lag, waren bestickt und mit Quasten versehen. Das Licht der Messinglampe, die an einer Kreuzverstrebung des Zeltes leicht hin und her schwang, ließ die Stoffbahnen an den Wänden regenbogenfarben schimmern. Die Haut der Frau hatte die gleiche zarte Beschaffenheit wie das kostbare Gewebe. Ihr zu einem Knoten geschlungenes Haar glänzte blauschwarz.

Es war Monate her, daß Thomas Faith Whitlocks Schlafzimmer so überstürzt verlassen hatte. Als er eine vertraute Regung spürte, zog er sich ein neben ihm liegendes Tuch über die Lenden.

Die Frau klatschte in die Hände, worauf ein schwarzes Sklavenmädchen mit einem Tablett erschien, es neben Thomas abstellte und wieder verschwand.

Datteln, Feigen, Honig und Scherbett. Plötzlich wurde ihm bewußt, wie hungrig er war. Er aß gierig, und als er fertig war, holte das Mädchen das Tablett wieder ab.

Und dann sagte die Frau: »Nun, Señor...«

»Marlowe. Thomas Marlowe«, stellte er sich vor.

»Also, Señor Marlowe, Sie haben gegessen und getrunken, und Ihre Insektenstiche und Verbrennungen sind behandelt worden. Gibt es noch etwas, das wir für Sie tun können?«

Das Ziehen in seinem Unterleib ließ sich nicht ignorieren, es gab noch andere Bedürfnisse außer Essen und Trinken. Das Seidentuch verbarg seine Regungen nur notdürftig. Gepreßt brachte er hervor: »Ich wäre dankbar, wenn Sie mich wissen ließen, wie Sie heißen und wohin Sie unterwegs sind.«

Die Frau lächelte kühl. »Mein Name ist Jamila. Sie befinden sich bei einer Kamelkarawane, die von Angehörigen meines Volkes, der Tuareg, begleitet wird. Wir bringen

Salz, Goldstaub und schwarze Sklaven in die spanische Niederlassung Oran und ziehen dann nach Algier weiter. Kommt das Ihren Plänen entgegen, Señor Marlowe?«

Er murmelte undeutlich eine Zustimmung. Algier war ihm durchaus angenehm. Von dort könnte er nach Frankreich oder Italien gelangen.

»Gut.«

Wie gelähmt sah er zu, wie sie mit ihren schmalen, langen Fingern langsam den Knoten löste. Wieder lächelte sie kühl.

»Ich fürchte, mein Spanisch ist nicht besonders gut, ich habe nur in Algier und Oran ein wenig aufgeschnappt. Vielleicht hätte ich fragen sollen: Haben Sie sonst noch Wünsche, die ich Ihnen erfüllen kann?«

Thomas begriff, daß er für seine Pflege würde bezahlen müssen.

Sechs Wochen vergingen, bis die Sterne Kara Ali den richtigen Zeitpunkt zeigten und Allah ihm die passenden Worte eingab.

Für die Heilung eines kranken Kindes hatte er ein Exemplar von Ptolemäus' »Geographica« bekommen. Das kostbar gebundene Buch, das Karten aller bekannten Länder der Erde enthielt, lag aufgeschlagen auf dem Tisch im Arbeitszimmer des Arztes, und Serafina studierte es aufmerksam.

Plötzlich fiel Kara Ali der Abend vor sechs Jahren ein, als er ihr den sagenhaften Greifvogel, den Löwen, Bären und Elefanten gezeigt hatte. Die Erinnerung daran traf ihn wie ein Schlag. Er wartete, bis sie die entsprechende Karte aufschlug, und sagte dann: »Wir befinden uns hier – zwischen Oran und Algier. Und dort«, er ließ die

Fingerspitze über das Mittelmeer zur Südküste Frankreichs gleiten, »liegt Marseille. Dein Geburtsort – deine Heimat.«
Sie hob den Kopf und schaute ihn an, doch wie immer verbargen ihre Augen ihre Empfindungen. »Deine auch, Papa.«
Er schüttelte den Kopf. »Nein, als ich den Turban nahm, sagte ich mich damit auch von meiner alten Heimat los. Ich bin jetzt Moslem – mein Zuhause ist hier.« Er hatte sie nie zuvor aufgefordert, eine Wahl zu treffen. Jetzt sagte er behutsam: »Es könnte auch deine Heimat werden, Tochter.«
Sie antwortete nicht. Er kannte sie gut genug, um zu wissen, daß sie sich Zeit nehmen würde, um das Für und Wider abzuwägen, wie er es getan hatte, als er vor vielen Jahren vor derselben Entscheidung stand. »Du mußt dich nicht gleich entscheiden, Kleines«, sagte er. »Ich wollte dir nur klarmachen, daß du die Wahl hast.«
Sie musterte ihn abwartend. Er trat ans Fenster und schaute hinaus. Der Nachthimmel war mit Sternen übersät. »Ich muß dir vom Tod deines Vaters erzählen.« Er wandte sich ihr zu. Erregung flackerte in ihren Augen auf, doch gleich darauf war ihr Blick wieder unergründlich.
»Über den Tod meines Vaters?« Sie legte die kleinen, schmalen Hände aneinander. »Mein Vater ist im Bagno von Algier am Fieber gestorben.« Es klang wie eine auswendiggelernte Litanei, als bedeute es ihr nichts.
Kara Ali seufzte. Plötzlich fühlte er sich grenzenlos müde. »Es stimmt, daß dein Vater im Bagno starb«, nickte er, »aber nicht am Fieber. Ich habe dir das seinerzeit erzählt, weil du noch ein Kind und mir schon sehr ans Herz gewachsen warst, doch ich glaube, jetzt bist du alt genug, um die Wahrheit ertragen zu können. Mein Tod ist nicht

mehr fern, und ich fühle mich verpflichtet, dir den wahren Sachverhalt zu offenbaren, solange ich noch Gelegenheit dazu habe.«
Sie starrte ihn unverwandt an. Das Lampenlicht schimmerte auf dem zarten Schleier, der ihre seidigen schwarzen Haare bedeckte. Es gab keinen schonenden Weg, ihr zu sagen, was sie erfahren mußte.
»Dein Vater wurde getötet. Dieselbe Person, die deinen Tod wünschte, wünschte auch den seinen, und in diesem Fall wurde der Wunsch erfüllt. Dem Korsaren, der die Schiffe deines Vaters kaperte, wurde eine große Summe dafür geboten, die wertvollen Geiseln ermorden zu lassen.«
Serafina schwieg lange. Schließlich bat sie mit hölzerner Stimme: »Sag mir, wie er den Tod fand.«
Davor hatte dem Arzt am meisten gegraut, doch er erzählte es ihr, schlicht und ehrlich, denn er hatte das Gefühl, ihr das schuldig zu sein. Als er geendet hatte, glaubte er zu spüren, daß ihr Schutzschild eine weitere Schicht dazubekommen hatte. »Kleines«, sagte er, »ich habe dir das nicht erzählt, um dir Kummer zu bereiten, sondern um dir eine Wahl anzubieten. Wenn du Moslem werden willst, werde ich dir die Freiheit geben, einen guten Mann für dich suchen und dich zu meiner Erbin machen. Viel hast du allerdings nicht zu erwarten, denn nach islamischem Gesetz habe ich keinen Besitz. Andererseits stelle ich dir aber auch frei, nach Frankreich zurückzukehren, doch ich befürchte, daß du dich in diesem Fall in Gefahr begeben würdest – ebenso, wie du vor sechs Jahren in Gefahr warst, als der türkische Soldat hierherkam, um mich zu veranlassen, dich zu töten. Ich glaube«, er suchte nach den richtigen Worten, »daß die Bedrohung aus Frankreich kommt.«

Sie schaute ihn stirnrunzelnd an. »Was bringt dich zu diesem Verdacht, Papa?«
Er setzte sich zu ihr an den Tisch. »Ich hatte viele Jahre Zeit, darüber nachzudenken. Nachdem dein Vater nach Algier gebracht worden war, haben sich die Unterhändler des Korsaren mit Sicherheit mit deiner Familie in Marseille in Verbindung gesetzt und ein Lösegeld gefordert. Ich denke, daß das Geld zwar geschickt wurde, aber nicht als Lösegeld, sondern um sicherzustellen, daß weder du noch dein Vater jemals nach Marseille zurückkehren würdet. Du solltest darüber nachdenken, wer einen Gewinn aus eurem Tod ziehen könnte, Kleines.«
Der Schleier war von Serafinas Kopf geglitten. Mit aufgerissenen Augen starrte sie Kara Ali an. Er wußte, daß sie im Geiste jedes Mitglied des Hauses Guardi auf seine mögliche Schuld hin in Betracht zog. Er liebte ihren scharfen Verstand. Würde er wohl in den Hintergrund treten, wenn sie zur Frau erblühte?
»Nein«, sagte sie schließlich entschieden. »Nein. Es gehört alles mir. Alles.« Sie stand auf und zog den Schleier wieder an seinen Platz. »Ich muß nach Marseille zurück.«
Kara Ali begriff, daß er nicht erwartet hatte, daß die Entscheidung ihr schwerfallen würde. Serafina war für eine Weile seiner Obhut unterstellt worden, und dafür dankte er Allah aus tiefster Seele, doch jetzt war diese Zeit vorüber. »Wir müssen sehr vorsichtig vorgehen«, sagte er. »Die Sterne werden uns sagen, was wir tun sollen.«

In der Woche darauf brachten die Sterne Kara Ali einen Besucher. An dem Schleier, der nur die Augen freiließ, und an den blauen Lidumrandungen erkannte er sofort, daß es sich um einen Tuareg-Krieger handelte.
Bei einem Glas Milch und einer Handvoll Datteln, die sie

in der Kühle des Innenhofs zu sich nahmen, erfuhr der Arzt, aus welchem Grund sein Gast ihn aufgesucht hatte: Ein Junge war vom Pferd gestürzt und hatte sich ein Bein gebrochen. Er hatte diese Leute schon früher behandelt, kannte die große Karawane, die jedes Jahr Goldstaub, Salz und Sklaven aus dem Herzen Afrikas nach Oran und Algier brachte.

Begleitet von Hasan und Achmed und dem hochgewachsenen Targi* brach Kara Ali am späten Nachmittag auf. Schon den ganzen Tag schmerzte ihn jeder Knochen im Leib, und das immer wiederkehrende Herzflattern erinnerte ihn an seine unerledigten Verpflichtungen. Er lächelte, als er darüber nachdachte, in welchem Himmel er wohl erwartet würde. Hätte er die Wahl, würde er den Himmel des Islam vorziehen, denn der versprach hundert Jahre leibliche Genüsse.

Die Karawanserei bestand aus einem Innenhof, der von Ställen umfriedet war, über denen Wohnräume lagen. Ziegen, Maultiere, Schafe und Kamele trugen ihre Geräusche zu dem herrschenden Stimmengewirr bei. Die Gerüche von Kuskus, Kameldungfeuern und schwitzenden Menschen und Tieren waren betäubend. Im Dämmerlicht eines der Zimmer richtete der Arzt das Bein des Jungen ein und ließ einen Schlaftrunk für das Kind zurück. Er war erschöpft. Als er die letzte Bandage anlegte, begannen seine Hände zu zittern. Unten im Innenhof wurde gefeiert. Kara Ali befahl Achmed, seine Untensilien zusammenzupacken und verließ den Raum.

Während er aß – Hammel, Taube mit Mandeln, Grießbrei und Reis –, verdichtete sich die Dunkelheit über der Wüste und den Bergen. Der Schein der Feuer und das Licht der

---

* Singular von »Tuareg«

leicht hin und her schwingenden Messinglampen ließ den Gold- und Silberschmuck der Tänzerinnen aufblitzen, flackerte auf ihren langen dunklen Haaren und glitzerte in ihren schwarzen Augen. Der Klang von Trommel, Tamburin und Flöte und der Anblick der biegsamen Körper weckten längst vergessene Regungen in dem alten Mann – und auch Wehmut: Es ist zu spät, dachte er, viel zu spät. Die Tuareg-Frauen waren unverschleiert, und die tanzenden Lichter verliehen ihren Gesichtern einen geheimnisvollen Zauber. Die Tänzerinnen waren hochgewachsen und voller Grazie, hellhäutig und samtäugig. Die Stammesgesetze gestatteten den Frauen beliebig viele Liebhaber. Kara Alis Blick wanderte zu einer Schönheit, die ihm gegenüber am Feuer saß. Ein Mann stand neben ihr. Sie berührten sich nicht, doch sie machten den Eindruck zusammenzugehören. Nein, korrigierte sich der Arzt, nachdem er die beiden aufmerksam gemustert hatte, der Mann gehörte der Frau! Er war kein Targi, denn seine schwarzen Locken waren nicht mit einem Schleier bedeckt und die Augen nicht mit blauer Farbe umrandet. Die Frau hatte klare, klassische Züge, deren Schönheit sich zweifellos erst entwickelt hatte, als sie erwachsen wurde. So ähnlich wird Serafina eines Tages aussehen, dachte Kara Ali und machte sich daran, eine Handvoll Datteln zu entkernen. Heute schenkten die Männer ihr noch keinen zweiten Blick, doch in ein paar Jahren – in ein paar Jahren würde sie wirklich und wahrhaftig Badr-al-Dujja sein. »Der nächtliche Vollmond«. Wenn sie seine leibliche Tochter wäre, würde er ihr schon morgen einen guten Mann suchen. Ihre Schönheit würde ihr Macht verleihen. Wie würde sie diese Macht einsetzen?

Mit den Dattelkernen in der Hand stand der Arzt auf und verließ die Karawanserei. Er war so erschöpft, als sei auch er wie die Beduinen und ihre Tuareg-Eskorte durch die Wüste und über die Berge geritten. In letzter Zeit ermüdete er rasch.

Draußen im freien Gelände ließ Kara Ali die Dattelkerne auf die Erde fallen. Irgendwann würden die Früchte der Bäume, die daraus entstünden, andere hungrige Durchreisende sättigen. Auch er war früher viel gereist, doch damit war es nun vorbei.

Er schaute zu den Sternen hinauf. Eine Begegnung steht bevor, sagten sie. Je älter er wurde, um so besser verstand er die Botschaften des Himmels, doch er wußte, daß er immer nur einen Bruchteil dessen würde lesen können, was dort geschrieben stand. Weisere Männer als er würden die Geheimnisse ergründen, wenn Allah es wünschte. Aber die Ankündigung einer Begegnung erkannte Kara Ali so deutlich, als stünde sie in großen Lettern am samtschwarzen Firmament. Mit einem Seufzer kehrte der Arzt in die Karawanserei zurück.

Als er seinen Platz wieder eingenommen hatte, waren Tanz und Musik zu Ende, und die Kämpfe hatten begonnen. Die Tuareg kämpften mit zweischneidigen Schwertern und Dolchen und schützten sich mit Lederschilden. Wären es nicht nur Schaukämpfe gewesen, hätten sie auf weißen Kriegskamelen gesessen und Lanzen getragen.

Kara Ali lehnte sich zurück und verfolgte mit Genuß die Darbietung. Auf ihre Weise bewegten sich die Kämpfer ebenso graziös wie die Tänzerinnen. Blaue Schleier wirbelten im Feuerschein, kupferfarben glänzte die schweißnasse Haut. Der Arzt ließ sich eine Tasse Pfefferminztee bringen und stellte fest, daß er es nicht bedauerte, zu alt für diese Art der körperlichen Ertüchtigung zu sein.

Er war kurz davor einzudösen, als der lockenköpfige Mann, der neben der schönen Frau stand, in den Kampf

geschickt wurde. Der Arzt wurde wieder aufmerksam, als einer der Tuareg-Krieger zum drittenmal als Sieger vom Platz ging und die Zuschauer heftigen Beifall spendeten. Das Schwert noch in der Hand, die Augen strahlend vor Stolz, sah er sich nach einem weiteren Herausforderer um. Mit einer gebieterischen Bewegung ihrer zierlichen Hand schickte die Tuareg-Frau ihren Liebhaber in die Arena.
Plötzlich war Kara Ali wieder hellwach. Er setzte sich auf und stützte das Kinn in die Hände. Zuerst hielt er den Mann für einen Araber-Neger-Mischling, was die Locken erklärt hätte, doch dann erkannte er, daß er sich geirrt hatte: Der neue Kandidat hatte blaue Augen! Ein Italiener vielleicht? Oder sogar – der Arzt runzelte die Stirn, als er sich zu erinnern versuchte – ein Ire?
Welcher Rasse er auch angehören mochte, er war ein exzellenter Kämpfer. Sowohl er als auch der Targi trugen Schwert und Dolch. Der Dolch des Targi war am linken Handgelenk festgebunden, der des Europäers am Gürtel. Die Augen des Targi glänzten voller Vorfreude, als die beiden Männer einander auf dem kleinen Sandviereck umkreisten, um den besten Augenblick für den ersten Schlag abzupassen. Dann blitzte eine Schwertklinge auf, und der Kampf begann.
Kara Ali erkannte sehr schnell, daß dieses Duell sich von den anderen Zweikämpfen unterschied. Die vorherigen Darbietungen waren eine Zurschaustellung der Klugheit und atemberaubenden Geschicklichkeit der Wüstenfürsten gewesen, spannend und unterhaltsam, ja – doch dieser... Der Herzschlag des Arztes flatterte erneut, während die Schwerter gegeneinanderklirrten und die Füße über den festgetretenen Sand stampften. Dieser Kampf ging weit über eine Demonstration hinaus.
Der Grund dafür lag auf der Hand. Die Tuareg-Frau saß,

gold- und silbergeschmückt, regungslos da, der Schein der Flammen zuckte über ihr feingeschnittenes Gesicht. Der Europäer gehörte ihr – der Targi wiederum wünschte, sie zu besitzen. Die Tuareg behandelten ihre Frauen zwar mit einem in der arabischen Welt unüblichen Respekt, aber der männliche Wunsch nach Besitz saß tiefer als jeder Brauch. Die beiden Männer kämpften wie zwei Hirsche um ein Weibchen.

Kara Ali hätte auf den Targi gesetzt, wenn er nicht den Ausdruck auf dem Gesicht des Europäers gesehen hätte. Kaum jemals war er einer so grimmigen Entschlossenheit, einem solchen Trotz begegnet. Der Mann wußte, daß er um sein Leben kämpfte, und er wurde nicht von irgendwelchen Regeln edlen Kampfgebarens behindert. Er kämpfte wie ein Straßenräuber, wie ein Hafenarbeiter. Mit steigender Erregung verfolgte der Arzt das Duell. Es erinnerte ihn an Marseille – an die dunklen Gassen, in denen er seinerzeit gelernt hatte, um sein Leben zu kämpfen. Eine Begegnung steht an, hatten die Sterne gesagt.

Der Targi landete den ersten wirkungsvollen Schlag, schlitzte den Unterarm des Europäers auf. Die Wunde zog sich wie eine dunkle Linie über die gebräunte Haut. Der Verletzte zuckte nicht einmal. Es war wie im Schlachtgetümmel, der Schmerz würde sich erst später bemerkbar machen. Die Tuareg stampften begeistert und feuerten ihren Mann an. Die Beduinenfrauen steuerten ihren seltsamen Gesang bei, mit dem sie ihre Männer auch in den Krieg schickten. Sie lösten ihre Haare, wiegten sich hin und her und schüttelten ihre schweren Armreifen. Nur die Herrin des Europäers saß nach wie vor wie eine Statue da.

Als nächstes bekam der Targi einen Schwerthieb in die Rippen. Die Nachtluft hatte sich drastisch abgekühlt, aber

die Körper der Kämpfenden waren schweißüberströmt. Der Europäer hakte seinen Fuß um das Bein des Targi, und beide Männer stürzten zu Boden. Die aufsteigenden Staubwolken ließen das Feuer spucken und Funken sprühen.
Sie hatten ihre Schwerter und Schilde verloren und rollten, Hosen und Haut vom Sand ockerfarben, die Dolche umklammernd, über den Boden. Kara Ali schrie unwillkürlich auf, als dem Europäer der Dolch aus der von Schweiß und Blut nassen Hand rutschte. Gleich darauf lag die Klinge seines Gegners an seiner Kehle.
»Großer Gott!« hörte der Arzt ihn in der plötzlich eingetretenen Stille flüsternd. Englisch! dachte er. Der Mann ist Engländer!
Und dann rief die Tuareg-Frau in ihrer eigenen Sprache: »Er gehört mir, Hanif!«
Der Dolch ritzte die Haut des Engländers. Die Zuschauer hielten den Atem an. Langsam, sichtlich widerstrebend, stand der Targi auf, spuckte in den Sand und stolzierte davon.
Kara Ali verarztete ihn als ersten – zum einen, weil er der Sieger war, und zum anderen, weil seine Verletzung schwerer war. Dann ging er voller Neugier zu dem Engländer.
Er saß im Zelt der Tuareg-Frau – allein, wofür der Arzt sehr dankbar war, hatte eine Schale mit Wasser und ein paar Tücher auf dem Schoß und versuchte gerade, seine Wunde zu reinigen, als Kara Ali erschien.
»Bitte überlassen Sie das mir«, ersuchte der Arzt ihn auf französisch. Er sah, daß er verstanden wurde – und abgelehnt. Hastig fügte er hinzu: »Ich bin Arzt, mein Freund, es ist meine Aufgabe, die Dummheiten anderer zu kurieren. Sie vergeben mir hoffentlich, daß ich nicht in

Ihrer Sprache mit Ihnen spreche, mein Englisch ist zu schlecht. Französisch, Italienisch, Arabisch, sogar das Hamitisch dieser Leute hier, ja, aber Englisch... Meine Zunge ist nie in der Lage gewesen, diese seltsamen Laute hervorzubringen.«

Er ließ sich im Schneidersitz auf dem Boden nieder, nahm dem Engländer Schüssel und Lappen ab und begann, die Wunde auszuwaschen. Der Schnitt war lang und tief, aber glatt, er würde schnell heilen. Kara Ali spürte, wie die Anspannung des blauäugigen Engländers allmählich nachließ.

Nachdem er eine Weile schweigend seine Arbeit getan hatte, sagte der Arzt: »Die Sterne verhießen mir eine Begegnung, mein Freund – sie haben mir unser Zusammentreffen vorausgesagt.«

»Die Sterne«, antwortete sein Patient verächtlich, »zeigen uns Norden und Süden und die Winter- und Sommersonnenwende – das ist alles.«

Kara Ali riß ein Baumwolltuch in Streifen und fragte sanft: »Sie glauben nicht, daß sie uns die Zukunft prophezeien?«

»Sie ermöglichen uns eine Zukunft. Wenn wir uns ihrer nicht bedienen, enden wir auf dem Grund des Meeres oder werden an Felsen zerschmettert, aber sie sagen uns nicht unsere Zukunft voraus.«

»Nein?« Das Herz des Arztes hatte wieder unregelmäßig zu schlagen begonnen. Er zwang sich, ruhig zu atmen. Seine Hände, die den verletzten Arm bandagierten, zitterten leicht. »Sie sind also Seemann, Monsieur...«

»Marlowe. Thomas Marlowe. Ja – ich bin Seemann. Steuermann, um genau zu sein, und ich glaube ebensowenig daran, daß unsere Zukunft in den Sternen geschrieben steht, wie ich glaube, daß die Erde eine Scheibe ist und ich irgendwann herunterfalle, wenn ich bis zu ihrem Rand

segle. Aber ich danke Ihnen für Ihre Mühe«, setzte er mit einem Blick auf den vollendeten Verband hinzu.
Er war vor Kara Ali auf den Beinen und zog den alten Mann hoch, und als Kara Ali einen Augenblick an der Schulter des Engländers lehnte, mußte er sich insgeheim berichtigen. Die Sterne waren nur ein Werkzeug – ein Werkzeug Allahs.
»Ich möchte, daß Sie mich nach Hause begleiten, Monsieur Marlowe«, sagte er. »Ich habe eine Bitte an Sie.«

Da der Arzt ein Kind ihres Stammes behandelt hatte, lehnte die Tuareg-Frau Kara Alis Ansinnen nicht ab, Thomas Marlowe mitzunehmen, aber an ihren geschürzten Lippen und der ungeduldigen Handbewegung, mit der sie ihren Liebhaber entließ, konnte man unschwer erkennen, wie ungehalten sie darüber war.
In die Stille seines Hauses zurückgekehrt, führte Kara Ali Thomas Marlowe in den Raum mit den Öfen und den Büchern. Achmed zündete die Messinglampen an und zog sich dann auf seinen Platz vor der Tür zurück. Der Arzt war müde, doch er hatte noch eine wichtige Aufgabe zu erfüllen, bevor er sich Schlaf gönnen durfte. »Erzählen Sie mir Ihre Geschichte«, forderte er seinen Gast auf. »Ich möchte erfahren, wie ein englischer Steuermann dazu kommt, mit einer Tuareg-Karawane durch dieses Land zu ziehen.«
»Mein Schiff strandete.« Der Engländer, der Hose, Hemd und ein gefüttertes Wams trug, schaute kurz von der Landkarte auf, die Kara Ali auf dem Tisch vor ihm ausgebreitet hatte. »Vor der Berber-Küste, etwa hier, denke ich.« Er deutete auf eine Ecke der Karte. »Das war vor ungefähr vier Monaten. Wir liefen auf eine Sandbank auf.«

Der Arzt hob die Brauen. »Sagten Sie nicht, Sie seien Steuermann, Monsieur Marlowe?«
»Auch der beste Steuermann kann dem Kapitän einen Kurs nur empfehlen, er kann ihn nicht zwingen, sich danach zu richten«, erwiderte Thomas steif.
Kara Ali ließ sich auf einem Hocker nieder und fixierte seinen Gast. »Und dann, Monsieur Marlowe?«
»Ich schwamm an Land. Da ich keine anderen Überlebenden finden konnte, machte ich mich allein auf den Weg. Ich wollte zu einer Hafenstadt, doch ich wurde von Nomaden aufgegriffen, die mich als Packtier mißbrauchten. Ich konnte fliehen, verirrte mich jedoch – ich bin an Meere aus Wasser gewöhnt, nicht an solche aus Sand, Sir – und dachte schon, mein Ende sei gekommen, als die Tuareg mich fanden und mitnahmen.«
Die Augen des Steuermanns hatten sich nicht von der Karte gelöst, während er sprach. Kara Ali spürte seine Sehnsucht nach der See. »Und was nun, Monsieur Marlowe?« fragte er. »Wollen Sie für den Rest Ihrer Tage mit den Tuareg durch die Wüste ziehen?«
Jetzt hob Thomas den Kopf und schaute den alten Mann an. Zorn und Ablehnung standen in seinen blauen Augen. »Ganz sicher nicht, Sir! Ich habe eine Aufgabe.«
»Welche Art von Aufgabe, Monsieur Marlowe?«
Sorgfältig faltete der junge Mann die Karte zusammen. »Ich werde ein Schiff bauen!«
Der Arzt antwortete nicht sofort, sein Herz hatte zu hämmern begonnen. Er fühlte, wie sein Leben dahinrann wie der Sand in einem Stundenglas – und er mußte die letzten Körner noch eine kleine Weile zurückhalten. Er musterte den Engländer eingehend, die Hakennase, den energischen Mund, die stolzen klugen Züge und die Hände, deren Schwielen von jahrelanger harter Arbeit zeugten,

und dann sagte er: »Ich habe Ihnen auch eine Geschichte zu erzählen, Monsieur Marlowe – und einen Vorschlag zu machen.«

Als er geendet hatte, sagte Thomas: »Von Oran nach Cartagena? In einem Fischerboot? Das könnte mich das Leben kosten!«

»Das könnte es.« Kara Ali zog sein Gewand eng um seinen schmerzenden Körper. »Aber Sie sagten doch, Sie seien ein guter Navigator.«

»Der beste«, korrigierte Thomas grimmig. Seine Hände hatten sich zu Fäusten geballt. »Aber ich kann ebenso wenig in die Zukunft sehen wie Ihre Sterne. Wenn ein Sturm aufkäme – und das wäre zu dieser Jahreszeit durchaus nicht ungewöhnlich...«

Wenn ich jünger wäre, würde er auf mich losgehen, dachte Kara Ali. Doch sein Alter schützte ihn, und so fuhr er fort: »Sie haben noch gar nicht nach der Bezahlung gefragt, Monsieur Marlowe.«

»Bezahlung?« Thomas starrte ihn an. »Ich bin in den letzten Monaten etwa ein dutzendmal nur knapp mit dem Leben davongekommen, was haben Sie mir anzubieten, das mich veranlassen könnte, es noch einmal aufs Spiel zu setzen?«

»Gold natürlich«, antwortete Kara Ali ruhig. »Für den Bau Ihres Schiffes. Oder Ihre Freiheit.«

Der Engländer lächelte hochmütig. »Gold habe ich – und meine Freiheit ebenfalls.«

Kara Ali schüttelte den Kopf. »Da irren Sie sich.« Als er das Feuer der Wut in den blauen Augen aufflammen sah, war er erneut froh über sein hohes Alter. »Sie befinden sich in einem Zustand der Versklavung«, sprach er weiter. »Einem wohl recht angenehmen«, setzte er hinzu, als das Bild der schönen Frau vor seinem geistigen Auge erstand,

»aber es ist und bleibt Versklavung. Doch«, sein Blick traf sich mit dem von Thomas Marlowe, »wenn die Moslems von Ihrer Befähigung als Steuermann erführen, würden Sie Ihr zukünftiges Leben damit zubringen, Korsarengaleeren zu steuern: Gute Navigatoren sind an der Berber-Küste Mangelware.«

Die Drohung stand im Raum – indirekt, aber unmißverständlich. Mit sanfter Stimme fügte der Arzt hinzu: »Denken Sie nach, Monsieur Marlowe. Ich biete Ihnen eine Chance, dem Spinnennetz zu entkommen, in dem diese Frau sie gefangenhält – oder in das Sie sich freiwillig begeben haben, wenn Ihnen das lieber ist.«

Der Steuermann sah ihn an. Der Zorn in seinen Augen war Begreifen gewichen. Er nickte langsam.

Kara Ali rief Achmed, damit er Serafina weckte.

DRITTER TEIL

1594
DIE GIER
NACH GOLD

Die Gier nach Gold läßt keinen
Raum für Vernunft.

*Sir Walter Raleighs Entdeckung
Guayanas:*
Richard Hakluyt

Kara Ali sah das spöttische Zucken in Thomas' Mundwinkeln, als er Serafina musterte. »Sprachen Sie nicht von einer Tochter, Sir?«
Es war unmöglich zu erkennen, ob seine Worte sie trafen. Kara Ali wandte sich an das Mädchen, das er wie ein eigenes Kind liebte: »Serafina – dies ist Monsieur Marlowe, der dich nach Marseille zurückbringen wird.« Dann schaute er den Engländer an: »Wenn in diesen Breiten ein Mann und eine Frau mit einem Fischerboot unterwegs wären, würde das sofort Verdacht erregen – ein Mann und ein Junge werden bedeutend weniger auffallen.«
»So, wie er angezogen ist, sehr wohl«, gab Serafina zu bedenken. Sie hatte die Engländer nie gemocht – und sie machte bei diesem Mann keine Ausnahme. Er war mittelgroß, kräftig, sonnengebräunt, mit einem arroganten Gesicht, umrahmt von schwarzen Locken. Alle Engländer waren hochnäsig. Früher hatten sie große Ländereien in Frankreich besessen, doch sie hatten alle verloren – durch Betrug und Unfähigkeit. Serafina fühlte sich mit ihren kurzgeschnittenen Haaren, dem Jungenhemd und den weiten Hosen höchst unbehaglich, aber sie sagte ruhig: »Er muß sich wie ein Einheimischer kleiden, Papa.«
Kara Ali nickte, und Serafina sah Unwillen in Thomas Marlowes Augen aufblitzen. Doch als Achmed sich entfernte, um alles Erforderliche zu holen, sagte der Steuermann lediglich: »Ich werde einen Magneten brauchen. Haben Sie einen?«
Der Arzt besaß nicht nur einen Magneten, sondern auch

umfangreiches Kartenmaterial. Serafina musterte den Mann, der in den letzten sechs Jahren ihr Besitzer und wie ein Vater für sie gewesen war. Seine Haut hatte eine ungesunde fahle Blässe, jede Bewegung schien ihm Mühe zu machen. Sie hatte ihm angeboten, bis zu seinem Tod bei ihm zu bleiben, doch er hatte abgelehnt. Sie wußte, daß sie die richtige Entscheidung getroffen hatte, und als bei dem Gedanken, mit einem ihr völlig Fremden in einer Nußschale das Meer zu überqueren, Furcht in ihr aufstieg, rief sie sich den Anblick des Kreuzes ins Gedächtnis, mit dem ihr Vater gebrandmarkt worden war. In den letzten Wochen hatte sie immer wieder davon geträumt, seit der Arzt ihr erzählt hatte, wie ihr Vater gestorben war. Tagsüber hatte sie nach wie vor als Badr-al-Dujja, das moslemische Sklavenmädchen, gelebt, doch nachts hallte ihr richtiger Name im Rhythmus der Wellen, die gegen den Rumpf der gekaperten *Gabrielle* brandeten, und des Jammerns der Gefangenen im Bagno von Algier durch ihren Kopf. Das Schneiden ihrer Haare und das Ablegen der Kleider, die sie inzwischen fast als ihre eigenen akzeptiert hatte – beides war im Auftrag Kara Alis geschehen, nachdem Achmed sie aus dem Schlaf geholt hatte –, entfachte ein Feuer der Erregung in ihrem Herzen.
Als sie nun neben den gesattelten und bepackten Pferden standen, nahm sie die Hand des Arztes. Sie wußte nicht, was sie sagen sollte – kein Wort wäre ihren Gefühlen gerecht geworden.
»Allah sei mit dir, Kleines«, sagte Kara Ali leise.
Sie schaute ihn lange schweigend an. Dann stieg sie auf ihr Pferd und ritt für immer aus seinem Leben.

Während des Ritts vom Haus des Arztes zur Küste nahm der Engländer weder Rücksicht auf Serafinas Alter noch

auf ihr Geschlecht. Er wollte vor Tagesanbruch Segel setzen, bevor die Fischer aufwachten und feststellten, daß eines ihrer Boote fehlte. Einer seiner Arme war verbunden, doch das schien ihn nicht zu behindern. Er machte auf dem Pferd keine so gute Figur wie die Beduinen, die oft zum Haus des Arztes gekommen waren, und schon gar nicht wie Angelo. Er trieb das Reittier bis an die Grenzen seiner Leistungsfähigkeit an und erwartete offenbar das gleiche von ihr. Sie erreichten die Küste in bemerkenswert kurzer Zeit, nahmen den Pferden das Gepäck ab und versteckten sie in einem Dattelpalmenhain. Achmed würde sie am nächsten Tag dort abholen. Der Himmel war noch immer nachtschwarz, doch Serafina würde den Weg zum Meer auch in der Dunkelheit finden. Kara Ali und sie waren oft hier gewesen – offiziell, um Fisch zu kaufen oder Kranke zu besuchen. In Wirklichkeit, um das Meer zu sehen. Serafina wußte, daß diese riesige blaue Fläche bis an die Küsten von Frankreich und Italien reichte, doch es erschien ihr unfaßbar. Sie packte den Engländer am Ärmel und führte ihn zum Strand hinunter.
Die Fischerboote tanzten mit zusammengerollten Segeln auf den sanften Wellen wie Blütenblätter auf einem Teich: Tartane, Feluken, Scherbecken. Im Mondlicht wirkten die Masten und Rümpfe zart und zerbrechlich. Thomas Marlowe, der neben Serafina durch das seichte Wasser stapfte, inspizierte ein Boot nach dem anderen und ließ seine kräftigen, schwieligen Finger über die Holzkörper gleiten. Und dann sagte er plötzlich: »Das da!«

Er wählte die Tartane aus, weil sie nur einen Mast hatte. Er glaubte, wegen der Beeinträchtigung durch seine Verletzung nicht mehr bewältigen zu können, das Mädchen hatte er als unfähig zu jeglicher Hilfestellung eingeschätzt. Sie sah eher aus wie zwölf als wie sechzehn, Arme und Beine glichen dünnen Stecken, und bislang hatte er keine weiblichen Rundungen an ihr entdecken können. Sie sagte nichts, als er anbot, ihr an Bord zu helfen, umfaßte lediglich fest seine Hand und schwang sich über den Bootsrand hinauf.

Die ersten Sonnenstrahlen berührten den Horizont, als Thomas den Anker lichtete und sich daran machte, die beiden Segel zu setzen. Plötzlich fühlte er sich zu Hause – mehr als jemals zuvor. Er rollte die Segel herunter und benutzte ein Ruder, um die Tartane vom Strand wegzubringen. Bald würden die Fischer kommen und ihre Netze einsammeln, die wie Spinnweben auf dem Sand lagen. Die Segel blähten sich, der Wind trieb das winzige Schiff ins offene Wasser hinaus. Das Mädchen saß, die Knie fest zusammengepreßt, ihr Gepäck vor sich, am Heck. Serafina, dachte er, als er die Segel so ausrichtete, daß sie die frische Brise optimal einfingen. Was für ein alberner Name!

Als sie die Küste bereits ein gutes Stück hinter sich gelassen hatten, glaubte er die Stimme der aufgebrachten Fischer zu hören. Er schüttelte seine Faust gegen all jene, die versucht hatten, ihn seiner Bestimmung zu entziehen. Eine wilde Freude darüber stieg in ihm auf, nun doch diesem Land entkommen zu sein, aus dem er keinen Ausweg gesehen hatte. Er warf einen Blick zu Serafina hinüber und suchte in ihrem Gesicht nach einer Gefühlsregung, doch da war nichts zu erkennen: Ihre kindlichen Züge waren völlig ausdruckslos. Unverwandt blickten die dunklen Augen zum Horizont.

Im Laufe des Tages stellte Thomas fest, daß das Boot und das Mädchen etwas gemeinsam hatten: Sie waren beide widerborstig! Die Tartane, weil die beiden Segel und das Fehlen eines ordentlichen Ruderblattes es fast unmöglich machten, sie zu steuern. Das Mädchen auf subtilere Weise.

Zuerst glaubte er, ihre Schweigsamkeit beruhe auf Schüchternheit oder Furcht. Er wußte, daß sie italienischer Abstammung, jedoch in Frankreich geboren war und die letzten sechs Jahre als Sklavin gelebt hatte. Er vermutete, es sei ihr peinlich, kein Tuch zu haben, um ihren Kopf zu bedecken und kein Gewand, das ihren Körper verhüllte. Nicht, daß da etwas zu verstecken gewesen wäre – aber in dem Versuch, höflich zu sein, bot er ihr, als sie weit genug vom Strand entfernt waren, sein eigenes an. Sie sah ihn an, als habe er eine ansteckende Krankheit, sagte: »Nein, danke, Monsieur Marlowe«, und starrte dann wieder mit gefalteten Händen aufs Meer hinaus. Da wurde ihm klar, daß sie ihn nicht für wert hielt, das Wort an ihn zu richten.

Er meinte, die spanische Küste bei günstigem Wind in ein paar Tagen erreichen zu können. Gegen Ende des zweiten Tages begann der Wind ihn zu beunruhigen. Nicht die Richtung – er wehte von Süden, wie sie es benötigten –, aber er war so kühl geworden, daß Thomas befürchtete, er kündige ein Unwetter an. In dieser Nacht schlief er mit vielen Unterbrechungen. Jedesmal, wenn die tiefe Brise an den Segeln zerrte, fuhr er hoch.

In den frühen Morgenstunden spürte er das herannahende Unheil nicht nur in seinen Knochen, er sah es auch an den höher werdenden Wellen und hörte es am Knattern der Segel. Das Mädchen lag zusammengerollt schlafend am Heck. Er wickelte ein Tau um ihre Taille. Als Serafina hochfuhr, mußte er eine Hand auf ihren Mund pressen und sie anschreien, um zu erreichen, daß sie ihm zuhörte.

»Ich binde uns beide an den Mast. Hier ist ein Eimer zum Wasserschöpfen.« Damit ließ er sie allein mit ihrem Zorn, rollte eiligst die Segel auf, wobei er schwer zu kämpfen hatte, daß der Sturm sie nicht in Fetzen riß. Seine einzige Hoffnung war, daß die Tartane wie eine Nußschale auf den Wogen tanzen würde – steuern konnte er sie jetzt nicht mehr.

Als er alles festgezurrt und gesichert hatte, kniete er sich neben Serafina, und beide schöpften Wasser aus dem Boot. Der Sturm wehte in starken Böen, denen kurze Perioden von Windstille folgten. Thomas, der die Auswirkungen von zwei schlaflosen Nächten spürte, sprach mit sich selbst, um sich wach zu halten, denn Serafina fiel als Gesprächspartner aus.

Er sprach über die *Kingfisher*. Vier Masten, voll getakelt mit Bramsegeln, schlankem Vordeck und einem Sprietsegel. Grünes Wasser schwappte auf dem Boden der Tartane. Thomas, den teilweise gelösten Verband wie eine flatternde Fahne am Arm, schöpfte das Wasser aus dem Boot – unermüdlich, mechanisch. Langer Kiel, schmaler Rumpf und nicht zu hochwandig, so würde sein Schiff aussehen. Denn den meisten Schiffen wurden die hohen Seitenwände zum Verhängnis. Die *Kingfisher* würde eine Schönheit sein, doch ihre Schönheit würde nicht in nutzlosen Verzierungen liegen, sondern in der Linienführung, der Zweckmäßigkeit.

Wieder peitschten Böen über das Deck, und Thomas unterbrach seine Träumereien. Eine Woge packte das Boot und hob es hoch in die Luft. Er hatte nur eine Möglichkeit, es am Kentern zu hindern – sein Körpergewicht. Daß er sich rückwärts warf, entsprang dem Instinkt und nicht einer Überlegung. Daß das Mädchen mitgerissen wurde und mit dem Kopf auf dem niedrigen Bootsrand aufschlug, war der Tatsache zu verdanken, daß er sie beide aneinander gebunden hatte.

Die Tartane hielt sich aufrecht, und Thomas bemerkte zwei Dinge: Daß der Himmel am Horizont heller wurde und daß Serafina leblos wie eine Stoffpuppe neben ihm lag. Ihre Augen waren geschlossen, und ein rotes Rinnsal lief von ihrer Schläfe über ihr Gesicht. Ihre Kleider, wie die von Thomas völlig durchweicht, klebten wie eine zweite Haut an ihrem Körper und zeigten ihm weibliche Formen, die er vorher nicht bemerkt hatte. Ihre Knochen waren zart wie die eines Vogels, aber ihre Brüste durchaus nicht flach und auch ihre Hüften nicht jungenhaft. Ihre Haut – kühl durch das Meerwasser – fühlte sich an wie Seide. Die kurzgeschnittenen Haare klebten an ihren Lidern und ihrem Mund. Behutsam strich Thomas sie beiseite.

Er tastete nach dem Puls an ihrem Hals, stellte beruhigt fest, daß sie noch lebte, und legte sie vorsichtig in den Schiffsrumpf. Der Sturm ließ allmählich nach, doch Thomas arbeitete unermüdlich weiter, schöpfte das Wasser der großen Welle aus dem Boot, die ihnen fast zum Verhängnis geworden wäre, zurrte Taue fest und überprüfte die Segel. Als er sich überzeugt hatte, daß die Tartane noch seetüchtig war, kehrte er zu Serafina zurück.

Ihre Augen waren immer noch geschlossen, und das Blut lief wie ein roter Bach über ihr bleiches Gesicht. Thomas kniete sich neben sie und begann, sein Gewand in Streifen zu reißen.

Die Wunde befand sich direkt unter dem Haaransatz und sah nicht so gefährlich aus, wie Thomas befürchtet hatte. Er wischte das Blut von Serafinas Gesicht und legte ihr einen provisorischen Verband an. Als er fertig war, schüttelte er sie leicht und rief ihren Namen.

Ihre Lider flatterten. Er zog sie hoch und lehnte sich mit ihr im Arm an die Bootswand. Er hätte seine Seele für einen Schluck Aquavit verkauft, aber natürlich hatte der abtrünnige Arzt so etwas nicht im Haus gehabt. Serafina ruhte an Thomas' Brust wie ein nach langer Flucht erschöpftes kleines Tier. Er sagte erneut ihren Namen und berührte zart ihre Wange, und als er aufblickte, entdeckte er die Silhouette, die sich am Horizont abzeichnete: die Südküste Spaniens!

Wie jedesmal in einer solchen Situation ergriff ein berauschendes Hochgefühl von ihm Besitz. »Schau, Serafina!« rief er aufgeregt. »Land!«

Sie schlug die Augen auf und blickte zur zerklüfteten Küste, die in der Ferne rosafarben schimmerte. Thomas hatte sie für ein innerlich verhärtetes Geschöpf gehalten – jetzt sah er mit einiger Bestürzung, daß sein Schützling zu weinen anfing.

Sie legten in einer kleinen Felsenbucht an und überließen die Tartane dem unweigerlichen Schicksal, bei der nächsten Flut zerschmettert zu werden. Vor Schwäche zitternd und von hämmernden Kopfschmerzen gepeinigt, gestattete Serafina dem Engländer, ihr aus dem Boot ans Ufer zu helfen.

Sie setzte sich auf einen Felsen und kämpfte verzweifelt darum, ihre Fassung wiederzugewinnen. Sie hatte nicht mit diesem überwältigenden Gefühl, einer Mischung aus Freude und Furcht, gerechnet. Nur verschwommen nahm sie wahr, daß der Steuermann das Gepäck auslud. So wenig sie ihn mochte, so sehr bewunderte sie die Geschicklichkeit und Hartnäckigkeit, mit der es ihm gelungen war, die Tartane über Wasser zu halten – und sie verachtete sich für ihre Tränen und ihre Schwäche.

Sechs Jahre war sie fort gewesen. Was würde sie in Marseille erwarten? Der Gedanke, daß sie vielleicht nichts mehr vorfände, daß alles, was die Familie besessen hatte, verloren sein könnte, war unerträglich – schlimmer als jeder Alptraum.

Obwohl sie gute Pferde gekauft hatten, kamen sie nur langsam voran. Das Wetter war unbeständig, und die schlammigen Straßen machten die Reise beschwerlich. Wegen der Banditen, die durch das Land zogen, hatten sie auf alle Anzeichen von Wohlstand verzichtet.
Während sie durch den Regen ritten oder wenn sie nachts wach lag, redete Serafina sich ein, daß zu Hause alles wie früher wäre, daß die Jahre in Nordafrika – fast die Hälfte ihres bisherigen Lebens – an Bedeutung verlieren würden. Sie wäre wieder Serafina Guardi anstatt Badr-al-Dujja – oder ein Junge wie jetzt. Marthe würde ihre gewohnte Ruppigkeit vorübergehend vergessen und sie unter Freudentränen in die Arme schließen. Und der schöne Angelo – der Held ihrer Kinderträume – würde wie damals beim Abschied lächeln und sie küssen. Alles würde wie immer sein – mit einem Unterschied! Wenn ihre Gedanken bei diesem Punkt ankamen, zog sie sich die Decke über den Kopf und verdrängte die Erinnerung an ihren Vater.
Sie war noch immer wie ein Junge angezogen. Das sei klüger, hatte Thomas Marlowe gemeint und ihr auf einem Dorfmarkt entsprechende Kleider gekauft. Sie hatte es eingesehen und widerspruchslos die Mütze auf ihre kurzen Haare gesetzt.
Bisher hatten sie kein Gespräch miteinander geführt, doch als sie an diesem Abend – eine Woche nach ihrer Ankunft an der spanischen Südküste – nach einem weite-

ren Tagesritt durch Regen und kalten Wind in einer Taverne saßen, sagte Serafina, nachdem sie sich satt gegessen hatten und ihre Kleider in der durch ein Kaminfeuer behaglich warmen Gaststube allmählich trockneten: »Was werden Sie tun, wenn wir nach Marseille kommen, Monsieur Marlowe?«
Sie hatte den Eindruck, er sei ein wenig beschwipst von dem süßen Wein – aber noch nicht so sehr, um sie nach oben zu schicken und mit den Männern drüben in der Ecke zu würfeln.
Er fuhr sich mit den Fingern durch die noch regenfeuchten Locken und schnitt ein Stück von dem Brotlaib ab, der zwischen ihnen lag. »Ich muß sechs Monate aufholen, in denen es mir nicht möglich gewesen war, etwas Sinnvolles zu tun.«
Sobald er sie bei ihrer Familie in Marseille abgeliefert hatte, würde er sich verabschieden – so lautete die Übereinkunft, die Kara Ali mit ihm getroffen hatte.
Scheinbar nur aus höflichem Interesse fragte Serafina: »Sie sind Seemann, nicht wahr, Monsieur Marlowe?«
»Steuermann.« Ein Leuchten trat in seine Augen. »Aber bisher war ich immer nur auf fremden Schiffen – jetzt will ich mein eigenes steuern.«
»Ich weiß.«
Er starrte sie überrascht an. Angelo war in ihren Mädchenträumen immer der Prinz gewesen – Thomas Marlowe mit seinem muskulösen Körper und dem kantigen Gesicht war das genaue Gegenteil. Sie interessierte sich nur für seine Pläne, das war alles. Verdutzt unterbrach er ihre Gedanken mit der Frage: »Du hast mir damals zugehört?«
»Ja. Hätte ich das nicht tun sollen?«
»Ich habe keine Geheimnisse ausgeplaudert – es wundert

mich nur, daß du mich verstanden hast. Du kannst doch kein Englisch.«
»Sie haben französisch gesprochen.«
Verblüffung zeigte sich auf seinem Gesicht, doch gleich darauf wandte er sich wieder dem großen Anliegen seines Lebens zu. Er tauchte einen Finger in seinen Wein und begann, auf die verkratzte Tischplatte zu zeichnen: zwei Schiffe – nur flüchtig umrissen, aber einwandfrei zu erkennen. Dann deutete er auf die erste Zeichnung: »Das ist eine Galeere. Ich nehme an, du hast dich auf einer solchen befunden, als ihr überfallen wurdet – und der Korsar war sicherlich ebenfalls mit einer unterwegs.«
Sie nickte. Die Bilder der Schlacht erschienen vor ihrem geistigen Auge, doch sie hatte gelernt, sie zu betrachten, als gehörten sie zum Leben einer anderen Person. »Die Schiffe der Heiden sind anders als unsere«, sagte sie. »Länger – und wendiger.«
Sein Blick drückte fast so etwas wie Anerkennung aus. »Deshalb waren sie in der Lage, euch zu überwältigen. Deshalb hast du sechs Jahre lang als Sklavin an der Berber-Küste leben müssen.«
Serafina erinnerte sich daran, wie hilflos die *Gabrielle* den Angreifern ausgeliefert war, weil sie nicht die Möglichkeit hatte, ihre Kanonen in Schußposition zu bringen.
»Und das«, Thomas zeigte auf die zweite Skizze, »ist ein Rundschiff oder eine Kogge – wie immer du es nennen willst. Ein hübsches kleines Frachtschiff, aber bei einer Korsarenattacke noch wehrloser als eine Galeere. Toplastig, schwer zu manövrieren und langsam wie eine Schnecke.«
Wieder nickte sie. »Die *Mignon* und die *Petit Cœur* waren Koggen. Sie hatten Stoffe für Italien geladen.«
Thomas' Skizzen waren fast getrocknet. Er begann, er-

neut zu zeichnen. Ein weiteres Schiff erschien auf der unebenen Kiefernholzplatte.
»Das hier – das ist das Schiff, das ich bauen will. Umlaufend Schießscharten, damit aus jeder Position geschossen werden kann, doppelt so schnell wie ein Rundschiff und besser zu manövrieren als eine Galeere, und es kann, im Gegensatz zu einer Galeere, das ganze Jahr über eingesetzt werden.«
»Die *Kingfisher*«, sagte Serafina, als der Engländer dem Wirt mit einem Handzeichen bedeutete, seinen Weinbecher aufzufüllen.
»Du hast dir sogar den Namen gemerkt!« staunte er.
»Wollen Sie sie in England bauen?« fragte sie.
Er senkte den Blick und schüttelte den Kopf. »Nein. Es wäre... unklug von mir, nach England zurückzukehren – wenigstens zum jetzigen Zeitpunkt.«
Sie betrachtete ihn eine Weile schweigend. »Wo dann?« hakte sie schließlich nach.
»Irgendwo«, antwortete er mit einer weit ausholenden Geste. »Spanien, Italien, Frankreich – wo immer es möglich ist. Sogar an der verdammten Berber-Küste, wenn es nicht anders geht. »Nein«, er rieb sich nachdenklich das Kinn, »vielleicht doch lieber nicht.«
»Bauen Sie das Schiff für mich, Monsieur Marlowe.«
Er schaute sie einen Augenblick verblüfft an, dann begann er zu lachen. »Für dich? Mein liebes...«
»Sie erwägen tatsächlich Spanien?« Sie hatte die Hände im Schoß gefaltet und musterte ihn kühl. »Spanien ist Englands Feind. Sie würden wirklich ein Schiff für die zweite Armada bauen?«
Zorn blitzte in seinen blauen Augen auf. »Ich baue das Schiff nur für mich!«
»Haben Sie denn das Geld dafür?«

»Du bist ganz schön neugierig für dein Alter. Ja, mein Kind, ich habe das Geld dafür. Jedenfalls für den Anfang, und dann werde ich schon jemanden finden, der erkennt, daß er nur gewinnen kann, wenn er mir weiterhilft.«

Die Umrisse des Schiffes glitzerten feucht im Kerzenlicht. »Ich besitze eine Stofftransportfirma in Marseille«, eröffnete Serafina ihrem Gegenüber. »Wir werden Schiffe brauchen.«

Er reagierte nicht etwa dankbar, sondern verärgert. »Erstens«, er nahm die Finger als Zählhilfe, »besitzen kleine Mädchen keine Firmen. Ihre Väter besitzen sie – oder ihre Brüder...«

»Mein Vater ist im Bagno von Algier gestorben, und ich habe keine Brüder. Das Geschäft gehört mir.«

Er fuhr fort, als habe sie nichts gesagt: »... zweitens sind die Schiffe, die vor sechs Jahren den Korsaren in die Hände fielen, inzwischen mit Sicherheit ersetzt worden – falls eure Firma überhaupt noch existiert. Drittens«, er erstickte ihren Protest mit einer energischen Handbewegung, »wird die *Kingfisher* nicht dazu mißbraucht werden, an irgendwelchen Küsten entlangzuschippern und wie eine Barke Wollmützen und Damenstrümpfe zu transportieren.«

Serafina erinnerte sich an das Lagerhaus in Marseille, und für einen Moment empfand sie einen ebensolchen Zorn wie er. »Sie wollen lieber bei den Westindischen Inseln nach dreiköpfigen Seeungeheuern suchen oder nach märchenhaften Goldschätzen in der Neuen Welt?«

Er starrte sie feindselig an. »Durchaus nicht. Ich werde Handel treiben – in einem Umfang, den du dir nicht einmal im Traum vorstellen kannst. Und jetzt verschwinde ins Bett.« Er zog zwei Würfel aus der Tasche. »Ich habe die Absicht, mein Vermögen noch etwas zu vergrößern.« Serafina stand auf – sie war es gewöhnt zu gehorchen. Sie hatte eine Idee in Thomas Marlowes Kopf eingepflanzt – für den Augenblick genügte ihr das.

Je weiter sie in die Provence vordrangen, um so mehr bekamen sie den Bürgerkrieg zu spüren. Von Paris ausgehend, hatte er sich auch auf den Süden ausgedehnt, und die Mittelmeerstädte handelten in zunehmendem Maße in ihrem eigenen Interesse anstatt in dem der wechselnden, austauschbaren Könige. Die unvermeidlichen Begleiterscheinungen des Krieges – Mißtrauen, Gewalttätigkeiten und Hungersnot – überzogen die Lavendel- und Rosmarinfelder und die weißgetünchten Dörfer an der Küste. Savoyarden, französisch-katholische und Hugenottentruppen hatten die schöne Provence im Kampf um politische und religiöse Ziele zertrampelt. Vier Jahre zuvor hatte Charles de Casaulx eine Periode der Diktatur eingeleitet, und während Henri IV. sein Erbe fester in den Griff nahm, fiel Marseille zusehends in die Isolation, bis es gezwungen war, sich an Spanien um Hilfe zu wenden: Es brauchte Getreide, Waffen, Soldaten und Galeeren.
Je näher sie Marseille kamen, um so stärker wurde das unangenehme Gefühl in Thomas Marlowes Magengrube. Wenn das verwünschte Mädchen an seiner Seite nicht gewesen wäre, hätte er in Cartagena oder Valencia ein Schiff bestiegen und Henri de Navarres Königreich gänzlich gemieden.
An einem Frühsommertag sahen sie Marseille vor sich liegen. Sie ritten von den weißen Klippen herunter und mußten am Stadttor einen Schwall von Fragen über sich ergehen lassen. Nachdem Thomas sich als Segelmacher aus Genua ausgegeben, die schweigende Serafina als

Giovanni vorgestellt und auch die anderen Fragen der Wache mit phantasiereichen Lügen beantwortet hatte, durften sie schließlich passieren.
In der Stadt herrschte Feststimmung. Oboen-, Violen- und Flötenklänge ertönten in der brütenden Hitze. Serafina senkte den Kopf, als könne sie damit dem Lärm und dem grellen Sonnenlicht entgehen – sie litt sichtlich. Thomas jedoch wurde bei der Aussicht, seinen lästigen Schützling in Kürze loszuwerden, leicht ums Herz. Bald würde er nicht mehr die unpassende und lächerliche Rolle eines Kindermädchens spielen müssen – bald wäre er frei und in der Lage, das Geschenk zu nutzen, das die See ihm nach dem Verlust der *Toby* gemacht hatte.
Wegen des Festes mußten sie ihre Pferde bei einem Gasthaus abstellen und sich ihren Weg zu Fuß durch die bevölkerten Straßen bahnen. Thomas führte Serafina am Ellbogen. Maskierte Gestalten kamen ihnen entgegen: Satyre, Mänaden und zweiköpfige Ungeheuer. Serafina hatte den ganzen Tag kaum ein Wort gesprochen, weder Furcht noch Freude gezeigt, sondern sich völlig in sich zurückgezogen und kaum reagiert, wenn Thomas etwas zu ihr sagte – doch das störte ihn nicht. Er roch Salzluft, Fisch und Pech, sah in der Ferne den Wald von Masten im Hafen, wenn sie aus einer schmalen Gasse auf einen der Plätze kamen, und wurde von einer freudigen Erregung erfaßt. Marseille wäre eine Chance! Die Frage, wo er sein Schiff bauen sollte, hatte Thomas seit ihrem Gespräch in der spanischen Taverne nicht mehr losgelassen. Zu seinem Ärger hatte Serafina recht: Spanien kam nicht in Frage, denn selbstverständlich lag es nicht in seinem Interesse, den Feinden ein Schiff zur Verfügung zu stellen, um es gegen sein eigenes Land einzusetzen. Und er würde auch für das Reich der Ottomanen kein Schiff

bauen, denn das würde wie bei Kara Ali zum Verlust seines Namens, seiner Religion und seiner Unabhängigkeit führen. Nach England zurückzukehren und die *Kingfisher* dort mit dem gestohlenen Gold der Levant Company zu bauen wäre gelinde gesagt eine Dreistigkeit – und außerdem gab es da auch noch den eifersüchtigen Edward Whitlock. Nein, dachte Thomas – die *Kingfisher* sollte ihm allein gehören! Er würde für Auftraggeber Fracht transportieren, aber er würde sein Besitzrecht nicht aufgeben. Niemals!

Thomas atmete genießerisch die salzige Luft ein, während er Serafina durch die Straßen führte. Ja – Marseille wäre gar nicht schlecht. Es verfügte über Docks, es gab Holz und Segeltuch, und die Stadt war ein Handelszentrum – ein Knotenpunkt zwischen der Levante und dem Norden. Allerdings ein nicht ungefährlicher, denn trotz des Festtages war die Atmosphäre erfüllt von Aggression. Thomas, den Politik nur interessierte, sofern sie sich auf den Handel auswirkte, hatte die Hand auf den Griff seines Messers gelegt und mied dunkle Durchgänge und verlassene Gassen. Ein kostbar gekleideter Kaufmann versuchte, sich zu Pferde den Weg durch die Menge zu bahnen. Flüche schlugen ihm entgegen, haßerfüllte Blicke trafen ihn. Thomas war froh über seine unauffällige Aufmachung.

Wieder einmal kamen sie auf einen Platz – und Serafina blieb wie angewurzelt stehen. Thomas folgte dem Blick ihrer aufgerissenen Augen. Auf der anderen Seite des Platzes, jenseits der Stände, an denen Bänder, Süßigkeiten und Wein feilgeboten wurden, jenseits der Tänzer, Jongleure und Feuerschlucker und der Seeleute mit ihren Mädchen, stand ein vierstöckiges Haus, das – höher und breiter als die Nachbargebäude – die ganze Seite des Platzes beherrschte.

War das vielleicht das Guardi-Haus? Serafinas Verhalten deutete darauf hin. Zum erstenmal kam Thomas der Gedanke, daß die Guardis möglicherweise doch bedeutender waren, als er angenommen hatte. Die Fassade prunkte mit einem Übermaß von Verzierungen – allesamt aus Blattgold –, die im Sonnenlicht blitzten und glitzerten. Thomas fühlte sich an die Paläste in Venedig erinnert – an die Zurschaustellung von Reichtum, die beeindrucken und Macht demonstrieren sollte.

Serafina riß sich los und drängte sich zwischen den Verkaufsständen und fliegenden Händlern, Tänzern, Wasserträgern und Zwiebelverkäufern hindurch. Als sie die Stufen zu dem goldenen Haus erreichte, erwartete Thomas, daß sie hinaufstürzen und mit den Fäusten an die Tür schlagen würde, woraufhin sich eine überschwengliche, rührselige Begrüßungsszene abspielen würde. Er folgte ihr langsam, ohne die kleine Gestalt aus den Augen zu lassen. Serafina rührte sich nicht. Was sollte das? Dieser Prachtbau war zweifellos ihr Vaterhaus, doch als er bei ihr ankam, stand sie immer noch auf derselben Stelle. Ihr Gesicht drückte tiefe Ratlosigkeit aus.

Sie bemerkte ihn erst, als er sie ansprach. »Es ist anders«, sagte sie leise. »Es ist alles ganz anders...«

Thomas schluckte die aufsteigende Ungeduld hinunter. »Du bist lange weggewesen«, erinnerte er sie freundlich. Zu seiner Überraschung sah er Furcht in den ansonsten undurchdringlichen Augen – zum ersten Mal, seit er sie kannte. In dem Versuch, sie zu trösten, nahm er ihre kleinen Hände in seine. Sie entzog sie ihm, als habe sie sich verbrannt, stieß »der Bäcker!« hervor und rannte davon.

»Warte doch!« rief Thomas ihr ärgerlich nach.

Sie blieb stehen. »Ich will erst mit dem Bäcker spre-

chen«, erklärte sie. »Monsieur Caillot ist ein Freund von mir.«
Wieder mußten sie sich durch die aggressive Menge kämpfen. Irgend jemand schlug ihm ein Bündel Lavendel ins Gesicht. Thomas, der damit gerechnet hatte, seine Freiheit wiedergewonnen zu haben, schob es wütend beiseite. Er betrat hinter Serafina die Bäckerei.
Der Duft von Frischgebackenem schlug ihnen entgegen. Serafina begrüßte den Bäcker, dessen dickes rotes Gesicht keinerlei Anzeichen des Erkennens zeigte, was allerdings kein Wunder war. Mit den kurzen Haaren und den Jungenkleidern hatte sie sicherlich kaum Ähnlichkeit mit dem Mädchen, das vor so langer Zeit nach Italien aufgebrochen war. Serafina schien ihre Fassung wiedergewonnen zu haben. Bald würde sie den Mut finden, zu dem goldenen Haus hinaufzusteigen. Die beiden unterhielten sich in schnellem Marseiller Französisch, und Thomas machte gar nicht den Versuch, dem Gespräch zu folgen. Ein etwa siebzehnjähriges Mädchen kam aus der Backstube und begann, Brotlaibe auf dem Ladentisch aufzustapeln. Ihre festen, vollen Brüste quollen fast aus dem Décolleté, das lockige Haar war mehlbestäubt. Immer wieder huschte ihr Blick zu Thomas, der dies jedesmal mit einem Lächeln quittierte. Es blieb ihm jedoch keine Zeit, die Bekanntschaft zu vertiefen, denn zu seiner Verblüffung sah er plötzlich, wie Serafina sich vorbeugte und ein Brot in ihrem weiten Hemd verschwinden ließ, als der Bäcker gerade nicht herschaute. Dann verließ sie ohne jede Hast den Laden. Thomas starrte ihr mit offenem Mund nach.

Das Brot war noch warm – sie spürte es auf der Haut. Serafina ging auf die Docks zu, denn die hatten sich nicht verändert. Sie hörte Schritte hinter sich, drehte sich jedoch nicht um. Ein paar Meter weiter setzte sie sich auf ein Faß und blickte Thomas entgegen, der mit empörtem Gesicht auf sie zukam.

»Warum hast du das getan?« fragte er aufgebracht.

Zuerst wußte sie gar nicht, was er meinte. Die Worte des Bäckers tanzten im Rhythmus der Musik vom Festplatz durch ihren Kopf. Ihr war wirklich nicht nach einer Diskussion zumute.

»Das!« Er deutete auf das Brot, das sich unter ihrer Bluse abzeichnete.

Sie begriff nicht, weshalb er sich so aufregte: Sie hatte das Brot gestohlen, weil sich die Gelegenheit bot, das war alles. »Für den Fall, daß wir hungrig werden«, antwortete sie. Wenn er doch still wäre!

Aber er war nicht still. »Wir haben erst vor einer halben Stunde gegessen! Und wenn wir hungrig werden, haben wir genug Gold, um uns etwas zu essen zu kaufen! Warum riskierst du wegen eines Brotes, das wir nicht einmal brauchen, daß man dich ins Gefängnis wirft?«

»Er hat es ja nicht bemerkt«, erwiderte sie verächtlich, zog den Laib aus ihrem Hemd und warf ihn ins Hafenbecken.

Zornig zischend drehte Thomas sich auf dem Absatz um und stapfte davon, wobei er sich mit den Fingern durch die dunklen Locken fuhr.

Serafina betrachtete den Brotlaib, der auf dem Wasser auf und ab wippte. Der Bäcker hatte sie nicht erkannt – und auch seine Tochter, ihre Spielkameradin aus Kindertagen, nicht. Als Serafina ihn nach dem protzigen goldenen Haus fragte, sagte er: »Er hat verdammt mehr erwirtschaftet als der Narr Franco.«

»Der Narr« war ihr Vater – »er« war Angelo.

»Serafina!«

Sie schaute auf, als sie ihren Namen hörte, nahm den

Engländer jedoch gar nicht richtig wahr. Der Bäcker hatte noch andere Dinge gesagt, aber über die wollte sie jetzt noch nicht nachdenken. Sie merkte, wie ihr etwas in die Hände geschoben wurde. Erst als sie den Aquavit auf der Zunge spürte, wurde ihr bewußt, daß sie am ganzen Leibe zitterte, als sei es tiefster Winter.
»Erzähl's mir«, forderte Thomas sie auf.
Sie starrte ihn geistesabwesend an – doch dann zwang sie sich, ihm zuzuhören: Es war ihm immerhin hoch anzurechnen, daß er zurückgekommen war. Er mußte ernsthaft ungehalten darüber sein, daß er sie noch immer nicht hatte abliefern und sich damit seiner lästigen Pflicht entledigen können.
»Dein Vater ist tot – soviel weiß ich. Was ist mit deiner Mutter, Schwestern, Großeltern?«
Sie hatte ihm nicht erklärt, was sie meinte, als sie von ihrer »Familie« sprach, »Familie« bedeutete Franco und Marthe und Jehan und Monsieur Jacques und die Stoffballen, die unter dem Guardi-Banner von Neapel nach Lyon transportiert wurden, doch jetzt schien er eine Antwort zu erwarten.
»Meine Mutter starb, als ich noch ganz klein war.« Verwundert stellte sie fest, daß ihr das Sprechen schwerfiel. »Ich hatte eine Amme – Marthe. Und einen Kusin, Angelo, der meinem Vater im Geschäft half. Und dann gab es noch den Notar Jehan de Coniques und den Disponenten Monsieur Jacques. Keine Brüder, wie ich Ihnen schon sagte, und auch keine Schwestern.« Sie vermied es, ihn anzusehen, schaute statt dessen den Möwen zu, die sich an dem Brot gütlich taten, das sie weggeworfen hatte.
»Der Notar, der Disponent...« Die Stimme des Engländers klang überraschend freundlich. Er kniete sich vor

Serafina auf das Kopfsteinpflaster und blickte ihr ins Gesicht. »Wo sind sie?«
Sie starrte aufs Wasser. »Der Bäcker sagte, daß die Dinge sich schlimm entwickelt haben, daß die Kaufleute mit Haß verfolgt werden.«
Thomas' Blick wanderte zu dem Platz zurück, zu dem glitzernden goldenen Haus. Serafina hatte die Hände auf die schmutzigen Knie gestützt und schaute auf ihre ebenfalls schmutzigen Finger hinunter. Thomas hatte sie in die Enge getrieben – wenn sie ihm nicht eine zufriedenstellende Antwort gäbe, war damit zu rechnen, daß er sie die Stufen zu ihrem ehemaligen Vaterhaus hinaufzerren und zu einer Konfrontation zwingen würde, für die sie keine Zeugen haben wollte. Also erklärte sie Thomas Marlowe in wenigen Worten, daß sie von dem Bäcker erfahren habe, ihre Familie sei genötigt gewesen, das Geschäft zu verkaufen – der Guardi-Tuchhandel existiere nicht mehr.

William Williams, ehemals Schiffszimmermann auf der glücklosen *Toby*, hatte wie sein Seekamerad, der Steuermann, höchst unerfreuliche Monate hinter sich. Er war Katholik, und obwohl er ein liebenswürdiges, friedliebendes Wesen besaß, beharrte er auf seinem Glauben und ließ sich weder durch Überredung noch durch Drohungen davon abbringen.
Bei seiner Rückkehr nach London stellte er fest, daß England kein sicherer Heimatboden mehr für ihn war. Jemand hatte geredet – ob aus Überzeugung oder um sich lieb Kind zu machen, konnte er nicht sagen. Jemand hatte seine unregelmäßigen Besuche in der protestantischen Kirche registriert, jemand hatte ihn in Gesellschaft eines dissentierenden Priesters gesehen... Jedenfalls

hielt William Williams es für angeraten, vierzehn Tage nach seiner Heimkehr wieder anzuheuern.

Seine Reisen führten ihn schließlich auch nach Marseille. Hier durfte man Katholik sein. Die Stadt war zwar in die Tragödie des Bürgerkriegs einbezogen, doch entgegen dem oberflächlichen Anschein ging es in diesem Krieg mehr um die Zerstörung von Macht und Reichtum als um Religion. Doch auch Marseille war ein gefährliches Pflaster – allerdings in anderer Hinsicht als London. Man konnte ganz friedlich im Gasthaus sitzen und etwas trinken, ohne Angst haben zu müssen, vom Fleck weg verhaftet oder nachts aus dem Bett gezerrt zu werden. Hier bestand das Risiko darin, in die Auseinandersetzungen anderer hineingezogen zu werden oder plötzlich ein Messer zwischen den Rippen zu haben, weil einem Fremden dein Gesichtsausdruck oder der Schnitt deiner Kleider nicht gefiel. Aber mit William Williams legten sich nur wenige Männer an. Er war ein walisischer, einen Meter achtzig großer Mann mit von harter Arbeit gestählten Muskeln und einem Kopf auf den Schultern, der auch nach vier Krügen Ale noch nicht benebelt war. Er genoß Raufereien nicht, aber er ging ihnen auch nicht aus dem Weg. Er hatte es nicht nötig, seine inneren Spannungen durch eine Prügelei abzubauen, doch er war durchaus in der Lage, sich im Fall des Falles zu wehren. Heute abend würde es eine Schlägerei geben – darauf hätte er den Inhalt seiner Geldbörse verwettet –, aber er hatte keine Lust, sich daran zu beteiligen. Es würde eine Schlägerei geben, weil die Stimmung in Marseille nicht nur wegen der Hitze und des Volksfestes aufgeheizt war, die Stadt glich einem Pulverfaß. Der Krieg und der augenfällige Reichtum der Kaufleute boten eine willkommene Entschuldigung für Ausschreitungen jeglicher Art. Während

seines nunmehr dreiwöchigen Aufenthalts in diesem Hexenkessel hatte William Williams miterlebt, wie ein Kaufmann von seinem Pferd gezerrt und von der aufgebrachten Menge erschlagen wurde, und gesehen, daß andere ihr Haus grundsätzlich nicht ohne bewaffnete Leibgarde verließen. Doch dieses Wirtshaus würde kein Kaufmann betreten. Gasthäuser wie dieses gab es in London, in Dieppe, in Livorno – Lokale, in denen ein Seemann sich sofort zu Hause fühlte und jeder andere sofort erkannte, daß er nicht hierhergehörte. Drei hübsche Mädchen bedienten die Gäste. An einem Ecktisch saßen Kartenspieler. William Williams vermutete, daß dort nicht alles mit rechten Dingen zuginge. Er kam sich fast vor wie zu Hause in England. Die Prügelei, sinnierte er, während er dem hübschesten der Serviermädchen zuwinkte, um sich seinen Becher wieder füllen zu lassen, würde bei den Kartenspielern beginnen. Das Französisch des Schiffszimmerers war mangelhaft, doch Tonfall und Gestik waren in allen Ländern der Welt vergleichbar. Die Runde der Kartenspieler war erst kurz vorher um einen fünften Mann erweitert worden. Dieser fünfte, der ein abgeschabtes, gefüttertes Wams und einen ramponierten schwarzen Filzhut trug, saß mit dem Rücken zu William Williams. Er erinnerte ihn an jemanden, aber er kam nicht darauf, an wen. Der Neuankömmling war auf jeden Fall kein Marseiller, und die Marseiller würden ihn reinlegen, wie sie das üblicherweise mit Fremden machten. Manchmal gab es eine kurze Auseinandersetzung, ein andermal akzeptierte der Betrogene klugerweise seine Verluste – und gelegentlich, vermutete William Williams, wurde spät nachts ein lebloser Körper ins kühle Wasser des Hafenbeckens geworfen.
Es mußte etwa zehn Uhr sein. Noch immer lärmten drau-

ßen die Feiernden, und das Wirtshaus war so voll, daß die Türen sich nicht mehr schließen ließen. William Williams hob seinen Becher zu einem freudigen Abschiedstoast auf Frankreich – morgen würde er wieder in See stechen. Er sah den zuletzt dazugekommenen Kartenspieler aufstehen und die ordentlich aufgefächerten Karten mit dem Gesicht nach unten auf den Tisch legen. Dieser Mann war offensichtlich nicht bereit, seine Verluste so einfach hinzunehmen. Er sprach seine Mitspieler an – in höflichem Ton und so leise, daß der Schiffszimmermann nichts verstehen konnte. Wieder glaubte er, diesen Mann zu kennen. Die kämpferische Haltung, die Hand, die auf dem Griff seines Messers lag, erinnerten William Williams auffällig an jemanden.
Er fand die Lösung in dem Moment, als die Spieler ihre Messer herausrissen und Tisch, Karten und Bierkrüge durch die Luft flogen: Thomas Marlowe! Der Mann erinnerte ihn an den Steuermann der *Toby*! Aber der war mit etwa vierzig anderen Männern vor der Berber-Küste ertrunken! Wenn nicht, hätten sie ihm doch begegnen müssen!
Zu seiner Überraschung stellte William Williams fest, daß er ebenfalls aufgestanden war und sein Messer in der Hand hielt. Innerhalb von Sekunden beteiligten sich fast alle Gäste an dem Kampf – mit Messern oder Fäusten. Eines der Serviermädchen schlug einem Mann einen Bierkrug über den Kopf. Das Messer des fünften Kartenspielers senkte sich in den Bauch eines seiner Widersacher, der gurgelnd die Hand auf die Wunde preßte und zu Boden sank. Obwohl William Williams der Überzeugung war, daß der Steuermann den Tod in den Wellen gefunden hatte, kämpfte er sich auf die andere Seite des Raumes durch, um dem Fremden zur Seite zu stehen. Der Freund

der Kartenspieler war eindeutig tot, und die noch verbliebenen drei dürsteten unzweifelhaft nach Rache. William Williams setzte einen von ihnen mit einem Schlag seiner eisernen Faust außer Gefecht. Die beiden anderen hatten sich auf den Mann gestürzt, der wie Thomas Marlowe aussah. Als der Schiffszimmerer sie von ihm wegriß und mit Fußtritten ins Gewühl beförderte, hätte selbst Thomas' Mutter – Gott hab sie selig – Schwierigkeiten gehabt, ihren Sohn zu erkennen.
Aber William Williams erkannte ihn! Er packte ihn am Wams, zog ihn auf die Füße und zerrte ihn auf die Straße hinaus. Dort setzte er ihn in den Schutz eines Hauseingangs, bürstete ihn notdürftig mit den Händen ab und sagte: »Willkommen in Frankreich, Mr. Marlowe!«

Am Morgen war ihr alles so einfach erschienen. Sie würde durch das Stadttor von Marseille reiten und die La Canebière hinunter zu ihrem Vaterhaus – und dort würden sie sie empfangen: Marthe und Angelo, Monsieur Jacques und Monsieur de Coniques.
Bilder aus der Vergangenheit geisterten durch ihren Kopf, während sie, nachdem sie das Wirtshaus unbemerkt verlassen hatte, durch die nächtlichen Straßen wanderte: Die Ankündigung ihrer Verlobung durch ihren Vater, der Winter, in dem er sie in die Geschäfte einführte – und Angelo. Immer wieder Angelo. Angelo mit verschlossenem Gesicht, als er von ihrer geplanten Verheiratung erfuhr. Angelo in den Hügeln hinter der Stadt, wie er ihr einen Kranz aus Rosmarinzweigen und Gräsern auf den Kopf setzte. Früher einmal hatte sie davon geträumt, Angelo zu heiraten. Angelo hatte sie auf sein kleines spanisches Pony gehoben. Angelo war vor ihr hergeritten, und an seiner scharlachroten Kappe wippte eine

Feder. »Ich werde immer dein Freund sein«, hatte er gesagt. »Was sollte ich sonst sein?«
Und nun waren nur noch Angelo und Monsieur de Coniques da! Der Bäcker hatte ihr erzählt, daß Marthe »ein Jahr nach Serafinas Tod« gestorben sei und daß Monsieur Jacques dem Guardi-Tuchhandel schon vor langer Zeit den Rücken gekehrt habe. Doch es gab noch viel schlimmere Neuigkeiten. Sie hatte Thomas Marlowe angelogen, als sie ihm sagte, die Firma sei verkauft worden. Die Firma blühte und gedieh – und sie gehörte Angelo! Er war weder der Verwalter, noch hatte er sie gekauft – er war der Erbe!
Das hatte der Bäcker ihr am Nachmittag berichtet – vernichtende Eröffnungen in dem behaglichen, nach Mehl und frischem Brot duftenden Laden. Und dann hatte er gesagt: »... und er hat verdammt mehr erwirtschaftet als der Narr Franco.«
Daher die goldene Fassade des Hauses! Ihres Hauses. Jetzt, im Lampenlicht, leuchtete es wie ein Märchenschloß. Es war still vor dem Guardi-Haus – eine kleine Oase der Ruhe inmitten einer Stadt im Festtaumel. In Serafinas Kopf hämmerte es, ihre Augen brannten – wie damals in Algier. Kara Alis Stimme echote durch ihre Gedanken: »Du solltest darüber nachdenken, wer einen Gewinn aus eurem Tod ziehen könnte.«
Sie setzte sich auf die unterste Stufe und lehnte die heiße Stirn gegen das kühle Eisengeländer. Warum war sie hergekommen? Die maskierten Gesichter der ausgelassenen Menge auf dem Platz schienen einem Alptraum entsprungen zu sein. Serafina war den Lärm einer Stadt nicht mehr gewöhnt. Was wollte sie hier? Angelo stellen, ihm sagen: »Gib mir zurück, was du dir angeeignet hast – es gehört mir!« Erwartete sie, daß er antworten würde:

»Nimm es – ich habe es all die Jahre nur für dich verwaltet!«
Sie war zu erschöpft, um sich ernsthaft Gedanken darüber zu machen. Es war ein langer Tag gewesen – einer von vielen auf ihrer anstrengenden Reise. Daß sie eingeschlafen war, merkte sie erst, als sie Stimmen hörte. Sie schlug die Augen auf. Zwei Männer standen auf der Straße. Einer war jung und attraktiv. Auf seinen schulterlangen Locken saß eine rote Kappe. Der andere war Angelo – der Angelo aus ihren Träumen! Das dunkelgoldene Haar quoll unter seinem Federhut hervor, über das weiße Seidenhemd hatte er sich lässig ein hellblaues kurzes Cape geworfen und trug ein filigranverziertes Rapier und ein Messer mit juwelenbesetztem Griff. Er sah genauso aus, wie sie ihn in Erinnerung gehabt hatte.
Serafina hörte den Fremden sagen: »Schau mal – da sitzt ein hübscher Junge. Erweitere deinen Horizont ein wenig, mein Lieber, mach eine neue Erfahrung.«
Nachdem er sie mit einem flüchtigen Blick gemustert hatte, der ihr endlos erschien, antwortete Angelo angewidert: »Bei allen Heiligen! Da würde ich ja noch lieber mit meiner Stute schlafen – die sieht bedeutend anziehender aus!«

Sein Gesicht fühlte sich an, als sei jemand mit Stiefeln darauf herumgetrampelt. Als er genügend Wasser über sich geschüttet hatte, um wieder aus den Augen schauen zu können, nahm er den Schiffszimmermann wahr. »Jesus... Will!« stammelte er. »Wie haben Sie es...«
»Offenbar auf einem anderen Weg als Sie, mein Freund.« Der Waliser grinste. »Ich dachte, Sie würden längst die paradiesischen Korallenbänke abgrasen – zusammen mit unserem tief betrauerten Kapitän.«

»Dem unfähigen Mr. Goodlay?« Thomas schüttelte den Kopf – und zuckte zusammen.
»Waren Sie in England?« fragte der Zimmerer.
»Nein. Und Sie, Will?«
»Nur kurz, es gab Probleme.«
Thomas erwartete eine nähere Erläuterung, doch William Williams war offenbar nicht geneigt, sich über die Art seiner Probleme auszulassen. »Und die anderen?« fragte er.
»Ein Dutzend hat überlebt«, berichtete der Schiffszimmermann. Sie schlenderten am Hafen entlang, und bald war das Gasthaus nur noch ein Lichtpunkt in der Ferne. »Es war schlimm, Mr. Marlowe. Die Marokkaner zwangen uns, das Wrack zu bergen, und dann warfen sie uns in Fez ins Gefängnis. Zwei von uns starben dort an der verdammten Ruhr, wir anderen wurden nach einer Weile freigelassen und machten uns auf die Heimreise.«
Thomas rieb sich nachdenklich das Kinn. William Williams war, erinnerte er sich, ein ausgezeichneter Schiffszimmermann. »Und was haben Sie jetzt vor, Will?«
»Marseille zu verlassen«, erwiderte William. »Ich habe gehört, Livorno soll ein nettes Städtchen sein.«
Thomas wünschte, er hätte nichts getrunken und sich nicht geprügelt, dann hätte er jetzt klarer denken können. Livorno war ein Freihafen, den der toskanische Herzog Ferdinand gegründet hatte. Es gab Docks dort – und Arbeitskräfte und Handelsmöglichkeiten. »Wann?« erkundigte er sich.
»Morgen – an Bord einer hübschen kleinen Kogge namens *Louise*.«
Thomas setzte gerade zum Sprechen an, als William Williams hinzufügte: »Ich bin sicher, es ist auch noch Platz für einen Steuermann.«

Ein verlockender Gedanke. Halt – da war ja noch dieses vermaledeite Mädchen, das er abliefern mußte! Er verabredete sich für den nächsten Morgen mit William und eilte zu dem Gasthaus zurück.

Serafina hatte sich gerade umgezogen, als der Steuermann an ihre Tür klopfte. Keine Anzeichen von Kummer oder Furcht, schärfte sie sich ein.
Sie machte ihm auf – und dann starrten sie einander mit offenen Mündern an: Sie, weil sein Gesicht aussah, als sei eine Armee darübermarschiert, und er, weil sie ein Kleid trug.
Serafina fand als erste die Sprache wieder. »Hatten Sie einen angenehmen Abend, Mr. Marlowe?« fragte sie.
»Einen interessanten«, erwiderte er und schaute sich im Zimmer um. »Du hast gepackt, wie ich sehe.«
Sie nickte und zwang sich zu einem Lächeln. »Ich verlasse das Gasthaus morgen, Monsieur Marlowe. Ich werde bei meiner Kinderfrau wohnen – Marthe.«
Seine dick geschwollenen Augen starrten sie an. So hatte er sie noch nie angesehen. »Gut«, meinte er geistesabwesend. Mit Befriedigung stellte sie fest, daß er ihre Lüge keine Sekunde in Zweifel zog.
»Sie sind also Ihrer Pflicht enthoben«, teilte sie ihm mit.
Er schien protestieren zu wollen, doch er tat es nicht. Statt dessen riß er zu ihrer Überraschung den Hut vom Kopf, ergriff ihre Hand und führte sie an die Lippen. »Ganz wie Sie befehlen, Mademoiselle. Ich wünsche Ihnen alles Gute«, verabschiedete er sich formvollendet und ging.
Das Zimmer erschien ihr plötzlich unerklärlich leer. Der Lärm der Feiernden, der von der Straße heraufdrang, war lauter geworden. Es klang, als hätten sich in dieser Nacht alle mißtönenden Instrumente von Marseille zu einem

Orchester zusammengefunden. Gesprächsfetzen wehten durch das offene Fenster herein. Alle Sprachen der christlichen Welt schwirrten durch die Nachtluft – doch Serafina kannte noch eine andere Sprache, und es war ein Satz in der Lingua franca der Bagnos, der im Rhythmus der Musik durch ihren Kopf echote: Todo mangiado, hatten sie in Algier gesagt. Todo mangiado.

Sie trat ans Fenster. Das Kleid hatte sie auf dem Markt gekauft – eine kühne Tat, denn es war kaum noch etwas von dem Gold übrig, das Kara Ali ihr mitgegeben hatte, doch sie wollte nicht, daß jemals wieder ein Mann sie so ansähe wie Angelo heute abend. Für ihn war sie ein unscheinbarer Junge von der Straße gewesen, für den er nur Verachtung übrig hatte.

Die Leute unten auf dem Marktplatz hatten sich zu einem Tanz formiert. Lange Reihen wiegten sich zur Musik wie Schlangen zu den Flötentönen ihrer Dompteure. Serafina wußte nicht, wohin sie gehen, was sie tun sollte. Sie war eine Fremde im eigenen Land, ohne Familie – und ohne Erbe.

Todo mangiado. Für immer verloren.

VIERTER TEIL

1594-95
EIN GEEIGNETER HAFEN

Der Herzog hat in Livorno, einer neu gegründeten und befestigten Stadt, einen Hafen anlegen lassen, doch die Florentiner sind keine Seefahrer, sondern sie lassen ihre Güter von fremden Händlern exportieren, die ihnen wiederum Lebensmittel und andere notwendige Dinge bringen.

Reisebericht:
Fynes Moryson

An der toskanischen Küste lag die Stadt Livorno, früher ein vom Fieber heimgesuchter Ort, umgeben von insektenverseuchtem Sumpfland. Doch dann ließ Cosimo di Medici den Hafen bauen, und sein Sohn erklärte die Stadt zum Freihafen. Livorno blühte auf. Bald konnte man hier alles kaufen: Getreide, Seide und andere Stoffe, Gold, Silber – und Menschen. Auch in Livorno gab es Bagnos – und Galeeren, die mit moslemischen und christlichen Sklaven bemannt waren. Schmuggelgut – Waffen, Salpeter oder Munition – wurden ebenso gehandelt wie die Beute aus Piratenraubzügen. Die neuen Handelsgesellschaften im Norden brauchten Livorno, das – auf halbem Weg zwischen dem Atlantik und der Levante gelegen – eine günstiggelegene Zwischenstation darstellte. Auf den Docks traf man Menschen aus allen christlichen Ländern: Griechen und Korsen, Engländer und Holländer arbeiteten auf den Handelsschiffen, die das Mittelmeer befuhren.
An jenem Novembertag des Jahres 1594 war der Himmel tiefblau, und die Sonne schien auf die Ziegeldächer und das blaßgrüne Sumpfland entlang der Küste. Auf den Docks herrschte reger Betrieb: Rundschiffe und Galeeren wurden überholt, neue als Ersatz für diejenigen gebaut, die in Unwettern untergegangen oder von Korsaren aufgebracht worden waren. Fässer mit Teer, Taurollen, Säcke mit Hanf und Stoffballen lagerten in den Schuppen am Hafen. Die vergoldeten Buge der Galeeren glitzerten in der grellen Wintersonne. Karawellen, Galeassen und

Koggen schaukelten mit der sanften Dünung. Sägen schnarrten. Hämmer klopften, es roch nach Pech und Kohle, und es wimmelte von Menschen: Zimmerer und Seiler, Segelmacher, Schmiede, Kalfaterer und Böttcher arbeiteten emsig Seite an Seite.

Auf einem der Trockendocks lagen Kiel, Achtersteven und Planken einer Galeone wie das sonnengebleichte Skelett eines riesigen Fisches. Nicht weit davon beugte sich William Williams mit der Säge in der Hand über ein Brett. Neben ihm hantierte sein Lehrling, ein dunkelhäutiger, lockenköpfiger Junge von fünfzehn Jahren, mit Winkel und Meßstab.

Als Thomas ihm nach der Anreise aus Marseille die Pläne für die *Kingfisher* gezeigt hatte, erkannte der Schiffszimmermann – seit fünfzehn Jahren Seemann und noch länger Handwerker – sofort die Leistungsmöglichkeiten dieser Galeone. Ein weniger fachkundiger und weniger phantasiebegabter Mann hätte vielleicht über die Begeisterung auf dem Gesicht des Jüngeren gelacht und Bedenken wegen seiner Jugend, der fehlenden Erfahrung und des Mangels an Beziehungen bekommen. William Williams jedoch hatte sich nur kurz gefragt, woher das Gold stammen mochte, mit dem Thomas' zerfleddertes Wams ausgefüttert gewesen war, doch er kam schnell zu dem Schluß, daß ihn das nichts anginge.

Vor fünf Monaten hatten sie am Abend ihrer Ankunft in Livorno in einer Hafenkneipe über den Konstruktionsplänen gesessen – und seitdem hatte der Schiffszimmerer die Entscheidung, die er damals getroffen hatte, noch keine Sekunde bereut. Schiffe zu bauen war das einzige, was er gelernt hatte, und wenn er nicht mehr die Möglichkeit hatte, in seinem Geburtsland zu arbeiten, dann würde er eben in Italien für einen Landsmann arbeiten.

Der Bau des Schiffes schritt stetig aber langsam voran. Es hatte Thomas einige Zeit gekostet, die besten Handwerker zu finden, doch hatte er sich in dieser Hinsicht ausnahmsweise in Geduld gefaßt, denn er war nicht bereit, sich mit zweitklassigen zufriedenzugeben. William Williams seinerseits hatte sich einen vielversprechenden, aber recht anstrengenden Lehrling eingestellt: Cristofano – einen Jungen mit den typischen Untugenden seines Alters, als da waren reichlich überschüssige Energie, ein kaum jemals stillstehendes Mundwerk und eine absolute Unfähigkeit zur Konzentration, sobald sich ein hübsches Mädchen in Sichtweite befand. Doch er war intelligent und anstellig und scheute sich nicht vor harter Arbeit.
William Williams richtete sich auf und entdeckte Thomas, der sich zwischen Menschen und Holzstapeln hindurch den Weg zu ihm bahnte.
»April!« Der Steuermann riß seinen Hut vom Kopf und schleuderte ihn zu Boden.»April! Gott verdammt...«
»Oje.« William warf ein paar weitere Kohlen in die Kohlenpfanne. Trotz des herrlichen Wetters war es bitter kalt. Cristofano grinste, doch nach einem derben Hieb von William machte er sich wieder an die Arbeit.
Thomas' Augen, so blau wie das sommerliche Mittelmeer, sprühten Funken, als er sprach: »›Wie soll ich ohne Holz ein Schiff bauen?‹ fragte ich den Kerl. Der Bursche gibt schließlich vor, Holzhändler zu sein!«
»Es gibt noch andere Holzhändler.« William, der Thomas' Perfektionismus und ungeduldiges Wesen nun schon seit geraumer Zeit kannte, schaute den Steuermann fragend an. »Und was sagte der gute Mann dazu?«
Thomas zischte unfreundlich: »Ich kann keine Bäume

wachsen lassen, Signor Marlowe‹, sagte er. ›Das kann nur Gott der Allmächtige.‹« Er starrte William über die glühenden Kohlen hinweg wütend an und hob zornig die Hände. »Woraufhin ich lästerlich zu fluchen anfing, und er in frömmelndem Entsetzen aufschrie. Ich fluchte weiter, und er rief nach seinen Dienern...«

»Und die warfen dich aus dem Haus«, beendete William den Satz seines Gegenübers, der im Laufe der letzten Monate sein Freund geworden war.

Cristofano, ein talentierter, aber nicht gerade taktvoller Junge, prustete los. Auf dem Rand der Kohlenpfanne stand ein Weinkrug. Thomas nahm ihn in die behandschuhten Hände und setzte sich auf ein Faß. »So ungefähr«, bestätigte er widerwillig. »Ach, was soll's – der Kerl konnte mir sowieso nicht von Nutzen sein.«

Der Zimmerer sagte nichts dazu, sondern kehrte zu seiner Arbeit zurück, um Thomas Zeit zu geben, etwas von seinem Ärger hinunterzuspülen. Der Steuermann besaß eine schier grenzenlose Energie, aber nur sehr begrenzte Geduld, doch er hatte natürlich recht, ohne Holz konnte man kein Schiff bauen.

Der Holzmangel war ein chronisches Problem – der einzige Schwachpunkt der ansonsten idealen Voraussetzungen, die Livorno bot. William nahm sich eine Planke aus harter toskanischer Eiche vor, die zum Bau guter Handelsschiffe verwendet wurde, und überprüfte die Maße, die Cristofano genommen hatte. Wenn das Holz nicht von erster Qualität war, konnte das den Untergang eines Schiffes bedeuten – sowohl im wörtlichen als auch im übertragenen Sinn. Verzögerungen beim Bau bedeuteten, daß Verträge platzten, Termine nicht eingehalten werden konnten und Löhne weiter gezahlt werden mußten, während die Männer untätig herumsaßen. Auf ein halbferti-

ges Schiff und leere Holzlager gab niemand Kredit, und William nahm an, daß Thomas' Geld nicht ausreiche, um eine unerwartete Durststrecke zu überbrücken.
Thomas stand auf und stellte den Weinkrug weg. Seine üble Laune war verflogen. »Du hast recht, Will – es gibt noch andere Holzhändler.« Er hob seinen Hut auf, drückte ihn auf seine wirren dunklen Locken und ließ den Blick über das Gerippe der *Kingfisher* gleiten. »Und wenn nötig, werde ich sie alle aufsuchen.«

Nach vielen Verzögerungen durch Krankheit und schlechte Straßenverhältnisse kehrte der Kaufmann Jacopo Capriani im Dezember in seine Heimatstadt Pisa zurück. Fast acht Monate war er fort gewesen auf einer anstrengenden, sorgfältig geplanten Reise, die nur einem Zweck diente: Geld zu verdienen.
Capriani handelte mit Halbedelsteinen und Kurzwaren – Koralle, Bernstein, Antilopentränen und allerlei Tand aus dem heißen Süden Italiens. In Neapel kaufte er Bänder und Kokarden, Borten und seidene Epauletten – schmückendes Beiwerk für die Damen und Herren Italiens und Frankreichs. Er reiste auf dem Landweg, die Waren wurden in Tragekörben von Maultieren von Neapel bis Marseille transportiert, und er kam jedes Jahr für vier oder fünf Monate nach Pisa, das auf halber Strecke dazwischen lag. In jeder Stadt kannte er die Kaufleute oder ihre Disponenten oder Bevollmächtigten. Er besuchte die Märkte und die Häuser der reichsten Familien und breitete seine Waren wie Schatzkarten vor ihnen aus, aber er machte auch im kleinsten Dorf und bei der ärmlichsten Hütte halt, denn er wollte sich keinen noch so kleinen Gewinn entgehen lassen.
Capriani besaß ein Haus in Pisa und Wohnungen in

Neapel und Marseille. Auf Reisen übernachtete er in Gasthäusern an der Landstraße. Niemals in den besten, er wollte schließlich Geld verdienen und es nicht unnötig ausgeben, aber auch nicht in primitiven, denn als Kaufmann mußte er Seriosität vermitteln. Sein Haus in Pisa war nicht übermäßig groß, nicht protzig – er verabscheute Prahlerei –, aber geräumig genug, um ihm die gewünschte Bequemlichkeit zu bieten.

Er war Witwer. Seine Frau, an die er sich kaum noch erinnern konnte, war vor vielen Jahren bei der Geburt ihres ersehnten Kindes gestorben, und Jacopo Capriani hatte seitdem keine Notwendigkeit gesehen, sich erneut zu verheiraten. Von Zeit zu Zeit suchte er die eine oder andere der nicht so kostspieligen Kurtisanen von Pisa auf, doch es war inzwischen schon Jahre her, daß er dieses Bedürfnis zuletzt verspürt hatte. Er besaß Personal, das für ihn sorgte und ihn während seiner gelegentlichen Anfälle von Sumpffieber pflegte, er hatte keine Sehnsucht nach einer ständig plappernden Ehefrau.

Natürlich war er nicht allein gereist. Wegen seines empfindlichen Magens hatte er eine Köchin mitgenommen und zwei Dienstmädchen, die gewährleisteten, daß seine Kleidung stets in einem untadeligen Zustand war. Ferner ließ er sich von einer bewaffneten Wache begleiten – die Straßen waren unsicher und seine Waren wertvoll – und von drei Angestellten, die sich um die Buchführung kümmerten.

Einer dieser Angestellten war ungewöhnlicherweise eine Frau. Ihr Name war Serafina.

Die sechs Monate seit seiner Ankunft in Livorno hatten Thomas Marlowe, was die Fortschritte der Arbeiten an seinem Schiff betraf, ein ständiges Auf und Ab beschert, und der damit einhergehende Wechsel von Mutlosigkeit und Begeisterung hätte einen weniger stabilen Mann zerbrochen. Er hingegen wuchs an jeder Krise und kämpfte verbissen gegen Mangel an Phantasie oder Eifer bei seinen Mitarbeitern – mit einer Erbitterung, die nur diejenigen verstehen konnten, die sich wie er aus der Mittelmäßigkeit erhoben hatten.

Die absehbare Fertigstellung seines Traumes hatte ihm Durchhaltevermögen und sogar die Geduld verliehen, die zahllosen Widrigkeiten zu ertragen, von denen die schlimmste der chronische Holzmangel war, den er heute endlich hatte beheben können, nachdem er vier Tage damit verbracht hatte, die Docks und Straßen von Pisa und Livorno abzuklappern. Und jetzt feierte Thomas mit William Williams, dem Lehrling Cristofano und einigen der anderen Männer, die am Bau der *Kingfisher* beteiligt waren, diesen Erfolg.

»... die beste toskanische Eiche – und genug davon, um uns zumindest bis über den Frühling zu bringen«, endete er triumphierend und leerte seinen dritten Becher Wein.

Cristofano – zur Feier des Tages im sauberen Hemd und bunter Hose – stieg auf die Bank und verlangte lautstark nach einer neuen Runde. Rufus, der einäugige schottische Schmied, ein wortkarger Bursche, spuckte auf den Boden. William Williams, der immer praktisch dachte, fragte leise: »Wieviel?«

Thomas schnitt eine Grimasse und schüttelte den Kopf. »Zuviel, natürlich. In Zeiten, da die Hälfte aller Schiffsbauer in Italien verzweifelt nach Holz sucht, konnte ich keinen Sonderpreis erwarten.« Er war bei all dem Gelärme in der Gaststube kaum zu verstehen. »Aber ich hatte keine Wahl, Will, Männer untätig herumsitzen zu lassen ist teuer.«

Sie prosteten einander schweigend zu. Es war Feiertag, und in dem Wirtshaus herrschte Hochbetrieb. Draußen ließ ein Eisregen die Umrisse der Schiffe verschwimmen – in der Gaststube mit den vielen Menschen und der niedrigen Decke herrschte brütende Hitze.

»Du hast doch dein Erbe«, meinte William, und Thomas grinste. Zu dieser nicht unpassenden Version hatte er sich vor einigen Monaten entschlossen, um die Herkunft des goldenen Treibgutes zu erklären, die ihm mehr als ein Jahr zuvor die *Toby* und das Meer »hinterlassen« hatten.

Thomas, der in Hochstimmung war, antwortete unangebracht fröhlich: »Viel ist nicht mehr davon übrig.«

Das Gold zu finden war nur der erste Schritt gewesen – das wußte Thomas inzwischen. Der weitere Weg bestand aus Organisation, Glück und harter Arbeit. Die Odyssee vom Wrack der *Toby* nach Livorno hatte einen Sinn gehabt, ihm seinen Traum in greifbare Nähe gerückt. Allerdings war er sich durchaus bewußt, daß ihn schon morgen wieder Geldsorgen quälen würden und er gegen die stete Bedrohung ankämpfen müßte, daß die *Kingfisher* als unfertiges Gerippe auf einem italienischen Dock verrottete.

»Ich werde mich um Aufträge kümmern«, sagte Thomas und schaute nachdenklich in seinen leeren Becher. »Aber ich werde sie nicht verkaufen, Will, ich werde die Kontrolle behalten.« Das schlanke, grazile Schiff erschien vor seinem geistigen Auge. »Wenn sie erst einmal fertig ist, werden die Kaufleute Schlange stehen, um sie zu mieten«, erklärte er im Brustton der Überzeugung. »Du wirst sehen. Ich werde gleich morgen damit anfangen, die Herren aufzusuchen.«

Ein breites Grinsen überzog Williams rundes Gesicht. »In Ordnung«, nickte er. »Falls du nach dem vielen Wein noch laufen kannst.«

Thomas war aufgestanden und setzte sich den Hut auf den Kopf. »Ich folge einem Ruf der Natur«, verkündete er, jeden Buchstaben sehr sorgfältig artikulierend. Er stellte fest, daß er ausgesprochen angetan von sich selbst war. Das Ausmaß seiner Sorgen würde er erst erkennen, wenn er sie überwunden hatte.

Im Haus des Holzhändlers hatte er ein ausgesprochen hübsches Zimmermädchen gesehen. Als Thomas sich durch das Gewühl kämpfte, kam ihm der Gedanke, daß er später noch einmal dort vorbeischauen könnte.

Seitdem er mit Serafina an der afrikanischen Küste Segel gesetzt hatte, hatte er wie ein Mönch gelebt, zwar bewundernd zu den eleganten Damen hinaufgeblickt, die hinter den Fenstern im ersten Stock ihrer Häuser saßen, es jedoch dabei bewenden lassen, denn die Eifersucht der italienischen Ehemänner war hinreichend bekannt. Eine Kurtisane hatte er sich nicht leisten können und keine Lust gehabt, sich bei einer der Dockhuren eine Krankheit zu holen. Gerade rief er sich das üppige blonde Haar des Zimmermädchens ins Gedächtnis, als er mit jemandem zusammenstieß, dessen voller Weinbecher überschwappte. Thomas prallte zurück. Er blickte in ein hageres, arrogantes Gesicht, das auf einem dünnen Hals aus wallenden schwarzen Gewändern hervorragte, und spürte gleich darauf die Spitze eines Messers an seiner Brust. Französische Flüche, gemischt mit Verwünschungen wegen seiner Unachtsamkeit, schlugen ihm entgegen. Die Spitze des Messers war unangenehm kühl. Dank seines heutigen Erfolges und des reichlichen Weingenusses gutmütig gestimmt, zauberte er ein besänftigendes Lächeln auf sein Gesicht und streckte entschuldigend die Hände aus. »Ich bitte tausendmal um Vergebung – es war meine Schuld.«

Der Besitzer des Messers war, wie Thomas erkannte, noch

betrunkener als er selbst. In der kurzen Pause, die folgte, machte Thomas sich bereit, sich zu verteidigen, doch da hörte er den anderen Mann murmeln: »Sie sollten sich angewöhnen aufzupassen, wo Sie hingehen.«
Thomas schob sanft das Messer beiseite. Er hatte das Gefühl, daß ihn heute nichts aus der Ruhe bringen könnte. Mit einer Verbeugung fragte er freundlich: »Darf ich Ihnen für den Wein, den Sie durch meine Ungeschicklichkeit verschüttet haben, einen neuen spendieren, Monsieur...?
»... de Coniques«, erwiderte der Fremde unwillig.
Der Name kam Thomas irgendwie bekannt vor. Er rief nach dem Wirt, um für den Franzosen einen Wein zu bestellen, verabschiedete sich mit einem Nicken und verließ das Gasthaus. Als er draußen die kalte Luft einatmete, fiel ihm ein, wo er den Namen gehört hatte.
Serafina, das Mädchen, das er im Auftrag des Arztes Kara Ali von der Nordküste Afrikas nach Marseille gebracht hatte, erwähnte ihn, nachdem sie beim Bäcker einen Laib Brot gestohlen hatte und ihm draußen am Dock von ihren Angehörigen erzählte. Der Kusin, der Disponent, der Notar – und der Notar hieß Jehan de Coniques. Der betrunkene Angeber, mit dem er in der Gaststube zusammengestoßen war, hatte eine Notarsrobe getragen!
Nachdem er Serafina in Marseille verlassen – nein, nachdem sie ihn entlassen hatte –, hatte er kaum noch an sie gedacht, doch jetzt stellte er fest, daß er sich mit erstaunlicher Deutlichkeit an jenen Abend erinnerte, als er sie das einzige Mal in einem Kleid gesehen hatte. Während ihrer langen gemeinsamen Reise hatte er sie nicht als weibliches Wesen betrachtet, viel eher als Kind, manchmal sogar als Junge – doch damals an dem letzten Abend hatte sie ein dunkles, strenges Kleid getragen und ihr Haar auf gefälli-

ge Weise frisiert und erneut das Interesse in ihm geweckt wie seinerzeit auf der Tartane, als sie wie leblos neben ihm gelegen hatte. Ihre Wehrlosigkeit hatte seinen Beschützerinstinkt angesprochen. Beim Abschied in Marseille war sie kühl und abweisend gewesen, aber für einen Moment hatte er zu seiner Überraschung Leidenschaft in ihren sonst so ausdruckslosen Augen auflodern sehen.
Trotzdem war er froh gewesen, sie loszuwerden. Thomas hatte dem »Ruf der Natur« Folge geleistet und rückte seine Kleider zurecht. Er erinnerte sich daran, wie Serafinas Brotdiebstahl ihn schockiert hatte. Nicht weil das Diebesgut viel wert gewesen wäre – schließlich hatte er Gold gestohlen, mit dem er Tausende dieser Brote hätte kaufen können –, sondern wegen der Unbekümmertheit, mit der sie gestohlen hatte. Nicht weil sie es brauchte – einfach nur, weil sich die Gelegenheit bot.
Thomas schaute zu den Schiffen hinaus, die hinter dem dichten Regenvorhang nur schemenhaft zu erkennen waren. Monsieur de Coniques. War er tatsächlich der ehemalige Notar der Guardis? Thomas, der die Art von Neugier besaß, die Männer dazu veranlaßte, zu unbekannten Gestaden aufzubrechen, kehrte in das Wirtshaus zurück. Der Fremde saß mit dem Becher Wein, den er ihm spendiert hatte, an einem Tisch.
»Jehan!« sprach Thomas ihn an. Der Mann blickte auf. Thomas setzte sich ihm gegenüber. Seine Vermutung war also richtig gewesen! Noch immer herrschte Hochbetrieb in der Gaststube. Durch den Rauch des Kaminfeuers und die Ausdünstungen der vielen Menschen war die Luft zum Schneiden dick. Thomas ließ einen Krug Wein kommen. Er würde seine Wißbegier stillen und dann gehen. Der Notar wirkte in seiner voluminösen schwarzen Robe wie ein groteskes Insekt.

»Ich kenne Ihren Arbeitgeber«, begann Thomas das Gespräch. »Franco Guardi.«
Er ließ den anderen nicht aus den Augen. Er mußte etwa Mitte Dreißig sein, zehn Jahre älter als er selbst. Das ungesund fahle Gesicht des Franzosen war verbittert, tiefe Falten zogen sich von den Augen zu den Wangenknochen und von den Nasenflügeln zu den weinfeuchten Mundwinkeln. Fast hätte Thomas gesagt: »Ich habe seine Tochter hierhergebracht«, doch irgend etwas hielt ihn davon ab.
Ohne den Blick zu heben, murmelte der Notar: »Franco ist tot. Die Firma gehört jetzt Angelo.«
Angelo? Ach ja: Serafinas Halbkusin. Thomas trank einen Schluck. Jean de Coniques war mittlerweile sinnlos betrunken – kein Wunder, daß er wirres Zeug redete. Der Guardi-Tuchhandel konnte Angelo nicht gehören – die Firma existierte nicht mehr! Das hatte Serafina ihm am Dock in Marseille selbst erzählt!
Thomas spielte den Überraschten: »Franco ist tot? Er hatte eine Tochter, nicht wahr?«
Jetzt wurde der Notar doch aufmerksam. Graue Augen, deren Scharfsichtigkeit der Alkohol fortgespült hatte, richteten sich auf den Steuermann. »Das Mädchen ist auch tot«, sagte Jehan de Coniques undeutlich.
»Wie das?« fragte Thomas.
»Sie starb auf die gleiche Weise wie ihr Vater.«
»Bei einem Unfall?«
»So könnte man es nennen.« Der Notar wischte sich mit dem Ärmel über den Mund und kicherte böse. »Sie fielen Korsaren in die Hände.«
Thomas spürte, wie sich seine Nackenhaare sträubten. Plötzlich begriff er, daß etwas faul war – von Anfang an faul gewesen war –, aber er zwang sich, mit unverändert

gelassener Stimme zu sprechen. »Dann wurde die Firma verkauft?«
»Nein!« antwortete der Notar ungeduldig und hob den Becher an die Lippen. Nachdem er einen großen Schluck getrunken hatte, fuhr er fort: »Ich sagte doch schon, daß sie Angelo gehört. Alles gehört Angelo!«
Thomas' Finger verkrampften sich um seinen Becher. Serafina hatte ihn damals in Marseille angelogen! Der Guardi-Tuchhandel existierte durchaus noch – nicht nur das, berichtigte er sich in Gedanken, als ihm das blattvergoldete Haus einfiel – er blühte und gedieh! Seinerzeit in dem spanischen Wirtshaus hatte Serafina ihm erklärt, sie sei die einzige Erbin ihres Vaters, doch dann hatte sie sich geweigert, die Stufen zu ihrem eigenen Haus hinaufzusteigen. Na schön, sie hatte ihm nicht die Wahrheit gesagt, warum ärgerte ihn das? Schließlich war sie ihm keine Rechenschaft schuldig.
»Das Mädchen hatte eine Kinderfrau, nicht wahr?« Weshalb ließ er die Sache nicht auf sich beruhen? »Marthe...«
»Ist auch tot. Sie starb aus Kummer, als sie erfuhr, daß ihre geliebte Serafina nicht mehr zurückkommen würde.« Und mit einem Grinsen fügte er hinzu: »Angelo ist ein gerissener Bursche.«
Also hatte sie ihn ein weiteres Mal belogen! »Ich werde bei meiner Kinderfrau wohnen«, hatte Serafina ihm in Marseille mitgeteilt, dabei jedoch seinen Blick gemieden, wie er sich jetzt erinnerte, aber die Kinderfrau war längst tot! Thomas spürte, wie seine Haut zu prickeln begann. Plötzlich sah er ganz klar, was passiert war. Serafina und ihr Vater hätten durch Lösegeld freikommen sollen. Jemand – wahrscheinlich der reizende Kusin Angelo – hätte es bezahlen sollen, doch er hatte es nicht getan, wes-

halb Serafinas Vater im Bagno von Algier starb und sie sechs Jahre als Sklavin bei Kara Ali festsaß.

Thomas nahm das laute Stimmengewirr in der Gaststube nur noch als leises Gemurmel wahr. In seinem Kopf überschlugen sich die Gedanken. Da hatte er Monate mit diesem Mädchen verbracht und keine Ahnung gehabt, was gespielt wurde. Serafina wohnte mitnichten bei ihrer Kinderfrau, und der Guardi-Tuchhandel war weder verkauft noch eingestellt worden. Sie hatte ihm lediglich eine Phantasiegeschichte serviert, um ihn loszuwerden, und er hatte sie geglaubt. Wieder fragte er sich, warum ihn das so ärgerte – schließlich hatte er es kaum erwarten können, von seiner Verantwortung für das Mädchen befreit zu werden. In gezwungen leichtem Ton fragte Thomas: »Dieses Mädchen, Francos Tochter – wieso war sie denn mit einem Schiff unterwegs?«

Der Notar setzte sich umständlich zurecht. »Sie sollte verlobt werden – mit dem Florentiner Michele Corsini –, und sie waren auf dem Weg dorthin. Franco Guardi stand in Geschäftsbeziehungen mit den Corsinis.« Jehan de Coniques sank in sich zusammen.

Thomas fühlte dasselbe tiefe Unbehagen in sich aufsteigen, mit dem ihn ein herannahendes Unwetter erfüllte. Serafina sollte verlobt werden – ein Kind von zehn Jahren! Wie außerordentlich günstig für Kusin Angelo, daß diese Verbindung nicht zustande gekommen war! Wirklich sehr günstig! Plötzlich kam ihm ein Verdacht, der ihn wie ein Schlag in die Magengrube traf. Er mußte sich vergewissern. »Dann überfielen die Korsaren die Guardi-Schiffe also, bevor Serafina verlobt war?«

Der Notar schrak hoch. Mißtrauen blitzte in seinen Augen auf. »Wie kommen Sie darauf, daß es mehrere Schiffe waren?«

»Eine reine Annahme«, erklärte Thomas leichthin, obwohl ihm das Herz bis zum Hals schlug.
Jehan de Coniques gab sich mit dieser Antwort zufrieden. »Ja – bevor sie verlobt wurde«, nickte er. Der Schein der Kerze auf dem Tisch malte zuckende Lichter auf sein hohlwangiges Gesicht. »Ich sagte Ihnen doch, er ist ein gerissener Bursche.«
Thomas sog scharf die Luft ein. Die Augenhöhlen seines Gegenübers wirkten wie riesige schwarze Löcher, die Zähne waren zu einem starren Grinsen gebleckt. Thomas starrte ihn angewidert an: Der Mann sah aus wie ein lebender Leichnam.
»Wer sind Sie?« fragte der Notar unvermittelt. »Sind Sie vielleicht auch ein gerissener Bursche?«
Thomas schüttelte den Kopf. Er kam sich nicht im mindesten gerissen vor – viel eher einfältig. »Nur ein Seemann. Ein Steuermann.« Befremdet stellte er fest, daß seine Hand zitterte, als er den Weinbecher zum Mund führte.
»Sie war ein hochnäsiges kleines Miststück«, sagte der Franzose zusammenhanglos. Wieder kicherte er und richtete seinen verschwommenen Blick auf Thomas. »Hielt sich für was Besseres. Ich denke, ein paar Nächte mit den Korsaren haben ihr diesen Zahn gezogen.«
Thomas bemerkte die bösartige Freude, die in den Augen des Notars glomm, und wurde von einem würgenden Ekelgefühl erfaßt. Diesen widerlichen Kerl hatte Serafina zu ihrer »Familie« gerechnet! Er mußte hier raus, sonst riskierte er, die Beherrschung zu verlieren. Er stand auf und verabschiedete sich mit einem knappen Nicken. Seine Kameraden würden sich sicher wundern, wenn er nicht zu ihnen zurückkäme, doch das kümmerte ihn im Augenblick nicht. Er wollte allein sein.

Fröstelnd stand er einen Moment lang unschlüssig in der unwirtlichen Winternacht – dann wandte er sich nach rechts, steuerte mit langen Schritten auf die Docks zu und pumpte seine Lungen mit der kalten, feuchten Luft voll, bis sie brannten.

Zahlen, endlose Kolonnen von Zahlen, waren ein gutes Mittel gegen Kummer. Serafina, die zu später Stunde in Jacopo Caprianis Haus in Pisa am Schreibtisch saß, machte die letzte Eintragung und streute Sand auf das Papier. Als die Tinte getrocknet war und sie das Kontobuch geschlossen hatte, stand sie auf, um die Vorhänge zuzuziehen. Bevor sie es tat, blickte sie auf die Stadt hinaus – und sah ihr Spiegelbild in der Fensterscheibe. Es war leicht verzerrt – ein Effekt, der durch die unregelmäßige Dicke des Glases hervorgerufen wurde –, doch sie konnte ihre dunklen Haare unter der schlichten Kopfbedeckung sehen und das schmucklose graue Kleid, das ihren kleinen, aber wohlgeformten Körper modellierte.
Sie war kein Sklavenmädchen mehr – und erst recht kein Junge. Nach der Sommerreise war ihr Gesicht goldbraun getönt, ihre Augen glichen immer noch unergründlichen dunklen Seen. Niemand sah sie mehr so an wie Angelo in jener Nacht auf den Stufen zu dem goldenen Haus. Das Schicksal hatte sie arg gebeutelt, sie hatte alles verloren – bis auf ihre Persönlichkeit. Sie würde niemanden nahe genug an sich heranlassen, um Gefahr zu laufen, diese auch noch einzubüßen.
Sie hatte Signor Capriani im Jahr zuvor auf dem Markt in Marseille kennengelernt und sich als Küchenmagd bei ihm verdingt – nach all den Jahren in Kara Alis Küche eine ebenso naheliegende wie einfache Lösung ihres Unterkunfts- und Geldproblems –, doch schon bald dafür ge-

sorgt, daß der Kaufmann erfuhr, daß sie des Lesens, Schreibens und Rechnens mächtig war, und als einer seiner Buchhalter krank wurde, sprang sie für ihn ein. Sie entdeckte einen Fehler in der Buchführung, und nachdem sie ihren Arbeitgeber darauf hingewiesen hatte, wurde sie von der Küche ins Kontor versetzt. Auch ihre sprachlichen Fähigkeiten erwiesen sich als höchst vorteilhaft. Ihre Kenntnis des Lateinischen, Italienischen und Arabischen verschafften ihr eine Position, von der sie nicht einmal zu träumen gewagt hatte – jedenfalls nicht innerhalb eines so kurzen Zeitraumes. Offenbar hatte das Glück sie doch nicht ganz vergessen, auch wenn es Angelo unbestreitbar bevorzugte. Inzwischen hatte sie sich den Ablauf der Ereignisse einigermaßen zusammengereimt. Nachdem die Korsaren die Guardi-Schiffe aufgebracht hatten, war eine Lösegeldforderung bei Angelo eingegangen, und er hatte eine Chance gesehen, die Firma, die er bislang nur verwaltete, zu übernehmen, er mußte nur sicherstellen, daß Franco und seine Tochter niemals zurückkämen. Also hatte er das Geld zwar bezahlt – aber mit einem Mordauftrag verbunden. Auf Anfragen brauchte er später lediglich zu erklären, sein Arbeitgeber und Serafina seien Korsaren zum Opfer gefallen – oder einem Fieber.
Serafina ertappte sich dabei, daß sie ihn verstehen, sich in ihn hineinversetzen konnte. Auch sie würde jede günstige Gelegenheit ergreifen, die das Schicksal ihr böte – nur war es in ihrem Fall nicht ganz so großzügig.
Sie war erleichtert gewesen, im letzten Sommer Marseille verlassen zu können, froh darüber, endlich in das Land zu kommen, zu dem sie vor so vielen Jahren aufgebrochen war. Wenn sie an die Vergangenheit dachte, tat sie es ohne Bitterkeit. Es galt, sich mit ihrer Zukunft zu befassen. Die ihr zustehende Zukunft hatte Angelo ihr genommen, aber

sie würde sich nicht entmutigen lassen. Sie hatte ein Ziel vor Augen, und das würde sie eines Tages erreichen. Vorläufig begnügte sie sich mit ihrem Platz im Hause des Kaufmanns Capriani und ihrer Stellung als Buchhalterin. Es gab noch zwei weitere Angestellte dort: Amadeo und Bastien. Amadeo wäre recht brauchbar gewesen, wenn er das Interesse an seinem Erscheinungsbild und den Dienstmädchen nicht über das an seiner Arbeit gestellt hätte. Bastien fälschte, wie sie sehr schnell herausfand, die Zahlen in den Kontobüchern und steckte die Differenz in die eigene Tasche. Als Serafina noch in der Küche arbeitete, hatten die beiden ihr manchmal mehr oder weniger versteckte Angebote gemacht, als Kollegin befand sie sich jedoch in einer Ausnahmestellung und mußte mit Respekt behandelt werden. Eine weibliche Angestellte! Serafina bekam im Kontor des öfteren mit, wie sie sich über die »offenkundige Senilität« ihres Arbeitgebers mokierten, die ihn dazu bewogen hatte, eine Frau als Buchhalterin einzustellen.

Wenn sie jemals etwas empfand, das Ähnlichkeit mit Leidenschaft hatte, dann geschah dies bei der Durchsicht von Jacopo Caprianis Kontobüchern. In ihren Augen war er ein völlig unfähiger Geschäftsmann, der die Möglichkeiten nicht erkannte, es von Wohlstand zu Reichtum zu bringen. Allein die Tatsache, daß er kein Schiff besaß! Serafina zog die schweren Vorhänge zu. Plötzlich sah sie wieder die beiden Skizzen vor sich, die Thomas Marlowe, der englische Steuermann, in einem spanischen Gasthaus mit weinfeuchten Fingern auf den Tisch gezeichnet hatte. Jacopo Caprianis Überlandreisen mit den Lasttieren waren ebenso strapaziös wie zeitraubend. Ein gut ausgerüstetes, mit Waffen bestücktes Schiff wäre bedeutend wirtschaftlicher. Und die Waren, mit denen er handelte! Der

Mann kannte jede Familie von Bedeutung von Marseille bis Neapel. Er könnte mit Gewürzen, Silber und Seide handeln, statt dessen bot er wertlosen Tand feil. Wieder fiel ihr Thomas Marlowe ein – und seine verächtliche Stimme: »Die *Kingfisher* wird nicht wie eine Bark Wollmützen oder Damenstrümpfe transportieren.« Und Jacopo Capriani handelte mit seidenen Kokarden und Bernsteinohrringen!

Sie fand den Kaufmann in seinem Arbeitszimmer. Vor ihm auf dem Schreibtisch lagen Bündel von Bändern. Der Abend war kalt, doch im Kamin flackerte nur ein kümmerliches Feuer. Der alte Mann trug ein dickes Samtgewand und einen pelzbesetzten, ärmellosen Übermantel. Mit einem Knicks legte Serafina ihm die Kontobücher vor.

Das Gewirr der Bänder aus Seide, Satin und Samt schimmerte im Licht der Kerzen in satten Farben – eine in der schäbigen Umgebung unpassend, ja frivol wirkende Pracht.

Jacopo Capriani hielt die Bücher auf Armeslänge von sich, um sie lesen zu können, wobei seine wässrigen Augen sich vor Anstrengung verengten. »Scheint mir zufriedenstellend«, meinte er.

Das war eigentlich das Zeichen für Serafina, sich mit einem neuerlichen Knicks zu entfernen – wieder einmal hatte sie für einen Tag ihre Pflicht erfüllt –, doch diesmal blieb sie. Was ihr Arbeitgeber als zufriedenstellend betrachtete, sah sie in steigendem Maße als unbefriedigend an. Ob es Angelo ebenso gegangen war, als er für ihren Vater arbeitete? Die schönen Bänder auf dem Tisch mochten ihr nicht gehören, aber sie lagen ihr dennoch am Herzen. »Für das scharlachrote Band könnten Sie mehr verlangen als für das purpurrote«, hörte sie sich sagen. »Damit würden Sie tausend Lire mehr im Jahr verdienen.«

Jacopo Capriani sah sie verständnislos an. »Ich habe beide Sorten in Neapel zum selben Preis gekauft – mit welchem Recht könnte ich für das scharlachrote mehr verlangen?« Er zog ein Taschentuch aus dem Ärmel und putzte sich die Nase.
Sie kämpfte den aufsteigenden Unwillen nieder. »Es sieht besser aus«, argumentierte sie geduldig. Sie zog ein scharlachrotes und ein purpurfarbenes Band aus dem Knäuel und legte sie nebeneinander über ihr Handgelenk. Der weiche Stoff wirkte wie eine Liebkosung auf der Haut.
Der Kaufmann warf einen flüchtigen Blick darauf. »Sie sind beide rot«, konstatierte er unwirsch. »Scharlachrot, purpurrot – was macht das für einen Unterschied? Wenn ich für das scharlachrote mehr berechne, werden die Damen nur noch das purpurrote Band kaufen.«
Er ist nicht dumm, dachte Serafina – er hat nur keine Phantasie. Sie nahm ihre Kopfbedeckung ab und ließ die Haare offen herunterfallen. Dann flocht sie auf der einen Seite ein scharlachrotes Band ein, auf der anderen ein purpurrotes und trat ans Feuer, um dem Kaufmann die unterschiedliche Wirkung deutlich zu machen. Inzwischen züngelten nur noch vereinzelt Flammen hoch. Jacopo Capriani erhob sich widerwillig. Serafina stand ganz still, während der Kaufmann um sie herumging und die Bänder in ihrem Haar begutachtete. Sie spürte, wie seine Finger kurz ihren Kopf berührten, doch sie bewegte sich nicht. Die Szene erinnerte sie an den Sklavenmarkt in Algier – nur wurde hier nicht sie taxiert.
»Das scharlachrote wirkt besser, nicht wahr?« wagte sie einen neuerlichen Vorstoß.
Zu ihrer Überraschung nickte er. »Sie haben recht.« Er trat zum Schreibtisch, griff nach einer Schreibfeder und

der betreffenden Preisliste und änderte die entsprechende Zahl.

Ein Mangel an Geld und ein noch bedrückenderer Mangel an Material zwangen Thomas Marlowe im Februar, nach Pisa zu reiten. Er nahm den Lehrling Cristofano mit. Sein Italienisch war zwar ganz ordentlich, aber gelegentlich mußte er doch nach Worten suchen, was recht peinlich sein konnte. Außerdem war Cristofano in Pisa geboren worden und kannte den Namen und die Lebensumstände jedes Bewohners der Stadt – und, obwohl noch nicht sechzehn Jahre alt, die besten Wirtshäuser und die kostengünstigsten Kurtisanen. Thomas beschloß jedoch, derartige Freuden aufzuschieben, bis sie einen Grund zum Feiern hätten. Das Wetter war schlecht – eine deprimierende Mischung aus Eisregen und Schnee. Es paßte zu dem düsteren Schluß, den Thomas inzwischen gezogen hatte: Daß er sich ein oder zwei Jahre dazu würde hergeben müssen, nutzlosen Tand an der Mittelmeerküste entlangzuschippern, um die Fertigstellung seines Schiffes finanzieren zu können.

In Pisa angekommen, mied er die teuren Palazzi, denn er war überzeugt davon, dort nur mit einem Empfehlungsschreiben über die Schwelle gelassen zu werden. Außerdem mußte er einen Kaufmann finden, der reich werden wollte – nicht einen, der bereits reich war.

Er lernte eine Menge Kaufleute kennen, doch sie waren ausnahmslos Pfennigfuchser, denen es schon Erregung verschaffte, beim Verkauf von einem Meter Spitze ein paar Lire mehr herauszuschlagen, und die einen Tagesritt nach Lucca als kühne Unternehmung betrachteten. Vorläufig hatte er noch genug Gold, um weiterzumachen – seine eigenen Bedürfnisse waren gering –, aber er mußte einen Geldgeber finden, bevor die *Kingfisher* zu Wasser gelassen würde. Ein Schiff seetüchtig auszustatten war teuer, und mit leeren Taschen konnte man keinen Handel treiben.

Der eisige Regen lief Thomas in den Kragen und tropfte von seiner Hutkrempe. Das Wetter erinnerte ihn an den März in London, doch er brauchte nur die herrlichen Häuserfassaden zu betrachten, hinter deren Fenstern schattenhaft die Umrisse vornehmer Damen zu sehen waren, um zu erkennen, daß er sich tausend Meilen entfernt von London befand. Allerdings ließ der graue Winterhimmel die Pracht der Bauten heute zu einem schmutzigen Einheitsgelb verblassen.

Cristofano begann, sich wegen seines leeren Magens zu beschweren. Thomas gab ihm eine Kopfnuß und steuerte auf sein nächstes Ziel zu. Sie wurden in einer eiskalten Halle stehengelassen. Das Wasser, das von ihren Kleidern rann, bildete Pfützen auf dem Fliesenboden. Gelangweilt setzte Cristofano sich auf eine geschnitzte Truhe und zeichnete mit einer Fingerspitze Bilder auf die beschlagene Fensterscheibe. In dem großen Kamin brannte kein Feuer. Thomas' Atem wich als Dampfwolken aus seinem Mund. Es war ein mittelgroßer Bau, aus senfgelbem Gips wie alle Häuser in Pisa –, aber im Unterschied zu den anderen, die sie bisher betreten hatten, atmete dieses Verfall und Vernachlässigung. Die Teppiche waren schmuddelig, in den Ecken der Treppenstufen lagen Staubbälle. Auf Thomas' geflüsterte Frage antwortete Cristofano ebenso leise, Jacopo Capriani sei schon ziemlich alt und Witwer. Also gab es keine Frau, die die Dienstboten anleitete und etwas gegen die Verwahrlosung des Hauses hätte tun können. Thomas lehnte sich an die Wand und gähnte. Er hatte das sichere Gefühl, umsonst hierhergekommen zu sein.

Gerade überlegte er, ob sie wieder gehen sollten, als er sie sah. Ein kleines, schlankes Mädchen in Grau – mit einem Armvoll Bücher. Zuerst schaute er hin, weil er dachte, daß sie möglicherweise hübsch sei, und dann, weil er sie erkannte.
Serafina! Er war bereits durch die halbe Halle gestürmt, als der Diener auf ihn zugelaufen kam, um ihm zu sagen, daß der Herr ihn erwarte. Thomas hatte eben noch Zeit, einen Blick auf ihr herzförmiges Gesicht zu werfen und sie sagen zu hören: »Er wird Ihnen nicht helfen – er reist mit Maultieren«, bevor er dem Diener die Treppe hinauffolgen mußte. Aus dem Augenwinkel sah er noch, daß Cristofano von der Truhe sprang und sich an Serafinas Fersen heftete. Dieser Junge war doch wirklich unverbesserlich.

Jacopo Capriani empfing seinen Besucher in seinem Arbeitszimmer im ersten Stock. Der Kamin zog schlecht. Die Vorhänge, die früher einmal schön gewesen sein mochten, waren rauchgeschwärzt. Der Raum war spärlich möbliert und kalt – trotz des qualmenden Feuers.
Der Hausherr machte einen ebenso vernachlässigten Eindruck wie sein Heim. Er war, schätzte Thomas, als er sich zur Begrüßung verbeugte, Anfang Sechzig – ein hagerer Mann, dessen weiße Haare in dünnen Strähnen unter seiner Mütze hervorhingen. Das dunkle Samtgewand war viel zu groß für den Körper, die bleiche Haut spannte sich wie Pergament über die Wangenknochen.
»Willkommen, Signor Marlowe.« Der Kaufmann, der hinter einem großen, häßlichen Schreibtisch saß, nickte Thomas zu. »Was kann ich für Sie tun?«
Mit Worten, die er an diesem Tag schon ein dutzendmal gebraucht hatte, begann Thomas zu erklären, welch wun-

derbare Gelegenheit er einem klugen Mann zu bieten habe, sein Glück zu machen, doch er merkte, daß es ihm diesmal an Überzeugungskraft mangelte, da sich immer wieder Serafina in seine Gedanken schob – das kleine Mädchen mit den Büchern. Sie sah noch genau so aus wie damals in Marseille. Sogar ihr Gesichtsausdruck und ihr Tonfall waren gleich gewesen: kühl und distanziert. Sie hatte kein überflüssiges Wort gesprochen, ihn nicht länger angesehen, als die Höflichkeit es verlangte. Natürlich konnte er nicht erwarten, daß sie ihm um den Hals fiele, aber es kränkte ihn, daß sie sich nicht einmal zu einem Lächeln herabgelassen hatte. Wie kam sie in dieses Haus?
»... so viele Probleme mit dem Schiffsverkehr... die Korsarenüberfälle... ich halte den Landweg für sicherer...«
Thomas wurde bewußt, daß er nur Bruchstücke von den Ausführungen des Kaufmanns gehört hatte, und er zwang sich, seine Aufmerksamkeit auf sein Gegenüber zu konzentrieren. Mit aller ihm zu Gebote stehenden Geduld erklärte er, daß sein Schiff durchaus in der Lage sein würde, sich gegen Korsaren zur Wehr zu setzen. Es könne zu jeder Jahreszeit eingesetzt werden und die alljährliche Reise des Kaufmanns in einem Bruchteil der Zeit zurücklegen, die dieser auf den schlechten und von Banditen belagerten Straßen dafür benötigte. Doch zu seinem Ärger mußte er feststellen, daß Serafina recht gehabt hatte. Wenn jemals ein Kaufmann ein Schiff gebraucht hätte, dann war es Jacopo Capriani – aber der sture Mann war unbelehrbar.
Zum Zeichen dafür, daß er die Unterhaltung als beendet betrachtete, griff Capriani nach seiner Feder und wandte sich wieder der Schreibarbeit zu, die er bei Thomas' Eintritt unterbrochen hatte. »Wissen Sie«, er hob noch einmal mit einem herablassenden Lächeln den Kopf, »abgesehen

von allem anderen, bin ich kein Mann, der Geld in Projekte steckt, die vielleicht niemals vollendet werden – das war noch nie meine Art.«

Thomas hätte ihn am liebsten gepackt und geschüttelt, ihn gezwungen einzusehen, daß er seine Gewinne innerhalb eines Jahres verdoppeln könnte, wenn er sich der *Kingfisher* bediente – aber er sah ein, daß es keinen Sinn hatte. Und so verabschiedete er sich zum wiederholten Male an diesem Tag nach einer Niederlage mit einer angedeuteten Verbeugung, setzte seinen Hut auf und verließ den Raum.

Auf der Treppe begegnete er Serafina, die noch immer von dem hartnäckigen Cristofano verfolgt wurde. Sie sagte kein Wort zu Thomas, sah ihn an wie einen Fremden. Nein – nicht einmal das: wie einen Domestiken, der in ihren Diensten gestanden hatte und nicht mehr benötigt wurde. Als er ihren kurzen spöttischen Blick auffing, flammte Zorn in ihm auf, und er hörte sich sagen: »Ich habe einen Freund von Ihnen kennengelernt, Monsieur Jehan de Coniques. Wenn Sie wissen möchten, was er mir erzählt hat – Sie finden mich in dem Wirtshaus in der Via di Santa Caterina.« Damit packte er den Lehrling am Ärmel und zog ihn mit sich aus dem Haus.

Das Gasthaus war halb leer – die meisten Menschen blieben bei dem miserablen Wetter lieber zu Hause. Thomas, der zwölf Stunden lang Pisa abgeklappert hatte, verabschiedete sich von Cristofano und ging in sein Zimmer, um sich seiner nassen Kleider zu entledigen.

Er hatte Serafina beinahe wieder vergessen, aber nur beinah. Er hatte ihr Bild entschlossen weggeschoben, doch es hatte sich in seinem Hinterkopf festgesetzt. Er bedauerte schon längst, daß er sich dazu hatte hinreißen lassen, ihr von seinem Zusammentreffen mit dem Notar zu erzählen, doch er beruhigte sich damit, daß Serafina seiner Einladung ohnehin nicht nachkommen würde.

Doch da hatte er sich geirrt: Als er die Tür zu seinem Zimmer öffnete, sah er sie auf einem Hocker am Kamin sitzen! Ihr Blick war nicht auf die Tür gerichtet und auch nicht auf die Flammen, sondern starr auf die gegenüberliegende Wand. Als Thomas eintrat, stand Serafina auf.

»Ich hoffe, Sie verzeihen mir mein Eindringen, Monsieur Marlowe. Der Wirt meinte, ich dürfe hier warten. Ich habe das Dienstmädchen gebeten, Feuer zu machen.« Sie trug das graue Kleid, mit dem er sie heute schon einmal gesehen hatte. Die triste Farbe, nur aufgelockert durch einen schlichten weißen Kragen, bildete einen starken Kontrast zu ihren glänzenden Haaren und dem samtenen Schimmer ihrer Augen. Sie sah sehr jung aus mit dem vom Regen nassen Rocksaum und dem bloßen Kopf – fast so kindlich und wehrlos wie damals auf der Tartane.

Thomas warf seinen durchnäßten Mantel und den triefenden Hut auf die Kommode. »Setzen Sie sich doch wieder hin. Haben Sie schon zu Abend gegessen?«

Sie nickte und ließ sich wieder auf dem Hocker nieder. Thomas hatte zwar noch nichts gegessen, aber er verspürte keinen Hunger – viel eher Lust auf einen ordentlichen Schluck Alkohol, um damit die Kälte aus seinen Knochen zu vertreiben. Er öffnete die Tür und bestellte Wein.

Auch seine Kleider waren naß. Er zog sein Wams aus und hängte es über die Stuhllehne. Dann stellte er sich ans Feuer, um Hemd und Hose zu trocknen.

»Haben Sie einen Geldgeber gefunden?« fragte Serafina. Ein Schankgehilfe brachte einen Krug Wein und zwei Becher.

Thomas schüttelte den Kopf. »Es sieht so aus, als hätten

alle Kaufleute hier entweder genügend Schiffe oder bevorzugten – wie Ihr Arbeitgeber – Maultiere für den Transport ihrer Waren. Die Schiffe sind klein, in schlechtem Zustand und nur mangelhaft bewaffnet – aber die Herren scheinen damit zufrieden zu sein.« Er schenkte Wein ein und reichte Serafina einen der Becher, doch sie lehnte ab.
Die Wärme, die beim ersten Schluck durch seine Adern floß, machte ihm Appetit auf mehr. »Als ich Marseille verließ«, sagte er, »erklärten Sie mir, Sie würden bei Ihrer Kinderfrau Marthe wohnen, und jetzt finde ich Sie im Hause des Kaufmanns Capriani.«
Serafina starrte vor sich hin. »Marthe ist tot«, antwortete sie tonlos.
»Ich weiß, der Notar hat es mir erzählt, sie starb bereits vor Jahren – als Sie in Algier waren.« Thomas fuhr sich mit gespreizten Fingern durch seine Locken. Wassertropfen spritzten. »Warum haben Sie mich angelogen?«
»Sie wollten mich loswerden – also habe ich Ihnen eine Geschichte aufgetischt, die Ihnen den Eindruck vermittelte, Kara Alis Bitte erfüllt zu haben.«
Die Illusion der Wehrlosigkeit zerplatzte wie eine Seifenblase und wurde von der ihm bekannten Arroganz abgelöst. Thomas spürte erneut Zorn in sich aufsteigen. Der Raum war klein, mit schäbigen Möbeln vollgestopft und wirkte dadurch noch beengender. Serafinas körperliche Nähe verunsicherte Thomas, verstärkte seinen Ärger. »Seine Bitte? Das klingt, als habe er mich höflich ersucht, seine ehemalige Sklavin nach Marseille zu bringen. Aber so war es, weiß Gott, nicht, er hat mich erpreßt! Und nachdem ich meine Schuldigkeit getan hatte, wurde ich von Ihnen weggejagt wie ein Hund.« Himmel – was redete er da?
Serafina hob den Kopf und sah ihn an. Die eine Hälfte

ihres Gesichtes leuchtete golden im Feuerschein. »Sie wollten Marseille verlassen, und ich ließ Sie gehen. Hatten Sie etwas anderes erwartet, Monsieur Marlowe?«
Vertrauen – dachte er – doch er sagte: »Ehrlichkeit.«
Ein angedeutetes Lächeln umspielte ihre Lippen. »Ein anspruchsvoller Wunsch, Monsieur Marlowe.«
Er ließ den Atem mit einem ärgerlichen Zischen entweichen und füllte erneut seinen Becher. »Sie waren meinem Schutz unterstellt.«
»Nur, bis wir Marseille erreichten – so lautete die Vereinbarung. Außerdem bin ich nicht hierhergekommen, um mit Ihnen über längst Vergangenes zu diskutieren. Sie sagten, Sie hätten Monsieur de Coniques kennengelernt.«
Für einen Moment sah Thomas Interesse in ihren dunklen Augen aufblitzen – doch gleich darauf waren sie wieder undurchdringlich. »Ich traf ihn vor ein paar Monaten in einer Hafenkneipe in Livorno«, berichtete er. »Ich hatte den Eindruck, als verbringe der Gute eine Menge Zeit in Kneipen. Ich baue in Livorno mein Schiff«, setzte er erklärend hinzu.
»Die *Kingfisher*«, nickte sie.
Plötzlich empfand er den Wunsch, sie zu irgendeiner Reaktion zu provozieren. So kühl und distanziert, wie sie dort saß, ein Lächeln in den Mundwinkeln, wirkte sie so unnahbar wie eine Statue. »Monsieur de Coniques war betrunken und redselig«, fuhr er fort. Er lehnte sich an die Wand und musterte Serafina eindringlich. »Was er mir erzählte, war recht interessant. Sie haben mich zweimal angelogen, nicht wahr, Mademoiselle? Einmal bezüglich Marthe, und einmal, was den Guardi-Tuchhandel betraf. Er existiert durchaus noch. Und nicht nur das, er floriert in nie dagewesenem Ausmaß – nur unter anderer Leitung.«
»Angelo«, flüsterte sie.

»Genau. Ihr geschätzter Monsieur de Coniques arbeitet jetzt für diesen sauberen Herrn. Wenn ich Ihr Kusin Angelo wäre, hätte ich mich des Notars längst entledigt.«
Serafina sah ihn verständnislos an. »Weshalb sollte er das tun?«
»Weil der Knabe eine ständige Bedrohung für ihn ist.«
Er sah, wie es hinter ihrer Stirn arbeitete. Schließlich stammelte sie: »Er kann doch nicht«, sie brach ab, setzte erneut an: »Angelo hat doch nicht...«
Thomas hatte an diesem Tag viel Zeit zum Nachdenken gehabt, während er in zugigen Vorzimmern darauf wartete, von unwilligen Kaufleuten empfangen zu werden. Brüsk sagte er: »Wir wollen keine Zeit damit vergeuden, über den unerfreulichen Monsieur de Coniques zu sprechen. Erzählen Sie mir lieber etwas über Ihren Vater. Wann starb er – und auf welche Weise?«
Serafina strich sich eine feuchte Haarsträhne aus dem Gesicht. »Wie Sie schon wissen, starb er im Bagno von Algier – kurz nachdem man uns dorthingebracht hatte.«
»An der Pest?« fragte Thomas unschuldig. »Oder am Schweißfieber? Oder durch die Peitsche?«
Sie senkte den Kopf und schlug die Hände vors Gesicht. Einen Moment lang schämte sich Thomas beinahe. »Sie wußten es, nicht wahr?« fragte er leise. »Schon bevor wir nach Marseille kamen, wußten Sie, wer für den Tod Ihres Vaters verantwortlich ist. Deshalb sind Sie nicht die Stufen zu Ihrem Vaterhaus hinaufgelaufen. Deshalb haben Sie niemanden wissen lassen, daß Sie am Leben sind. Wieso sind Sie überhaupt noch am Leben? Weshalb hat man Ihnen nicht die gleiche Behandlung angedeihen lassen wie Ihrem Vater?«
Sie ließ die Hände sinken und antwortete dumpf: »Es war vorgesehen – Kara Ali hat mich davor bewahrt.«

Die Luft war durch die Hitze des Feuers stickig geworden. Thomas öffnete mit einiger Mühe das klemmende Fenster und sog tief die kalte Winterluft ein.

Hinter ihm sagte Serafina: »Ich habe Ihnen das alles nicht erzählt, weil es nicht erforderlich war. Das Schicksal meiner Familie geht Sie nichts an, Monsieur Marlowe.«

Der Notar hatte sie als »hochnäsiges kleines Miststück« bezeichnet. Diese Charakterisierung traf immer noch zu! Thomas spürte, wie ihm die Röte ins Gesicht stieg. Er wandte sich Serafina zu: »Also hat Ihr Vater sein eigenes Todesurteil unterschrieben, als er seine Firma Angelo vermachte.«

Serafina funkelte ihn empört an. »Wie kommen Sie darauf, daß er sie ihm vermacht hat? Das hätte er niemals getan. Angelo war ja nicht einmal richtig verwandt mit ihm! Nein! Es sollte einmal alles mir gehören – und meinem Mann und unseren Kindern. Deshalb sollte ich heiraten – um meinem Vater einen Erben zu schenken. Aber in Marseille... in Marseille erzählte mir der Bäcker, daß Angelo die Firma geerbt habe.«

Angelo und Jehan de Coniques – ein perfektes Paar: Der eine schrieb Franco Guardis Testament um, der andere kümmerte sich um die Organisation, wie zum Beispiel den Korsarenüberfall. Wie mochte Serafina damals ausgesehen haben – ein Kind, das in ein ihr unbekanntes Land reisen sollte, um mit einem ihr völlig Fremden verlobt zu werden?

»Ihr Vater muß ja ein großes Vertrauen in seine Gesundheit gehabt haben«, meinte Thomas trocken. »Schließlich hätte es noch Jahre gedauert, bis Sie die Geschäfte hätten führen können, und noch bedeutend länger, bis sein Enkel soweit gewesen wäre.«

Serafinas dunkle Augen glänzten beinahe schwarz. »Mein

Vater war kein alter Mann, Monsieur Marlowe – gerade Anfang Vierzig. Er glaubte, noch viele Jahre Zeit zu haben, wie wir alle es tun.«
In der darauffolgenden Stille wirkte das Knacken des Feuers unnatürlich laut. Gedämpft drang der Lärm aus der Gaststube herauf.
»Sie hätten mir vertrauen sollen«, sagte Thomas schließlich. Natürlich hatte sie recht damit, daß die ganze Sache ihn nichts anging, doch er empfand eine Enttäuschung, die er selbst für ungerechtfertigt hielt. »Sie hätten mir die Wahrheit sagen sollen, Serafina. Ist Ihnen nie der Gedanke gekommen, daß Sie sich durch Ihr Verhalten in Gefahr bringen könnten?«
»In Gefahr?« Sie blitzte ihn verächtlich an. »Ich bin seit Jahren tot – wie sollte ich in Gefahr geraten?«
»Jemand hätte Sie erkennen können«, sagte er, um Gelassenheit kämpfend. »Sie sind nicht auf die Idee gekommen, daß derjenige, der schon einmal Vorkehrungen für Ihre Ermordung traf, es wieder versuchen könnte, nicht wahr?«
Sie erschauderte. »Angelo ist nicht verantwortlich für das, was geschehen ist«, erwiderte sie gepreßt, als fiele ihr das Atmen schwer. »Er hatte Glück – das ist alles. Wir waren zur falschen Zeit am falschen Ort, und er nutzte die Gelegenheit.«
Obwohl sie sich sicherlich viel länger mit der ganzen Problematik befaßt hatte als er, verstand sie offenbar immer noch nicht alles. »Es war nicht Glück!« widersprach Thomas ruhig. »Er ist gerissen. ›Er ist ein gerissener Bursche‹, sagte Jehan de Coniques.«
Serafina schüttelte den Kopf. Ihre Augen waren weit aufgerissen. Nein, dachte er wütend – es stimmt nicht, daß sie nicht versteht! Sie weigert sich, die Wahrheit zu

akzeptieren! Sie leugnet das Wissen, das ihr gesunder Menschenverstand ihr schon längst vermittelt haben muß! Und plötzlich wurde ihm klar, weshalb sie das tat. Die Erkenntnis verursachte ihm Übelkeit. Serafina war ein Verstandesmensch – doch unter gewissen Umständen versagte dieser Verstand.
»Was hatten Sie vor?« fragte er leise. »Wollten Sie hingehen und sagen: ›Da bin ich wieder – ich hoffe, es ist alles beim alten?‹«
Zorn leuchtete auf ihrem Gesicht, die kleinen Hände waren zu Fäusten geballt. Er wurde von einer unerwünschten Rührung erfaßt. Offensichtlich hatte er sie falsch eingeschätzt. Er hatte sie als kaltherziges Ungeheuer gesehen – doch auch sie hatte Gefühle. Starke Gefühle! Nachdenklich fuhr er fort: »Und als Sie das Haus sahen und mit dem Bäcker sprachen, erkannten Sie, daß nichts mehr so wie früher war, nicht wahr? Sie würden niemals das Oberhaupt des Hauses Guardi sein – und aus Enttäuschung stahlen Sie das Brot...«
Er fing ihre Hand ab, bevor sie sein Gesicht treffen konnte. Ihre Finger waren gekrümmt, und in ihrem Handgelenk steckte eine erstaunliche Kraft. Sie versuchte sich loszureißen, doch er packte ihre beiden Hände und drückte sie an ihren Körper. »Haben Sie tatsächlich nicht begriffen, was passiert ist? Haben Sie wirklich geglaubt, Angelo habe lediglich Glück gehabt? Wie gefällt es Ihnen, daß Ihr Kusin das Ganze bis ins kleinste geplant hatte – gerade noch rechtzeitig vor Ihrer Verlobung?«
Er schrie auf. Sie hatte ihre Zähne in seine Hand gegraben. »Sie waren verliebt in ihn, nicht wahr?« brüllte er. »Und Sie sind es immer noch! Und er hat Sie verraten!«
Sie wand sich in seinem Griff, und sie fielen aufs Bett – er obenauf. Blut tropfte von seinem Handgelenk, sein Herz

hämmerte, ihr kleines Gesicht war ganz nah vor ihm. Er sah die feine Narbe am Haaransatz, die sie von dem Sturz auf den Bootsrand der Tartane zurückbehalten hatte.
Serafina versuchte, ihn abzuschütteln, zu Atem zu kommen. Plötzlich wurde er von Verlangen überwältigt. Gierig senkten seine Lippen sich auf die ihren. Er hatte die Augen geschlossen und gab sich ganz dem Rausch des Augenblicks hin, als sie ihr Knie anzog und es ihm zwischen die Beine rammte. Thomas krümmte sich schluchzend vor Zorn und Schmerz auf dem Boden. »Miststück!« schrie er, als die Tür hinter ihr ins Schloß krachte.

Als Serafina an diesem Abend endlich einschlief, hatte sie wieder einmal ihren schlimmsten Alptraum. Sie saß an einem weißen Sandstrand, auch der Himmel war weiß, und die Sonne stand blutrot im Zenit. Ihr Vater war auch da, und sie mußte zusehen, wie ein purpurgekleideter Soldat ihn an einen Pfahl fesselte und begann, ihn auf die Fußsohlen zu schlagen. Die Peitsche durchschnitt die Luft wie ein Messer, und die blasse Haut ihres Vaters wurde mit einem Muster aus Kreuzen überzogen. Serafina konnte nicht sprechen, sich nicht rühren – sie saß einfach nur in namenlosem Entsetzen da.
Aber heute nacht war der Traum ein wenig anders. Als der Soldat sich ihr, die Peitsche zum nächsten Schlag erhoben, zuwandte, sah Serafina sein Gesicht. Es war das von Angelo! Die mandelförmigen Augen glitzerten bösartig, und ein kleines, grausames Lächeln umspielte seine Mundwinkel. Sie konnte nicht schreien, sich nicht bewegen, nicht atmen. Als sie schließlich aufwachte, stellte sie fest, daß sie trotz der Kühle der Nacht schweißgebadet war. Sie setzte sich auf und tastete mit zitternden Fingern nach dem Zunder. Es dauerte eine Ewigkeit, bis die Kerze

brannte, und solange es dunkel war, erwartete sie immer noch, Angelo in einem purpurroten Gewand und mit einem bösen Lächeln in den schönen Augen neben ihrem Bett stehen zu sehen.

Als es hell wurde, zwang sie sich, im Zimmer umherzuschauen. Es sah aus wie immer. Die inzwischen vertraute Umgebung – die schweren Vorhänge und der schmale Schrank, der ihre wenigen Kleider enthielt – beruhigte sie etwas. Der Schweiß auf ihrer Haut war getrocknet, und sie begann zu frieren. Mit zittrigen Knien stieg sie aus dem hohen Bett, wickelte sich in die Decke und trat ans Fenster.

Der Himmel hatte sich aufgeklärt. In der Ferne sah sie die Kathedrale. Ihr Herz schlug nicht mehr so rasend. Doch sie hatte immer noch deutlich Angelos Gesicht vor Augen. Er lächelte – wie damals beim Abschied in Marseille. Seine dunklen Augen hatten sie angestrahlt, er hatte ihr die Hand geküßt – und zu jenem Zeitpunkt hatte er bereits ihren Tod und den ihres Vaters geplant gehabt! Sie hatte sich nie gestattet, das Offensichtliche zu begreifen – daß die Entwicklung sich zu günstig für Angelo gestaltet hatte, um nur auf einem glücklichen Zufall zu beruhen, und die Tatsachen zu sehen, die zu sehen sie nicht ertragen konnte. »Sie sind in ihn verliebt, und er hat Sie verraten«, hatte Thomas Marlowe gesagt – und er hatte recht! Jedenfalls zum Teil: Sie hatte Angelo geliebt – mit der ganzen Kraft ihres zehnjährigen schwärmerischen Mädchenherzens. Doch in Marseille, als Angelo sie auf den Stufen des Hauses, das von Rechts wegen ihr gehörte, sitzen sah und so übel verspottete, war allmählich ein Gefühl in ihr herangereift, das sie sich erst jetzt eingestand: der inbrünstige Wunsch nach Rache.

Angelo hatte damals seinen Plan wahrscheinlich gefaßt,

als Franco Guardi ihre Verlobung ankündigte. Es war kein Glück gewesen – er war raffiniert. Ein gerissener Bursche. Und in jenem Winter vor ihrer Reise hatte er den Notar auf seine Seite gebracht. Er brauchte Jehan de Coniques, um sicherzustellen, daß er die Früchte seines Arrangements ernten könnte.
Schwach vor Müdigkeit lehnte Serafina sich mit geschlossenen Augen an die kühle Fensterscheibe. Jeder Muskel in ihrem Körper schmerzte.
Aber Angelo hatte nicht in allem Erfolg gehabt – der Gedanke schlängelte sich durch ihr Bewußtsein wie ein silberner Fisch durch trübes Wasser. In einem Punkt hatte Angelo versagt – und wußte es noch nicht: Sie war am Leben!
Ihr Atem beruhigte sich. Angelo hatte ihr alles genommen – ihren Vater, die Firma und ihr Heim –, aber sie würde nicht untergehen! Seit sie sich ihre Liebe zu Angelo aus dem Herzen gerissen hatte, fühlte sie sich, als habe sie Fesseln abgestreift. Sie war frei!
Und auch wieder nicht. Dieses Haus war nicht ihres, ihre Existenz hing von den Launen eines alten Querulanten ab. Wenn er stürbe oder sich der Konvention beugte und sie entließe, stünde sie wieder vor dem Nichts. Und so war ihre Freiheit nicht von der Art wie die, die Angelo durch seine verbrecherischen Machenschaften gewonnen hatte. Wie sehr sie auch um das kämpfen würde, was ihr rechtmäßig zustand – sie mußte der Tatsache ins Auge sehen, daß sie nichts hatte, womit sie kämpfen konnte. Sie war machtlos – nicht zuletzt, weil sie eine Frau war. Sie besaß nichts, außer den Vorteil, daß Angelo nichts von ihrem Überleben wußte – und ihr rachesüchtiges Herz.

John Keane, Bevollmächtigter der English Levant Company, kam in jenem Frühling mit einem Satz Schachfiguren und einer neu bespannten Laute auf einer kleinen dreimastigen, ziemlich mitgenommenen Galeone in Livorno an. Das Schiff trug die Insignien der Levant Company. Auf See, unter dem roten Kreuz von England, das zu führen nur die Schiffe der Handelsgesellschaft das Recht hatten, flatterte ein Seeungeheuer von der Mastspitze, doch jetzt herrschte Flaute, und die Flagge hing schlaff herab. John Keane entließ die erschöpfte Mannschaft in den wohlverdienten Landurlaub. Er selbst blieb an Bord.

Er war Mitte Dreißig – ein hochgewachsener Mann mit einem freundlichen Gesicht. Das glatte braune Haar wurde an den Schläfen bereits dünn und grau. Seine kurzsichtigen Augen waren blaugrau und von einem Netz feiner Falten umgeben, sein Teint hatte nach der Seereise von London einen rötlich ockerfarbenen Ton.

John Keane brauchte eine Stunde, um zu dem Schluß zu kommen, daß die *Garland*, obwohl reichlich ramponiert, so weit instand gesetzt werden könnte, um ihre Fahrt in absehbarer Zeit fortzusetzen. Während er die zerfetzten Segel und gebrochenen Sparren begutachtete, rief er sich das Unwetter ins Gedächtnis zurück, dessen Spielball das Schiff im Tyrrhenischen Meer gewesen war. Sie wurden vom Konvoi getrennt, und John fürchtete schon, er würde das Schiff verlieren – doch am Ende hatten er und seine Mannschaft triumphiert und die Ladung, die aus Stoffen, Zinn und Yarmouth-Heringen bestand, unbeschädigt nach Livorno gebracht. Der Konvoi war nach Aleppo unterwegs gewesen. Briefe mußten geschrieben, Erklärungen abgegeben werden.

Mr. Keane stand bereits mehr als zehn Jahre in den Diensten der Levant Company – seit Königin Elizabeth

der Gesellschaft die königliche Handelsgenehmigung erteilt hatte. Seitdem segelten Schiffe unter den Insignien des englischen Königshauses nach Scanderoon, Smyrna und zur Hohen Pforte, dem Regierungssitz des osmanischen Herrschers. Es waren aufregende und erfolgreiche Jahre gewesen – und gefährliche, denn die im Mittelmeerraum etablierten Mächte waren mit dem Eindringen Englands nicht einverstanden. Frankreich – bisher der einzige Verbündete des Islam in der christlichen Welt – hatte Schwierigkeiten gemacht, wo immer möglich. Venedig, dessen Macht seit zehn Jahren darniederlag, sah die englischen Handelsschiffe als ein weiteres Hindernis für seinen Gesundungsprozeß und die Wiederherstellung seines einstigen Ruhmes. Spanien, das noch immer unter der Niederlage seiner Armada litt, begrüßte jede Art von Vergeltung.
Die toskanische Hafenstadt Livorno war eine günstig gelegene und preiswerte Zwischenstation auf dem Weg in die Levante. In Livorno verkauften die Engländer Kerseys und Weißwäsche und kauften Rohseide und Brokat. Es wurde auch noch mit anderem gehandelt – mit Diebesgut und Sklaven –, und man traf in steigendem Maße kleinere und größere Gauner in der Stadt an. John Keane kannte Livorno beinahe so gut wie seine Geburtsstadt Rotherhithe. Er blieb schon lange nicht mehr stehen, um den Damen nachzuschauen, die auf ihren hölzernen Plateauschuhen vorbeitrippelten, oder den zwielichtigen Herren, an deren Arm grellgeschminkte Damen hingen. Er kannte Livorno als das, was es war: ein brodelnder Schmelztiegel, Treffpunkt für Händler aus allen Ecken des Mittelmeerraumes. Die Liegegebühren und Lagerkosten waren erfreulich niedrig, und von Genua bis Lucca gab es genügend Möglich-

keiten, Ladung zu bekommen. Man konnte auch mit Spanien und der Provence Geschäfte machen. Die einzigen, mit denen Handel zu treiben sich nicht empfahl, waren die Berber-Piraten. Engländer, die dies taten, fanden sich, wenn es herauskam, unversehens am Ruder einer Medici-Galeere wieder.

John Keane, der eine Vorliebe für Schach und Lautenspiel hegte und eine etwas unbefriedigende Beziehung zu einer Lady in London unterhielt, wurde unsanft aus seinen Gedanken gerissen.

»Ich kann Ihnen einen guten Zimmerer nennen«, rief eine Stimme vom Dock herauf. Sie sprach englisch und klang freundlich – und jung. Als John Keane sich über die Reling beugte, sah er einen kräftig gebauten Mann unten stehen, auf dessen dunklen Locken ein Hut aus spanischem Filz saß.

»Ich habe keinen Mangel an Zimmerern«, antwortete er und lehnte sich über das Geländer. »Aber ich danke Ihnen für das Angebot, Mr. ...?«

»Marlowe. Thomas Marlowe.« Der dunkelhaarige Mann riß den Hut vom Kopf und verbeugte sich. »Erinnern Sie sich nicht mehr an mich, Mr. Keane?«

John Keane, dessen Kurzsichtigkeit manche über seine geistige Scharfsichtigkeit täuschte, kniff die Augen zusammen.

»Die *Flying Heart*«, rief Thomas. »Die *Michael* – und die arme *Toby*.«

Der Kapitän der *Garland* kniff die Augen noch mehr zusammen. »Die *Toby* strandete vor achtzehn Monaten vor der Berber-Küste auf einer Sandbank«, rief er zurück. »Nur eine Handvoll Besatzungsmitglieder kam mit dem Leben davon.«

»Wenn es Ihnen recht ist, komme ich an Bord – die

Schreierei ist mir zu anstrengend.« Ohne eine Antwort abzuwarten, kam er über die Gangway an Deck.
Johns Miene hellte sich auf: »Thomas Marlowe! Natürlich! Sie sind als Steuermann für die Gesellschaft gefahren.«
Thomas verbeugte sich erneut.
»Wir dachten, Sie seien tot.«
»Ein Irrtum, wie Sie sehen.« Thomas grinste breit. »Aus den Tiefen der See aufgetaucht, beinahe ein Opfer der Wüste geworden und schließlich an der toskanischen Küste gelandet – und jetzt baue ich ein Schiff, anstatt eines zu steuern.« Er betrachtete die Schäden an der *Garland* und fügte hinzu: »Sie sollten es sehen, Mr. Keane.«
John, der die Andeutung richtig interpretierte, holte eine Flasche Wein und zwei Becher, um sich Zeit zum Nachdenken zu verschaffen. Als er wieder an Deck kam, fragte er:
»Gehe ich recht in der Annahme, daß Sie das Schiff für sich selbst bauen?«
»Sie gehen recht.« Thomas' meerblaue Augen blickten John Keane gelassen an, als er fortfuhr: »Ich hatte Glück beim Kartenspielen.«
Sein Gegenüber goß Wein ein und reichte ihm einen Becher. Sie tranken einen Schluck – und dann sprach Thomas aus, was der Kapitän schon vermutet hatte: »In letzter Zeit ging es allerdings nicht mehr so gut – und Holz ist verdammt teuer. Sie sollten sich mein Schiff wirklich ansehen, Mr. Keane. Dieser Seelenverkäufer hier wird das Ende des Jahrhunderts bestimmt nicht mehr erleben.«
John Keane prostete Thomas zu. Dann nickte er bedächtig.

Schon seit einer ganzen Weile ruhten die Geschäfte im Hause Capriani, denn der Kaufmann war krank.

Es war keine neue Krankheit, sondern eine, die ihn bereits seit Jahren immer wieder heimsuchte. Er kannte den Grund – die Sümpfe, die die Küste der Toskana säumten – und hatte im Laufe der Zeit die Anzeichen deuten gelernt, die einem neuerlichen Kampf mit seinem ganz persönlichen Feind vorangingen: das schmerzhafte Hämmern hinter den Augen, das Gefühl der Entrücktheit, die farbenprächtigen Alpträume. Und dann stieg das Fieber, und der damit verbundene Schüttelfrost warf seinen von Schmerzen und Übelkeit gepeinigten Körper auf dem Lager hin und her. Früher, vor langer Zeit, pflegte seine Frau ihn. Danach übernahm die Haushälterin diese Aufgabe, doch sie war letztes Jahr gestorben. Jacopo Capriani weigerte sich, »einem Quacksalber Geld in den Rachen zu werfen«, wie er sich ausdrückte. Diesmal, sagte er sich, als er nicht mehr umhin konnte, das Bett aufzusuchen, würde er dem Dämon allein trotzen.

Er verlor jedes Zeitgefühl. Es war Frühling – wie üblich, wenn die Krankheit ihn in den Würgegriff nahm –, und wieder einmal war es dem Kaufmann nicht vergönnt, den strahlend blauen Himmel, die laue Luft und das sprießende junge Grün zu genießen. Manchmal, in einem lichten Moment, quälte ihn der Gedanke daran, wieviel Arbeit liegenblieb, doch er hatte nicht die Kraft, in sein Arbeitszimmer geschweige denn ins Kontor zu gehen. Letzteres beunruhigte ihn besonders, denn er traute weder Bastien noch Amadeo, und das Fieber verstärkte sein Mißtrauen noch. Er schlief schlecht und wurde von Träumen gepeinigt, in denen seine Waren in den Lagerhäusern verrotteten oder auf dem Transport aus den Tragekörben der Maultiere fielen und an Berghängen liegenblieben. Dann schrie er, ohne es zu merken.

Irgendwann – er wußte nicht, ob es Tag oder Nacht war –

fühlte er, wie ihm etwas Kühles auf seine heiße Stirn gelegt wurde. Als er die Augen öffnete, war es völlig dunkel um ihn, wie in einem Grab. Er konnte nicht atmen und bildete sich ein, Erde auf seinem ausgemergelten Körper zu spüren.
Und dann hörte er eine Stimme: »Signor Capriani – trinken Sie das.« Eine Hand stützte ihm den Kopf, ein Becher wurde an seine Lippen gehalten. Nachdem er ein paar Schlucke getrunken hatte, sank er wieder zurück und schlief ein.
Als er das nächste Mal aufwachte, war es heller Tag, und er war nicht allein: Serafina, die er in Marseille als Küchenmädchen eingestellt hatte, saß neben seinem Bett. Die Kontobücher hatte sie auf den Nachttisch gelegt. Er hatte die kleine Französin bisher für recht unscheinbar gehalten – jetzt erschien sie ihm plötzlich ausgesprochen reizvoll.
»Ich bin gekommen, um Ihnen den Kontostand zu zeigen, damit Sie sich keine Sorgen machen«, sagte sie. Wie angenehm ihre Stimme war – leise und beruhigend. »Sie sollten noch etwas trinken, Signor, dann werden Sie bald wieder gesund sein.«
Ungeachtet des bitteren Geschmacks, trank er gehorsam den Becher leer, den sie ihm reichte. Er fragte sich kurz, ob sie plante, ihn zu vergiften, verwarf den Gedanken jedoch sofort wieder. Sie könnte durch seinen Tod nichts gewinnen. Sie war ein erstaunliches Mädchen, besaß einen Sinn für Zahlen, wie er ihn bisher noch bei keinem Mann erlebt hatte – und nun stellte er noch andere Qualitäten an ihr fest. Er hatte nichts gegen ihre Anwesenheit an seinem Krankenbett einzuwenden, ja, im Laufe der Zeit genoß er sie sogar, denn Serafina schnatterte und kicherte nicht wie andere Frauen, sie saß einfach nur da.

Und wenn er schließlich einschlief, tauchte ihr Gesicht immer öfter in seinen Träumen auf.

Sie besuchte den Patienten zweimal täglich – und jedesmal blieb sie ein bißchen länger. Das Fieber sank, doch der Kaufmann war noch sehr schwach. Serafina war überzeugt, daß er gestorben wäre, wenn sie in jener Nacht nicht nach ihm gesehen hätte, und sie wollte, daß er lebte: Jacopo Capriani war ihre einzige Sicherheit. Ohne ihn wäre sie wieder heimatlos. Sie hatte ihm einen Trank nach Kara Alis Rezeptur gebraut, und damit hatte er sich allmählich erholt.
Sie hörte auf vorzulesen, schloß das Buch und blieb schweigend sitzen. Der Tag ging zu Ende – terrakottarotes Licht färbte die Haus- und Kirchendächer der Stadt. Nach einer Weile merkte sie, daß der Kaufmann nicht schlief. Sie spürte den Blick der kleinen dunklen Augen unter der roten Nachtmütze auf sich ruhen. Sie bewegte sich nicht, sie sagte nichts, doch unter ihrem schlichten Kleid begann ihr Herz schneller zu schlagen. Langsam ließ sie eine Hand von ihrem Schoß auf die Bettdecke gleiten. »Ich muß jetzt gehen«, sagte sie leise.
Seine Finger schlossen sich mit erstaunlicher Kraft um die ihren. Seine Haut spannte sich dünn wie Papier über die Knochen. »Noch nicht!« flüsterte er flehend.

Jacopo Caprianis Genesung zog sich hin, war eine Folge von kleinen Rückfällen und kleinen Fortschritten. Deshalb war es nur natürlich, daß sich das täglich zweimalige Studium der Kontobücher auf allgemeine Gespräche über Gesundheit und Geschäfte ausweitete, und ebenso natürlich, daß Serafinas Aufgabenbereich allmählich größer wurde. Der Kaufmann hatte Vertrauen zu ihr – eine

Vergünstigung, die er keinem seiner anderen Angestellten zuteil werden ließ. Serafina konnte sich glücklich schätzen, daß Amadeo ein Faulpelz war und Bastien ein Dieb.

Ende Juni reiste sie mit einem Bediensteten nach Livorno, um im Auftrag ihres Arbeitgebers den üblichen wertlosen Tand zu kaufen. Es reizte sie, auch Seide mitzunehmen, denn die Schiffe hatten bereits die ersten Ballen mitgebracht. Bald würde das Angebot umfassend sein. Als sie das nächste Mal nach Livorno kam, kaufte sie von ihrem gesparten Lohn ein paar Meter des geliebten Stoffes. Einen Teil verkaufte sie mit beträchtlichem Profit an einen anderen Händler, den Rest behielt sie für ein Kleid. Als sie Signor Capriani den Gewinn zeigte, den sie erzielt hatte, stimmte er mit gerunzelter Stirn, aber leuchtenden Augen ihrem Ansuchen zu, in Zukunft öfter Seide kaufen zu dürfen.

Als sie wieder einmal in Livorno am Kai stand und die Finger zärtlich über türkisfarbenes, strukturiertes und mit Silberfäden durchzogenes Gewebe gleiten ließ, fühlte Serafina Erregung in sich aufsteigen, hervorgerufen durch die Aussicht auf zukünftige Möglichkeiten, doch sie achtete sorgfältig darauf, sich nichts anmerken zu lassen. Sie führte die Kontobücher weiterhin mit der üblichen Sorgfalt, und in ihrer Freizeit nähte sie an ihrem Kleid.

Sobald Jacopo Capriani zu den Mahlzeiten aufstehen konnte, erfolgte die Durchsicht der Kontobücher im Speisezimmer, denn es war geziemender, dort mit seiner Angestellten zu konferieren als in seinem Schlafzimmer. Serafina hatte die Zusammenstellung seiner Ernährung übernommen. Sie wußte, was der empfindliche Magen des alten Mannes vertrug und suchte auf dem Markt die besten Leckerbissen für ihn aus. Manchmal kochte sie

sogar selbst – sanft gewürzte orientalische Gerichte, die auch den schwächsten Appetit anregten. Der Kaufmann sagte, er wisse nicht, wie er je ohne sie ausgekommen sei, und erklärte scherzend, sie sei genauso nützlich wie eine Ehefrau.
Eines Abends, als sie miteinander dinierten – gefüllte Wachteln, zu denen sie mit Honig versetzten toskanischen Wein tranken –, brachte Serafina die Sprache wieder einmal auf das Thema Transport. »Der Maultierzug«, begann sie zögernd, »wann wird er aufbrechen?«
Der Kaufmann rülpste und wischte sich den Mund mit seiner Serviette ab. »Er sollte bereits fort sein«, antwortete er stirnrunzelnd. »Schon seit Mai.«
»Welches Ziel ist für gewöhnlich Ihr erstes?«
»Neapel«, erklärte er.
Das wußte sie natürlich schon, dazu hatte sie nur im Verkaufsbuch zurückblättern und Jacopo Caprianis Route anhand der Warenlisten und Zahlenreihen durchsehen müssen.
Der alte Mann führte mit zitternder Hand das Weinglas an die Lippen. Er hatte noch nicht die volle Kontrolle über seine Muskeln wiedergewonnen.
Serafina sprach aus, wovon sie wußte, daß er es dachte: »Das ist eine anstrengende Reise, Signor. Die Straßen sind schlecht, und die Hitze wäre gar nicht gut für Sie.«
Er tupfte seine Mundwinkel ab, aus denen Wein rann. Im Laufe ihrer Gespräche war deutlich geworden, daß seine Angst vor dem Tod sich durch die Krankheit noch verstärkt hatte. »Sie müssen sich schonen«, fuhr sie fort. »Sie waren sehr krank.« Graziös spießte sie ein Stückchen Fleisch auf die Gabel und führte sie zum Mund. Sie hatte die Lider gesenkt, um dem Blick des Kaufmanns nicht zu begegnen, sie fürchtete, er könne darin

lesen, welches Motiv sie zu ihrer Fürsorglichkeit veranlaßte.
»Bastien ist nicht zu trauen«, sagte der Kaufmann, »und Amadeo ist faul. Ein Jammer, daß Sie kein Mann sind, meine Liebe, sonst könnten Sie an meiner Stelle reisen.«
Serafina hob den Kopf und erwiderte sein Lächeln. »Ich würde es gerne tun, aber Neapel ist zu weit. Was meinen Sie zu dem Vorschlag, daß ich statt dessen wieder für Sie nach Livorno fahre?«
Jacopo Capriani hatte zwei Gläser Wein getrunken, und seine Taftkappe war ihm in die Stirn gerutscht. »In Neapel gibt es die schönsten Borten und Bänder, meine Liebe«, gab er verdrießlich zu bedenken. »In Livorno hat man keine Auswahl.«
Eine Weile aßen sie schweigend, dann sagte Serafina: »Ich denke, es wäre empfehlenswert, in diesem Jahr ein wenig anders einzukaufen.« Niemand, der ihre sanfte Stimme hörte, hätte vermutet, wie wichtig ihr die Antwort des Kaufmanns war.
Jacopo Capriani lachte. »Sie und Ihre Seide! Ich dachte, Sie gäben sich mit einer Bahn zufrieden. Aber ich muß sagen«, er hielt inne und musterte sie mit zusammengekniffenen Augen, »das Kleid steht Ihnen ausgezeichnet. Wirklich ganz ausgezeichnet.«
Sie hatte es an diesem Abend das erste Mal angezogen. Der satte Bernsteinton brachte die Zartheit ihrer Haut und den Glanz ihrer Haare voll zur Geltung. Es war, der derzeitigen italienischen Mode entsprechend, tief ausgeschnitten, und die Spitzeneinfassung zauberte reizvolle Muster auf ihr Décolleté. »Ich könnte alles kaufen.« Sie schob ihren Teller weg. »Wenn Sie mir sagen, was Sie wollen.«
Die Flammen der Kerzen zwischen ihnen flackerten in der

schwachen Brise, die vom Fenster hereinwehte. Serafina stand auf, um es zu schließen und die Vorhänge zuzuziehen. Noch nie in ihrem Leben hatte sie sich etwas so sehnlich gewünscht wie die Zustimmung dazu, den Handel zu beginnen, für den sie geboren war.
Sie wußte nicht, daß Jacopo Capriani ebenfalls aufgestanden und hinter sie getreten war, bis er sprach.
»Was ich will...« Seine Stimme klang heiser und brüchig. Serafina ballte die Fäuste, ihre Fingernägel gruben sich in die Handflächen, aber sie versuchte nicht auszuweichen, und sie sagte auch nichts. Der muffige Geruch der Kleider des alten Mannes stieg ihr in die Nase. Sein keuchender Atem roch nach Wein. Wenn sie still stehenblieb und schwieg, würde er sie berühren – und plötzlich begriff sie die Bedeutung einer solchen Entwicklung. Gleich darauf spürte sie seine Hand auf ihrer Schulter.
»Ich habe einen guten Blick für Seide«, sagte sie ruhig. »Ich habe früher für einen Seidenhändler gearbeitet.«
Die Finger des Kaufmanns tasteten sich zu ihrem Décolleté vor, streiften die cremefarbene Spitze. Serafina hatte Mühe, nicht zu fliehen. Kein Mann hatte sie jemals auf diese Weise berührt. Es machte ihr angst, eine solche Intimität zu gestatten. Es kam ihr vor, als gäbe sie damit einen Teil von sich auf. Sie fürchtete, daß jede Art von Vertraulichkeit sie wieder verwundbar machen würde.
Und doch empfand sie bei aller Furcht auch Erregung, die allerdings nicht von den linkischen Annäherungsversuchen dieses unappetitlichen Greises herrührte, sondern von der Erkenntnis, daß sie Macht besaß. Es gab mehr als eine Möglichkeit, ihr Ziel zu erreichen. Doch den nächstliegenden Weg hatte sie bisher nicht einmal in Betracht gezogen.
Signor Caprianis zweite Hand legte sich auf ihren Leib,

und er begann, die glänzende Seide zu kneten, die sich über ihrem flachen Bauch spannte. Serafinas Angst legte sich, und ein berauschendes Triumphgefühl stieg in ihr auf. Sie besaß durchaus etwas, womit sie kämpfen konnte! Angelos Verachtung war unangebracht gewesen: Dieser Mann wollte sie!
Und Thomas Marlowe hatte sie auch gewollt! Sie hatte es in seinen Augen gelesen – damals in dem Wirtshaus in der Via di Santa Caterina. Jacopo Capriani stöhnte leise, als seine Hand in ihren Ausschnitt glitt und ihre Brust umfaßte. Sie erinnerte sich an den Kuß, den Thomas Marlowe ihr aufgezwungen hatte, und ihr Herz begann zu flattern, und das Atmen wurde ihr schwer. Sie wußte plötzlich, daß es ein Fehler gewesen war, den englischen Steuermann so brüsk zurückzuweisen. Sie hatte das Ausmaß ihrer Unwissenheit nicht gekannt und auch den Nutzen ihres jetzigen Wissens nicht – bis sie den pfeifenden Atem auf ihrem Nacken spürte und die knochigen Finger ihre Brustwarze ergriffen. Sie, die soviel gelernt hatte, war bis heute ahnungslos gewesen, welche Macht sie ausüben könnte. Sie war unfähig, zu sprechen oder sich zu rühren, und so blieb sie stehen, bis der alte Mann schließlich von ihr abließ. Als sie sich umdrehte, sah sie Schweißtropfen auf seiner Stirn glitzern. Seine Augen waren glasig.
»Ich denke, es wäre klug, wenn ich ein wenig Seide kaufen würde. Meinen Sie nicht auch, Signor Capriani?« Sie wußte selbst nicht, woher sie ihre Gelassenheit nahm. Ein kleines Lächeln erschien in ihren Mundwinkeln, als er nickte.

FÜNFTER TEIL

1595
OH, MEIN
KLEINES HERZ!

Der laun'sche Junge, greinend,
blind, verkappt,
Des Giulio Riesenzwerg, Ritter
Kupido,
Sonettenfürst, Herzog gekreuzter
Arme,
Gesalbter König aller Ach und Oh,
Lehnsherr der Tagedieb' und
Mißvergnügten,
Monarch der Mieder, Schah der
Hosenlätze,
Alleiniger Kaiser, großer
Feldzeugmeister
Der Kirchenbüßer – oh, mein
kleines Herz!

Liebes Leid und Lust:
William Shakespeare

Thomas Marlowe arbeitete in dem fast fertigen Schiffsrumpf, als er die Nachricht erhielt, daß Besuch für ihn da sei. Er konnte jetzt keine Störung brauchen!
»Sie hat ein gelbes Kleid an und Holzsandalen«, fuhr Rufus, der Schmied fort, der oben an der Leiter stand. Nun wurde Thomas neugierig. Mit fahrigen Handbewegungen versuchte er, seine wirren Locken in eine präsentable Form zu bringen.
Und dann sah er sich Serafina gegenüber! Er erkannte sie sofort – trotz des Schleiers, der ihr Gesicht verbarg, des »gelben« Kleides und der »Holzsandalen«. In Wahrheit war das Kleid allerdings nicht gelb, sondern von einem warmen Goldton. Bewundernd stellte er fest, daß Serafina es fertigbrachte, sogar mit den hölzernen Ungetümen an den Füßen, die er für gewöhnlich scheußlich fand, graziös zu wirken.
Mit hämmerndem Herzen sprang er auf das Deck hinunter. Die Sonne stand hoch am Himmel, die schwere Luft flimmerte, Fliegenschwärme vom Sumpfland, das an Livorno grenzte, überschwemmten die Stadt und zerrten an den durch die unerbittliche Hitze ohnehin strapazierten Nerven der Bewohner. Das Pech wurde nicht fest, Holzplanken warfen sich und rissen, wenn sie nicht ständig feucht gehalten und vor Sonneneinstrahlung geschützt wurden. Doch Serafina schienen weder Hitze noch Insekten etwas anhaben zu können.
»Monsieur Marlowe.« Sie trat auf ihn zu. »Wie nett.«
Thomas grinste. »Wenn ich, den Laderaum bis obenhin

voll mit Gold und Gewürzen, von der Entdeckung der Nord-West-Passage zurückkäme, würden Sie mich bestimmt mit den gleichen Worten begrüßen.« Er verbeugte sich. »Es ist mir eine Ehre, Sie zu sehen, Mademoiselle Guardi. Was führt Sie nach Livorno?«
Aus dem grauen Mäuschen war eine schöne, elegante Frau geworden. Sie hatte den leichten Schleier zurückgeschlagen. Ihr Kleid schimmerte im Sonnenschein. Die kostbare Seide betonte die Zartheit ihrer Haut und das tiefe Braun ihrer Augen. Vor fünf Monaten hatten sie sich unter höchst unerfreulichen Umständen getrennt – er war sich durchaus bewußt, daß er sich unmöglich benommen hatte –, doch er konnte keine Anzeichen von Vorwurf oder Abneigung in ihrem Gesicht erkennen. Allenfalls leicht spöttische Belustigung.
»Geschäfte – was sonst, Monsieur Marlowe?« beantwortete sie seine Frage in leichtem Ton. Sie ging am Rumpf der *Kingfisher* entlang. Thomas, der trotz seiner luftigen Kleidung schwitzte und ungeduldig die Fliegen verscheuchte, die seinen Kopf umschwirrten, betrachtete Serafinas sorgfältige Frisur und ihre makellose Erscheinung. Auch auf ihrem langen Ritt von Valencia nach Marseille hatte sie stets alles getan, um möglichst gepflegt auszusehen.
»Signor Capriani war krank und ist noch sehr schonungsbedürftig«, erklärte sie. »Deshalb hat er mich damit betraut, einige Einkäufe für ihn zu tätigen.« Sie schenkte ihm eines ihrer seltenen Lächeln. »Nicht Gold oder Gewürze, Monsieur Marlowe – Seide!«
Sie erreichten den Bug des Schiffes und blieben unter der Stelle stehen, an der später die Galionsfigur aus den Wellen ragen würde.
Serafina ließ einen schlanken Finger über das glatte Eichenholz gleiten und sagte: »Es dauert eine Weile, ein

Schiff zu bauen, nicht wahr, Monsieur Marlowe? Wie lange liegt Ihre Ankunft in Livorno zurück?« Ihre Stimme war freundlich, die Frage verriet nicht mehr als höfliches Interesse.

Thomas' Miene verfinsterte sich. »Fast ein Jahr!« Er schlug mit der Faust gegen die massive Holzwand. »Es hätte viel schneller gehen sollen, aber ich hatte Ärger mit dem Materialnachschub, und außerdem konnte ich nicht so viele Männer bekommen, wie ich gebraucht hätte...«

Seine Stimme verlor sich in der brütenden Hitze. Mit wenigen Worten hatte er die Probleme zusammengefaßt, mit denen er sich seit Monaten herumschlug – Tag und Nacht, im Schlafen und im Wachen. In seinen schlimmsten Alpträumen malte er sich aus, daß die *Kingfisher* niemals fertig werden würde – aus Geldmangel, wegen der Schwierigkeit, erstklassige Handwerker zu finden und zu halten, Bauholz erster Qualität aufzutreiben –, und das wäre schlimmer, als wenn er niemals mit ihrem Bau begonnen hätte!

Thomas atmete tief durch. »Die Deckplanken sind fast fertig. Wir werden sie bald kalfatern. Und ich habe auch schon ein bestimmtes englisches Eichenholz für die Masten im Auge.«

»Sie wird schön werden«, sagte Serafina sanft.

Ein zarter Patschuliduft wehte zu ihm herüber, als sie den Schleier wieder vor das Gesicht zog. Seide raschelte. Seine Nächte waren von Alpträumen durchzogen, wie sahen Serafinas seit ihrer Ankunft in der Toskana aus?

Sie sprach, bevor er die Frage formulieren konnte. Ihre Stimme drang gedämpft durch den Musselin, doch sie übertönte den Lärm, der auf dem Dock herrschte. »Ich wohne im Palazzo Sacchetti, Monsieur Marlowe. Möchten Sie heute abend mit mir dinieren? Es wäre denkbar, daß wir ins Geschäft kommen.«

Der Palazzo Sacchetti wurde seinem hochtrabenden Namen nicht gerecht. Klein und schon etwas baufällig kauerte das Haus in einer der Gassen des Straßengewirrs hinter den Docks. Thomas rückte die Feder auf seinem Hut zurecht, bevor er an die Haustür klopfte. Die Malereien auf der Fassade waren von der Sonne ausgebleicht, die Fensterläden dringend reparaturbedürftig.
Der Palazzo gehörte nicht Signor Capriani, wie Serafina später erklärte, als sie bei Hühnchen, Reis und leichtem Rotwein saßen – er habe nur das Nutzungsrecht, wann immer er in Livorno sei.
Thomas hatte den Mund voll und konnte nichts dazu sagen. Sie hatten über das Wetter gesprochen, über die politische Lage in der Toskana, über Lebensmittel- und Landpreise. Nach dem dritten Glas Wein begann Thomas sich zum erstenmal seit vielen Monaten zu entspannen. Das volle Ausmaß seiner Anspannung war ihm nicht bewußt gewesen, bis er sich unerwartet diesen freien Abend gestattet hatte. Das Geschirr wurde abgeräumt und eine Schale mit Obst und Mandeln gebracht. Thomas nahm den vorher angeknüpften Gesprächsfaden wieder auf. »Ich wußte nicht, daß Signor Capriani Seidenhändler ist.«
Serafina runzelte ärgerlich die schöngeschwungenen Augenbrauen. »Kokarden! Epauletten! Antilopentränen!« sagte sie verächtlich. Auf Thomas' verständnislosen Blick fügte sie hinzu: »Ziegenstein, mein Lieber. Man findet ihn in den Mägen von Antilopen. Angeblich hilft er bei Schlangenbissen.«

Im Augenblick sieht sie aus, als würde sie dem unglücklichen Kaufmann am liebsten eine Riesenschlange um den Hals legen, dachte er amüsiert. »Für derlei gibt es immer Abnehmer«, meinte er.
»Der Markt für Seide ist bedeutend umfangreicher.« Serafina stand auf und zog die Vorhänge zu. »Die feinste Seide aus der Levante kommt nach Livorno. In Florenz, Pisa und Siena gibt es verarbeitende Werkstätten. Signor Capriani kennt jeden Kaufmann, alle wohlhabenden Familien von Neapel bis Marseille – und er verkauft ihnen Antilopentränen!« Sie spuckte das letzte Wort regelrecht aus.
»Seide, Gewürze und Gold«, sagte Thomas sanft. »Darum tobt der Kampf heutzutage im Mittelmeer. Keine Armadas mehr, keine Kreuzzüge gegen die Heiden, keine großen Schlachten um Territorien. Sogar der Sultan hat aufgehört, mit dem Säbel zu rasseln. Nein – der Kampf geht heute um etwas anderes. Vielleicht ist es gar nicht dumm von Signor Capriani, mit seinen Maultieren Tand an der ligurischen Küste entlang zu verkaufen.«
»Eine solche Aussage hätte ich aus Ihrem Munde nicht erwartet«, brauste sie auf. »Wären Sie plötzlich zufrieden damit, Wollmützen und Damenstrümpfe herumzuschippern, Thomas?«
Er registrierte zweierlei – erstens, daß sie ebenso ehrgeizig war wie er, und zweitens, daß sie ihn mit dem Vornamen angesprochen hatte. Thomas aß das letzte Stück seines Pfirsichs und antwortete langsam: »Nein – damit wäre ich nicht zufrieden. Es gibt größere Meere als dieses, Serafina, und ich habe die Absicht, sie alle zu überqueren.«
»Wollen Sie die Nord-West-Passage finden?«
Er lächelte. Ein schnellerer Weg zu den Westindischen Inseln war der Heilige Gral, nach dem jeder Kaufmann

suchte, in dessen Brust ein Abenteurerherz schlug.
»Gott bewahre – daran ist gar nicht zu denken. Jedenfalls in nächster Zeit nicht. Wenn kein Wunder geschieht, werde ich gezwungen sein, für eine Weile jede Ladung anzunehmen, die ich kriegen kann.«
Das Feuer in ihren Augen war wieder erloschen und hatte einem Ausdruck Platz gemacht, den man als Mitgefühl deuten konnte. »Erkennen denn die Geldleute den Wert Ihres Schiffes nicht?« fragte sie.
»Manche schon.« Thomas dachte an seine ausgedehnten Verhandlungen mit John Keane. »Manche nur zu gut.«
Serafina wartete gespannt darauf, daß er fortführe. Sein Weinglas war wieder gefüllt worden. Er umfaßte es mit seinen kräftigen Fingern.
»Ich habe mit dem Bevollmächtigten der English Levant Company gesprochen. Ich war viele Jahre als Steuermann bei der Gesellschaft. Der Mann – sein Name ist John Keane – machte mir ein Angebot.«
Ein kurzes Schweigen folgte. Thomas leerte sein Glas in einem Zug. »Er möchte die *Kingfisher* kaufen – und mich mit. Wenn ich nicht sehr aufpasse, werde ich nie aus dem verdammten Mittelmeer herauskommen.«
»Was wollen Sie also tun?«
Auch Serafina hatte fertiggegessen. Die Kerzen beleuchteten die verblaßte Pracht des Raumes, die ausgefransten Wandteppiche und die angeschlagenen Gläser.
Thomas zuckte mit den Schultern. »Ich muß versuchen, noch eine Weile durchzuhalten – bis ich einen anderen Geldgeber finde. Das vorhin erwähnte Wunder.« Er stand auf, trat zum Kamin und stützte einen Ellbogen auf das Sims. »Ein bißchen habe ich mir geborgt, und ein bißchen beim Würfeln gewonnen.«

Serafina strich ihr Seidenkleid glatt. »Was hat die Levant Company Ihnen angeboten?«
Es war stickig in dem kleinen Speisezimmer. Thomas, der sich wieder an das unerfreuliche Gespräch mit John Keane erinnerte, bei dem er beinahe seine Beherrschung verloren hätte, antwortete bitter: »Mir genügend Geld vorzustrecken, um das Schiff fertigbauen zu können – aber Stück für Stück, indem sie jede Rechnung, jeden Lohn, bei Fälligkeit bezahlten. Ein paar Dukaten, wenn ich Holz kaufen müßte, und ein paar weitere, um meine Männer zu entlohnen. Ein angenehmes Arrangement für die Gesellschaft – immer nur kleine Beträge anstatt einer einmaligen großen Summe –, aber erniedrigend für mich. Damit verlöre ich meine Freiheit. Ich müßte über jede Lira, die ich ausgebe, Rechenschaft ablegen. Und John Keane hätte das Recht, bezüglich der Arbeitskräfte und des Baumaterials das letzte Wort zu haben, und Sie können sicher sein, daß er mehr auf Kostenersparnis achten würde, als auf die Qualität der Handwerker und des Materials, da er wiederum seinen Vorgesetzten in London Rede und Antwort stehen müßte. Und außerdem...«, er brach ab, als widerstrebe es ihm weiterzusprechen.
Serafina hob fragend die Brauen. »Und außerdem?«
»Und außerdem stellte die Gesellschaft die Bedingung, daß ich in den ersten fünf Jahren nur für sie fahren dürfe.«
Es war ein absolut unannehmbares Angebot und – das wußte Thomas – absichtlich so abgefaßt. Fünf Jahre wären zu lange. Drake war in zwei Jahren um die ganze Welt gesegelt! Thomas wurde ohnehin schon von einer wachsenden Unruhe geplagt – für seine Verhältnisse war er bereits eine Ewigkeit an Land. Fünf Jahre im Mittelmeer festzusitzen, das käme einer Gefängnisstrafe gleich. Als Junge hatte er in Greenwich am Dock gestanden und

zugeschaut, wie die Schiffe, die von den Westindischen Inseln kamen, ihre Ladung löschten: Gold und Silber, Porzellan, schwarzhäutige Prinzen aus fernen Ländern, exotische Vögel und andere Tiere. Das Gefühl der Erregung, das ihn damals erfaßt hatte, war noch heute sein Antrieb, könnte ihn notfalls sogar zu Betrug und Diebstahl verleiten.
Thomas wußte, daß John Keane es ihm absichtlich schwer machte, weil er die *Kingfisher* haben wollte. Der Mann besaß genügend Intelligenz und Phantasie, um zu erkennen, welche Möglichkeiten sich durch dieses Schiff eröffneten, und er brauchte es als Ersatz für seine zusammengebrochene *Garland*.
»Ich werde versuchen, Signor Capriani für die *Kingfisher* zu interessieren«, sagte Serafina.
Thomas' Blick wanderte über die Kamineinfassung, die üppigen Cherubinen und Göttinnen, die sich um die gedrehten Säulen wanden. Nichts an seinem Verhalten deutete auf den Tumult hin, der in seinem Innern tobte. Für einen Augenblick sah er seine Probleme gelöst, doch gleich darauf wurden ihm die Nachteile klar, die dieses Geschäft mit sich bringen würde.
»Kommen Sie, gehen wir in den Salon«, forderte Serafina ihn auf.
Thomas folgte ihr nach nebenan. Hier war es kühler und luftiger. Serafina hatte die Kerzen aus dem Eßzimmer mitgenommen. Als sie sie auf den Tisch stellte, tauchte ihr flackerndes Licht ihr Gesicht und die zarte Haut ihres Halses und Décolletés in flüssiges Gold.
»Auch dann würde ich im Mittelmeer festsitzen«, sagte Thomas. »Außerdem bin ich schon im Frühling an ihn herangetreten, wie Sie wissen.«
Während sein Blick auf ihr ruhte, erinnerte er sich an den

gebrechlichen alten Mann und daran, wie er Serafina auf der Treppe des Hauses gesehen und wie er sie später geküßt hatte. Niemals zuvor hatte er eine Frau so sehr begehrt wie damals Serafina Guardi. Sie faszinierte ihn, und er wußte nicht, weshalb. Er hatte hübschere Frauen gekannt, wohlhabendere Frauen, bedeutend liebenswürdigere Frauen – doch irgend etwas an ihr zog ihn unwiderstehlich an, und er zappelte in einer Falle, die sie ihm nie gestellt hatte.

»Signor Capriani«, erwiderte sie kühl, »hat mir inzwischen weitreichende Handlungsfreiheit gegeben. Ich habe Seide für ihn gekauft und werde sie in Lucca und Pisa verkaufen. Dieses Jahr ist es schon zu spät für den Maultierzug. Ich denke, daß es mir in absehbarer Zeit gelingen wird, meinen Arbeitgeber zu überreden, seine Waren per Schiff transportieren zu lassen. Es wäre viel gewinnbringender und bei weitem nicht so anstrengend. Wie ich schon sagte, war Signor Capriani ziemlich krank.« Und dann beantwortete sie Thomas' unausgesprochene Frage: »Sumpffieber. Er hat es jedes Jahr. Es schwächt ihn erheblich.«

Sie hatte noch weitere Kerzen angezündet, und Thomas konnte die Verzierungen erkennen, die an der Decke entlangliefen – endlose Reihen von Tänzerinnen und Musikanten, alle nackt.

»Vielleicht sollten Sie aber auch selbst noch einmal mit ihm sprechen«, meinte Serafina.

Einige der Figuren waren ineinander verschlungen. Männer und Frauen, Frauen und Frauen, Frauen und Tiere. Thomas, dessen Blick langsam zu Serafina zurückkehrte, sagte: »Ich hatte Sie nicht als Geschäftsfrau gesehen.«

Sie lächelte. Er konnte an einer Hand abzählen, wie oft er

sie hatte lächeln sehen. Wenn sie es tat, leuchtete ihr Gesicht von innen her. »Das liegt mir im Blut«, antwortete sie.

Thomas dachte an Angelo und Jehan de Coniques und daran, worum die beiden Serafina gebracht hatten.

»Ich bin selbst Handelsware gewesen, Thomas«, unterbrach sie seine Gedanken. »Weshalb sollte ich nicht meinerseits Handel treiben?«

Plötzlich wurde ihm eines klar, und seine Nackenhaare sträubten sich. Wie sehr die Monate in der Toskana Serafina auch äußerlich verändert haben mochten, sie hatte die Vergangenheit nicht vergessen! Er stellte sein Glas ab, er hatte keine Lust mehr zu trinken.

»Wissen Sie, wie die algerischen Händler christliche Frauen für den Harem anbieten, Thomas?« fragte sie. »Sie werden den islamischen Vorschriften entsprechend gekleidet und verschleiert und hinter einem Wandschirm verborgen. Aber es sind Löcher darin und auch in der Kleidung der bedauernswerten Geschöpfe – damit die Interessenten sich vergewissern können, ob ihre etwaige Neuerwerbung noch Jungfrau ist.«

Sie hielt inne. Nach einiger Zeit fuhr sie fort: »Wie Sie wissen, wurde ich von Kara Ali vor dem Schicksal bewahrt, in einen Harem verkauft zu werden, aber ich habe so allerhand gehört.«

Sein Blick glitt von dem Deckenfries zu Serafina zurück. Natürlich trug sie immer noch ihr bernsteinfarbenes Seidenkleid, doch vor seinem geistigen Auge sah er sie in den losen Gewändern, die die Tuareg-Frauen trugen, halb verborgen hinter einem geschnitzten Ebenholzwandschirm. Er begann zu schwitzen. Ein altbekannter Hunger stieg in ihm auf. Seit er sie in Pisa getroffen hatte, hatte er dieses Bedürfnis aus seinen Gedanken verbannt, doch jetzt brach es sich Bahn. Wie in Trance sah Thomas Serafina auf sich zukommen.

»Sie und ich – wir sind aus demselben Holz«, sagte sie leise. »Sie werden Ihr Schiff bekommen, und ich werde meine Seide bekommen. Vielleicht werden Sie eines Tages ein Schiff für mich bauen, Thomas.«

Ihre Hand legte sich auf seinen Arm. Er spürte die Wärme durch das Hemd. Seine Finger strichen an ihrer Schulter entlang, seine Daumen zeichneten den Schwung ihres Nackens nach. Es war still im Haus – als seien sie allein auf der Welt. Serafina schlang die Arme um seine Taille, und er senkte den Kopf und küßte ihre Stirn, die kleine Narbe am Haaransatz, die dunklen Haare. Sie glänzten wie die Seide, die sie so sehr liebte. Eine Perlenschnur hielt sie zusammen. Behutsam löste Thomas sie, woraufhin die weiche Flut in einer schimmernden Woge ihr Gesicht und ihre Schultern umfloß.

Ihm hätte es genügt, ihre kühle Haut unter seinen Lippen zu spüren und ihre Haare durch seine Finger gleiten zu lassen, aber daran, wie sie ihre Finger in seinen Rücken grub und ihm ihr Gesicht entgegenhob, erkannte er, daß es ihr nicht genügte. Also machte er sich daran, die altbekannten Pfade entlangzuwandern – seit Monaten hatte er sich danach gesehnt –, doch er mußte feststellen, daß er, der zum erstenmal mit sechzehn bei einer Frau gelegen hatte, plötzlich das Gefühl hatte, wieder ein unerfahrener Junge zu sein. Sie lag klein und scheinbar zerbrechlich in seinen Armen, doch als er kurz die Augen öffnete, sah er wilde Leidenschaft in ihren Augen lodern und spürte die Kraft ihrer kleinen, zupackenden Hände. Er streifte ihr das Kleid von den Schultern. Voller Ungeduld öffnete sie selbst ihr Mieder, um ihm den Schatz zu offenbaren, den es enthielt.

Umgeben von einer Wolke aus goldfarbener Seide sank sie zu Boden. Er kniete sich vor sie hin. Die runden Brüste waren erstaunlich groß für ihre zierliche Gestalt. Er nahm sie in die Hände und barg sein Gesicht dazwischen. Ihre Haut war weich wie der Pfirsich, den er eine halbe Stunde zuvor gegessen hatte. Er drückte die Brustwarzen mit Daumen und Zeigefinger zusammen und erwartete beinahe, den süßen Saft herauslaufen zu spüren. Serafina atmete hörbar ein, als er sanft über ihren flachen Bauch strich. Dann löste er die Bänder, die das Oberteil des Kleides mit dem Rock verbanden.

Sie ließ sich zurücksinken, und die Seide faltete sich in rauschenden Wellen um ihren Körper. Später würde dieses Geräusch ihn immer an sie erinnern – an Serafina mit den grazilen Gliedern, dem flachen Bauch und den runden Brüsten, die in einem Bett lag, das aus den Reichtümern des Ostens gemacht war. Er war berauscht von dem Patschuliduft, der ihrer Haut entströmte. Im Licht der Kerzen schimmerte sie wie eine goldene Göttin. Er hätte Meere für sie überquert, sein Schiff durch noch niemals befahrene Gewässer gesteuert. Er schob den letzten Unterrock beiseite und ließ seine Hand von ihrem Nabel zu dem einladenden Wäldchen zwischen ihren Beinen gleiten.

Weil er auch in der Liebe ein Perfektionist war, ließ Thomas sich Zeit. Er wußte, daß es am schönsten war, wenn man den Höhepunkt gemeinsam genoß, und er wußte ebenfalls, daß aus diesem Grunde Geduld angeraten war. Er sah, wie Serafinas dunkle Augen sich schlossen und ihre Lippen sich öffneten, und dann spürte er, wie ihre Muskeln sich anspannten, als er das dunkle, verheißungsvolle Dreieck liebkoste. Sie öffnete die Schenkel, und er senkte sich auf sie und glitt in sie hinein.

Es war nicht annähernd so schwierig, wie sie gefürchtet hatte. Sie war sehr nervös gewesen, hatte mehr Wein getrunken als üblich – doch jetzt erkannte sie, daß das gar nicht nötig gewesen wäre, da ihr Körper ganz von selbst reagierte. Und diesmal fürchtete sie sich auch nicht davor, verwundbar zu werden wie bei Jacopo Capriani. Mit Thomas Marlowe zu schlafen hatte nichts Erschreckendes, war kein Opfer. Seine Arme zu fühlen, die Wärme seiner Lippen auf den ihren, erschien ihr gut und richtig. Als sie sich das zweite Mal liebten, hörte sie sich ein Wort rufen, von dem sie annahm, daß es ungehört zwischen den zerwühlten Laken verhallte. Aber selbst wenn Thomas es gehört hätte, hätte sie es nicht zurückgenommen, auch wenn das möglich gewesen wäre.
Morgen würde sie die trügerischen, aber bezaubernden Spinnweben der Liebe zerreißen, heute wollte sie es sich gestatten, sich für die Dauer dieser heißen, duftenden Nacht in den schönen, glitzernden Fäden zu verstricken.

Als Thomas am Morgen aufwachte – noch immer im Zauber der Nacht gefangen –, war Serafina fort. Sonnenlicht filterte durch die Bettvorhänge. Er ließ die Ereignisse des vergangenen Abends an seinem geistigen Auge vorbeigleiten und konnte sich keinen Reim darauf machen. Was hatte sie bewogen, sich ausgerechnet ihn für ihr erstes intimes Erlebnis mit einem Mann auszusuchen? Ja – das war genau das richtige Wort: Sie hatte ihn sich ausgesucht! Über sein eigenes Motiv hatte er keine Zweifel. Im Laufe der letzten achtzehn Monate hatte Serafina sich für ihn von einer Belastung zu einer wahren Besessenheit entwickelt. Ihr Bild war auf der Innenseite seiner Augenlider eingeätzt, ihre Erscheinung, ihre Stimme hatten sich in seine Seele gegraben. Welchem Umstand verdankte er

ihren Sinneswandel? Bei ihrem letzten Zusammentreffen hatte sie ihm drastisch klargemacht, daß sie seinen linkischen Überfall abstoßend fand. Er hatte sie wütend gemacht, indem er ihr die Haßliebe vor Augen führte, die sie für Angelo empfand, und sie hatte ihn mit Verachtung gestraft. Doch gestern hatte sie ihn eingeladen und war soweit gegangen, sich ihm in einer geradezu schamlosen Weise zu nähern.
Schließlich waren sie ins Bett gegangen und hatten sich ein zweites Mal geliebt. Er fühlte noch jetzt den seidigen Vorhang ihres Haares auf seinem Gesicht, sah den Ausdruck ihrer Augen, mit dem sie ihn aufgefordert hatte, sie zu verwöhnen. Er wußte, daß er Zärtlichkeiten gemurmelt hatte und daß sie sich einmal auf dem Gipfel des Genusses dazu hatte hinreißen lassen, ein Liebeswort hervorzustoßen. Er unterschätzte die Bedeutung dieser Tatsache nicht. Angesichts ihrer Vergangenheit fiel es ihr bestimmt nicht leicht, ihren Gefühlen Ausdruck zu verleihen.
Es überraschte ihn nicht, sich an diesem Morgen allein und ihre Bettseite so ordentlich glattgestrichen vorzufinden, als sei sie gar nicht dagewesen, doch sobald er die Augen schloß, sah er wieder ihren honigfarbenen Körper und die dunklen, hungrigen Augen vor sich.

Von einem Fenster im ersten Stock aus sah Jacopo Capriani Serafina am frühen Abend zurückkehren. Sie war drei Tage zuvor mit Amadeo nach Livorno gefahren, um Seide und Bänder zu kaufen – aber Amadeo war gestern allein zurückgekommen. Der Kaufmann hatte die Absicht gehabt, ihr Vorhaltungen zu machen, doch als er ihrer jetzt ansichtig wurde, verwarf er diesen Vorsatz.
Das Haus war leer gewesen ohne sie. Es hatte keinen

Sinn, ins Kontor zu gehen, wenn Serafina nicht dort war und ihn mit einem Lächeln empfing, keinen Sinn, sich zum Essen an den Tisch zu setzen, wenn sie ihm nicht gegenübersaß und durch ihre bloße Gegenwart jede einfache Mahlzeit zu einem Festessen machte. In den letzten Wochen hatte er oft gedacht, er werde wieder krank, und er hatte wieder diese farbenprächtigen Alpträume. Doch seine Stirn war kühl geblieben und sein Herzschlag normal. Und schließlich war er darauf gekommen, daß gewisse Gefühle zwar jahrelang brachgelegen hatten, aber nicht abgestorben waren. Er ertappte sich dabei, daß er hin und wieder ohne ersichtlichen Grund in Gelächter ausbrach wie ein Narr. Ja – er war tatsächlich närrisch. Serafina hatte es vollbracht, daß er sich wieder jung fühlte, einen zweiten Frühling erlebte.

Wenn er jetzt nachts nicht schlafen konnte, dann lag das nicht an den Unbilden des Alters oder an einer Krankheit, sondern an Serafina. Sie entsprach ganz und gar nicht seinem Schönheitsideal, doch ihre Augen, ihr Lächeln, ihre seidenweiche Haut ließen ihn alle früheren Vorlieben vergessen.

Jetzt erwartete er sie im Arbeitszimmer, fieberte danach, daß sie ihm erzählte, welche Waren sie eingekauft hatte, sich von ihm küssen ließ und ihr Kleid von den Schultern streifte, damit er ihre Brüste streicheln könnte. Mehr verlangte er nicht, sie schenkte ihm damit bereits einen Genuß, den er nie mehr zu erleben geglaubt hatte. Aber sie klopfte nicht an, und als er hörte, wie sich ihre Zimmertür schloß, wurde der alte Mann von Furcht erfaßt. Er verließ sein Arbeitszimmer und ging den Flur hinunter – wie von einer fremden Macht getrieben. Zutiefst erleichtert atmete er auf, als Serafina auf sein Klopfen sofort antwortete, und öffnete die Tür.

Sie stand mit dem Rücken zum Fenster, die letzten Sonnenstrahlen drangen durch die zarten Vorhänge. Ihre dunklen Haare ergossen sich in einer seidigen Flut bis auf ihre Schultern. Sie hatte sich ein Handtuch umgewickelt und es über den Brüsten verknotet. Neben ihr stand eine große Schüssel mit Wasser. Das Herz des Kaufmanns begann zu hämmern.
»Machen Sie die Tür zu«, sagte Serafina. Er hatte Mühe, ihrer Aufforderung nachzukommen, seine Muskeln gehorchten ihm kaum. Als er sich wieder umdrehte, hatte sie das Handtuch fallen gelassen und beugte sich über die Waschschüssel. Er begriff, daß sie ihm heute mehr gestatten würde, als er sich in seinen kühnsten Träumen erlaubt hatte. Schwer atmend sah er zu, wie sie einen Schwamm nahm und ihn über ihren Brüsten, ihrem Bauch und ihren Hinterbacken ausdrückte. Die untergehende Sonne verlieh ihrem Körper einen goldenen Schimmer.
Als Serafina sich fertig gewaschen und abgetrocknet hatte, trat sie zu ihm und führte ihn zum Bett. Sie nahm seine Hand und ließ ihn die Konturen ihres Körpers nachzeichnen, und dann brauchte er nicht länger zu schmachten.
Sie praktizierte alles, was Thomas Marlowe ihr beigebracht hatte. Die Handlungen waren die gleichen, sie gebrauchte sogar einige der Worte des Engländers, aber ihr war, als beobachte sie sich von weitem dabei, wie sie einen albernen, bedeutungslosen Tanz vollführte. Was mit Thomas wie von selbst gegangen war, erwies sich mit diesem alten Mann als anstrengende, erniedrigende, körperliche und seelische Tortur. Als die Lippen des Kaufmanns die ihren suchten und seine Finger sich in ihr Fleisch gruben, stiegen unter ihren geschlossenen Lidern

Tränen auf. Zornig drängte sie sie zurück und kämpfte gegen das Gefühl an, eine Marionette zu sein, bei der Angelo die Fäden zog.

Der laue Wind spielte mit den duftigen Vorhängen, die letzten rosigen Sonnenfinger tauchten das Paar auf dem Bett in ein warmes Licht – hier straffe, dort runzlige Haut, hier feste, dort schwache Glieder, die sich in einem Ritual, das so alt war wie die Menschheit, auf dem zerwühlten Lager wälzten.

Wegen der fortdauernden Hitze war Thomas auf der *Kingfisher* geblieben. In seiner engen Unterkunft stand die Luft, aber jemand mußte die wertvollen Werkzeuge und Baumaterialien bewachen. Rufus schnarchte hinter dem Vormast, William Williams und der Lehrling Cristofano hatten es sich unten im Lagerraum gemütlich gemacht.

Auf einem der Decks ausgestreckt, die Hände hinter dem Kopf verschränkt, betrachtete Thomas die Sterne. Der abtrünnige Arzt hatte die Zukunft dort gesehen. In Thomas weckten sie lediglich die Sehnsucht danach, endlich in See zu stechen. Derselbe Himmel wölbte sich auch über den Westindischen Inseln und Amerika. Würde er diese Länder jemals sehen? Würde die *Kingfisher* jemals fertig werden?

In den letzten Wochen hatte noch eine zweite Besessenheit von ihm Besitz ergriffen. An einem Tag fand Thomas es schwer zu glauben, daß jene Nacht überhaupt stattgefunden hatte, dann wieder überschwemmte die Erinnerung ihn mit einer solchen Macht, daß er nicht mehr in der Lage war, die einfachsten Handgriffe auszuführen. Seit seinem Besuch im Palazzo Sacchetti hatte Thomas nichts von Serafina gehört und auch seinerseits keinen Versuch unternommen, Kontakt mit ihr aufzunehmen. Doch die

Tage – und noch mehr die Nächte – waren angefüllt mit Erinnerungen an sie. Der Anblick eines gelben Kleides ließ sein Herz schneller schlagen, der Duft von Patschuli, der aus einem Gewürzsack herüberwehte, ließ das Blut in seinen Ohren rauschen. Er versuchte sich einzureden, daß derartige Albernheiten nicht von Dauer sein könnten, aber Serafina hatte sich in sein Leben geprägt wie ein Damastmuster in Seide.

Er war eingeschlafen. Plötzlich schreckte er hoch, ohne zu wissen, weshalb. Der Himmel leuchtete in einem hellen Orangeton. Einen Moment lang dachte er, es sei bereits die Morgenröte, doch gleich darauf erinnerte er sich daran, erst vor kurzem gehört zu haben, wie die Kirchenglocken Mitternacht schlugen. Er sprang auf, zog sich das Hemd über den Kopf und rief nach den anderen, noch bevor er sich selbst die schreckliche Wahrheit eingestanden hatte. Der orangefarbene Himmel bedeutete nichts anderes als das, was auf allen ausgetrockneten, überhitzten Docks am meisten gefürchtet wurde: ein Feuer!

Er sprang auf den Kai hinunter, Cristofano und William Williams folgten ihm auf den Fersen – und dann erkannte er den Brandherd: das Holzlager! Voller Verzweiflung inbrünstig fluchend, rannte er auf den Platz zu, wo das Holz aufgestapelt war, das Holz, um das er gebettelt und geschachert, für das er seine Seele verkauft hatte. Als er ankam, war bereits die halbe Bevölkerung von Livorno versammelt. In allen Sprachen der Welt riefen sie einander Befehle zu, in Windeseile wurden Wassereimer von weißen in schwarze Hände weitergereicht, von schwarzen in braune. Sklaven aus dem Bagno schufteten, um das Holz zu retten, mit dem Galeeren gebaut werden sollten, auf denen sie als Ruderer eingesetzt würden. Funken stoben, der rote Schein des Feuers brannte die Unterschiede der

Hautfarben weg. Thomas, der sich mit Cristofano durch die Menge drängte, hatte das Gefühl, durch eine Mauer aus Hitze zu stoßen, als er weiter zum Lager vordrang. Die dicken Balken brannten nach zwei Monaten in der erbarmungslosen toskanischen Sonne wie Zunder. Wenn Thomas wegen dieses Anblicks hätte weinen können, der das Ende seines Traums bedeuten konnte, wären seine Tränen verdampft, bevor sie seine Wangen berührten.

Er schickte den Lehrling zum Wasserholen fort und begann, fluchend, weil er keine Handschuhe anhatte, einen noch nicht entzündeten Balken aus dem schwelenden Stapel zu ziehen. Plötzlich spürte er, wie das Gewicht merklich nachließ: William Williams, die Hände in seine Lederschürze gewickelt, hatte das andere Ende des Balkens angehoben. Wasser zischte auf verkohltem Holz, Sklaven, die von den züngelnden Flammen erfaßt wurden, schrien in Todesangst. Thomas und der Zimmermann machten sich daran, den Balken aus der Gefahrenzone zu bringen.

Er wußte natürlich, daß alle Bemühungen umsonst sein konnten. Jeden Augenblick mußte man damit rechnen, daß ein Feuerball aus dem Inferno hochstieg – und wenn der Brand auf das Arsenal übergreifen würde, würde Livorno in die Sümpfe zurücksinken, aus denen die Medici es hochgezogen hatten.

Thomas arbeitete unermüdlich – ohne zu merken, daß die verbrannte Haut seines Gesichts sich schälte, und ohne sich um seine schmerzenden Hände zu kümmern. Rufus zog ganz allein mit einer Hand einen riesigen Eichenbalken aus dem Feuer. Funken sprangen, als er ihn über den Boden schleifte. Cristofanos Gesicht und nackter Oberkörper waren rußgeschwärzt – er sah aus wie ein Sklave aus dem Bagno. Thomas stieg der widerliche Geruch seiner versengten Haare und der verbrannten Haut in die Nase, er war noch unangenehmer als der beißende Gestank des verkohlten Holzes.

Als der Kreis der Menschen um den Brandherd enger wurde, erkannte Thomas, daß das Feuer besiegt war. Die Leute traten die Flammen aus wie lästige Insekten.

Sie hatten nur ein Dutzend Balken von fünfzig retten können und die wertvolle englische Eiche verloren, die Thomas für die Masten und Spanten vorgesehen hatte. Über Nacht würde der Holzpreis in die Höhe schnellen, und nur noch die großen Gesellschaften würden ihn bezahlen können und alle Vorräte aufkaufen. Thomas setzte sich auf die Kaimauer und starrte aufs Wasser hinaus. Die Schmerzen, die seine Verbrennungen verursachten, spürte er kaum. Der Schmerz in seinem Herzen war viel schlimmer. Wie sollte er diesen Rückschlag ausgleichen?

Jacopo Capriani war wieder unterwegs. Wie immer hatte er Amadeo und Bastien, seine Laufburschen, und eine bewaffnete Wache dabei – und seine Buchhalterin. Nein, man konnte sie nicht mehr als Buchhalterin bezeichnen. Sie war inzwischen viel mehr. Amadeo und Bastien kicherten heimlich darüber, doch es schwang Neid mit. Die Dienstmädchen und Laufburschen befolgten Serafinas Anordnungen ebenso prompt wie die ihres Herrn, aber nicht, weil sie Angst vor ihr hatten, sondern, weil sie eine Autorität ausstrahlte, die das Gehorchen zu einer Selbstverständlichkeit machte.

Wenn der Kaufmann Waren begutachtete, die von den Schiffen abgeladen oder in Werkstätten weiterverarbeitet wurden, begleitete Serafina ihn. Manchmal jedoch ging

sie auch allein auf Märkte und ließ den Kaufmann in einem Sessel in der fliegensummenden Hitze dösen.
In Lucca sprachen Jacopo Capriani und Serafina in den vornehmsten Palazzi vor. Während der Kaufmann mit den Kunden die Preise aushandelte, präsentierte Serafina Bänder, Borten, Seide und Kokarden und notierte die Bestellungen. In der luxuriösen Halle des Palazzos, der dem Bankier Galeazzo Merli gehörte, schimmerte das satte Ocker, Purpur- und Scharlachrot der Möbelbezüge und schweren Vorhänge in der Nachmittagssonne. Kein Lüftchen drang durch die geöffneten Fenster herein.
Obwohl der Kaufmann in diesem Jahr nicht seine übliche Rundreise machte, hatte er bereits beträchtliche Gewinne erzielt. Die Kunden begrüßten die größere Auswahl, die leuchtenderen Farben, die edlen Stoffe und die bessere Qualität der Waren. Während Serafina das Angebot entsprechend arrangierte, versuchte sie, ihre Übelkeit niederzukämpfen. Sie war immer ehrlich zu sich selbst und wußte, daß dieses Unwohlsein weder auf einen herannahenden Anfall von Sumpffieber hindeutete noch von einer Magenverstimmung herrührte: Ihr war schlecht, weil sie Angst hatte. Sie, die von Korsaren verschleppt und auf einem Sklavenmarkt verkauft worden war und mit einem Fischerboot das Meer überquert hatte, fürchtete sich vor dem, was vor ihr lag. Nicht etwa, weil sie Skrupel hatte, sondern weil sie nicht wußte, ob es klappen würde.
Ihr Blick wanderte rastlos durch den Raum – zu den Kandelabern, den geschnitzten Truhen mit den Einlegearbeiten auf den Deckeln, den kostbaren Teppichen auf dem polierten Fußboden. Jenseits der Fenster lag Signor Merlis gepflegter Garten still in der flirrenden Hitze. Als Serafina die Seide glattstrich, zitterten ihre Hände. Ihre Haut war mit einem Film kalten Schweißes bedeckt. Zum wieder-

holten Male ermahnte sie sich, nicht so kindisch zu sein. Sie hatte sich nicht gefürchtet, als sie ihre Jungfräulichkeit an den Engländer verlor, sie hatte sich nicht gefürchtet, als sie den Kaufmann in ihr Bett holte – warum schlug ihr Herz jetzt, da sie nur ein wenig schauspielern müßte, wie ein Hammer gegen ihre Rippen, warum verkrampfte sich ihr Magen so schmerzhaft?
Signora Merli, Galeazzos Frau, hatte bereits an diesem Vormittag ihre Wahl aus Jacopo Caprianis Angebot getroffen. Sie war jünger als Serafina – dunkelhaarig, unscheinbar und dicklich. Ihre Zofe, deren Gestalt und Miene Serafina an Marthe erinnerten, war nicht von der Seite ihrer Herrin gewichen. Die junge Signora hatte gemusterte Seide und einige der scharlachroten Bänder gekauft, die viel Anklang fanden. Signor Merli, doppelt so alt wie seine Frau, war nicht dabeigewesen, doch jetzt, da seine Mätresse Constanza gekommen war, hatte er sich zu dieser gesellt.
Serafina zog sich diskret zum Fenster zurück und versuchte, ihr flatterndes Herz zu beruhigen, während sie die Kurtisane verstohlen durch die gesenkten Lider betrachtete. Sie war zwischen dreißig und vierzig Jahre alt – keine ausgesprochene Schönheit, doch ihre klaren Züge verrieten Durchsetzungsvermögen, sie strahlte eine Ruhe aus, die Signor Merlis Kindfrau fehlte, und bewegte sich mit Würde. In ihren Augen tanzten spöttische Lichter. Constanza war, wie Jacopo Capriani Serafina zugeflüstert hatte, eine gebürtige Venezianerin, die jedoch bereits seit zwanzig Jahren höchst profitabel in Lucca lebte.
»Meine Liebe«, Galeazzo Merli führte seine Kurtisane zu dem Tisch, auf dem die Waren ausgebreitet waren. Der Kaufmann hielt sich im Hintergrund, doch Serafina wußte, ohne ihn anzuschauen, daß sein Blick ebenso hungrig

über ihr Gesicht und ihren Körper glitt wie der des Bankiers.

Sie hatte dem alten Mann die Illusion von Jugendlichkeit und sinnlichem Genuß geschenkt, ihm diese Vergünstigungen in letzter Zeit aber unauffällig wieder entzogen. Schon seit über einer Woche hatte sie nicht mehr mit ihm geschlafen. Die Reise, die es mit sich brachte, daß man in fremder Umgebung übernachten mußte, hatte eine derartige Intimität nicht gestattet. Natürlich hätten sich diese Schwierigkeiten durch entsprechende Arrangements aus dem Weg räumen lassen, doch Serafina sorgte dafür, von ihrem Arbeitgeber unbehelligt zu bleiben, indem sie ihr Zimmer mit einem der Mädchen teilte oder Kopfschmerzen vorschützte. Sie tat dies nicht nur, weil es sie anwiderte, mit Jacopo Capriani zu schlafen, sondern weil sie es an der Zeit fand, daß er für sein Vergnügen zu bezahlen begänne. Er war zu alt, als daß sein Hunger nach körperlichen Genüssen lange anhalten könnte, und sie wollte dafür sorgen, daß sie alles bekäme, was sie sich vorstellte, bevor seine Begierde verebbte.

Als sie den Plan entworfen hatte, war er ihr ganz einfach erschienen, doch jetzt, da der Zeitpunkt näher rückte, empfand sie denselben würgenden Ekel wie in den Armen des Kaufmanns, wenn ihr Körper nicht mehr ihr zu gehören, sondern von einem anderen gesteuert zu werden schien. Ihre Übelkeit wurde so stark, daß sie am liebsten ihre ineinander verkrampften Finger zu Fäusten geballt hätte.

Sie schaute auf den Garten hinaus, auf die sorgfältig gestutzten Grasflächen, die von Wegen aus roter Erde durchzogen wurden. Sie spürte den Blick des Kaufmanns auf ihrem Hinterkopf brennen, und für einen Augenblick flammte ein Haß gegen diesen Mann in ihr auf, dessen sie

sich gar nicht für fähig gehalten hatte. Auch Thomas hatte sie so angesehen – voller Sehnsucht und Begehren –, doch bei ihm hatte sie es anders erlebt. Damals, im Palazzo Sacchetti, hatte er ihr das Gefühl gegeben, schön und kostbar zu sein.
Nein – sie durfte nicht an Thomas denken! Er würde kein Teil der Zukunft sein, die sie für sich aufzubauen plante. Er bedeutete ihr nichts, und sie bedeutete ihm nichts. Für ihn war sie nur ein angenehmer Zeitvertreib gewesen, eine erfreuliche Ablenkung von den erdrückenden Sorgen. Sie hatte ihm lediglich Entspannung verschafft.
Warum zitterte sie dann, als habe sie Schüttelfrost? Die Stimmen von Signor Merli und Constanza verschwammen zu undeutlichem Gemurmel. Mühsam brachte Serafina eine Entschuldigung hervor und floh in den Garten hinaus.
Sie wußte, daß Jacopo Capriani sie vom Fenster aus beobachtete, doch in diesem Augenblick war ihr das völlig gleichgültig. Sie setzte sich auf den Brunnenrand, ballte die kleinen Hände zu Fäusten und preßte sie auf die Augen. Sie roch den intensiven Duft der Orangen- und Zitronenbäume in den Terrakottakübeln und plötzlich war sie wieder in Kara Alis Haus, in dem Innenhof mit seinen Bogengängen und dem Springbrunnen, wo der bittere Geruch von Zitronen in der windstillen Luft hing. Die Scherben der blauen Schale lagen zu ihren Füßen, ihr Kopf und ihr Gesicht waren von einem Schleier bedeckt. Die Erinnerung daran beruhigte sie, machte ihr wieder bewußt, welches Ziel sie sich gesetzt hatte: die verlorenen Jahre, den Verlust ihrer Familie und ihres Erbes auszugleichen.
Serafina ließ die Hände sinken und wandte sich dem Brunnen zu. Der feine Wassernebel benetzte ihre Wan-

gen, ließ Tränen über ihr Gesicht perlen, die sie nicht hatte weinen können. Und dann hörte sie Schritte: Der Kaufmann kam auf sie zu.
»Sie hat sich lauter dunkle Farben ausgesucht. Hättest du das geglaubt? Ich dachte, eine solche Frau würde sich für Gold und Rot entscheiden.«
Serafina antwortete nicht. Sie senkte den Kopf.
»Du mußt mir helfen, die Preise festzusetzen«, meinte Jacopo Capriani.
»Ich sollte gehen«, sagte sie leise.
»Ich habe nicht gemeint, daß du dich sofort an die Arbeit machen mußt, Serafina. Wenn du dich nicht wohl fühlst, bleib ruhig noch ein wenig hier draußen sitzen.«
Jetzt, da es ernst wurde, hatte ihre Übelkeit sich gelegt. »Ich meine«, flüsterte sie, »daß ich aus Ihren Diensten ausscheiden sollte, Signor Capriani.« Noch immer schaute sie ihn nicht an.
Er setzte sich neben sie auf den Brunnenrand. Sein Geruch wehte zu ihr herüber – stärker als der der Orangen und Zitronen, der undefinierbare, penetrante Geruch des Alters.
»Warum?« Panik lag in der Stimme des Kaufmanns. »Du bist unersetzlich für das Geschäft, Serafina. Wer außer dir hat ein so untrügliches Auge für die Qualität von Seide?«
Sie schüttelte den Kopf. »Ich kann nicht bleiben.« Jetzt wandte sie sich ihm zu. Ihre Augen waren rot, weil sie sie gerieben hatte, und ihre Wangen feucht von dem Wassernebel. Jacopo Capriani nahm bestürzt ihre Hände zwischen seine knochigen Finger. »Weine nicht, Serafina! Meine Liebe – was bekümmert dich?«
Sie atmete zittrig ein und schlug die Augen nieder. »Ich habe sehr gerne für Sie gearbeitet, Signor Capriani, aber ich muß gehen. Was zwischen uns vorgefallen ist – ich

fürchte...« Sie brach ab, entzog ihm ihre Hände, wischte sich die falschen Tränen vom Gesicht und sagte mit erstickter Stimme: »Ich habe mich in letzter Zeit schon des öfteren nicht wohl gefühlt, Signor Capriani. Es sind Beschwerden, mit denen eine Frau rechnen muß, wenn sie das Bett eines Mannes teilt.«
Obwohl sie sich deutlich ausgedrückt hatte, brauchte er eine Weile, um zu verstehen – doch schließlich ergriff er erneut ihre Hände und drückte sie fest.
Sie hob den Blick, wartete, bis die Verwirrung in seinen Augen von Begreifen und dann von Stolz abgelöst wurde, und erklärte mit scheinbarer Entschlossenheit: »Ich werde den Bastard nicht in Ihrem Haus austragen, Signor Capriani – diese Schande würde ich Ihnen niemals antun.«
Schweiß rann zwischen ihren Brüsten hinunter. Erregung wallte in ihr hoch – und Angst. Sie hatte ihn vor die Wahl zwischen Begierde und gesundem Menschenverstand gestellt. Plötzlich war sie sich ihrer Wirkung nicht mehr so sicher. Ihre Zukunft hing an einem seidenen Faden. Regungslos blieb sie sitzen und harrte seiner Reaktion. Sie wagte kaum zu atmen, doch sie mußte sich zwingen weiterzusprechen. »Ich werde ein anderes Heim für Ihren Sohn finden«, sagte sie leise und wußte, daß sie die richtigen Worte gewählt hatte. Niemals würde er es zulassen, daß sie ihm einen Sohn vorenthielte, den er zu einer Zeit gezeugt zu haben glaubte, da er sich bereits dem Grab nahe gewähnt hatte. Als er ihre Hände an die Lippen führte, wußte sie, daß sie gewonnen hatte.

Als sie ins Haus zurückkamen, befand die Kurtisane Constanza sich im Aufbruch. Bei der Verabschiedung rutschte ihr das Seidentuch vom Kopf, und Serafina sah zum erstenmal ihre linke Gesichtshälfte.

Die rechte Seite war makellos, wachsglatt wie Magnolienblätter, ohne eine Spur jemals vergossener Tränen – doch auf der linken zog sich eine dünne weiße Narbe den Unterkiefer entlang. Hatte ein eifersüchtiger Liebhaber ihr diese Verletzung zugefügt? Das Leben einer Frau ihrer Profession barg gewiß Gefahren...

Trotz seiner Verbrennungen ritt Thomas Marlowe einige Tage nach dem Feuer nach Pisa. Da er kein Mensch war, der resignierte, hatte er sofort nach dem Brand begonnen, den noch verbliebenen Holzvorrat zu inspizieren, alle Holzhändler von Livorno aufzusuchen, und schließlich akzeptierte er die schwierige Lage, in der er sich befand. Er hatte kein Geld und kein Baumaterial, er hatte Schulden und mußte seine Leute bezahlen und die Liegegebühren für das Trockendock. Wenn nicht bald ein Wunder geschähe, würde die *Kingfisher* niemals in See stechen. Doch mit den Wundern war das so eine Sache. Thomas beschloß, nicht darauf zu warten, sondern etwas zu unternehmen.
Eigentlich hätte er verzweifelt sein müssen – falls Signor Capriani sich bereit erklärte, ihm zu helfen, würde er die nächsten Jahre im Mittelmeer festsitzen –, doch er war mitnichten verzweifelt. Im Gegenteil, seit der Nacht im Palazzo Sacchetti war er von einer angesichts seiner mißlichen Situation völlig unangebrachten Fröhlichkeit erfüllt, und die Aussicht, Serafina wiederzusehen – wenn auch nur zu einer geschäftlichen Besprechung –, hob seine Stimmung beträchtlich. Nach der Ankunft in Pisa stellte er sein Pferd bei einer Taverne unter und machte sich auf den Weg zu Signor Caprianis Haus.
Dort wurde er nicht vom Hausherrn empfangen, sondern von Serafina. Sie trug dasselbe Kleid wie bei seinem ersten

Besuch in Pisa: grau, mit einem schlichten weißen Kragen und engen, langen Ärmeln. Doch diesmal hing eine goldene Kette um ihren Hals, und Juwelen schmückten Ohren und Finger. Die triste Farbe ihres Gewandes stand in auffallendem Kontrast zu dem rosigen Schimmer ihrer Wangen.
Thomas nahm den Hut ab und verbeugte sich. »Guten Tag, Mademoiselle Guardi.«
Serafina reichte ihm die Hand zum Kuß. Er folgte ihr in einen kleinen Salon, dessen Mobiliar sich in einem wackeligen Tisch und zwei Stühlen erschöpfte. Der Raum roch muffig, in den Ecken spannten sich Spinnweben.
»Haben Sie von dem Feuer in den Docks von Livorno gehört?« begann Thomas das Gespräch.
Serafina nickte. »Ich wünschte, ich hätte Holz gekauft.«
Einen Augenblick wußte er nicht, ob er zornig oder belustigt sein sollte. Dann lachte er leise. »Unglücklicherweise hatte ich Holz gekauft. Das meiste davon ist jetzt nur noch zum Heizen zu verwenden. Die Holzhändler haben ihre Preise in schwindelnde Höhen gesetzt.« Er sah, daß sie seine Hände anstarrte: Sie waren feuerrot und mit Blasen übersät.
»Tut es weh?« fragte sie.
Sie stand mit dem Rücken zum Fenster. Dahinter lag ein kleiner, ungepflegter Garten. »Überhaupt nicht«, antwortete Thomas ehrlich. »Nicht mehr.«
Serafina bedeutete ihm, sich zu setzen, goß Wein in ein Glas und reichte es ihm. »Ihren Ausführungen darf ich wohl entnehmen, daß dies ein geschäftlicher Besuch ist, Monsieur Marlowe.«
Ihre Distanziertheit kränkte ihn. Warum vermied sie es, ihn anzusehen? »Ja – ich befinde mich durch das Feuer in einer ziemlich üblen Lage. Als wir und das letzte Mal

sahen, deuteten Sie an, daß es Ihnen vielleicht möglich wäre, mir zu helfen.« Für einen Moment befand er sich nicht mehr in dem kleinen staubigen Salon, sondern in der verblaßten Pracht des Palazzo Sacchetti.
Serafina antwortete nicht sofort. Ihre dunklen Augen wanderten durch den Raum. Schließlich sagte sie förmlich: »Ich bin sicher, wir können zu einer Vereinbarung kommen, Monsieur Marlowe.«
Sie hatte wieder die Mauer zwischen ihnen errichtet, mit der sie ihn schon früher auf Abstand gehalten hatte. Nur einmal hatte sie die eingerissen. »Die *Kingfisher* ist noch nicht fertig, und ich habe kein Bauholz, um die Arbeiten zu beenden, und auch kein Geld, um welches zu kaufen. Signor Capriani müßte es bestimmt niemals bereuen, wenn er mir unter die Arme griffe. Sie wird ein Prachtstück.«
Das graue Kleid umschmeichelte in weichen Falten Serafinas Körper. »Daran zweifle ich nicht, Monsieur Marlowe.«
»Thomas, bitte!« Angesichts der Vertrautheit, die zwischen ihnen bestanden hatte, erschien es ihm lächerlich, ja sogar beleidigend, von ihr mit dem Nachnamen angesprochen zu werden. Doch was sie gesagt hatte, entsprach der Wahrheit: Sie hatte seine Pläne und die *Kingfisher* stets ernst genommen.
»Wenn Sie darauf bestehen – Thomas.« Ihre Stimme zitterte leicht, doch die Hand, mit der sie die Tischklingel läutete, war völlig ruhig. Thomas hätte Serafina gerne geschüttelt – oder, noch lieber, umarmt –, um das Eis zu brechen.
Ein Diener erschien, füllte die Gläser erneut und bot Thomas Gebäck an. Serafina sprach kurz mit dem Mann – so leise, daß Thomas nichts verstehen konnte –, und

daraufhin schloß der Bedienstete die Fensterläden, wodurch der Raum plötzlich im Dämmerlicht lag. Sie benimmt sich, als gehöre ihr das Haus, dachte Thomas amüsiert. Er hatte einmal versucht, sie sich als Sklavin vorzustellen – es war ihm nicht gelungen. Es schien unmöglich, daß sie von irgend jemandem Befehle entgegennahm.

Als der Diener gegangen war, fuhr sie fort: »Ich bin sicher, wir können zu einer Übereinkunft kommen, die beide Seiten zufriedenstellt. Ich kann Ihnen bestimmt akzeptablere Bedingungen anbieten, als die Levant Company es tat.«

Eine Welle der Erleichterung überflutete ihn – doch trotz allen Überschwangs fiel ihm auf, mit welcher Selbstverständlichkeit sie ihm diese Zusage machte –, als existiere der Kaufmann gar nicht, um dessen Geld es immerhin ging. Thomas wurde bewußt, daß er außer seinem Begehren auch noch Achtung für Serafina empfand – Achtung vor ihrem klaren Verstand. Er hob sein Glas. »Auf unser Geschäft, Serafina.«

»Auf die Seide«, erwiderte sie. »Auf den Tag, an dem mein Name der Inbegriff für die größte Seidenhandelsgesellschaft Europas sein wird.«

»Wir sollten heiraten«, hörte Thomas sich sagen. Die Worte waren völlig unbeabsichtigt herausgekommen, sein Herz hatte seinen Verstand überrumpelt. Das Glas in Serafinas Hand verhielt ruckartig auf halbem Weg zu ihren Lippen. Der Wein schwappte über. »Heiraten?« Sie lachte. Es klang, als zerbreche Glas. Und jetzt sah sie ihn endlich an. Thomas entdeckte in ihren Augen eine Mischung aus Stolz und Verachtung. »Heiraten? Eine Frau darf nicht zwei Ehemänner haben, Monsieur Marlowe – das ist nicht einmal im Islam erlaubt.«

Er brauchte nur eine Sekunde, um zu begreifen, was sie meinte, doch es erschien ihm wie eine Stunde. Er starrte sie an – und plötzlich verstand er die Bedeutung des Schmucks, des neuen Dieners und ihres Auftretens.
»Ich habe gestern Signor Capriani geheiratet.«
Thomas bekam keinen Tobsuchtsanfall, warf sein Glas nicht an die Wand und brüllte auch nicht. Er, der so schnell in Wut geriet, war wie versteinert. Serafina saß ihm gegenüber – sehr stolz und sehr steif, mit ausdruckslosem Gesicht. Die Röte, die ihre Wangen vorübergehend überflutet hatte, war einer unnatürlichen Blässe gewichen.
»Meinen Glückwunsch«, brachte Thomas gepreßt hervor.
»Ich danke Ihnen, Monsieur Marlowe.« Ihre angespannten Muskeln lockerten sich ein wenig. Wieder läutete sie, und als der Diener erschien, schickte sie ihn nach Schreibzeug. »Ich denke, wir sollten jetzt die Bedingungen für die Fertigstellung der *Kingfisher* festlegen.«
Thomas stand auf, trat zum Fenster und ließ den Mittelfinger an den staubigen Lamellen der Fensterläden entlanggleiten. Eine Weile wirbelten die Gedanken in seinem Kopf wild durcheinander, doch dann sah er plötzlich klar. Ruhig sagte er: »Sie haben Ihren Wein noch gar nicht getrunken, Signora Capriani. Wie lautete doch gleich der Toast, den Sie ausgebracht haben?« Als sie nicht antwortete, fuhr er, weiterhin mit dem Rücken zu ihr stehend, fort: »Auf den Tag, an dem Ihr Name der Inbegriff für die größte Seidenhandelsgesellschaft Europas sein wird – war es so? Welcher Name schwebt Ihnen denn dafür vor, Serafina? Sie haben ja jetzt die Wahl. Ich für meinen Teil glaube, daß Sie den Namen Guardi auf Ihrem Banner sehen wollen. Habe ich recht?«
Sie schwieg noch immer. Er drehte sich um. Ihre Lippen

waren zusammengepreßt, ihre Augen hart. In Thomas' verbrannten Händen begann es zu klopfen, und er spürte plötzlich die Nachwirkungen der Nacht im Sattel und der monatelangen Anspannung. Doch sein Verstand arbeitete mit glasklarer Schärfe. »Sie haben es auf Angelo abgesehen! Sie wollen sich alles von ihm zurückholen! Darum haben Sie sich bei dem Kaufmann verdingt, darum haben Sie ihn geheiratet, darum haben Sie ihn überredet, mit dem Seidenhandel zu beginnen – damit Sie mit Angelo in Wettbewerb treten können! Antilopentränen genügen dazu nicht, nicht wahr, Serafina? Und das ist auch der Grund«, Thomas' Magen krampfte sich zu einem kleinen, harten Ball zusammen, »warum Sie die *Kingfisher* haben wollen. Mit einem Maultierzug hätten Sie keine Chance gegen Angelo.«
»Ich will nur wiederhaben, was mir gehört«, antwortete Serafina gelassen.
»Was haben Sie vor, Serafina?« Seine Stimme klang, als bekäme er nicht genügend Luft. »Angelo ein Messer in den Rücken zu stoßen, während er schläft?«
Ihre Augen waren leblos wie die einer Puppe. »Ich werde ihn nicht töten, ich werde ihn ruinieren.« Ihr Tonfall ließ ihn frösteln.
»Und um dieses Ziel zu erreichen, legen Sie sich zu einem hinfälligen Greis ins Bett?« Er starrte sie angewidert an. »Sie haben das schon vor der Hochzeit getan, nicht wahr, um ihn dazu zu veranlassen, Ihnen seinen Namen und sein Vermögen anzutragen. Mein Gott, er ist mindestens siebzig – und Sie sind...«
»Siebzehn.« In ihren Augen brannte ein eisiges Feuer. »Spielt das Ihrer Meinung nach eine Rolle, Thomas?«
»Und was ist mit mir?« fragte er aufgebracht. »Welchen Part spiele ich in diesem makabren Stück?« Plötzlich ging

ihm ein Licht auf. Er stieß ein unfrohes Lachen aus. »Ich war der Lehrer, nicht wahr? Sie wollten ein wenig Erfahrung sammeln, um Ihr Opfer beeindrucken zu können!«
Sein Magen hatte sich zu Stein verhärtet. Thomas graute davor, noch weiter in diesen Abgrund vorzustoßen, doch er hörte sich fragen: »Nur darum sind Sie mit mir ins Bett gegangen, nicht wahr?«
Serafina senkte die Lider. Ihre Hand streckte sich nach der Tischglocke aus, doch er fing sie ab und umfaßte ihr zerbrechliches Gelenk mit seiner blasenübersäten Hand. Der Schmerz verstärkte seinen Zorn, trieb ihn weiter: »Sagen Sie mir die Wahrheit, Serafina – nur dieses eine Mal! Sie haben mich verführt, weil Sie noch gänzlich unerfahren waren!«
Sie schaute auf. Ihr Blick traf den seinen. »Sie haben mir einen großen Dienst erwiesen«, antwortete sie gelassen.
Die Zierlichkeit ihrer Gestalt sprach ihrer Brutalität und wilden Entschlossenheit Hohn. Thomas wurde von dem überwältigenden Wunsch erfaßt, ihr Handgelenk zu zerbrechen, sie um Gnade flehen zu hören, doch er beherrschte sich, ließ sie los und sagte im Hinausgehen: »Tun Sie, was Sie nicht lassen können – aber rechnen Sie nicht mit mir!«

Sie hatten gleich nach ihrer Rückkehr aus Lucca geheiratet. Signor Capriani hatte es eilig gehabt, denn er befürchtete, seine Braut könne es sich sonst wieder anders überlegen. Als sie in dem tristen, schäbigen Salon neben ihrem Bräutigam stand, dachte Serafina daran, wie anders ihre Hochzeit mit Michele Corsini verlaufen wäre: Sie hätte ein herrliches weißes Kleid getragen, und ganz Florenz wäre im Sonntagsstaat auf den Beinen gewesen, um sie zu sehen. Zur Heirat mit dem alten Mann trug sie das bern-

steinfarbene Seidenkleid, das sie sich selbst genäht hatte, und die Hochzeitsgesellschaft beschränkte sich auf Amadeo und einen Jesuiten aus dem Kloster.
Die Eheschließung war zwar notwendig, doch Serafina betrachtete sie als ärgerliche Unterbrechung ihrer Geschäfte. Der Triumph und die Unruhe stellten sich erst später ein. Den Grund für den Triumph kannte sie: Jetzt war sie keine Sklavin mehr und auch keine Angestellte, sondern die Frau eines geachteten und wohlhabenden Kaufmanns. Der Ursprung ihrer inneren Unruhe war schwerer festzustellen. Sie sagte sich, daß sie keinen Anlaß habe, sich unbehaglich zu fühlen, daß sie lediglich einen Handel abgeschlossen habe. Sie hatte ihren Körper für wirtschaftliche Sicherheit verkauft. Das geschah schließlich jedesmal, wenn eine Braut sich von ihrem zukünftigen Ehemann den Ring an den Finger stecken ließ.
Am Abend des Hochzeitstages hatte Signor Capriani ein neues Testament verfaßt, in dem er seinen gesamten Besitz dem vermeintlichen Kind vermachte, mit dem Serafina ihn in die Ehe gelockt hatte. Diese wurde wieder von Übelkeit erfaßt und mußte das Rotweinglas wegschieben, da der säuerliche Geruch ihr Brechreiz verursachte. Später, im Bett, fühlte sie sich wieder gut und genoß die Umarmung, mit der ihre Ehe vollzogen wurde, beinahe. Danach schlief sie tief und traumlos.
Als sie das erstemal als verheiratete Frau erwachte und Sonnenlicht durch die Bettvorhänge mit dem verblaßten Rosenmuster sickern sah, führte sie sich vor Augen, daß jetzt alles geregelt war: Sie hatte ein Heim, einen Namen und ein Erbe. Vorher war sie nur eine Angestellte gewesen, die das Lager ihres Herrn geteilt hatte. Die Heirat mit Jacopo Capriani öffnete ihr alle Türen. Wegen des erfun-

denen Kindes machte sich sich keine Sorgen. Wenn sie das nächste Mal ihre Periode bekäme, die sich seit jeher recht unregelmäßig einstellte, würde sie eine Fehlgeburt vortäuschen. Mit dem medizinischen Wissen, das sie sich bei Kara Ali angeeignet hatte, würde es ihr sicher gelingen, Jacopo Capriani noch eine ganze Weile am Leben zu erhalten – lange genug, um wirklich schwanger zu werden. Im Augenblick wäre ein Kind ihr ohnehin nur im Weg gewesen. Sie stand erst am Anfang ihrer Zukunft, die sie sich aufzubauen gedachte. Sie würde Jacopos Geschäft zum Blühen bringen und sein Haus so behaglich machen wie möglich. Wie bei allen anderen Frauen hing ihr Glück vom Glück des Ehemanns ab.

Und doch – nachdem der englische Steuermann gegangen war, kehrte Serafinas Unbehagen zurück. Sie erklärte sich das damit, daß sie den Verlust der *Kingfisher* bedauerte. Sie hatte die Möglichkeiten, die sich mit diesem Schiff eröffnen würden, von vornherein erkannt und begonnen, es mit Thomas Marlowes Augen zu sehen. Sie brauchte es – und sie brauchte den Steuermann, der, wie er bewiesen hatte, sogar in der Lage war, eine Nußschale unbeschadet übers offene Meer zu bringen.

Wenn er sie nur nicht gebeten hätte, sie zu heiraten! Die Erinnerung daran ließ ihr die Röte ins Gesicht schießen. Sie sagte sich, daß sie wütend auf ihn sei, weil er eine Situation kompliziert hatte, die bis dahin – aus ihrer Sicht – völlig unproblematisch gewesen war, und einen Handel ausgeschlagen, der für sie beide von Vorteil gewesen wäre. Aber wenn sie ehrlich war, mußte sie sich eingestehen, daß sie auch auf sich wütend war. Sie hatte in einer Angelegenheit, die ihr wichtig war, unklug gehandelt und dadurch sowohl die *Kingfisher* als auch den Steuermann verloren.

Thomas hatte ihren Plan mit erschreckendem Scharfsinn durchschaut und erkannt, daß sie ihn benutzt hatte. »Ich war der Lehrer, nicht wahr?« Sein Blick hatte sie bis ins Mark getroffen. Kalter Schweiß trat auf ihre Stirn, und ihr Herz begann wie ein Hammer zu schlagen. Sie stieß die Fensterläden auf, doch die warme, windstille Luft brachte keine Erfrischung. Weshalb machte sie sich eigentlich Gedanken? Der Engländer hatte sein Vergnügen gehabt – und seinen Zweck erfüllt. Es war ein Geschäft gewesen. Sonst nichts.

John Keane, der in ein schmales, hohes Haus in der Nähe des Hafens von Livorno gezogen war, erwartete schon seit einiger Zeit den Besuch von Thomas Marlowe. Er hatte den Brand von einem Fenster im obersten Stockwerk seines Hauses beobachtet, nachdem er eine Stunde lang treppauf und treppab gehetzt war, um mit Hilfe seines Dieners Antonio seine wertvollsten Besitztümer auf die Straße hinauszuschleppen, um sie gegebenenfalls schnell wegschaffen zu können. Als er sah, daß das Feuer eingedämmt war und die Flammen allmählich erstarben, hatten sie alles wieder hineingeräumt. Das Haus war gerettet, die *Garland* und die Lagerhäuser der Levant Company waren gerettet, John Keane war sich bewußt, daß er sich in dieser Nacht, in der viele Existenzen vernichtet worden waren, außerordentlich glücklich schätzen konnte.
Wie er hörte, hatten einige seiner Landsleute großes Pech gehabt. Und dann erfuhr er, daß Thomas Marlowes *Kingfisher* das Inferno überstanden hatte – im Gegensatz zu dem Material, das er für ihre Fertigstellung gekauft hatte –, und er rechnete fest damit, daß der Engländer an ihn herantreten würde. Allerdings dachte er nicht, daß dies um Mitternacht passieren würde, als sein Diener dabei

war, die Kerzen im Schlafzimmer anzuzünden. John wikkelte gerade seine Laute in ein Stück Samt, als Antonio ihm den Besuch meldete. Er wies ihn an, den Gast in den Salon zu führen, und fuhr sich durch die schütter werdenden, graumelierten Haare, bevor er den Steuermann begrüßte.
»Sir.« Thomas verbeugte sich. »Ich bitte vielmals um Verzeihung, daß ich Sie zu einer so unziemlichen Stunde aufsuche.«
John Keane wehrte die Entschuldigung mit den üblichen Höflichkeitsfloskeln ab, sah sich jedoch suchend nach seinem Degen um. Sein Gegenüber hatte sichtlich Mühe, seine Erregung zu zügeln. »Möchten Sie etwas trinken, Mr. Marlowe?«
»Ja, danke – sehr gern.«
Salzige Luft drang durch die geöffneten Fenster herein. Antonio klapperte unten in der Küche aufgebracht mit Geschirr. Thomas' Glas war leer, bevor John Keane seines an die Lippen gesetzt hatte.
»Ich bin gekommen, um Ihnen die *Kingfisher* anzubieten, Mr. Keane«, sagte er. »Mehr oder weniger zu den Bedingungen, die wir besprochen haben.«
Keane stellte sein Glas ab. »Das Feuer muß Ihnen ja übel mitgespielt haben.« Er musterte den Steuermann aufmerksam.
»Das Feuer?« Einen Augenblick starrte Thomas ihn verständnislos an. Keane bemerkte, daß die blauen Augen rotgerändert waren und die wirren schwarzen Locken versengt. Marlowes Verwirrung dauerte nur Sekunden. »Natürlich – das Feuer. Ja, es hat mir, weiß Gott, übel mitgespielt. Mein chronisches Geldproblem ist dadurch zu einem akuten geworden, und deshalb bin ich hier. Ich brauche ein Heilmittel für dieses Leiden.«

Keane nickte. Mit taktvoll verborgenem Triumph setzte er sich an den Schreibtisch und griff zu Papier und Feder. »Ich muß die Vereinbarung von meinem Vorgesetzten genehmigen lassen, wenn er mit dem Konvoi der Gesellschaft hier eintrifft, aber ich bin sicher, es wird keine Schwierigkeiten geben. Zu den Bedingungen, die wir besprochen haben, Mr. Marlowe?«
»Zu den Bedingungen, die wir besprochen haben – mit einer Abänderung.«
Keane sah ihn scharf an. Die Feder schwebte über dem Papier. Die Wildheit, die ihn veranlaßt hatte, nach seinem Degen Ausschau zu halten, war aus den Augen des Steuermanns verschwunden und hatte kalter Entschlossenheit Platz gemacht.
»Ich werde die Materialien aussuchen, Mr. Keane – in dieser Hinsicht werde ich nicht nachgeben. Ich versenke die *Kingfisher* lieber jetzt gleich, als sie später von einem Korsaren versenken zu lassen, weil Sie bei den Kanonen und anderen Dingen gespart haben.«
Eine einschneidende, doch nicht unerwartete Abänderung. John Keane hatte die Feder noch in der Hand. »Ich versichere Ihnen, daß ich die Bedrohung durch die Korsaren ebenso ernst nehme wie Sie«, sagte er.
»Das bezweifle ich nicht, Sir.« Marlowes Stimme troff von Sarkasmus. »Schließlich sind Sie selbst gelegentlich als Korsar unterwegs, um ein kleines Zubrot einzuheimsen.«
Keane zuckte mit den Schultern. »Das kann ich nicht leugnen. Und wir scheuen uns auch nicht, den Türken Zinn für die Herstellung von Kanonen zu verkaufen – Geschäft ist Geschäft.«
»Dieser Grundsatz bietet offenbar eine Rechtfertigung für eine ganze Anzahl von Vergehen.« Nachdem Keane seinen fragenden Blick mit einem Nicken beantwortet hatte,

füllte er sein Weinglas erneut. Wieder trank er es in einem Zug aus. »Die Toskana wird die Eskapaden der Gesellschaft nicht mehr lange dulden. Man hat Sie zwar ursprünglich hierher gebeten, doch man wird Ihre Piraterie auf Dauer nicht stillschweigend übergehen.«
John Keane hatte die Feder ins Tintenfaß gesteckt und faltete die Hände. »Glauben Sie, daß Herzog Ferdinand etwas gegen die Übergriffe der Gesellschaft hat oder vielleicht gegen unseren erfolgreichen Handel? Im Mittelmeer tummeln sich zusehends mehr Fische, und die Gewinne der Westindischen Inseln und der Levante steigen ständig. Wir aus dem Norden haben die Schiffe, die Seeleute – und die Navigatoren. Venedig besitzt keine Macht mehr, Frankreich hat seit dem Bürgerkrieg schwer zu kämpfen, Spanien wird von einem greisen König regiert. Seit zwanzig Jahren herrscht Frieden im Mittelmeerraum – gewissermaßen. Die Zeiten waren nie besser für uns.«
Thomas Marlowe antwortete nicht gleich. Keanes Blick folgte ihm, während er langsam an der Laute, dem Schachbrett und dem Bücherregal vorbeiging. »Sie sind ein anständiger Mensch, Mr. Keane«, sagte er schließlich. »Macht es Ihnen nichts aus, daß die Levant Company die Bewaffnung der Türken fördert und christliche Schiffe plündert?«
Wie alt mag der Junge sein? fragte sich Keane. Er schätzte ihn auf Mitte Zwanzig. Damit wäre er zehn Jahre jünger als er selbst. Auch er hatte früher hohe Moralansprüche verfochten. »Doch – ein wenig schon«, antwortete er. »Unsere Regierung verbrennt Christen auf dem Scheiterhaufen, hat eine Königin enthauptet, die Christin war. Diese Dinge sind zu meinen Lebzeiten geschehen – und auch zu Ihren Lebzeiten, Mr. Marlowe. Die Feinheiten des

Dogmas sind mir zu hoch, schließlich bin ich Kaufmann und nicht Theologe. Ich betrachte es als meine Pflicht, was immer für den Erfolg der Gesellschaft nötig sein sollte, zu tun. Es garantiert mir mein Überleben und auch das meiner Familie.« Er schaute zu seinem Besucher auf. »Sie wollen doch auch überleben, Mr. Marlowe, und ich nehme an, daß Sie, ebenso wie ich, alles dafür tun würden.«
Thomas lag eine heftige Erwiderung auf der Zunge, aber er beherrschte sich. Keane hatte recht. Auch er wollte überleben, und deshalb empfahl es sich, in diesem Fall den Mund zu halten.
Sanft fügte John Keane hinzu: »Ich bin mit Ihrer Abänderung einverstanden, Mr. Marlowe. Ich gebe Ihnen freie Hand bei der Auswahl der Materialien und Handwerker.«

SECHSTER TEIL

1595
EIN DUFT WIE
AUS DEM PARADIES

Der Duft der Substanz ist süß, obwohl sie aus Dung gewonnen wird.

Reisebericht:
Fynes Moryson

Die ersten beiden Monate ihrer Ehe verbrachte Serafina unter anderem damit, den größten Schmutz aus Jacopo Caprianis Haus zu entfernen. Sie stellte neue Bedienstete an – eine Köchin, die auch die Aufsicht über die Dienstmädchen hatte, und einen neuen Buchhalter als Ersatz für den Betrüger Bastien. Manchmal band sie sich eine Schürze vor ihr Kleid und klopfte jahrzehntealten Staub aus Teppichen und Vorhängen. Meist jedoch saß sie im Kontor, um den intelligenten, aber nachlässigen Amadeo zu beaufsichtigen. An den Abenden widmete sie sich ihrem Mann.
Mit ihrer Gesundheit stand es nach wie vor nicht zum besten: Noch immer wurde sie gelegentlich von Übelkeit gepackt, und dann wieder überfiel sie eine solche Müdigkeit, daß sie im Stehen hätte einschlafen können. Serafina kämpfte verbissen gegen diese Anzeichen von Schwäche an, hielt sie vor ihrem Mann und dem Personal geheim. Es erschien ihr als Ironie des Schicksals. Abgesehen von den Masern damals in Algier, war sie immer kerngesund gewesen – und ausgerechnet jetzt, da ihre Lebensumstände sich so drastisch gebessert hatten, kränkelte sie.
Trotzdem setzte sie es durch, daß weniger Antilopentränen und mehr Seidenstoffe eingekauft wurden. Jacopo, dessen Interesse sich vom Geldverdienen abgewendet hatte, fand es mit der Zeit immer angenehmer, die Verantwortung für Haus und Geschäft seiner Frau zu überlassen. Pisa war nicht Marseille, und die Villa des Kaufmanns konnte sich nicht mit dem Heim messen, das Angelo ihr gestohlen hatte. Doch sie hatte die Gelegenheit bekom-

men, ihr Leben selbst zu gestalten, und war entschlossen, ihr Ziel unbeirrt zu verfolgen. Natürlich würde es einige Zeit dauern, aber die beträchtlichen Fortschritte, die sie bereits gemacht hatte, berechtigten zu Hoffnung.
»Ich will nur wiederhaben, was mir gehört«, hatte sie zu Thomas Marlowe gesagt, und sie würde keinen inneren Frieden finden, bis sie diesen Vorsatz in die Tat umgesetzt hatte. Sie wollte das Haus, die Firma und den Namen. Sie hatte sich die äußeren Voraussetzungen geschaffen, darauf hinarbeiten zu können, und diese Tatsache und ihre Willensstärke gaben ihr die Kraft, Jacopos Bedürfnisse und Forderungen zu befriedigen und das Geflüster der Dienstboten und die vielsagenden Blicke auf der Straße zu ertragen.
Sie hatte ausführlich darüber nachgedacht, wie sie Angelo ruinieren könnte. Sie würde seine Preise unterbieten, seine Kunden und Großhändler abwerben. Um Geld zu sparen, müßte sie die prozentuale Beteiligung vermeiden, die die italienischen Transportgesellschaften verlangten, auf Märkten einkaufen, die weiter entfernt lagen als Livorno – und zwar im großen Stil –, und ihre Ware schnell und zuverlässig liefern. Sie müßte in die Levante segeln. Um Angelo ins Verderben stürzen zu können, brauchte sie die *Kingfisher*! Doch sowohl das Schiff als auch Thomas Marlowe waren unerreichbar für sie geworden. Während Serafina die Staubteilchen beobachtete, die in der sonnenflirrenden Luft tanzten, oder über den Kontobüchern saß, wurde sie immer wieder von einer ohnmächtigen Wut überfallen, weil sie sich diese Gelegenheit verscherzt hatte. Natürlich ging es nur um das Schiff. Worum sonst?
Nun – sie würde eine andere Möglichkeit finden müssen. Um Angelo besiegen zu können, müßte sie ihn eingehend

studieren, seine Stärken und Schwächen und seine Ziele kennenlernen. Angelo war nie an privatem Glück interessiert gewesen – das erkannte Serafina jetzt. Er hatte seit jeher anderen Göttern gehuldigt – und Serafina hatte diese Götter inzwischen ebenfalls kennengelernt. Ihre Namen waren Ehrgeiz, Macht und Sicherheit. Sie und Angelo waren einander sehr ähnlich, beide im November geboren, und die Skorpione würden sich einen tödlichen Kampf liefern.

John Keane schlenderte am Dock von Livorno entlang. Er hätte am liebsten vor Freude über seine beiden Neuerwerbungen gesungen. Die Wiedereinstellung Thomas Marlowes bei der Levant Company hatte nicht nur zur Fortsetzung der Arbeiten an der *Kingfisher* geführt, sondern dies bedeutete auch die gewissenhafte Instandsetzung der *Garland*. Der Steuermann hatte sich bereit erklärt, die Reparaturen an dem bejahrten Schiff zu überwachen und seine Handwerker zur Verfügung zu stellen, während er auf Holz warten mußte.
Obwohl seine Lage sich entspannt hatte, wirkte Thomas Marlowe mißgelaunt. John Keane führte dies auf den Verlust der Unabhängigkeit zurück, und er hatte Verständnis dafür. Der junge Mann wollte neue Länder entdecken, über noch nicht kartographierte Meere segeln. Er wollte zu den Westindischen Inseln, nach Amerika und nach China, und zwar mit dem Schiff, das er selbst entworfen und gebaut hatte – und steuerte. Der Käfig, den für ihn zu bauen John Keane mitgeholfen hatte, würde sich zum Vorteil für die Levant Company auswirken, Thomas empfand ihn als unerträgliche Einengung. Er betäubte seine Rastlosigkeit mit harter Arbeit und reichlich Alkohol. John Keane ertappte sich dabei, daß er sich

gegen den unvermeidlichen Ausbruch wappnete. John blieb bei der *Garland* stehen, kniff die Augen zusammen und suchte in der Gruppe von Männern an Deck nach Thomas. Er legte die Hände wie einen Trichter vor den Mund und rief: »Thomas Marlowe! Wie geht es voran?« Wegen seiner Kurzsichtigkeit nahm er nur undeutlich wahr, wie sich ein dunkler Kopf aus dem Grüppchen beim Besanmast reckte.
Thomas Marlowe kam an die Reling. »Die Deckplanken sind fertig, und William hat die Rahen am Besanmast repariert«, berichtete er. »Kommen Sie rauf, und sehen Sie es sich an.«
John Keane ging die Gangway hinauf und betrat das Deck der *Garland*. Nichts erinnerte mehr an das bei dem Unwetter gesplitterte Holz. Masten und Spieren standen stolz aufrecht, bereit, dem Ansturm des Windes auf die Segel zu trotzen. Thomas hatte recht gehabt, als er sagte, die *Garland* werde das Ende des Jahrhunderts nicht mehr erleben, aber in ihrem jetzigen Zustand könnte sie noch ein, zwei Jahre durchhalten. John Keane inspizierte das Schiff und sagte dann: »Sie haben ausgezeichnete Arbeit geleistet, Thomas.«
Der Steuermann trug Hosen aus Segeltuch und ein schmuddeliges Leinenhemd. Die tiefe Bräune seines Gesichts ließ das Blau seiner Augen noch intensiver erscheinen. »Das Lob gebührt William Williams«, wehrte er ab. »Er ist ein verdammt guter Zimmermann.«
»Da haben Sie recht«, nickte Keane. Neugierig fragte er: »Er war mit Ihnen auf der *Toby*, nicht wahr?«
Thomas nickte, ging jedoch nicht weiter darauf ein.
»Ganz Livorno ist auf der Suche nach Holz für Masten«, sagte John Keane. »Wir werden es bekommen, es dauert nur seine Zeit.«

»Inzwischen könnte ich mit der *Garland* nach Zakynthos segeln«, schlug Thomas vor. »Ich würde einen guten Preis für Ihr Zinn erzielen, John, und die Reise wäre eine Feuerprobe für das alte Mädchen.« Er tätschelte liebevoll den Hauptmast.
John Keane schüttelte den Kopf. »Zunächst erwartet Sie ein anderes Vergnügen: schöne Frauen, guter Wein und die besten Leckerbissen aus dem Mittelmeer. Die Repräsentanten der Levant Company sind zu einem Bankett eingeladen, das ein hochgeachteter Bankier in Lucca gibt.«
Thomas starrte ihn einen Augenblick lang überrascht an, dann stöhnte er auf. »Fette Italienerinnen, unmusikalische Kinder, die darauf bestehen zu singen, und zu Tode gekochter Tintenfisch – ich weiß, was einem bei solchen Festen angetan wird. Nein, ich bleibe lieber auf meinem halbfertigen Schiff, spiele Karten und trinke billigen Rotwein.«
»Wie Sie es an jedem Abend in den vergangenen acht Wochen getan haben«, lächelte John Keane spöttisch. »Das Bankett findet am Freitag im Hause des Bankiers Merli satt. Die Gesellschaft steht in Geschäftsverbindung mit dem Bankhaus Merli. Ich muß hin, und«, er betrat die Gangway, »Sie müssen mit.«

Wie sich herausstellte, war das Programm noch schrecklicher, als Thomas es erwartet hatte. Es waren Jongleure engagiert worden und Feuerschlucker, und jemand hatte einen Affen mitgebracht, der in Ungnade fiel, als er Signor Merli in den Fuß biß. Der Bankier wollte ihn mit seinem Rapier erlegen, doch das Tier, das im Gegensatz zu seinem Widersacher keinen Claret getrunken hatte, entkam unverletzt, kletterte mißtönend kreischend an einem Vor-

hang hinauf und war den restlichen Abend nicht mehr dazu zu bewegen, wieder herunterzukommen. Außerdem war noch ein Zwerg da, der Seidenblumen zauberte – aus Kerzen, Ohren und Décolletés. Und natürlich fehlte auch die unvermeidliche Gruppe übergewichtiger Kinder nicht – allesamt Sprößlinge des Gastgebers –, die, begleitet von einer Schar kreischender Madrigalsängerinnen, eine Posse aufführten. Als das dickste Kind sich mit seinem Dreispitz auf eine Muschel aus Papiermaché setzte, hörte man deutlich eine Naht reißen. Thomas verdrehte die Augen.
Zu diesem Zeitpunkt hatte er sie längst gesehen. Es überraschte ihn nicht, die Caprianis an diesem Abend hier anzutreffen. Auch sie waren Angehörige der Kaufmannszunft wie John Keane und er selbst. Als Keane ihm die unwillkommene Einladung überbrachte, war ihm sofort klargewesen, daß er mit Serafina zusammentreffen würde. Er hatte sie gleich beim Betreten des Empfangssaales entdeckt. Sie stand neben ihrem Mann in einer Gruppe radschlagender Herren. Perlenschnüre und Bänder waren in ihre Haare geflochten, ein dunkelgoldfarbenes Kleid umschmeichelte ihren Körper. Thomas beschloß, nicht hinzugehen. Er wußte, daß er es nicht über sich bringen würde, sie lediglich förmlich kühl zu begrüßen. Er würde sie in Gegenwart der gesamten grotesken Gesellschaft zum Teufel wünschen, und das, hatte Thomas die Vernunft zu erkennen, wäre äußerst unklug.

Serafina war ebenso angetan wie überrascht gewesen, die Einladung von Signor Merli zu erhalten. Angetan, weil sie ihr die gesellschaftliche Anerkennung und Kontakte verschaffen würde, die sie so dringend brauchte, und überrascht, weil der Bankier die Caprianis seiner Aufmerksamkeit für wert hielt.

Als sie ihn begrüßte – er stand neben dem Marmorkamin in dem prächtigen Empfangssaal –, umklammerten seine dicken weißen Finger die ihren ein wenig zu lange, und sein Blick saugte sich mit unverhohlener Gier an ihrem Décolleté fest. Doch Serafina blieb gelassen. Sie hatte gelernt, ein derartiges Interesse nicht übereilt zurückzuweisen, und Jacopo merkte es nicht. Schließlich ließ der Bankier sie gehen, und sie gesellte sich erleichtert zu den anderen. Es ging ihr an diesem Abend besonders schlecht. Sie hätte dringend eine von Kara Alis Arzneien gebraucht. Das weiche Licht der Kandelaber erschien ihr grell, und ihr Magen überschlug sich.

Sie hatte mit Engelszungen reden müssen, um Jacopo zu veranlassen, die Bequemlichkeit seines Heims in Pisa gegen ein Gasthaus in Lucca einzutauschen, denn sie glaubte, daß dieses Bankett ihr von Nutzen sein könnte.

Serafina atmete tief durch und fächerte sich Kühlung zu. Die Musik hatte von Saltarello zu Pavane gewechselt und war jetzt erholsam ruhig. Als sie daran dachte, wieweit sie es bereits gebracht hatte, fühlte sie sich gleich etwas besser. Die leuchtenden Farben der Seiden- und Brokatroben vereinigten sich zu einem herrlichen Muster aus Purpur, Türkis, Bernstein und Kirschrot. Sie befand sich unter Prinzen und Kaufleuten – in einer der prachtvollsten Villen der Stadt. Noch vor gar nicht allzu langer Zeit war sie eine Sklavin gewesen.

Jacopos Gequengel riß sie aus ihren Gedanken: »Gibt es denn keinen einzigen Stuhl in diesem Haus?« Eine Welle heftigen Zorns erfaßte sie, doch es gelang ihr, lächelnd zu antworten: »Natürlich gibt es Stühle hier, Lieber, ich werde dir einen bringen lassen.«

Später, im Bankettsaal, musterte Thomas das opulente Büfett: Geflügel in einer purpurroten Sauce, Kalbsköpfe mit Basilikum und Pfauen mit prachtvollen, aufgefächerten Schwänzen, Platten mit Hühnchensülzen, Kalbsbries und ein riesiger gebratener und glasierter Eber, Stör, Schüsseln mit Mandelsuppe und Fisch in einer silbernen Sauce, aus Pinienkernpaste geformte Fische, Zuckerboote mit Zuckersegeln und Zuckerseeleuten auf einem Meer aus goldfarbenem Marzipan. Und überall das Wappen der Merlis – auf dem Besteck, dem Geschirr, den Servietten und zitternd in scharlachroter und smaragdgrüner Gelatine.

Thomas aß wenig und trank viel, fand jemanden, mit dem er über die Seefahrt sprechen konnte, und einen anderen, der Greenwich kannte. John Keane führte die geschäftlichen Gespräche, für die Thomas, wie er selbst wußte, an diesem Abend weder den Charme noch die Geduld aufbringen konnte. Der Raum war hoch und riesengroß. An den Fenstern hingen schwere Vorhänge, an den Wänden prangten Gemälde von Jagdhunden, die an Gartentoren warteten, und vollbusigen Mädchen, die ihrem Liebsten zuwinkten. Thomas vermied es, den Blick schweifen zu lassen, er würde nur an dem dunklen Kopf mit den Bändern und Perlenschnüren hängenbleiben, doch hin und wieder hörte er Serafinas Lachen. Es klang wie Silberglöckchen und war offenbar einzig und allein auf Wirkung aus. Es lag kein Quentchen Amüsement darin. Er knirschte mit den Zähnen.

Wir sollten heiraten.

Heiraten? Eine Frau darf nicht zwei Ehemänner haben – das ist nicht einmal im Islam erlaubt, Monsieur Marlowe.

Deshalb hatte er die beiden letzten Monate jeden Abend mit Kartenspielen und Trinken zugebracht, um diesem

Satz zu entfliehen, der durch seinen Kopf echote, sobald er allein war, und ihm immer wieder seine Naivität und ihre Gefühlskälte vor Augen führte. Er wußte nicht, warum er ihr die Ehe angetragen hatte, er wußte nur, daß er sich niemals zuvor dermaßen zum Narren gemacht hatte. Seit jenem Fiasko hatte er sich in die Arbeit an der *Kingfisher* und der *Garland* gestürzt. John Keane hatte Wort gehalten: Thomas durfte sich seine Handwerker und Materialien tatsächlich selbst aussuchen. Die Schufterei dämpfte sowohl seine Wut als auch seinen Kummer. Er konnte es kaum noch erwarten, daß die *Kingfisher* fertig würde, er wieder auf See wäre und tun könnte, wozu er geboren war. Doch der Bau der Galeone ging noch immer quälend langsam voran. Thomas bezweifelte, daß sie vor Ende des Jahres zu Wasser gelassen werden könnte, und John Keane schien nicht gewillt, ihn die *Garland* nach Zakynthos segeln zu lassen.

Thomas hatte sich vorgenommen, Serafina ebenso zu ignorieren wie sie ihn ignorierte, aber mit jedem Glas, das er trank, schwand seine Willenskraft. Er wollte ihre Stimme hören, sich in ihren dunklen, gleichgültigen Augen spiegeln. Er wollte, daß sie ihn wenigstens bemerkte.

»Der gute Galeazzo«, sagte jemand von der anderen Tischseite, »wird sich wohl sehr bald nach einer dritten Frau umsehen.«

Thomas warf dem Sprecher einen kurzen Blick zu und schaute dann zu den Merlis hinauf, die am Kopfende der Tafel saßen. Die junge Signora, die auffallend blaß war, erhob sich gerade und verließ dann, auf eine Zofe gestützt, den Saal. Galeazzo schob sich ungerührt eine Ladung von dem grünen Gelee auf seinem Teller in den Mund.

»Sie wird ihm einen weiteren fetten Sohn schenken und

vor Erschöpfung tot in die Kissen sinken. Ich glaube nicht, daß es ihrem Gatten das Herz brechen wird – *Sie* vielleicht, Signor Marlowe? Immerhin weiß jeder, daß es keine Liebesheirat war.«

Thomas starrte sein Gegenüber stirnrunzelnd an, doch seine finstere Miene galt dem Gastgeber. Galeazzo Merli hätte mit Leichtigkeit der Vater dieses unglücklichen, unansehnlichen Geschöpfes sein können, das durch die Schwangerschaft noch zusätzlich verunstaltet war. Na, wennschon, dachte er wütend: Jacopo Capriani könnte mit Leichtigkeit Serafinas Großvater sein! Die Vorstellung von den beiden im Ehebett verursachte ihm Übelkeit.

»Wie ich höre, sitzen Sie in Livorno auf einer Ladung, Signor Marlowe«, setzte der Fremde auf der anderen Tischseite seinen Monolog fort.

Thomas musterte ihn. Er war jung – etwa in seinem Alter – und aufwendig in türkisfarbenen Samt gekleidet, der scharlachrot abgesetzt war. Auf seinem Wams blitzten Juwelen, die Rüschen an Hals und Ärmeln waren aus silbergrauer Spitze. Eine Schmachtlocke, die ein smaragdgrünes Seidenband zierte, hüpfte in Wangenhöhe auf und ab, wenn er den Kopf bewegte. Thomas, der sich in seinem ärmellosen Wams und dem weißen Seidenhemd ungewohnt elegant und unbehaglich fühlte, verachtete diesen Gecken aus tiefster Seele.

»Die Ladung liegt nur vorübergehend dort, Signor...«

»Tomaso di Credi«, stellte der Mann sich mit einem Lächeln vor. »Kaufmann aus Pisa.« Er senkte den Kopf zu einer angedeuteten Verbeugung, und die scharlachroten Federn auf seiner Kappe zitterten.

Er sieht aus wie ein Gockel, dachte Thomas angewidert.

»Falls die Ladung interessant für mich sein sollte, wäre

ich bereit, Ihnen die Lagergebühren zu ersparen, Signor Marlowe.«
Thomas leerte sein Glas. »Die *Garland* hatte Heringe, Zinn und Tuche an Bord«, gab er Auskunft. »Die Heringe haben wir bereits verkauft – und, wie Sie vielleicht wissen, sind die Lagergebühren in Livorno sehr niedrig. Wir haben keine Eile, das Zinn und die Stoffe zu verkaufen.« Das stimmte natürlich nicht, denn jeder Geschäftsmann war darauf aus, seine Waren so schnell wie möglich loszuwerden, was dem Italiener als Kaufmann selbstverständlich bekannt war – aber er konnte diesen aufgeblasenen Kerl einfach nicht leiden.
»Stoffe schimmeln schnell, Signor Marlowe«, insistierte Signor di Credi. »Ich würde Ihnen einen guten Preis dafür bezahlen – und für das Zinn ebenfalls.«
»Das ist sehr freundlich, Signor.« Thomas lächelte mühsam. »Aber die *Garland* ist wieder seetüchtig, und ich habe die Absicht, in den nächsten zwei Wochen mit ihr nach Zakynthos zu segeln, um die Ladung dort zu verkaufen.«
Thomas konnte sich nicht länger beherrschen. Er wandte den Kopf und suchte Serafina. Ihr dunkelgoldfarbenes Kleid schimmerte im Kerzenlicht und betonte die Zartheit ihrer Haut und den rosigen Hauch auf ihren Wangen. Sie schien etwas zugenommen zu haben. Die Ehe scheint ihr gut zu bekommen, dachte Thomas zornig und griff sich die Weinkaraffe von der Tischmitte.
Er war nicht vorsichtig genug gewesen. Der lästige Italiener war seinem Blick gefolgt und sagte: »Sie ist wirklich eine Schönheit. Aber es sind heute abend viele schöne Frauen anwesend, wenn man von der armen jungen Gattin des lieben Galeazzo absieht. Deren Reize lagen von Anfang an mehr auf finanziellem Gebiet. Aber dafür

ist seine Mätresse trotz ihres Unfalls ebenso bezaubernd wie Signora Capriani – finden Sie nicht?«
Nun folgte Thomas dem Blick des anderen und musterte das milchweiße Gesicht der dunkelhaarigen Frau. Als sie den Kopf drehte, sah er die häßliche Narbe, die sich an ihrem Unterkiefer entlangzog. Welcher Art mochte ihr »Unfall« gewesen sein?
»Ihr Name ist Constanza«, sagte Signor di Credi leise. »Aber wenn Sie nicht in allernächster Zeit ein großes Geschäft abschließen, wird Ihnen nichts anderes übrigbleiben, als von ihr zu träumen. Sie besitzt eine Wohnung in Lucca und ein Haus in Pisa – beides dank der Großzügigkeit unseres geschätzten Gastgebers – und würde sich einem anderen Mann nur zuwenden, wenn er ihr mehr zu bieten hätte.«
Thomas begann die Wirkung des Weines zu spüren. Sein Zorn verebbte. Doch er kehrte mit doppelter Stärke zurück und ließ ihn den zarten Stil seines Glases so fest umklammern, daß er zerbrach, als der Italiener fortfuhr: »Wenn Sie übrigens auf einen schnellen Profit aus sind, sollten Sie eine Wette abschließen. Ich könnte mit Ihnen darum wetten, daß Ihr Kahn sinken wird, bevor Sie die Levante erreichen, aber das wäre voraussehbar und demnach sinnlos. Nein – ich spreche von einer wirklich interessanten Wette. Ich habe zehn Dukaten eingesetzt. Sie betrifft die entzückende Signora Capriani...«

»Die Gewinne im Seidenhandel«, sagte Marco Datini, Besitzer einiger der größten seidenverarbeitenden Werkstätten von Pisa, »werden Jahr für Jahr geringer. Man fragt sich allmählich, ob die ganze Mühe sich überhaupt noch lohnt.«
Es war beinahe Mitternacht. Die Gäste hatten den Ban-

kettsaal verlassen und sich wieder in den Empfangssaal begeben. In angrenzenden Räumen waren Tabletts mit phantasievollem Zuckerwerk und Schalen mit Sauerkirschen aufgestellt worden. Bedienstete fädelten sich zwischen den Leuten durch und nahmen leere Gläser zurück. Der Affe, der noch immer auf der Vorhangstange saß, fletschte bösartig die Zähne, sobald jemand in seine Nähe kam. Serafina, die neben ihrem sitzenden Ehemann stand, nahm ein Glas Wein von Signor Datini entgegen und lauschte aufmerksam dem Gespräch.

»Mein lieber Marco...« Ein Franzose in taubenblauem Wams und venezianischer Pluderhose schüttelte den Kopf. »Man kann bei Seide ebenso Gewinne erzielen wie bei jeder anderen Ware. Manche werden reich damit.«

In der Mitte des Saales tanzten Paare zu den Klängen von Spinett und Lautengitarre. Die Kleider der Damen und die kostbaren Stoffe, in die die Herren gekleidet waren, schimmerten im Kerzenschein. Serafina hatte bereits getanzt: mit Signor Datini, dem Franzosen Philippe Moireau und dem Hausverwalter der Merlis, Gianfranco. Mit ihrem Mann hatte sie nicht getanzt, denn der war mürrisch und müde und wollte nach Hause – und auch nicht mit dem Engländer Thomas Marlowe, den sie gleich bei seinem Eintreffen bemerkt hatte, denn der hatte sie nicht aufgefordert.

»Ich mache die Franzosen für die Probleme im Seidenhandel verantwortlich«, erklärte Marco grimmig. »Diejenigen, die durch ihren idiotischen Krieg nicht alles verloren haben, sind in den letzten Jahren außerordentlich erfolgreich gewesen.«

»In der Provence ja«, stimmte Philippe zu. Er hatte ein langes, hageres Gesicht und eine platte Nase wie ein Pferd. Auf seinem Kopf saß eine bauchige Samtkappe, die mit

einer Gänsefeder geschmückt war, die ihm fast bis auf die Schulter hing. Die ehemals weiße Feder war jetzt von einem schmuddeligen Grau. »Im Moment zumindest. Ich werde lieber Schiffe mieten als meine Waren durch die Provence transportieren zu lassen.«
Jacopo Capriani furzte, schloß die Augen und schlief ein. Drei Violaspieler und eine Gruppe Flötisten sammelten sich in der Mitte des Saales. Serafina öffnete ihren Fächer, als die Unterhaltung durch die Musik zum Erliegen kam. Sie hätte sich gerne hingesetzt, gerne frische Luft geatmet, sich gerne von dem starren Fischbeingerüst ihres Kleides befreit, das sie qualvoll einengte – und vor allem wäre sie gerne dem Geruch von Fisch, Rosenwasser und gewürztem Wein entkommen, der durch die offenstehenden Flügeltüren aus dem Bankettsaal herüberwehte. Doch sie gestattete sich nicht, wie viele der anderen Damen, in die Kühle der Halle im Parterre zu flüchten. Sie würde ihrem Magen nicht erlauben, sie zu zwingen, dieses faszinierende Gespräch über Seidenhandel, Schiffahrt und Politik zu verlassen.
Jacopo begann laut zu schnarchen, was man besonders gut hörte, weil die Musiker gerade eine Pause machten. Serafina schloß ihren Fächer und fragte: »Was haben Sie gegen die Provence, Monsieur Moireau? Seit jeher ist Seide durch die Provence nach Norden gebracht worden – es geht durch Frankreich mit Sicherheit schneller und sicherer als um das Kap.«
Philippe lächelte leicht. »Ich transportiere keine Seide mehr durch die Provence, weil die Provence von Korruption beherrscht wird.« Er runzelte die Stirn. »Sie sehen blaß aus, Madame Capriani, gestatten Sie, daß ich Sie zu einem Stuhl geleite.«
Sie hatte sich auf die Lippen gebissen und mit Mennige

geschminkt, bevor sie das Gasthaus verließen, doch als sie sich vorhin in einem der riesigen Flügelfenster des Palazzos sah, mußte sie feststellen, daß ihr Gesicht von einer geradezu geisterhaften Blässe war und sie so kraftlos wirkte wie eines der trockenen Blätter, mit denen der Herbstwind spielte. Aber sie war nicht bereit, sich wie eine alte Frau in eine Ecke zu setzen. Es hatte sie zu große Mühen gekostet hierherzukommen, zu große Kämpfe gegen Jacopos Eigensinn und Abneigung gegen gesellschaftliche Ereignisse, als daß sie jetzt zugelassen hätte, aus dieser interessanten Männergesellschaft ausgeschlossen zu werden. Sie ließ ihren Fächer flattern. »Es ist ein wenig heiß hier drinnen, Monsieur – und so laut. Können wir unser Gespräch auf einem der Balkone fortsetzen?«
Von dem großen Saal gingen mehrere Balkone auf den tiefergelegenen Garten hinaus. Der Seidenhändler bot Serafina den Arm. »Es wäre mir ein Vergnügen, Madame – aber Ihr Mann...«
Jacopos Mund stand offen, das Kinn war in den Halsfalten verschwunden. »Es sieht nicht so aus, als würde er mich in nächster Zeit vermissen.«
Draußen in der kühlen Nachtluft und weg von dem Lärm fühlte sie sich gleich besser. Serafina schaute auf den Brunnen hinunter, an dem Jacopo ihr seinen Antrag gemacht hatte. Die Wassertropfen fingen das Licht ein, das aus den Fenstern fiel. Sie wirkten wie Brillanten auf schwarzem Samt.
Gianfranco, der Hausverwalter, war mit auf den Balkon gekommen. Er war ein junger Mann von Anfang Zwanzig und betrachtete Serafina voller Bewunderung.
»Die Provence«, nahm Marco Datini das Gespräch wieder auf, »konnte es am Ende doch nicht abwenden, in den Bürgerkrieg einbezogen zu werden. Vor vier Jahren er-

klärte sich Marseille von Frankreich unabhängig. Henri de Navarre ist noch nicht stark genug, um sich dort durchzusetzen. Charles de Casaulx regiert Marseille, Signora, nicht der Bourbonenkönig. Solche... Unwägbarkeiten... sind nicht gut fürs Geschäft.«

Natürlich wußte sie vieles davon bereits von ihrem Aufenthalt in Marseille im vergangenen Jahr, aber sie erwähnte es nicht. Scheinbare Unwissenheit konnte oft sehr nützlich sein – sie ermutigte Menschen zum Sprechen.

»Betrug, Bestechung und Wucher herrschen dort«, fuhr Marco fort. »Zu vielen Menschen werden zu hohe Schmiergelder gezahlt. Es kostet mehr, die Waren durch Marseille und nach Lyon zu bringen, als sie per Schiff an der Küste entlang zu transportieren und direkt im Norden zu verkaufen. Bestechung reduziert den Gewinn, Signora.«

Nun meldete sich wieder der Franzose zu Wort. »Sie wundern sich vielleicht, daß ich diese Meinung teile, Madame. Ich stamme aus Paris, müssen Sie wissen. In der Provence gibt es keinen ehrlichen Mann mehr.«

Marco nickte bestätigend. »Und dann ist da noch der Krieg. Sowohl Spanien als auch Savoyen mischen sich in französische Angelegenheiten – vor allem in die der Provence. Wenn Ihr Mann Seide in den Norden verkaufen will, Signora, dann raten Sie ihm, die nicht auf dem Landweg sondern per Schiff zu transportieren. Meiden Sie Toulon – und Marseille.«

»Vor allem Marseille!« Eine neue Stimme. Sie sprach italienisch mit englischem Akzent. Serafina hatte ihn nicht kommen gehört – aber sie hatte gewußt, daß er irgendwann kommen würde. Es war nur eine Frage der Zeit gewesen.

Thomas trug eine schwarze Hose, ein schwarzes Wams und ein weitärmeliges weißes Seidenhemd. Serafina, die ihn in grobem Stoff zu sehen gewohnt war, fand, daß die elegante Aufmachung ihn älter erscheinen ließ – unnahbarer. Allerdings hatte er sich nicht von seinem Filzhut trennen können und wirkte daher wie eine Krähe unter Paradiesvögeln.

»Paris ist voller Meuchelmörder und Dieben, nicht wahr, Signora?« Sie erkannte an seiner leicht schleppenden Aussprache, daß er betrunken war. Als sie sich ihm zuwandte, sah sie geradewegs in die nur allzu bekannten blauen Augen.

»Voller Meuchelmörder und Diebe, Sie haben recht, Monsieur Marlowe. Wie England.«

Sein Blick, der Belustigung und eine andere, weit weniger positive Empfindung ausdrückte, hielt sie fest. Sie war froh, daß sie das Kleid aus dunkelgoldfarbener Seide trug und ihre Frisur so gut gelungen war. Wieso kümmerte es sie, welchen Eindruck sie auf Thomas machte? »Haben Sie einen Geldgeber gefunden, Monsieur Marlowe?« fragte sie zusammenhanglos.

»Die English Levant Company«, erwiderte er nach kaum merklichem Zögern.

»Sieh da, Monsieur Marlowe.« Serafina empfand eine Mischung aus Befriedigung und Verachtung, die sie selbst befremdete. »Demnach haben Sie Ihre Seele schließlich doch verkauft.«

Nach einem kurzen Schweigen sagte Thomas mit erhobener Stimme: »Wie unhöflich von mir – ich bitte um Vergebung, Ihre faszinierende Unterhaltung unterbrochen zu haben, meine Herren. Signora Capriani hat ein besonderes Interesse an Marseille, wissen Sie, sie hat Bekannte dort.«

»Ach, tatsächlich?« Der Franzose sah Serafina neugierig an. »Wie ich schon sagte, ich stamme aus Paris, Madame, aber ich kenne Marseille seit vielen Jahren. Darf ich nach dem Namen Ihrer Bekannten fragen?«
Ihre Kehle und ihre Lippen waren wie ausgedörrt. Die durch die geschlossene Tür nur gedämpft zu hörende Musik erschien ihr plötzlich ohrenbetäubend. Sie trank einen Schluck Wein, um Zeit zu gewinnen und ihr inneres Gleichgewicht wiederzufinden. Ohne Thomas zu beachten, wandte sie sich an Philippe Moireau. »Ich kannte die Guardis – aber das ist lange her.«
Sie warf einen Blick durch die Glastür. Nicht weit von ihnen tanzte Constanza mit Signor Merli. Das Kerzenlicht ließ ihre Narbe wie einen dunklen Faden auf heller Seide erscheinen. Jacopo schlief noch immer.
»Angelo«, sagte der englische Steuermann fröhlich. »Der Name von Signora Caprianis Bekanntem ist Angelo. Ein lieber, treuer Freund ist ein wahrer Segen, finden Sie nicht, meine Herren? Vielleicht kann der französische Herr hier Ihnen etwas Neues über den guten Angelo berichten, Signora.«
Sie dürstete danach, aber nicht auf diese Weise – nicht, während ihr Mann nur ein paar Meter entfernt saß und Thomas Marlowe danebenstand und zuhörte. Kalter Schweiß rann innen an ihrem Korsett entlang. Serafina klappte ihren Fächer auf – wenigstens konnte sie sich teilweise dahinter verstecken.
»Die Guardis?« Philippe zwirbelte nachdenklich die Feder, die von seiner Kappe hing. »Mit Angelo Guardi habe ich ein paarmal Geschäfte gemacht. Und Signor Merli kauft bei den Guardis ein, glaube ich. Sie stammen ursprünglich aus Florenz. Es war schon immer eine geachtete Firma, aber erst Angelo brachte sie wirklich zum Erfolg.

Ich halte ihn für einen der reichsten Männer der Provence.«
»Womit handelt er?« fragte Thomas mit scheinbar nur mäßigem Interesse. »Mit Heringen oder mit Zinn? Oder vielleicht mit... wie heißen die Dinger doch gleich... ach ja, Antilopentränen?«
»Mit Tuch, Monsieur«, erwiderte Philippe Moireau kühl. »Die Guardis handeln seit jeher ausschließlich mit Stoffen.« Er wandte sich wieder Serafina zu. »Allerdings heißt es, daß Angelo in letzter Zeit mit einigen Problemen zu kämpfen habe. Marseille ist politisch isoliert, und so ist es für die Händler nicht einfach, ihre Waren in den Norden zu bringen. Monsieur Casaulx ist kein Freund der Kaufleute – vor allem nicht der wohlhabenderen. Manche sagen, er habe den Neid der Bevölkerung noch geschürt.«
In Marseille hatte der Pöbel Kaufleute angegriffen, die in voller Bewaffnung und mit einer Leibwache durch die Straßen ritten. Serafina erinnerte sich noch gut an die beängstigend aggressive Stimmung damals im Mai. Die Worte des Franzosen ließen ihr Herz höher schlagen. Es heißt, daß Angelo in letzter Zeit mit einigen Problemen zu kämpfen habe. War es möglich, daß ihm die politischen Wirren zum Verhängnis würden?
Der Engländer starrte Serafina an. Die Belustigung war aus seinen Augen verschwunden. Serafina umklammerte ihren Fächer so fest, daß sie fürchtete, das zarte Elfenbein werde zerbrechen. An Monsieur Moireau gewandt, fragte sie: »Sprechen Sie von einem drohenden Bankrott, Monsieur? Bei den Guardis, meine ich.«
Der Franzose lächelte. »Hoffen Sie darauf, die Firma günstig erwerben zu können, Madame?«
Sie hörte Thomas Marlowe lachen. Es war ein häßliches

Geräusch. Serafina senkte den Blick, um die Hoffnung, Erregung und Wut zu verbergen, die in ihren Augen zu lesen sein mußte. »Die Firma meines Mannes ist im Augenblick noch recht bescheiden, Monsieur. Wir handeln hauptsächlich mit Kurzwaren – Bändern, Borten und Kokarden. Unser Seidenangebot ist derzeit noch recht begrenzt, aber Jacopo und ich hoffen, diesen Zweig des Geschäftes bald erweitern zu können.« Sollte er sehen, was er mit dieser Antwort anfangen konnte.

Signor Datinis Miene drückte eine Mischung aus Erheiterung und Bewunderung aus. »Dann müssen Sie ein Schiff kaufen, Signora. Jeder größere Seidenhändler verfügt über eine ganze Flotte. Kaufen Sie eines der Schiffe, wie sie im Norden gebräuchlich sind – mit einer Galeere kämen Sie nicht um das Kap.«

Der Engländer, der für Serafinas Empfinden viel zu nah neben ihr stand, mischte sich erneut ein: »Signora Capriani und ich haben uns bereits über dieses Thema unterhalten, nicht wahr, meine Liebe? Sollen wir den Herren von unserem Gespräch erzählen, oder«, er griff nach ihrer Hand, »sollen wir lieber tanzen?«

Signor Datini starrte den Steuermann feindselig an. »Ich glaube nicht, daß Signora Capriani tanzen möchte, sie ist müde«, erklärte er in scharfem Ton.

Serafina sah, daß Thomas zum Sprechen ansetzte, und kam ihm zuvor. Sie traute ihm nicht: Seine Zunge war durch Alkohol und Ärger zu sehr gelockert. »Ich danke Ihnen für Ihre Fürsorge, Signor Datini«, sagte sie liebenswürdig, »aber ich tanze gerne mit Signor Marlowe. Ich bin nicht mehr müde, und außerdem sind wir alte Bekannte.«

Thomas hatte ihre Hand nicht losgelassen. Jetzt umfaßte er sie noch fester und führte Serafina vom Balkon auf die Tanzfläche. Plötzlich erschien ihr das Kerzenlicht nicht mehr golden, sondern wie ein schwefelgelber Nebel, der die Ballgäste alt und häßlich erscheinen ließ. Sie hatte den italienischen Seidenhändler belogen. Sie glaubte, noch niemals in ihrem Leben so müde gewesen zu sein. Ihre Füße waren bleischwer, doch sie zwang sie, die vorgegebenen Schritte auszuführen. Thomas tanzte, als habe er nie etwas anderes getan. Er hielt sie fest, wenn Nähe verlangt wurde, und ließ sie los, wenn der Tanz vorschrieb, daß sie sich unabhängig von ihm bewegte. Als er sie bei der Pavane an sich drückte, hätte sie am liebsten den Kopf an seine Schulter gelegt und die Augen geschlossen. Sie wollte weinen und getröstet werden.

Und dann, während noch immer die Musik durch den Raum flutete, blieb er plötzlich stehen. »Sie sind wirklich müde«, sagte er sanft. »Warum haben Sie das nicht gesagt?«

»Sie haben mir keine Wahl gelassen, Monsieur, ich mußte Sie zum Schweigen bringen.«

Er berührte ihre Wange mit einer Fingerspitze: Sie färbte sich rot. »Sie sollten sich nicht dieses Zeug aufs Gesicht schmieren«, tadelte er.

Er schien es nicht lassen zu können, sich in ihre Angelegenheiten zu mischen! Sie löste sich von ihm, sie konnte seine Nähe nicht mehr ertragen. »Es geht Sie überhaupt nichts an, was ich tue, Monsieur Marlowe«, zischte sie. »Wenn es mir einfallen sollte, mein Gesicht in allen Regenbogenfarben anzumalen, werde ich auch das tun, ohne Ihre Erlaubnis einzuholen!«

Sie standen inmitten der Tanzenden, doch es schien ihnen, als seien sie allein auf der Welt, als existierten weder Jacopo noch die Merlis noch die Gäste – noch Angelo. Dann sagte Thomas: »Hafenhuren benutzen Menni-

ge, und sie sterben daran.« Seine Miene drückte eine Mischung aus Zorn und Besorgnis aus. »Außerdem haben Sie es gar nicht nötig.«
Der Affe sprang von Vorhangstange zu Vorhangstange. Sein aufgebrachtes Kreischen übertönte die sanfte Musik. Jemand mußte ihn aufgestört haben. Thomas Marlowe hatte Serafina auf eine Stufe mit den Hafenhuren gestellt, doch sie stand immer noch vor ihm, hatte ihn nicht ins Gesicht geschlagen und auch nicht stehengelassen. »Sie verkaufen Ihre Geschicklichkeit, Monsieur Marlowe«, sagte sie kalt. »Sie verkaufen Ihre Fähigkeit, ein Schiff zu steuern und anhand der Sterne einen Kurs berechnen zu können. Ich verkaufe meinen Charme, mein Gesicht und meinen Körper. Etwas anderes interessiert die Männer an einer Frau nicht. Ich gebe ihnen, was sie wollen – heute abend zu dem Zweck, Informationen zu bekommen.« Sie schaute zu ihm auf. In ihren Augen brannte ein verzehrendes Feuer.
»Sie haben mich zwar nicht in den Genuß Ihrer Vorzüge kommen lassen, aber ich werde Ihnen trotzdem eine Information geben, die Sie vielleicht noch nicht bekommen haben. Sie ist recht interessant – ich bin sicher, Sie werden mir zustimmen.« Sie sah ihn abwartend an. »Es gibt da eine Wette«, sagte er leise. »Darüber, ob Ihr greisenhafter Ehemann es schaffen wird, Sie noch vor Jahresende zu schwängern.«

Kurz darauf verließ Thomas Marlowe den Palazzo Merli. Noch immer leuchtete der Abdruck von Serafinas Hand feuerrot auf seiner Wange.
Diesmal war er durch den Alkohol zu langsam gewesen, um sie abzufangen – aber noch nüchtern genug, um nicht zurückzuschlagen. Die Leute hatten sie angestarrt und

gewispert und gekichert, sich jedoch nicht eingemischt. Jacopo schnarchte noch immer, und Thomas hatte sich eiligst entfernt.

Die Piazza lag verlassen da – bis auf zwei Gestalten, die in einiger Entfernung vor ihm hergingen. Es hatte leicht zu regnen begonnen. Thomas machte sich auf den Rückweg zu dem Gasthaus, in dem er abgestiegen war.

Er konnte sich nicht leiden, er konnte Italien nicht leiden – er sehnte sich danach, den Staub der Toskana von seinen Schuhen zu schütteln und nur noch die unendliche See zu sehen. Das Leben an Land zehrte an seiner ohnehin begrenzten Geduld und blähte kleine Vorkommnisse zu unverhältnismäßiger Größe auf.

Die beiden Männer vor ihm hatten das andere Ende des Platzes erreicht. Thomas kam die Galle hoch, als er einen im Licht der dort brennenden Fackel an dem türkisfarbenen Samtwams und den scharlachroten Federn an der Kappe erkannte: Tomaso di Credi, der ihm empfohlen hatte, sich an der geschmacklosen Wette zu beteiligen, von der er, Thomas, später Serafina erzählt hatte!

Thomas hatte plötzlich einen unangenehmen Geschmack im Mund. Er beschleunigte seine Schritte, bis er beinahe rannte. In seinem Innern loderte ein Feuer, das gelöscht werden mußte. Die Männer, an denen er seine Wut auszulassen gedachte, waren Italiener aus der sogenannten besseren Gesellschaft – eitle Gecken, die sich mehr auf Wortduelle verstanden als auf Schlägereien. Thomas konnte es kaum erwarten, Tomasi di Credi seine Schmachtlocke abzureißen und das gepuderte Gesicht in den Straßenschmutz zu drücken. Mit leuchtenden Augen, in denen Rachelust brannte, suchte er nach dem beleidigendsten Schimpfwort, das er auf italienisch kannte, und rief es seinem Feind hinterher.

Als die Kurtisane sich später auf den Heimweg machte, sah sie am anderen Ende der Piazza eine zusammengesunkene Gestalt in einem Hauseingang. Constanza hatte ein zartes Tuch über Kopf und Schultern geworfen, um sich gegen den Nieselregen zu schützen. Es war ein Geschenk von Galeazzo – silberfarben. In Venedig mußten die Kurtisanen gelbe Tücher tragen, damit jeder sofort ihre Profession erkannte. Constanza hatte es nie bedauert, Venedig verlassen zu haben.
Sie wollte schon vorbeigehen, überlegte es sich dann jedoch anders, trat näher heran und stellte fest, daß sie den Mann kannte. Die dunklen Locken, der verbeulte Filzhut, der neben seinem Eigentümer lag – es war der gutaussehende Bursche, der mit John Keane, dem Bevollmächtigten der English Levant Company, zu dem Bankett gekommen war. Der Engländer, den die kleine Capriani vor aller Augen geohrfeigt hatte. Er war sichtlich betrunken gewesen.
Constanzas Erfahrungen hatten sie gelehrt, vorsichtig zu sein. Sie traute diesem Jungen zwar nicht zu, daß er ihr etwas antun würde, doch sie hielt sich sicherheitshalber auf Armeslänge von ihm fern und umfaßte den Griff des Stiletts, das sie wie stets in den Falten ihres Kleides verborgen bei sich trug. Dann erkannte sie, daß der Engländer nicht dort lag, um seinen Rausch auszuschlafen. Wams und Hose waren zerfetzt und völlig verdreckt – und vom Haaransatz rann ein dünnes rotes Rinnsal zu dem schöngeschwungenen Mund.
Ohne auch nur einen Gedanken an den Preis zu verschwenden – oder an den Mann, der es ihr geschenkt hatte –, zog sie ihr Tuch vom Kopf und betupfte damit vorsichtig die Verletzung. Sie wußte zwar nicht, ob er sie hören konnte – seine Augen waren geschlossen –, aber sie

sprach leise beruhigend auf ihn ein. Kurz darauf flatterten die Lider des Engländers, und dann öffnete er die Augen – leuchtend blaue Augen, wie sie bereits bei dem Bankett bemerkt hatte – und starrte die Frau an, deren Gesicht dicht vor dem seinen war.
»Ich habe kein Geld«, brachte er mühsam auf italienisch hervor.
Sie zuckte nicht mit der Wimper. »Ich biete Ihnen meine Gesellschaft an, mein Freund – mehr nicht«, antwortete sie kühl.
Die Lider senkten sich wieder, und sie dachte schon, er würde ihr Angebot ablehnen, doch er fragte: »Weshalb?«
Es hätte viele schmeichelhafte Antworten darauf gegeben, doch sie gab ihm die ehrliche: »Weil der Abend langweilig war – verdammt langweilig –, und ich glaube, daß Sie ein interessanter Gesprächspartner sein können, wenn Sie wieder nüchtern sind.«
Er lachte und zuckte vor Schmerz zusammen. Dann kam er schwankend auf die Füße und ging auf sie gestützt langsam in die Dunkelheit.

Es gibt da eine Wette – darüber, ob Ihr greisenhafter Ehemann es schaffen wird, Sie noch vor Jahresende zu schwängern. Serafina hatte Thomas schallend geohrfeigt und war davonstolziert. Signor Merli hatte sie höchstpersönlich hinausgeleitet – und die Gelegenheit genutzt, um ihr ein beleidigendes Angebot zu machen. Zitternd vor Zorn hatte sie geantwortet: »Nein, danke – ein alter Mann im Bett genügt mir!« Damit hatte sie sich auf dem Absatz umgedreht, Jacopo geweckt und mit ihm den Palazzo verlassen.
Später, in der Stille und Dunkelheit ihres Schlafzimmers in dem Gasthaus, bereute sie ihre Reaktion. Es gab diplo-

matischere Möglichkeiten, einen mächtigen Mann zurückzuweisen. Doch dann vergaß sie Galeazzo Merli – ihre Gedanken kehrten zu dem Alptraum zurück, in den Thomas Marlowe sie geschleudert hatte. Vorhin, mitten auf der Tanzfläche, hatte Serafina die Wahrheit erkannt. Es gab eine lächerlich einfache Erklärung für die Beschwerden, die sie in der letzten Zeit gequält hatten. Sie war schwanger! Auf dem Bankett im Palazzo Merli, in Gegenwart der gesamten toskanischen Prominenz und ihres schnarchenden Ehemannes, war es ihr klargeworden. Sie hatte den englischen Steuermann nicht aus Empörung über die Wette geohrfeigt, sondern aus Wut darüber, daß er ein Mann war, der ohne Bedenken genießen konnte, während der Fluch ihres Geschlechts ihrem Leben eine Wendung gab, mit der sie nicht gerechnet hatte und die sie mit Abscheu erfüllte. Und mit Angst – Angst davor, ihren geplanten Kampf nun nicht mehr führen zu können.
Die bösartigen Narren hatten ihre Wette bereits verloren! Sie hatte seit ihrer Verheiratung keine Periode mehr gehabt. Nicht mehr seit – sie setzte sich kerzengerade im Bett auf und starrte mit aufgerissenen Augen in die Dunkelheit – vier, nein sechs Wochen vor ihrer Hochzeit! Zahlen wirbelten durch Serafinas Kopf und ordneten sich dann zu einer Rechnung, die nur einen Schluß zuließ. Es dauerte vierzig Wochen, bis ein Kind geboren wurde, und um den Tag der Geburt zu errechnen, brauchte man den Zeitpunkt der Empfängnis. Serafina kniete sich neben dem schnarchenden Jacopo ins Bett und versuchte sich zu erinnern, wann ihr das erste Mal schlecht gewesen war. Im Palazzo Merli! In dem verdammten Garten mit den Zitronenbäumen! Damals hatte sie eine Schwangerschaft vorgetäuscht, um ihre Verheiratung zu erzwingen – als

unwiderstehliche Bestätigung der Männlichkeit für einen alten Mann. Und jetzt stellte sich heraus, daß sie in Wahrheit damals schon schwanger *war*!
Ein Kind hatte keinen Platz in ihren Plänen: Babys machten Arbeit, schrien ständig, waren häßlich und störend. Schwangerschaft verunstaltete die Frauen, manche kostete sie sogar das Leben. Sie würde genauso verunstaltet wie Signora Merli, die bleich und hohlwangig mit unförmigem Bauch daherwankte. Schwangere waren ein Objekt des Mitleids oder des Spottes – es sei denn, sie besaßen die Klugheit, sich für die Dauer ihres Zustands hinter geschlossenen Türen zu verstecken. Die Schwangerschaft schloß Frauen unweigerlich aus der Welt der Männer aus, in die vordringen zu wollen Serafina die Kühnheit besaß. Sollte das nun alles vorbei sein? Schwanger, im Kindbett oder stillend würde sie Angelo nicht bekämpfen, sich nicht zurückholen können, was ihr gehörte. Die Natur warf sie in einen Kerker, der ihr schlimmer erschien als das Bagno von Algier.
Doch damit nicht genug. Die Erkenntnis, schwanger zu sein, brachte noch eine weitere Tatsache mit sich. Wenn Jacopo nicht neben ihr gelegen hätte, wäre Serafina schreiend durch das Zimmer gerannt. Voller Verzweiflung verkrampfte sie die Hände ineinander. Der Zeitpunkt ihrer ersten Übelkeit bedeutete, daß sowohl ihr Mann als auch Thomas Marlowe der Vater dieses Kindes sein konnte!

Drei Tage nach dem Bankett in Lucca setzte die *Garland* Segel für die Reise nach Zakynthos im Ionischen Meer. Sie hatte Zinn und Stoffe geladen und sollte Korinthen zurückbringen. Es würde eine vergleichsweise kurze Fahrt – nicht einmal halb soweit wie nach Aleppo –, aber wenn das Schiff nicht neidischen Franzosen oder Venezianern oder Korsaren jeglicher Nationalität in die Hände fiele oder Opfer eines Unwetters würde, könnte es eine profitable sein.

Abgesehen von der Ladung, hatten sie Öl, Wein, Schinken, Rindfleisch, Salz und Bohnen mitgenommen. Sie hätten natürlich unterwegs anlegen und ihre Vorräte ergänzen können, doch die dann fälligen Gebühren hätten den Gewinn nicht unwesentlich geschmälert. Außerdem hätte jede Unterbrechung einen Zeitverlust bedeutet, und der Kapitän wollte die Reise so schnell wie möglich hinter sich bringen.

Es hatte Thomas einen vollen Tag und all seine Geduldreserven gekostet, John Keane dazu zu überreden, ihn nach Zakynthos segeln zu lassen. Keane wollte auf den Konvoi der Gesellschaft warten. Es widersprach den Gepflogenheiten der Levant Company, ein Schiff allein fahren zu lassen. Die Ladung der *Garland* lag sicher in Livorno – warum sollte man das Risiko eines Alleingangs über die offene See eingehen? Doch schließlich gab John Keane zu, daß die Reise nach Zakynthos nicht weit war, die Ladung, solange sie auf Halde lag, keinen Gewinn abwarf und Thomas, wenn alles gutginge, wieder zurück wäre, bevor der Konvoi einträfe.

Insgeheim hatte John Keane es für klug gehalten, Thomas' Ansuchen zu entsprechen. Der Steuermann war aus Lucca mit einem blaugeschlagenen Auge und einer eindrucksvollen Sammlung von Schürf- und Platzwunden zurückgekehrt. Und seitdem er sich einverstanden erklärt hatte, als Gegenleistung für die Finanzierung der *Kingfisher* für die Gesellschaft zu arbeiten, war er angespannt wie eine Bogensehne. Die Tatsache, daß Thomas sein geliebtes Schiff für Wochen in fremden Händen zu lassen bereit war, zeigte, wieviel ihm an dieser Reise lag. Keane

wollte den Mann, und er wollte die *Kingfisher* – und entschloß sich kurzerhand, ein paar Regeln zu beugen, um nicht beide zu verlieren. Außerdem hatte der Junge recht. Wenn nichts dazwischenkäme, könnte die *Garland* noch vor dem Winter mit einer gewinnbringenden Ladung Korinthen nach London zurücksegeln.
Die *Kingfisher* wurde der Obhut von John Keane unterstellt. Thomas nahm William Williams und Cristofano mit, für den ein paar Wochen auf See eine lehrreiche Erfahrung wären. Thomas wurde in aller Schnelligkeit zum Kapitän befördert. John Keane stand am Hafen, bis die *Garland* nur noch ein schwarzer Punkt am Horizont war, und hoffte inständig, die richtige Entscheidung getroffen zu haben.

Thomas Marlowe hatte diesbezüglich keinerlei Bedenken. Es war absolut notwendig für ihn gewesen, die Toskana zu verlassen. An Land festgehalten, ging er an einem Abgrund entlang, in den er an dem Abend des Banketts beinahe gestürzt wäre. Während er durch die Straße von Messina segelte, war er tagsüber zu beschäftigt, als daß seine Gedanken ihn lange hätten belästigen können. Wenn er auf dem Vordeck stand und auf die tiefblaue See hinausschaute, war er überzeugt, richtig gehandelt zu haben. In Italien hatte er begonnen, jeden und alles zu hassen – sogar die *Kingfisher* –, doch hier draußen war die Welt wieder in Ordnung für ihn.
Nachts jedoch lagen die Dinge anders. Unter der sternenübersäten Kuppel des Himmels, wenn die einzigen Geräusche das leise Knarren der Rahen und das Rauschen der Wellen waren, gestand er sich ein, daß diese Reise nur eine kurze Atempause darstellte, nach der er sich seiner unerfreulichen Situation wieder stellen müßte. Es gab nichts daran zu rütteln. Der Diebstahl des Goldschatzes

von der *Toby* hatte ihm kein Glück gebracht – er stand erneut im Dienste der Herren, denen er für immer hatte den Rücken kehren wollen. Für fünf Jahre! Und dann war da noch Serafina...

Die leere See um ihn herum bot keine Ablenkung, die Erinnerung an sein Gespräch mit der Kurtisane Constanza konnte sich ungehindert in seinen Gedanken ausbreiten. Nachdem sie Thomas aufgelesen hatte, nahm sie ihn in ihre Wohnung mit. Sie war elegant, aber nicht übertrieben eingerichtet, und es gab keine Dienerschaft, außer einer Zofe und einem Pagen. Constanza gab Thomas Wasser und Tücher, um seine äußerlichen Wunden zu verarzten, und bot ihre Gesellschaft als Balsam für die Schläge an, die sein Stolz hatte einstecken müssen. Sie war freundlich und fragte ihn nicht aus – und letzteres trieb ihn dazu, sich wie ein Narr zu benehmen. Noch unter dem Einfluß des Alkohols, körperlich angeschlagen und demoralisiert, schüttete er der Kurtisane sein Herz aus. Sie hörte ihm schweigend zu und konfrontierte ihn anschließend brutal mit seinen wahren Gefühlen. Er hatte seitdem immer wieder versucht, ihre Worte als Unsinn abzutun, doch ein Satz von ihr ließ ihn nicht mehr los: »Es ist ganz einfach, Signor Marlowe – Sie lieben sie.«

Zuerst hatte er gelacht, dann war er wütend geworden. Nicht auf Constanza, die ihm vor Augen geführt hatte, was er nicht hatte sehen wollen, sondern auf das Schicksal, das ihn zu einer lächerlichen Figur machte. Er war schon des öfteren verliebt gewesen – in Faith Whitlock, in eine Blumenverkäuferin vor der St. Paul's Cathedral, in ein Serviermädchen im Gasthaus seines Bruders –, und es war jedesmal eine berauschende Mischung aus Sympathie und Lust gewesen. Aber niemals Liebe. Er hatte

sich die Mädchen ausgesucht, ihnen den Hof gemacht, sie herumgekriegt und die Folgen genossen.
Bei Serafina war alles anders. Weder hatte er sie sich ausgesucht, noch die Beziehung genießen können. Sie war ein eiskaltes, berechnendes Geschöpf, das seine gesamten Liebesreserven an den Vater und einen verbrecherischen Kusin verschwendet hatte. Ihre einzigen Ziele waren Rache und die Wiedergewinnung ihres Besitzes. Und um diese zu erreichen, würde sie jeden Menschen, der ihr dabei von Nutzen sein könnte, rücksichtslos mißbrauchen. Sie schien sich nicht für die Dinge zu interessieren, die Thomas durch seine Erziehung für die normale weibliche Bestimmung hielt: Haushalt und Kinder. Er verurteilte sie deshalb nicht. Er hatte weiß Gott kein Recht dazu, denn sein Ziel – die *Kingfisher* zu bauen – hatte ihn sogar zum Dieb werden lassen. Was Thomas in Wut brachte, war seine Schwäche. Er hatte damit gerechnet, Serafina auf dem Bankett in Lucca zu sehen, aber es trotz seines Vorsatzes nicht fertiggebracht, sich von ihr fernzuhalten. Und als sie ihn damals in den Palazzo Sacchetti eingeladen hatte, war er angelaufen gekommen wie ein Hündchen. Er fühlte sich wehrlos, hilflos, ausgeliefert – und dieser Zustand mißfiel ihm ganz entschieden.
Sich selbst verfluchend, starrte Thomas auf die See hinaus – und dann vergaß er Serafina, die Levant Company und seine Sorgen um die *Kingfisher*. Am Horizont war eine Silhouette aufgetaucht. Zuerst glaubte er, ein Trugbild narre ihn, denn sie schimmerte silbern und bläulich wie ein Geisterschiff – doch dann begriff er, daß die *Garland* Gesellschaft bekommen hatte.
Das Ionische Meer war unberechenbar – jederzeit konnte aus dem Nichts ein Sturm oder ein Unwetter aufziehen –, doch es waren nicht Naturgewalten, die Thomas fürchte-

te, sondern die von Menschen drohenden Gefahren. Die *Garland* segelte unter den Insignien des englischen Königshauses, und in diesen Gewässern wurde die Flagge der Levant Company als begehrte Trophäe betrachtet. Die Franzosen, die Venezianer und sogar die Toskana waren über den Erfolg der Engländer erbost, und Piraten von der Berber-Küste, aus Ragusa und von den Myriaden winziger namenloser Inseln vor der griechischen Küste sahen in einem Schiff der Handelsgesellschaft eine lohnende Beute. Mit wem würde er es diesmal zu tun bekommen?
Das Schiff kam langsam näher. Thomas löschte die Kerze in seiner Laterne – eine sinnlose Maßnahme, denn der Mond schien sehr hell in dieser Nacht – und blieb abwartend auf der Brücke stehen. Es war noch zu früh, die Besatzung zu alarmieren. Hätte es überhaupt Sinn, sich auf einen Kampf einzulassen? Wäre es nicht klüger, zu flüchten? Könnten sie überhaupt fliehen?
Als das Schiff so nah heran war, daß er es deutlicher erkennen konnte, vergaß er sämtliche Erwägungen. Es war eine Viermastgaleone, grazil und elegant – ein edler Schwan im Vergleich zu seinem plumpen Entchen. Das Mondlicht ließ die Masten und Rahen silbern glänzen und die geschnitzte Brücke wie pures Gold schimmern. Das Schiff sah aus wie die *Kingfisher* in seinen schönsten Träumen!
Er hatte gerade die Bourbonen-Lilie erkannt – es waren Franzosen! –, als das Schiff abdrehte und davonsegelte. Und dann war die *Garland* wieder allein.

Im Herbst wurde es auf den Docks von Livorno allmählich ruhiger. Es kam immer weniger Seide aus dem Osten, doch Serafina hatte bereits einen exquisiten Vorrat in einem Lagerhaus in Pisa liegen.

Ihre Schwangerschaft hatte sie bisher erfolgreich geheimgehalten. Wie übel ihr auch sein mochte, sie ließ es sich nicht anmerken, und auch wenn sie sich vor Erschöpfung kaum auf den Beinen halten konnte, tanzte sie, wenn nötig, bis Mitternacht. Verbissen versuchte sie, den Zustand zu ignorieren, mit dem das Schicksal sie gestraft hatte. Obwohl Jacopo verständlicherweise stolz auf seine späte Vaterschaft war, hatte sie ihn überreden können, Stillschweigen darüber zu bewahren, indem sie ihm vor Augen führte, daß er nur zum Ziel bösartiger Spötteleien würde. Natürlich würde sich das Kind nicht auf Dauer verheimlichen lassen, doch darüber wollte sie sich jetzt noch keine Gedanken machen.

Serafina reiste nach Livorno und Florenz, prüfte die Qualität von Rohseide und wählte sorgfältig die Seiden aus, die sie ihren Kunden anbieten wollte. Manchmal begleitete Jacopo sie, doch immer öfter war nur Amadeo dabei, während ihr Mann sich mit Perlenschnüren, Borten und Bändern befaßte. Amadeo, der früher ein Ausbund an Faulheit gewesen war, hatte sich inzwischen zu einer echten Hilfe entwickelt. Etwa im gleichen Alter wie seine Herrin, behandelte er sie mit einer Mischung aus Zuneigung und Achtung. Ihre Redegewandtheit und Sachkenntnis nötigten ihm Bewunderung ab. Serafina durchstreifte, ihre Geldtasche unter den weiten Falten ihres Kleides verborgen, mit ihm Docks, Lagerhäuser und Werkstätten. Anzügliche Blicke, Pfiffe und unsittliche Anträge ertrug sie ebenso ungerührt wie die Erklärung, daß ihr Platz in der Küche oder auf dem Rücken im Bett liegend sei. Sie aß hastig, wenn sie Zeit dazu fand, und schlief ein, sobald ihr Kopf das Kissen berührte. Sie führte die Bücher, überprüfte die Angestellten, wenn sie es nicht erwarteten – und sie lebte gefährlich. So sehr Jacopo sie vergötterte – sein Geiz ließ es nicht zu, ihr eine ausreichende Bewachung auf die Reisen mitzugeben.

Der hübsche Verwalter Gianfranco, der Serafina auf dem Bankett der Merlis so angebetet hatte, goß der Besucherin Wein ein. Ihr Blick wanderte durch den Raum und blieb dann an dem jungen Mann hängen. Er fragte sich, warum ihn diese ausdruckslosen Augen derart faszinierten.
Als ihm Besuch aus dem Hause Capriani gemeldet worden war, hatte Gianfranco den alten Mann zu sehen erwartet, nicht seine junge Frau. Jacopo Capriani nahm die Dienste der Merli-Bank schon seit vielen Jahren in Anspruch. Der Kaufmann war ein geachteter Kunde. Gianfranco hatte wie alle anderen gelacht, als er von Jacopo Caprianis Verheiratung erfuhr. Wie alle hatte er angenommen, daß der Greis auf eine Schlampe hereingefallen war, die mit dem erstbesten Diener ins Bett ginge, sobald ihr Mann ihr den Rücken kehrte.
Entsprechend überrascht war er gewesen, als er die Signora auf dem Bankett kennenlernte.
Es bereitete ihm Vergnügen, ihre zierlichen Hände dabei zu beobachten, wie sie liebevoll Seide ausbreiteten, ihre tiefe, sanfte Stimme zu hören, mit der sie sich für ihren unangekündigten Besuch entschuldigte und den Grund dafür erklärte. Sie war gekommen, um etwas zu verkaufen, nicht um Geld zu borgen. Es oblag Gianfranco unter anderem, für die Bekleidung der Dienstboten des Merli-Haushalts zu sorgen, und er versuchte im Sinne seines Herrn die Kosten hierfür möglichst niedrig zu halten. Er drängte den Jungen beiseite, den die Signora mitgebracht hatte, um ihre Nähe unmittelbarer genießen zu können.
»Der golddurchwirkte Stoff kommt aus Florenz, der Damast aus der Levante«, sagte sie. »Und dazu passend

bieten wir wie üblich Bänder und Spitze an.« Serafina hielt ihm ein Stoffmuster hin, damit er es befühlen konnte. Die Seide war blau – nein, einfach »blau« wurde der Farbe nicht gerecht: Azur, Ultramarin, Himmelblau, Malve und Türkis – ein Augenschmaus in tausend Schattierungen.
Gianfranco legte den Stoff auf den Tisch zurück und strich andächtig ein letztes Mal über das edle Gewebe. »Ich weiß nicht...« Seine Stimme erstarb.
»Ah.« Sie sagte nur dieses eine Wort, das fast wie ein Seufzer klang, und begann zusammenzuräumen.
»Die Stoffe sind wirklich herrlich, Signora«, versicherte der Verwalter hastig und hielt eine Bahn türkisfarbener Seide gegen das Licht. »Ganz exzellent! Aber...« Wieder brach er ab.
Serafinas Begleiter trat vor, um ihm den Stoff aus der Hand zu nehmen, und sie sagte: »Haben Sie vielleicht irgendwelche Bedenken, daß wir den Vertrag nicht erfüllen könnten?«
Sie sprach so leise, daß Gianfranco sie kaum verstehen konnte. »Signora – ich...«
»Das ist ganz verständlich, Signor, aber gestatten Sie mir bitte, Ihre Befürchtung zu zerstreuen.« Signora Capriani faltete die Hände vor ihrem karminroten Samtkleid, dessen Décolleté mit Spitze eingefaßt war. Gianfranco, der sich auf diesem Gebiet auskannte, nahm an, daß der Samt aus Alexandretta stammte und die Spitze aus Brügge. »Wir können im Augenblick zwar nicht direkt in Scanderoon einkaufen, aber Neapel, Florenz und Livorno stehen uns offen. Wir haben vor, im nächsten Frühjahr eigene Weber einzustellen. Wenn Sie sich vertraglich verpflichten, Ihre Seide in den nächsten ein, zwei Jahren bei uns zu kaufen, kann ich Ihnen einen guten Preis

machen.« Sie nannte eine Zahl, die Gianfrancos Augen aufleuchten ließen und Amadeo um ein Haar einen Entsetzensschrei entlockt hätte.
Der Preis war mehr als annehmbar, die Seide von höchster Qualität – Gianfranco war versucht, auf den Handel einzugehen.
»Und bedenken Sie bitte, was Signor Datini über Ihren derzeitigen Lieferanten, Angelo Guardi, berichtete«, fügte Serafina ihrer Argumentation noch einen weiteren Trumpf hinzu. Sie trat ans Fenster. Sonnenlicht überflutete sie.
Gianfranco sagte: »Wir kaufen schon viele Jahre bei den Guardis, Signora, sie haben uns nie Anlaß zur Klage gegeben.«
Sie lächelte liebenswürdig. »Das bezweifle ich nicht, mein Guter. Doch wie Signor Datini ausführte, ist Marseille derzeit isoliert, und die Kaufleute werden von neidischen Mitbürgern bedroht – vielleicht sogar mit Unterstützung von Signor Casaulx. Marseille ist im Augenblick ein überaus gefährliches Pflaster, Signor, und die Geschäftsleute haben ständig mit allen möglichen Widrigkeiten zu kämpfen.«
Gianfranco erinnerte sich, daß sie bereits auf dem Bankett auf einen Bankrott des Hauses Guardi angespielt hatte, und mußte zugeben, daß die Möglichkeit nicht von der Hand zu weisen war. Bei dem herrschenden politischen Durcheinander konnte ein Geschäft in Monaten, ja sogar Wochen, ruiniert werden. Der Verlust auch nur einer bestellten Ladung an Korsaren, Briganten oder durch einen Sturm konnte selbst einen erfolgreichen Geschäftsmann seiner Existenz berauben. Gianfranco stellte fest, daß das Schicksal des Hauses Guardi ihn bei weitem nicht so interessierte wie Signora Caprianis reizvolles Gesicht

und ihre zierliche Gestalt. Plötzlich merkte er, daß ihr Angestellter ihn feindselig anstarrte.
»Sie müssen sich auch darüber im klaren sein«, fuhr Serafina fort, »daß die besten Stoffe der Guardis – gewissermaßen als Botschafter – nach Paris, London und Brügge kommen. Demzufolge können sie Ihnen nur die *zweite* Wahl anbieten.« Sie ließ ihm Zeit, diese Eröffnung zu verdauen, und fügte dann hinzu: »Was Sie hier auf dem Tisch sehen, ist erste Wahl, Signor. Wir führen keine schlechtere Qualität. Wie Sie wissen, haben wir bis vor kurzem nur mit Zierat und Halbedelsteinen gehandelt, doch mein Mann hat die Absicht, sein Geschäft zu erweitern, indem er seine zahlreichen Kontakte nutzt. Ich bin sicher«, ihr Blick suchte den seinen, »daß Ihr Herr das gutheißen wird.«
»Oh, kein Zweifel – und Ihr Angebot ist in der Tat exzellent.« Er suchte krampfhaft nach den richtigen Worten. »Ich sehe da nur ein kleines Problem...« Serafina hatte sich an den Tisch gesetzt und schaute fragend zu ihm auf. Gianfrancos Mund war völlig ausgetrocknet. »Es ist nur... ich bin nicht sicher, ob... ob...« Verzweiflung zeigte sich auf seinem Gesicht.
Er hatte sich weiß Gott nicht verständlich ausgedrückt, aber Serafina sagte: »Sie sind nicht sicher, ob es Signor Merli recht wäre, daß Sie mit einer Frau Geschäfte machen.«
Er nickte unbehaglich. Das ist unmöglich, würde der Bankier sagen. Eine Frau kann niemals ein Geschäftspartner sein.
Signora Capriani senkte die Lider. »Mein Mann konnte zwar heute nicht kommen, doch ich versichere Ihnen, daß er die Zügel fest in der Hand hält, Signor. Schließlich«, ein hinreißendes Lächeln ließ ihr Gesicht erstrahlen, als sie es

Gianfranco entgegenhob, »erwarten Sie doch wohl nicht von mir, daß ich mit Zahlen umgehen kann – ich gebe nur weiter, was mein Mann mir aufgetragen hat. Amadeo kann Ihnen bestätigen, daß ich überhaupt keinen Sinn für Zahlen habe.«
Der arme Angestellte lief dunkelrot an und murmelte etwas Unverständliches.
»Mein Mann«, fuhr sie fort – sie konnte ihn gar nicht oft genug ins Gespräch bringen, »betraut mich lediglich, wenn er unpäßlich ist, damit, die Kunden zu besuchen. Ich hoffe sehr, daß Sie das nicht als unziemlich empfinden.« Ihr Lächeln war einem Ausdruck mädchenhafter Schüchternheit gewichen. Die dichten schwarzen Wimpern flatterten, die vollen Lippen zitterten leicht. »Oder gar als beleidigend.«
»Aber nicht im entferntesten!« Gianfranco wäre am liebsten vor ihr auf die Knie gesunken und hätte ihre Hände geküßt. »Bitte vergeben Sie mir, ich wollte Sie auf keinen Fall kränken, das versichere ich Ihnen.« Er sah zu, wie sie ihr Glas zum Mund führte und einen behutsamen Schluck zu sich nahm.
»Was werden Sie also tun?« fragte sie.
»Ich werde meinem Arbeitgeber empfehlen, den Vertrag zu unterschreiben.« Die Worte waren heraus, bevor er sich über die Konsequenzen klargeworden war, doch Gianfranco stellte fest, daß ihn das überhaupt nicht kümmerte. Er tätschelte Serafinas zarte Schulter. »Für den Anfang auf ein Jahr, aber er kann verlängert werden, wenn wir mit Ihrer Firma zufrieden sind, woran ich keinen Zweifel hege.«
Die junge Signora nickte dankbar und verabschiedete sich kurz darauf. Der Verwalter beobachtete vom Fenster aus, wie der junge Amadeo der kleinen verschleierten Gestalt

in die Kutsche half. Er lächelte voller Vorfreude auf ihre Geschäftsbeziehung zufrieden in sich hinein.

Gianfranco wäre sehr überrascht gewesen, wenn er das Gesicht unter dem Schleier gesehen hätte. Serafinas Augen strahlten triumphierend.

SIEBTER TEIL

1595
UMZINGELT

Wenn sie sich umzingelt sahen, ließen manche Kapitäne die Segel einholen und ihr Schiff treiben.

Frobishers dritte Reise auf der Suche nach China:
Richard Hakluyt

»Zakynthos«, sagte Thomas Marlowe leise.
Lavendelfarben und smaragdgrün schimmernd lag die Insel in einem leichten Dunstschleier vor ihnen. Die Blume der Levante – ein winziger, fruchtbarer Hügel mit Olivenhainen und Weinbergen. Zakynthos war ein wertvolles Juwel in der Krone Venedigs – ein Schatz, der sorgfältig bewacht wurde.
»Zakynthos«, nickte William Williams, der die Augen mit der Hand beschattet hatte, um besser sehen zu können. »Und Venezianer«, fügte er hinzu. Thomas folgte der Richtung seines Blickes und fluchte. Wie aus dem Nichts, als sei sie aus dem Meer aufgetaucht wie ein Seeungeheuer, steuerte eine Galeere auf die *Garland* zu.
Der Lehrling Cristofano lümmelte neben William auf der Reling. »Wir könnten ihnen davonsegeln«, meinte er hoffnungsvoll.
»Das bezweifle ich, sie brauchen keinen Wind.« Thomas runzelte die Stirn. Die Insel war hinter dem venezianischen Löwen verschwunden. »Außerdem haben wir zwei Dutzend Kisten Zinn an Bord, die wir in Zakynthos verkaufen sollen. Ich habe keine Lust, die wieder nach Livorno zurückzubringen.«
Die Helme der venezianischen Soldaten glänzten in der Spätnachmittagssonne. Das leichte Unbehagen, das Thomas seit dem nächtlichen Erscheinen des französischen Schiffes begleitet hatte, steigerte sich unvermittelt. Er hatte den Vorfall für sich behalten, da er nicht unnötig Unruhe verbreiten wollte.

»Es sieht mir nicht so aus, als wollten Sie uns angreifen«, sagte er. »Sie haben die Waffen nicht gezogen. Wir werden sie auf ein Glas Wein an Bord einladen. Cristofano – geh dich ordentlich anziehen. William – du holst dir für alle Fälle den Oberkanonier und noch einen weiteren Mann und versteckst dich mit den beiden.«
»Samuel?« fragte William leise. »Du erwartest also doch Probleme?«
»Ich weiß es nicht«, antwortete er ebenso leise. »Die Venezianer haben schlechte Erfahrungen mit der Levant Company gemacht, es könnte durchaus sein, daß sie sich revanchieren wollen und zur Abwechslung mal eines unserer Schiffe plündern.«
Die Galeere war näher gekommen. Die Soldaten standen auf dem Achterdeck zusammen wie Schachfiguren in einer Schachtel. Die Venezianer könnten die *Garland* versenken, sie entern, die Ladung rauben oder sie alle in ein stinkendes griechisches Gefängnis werfen. Es gab keine andere Möglichkeit, als abzuwarten.
»Ich soll mich ordentlich anziehen?« unterbrach Cristofano Thomas' Gedanken in aufsässigem Ton. »Warum?«
Thomas wandte sich ihm zu und lächelte. »Weil ich die Herren von dort drüben, wenn sie in friedvoller Absicht kommen, gerne mit einem Glas Wein bewirten und dieses von einem eleganten Pagen kredenzen lassen möchte, um einen guten Eindruck zu machen. Sollten ihre Absichten nicht friedlich sein, wirst du wenigstens gut angezogen sterben.« Als er den entsetzten Blick des Jungen sah, lachte er. »Keine Angst, mein Junge, noch ist nicht aller Tage Abend. Vielleicht liege ich in einer halben Stunde mit durchschnittener Kehle auf dem Meeresgrund, vielleicht bin ich aber auch auf dem Weg zu einem angenehmen Abend im Palast des

venezianischen Gouverneurs. Wie auch immer – geh dich umziehen!«

Wie sich herausstellte, traf die zweite Vermutung zu. Nachdem sie an Bord gekommen waren, inspizierten die Soldaten den Laderaum mit äußerster Gründlichkeit. Thomas hatte sie in einem bestickten Wams und einem edlen Seidenhemd empfangen, und sein Lächeln verursachte ihm bereits Muskelkrämpfe, als er dem Kapitän eine Erfrischung anbot. Cristofano – elegant in scharlachroter Seide – schenkte den Wein ein.

Der Kapitän entschuldigte sich für die Durchsuchung der *Garland* – es sei eine unerläßliche Maßnahme, da bedauerlicherweise immer wieder versucht werde, die Abgaben zu umgehen. Als seine Männer mit der Überprüfung fertig waren, sprach der Kapitän die Einladung aus. Thomas nahm sie dankend an. Der Kapitän blieb während der Fahrt auf der *Garland* und wies auf die mannigfaltigen Schönheiten von Zakynthos hin, während sie an der Insel entlangsegelten – die Berge im Nordwesten, die geschützten Buchten und Strände, die Pinienwälder und blumenübersäten Hänge der Hügel. Dann umfuhren sie die Landspitze und sahen den Hafen vor sich liegen.

Er war voller Schiffe. Palazzi und Kirchen in venezianischem Stil bildeten die malerische Kulisse. Fischerboote, Galeeren und Rundschiffe wurden be- und entladen. Ihre Segel waren zusammengerollt, Flaggen und Wimpel hingen schlaff in der unbewegten Luft. Die meisten der Kajiks, Barks und Polacker waren so klein, daß die *Garland* dagegen geradezu imposant wirkte.

Nachdem sie angedockt hatten und es schließlich ruhig auf der *Garland* geworden war, krochen William Williams, der Oberkanonier und sein Helfer unter einem Haufen Taue hervor, unter dem sie sich versteckt hatten.

Dreistöckig, mit einem fast flachen Dach, hockte der Palast des Gouverneurs über Zakynthos wie eine riesige weiße Kröte. Schon jetzt leuchteten die goldenen Augen der Öllampen in den Fenstern. Es war früher Abend. Die untergehende Sonne überzog die Schiffe im Hafen mit orangefarbenem Licht. Schwarzblaue Schatten krochen in die Täler und über die Olivenhaine, die die Stadt umgaben.
Thomas begrüßte den Gouverneur mit einer Verbeugung und ließ den Blick durch die pompöse Eingangshalle schweifen, die fast die gesamte Breite des Hauses einnahm. Überall standen Statuen und geschnitzte Truhen aus Zedernholz herum. Es duftete nach Patschuli und Sandelholz.
Der Name des Gouverneurs war Hieronymo Carcandella. Thomas vermutete, daß er halb Grieche, halb Venezianer sei. Der Mann trug mehrere farbenprächtige Roben übereinander, die allesamt nicht die saubersten waren. Nachdem er Thomas überschwenglich begrüßt und Cristofano mit unverhohlenem Interesse gemustert hatte, schickte er die Mannschaft in einen entlegenen Winkel des Hauses, damit sie sich dort mit billigem Wein betrinken könnte.
»Ich bitte Sie, meinen Männern die Durchsuchung Ihres Schiffes nicht zu verübeln«, begann der Gouverneur die Unterhaltung und deutete mit einer Hand, die aus einem schmuddeligen Ärmel ragte, auf den Sessel, in den Thomas sich setzen sollte. »Selbstverständlich ist eine Überprüfung, wenn man es wie in Ihrem Fall mit einem ehrlichen Mann zu tun hat, eine reine Formsache, aber es wird leider immer wieder versucht, die Abgaben zu sparen.« Er schnippte mit zwei fetten Fingern, und ein Diener brachte Wein.
»Die Abgaben...« wiederholte Thomas.

Carcandella winkte ab. »Über die können wir morgen sprechen.« Das dicke, schweißglänzende Gesicht lächelte verbindlich. »Es ist bedauerlich, daß der Bevollmächtigte Ihrer Gesellschaft heute abend nicht bei uns sein kann. Er hat Fieber, das Klima, wissen Sie. Ich hoffe, es macht Ihnen nichts aus, mit mir vorliebnehmen zu müssen.«
Thomas, der gerade einen Schluck Malvasier trank, machte ein Geräusch, das jede Deutung zuließ. Es kam häufig vor, daß Menschen aus dem Norden das Klima von Zakynthos nicht vertrugen. Immer wieder wurden Bevollmächtigte der Levant Company krank davon.
»Ich lebe allein, Signor Marlowe«, fuhr Hieronymo fort. »Und ich langweile mich.« Er raffte seine voluminösen Roben zusammen und senkte seinen massigen Körper in einen riesigen Sessel. »Gesellschaft – Konversation – ist ein seltenes Vergnügen für mich. Leider hatte ich bisher nicht das Glück, die richtige Frau zu finden.« Der venezianische Gouverneur hatte Cristofano seit ihrer Ankunft kaum aus den Augen gelassen. Der Junge blickte mürrisch drein. Thomas hatte Mühe, ein Lächeln zu unterdrücken. Trotz der Größe des Raumes war die Luft stickig, und die Öllampen verstärkten die Hitze noch, die sich vom Tag gehalten hatte. Jenseits der Fenster lagen die dunklen Silhouetten der Schiffe im Hafen. Hoffentlich ist auf der *Garland* alles in Ordnung, dachte Thomas.
Als habe er seine Gedanken gelesen, sagte Carcandella: »Sie brauchen nicht um Ihr Schiff zu fürchten, Signor. Ihre Ladung ist nicht gefährdet – Sie haben mein Wort.«
Thomas hegte den Verdacht, daß das Wort des Gouverneurs nicht mehr wert war als der Olivenkern, den er gerade ausgespuckt hatte. Heimtücke lag in der Luft. Wieder schnippte der Koloß mit den Fingern, und Thomas' Glas wurde erneut gefüllt.

»Die Levant Company«, sagte Thomas, »legt Wert darauf, unbehindert freien Handel treiben zu können.«
»Wünschen wir uns das nicht alle?« Carcandellas Augen blitzten listig. »Wobei meine arme Insel wirklich schlecht dran ist. Im Osten liegt das Ottomanenreich, im Westen die Berber-Küste – und dann sind da noch diese Teufel aus Segna und Fiume, die die Adriaküste unsicher machen. Unsere Seeleute würden sich lieber selbst die Kehle durchschneiden, als in die Hände der Ragusa-Piraten zu fallen.«
»Zakynthos steht doch unter dem Schutz Venedigs«, sagte Thomas.
»Ah ja – die Serenissima...«
Wieder wurden die Gläser gefüllt. Hieronymo bedeutete Cristofano, sich auf die Kissen zu seiner Rechten zu setzen. Der Junge gehorchte mit sichtlichem Widerwillen.
»Die Probleme von Zakynthos sind die gleichen wie die Venedigs – natürlich im kleinen. Venedig hatte in den letzten Jahrzehnten unter dem Neid der Welt zu leiden – der christlichen wie der islamischen. Wie Ihnen bekannt sein dürfte, ist der Handel Venedigs mit dem Norden in bestürzendem Maße zurückgegangen. Weder England noch die Niederlande brauchen Venedig. Sie haben selbst Schiffe und Seeleute.«
Seine diversen Kinne wabbelten in Richtung des Hafens, der inzwischen gänzlich in der Dunkelheit versunken war. Mit einer protzig beringten Hand bedeutete Carcandella dem Diener, die Fensterläden zu schließen, wodurch die Hitze und die schweren Düfte des Orients im Raum eingeschlossen wurden.
Der Malvasier war stark, doch Thomas hatte immer noch einen klaren Kopf. »Ich bin hierhergekommen, um Geschäfte zu machen, Signor Carcandella – ohne jegliche

Hintergedanken. Solange die *Garland* unter meinem Kommando steht, werden unsererseits keine Angriffe erfolgen, ich werde die Kanonen nur zu unserer Verteidigung einsetzen, nicht zur Piraterie.«
Hieronymo lachte dröhnend und beugte sich schnaufend vor, um Thomas' Knie zu tätscheln. »Sie sind ein Mann nach meinem Geschmack. Von mir droht Ihnen keine Gefahr. Zakynthos ist auf Handel angewiesen. Und manchmal haben Ihre Schiffe ganz reizende Dinge an Bord.« Er berührte vielsagend die scharlachrote Kappe auf Cristofanos Kopf. »Sie und ich haben übrigens etwas gemeinsam: Wir stammen beide von einer Insel. Ich bin zwar zur Hälfte Venezianer, aber hier geboren.«
»Ach ja?« Thomas lehnte sich in seinem Sessel zurück und leerte sein Glas. Seine Lider wurden schwer – die Hitze und der Wein hatten ihn müde gemacht. Im Augenblick lag das Wohl der *Garland* in den Händen des Schiffszimmermanns, des bullenstarken Oberkanoniers und eines weiteren Mannes, den William ausgesucht hatte. Für ihn selbst gab es im Moment nichts zu tun.

William Williams und der Oberkanonier Samuel saßen beim Kartenspielen. »Wenn wir Schwierigkeiten bekommen«, hatte Thomas irgendwo zwischen Livorno und Zakynthos gesagt, »dann wird das Zinn der Grund sein.« Zinn war einer der Hauptbestandteile von Bronze und entsprechend begehrt. Aus Bronze konnte man Kanonen gießen!
Die beiden Männer hatten es sich auf dem Orlogdeck gemütlich gemacht – zwischen Kanonendeck und Laderaum. Es lag unterhalb der Wasserlinie. So konnte kein Licht nach draußen fallen, das den Venezianern ihre Anwesenheit verraten hätte, und es führte nur eine Leiter

nach oben. Die Luft war abgestanden. Überall lagen zusammengefaltete Segel, Ankertrossen, Munition und Waffen. Die Männer trugen Messer bei sich, und Samuel hatte darauf bestanden, eine Steinschloßpistole schußbereit zu machen. Wenn ich ihn gelassen hätte, dachte William Williams und stach das As des Oberkanoniers, hätte er auch noch ein Falkonett mit heruntergebracht.

Die einzige Lichtquelle war eine Kerze, die auf einem Faß stand, die einzigen Geräusche waren das Schlappen der kleinen Wellen an den Schiffsrumpf und das leise Schnippen der Karten, die abgelegt wurden. Die Ratten und Kakerlaken hatten sich offenbar zur Ruhe begeben. Es war bereits nach Mitternacht. William unterdrückte ein Gähnen. Er beneidete Thomas nicht um die Einladung beim Gouverneur, wenn er vor die Wahl gestellt worden wäre, hätte William es vorgezogen, den Abend allein zu verbringen, nicht mit schwerem Wein und krampfhafter Konversation.

Der Oberkanonier nahm einen großen Schluck aus einer Flasche Aquavit und reichte sie William, während er mit der freien Hand in seiner Tasche nach Münzen kramte. Doch sie kamen nicht dazu, ein neues Spiel zu beginnen, denn die Stille wurde plötzlich unterbrochen. Der dritte Mann kam die Leiter heruntergeklettert. Unten angekommen flüsterte er aufgeregt: »Da ist eine Pinasse – mit einem halben Dutzend Männern...«

Thomas' weise Voraussicht würde sich bezahlt machen. Samuel, dessen Gesicht von diversen Auseinandersetzungen gezeichnet war, zog grinsend sein Messer aus der Scheide. William Williams spürte, wie sich seine Nackenhaare sträubten. Er blies die Kerze aus.

Zwei Mann würden wahrscheinlich auf der Pinasse bleiben, um die gestohlene Ladung in Empfang zu nehmen, also hätten sie schätzungsweise mit vier Gegnern zu rechnen. Drei gegen vier stellte ein tragbares Kräfteverhältnis dar – vor allem, da einer der drei Samuel war. Trotzdem wurden Williams Hände feucht. Sie hatten das Überraschungsmoment auf ihrer Seite. Die vier Strolche erwarteten, leichtes Spiel zu haben, ein unbewachtes Schiff ausräumen zu können. William, der Oberkanonier und dessen Gehilfe warteten, bis zwei der Eindringlinge auf der Leiter zwischen Kanonen- und Orlogdeck angekommen waren. Dann stürzte Samuel los und ließ mit einem Freudenschrei den Griff der Pistole auf den Schädel eines arglosen Mannes krachen. Ein Schuß donnerte, und jemand schrie auf. William Williams, halb taub und geblendet von der Explosion, stand einen Moment lang wie erstarrt da, doch sofort kam er wieder zu sich und beteiligte sich an dem Kampf.

Thomas Marlowe und die Besatzung kehrten am nächsten Morgen überfressen und verkatert auf die *Garland* zurück. »Ich habe das Gefühl, als platze mir gleich der Kopf«, klagte Thomas, als er die Tür zur Kapitänskajüte aufstieß. »Und der arme Cristofano hat die ganze Nacht seine Tugend verteidigen müssen. Ein Glück für mich, daß der Gouverneur Knaben bevorzugt.«
William Williams schob die Tür hinter ihnen zu und schloß damit das Lärmen der Männer aus, die die *Garland* zum Entladen vorbereiteten. »Der Gehilfe des Oberkanoniers hat einen gebrochenen Arm, und im Boden des Kanonendecks klafft ein Loch«, berichtete er. »Samuel war nämlich nicht davon abzuhalten, eine Pistole zu benutzen.«
»Ist ja großartig«, meinte Thomas und sah ihn aus rotgeränderten Augen an. William hatte ihn mit der Eröffnung begrüßt, daß sie überfallen worden seien, und er harrte

gespannt der Einzelheiten. »Und weiter?« drängte er ungeduldig.
»Die Strolche schafften es, eine der Zinnkisten an Deck zu schleppen, aber sie haben sie ins Wasser fallen lassen. Ich glaube, Samuel hat dafür gesorgt, daß nur noch drei von den Burschen ihre Heimat wiedersehen werden, aber genau kann ich es nicht sagen, weil ich nicht weiß, ob Samuel den Kerl erwischt hat, auf den er schoß, als dieser auf die Pinasse hinübersprang. Zwei Leichen liegen jedenfalls im Laderaum.«
Thomas starrte nachdenklich vor sich hin. »Ich habe gerade ein Vermögen an unverschämt überhöhten Abgaben an diesen Halsabschneider von Gouverneur gezahlt, ich verstehe das alles nicht. Wenn sie so scharf auf das Zinn sind, weshalb haben sie es dann nicht einfach konfisziert? Wir hätten sie doch nicht daran hindern können.«
»Es waren keine Venezianer.« Mit Befriedigung registrierte er die Verblüffung auf dem Gesicht des Steuermanns. »Es waren Franzosen!«

Seine hartnäckigen Kopfschmerzen und das anscheinend nicht zu lösende Verwirrspiel ließen Thomas in der folgenden Nacht nicht zur Ruhe kommen. Das Hämmern hinter seinen Schläfen gemahnte ihn daran, in Zukunft die Danaer zu meiden, wenn sie Geschenke brachten. Der versuchte Diebstahl des Zinns veranlaßte ihn, auf dem Halbdeck zu bleiben und die Umgebung zu beobachten, anstatt sich in seine Kajüte zurückzuziehen.
Franzosen! Die Männer, die die *Garland* überfallen hatten, um das kostbare Zinn zu stehlen, während die Mannschaft im Gouverneurspalast und damit aus dem Weg war, waren Franzosen gewesen! Thomas war überzeugt, daß Hieronymo Carcandella nicht nur von dem Plan ge-

wußt, sondern ihn auch noch unterstützt hatte, nachdem feststand, daß tatsächlich Zinn an Bord war. Doch es ergab keinen Sinn. Warum half ein venezianischer Gouverneur den Franzosen, Zinn zu stehlen – die Ladung eines englischen Schiffes? Man rechnete damit, daß er überhöhte Abgaben verlangte, widerrechtlich Schiffe durchsuchen ließ und auf alle möglichen anderen Arten Ärger machte, aber nicht damit, daß er Überfällen seitens der Franzosen Vorschub leistete.
William Williams war neben ihn getreten. »Wenn du willst, übernehme ich jetzt die Wache«, bot er an.
Thomas schüttelte den Kopf. »Danke – ich bin nicht müde.« Wie schon hundertmal zuvor an diesem Tag erschien das Schiff mit der Bourbonen-Lilie vor seinem geistigen Auge. Er sagte zögernd: »Als ich eines Nachts Wache stand – vor etwa einer Woche –, sah ich ein Schiff. Nur so kurz, daß ich hinterher beinahe glaubte, es mir nur eingebildet zu haben. Es erschien aus dem Nichts und verschwand wieder. Ein herrliches Schiff, Will, und ein französisches!«
William runzelte die Stirn. »Meinst du, daß da eine Verbindung zu dem Vorfall von letzter Nacht besteht?«
Thomas zuckte mit den Schultern. Der Tag war damit vergangen, die Ladung zu löschen und Fässer mit Korinthen und Ballast aufzunehmen, um das fehlende Gewicht des Zinns auszugleichen. Und während Thomas Fässer und Stoffballen schleppte, hatte er Zeit zum Nachdenken gehabt. »Ich weiß es nicht. Es erscheint nicht logisch, aber...« Er brach ab.
»Aber?« hakte William nach.
»Wenn die Franzosen tatsächlich mit dem Gouverneur im Bunde sind, befinden sie sich bestimmt noch irgendwo in der Nähe. Wir werden sie suchen.«

»Thomas...«, sagte William vorsichtig.

»Ich weiß, ich weiß.« Thomas' Gesicht, das vom Mondlicht und der Laterne beleuchtet wurde, die an der Rahnock hing, drückte Ungeduld und Verärgerung aus. »Es wäre viel vernünftiger, sofort nach Livorno zurückzusegeln und John Keane seine Korinthen zu bringen, aber hast du dir schon mal überlegt«, Thomas' Augen waren hart und eisengrau, »was mit der *Garland* letzte Nacht passiert wäre, wenn sie nicht mehr das Gewicht des Zinns im Bauch gehabt hätte?«

»Sie wäre gesunken«, antwortete William grimmig. »Und Freund Hieronymo hätte es auf das Alter des Schiffes geschoben, auf morsche Planken oder ähnliches.«

»Und wir wären unfähig gewesen, seine Behauptungen zu widerlegen. Mein erstes Kommando, und ich hätte das Schiff verloren!« Er strich liebevoll über die Reling. »Ich wette, unsere nächtlichen Besucher treiben sich noch bei Zakynthos herum.« Er fuhr sich durch die wirren Locken. »Und ich muß herauskriegen, wer sie sind, William, sonst wird mich diese Frage mein Leben lang verfolgen.«

Sie entdeckten das französische Schiff, als der erste Schimmer der Morgenröte den Himmel färbte. Es hatte an der Nordseite der Insel in einer Bucht Anker geworfen, die nur vom Meer aus zugänglich und auf drei Seiten von senkrechten Klippen umgeben war. Nur bei Ebbe wurde der schmale Sandstreifen sichtbar, der bis zu den Felsen reichte. Der elegante Rumpf und die Aufbauten leuchteten zartrosa. Thomas erkannte das Schiff sofort. Als er es das erste Mal gesehen hatte, glänzte es silbern im Mondlicht, doch der schlanke Körper und die vier hohen Masten waren unverwechselbar. Es war das Geisterschiff! Thomas zweifelte keinen Augenblick daran, daß es für den Überfall auf die *Garland* verantwortlich war. Weder er noch William hatten in dieser Nacht ein Auge zugemacht, doch jetzt wurden alle Anzeichen von Erschöpfung von kalter Wut hinweggefegt.

Thomas nickte zu der Galeone hinüber. »Wenn sie uns gesehen haben, werden sie annehmen, daß wir nach Kephalonia oder Korfu unterwegs sind. Wir segeln weiter in nördlicher Richtung, aber nur so lange, bis wir einen geschützten Ankerplatz gefunden haben. Und dann werde ich mir das Schiff genauer ansehen.«

»Und weiter?«

Thomas' Miene verfinsterte sich. »Ich würde das verfluchte Ding liebend gerne in tausend Trümmer schießen, Will, aber hast du die Bewaffnung gesehen?«

»Es ist für Krieg ausgerüstet«, sagte William nachdenklich.

»Richtig«, nickte Thomas. »Aber gegen wen?«

Etwa anderthalb Meilen weiter warfen sie in einer Bucht Anker, die den Zugang zur Insel ermöglichte. Als Thomas, den Oberkanonier dicht auf den Fersen, die Felsen hinaufkletterte, die sich an der Rückseite der Bucht erhoben, dachte er über seine Chancen nach. Das französische Schiff war viel größer und wesentlich besser bewaffnet als die *Garland* – es könnte sie versenken, ohne sich in die Reichweite ihrer Falkonette begeben zu müssen. Und auf hoher See würden seine größeren Segel und die schnittigere Form eine Flucht unmöglich machen. Nachdem Thomas begriffen hatte, daß eine Konfrontation nur zu einer Katastrophe für die *Garland* führen würde, beschloß er, sich auf einen ausführlichen Augenschein zu beschränken und den Namen des Schiffes festzustellen.

Sein Hemd klebte schweißnaß an seinem Körper, als sie

über das Geröll dahinstolperten, das den Kamm der Klippe bedeckte. Hier und da sprenkelten letzte Sommerblumen die Steine mit gelben, weißen, violett- und rosafarbenen Flecken. Thomas' Herz begann zu hämmern, als sie die Bucht erreichten, in der sich sein Feind befand. Auf dem Bauch robbten sie zum Rand der Klippe. Er hätte viel um eine Kanone gegeben, um das Schiff in die Luft zu jagen. Er wischte sich mit dem Handrücken den Schweiß aus den Augen und spähte hinunter.
Dort lag nicht ein Schiff – inzwischen waren es zwei!
Blitzschnell legte er Samuel die Hand auf den Mund, den der Oberkanonier bereits geöffnet hatte. »Türken!« hätte Samuel geschrien, und das Wort wäre zwischen den Felsen hin und her gesprungen!
»Guter Gott!« flüsterte Thomas. Sein Blick glitt von der türkischen Galeere zu dem französischen Schiff. Wäre er ein habgieriger Mensch gewesen, hätte ihm jetzt vor Neid geschwindelt. Doch so zog er nur scharf den Atem ein und betrachtete voller Bewunderung die eleganten Linien, die vier stolzen Masten, die üppige Vergoldung, die mit der ägäischen Sonne um die Wette strahlte, und verglich den Anblick mit dem Bild, das er von seiner *Kingfisher* im Kopf hatte.
»Das da ist die Pinasse«, hörte er Samuel flüstern. »Da bin ich ganz sicher, Sir«, und er sah das kleine Boot, das längsseits an der Galeone vertäut lag. Die Segel der Galeone waren gehißt, die Ruder der Galeere hoben sich in perfektem Einklang, ihr Bug, den ein Kranz aus blauen Blüten schmückte, zeigte auf die Mündung der Bucht. In goldenen Lettern prangte der Name des französischen Schiffes am Bug. *Fiametta*. Thomas hatte genug gesehen. Er robbte ein Stück rückwärts, rappelte sich auf und kehrte mit Samuel zur *Garland* zurück.

»... weil Venedig keinen Wert darauf legt, den Türken Zinn zu verkaufen, damit die dort Kanonen gießen können! Es hat selbst genug Ärger mit den Korsaren – und was wir sahen, war zweifellos ein Korsarenschiff, Will. Aus Algier oder Tunis.«
Kaum wieder an Bord, hatte Thomas auf dem Tisch in der Kapitänskajüte Seekarten ausgebreitet und sich darangemacht, den Kurs für die Heimreise nach Livorno festzulegen. Die Segel waren bereits gesetzt, und der Rudergänger steuerte das Schiff aus der Bucht. Ohne den Blick zu heben, fügte Thomas hinzu: »Ich denke, die *Fiametta* hat einen netten kleinen Handel zwischen Hieronymo und den Berber-Korsaren arrangiert: Zinn für den Bau von Kanonen im Austausch für die Garantie, daß Zakynthos und seine Schiffe unbelästigt bleiben. Unser französischer Freund fungierte als Vermittler. Keine schreienden Jungfrauen werden in Harems verschleppt, keine Ladungen von Zakynthos landen in Berber-Laderäumen. Hieronymo betrachtet Zakynthos als seine Heimat – nicht Venedig. Venedig hat mit dieser Vereinbarung nichts zu tun, in diesem Süppchen rühren nur Hieronymo, die *Fiametta* und die Korsaren.« Thomas entrollte eine weitere Karte und beschwerte die Ecken, damit sie offen liegenblieb.
»Und was machen wir jetzt?« fragte William.
»Nichts. Wenigstens vorläufig.« Thomas zog eine Linie über die Karte. »Warum sollten wir? Was haben wir groß verloren? Wir haben wie vorgesehen unsere Ladung verkauft und bringen Korinthen nach Livorno mit. Wir haben überhöhte Abgaben bezahlt – aber in Kreta oder Aleppo wären wir sicherlich nicht billiger weggekommen. Wir haben eine Kiste Zinn verloren, aber eben nur eine, weil die Franzosen sich verrechnet hatten, als sie annahmen, die *Garland* ungehindert plündern zu können. Nein, Will –

im Augenblick werden wir überhaupt nichts unternehmen.«

Der Schiffszimmermann sagte leise: »Aber du wirst die Sache doch nicht einfach auf sich beruhen lassen!?«

Thomas hatte seine Berechnungen beendet, klappte den Kompaß zu und schloß das Tintenfaß. »Sie würden die *Garland* versenken, Will, wir hätten keine Chance.« Zorn und Rachegefühle verkrampften seine Muskeln. Das Eingeständnis seiner Hilflosigkeit war der Gipfel der letzten Monate voller Sorgen, Rückschläge und Enttäuschungen. Als er die Kajüte verließ, kehrten seine Gedanken zu Serafina zurück. Allmählich begann er ihre Handlungsweise zu begreifen.

»Was ist mit Mr. Keane?« fragte William Williams, der ihm gefolgt war. »Wirst du ihm die Geschichte erzählen?«

Thomas schüttelte den Kopf. »Nein – die *Fiametta* geht nur uns etwas an.« Die Gerechtigkeit, nach der er dürstete, war ganz allein seine Sache.

An einem kühlen Herbstmorgen lief der Konvoi der English Levant Company im Hafen von Livorno ein.

Es waren drei Schiffe: die *Legacy*, die *Sampson* und die *Saviour of Bristol*. Frischer Wind hatte die Reise beschleunigt, und die Aussicht auf lohnende Geschäfte hatte die Kapitäne über die langweiligen Wochen gerettet, in denen sie sich mit eintönigen Mahlzeiten begnügen mußten und keine Nacht durchschlafen konnten. Der Kapitän der *Legacy* verschwendete nach dem Andocken keine Zeit: Im ersten Morgenlicht las er die Adresse auf dem Brief noch einmal, den er aus der Tasche gezogen hatte, und machte sich unverzüglich auf die Suche nach John Keane. Keanes Schiff, die *Garland*, war in einem sommerlichen Unwetter vom Konvoi getrennt worden und lag zur Reparatur auf

dem Trockendock in Livorno. Inzwischen dürfte der alte Kahn wieder seetüchtig sein, dachte der Kapitän der *Legacy*, als er in das Straßengewirr der Stadt eintauchte.
Der Hafen erwachte allmählich zum Leben: Fischer zogen die Segel an den Masten hoch und verstauten die Netze in ihren Booten. Wie sich herausstellte, lag John Keanes Haus ganz in der Nähe. Es erwies sich als ein hoher, schmalbrüstiger Bau. In einem Fenster der oberen Stockwerke lehnte eine Laute mit bunten Bändern am Hals. Der Kapitän der *Legacy* klopfte ungeduldig an die Tür. Er war hungrig und müde, und das Kopfsteinpflaster unter seinen Füßen schien zu schwanken wie das Deck seines Schiffes auf hoher See.
Die Tür wurde geöffnet, und ein Mann stand vor ihm, der einen pelzbesetzten Mantel über sein Nachthemd geworfen hatte. Die schlaftrunkenen Augen versuchten den Verursacher der frühen Störung zu erkennen. Und dann erhellte ein breites Lächeln sein Gesicht. »Edward!« rief John Keane, packte die Hand des Kapitäns der *Legacy* und schüttelte sie heftig. »Edward Whitlock!«

Eine halbe Stunde später hatte Edward Whitlock, der in John Keanes Salon saß, ein opulentes Frühstück vor sich stehen. »... sind gute Schiffe, alle drei«, sagte er undeutlich mit vollem Mund. »Wir müßten sehr bald nach Scanderoon segeln können.«
John Keane, der sich inzwischen korrekt angezogen hatte, musterte seinen Gast. Ned Whitlock war ein guter Mann, ein intelligenter Mann, ein anständiger Mann – aber er hatte überhaupt keine Geduld. John, der sich für die Typisierung von Menschen interessierte, hielt ihn für einen Choleriker: Er hatte die spröden rötlichen Haare, die für diesen Typ charakteristisch waren, und selbst jetzt,

beim Essen, konnte er sich nicht ruhig halten. Seine Stiefelspitzen trommelten einen entnervenden Rhythmus auf den Holzboden.

John Keane beschloß, Whitlock erst später zu erzählen, daß die *Garland* unterwegs war. »Welche Ladung haben Sie an Bord, Ned?« fragte er.

Whitlock hatte aufgegessen und wischte sich mit seinem Taschentuch den Mund ab. »Hauptsächlich Weißwäsche und Wollstoff – aber auch Messer und Scheren. Und auf der *Saviour* liegen dreihundert Pfund Zinn in Form von Geschirr und Tranchierbrettern. Die *Garland* hatte Zinn geladen, nicht wahr, John?«

Keane wollte dem Blick der durchdringenden grünen Augen ausweichen und legte Holz im Kamin nach. »Ja. Aber Barren – keine Teller.« Er schnitt eine Grimasse. »Ich glaube, ohne diesen Ballast wären wir untergegangen. Es war ein teuflisches Unwetter.«

Whitlock sah ihn mitfühlend an. »Sie haben Ihre Sache großartig gemacht, John, da sind sich alle einig.« Er ließ den Blick zu dem Fenster wandern, durch das man den Hafen sehen konnte. »Ist die *Garland* wieder seetüchtig?«

»O ja!« Keane verfluchte im stillen den Konvoi dafür, daß er früher als vermutet angekommen war. »Die Schäden waren nicht sehr schwerwiegend, und ich habe gute Männer gefunden, die sie schnell behoben. Ich habe unsere Flotte übrigens um ein Schiff vergrößert.«

Whitlocks Stiefelspitzen hörten abrupt auf zu trommeln. Die grünen Augen weiteten sich.

»Nun ja – es ist noch nicht fertig. Dem Schiffseigner war das Geld ausgegangen, und ich habe eine Vereinbarung mit ihm getroffen: Wir bezahlen die Baukosten, und er fährt fünf Jahre für die Gesellschaft. Das Schiff ist ein

Prachtstück, Ned – etwas ganz Besonderes. Sie müssen es sich ansehen.«

Whitlock stand auf und nahm Hut und Handschuhe. »Vielleicht werde ich das tun. Im Augenblick sollten wir uns aber darum kümmern, daß der Konvoi so bald wie möglich seine Reise fortsetzen kann. Liegt das Zinn von der *Garland* in einem Lagerhaus, oder haben Sie sie schon wieder beladen lasen?«

Es gab kein Entkommen. John Keane atmete tief durch. »Die *Garland* ist nach Zakynthos gesegelt, Ned.« Diesmal schaute er Edward Whitlock direkt in die Augen. »Die Ladung lag monatelang auf Halde«, fuhr er fort. Es widerstrebte ihm zutiefst, sich rechtfertigen zu müssen wie ein schuldbewußter Lehrjunge. »Thomas erbot sich, sie in Zakynthos zu verkaufen. Das ist nicht weit weg, und er hat als Steuermann einen ausgezeichneten Ruf – also stimmte ich zu.« Auch Keane war aufgestanden und machte sich zum Ausgehen fertig.

»Thomas?« Edward Whitlock runzelte die Stirn. Seltsamerweise hatte er sich nicht an der Tatsache festgebissen, daß die *Garland* allein unterwegs war. »Und wie weiter?«

»Marlowe. Er ist der Eigentümer der *Kingfisher*, unseres neuen Schiffes«, erklärte John. »Er hat die Reparaturen an der *Garland* überwacht. Sie wird zurück sein, bevor das Wetter sich verschlechtert. Der Mann versteht sein Handwerk, das kann ich Ihnen versichern, Ned. Er hat früher schon für die Gesellschaft gearbeitet: Er war Steuermann auf der *Toby*. Erinnern Sie sich – sie strandete 1593 vor Marokko.« Er mißdeutete den Gesichtsausdruck des Kapitäns der *Legacy*. »Ich glaube, wir wissen alle, daß der Steuermann nicht für den Verlust der *Toby* verantwortlich war«, fügte er hastig hinzu. »Ich denke, Richard Staper hat eingesehen, daß er einen Mißgriff tat, als er George

Goodlay als Kapitän verpflichtete. Thomas wird die *Garland* heil wiederbringen – daran habe ich keinen Zweifel. Ich erwarte ihn in den nächsten Tagen, mit einer Ladung Korinthen. Dann kann ein anderer Thomas' Platz einnehmen.« Erneut verfluchte er die verfrühte Ankunft des Konvois.

Edward Whitlock hatte die ganze Zeit wie erstarrt dagestanden – jetzt sagte er leise: »Thomas Marlowe? Ich dachte, der sei tot!«

Keane hatte sich ein Cape um die Schultern geworfen und seinen Hut aufgesetzt. »Das dachten wir alle.« Und dann wechselte er zu dem schlimmsten Thema, das er wählen konnte: »Und was macht die Familie, Ned? Wie geht e⁓ Ihrer reizenden Frau?«

Entgeistert beobachtete er, wie Edward Whitlock mit einem furchterregenden Brüllen auf die Tür zustürmte, als wolle er sie aus den Angeln reißen.

Im Herbst wurde Jacopo Capriani krank. Das Fieber sank bald wieder, doch alle Tränke und Arzneien, die Serafina zubereitete, konnten nichts gegen den quälenden Husten ausrichten, der mit der Krankheit einherging. Er schüttelte den Körper des alten Mannes, zerrte an den nach vielen Jahren Sumpffieber geschwächten Lungen. Serafina erinnerte sich, in Kara Alis Notizbuch geschrieben zu haben: »Phthisis = Lungenschwindsucht«, und auch daran, daß Allah ihm nicht die Gnade erwiesen hatte, ein Heilmittel dagegen zu finden. Sie hatte weder die Zeit noch die Kraft, sich die Folgen dieser Diagnose für sich selbst vor Augen zu führen. Je schlechter es um Jacopo bestellt war, um so lästiger wurde er. Seine jammernde Stimme fraß sich in ihre ohnehin in steigendem Maße angegriffenen Nerven, und sein ständiges Verlangen nach Fürsorge hatte ihre diesbezüglich begrenzte Kapazität fast ausgeschöpft. Auch wenn er seine ehelichen Rechte jetzt nicht mehr einforderte, bestand er darauf, daß sie bei ihm lag, ihre Stimme zu hören, wenn er nicht schlafen konnte und über die Vergänglichkeit des Lebens nachdachte, und ihre Hand zu halten, wenn er sich vor der Einsamkeit fürchtete, in die der Tod ihn stürzen würde. Oft fiel es Serafina schwer, die Augen offenzuhalten, wenn sie über den Kontobüchern saß. Manchmal war sie versucht, Amadeo die Begutachtung der Seiden zu überlassen, die neu in Livorno eingetroffen waren, aber jedesmal erinnerte sie sich noch rechtzeitig daran, daß sie sich nur auf ihr eigenes Verhandlungsgeschick und ihren eigenen Blick für Qualität verlassen konnte. Sie hatte sich nicht zu der Ehe mit einem unappetitlichen Greis überwunden, um das Geschäft jetzt aus der Hand zu geben.

Jacopo verbot ihr, einen Arzt kommen zu lassen. »Strauchdiebe, allesamt!« röchelte er. »Verlangen unverschämte Summen für wirkungslose Arzneien!« Und so blieb es Serafina auch weiterhin überlassen, Kara Alis Rezepturen ihrem Mann zu verabreichen, der von Tag zu Tag unausstehlicher wurde.

Je länger Jacopos Krankheit andauerte, um so mehr wuchs Serafinas Verantwortung für die Firma ihres Mannes. Sie reiste nach Livorno, kaufte ein und präsentierte mit Amadeo oder Michele, dem neuen Angestellten, die Waren in den vornehmen Palazzi. Noch sah man ihr die Schwangerschaft nicht an. Sie hatte die Oberteile ihrer Kleider erweitert, manche neu genäht, und schnürte sich so fest, daß ihre Taille schlank wie eh und je wirkte. Alle Gedanken daran, was die nächsten Monate bringen würden, schob sie entschlossen beiseite, doch manchmal wurde ihr bewußt, daß sie in einem Kerker saß, aus dem es kein

Entkommen gab. Sie befand sich gerade im Palast eines Prinzen in Siena, als sie zum erstenmal Lebenszeichen des Kindes in ihrem Leib spürte. Die schwachen Bewegungen, die sie wie das Flügelflattern eines gefangenen Vogels empfand, stürzten sie in Panik. Sie mußte es Amadeo überlassen, die Bestellung aufzunehmen – ihre Hände zitterten zu sehr.
An Thomas Marlowe dachte sie fast nie. Als sie eines Tages im November tief verschleiert am Dock von Livorno stand, sah sie sein Schiff im Hafen liegen. Eine Galionsfigur prangte am Bug: Ein großer türkis- und goldfarbener Vogel, der auf die ligurische See hinausstarrte, als könne er es nicht erwarten, dem Käfig des Hafens zu entfliehen und über die lockenden Wasser zu fliegen. Während sie die *Kingfisher* betrachtete, überflutete sie eine tiefe Traurigkeit – als habe sie durch eigenes Verschulden etwas von unschätzbarem Wert verloren.

Thomas Marlowe war unter einem leuchtend blauen Himmel, bei sommerlicher Hitze und begleitet von Mückenschwärmen von Livorno abgesegelt, bei seiner Rückkehr war es kalt, und ein heftiger Wind krönte die graugrünen Wellen mit zinnfarbenem Schaum. Sobald sie angedockt hatten, schickte Thomas William Williams zu John Keane, damit er ihn über ihre Ankunft informierte, während er selbst sich sofort zur *Kingfisher* begab.
Die Reise war strapaziös gewesen, doch Thomas vergaß jegliche Erschöpfung, als er sein Schiff betrachtete. An dem Durcheinander von Farbtöpfen, Eimern mit Nägeln, Werkzeugen und Sägespänen sah man, daß die Arbeiten noch nicht abgeschlossen waren, aber der Rumpf war bereits kalfatert – das Meerwasser konnte ihm nichts mehr anhaben. Die Masten und Rahen befanden sich bereits an

Ort und Stelle, und Thomas sah im letzten Licht des düsteren Tages die Segel und die Takelage vor sich, die sie bald schmücken würden. Bug und Schiffsschnabel waren mit leuchtend blauen Schnörkeln und Spiralen verziert, die sich an der Wand des Achterdecks fortsetzen würden, und hoch über dem Wasser starrte die Galionsfigur stolz und sehnsüchtig aufs Meer hinaus.
Völlig in die Betrachtung versunken, hörte Thomas die Schritte nicht, die die Gangway heraufkamen.
»Meiner Treu – wirklich ein eindrucksvoller Anblick«, sagte eine Stimme hinter ihm. »Sie sind nicht untätig gewesen, nicht wahr, Mr. Marlowe?«
Thomas fuhr herum.
»Aber Sie haben ja nie etwas von Untätigkeit gehalten, Sie haben sich stets eine Beschäftigung gesucht, stimmt's, Mr. Marlowe?«
Der Mann, der auf das Hauptdeck trat, war größer als Thomas – und breiter. Es dauerte nur Sekunden, bis dieser ihn erkannte. »Edward Whitlock!« sagte er mit spröden Lippen.
»Sehr richtig.« Whitlock lächelte maliziös. »Ich war im Zweifel, ob Sie mich erkennen würden, schließlich hatten Sie es hauptsächlich mit meiner Frau zu tun.«
Schwarze Schatten krochen über das Deck. Edward Whitlock war mit einem prachtvollen Degen bewaffnet. Thomas' Herz hämmerte gegen seine Rippen. Unauffällig ließ er die Hand zu seiner Waffe gleiten. »Der Konvoi«, spekulierte er. »Die Schiffe sind angekommen, und Sie...«
»Ich bin der Kapitän der *Legacy*, die den Konvoi anführt. Sie erinnern sich doch sicher an die *Legacy*. Ein nettes kleines Schiff – wenn auch ein wenig breit.«
»Ich bin auf ihr gefahren.« Thomas' Finger hatten sich

um den Griff seines Messers geschlossen. Er verfluchte sich dafür, daß er sich so hatte überrumpeln lassen. Sein letztes Zusammentreffen mit Edward Whitlock war ihm unvergeßlich geblieben: Noch heute spürte er, wie der Efeu unter seinen Händen von der Hauswand riß und die vorbeipfeifende Kugel seine Wange versengte. Und er erinnerte sich auch noch an die Zartheit von Faith Whitlocks Haut unter seinen liebkosenden Händen und die Üppigkeit ihres willigen Körpers. Doch jetzt war kaum der richtige Zeitpunkt, sich in erotischen Träumereien zu verlieren. Thomas wandte seine Aufmerksamkeit wieder seinem akuten Problem zu. »Ich segelte die *Legacy* nach Scanderoon. Zweimal.«

Natürlich glaubte er nicht, daß Whitlock sich dazu herablassen würde, kameradschaftlich in Erinnerungen an vergangene Reisen zu schwelgen, doch je länger es ihm gelänge, die Hand seines Widersachers vom Degen fernzuhalten, um so eher bestünde die Chance, daß John Keane oder William Williams auftauchten. Und wenn es Keane nicht schaffte, Whitlock von einer Gewalttat abzuhalten, könnte William Williams massige Gestalt und Gelassenheit dazu beitragen, größeren Schaden zu verhüten.

Doch der Hafen lag verlassen da. Livorno hatte Thomas der Vergeltung ausgeliefert – der Rache des letzten Menschen, dem er hatte begegnen wollen. Edward Whitlock schlenderte über das Hauptdeck und ließ die Hände leicht über Taurollen und Zimmererarbeiten gleiten. »Wir hatten gedacht, Sie seien wie die *Toby* ein Opfer des Meeres geworden, Mr. Marlowe, und ich muß gestehen, daß diese Nachricht mich mit einer gewissen Genugtuung erfüllte.« Er lächelte bösartig. »Ich erzählte Faith von dem traurigen Schicksal der *Toby*, als wir auf einem Bankett waren, das die Gesellschaft gab. Sie vergoß keine Träne, Mr. Marlowe. Keine Träne!«

Thomas spürte, wie Jähzorn in ihm hochkochte. »Sie sollten mein Schiff verlassen, Mr. Whitlock«, sagte er eisig. »Ich kann mir nicht vorstellen, daß ein Gespräch zwischen uns von Nutzen sein könnte.«

Whitlock trat auf die erste Stufe der Treppe zum Halbdeck. »Das sehe ich anders, mein Bester. Ich habe Ihnen etwas mitzuteilen.« Sein Blick glitt langsam vom Heck des Schiffes zum Bug. Thomas sah den häßlichen Zug um den Mund seines Widersachers, und Angst krampfte seinen Magen zusammen. »Wir müssen über dieses Schiff sprechen, Mr. Marlowe«, fuhr Whitlock gefährlich sanft fort. »Soviel ich gehört habe, hat die Levant Company Ihnen das Geld für die Fertigstellung vorgestreckt. Nun, die Gesellschaft ist nicht länger an Ihrem Schiff interessiert. Wir haben einen Überschuß an Schiffen, Mr. Marlowe, und dieses«, er hatte das Halbdeck erreicht, »wird nicht benötigt.«

»Ich habe einen Vertrag.« Es kostete Thomas übermenschliche Anstrengung, wenigstens nach außen Gelassenheit zu zeigen. »Einen Vertrag mit Mr. Keane.«

Whitlocks Augen blitzten tückisch. »Ich bin John Keanes Vorgesetzter, Mr. Marlowe, und ich habe den Vertrag gerade für nichtig erklärt. Dieses Schiff ist unfertig, und ich fürchte«, seine kräftigen Hände umfaßten das Geländer des Halbdecks und zogen daran, »man kann es nur noch als Feuerholz verwerten.« Das Geländer brach mit einem häßlichen Knacken. Whitlock ließ die Teile auf die Deckplanken fallen.

»Sie Bastard!« Thomas stürmte mit gezücktem Messer auf die Treppe zu.

»Aber so bleiben Sie doch ruhig, Mr. Marlowe, ich habe

Ihnen ja noch gar nicht alles gesagt. Ich verlange den Vorschuß zurück, den Mr. Keane Ihnen ein wenig voreilig gewährt hat. Diese Maßnahme hat rein geschäftliche Gründe, das versichere ich Ihnen. Das Rohmaterial dieses Schiffes kann der Gesellschaft von einigem Nutzen sein, gutes Holz ist Mangelware. Und was den ›Bastard‹ betrifft, so glaube ich doch, daß das ein Gebiet ist, für das Sie zuständig sind.«

Whitlock wollte den Vorschuß wiederhaben, aber an eine Rückzahlung war gar nicht zu denken! Und als Ausgleich für Thomas' Übergriff auf Whitlocks Eigentum würde der Mann dafür sorgen, daß die *Kingfisher* noch vor ihrer Jungfernfahrt zerstört würde. Er würde die Masten umschneiden lassen, die Decks auseinanderreißen und den Rest zu Feuerholz zerhacken. Nein! Thomas hatte zu lange und zu hart gekämpft! Er hatte gestohlen und sich erniedrigt, um sein Schiff zu bekommen! Er sprang auf das Halbdeck und schleuderte Whitlock Worte entgegen, die dieser ihm mit Sicherheit niemals verzeihen würde, aber das kümmerte Thomas nicht. Im Gegenteil, es bereitete ihm sogar Vergnügen, ebenso wie die Aussicht auf den Kampf, den sie auslösen würden. »Ohne Zweifel bevölkern meine Bastarde die Docks von Greenwich – und ebenso viele Hahnreie leben in den umliegenden Häusern!« Er hörte, wie sein Gegenüber scharf die Luft einzog, und sah den Zorn in den grünen Augen auflodern, der dem seinen in nichts nachstand. Whitlock riß seinen Degen aus der Scheide. »Verlassen Sie mein Schiff«, forderte Thomas ihn leise auf. »Verlassen Sie mein Schiff, bevor ich Sie hinunterwerfe!«

Der Degen beschrieb einen hohen Bogen und zielte auf ihn. Thomas sprang zur Seite und griff sich ein Stück Holz. Sein Gegner war stark, aber schwerfällig, deshalb zog er auch eine Pistole vor. Er besaß ein scharfes Auge, doch es mangelte ihm an Körperbeherrschung und Schnelligkeit. Das Holzstück fing den Degenhieb ab. Es krachte, Splitter flogen. Thomas konnte sich ein Grinsen nicht verkneifen, als der Degen über das Halbdeck davonschlitterte, über den Rand rutschte und ein Stockwerk tiefer landete, doch es verging ihm sofort, als Whitlock einen herumliegenden Hammer packte und auf das zierliche Geländer einzuschlagen begann. »Bastard!« schrie Thomas wieder und stürzte sich auf Whitlock.

Der Hammer traf seinen Arm und betäubte ihn – das Messer entglitt seinen gefühllosen Fingern, ohne sein Ziel getroffen zu haben. Whitlock wirbelte über das Halbdeck und schlug auf alles ein, was ihm in den Weg kam. »Das nennen Sie ein Schiff?« kreischte er mit überkippender Stimme und schleuderte mit der freien Hand eine Taurolle ins Wasser. »Mit diesem jämmerlichen Kahn kämen Sie nicht einmal heil über die Themse, er würde beim ersten Windstoß mittendurch brechen!« Holzpflöcke flogen hinter der Taurolle her.

Thomas hob mit der gesunden Hand das Messer auf und stürzte sich erneut auf Whitlock. Und diesmal traf die Klinge. Er spürte, wie sie ins Fleisch drang und dann an einen Knochen prallte. Whitlock schwankte und schnappte nach Luft. Hellrotes Blut besudelte die Deckplanken, aber er gab sich noch nicht geschlagen. Seine Augen waren glasig, die roten Haare klebten schweißnaß an seinem Kopf, als er wieder mit dem Hammer ausholte. Er krachte auf Thomas' Schulter herunter. Wenn er, wie beabsichtigt, seinen Schädel getroffen hätte, wäre er tot gewesen. Der Schmerz lähmte ihn gerade lange genug, daß Whitlock ihm das Messer aus der Hand reißen konnte. Es landete mit einem Klatschen im Wasser. Und nun begann ein Ringkampf, bei dem beide Männer, von glühendem Haß getrieben, in makabrer Einigkeit nur ein Ziel hatten: den anderen zu töten. Sie umklammerten einander und bewegten sich in einem grotesken Tanz über das Deck. Und dann hatten sie die Reling erreicht, und Edward Whitlock drückte Thomas mit seinem beträchtlichen Gewicht dagegen. Sie knarzte und gab nach. Whitlock konnte sich gerade noch losreißen, stolperte rückwärts und landete unsanft auf dem Hintern. Thomas stürzte mit dem Geländer in die Tiefe. Verzweifelt nach Halt suchend, ruderte er mit dem gesunden Arm durch die Luft, dann schlug er mit dem Kopf auf ein Stück Holz, das auf dem Wasser trieb. Seine Gedanken verwirrten sich, Wasser drang in seinen Mund, seine Nase, seine Ohren. Er schien nur einen Arm zu haben. Was war mit dem anderen geschehen? Das Meer bemächtigte sich seiner wie eines Stückes Treibgut und warf ihn gegen den Rumpf der *Kingfisher*.

Vom anderen Ende des Hafens aus sahen William Williams und John Keane zwei Gestalten auf der *Kingfisher*: Sie verschmolzen miteinander, torkelten wie betrunken über das Halbdeck – und dann war plötzlich nur noch eine Gestalt da! Sie begannen zu rennen. Holz splitterte, und immer wieder flogen aus der Entfernung nicht zu erkennende Gegenstände ins Wasser.
Whitlock hatte inzwischen den Hammer gegen eine Axt eingetauscht und setzte sein Zerstörungswerk fort. William stürmte die Gangway hinauf, rannte zum Halbdeck und entriß Whitlock die Axt. Genau in diesem Augenblick stürzte der Besanmast um und zerschmetterte das Deck zu Brennholz.
Wo war der zweite Mann? Gerade als William einen Tref-

fer auf dem Kinn des Kapitäns der *Legacy* landete, bemerkte John das zerbrochene Geländer. Er ging auf die Knie, rutschte zum Rand des Halbdecks und spähte hinunter. Holzstücke, Taue und Fässer schaukelten auf dem schmutziggrünen Wasser. Halt – das war doch ein Mensch! Er trieb mit dem Gesicht nach unten auf den Wellen. Schwarze Locken umgaben seinen Kopf wie ein Gewirr aus Algen. Immer und immer wieder prallte der Körper gegen die *Kingfisher*.

»Williams!« schrie Keane, doch der Schiffszimmermann war schon neben ihm, zog seine Schuhe aus und ließ sein Messer auf das Deck fallen. Dann sprang er ins Wasser. Keane sah sich suchend um: Gottlob – ein Seil hatte Whitlock liegengelassen! Der Steuermann der *Legacy* lag regungslos auf den Planken. Der Teufel soll den Kerl holen, dachte Keane, als er ein Ende des Seils um den Stumpf des Besanmasts band. Wie kann man nur so bösartig sein? Whitlock hatte die *Kingfisher*, die Keane ans Herz gewachsen war, schwer beschädigt – und der Schiffseigner war wahrscheinlich tot.

Keane kniete sich zwischen die zerbrochene Reling und schaute mit zusammengekniffenen Augen in die Tiefe. Der Zimmerer hatte den Steuermann gepackt. Die See riß an den beiden und versuchte, sie zu trennen, doch William war stärker. Er drehte Marlowe auf den Rücken und schlang ihm die Arme um die Brust. Jetzt war es Zeit, das Seil zu werfen. Schnell und geschmeidig wie eine Schlange entrollte es sich. Der Zimmermann streckte die Hand aus und packte es.

Das war der einfache Teil der Aktion gewesen, der schwierige war, das Seil um den leblosen Körper zu binden, während er diesen und sich selbst über Wasser halten mußte. Es dauerte endlose Minuten – Minuten, die, das wußten Williams und Keane, Thomas' Überlebenschancen stetig verringerten – aber schließlich war es geschafft. Keane vergewisserte sich mit einem kurzen Blick, daß Whitlock immer noch außer Gefecht war, und begann Marlowe hochzuziehen.

Er war schwer, und Keane – von ähnlicher Statur wie Thomas – spannte jeden Muskel bis zum Zerreißen an und knirschte vor Anstrengung mit den Zähnen. Zwar war er körperliche Anstrengungen nicht gewöhnt, doch er stellte zu seiner eigenen Überraschung fest, daß er über erstaunliche Kräfte verfügte. In dem Augenblick, als Williams, der um den Bug herumgeschwommen und an der Hafenmauer hinaufgeklettert war, sich auf den Kai hochstemmte, hievte Keane den bewußtlosen Steuermann über den Rand des Halbdecks.

Er war übel zugerichtet. Keane rollte ihn auf den Bauch und begann, das Wasser aus seinen Lungen zu pumpen. Thomas hatte zahlreiche Blutergüsse und blutete aus mehreren Wunden. Seine Kleidung war zerfetzt und blutig. Keane hielt einen Moment mit seinen Bemühungen inne und tastete nach der Halsschlagader des Steuermanns: Der Puls war schwach, aber regelmäßig.

Nachdem Thomas das halbe Mittelmeer über die Deckplanken gespuckt hatte, wickelten Keane und Williams, der sich inzwischen wieder zu ihm gesellt hatte, ihn in Keanes Cape, und der Zimmerer lud ihn sich auf die Schulter. Thomas hatte bisher weder die Augen geöffnet, noch ein Wort gesprochen. Nach einem letzten Blick auf die Zerstörung und den Mann, der dafür verantwortlich war, fragte Keane: »Worum, zum Teufel, ging es eigentlich?«

Thomas hatte eine mehrwöchige Schiffsreise hinter sich, und nun versuchte die See wieder einmal, ihn in ihrer tödlichen Umarmung zu ersticken.

Eiskaltes Wasser, ein Schlag auf den Kopf und dann Dunkelheit. Sie war nicht unangenehm, umhüllte ihn wie ein schützender Mantel. Doch dann begriff er plötzlich, daß er am Ertrinken war. Er würde den Tod sterben, den alle Seeleute fürchteten: Das Meer würde seine Lungen füllen und ihn in ein aufgedunsenes Monstrum verwandeln, das kaum noch Ähnlichkeit mit einem menschlichen Wesen hätte. Er war wieder auf der *Toby*. Gebrochene Spanten und vollgesogene Segel hinderten ihn am Schwimmen. Er war festgeklemmt, konnte sich nicht bewegen. Und dann hatte er auf unerklärliche Weise doch den Strand erreicht, und direkt vor ihm lagen Münzen im weißen Sand wie vergoldete Muschelschalen. Hinter ihm am Horizont lauerte ein fremdes Schiff wie eine Spinne im Netz. Thomas griff nach den Münzen, doch sie entglitten seinen Fingern immer wieder. Plötzlich wurde er ins Meer zurückgesogen. Wasser drang in seinen Mund und nahm ihm den Atem. Irgendwann gab die See ihn frei. Jemand saß neben ihm. Zuerst glaubte er, es sei Jamila, die Tuareg-Frau, in glitzernden silber- und goldfarbenen Gewändern, doch dann erkannte er, daß es Serafina war. Er mußte ihr etwas Wichtiges sagen, doch sein Mund war voller Wasser, und er konnte nur ein Gurgeln hervorbringen. Sie erschien ihm wunderschön mit dem dunklen, glänzenden Haar und den leicht schrägstehenden Augen – aber als sie sich umdrehte, sah er die lange Narbe an ihrem Unterkiefer.

So plötzlich Serafina aufgetaucht war, so plötzlich war sie wieder verschwunden. So macht sie das immer mit mir, dachte Thomas und lächelte beinahe. Dann begann jemand an seinen Gliedern zu zerren. Er wollte schreien, doch der einzige Laut, den er zustande brachte, war das Blubbern in seinen Lungen. Thomas war froh, als wieder einmal die Wellen über ihm zusammenschlugen und er in die Dunkelheit zurückkehren durfte.

Sie hatten Thomas Marlowe in John Keanes Haus gebracht und Antonio nach einem Arzt geschickt. Der Doktor tastete den Bewußtlosen ab und stellte die Diagnose, mit der sie bereits gerechnet hatten: Rippen gebrochen, Schlüsselbein gebrochen, eine Kopfverletzung. Falls, sagte der Arzt, es sich dabei um einen Schädelbruch handle, werde der Herr sterben. Er habe sehr viel Salzwasser geschluckt, wodurch sein Organismus geschwächt sei.
Antonio bekam den Befehl, bei Thomas, den sie im Gästezimmer untergebracht hatten, zu bleiben und Keane jede Veränderung seines Zustandes unverzüglich zu melden. Nachdem er Stunden in das Gesicht des Patienten gestarrt hatte, wurden dem Diener allmählich die Lider schwer – doch sie hoben sich abrupt wieder, als nach Mitternacht jemand an die Haustür donnerte.
»Keane!« brüllte Edward Whitlock. »Keane! Ich weiß, daß der Bastard bei Ihnen ist!«
In diesem Augenblick öffneten sich die Augen des Steuermanns, schlossen sich wieder und blieben dann offen. Antonio hörte Schritte die Treppe hinunterlaufen, stand auf und öffnete die Tür einen Spalt.
»... wenn Sie sich wie ein Gentleman benehmen«, drang John Keanes Stimme kalt und hart von unten herauf. »Ich dulde in meinem Haus keine Gewalttätigkeiten.«
Stille folgte. Antonio tastete nach dem Stilett, das er stets unter seinem Wams trug, und machte sich bereit einzu-

greifen, doch da hörte er Whitlock sagen: »Na schön. Solange er sich unter Ihrem Dach befindet, werde ich ihn nicht anrühren.«

Die beiden Männer kamen die Treppe herauf. Der Hausherr öffnete die Tür zum Salon, in dem William Williams es sich bequem gemacht hatte. »William«, sagte John Keane, »der Kapitän der *Legacy* ist hier. Sie haben ihn auf der *Kingfisher* kennengelernt.«

Edward Whitlocks Aussehen hatte sich seit seinem ersten Besuch drastisch verändert. Sein Gesicht war verschwollen, unter seinem zerfetzten Hemd sah man einen blutdurchtränkten Verband.

»Ich bin gekommen, um Ihnen mitzuteilen, daß ich es nicht zulassen werde, daß Thomas Marlowe für die Gesellschaft arbeitet, Mr. Keane«, verkündete Whitlock. »Welche Vereinbarungen Sie auch mit ihm getroffen haben, ich werde sie nicht genehmigen. Ich bin überzeugt, daß ich damit im Sinne der Londoner Direktion handle.«

Wieder folgte Stille. Antonio schlich lautlos auf den Flur hinaus und spähte um die Ecke in den Salon, doch es schien keine Gefahr für seinen Herrn im Verzug zu sein.

»Sollte er seinen Verletzungen erliegen, hätte sich das Problem für Sie ja erledigt«, sagte John Keane eisig. Und nach einer kleinen Pause fügte er hinzu: »Sie haben offenbar eine private Meinungsverschiedenheit mit Thomas Marlowe. Rechtfertigt das den Verlust seines Schiffes? Meinen Sie, daß Sie damit wirklich im Sinne der Levant Company handeln?«

»Von mir aus kann das verfluchte Schiff geradewegs in die Hölle fahren!« schnauzte Whitlock und begann mit schweren Schritten auf und ab zu gehen. »Marlowe wird jeden Penny zurückzahlen, den Sie ihm geliehen haben, sonst lasse ich den Kahn zu Feuerholz zerhacken!«

»Das ist nicht korrekt«, wandte Keane empört ein. »Ich habe ihm mein Wort gegeben.«

»Na schön – ich bin ja kein Unmensch. Ich lasse ihm Zeit, bis ich aus Aleppo zurückkomme, aber dann ist er dran! Ich fordere jeden Penny zurück! Jeden gottverdammten Penny!«

Antonio verließ seinen Beobachtungsposten und kehrte zu seinem Schützling zurück. Die Augen des Mannes standen offen! Sie schimmerten im Kerzenlicht fast schwarz. »Was haben Sie getan?« fragte Antonio leise.

»Ich habe mit seiner Frau geschlafen«, antwortete Thomas und verzog sein zerschundenes Gesicht zu einem schwachen Lächeln. Dann schlossen sich seine Augen wieder und seine Züge entspannten sich.

ACHTER TEIL

1595-96
SELTSAME
ABWEICHUNGEN

Dies ist eine seltsame Abweichung und kann einen Seemann übel in die Irre leiten, wenn er sich nicht über die Ungenauigkeit und Unzuverlässigkeit seines Kompasses im klaren ist.

Brief von Gerardus Mercator bezüglich der Suche nach der Nord-Ost-Passage:
Richard Hakluyt

Als das Jahrhundert sich dem Ende näherte, wurden auch berühmtere Männer als Thomas Marlowe mit der Schwäche des Fleisches konfrontiert. In Spanien kämpfte Philipp II., seit vierzig Jahren Herrscher über das mächtige Habsburger Reich, gegen Fieber und Desillusionierung. Er hatte einen großen Teil der Niederlande an den Protestantismus verloren, es war seiner Armada nicht gelungen, England zu der einzig wahren Religion zurückzuführen, und seine Krankheit lag wie eine Würgefessel um seine stolze Seele.

In Frankreich bemühte sich Henri de Navarre, nachdem er den Glauben wieder gewechselt und den Thron bestiegen hatte, auch die letzten rebellierenden Winkel seines Reiches zu befrieden. Frankreich und Spanien befanden sich seit Beginn des Jahres im Krieg, und die Verknüpfung von Politik und Religion wurde immer unlösbarer.

In England gab der neue Favorit, Earl of Essex, Königin Elizabeth die Möglichkeit, Krankheit und Altersschwäche vorübergehend zu verschleiern. England wurde dreister: Essex' Armee plünderte Cadiz, englische Schiffe überfielen im Atlantik spanische und im Mittelmeer alle, die ihnen vor die Kanonen kamen. Der ehrgeizige Emporkömmling England spann sein Handelsnetz über Meere, von denen man angenommen hatte, sie seien nicht befahrbar, und zu Ländern, die man für unbewohnbar gehalten hatte. Nicht nur die Toskana beobachtete diese Entwicklung mit wachsendem Unbehagen.

»Ein Mädchen!« knurrte Galeazzo Merli, während er sich mit den Verschlüssen seines Wamses abmühte. »Und es sieht auch noch aus wie seine Mutter!«
Als alle Kerzen brannten, löschte Constanza den Zünder.
»Du hast doch schon vier Söhne«, versuchte sie ihn zu trösten.
Galeazzo blickte auf und lächelte nachsichtig: »Als Mutter einer Tochter mußt du dich natürlich auf die Seite der Frauen schlagen.«
Constanzas Herz zog sich vor Sehnsucht nach der sechzehnjährigen Maria zusammen, die in einem Konvent in Neapel lebte. Warum wurden Söhne immer für wertvoller erachtet als Töchter? Sie hätte keine Söhne haben wollen. Wozu auch? Eine Kurtisane konnte keine Dynastie gründen.
Galeazzo Merli war vor einer guten Stunde in ihrer Wohnung eingetroffen. Sie hatte ihm Wein kredenzt, Laute gespielt und für ihn gesungen und ihn dann mit in ihr Schlafzimmer genommen. Nun saß sie in ihrem Kleid aus terrakottafarbenem Samt auf der Bettkante.
»Du solltest Maria nach Pisa holen.« Galeazzo ließ seine Kleider zu Boden fallen. »Wenn sie so hinreißend ist wie ihre Mutter, könnte sie hier sehr erfolgreich sein.«
Constanza antwortete nicht. Der Bankier machte es sich hinter ihr auf dem Bett bequem und zog die Nadeln heraus, die ihren schweren Haarknoten hielten. Sie teilte ihr Lager mit Männern, die es sich leisten konnten, doch sie ließ niemanden an ihr Herz heran außer ihrer Tochter und einigen wenigen Freunden. Sie war viel zu klug, um diese Dinge miteinander zu verbinden.
»Wie wirst du sie nennen?« kam sie auf seine Tochter zurück.
»O... Caterina... Beatrice... ich habe keine Ahnung. Es

spielt gar keine Rolle. Das arme Wurm wird das neue Jahr sowieso nicht erleben. Sie sieht aus wie eine Ratte – eine haarlose kleine Ratte.« Er zog ungeduldig an einer widerspenstigen Nadel.
Constanza hielt seine Hand fest und sagte sanft: »Laß mich das machen.« Ein paar geübte Bewegungen ihrer grazilen Hände, und ihr Haar fiel in üppigen Wellen über ihren Rücken. Galeazzo seufzte verzückt. »Was ist mit deiner Frau?« erkundigte sich Constanza. »Geht es der Signora gut?«
»Ganz ordentlich.« Der Bankier hatte das Gesicht in der duftenden Haarflut vergraben. Jetzt küßte er Constanzas Nacken und ihre nackten Schultern. Plötzlich hielt er inne und fragte: »Hast du die kleine Capriani in letzter Zeit gesehen?«
Die Kurtisane schüttelte den Kopf. Ihre grauen Augen waren auf einen Punkt in der Unendlichkeit gerichtet.
»Du erinnerst dich doch, meine Liebe, sie ist mit dem alten Jacopo verheiratet. Sie hatte auf dem Bankett eine Auseinandersetzung mit diesem Engländer... Wie war doch gleich sein Name?«
»Marlowe«, sagte Constanza. »Thomas Marlowe.« Und dann fragte sie nach: »Weshalb interessierst du dich für die Kleine?«
Galeazzo hatte die Arme um sie gelegt und begann ihr Mieder aufzuschnüren. »Du brauchst nicht eifersüchtig zu sein«, lächelte er. »Sie ist momentan nur der Gegenstand pikanter Mutmaßungen. Es geht das Gerücht, daß die junge Signora schwanger sei.« Constanzas Mieder war jetzt offen, und Galeazzos Hände glitten liebkosend über die zarte Haut. »Und nun fragen sich die Leute, ob vielleicht doch noch mehr Leben in dem alten Knaben ist, als es den Anschein hat, oder ob jemand anderer für den

gesegneten Zustand seiner Angetrauten verantwortlich ist.«

Constanzas Gedanken wanderten Monate zurück zu der Szene, als eine zierliche Frauenhand laut klatschend die Wange eines Herrn traf, und zu einer zusammengesunkenen Gestalt in einem Hauseingang.

»Es ist wie gesagt nur ein Gerücht«, fuhr Galeazzo fort. »Die Signora äußert sich nicht dazu. Aber es reizt mich, die Wahrheit zu erfahren.«

Constanza unterdrückte ein Gähnen. »Dann frag sie doch, Lieber.«

»Ich glaube, das lasse ich besser. Die Signora ist mit Vorsicht zu genießen.« Er zog Constanza an sich. »Sie mischt sich in Männerangelegenheiten. Offenbar hat sie die Absicht, eine eigene seidenverarbeitende Werkstatt einzurichten. Es heißt, daß sie das Geschäft des alten Capriani bereits eigenständig führt. Ein Kind würde diese Aktivitäten zum Erliegen bringen, aber es wäre zweifellos eine äußerst lehrreiche Erfahrung für diese ehrgeizige Person, wenn sie feststellen müßte, daß auch sie nicht gegen die Einschränkungen gefeit ist, denen eine Frau sich zu unterwerfen hat. Nein, ich werde sie nicht fragen – es gibt andere Möglichkeiten, es herauszufinden.«

Constanza kannte diesen Tonfall bei ihm. »Galeazzo...« begann sie zögernd.

Er küßte sie. »Ich bin neugierig, das ist alles. Es läuft eine Wette...« Grinsend legte er sich auf sie.

Constanza sah Serafina vor sich – ein kleines Mädchen mit dunklen Haaren, leicht schrägstehenden Augen und hohen Backenknochen. Und sie hatte noch im Ohr, was Thomas sagte: »Sie verführte mich! Eine Jungfrau verführte mich, um Erfahrungen zu erwerben, die ihr bei dem alten Mann von Nutzen sein könnten!« Sie hatte ihm angemerkt, daß er es gleich darauf bereute, ihr sein Herz ausgeschüttet zu haben, doch seine Bedenken waren grundlos gewesen. Sie würde niemandem erzählen, was er ihr anvertraut hatte. Niemals! Sie fuhr mit dem Finger über die Narbe an ihrem Unterkiefer. Sie wußte besser als die meisten Menschen, was Klatsch anrichten konnte.

Galeazzo war fertig. Er rollte sich von ihr herunter auf den Rücken. Sein Gesicht war puterrot, die spärlichen Haare klebten schweißnaß an seinem Kopf. Als sein keuchender Atem sich beruhigt hatte, fragte Constanza: »Weißt du etwas über den Engländer?«

»Über welchen Engländer? Meinst du den von der Levant Company? Diesen verwegenen Burschen mit dem unmöglichen Filzhut? Ich nehme an, er ist tot. Es soll eine Auseinandersetzung wegen eines Schiffes gegeben haben.«

Wegen eines Schiffes! Sie erinnerte sich daran, wie es sie amüsiert hatte, daß er von seinem Schiff im gleichen Ton gesprochen hatte wie von Serafina. Mit einer Mischung aus Liebe und Trotz – als sei er sich bewußt, in welchem Maße die beiden sein Leben beeinflußten, jedoch nicht bereit, dies zu akzeptieren.

Und nun war er tot. Traurigkeit stieg in ihr auf. Nein – eher Enttäuschung. Thomas Marlowe hatte viel Energie besessen, es fiel ihr schwer, sich vorzustellen, daß sie versiegt sein sollte. Sie stand auf und zog sich an.

»Entweder ist er bereits tot, oder er liegt im Sterben – ich bin nicht sicher«, fügte Galeazzo schläfrig hinzu. Nackt auf dem Bett liegend, sah er durch halbgeschlossene Lider zu, wie Constanza ihre Haare wieder zu einem Knoten schlang. »Der Streit fand wohl vor ein, zwei Wochen in Livorno statt.«

Sie hätte gerne ein paar Fragen gestellt – zum Beispiel nach dem Grund der Auseinandersetzung –, doch sie tat es nicht. Ob Serafina wußte, was ihrem heimlichen Liebhaber zugestoßen war? Galeazzo Merli war eingeschlafen. Constanza faßte den Entschluß, nach Livorno zu reisen.

Constanza nahm nur ihren Pagen Hélion als Begleitschutz mit. Sie hatte niemandem gesagt, was sie plante. Die Tatsache, daß sie allein lebte, hatte einen Vorteil: Sie war niemandem Rechenschaft schuldig. In Livorno die Adresse des Bevollmächtigten der Levant Company zu erfahren war kein Problem. Sein Haus lag in der Nähe der Docks. Als sie am Fuß der Treppe ankam, kroch fahles Morgenlicht über den Himmel.
Constanza war noch nie aus Italien herausgekommen, und seit sie vor vielen Jahren aus Venedig nach Pisa gezogen war, auch nicht aus der Stadt – abgesehen von unregelmäßigen Besuchen bei ihrer Tochter in Neapel. Doch sie wäre gerne gereist, unter anderem, um zu sehen, ob die Menschen in anderen Regionen der Erde besser mit ihren Problemen zurechtkamen.
Hélion klopfte an. Die Tür wurde geöffnet, aber nicht von Mr. Keane, sondern von einem Diener.
»Ich möchte deinen Herrn sprechen«, sagte sie in sanftem Ton, denn der junge Mann wirkte ängstlich.
»Mr. Keane ist nicht da«, antwortete er ablehnend. »Er ist vor drei Tagen nach Scanderoon gesegelt.« Antonio versuchte angestrengt, das Gesicht hinter dem schwarzen Musselinschleier zu erkennen.
»Dann führe mich zu Mr. Marlowe«, ersuchte Constanza ihn freundlich. »Oder ist der auch nach Scanderoon gesegelt?«
Der Diener schüttelte den Kopf. »Mr. Marlowe ist krank.«

Also war er nicht tot! »Ich möchte ihn sehen.« Sie trat einen Schritt vor.

»Er ist nicht hier!« Antonio breitete die Arme aus, um ihr den Zutritt zum Haus zu verwehren.

»Wie ist dein Name, mein Guter?« fragte Constanza geduldig.

Nachdem er ihr diesen verraten hatte, lüftete sie den Schleier und hob die Hände. »Schau her, Antonio, ich bin unbewaffnet. Und Hélion hier ist erst zwölf Jahre alt – von ihm droht ebenfalls keine Gefahr. Ich habe nicht die Absicht, Mr. Marlowe etwas zu tun – ich möchte ihn lediglich besuchen.«

»Es geht ihm sehr schlecht.« Antonios Blick hatte sich an Constanzas entstellender Narbe festgesaugt. »Und er ist nicht hier.«

»Aber doch wohl noch in Livorno?«

Der Diener senkte den Blick und trat unbehaglich von einem Fuß auf den anderen.

»Dann bringe mich bitte zu ihm, Antonio.«

»Das ist kein Ort für eine Dame, Signora«, protestierte er.

»Ich bin nicht empfindlich, das versichere ich dir«, erklärte sie entschieden. »Laß uns gehen.«

In den Gassen, durch die Antonio sie führte, türmte sich Unrat. Mehrmals rutschte Constanza mit ihren hohen Plateauschuhen aus und wäre hingefallen, wenn Hélion und der Diener sie nicht in letzter Sekunde festgehalten hätten. Sie hielt sich ein zusammengefaltetes Taschentuch vor die Nase, das die üblen Gerüche jedoch nur mangelhaft dämpfte.

Das Haus, zu dem Antonio sie brachte, lag an einem Platz, auf dem sich zerlumpte Kinder und eine Schweinefamilie tummelten. In einem der oberen Stockwerke sang je-

mand. An zwischen Fenstern gespannten Seilen hing Wäsche. Constanza raffte ihre Röcke und folgte Antonio die Treppe hinauf.
Als er die Tür öffnete, konnte sie zunächst nichts erkennen. Die Fensterläden waren geschlossen, und es brannte keine Kerze. Als ihre Augen sich an die Dunkelheit gewöhnt hatten, sah sie die undeutlichen Umrisse eines Menschen zwischen zerwühlten Laken auf einer Pritsche. Ohne sich um Antonios Proteste zu kümmern, stieß sie die Läden auf. Dann kniete sie sich neben das Bett. Thomas Marlowes blaue Augen waren geschlossen, Schweiß bedeckte sein hochrotes Gesicht. Röchelnd warf er den Kopf hin und her und zerrte an dem durchgeschwitzten Kissen. Tief bestürzt wandte Constanza sich an Antonio: »Was ist denn geschehen, um Himmels willen?«
»Signor Marlowe war mit Signor Whitlocks Frau im Bett, und deshalb versuchte Mr. Whitlock, ihn umzubringen.«
Es war ihm offenbar fast gelungen!
»Mr. Whitlock ist mit Mr. Keane nach Scanderoon gesegelt. Wenn Mr. Marlowe bei seiner Rückkehr noch am Leben ist, wird Mr. Whitlock alles Geld zurückverlangen, das Mr. Keane Mr. Marlowe geliehen hat, oder Feuerholz aus der *Kingfisher* machen lassen.«
Wieder einmal brachte es Constanza in Wut, zu welchen Torheiten Männer sich hinreißen ließen. Doch jetzt war keine Zeit für Empörung, es gab Wichtigeres zu tun. Sie schickte Hélion zum Wasserholen und trug Antonio auf, Verbandsstoff zu besorgen. Dann schälte sie den Kranken aus seinen klebrigen, stinkenden Kleidern und blutdurchtränkten Verbänden – und faßte den Entschluß, Thomas Marlowe mit nach Pisa zu nehmen.

Am Neujahrstag ritt Serafina, begleitet von Amadeo, an der ligurischen Küste entlang. Das Wetter versprach schön zu werden: Der Himmel war klar, die Morgendämmerung stieg korallenrosa am Horizont empor. Jacopo ging es seit kurzem etwas besser, und Serafina hatte ihn überreden können, für einen Tag auf ihre Gesellschaft zu verzichten. Tief atmete sie die beißend kalte Luft ein und genoß den Wind auf ihrem Gesicht. Ihr Mann hatte das Haus seit über einem Monat nicht mehr verlassen. Nachts lag er in seinem Himmelbett und tagsüber auf dem Sofa im Salon. Der Husten war nicht mehr ganz so schlimm, doch Serafina hatte den Verdacht, daß die Besserung nur vorübergehend wäre. Sie empfand diesen Tag als Geschenk. Zu Hause rief Jacopos quengelnde Stimme hundert Mal am Tag nach ihr, gleichgültig, ob sie im Kontor war, mit einem Kunden sprach oder Brot backte. Es graute ihr schon davor, den Preis für den heutigen Ausflug zu bezahlen: Stundenlang würde sie ihren Mann umschmeicheln und liebkosen müssen, um ihn für ihre Abwesenheit zu entschädigen. Als Kara Alis Sklavin hatte sie mehr Freiheit besessen. Dort hatte man lediglich von ihr verlangt, daß sie ihre Küchenarbeit ordentlich machte und die Diktate des Arztes in korrekter Form zu Papier brachte. Manchmal war sie nahe daran, an ihrem Leben zu verzweifeln. Doch jetzt, als der Wind an ihren Haaren zerrte, fühlte sie sich aller Fesseln ledig und führte sich vor Augen, was sie in den letzten sechs Monaten erreicht hatte. Seidenballen türmten sich in einem Lagerhaus in Livorno; Spitze, Bänder, Borten und andere Kurzwaren lagerten in Pisa. Die Firma Capriani besaß dank ihrer Bemühungen einen kleinen, aber exklusiven Kundenstamm. Sie gebot über ein Dutzend Bedienstete und Angestellte, ihr Kleiderschrank und die Speisekammer waren voll. Ein halbes Dutzend Weber verarbeiteten soviel Rohseide, wie sie benötigte. Sie arbeiteten nur für sie. Es war Serafinas Ziel, eines nicht zu fernen Tages eigene Werkstätten zu besitzen wie diejenigen, die sie in Florenz gesehen hatte. Nicht einmal die Guardis hatten ihre Seide selbst gewebt, sondern nur mit fertigen Stoffen gehandelt.

Serafina wurde plötzlich bewußt, daß sie lächelte. Sie hatte ihre Sorgen und Ängste hinter sich gelassen und sogar den hinderlichen Klumpen unter ihrem bauschigen Kleid vorübergehend völlig vergessen. Nachts strampelte das unselige Geschöpf in ihrem Leib. Es war ein Teil von ihr, und ließ sich doch nicht von ihr kontrollieren. Tagsüber war sie so beschäftigt, daß ihr die Bewegungen kaum auffielen. Im Augenblick erschien es ihr unwirklich, daß sie ein Kind bekommen würde – eine Unmöglichkeit! Dies war wirklich: Die kahlen Bäume in der Ferne, die wie schwarze Skelette in die Winterluft ragten, die weite Fläche des Meeres, in der sich der Himmel spiegelte, der dampfende Atem ihres Pferdes, das Zaumzeug und die Zügel, die Schiffe, die sich in Häfen zusammendrängten oder über den Horizont in die Unendlichkeit segelten.

Sie war mit Amadeo zu einem Fischerdorf nicht weit von Viareggio unterwegs, um sich dort ein Boot anzusehen. Als der Ort in Sichtweite kam, sah Serafina, daß er aus einer kleinen Ansammlung von Steinhäusern bestand, an deren Rand ärmliche Hütten kauerten. Sie brauchte ein Schiff, und sie war entschlossen, noch vor dem Frühling eines zu finden. Seit dem letzten Herbst war sie nicht mehr in Livorno gewesen. Etwas hatte sie davon abgehalten, wahrscheinlich der Ärger über die Gewißheit, daß sie die *Kingfisher* nicht bekommen würde. Sie ließ den Gedanken nicht zu, daß der Grund in den Erinnerungen an die

Nacht im Palazzo Sacchetti zu suchen sein könnte. Ihr Zusammensein war nur ein Geschäft gewesen – zum beiderseitigen Nutzen.
Sie erkannte auf den ersten Blick, daß sie sich diesen Ritt hätte sparen können. Der Fischer, einer der vielen Griechen, die in der Hoffnung auf ein besseres Leben nach Italien gekommen waren, führte sie zum Hafen hinunter und begann das Boot, das an der Mole vertäut lag, in den höchsten Tönen zu loben. Serafinas gute Laune verflog, als sie die abblätternde Farbe und die Entenmuscheln an den Planken entdeckte. Es war nicht nur zu klein für ihre Zwecke, sondern auch noch zu alt und in zu schlechtem Zustand.
»... ein wunderbares Boot, Signora. Ich bin damit in weniger als vier Wochen von der Toskana nach Marseille gesegelt. Ich gebe es nur sehr ungern her, aber...«
»Nein!« Der Wind schleuderte dem Mann das vernichtende Wort ins Gesicht. Serafina drehte sich auf dem Absatz um und machte sich, gefolgt von Amadeo, auf den Rückweg zu den Pferden. Der Fischer hastete hinter ihr her. »Es braucht nur einen neuen Anstrich, Signora. Kommen Sie an Bord – dann werde ich Ihnen...«
Wieder einmal erschien die *Kingfisher* vor ihrem geistigen Auge. Zornig schob sie das Bild weg. Obwohl es erst Mittag war, fühlte sie sich erschöpft – ein Zustand, mit dem sie mehr und mehr zu kämpfen hatte, je weiter ihre Schwangerschaft fortschritt. »Das Boot bräuchte weit mehr als einen neuen Anstrich. Der Rumpf ist verfault, die Planken müßten kalfatert werden, die Masten sehen aus, als brächen sie jeden Augenblick mittendurch, und die Segel sind morsch. Es wird den Winter nicht überstehen – geschweige denn mich im Frühling in die Provence bringen.«

Der Fischer murmelte etwas, worauf Amadeo sie verblüfft musterte, doch Serafina, die sich plötzlich plump und grotesk vorkam, ließ sich ihre Bestürzung nicht anmerken, band ihr Pferd los und schwang sich ohne Hilfe in den Sattel.
»Sie werden im Frühling nirgendwohin segeln, Sie werden im Kindbett liegen«, hatte der Fischer gesagt.
Wieder einmal wurde sie von ohnmächtiger Wut erfaßt. Sie rammte ihrem Pferd die Fersen in die Flanke und preschte im gestreckten Galopp davon, ohne das Dorf oder den Hafen, in dem Boote verschiedener Größe auf dem winterlich grauen Wasser schaukelten, eines weiteren Blickes zu würdigen. Nach einer Weile begann es zu regnen, aber sie behielt ihr Tempo bei, als wolle sie sich durch den scharfen Ritt beweisen, daß die Schwangerschaft ihr nichts anhaben könne. Die eisigen Regentropfen stachen ihr wie Nadeln ins Gesicht, und sie mußte die Augen zusammenkneifen, um etwas sehen zu können.
Sie werden im Frühling nirgendwohin segeln, Sie werden im Kindbett liegen. Der Fischer hatte recht, und er war sicherlich nicht der einzige, dem ihr Zustand aufgefallen war. Bestimmt waren die Wettgewinne längst ausbezahlt. Es war ihr gelungen, ihre Kunden und Geschäftspartner dazu zu bringen, sie ernst zu nehmen – würden sie das jetzt auch noch tun? Sie hörte Amadeo, der hinter ihr ritt, etwas rufen, doch sie reagierte nicht. Verdammtes Kind! Nein – es war ganz allein ihre Schuld, daß sie sich jetzt in dieser Lage befand. Dieses Eingeständnis verstärkte ihre Wut noch. Andererseits – ohne das Kind stünde sie vor dem Nichts, wenn Jacopo stürbe! Wieder rief Amadeo ihr etwas zu, diesmal lauter und drängender: »Vorsicht – ein Graben!« Doch es war zu spät. Das Pferd versuchte zu bremsen, kam ins Rutschen und riß den Kopf hoch.

Serafina wurden die Zügel aus der Hand gerissen, sie fiel und landete mit dem Gesicht nach unten in faulenden Blättern. Sie hob den Kopf und rang verzweifelt nach Atem. Der Sturz hatte alle Luft aus ihren Lungen gepreßt. Amadeo kam herbeigeeilt und half ihr, sich aufzurichten. »Ist Ihnen etwas passiert?« fragte er besorgt. Sie schüttelte den Kopf, zum Sprechen fehlte ihr die Luft. Er holte die Flasche, die an seinem Sattel hing, und reichte sie ihr.
Der Aquavit brannte wie Feuer, aber er weckte ihre Lebensgeister. »Mein Pferd!« brachte sie mühsam hervor. Amadeo versuchte das auf der Seite liegende Tier hochzuziehen. Als es sich sträubte, kniete er sich in die Blätter und untersuchte es.
»Ein Vorderlauf ist gebrochen«, stellte er fest. Serafina wußte, was kommen würde, und wandte sich ab. Sie hörte Amadeo beruhigend auf das schnaubende Pferd einreden. Dann war es still. Mit zitternden Knien ließ sie sich von Amadeo zu seinem Pferd führen. Er nahm sie vor sich auf den Sattel. Serafina fühlte sich elend. Durch ihre Schuld hatte ein Pferd sterben müssen. Es war unverantwortlich gewesen, bei diesem Wetter so schnell zu reiten. Doch der Tod des Pferdes war nicht die einzige Folge ihres unbedachten Verhaltens.
Die Schmerzen begannen, als sie Pisa schon fast erreicht hatten, anfänglich kaum spürbar. Ein dumpfer Druck in der Steißbeingegend. Würde sie jetzt die Strafe dafür bekommen, daß sie Jacopo Capriani und Thomas Marlowe mit nüchterner Berechnung für die Erreichung ihrer Ziele mißbraucht hatte? Würde sie das Kind verlieren – und damit ihre Existenz und alle Hoffnung, zurückzugewinnen, was ihr genommen worden war? Als sie in die Stadt einritten, legte sich die Angst wie eine eiskalte Faust um ihr Herz.

Die Kurtisane Constanza schrak auf, als unten auf der Straße plötzlich ein Höllenlärm losbrach. Sie trat ans Fenster, wischte die beschlagene Scheibe frei und spähte hinunter.
Eine Gruppe von Frauen hatte sich vor ihrem Haus versammelt – groteske Gestalten in zerfetzten, spitzengesäumten Kleidern über riesigen Reifröcken und mit in alle Richtungen abstehenden Locken, die mit Perlenschnüren, bunten Bändern und Federn geschmückt waren. Eine der »Damen« versetzte der Haustür einen erstaunlich kräftigen Tritt, was ihr kreischenden Beifall der anderen einbrachte, die mit Flöten und Tamburinen ein schauriges Konzert veranstalteten.
»Soll ich einen Eimer Spülwasser hinunterschütten?« fragte Thomas aus dem Hintergrund.
Constanza drehte sich zu ihm um und schüttelte lächelnd den Kopf. Es war vier Wochen her, daß sie den englischen Steuermann aus seinem entsetzlichen Quartier in Livorno befreit und mit nach Pisa gebracht hatte. Sie hatte ihn gepflegt, gefüttert und in ihrem kleinen Gästezimmer seine Alpträume ausleben lassen. Warum hatte sie ihn mitgenommen? Auf keinen Fall, weil sie ihn körperlich anziehend gefunden hatte. Sie glaubte nicht, daß sie jemals wieder einen Mann begehren würde. Dieses Kapitel hatte sie vor langer Zeit abgeschlossen, um überleben zu können.
Zuerst fürchtete sie, daß Thomas es nicht schaffen würde, daß, was das Meer und der eifersüchtige Ehemann seiner Geliebten begonnen hatten, durch die Erschöpfung und das Fieber vollendet würde. Doch er war zäh und begann zu kämpfen – zunächst instinktiv und dann mit einer Sturheit, die ihrer Meinung nach eher aus Gewohnheit als aus Willenskraft resultierte. Er bewegte sich noch immer vorsichtig und ermüdete rasch, aber der unnatürliche

Glanz war aus seinen Augen verschwunden, und er schrie kaum noch im Schlaf.
Doch manchmal wünschte sie sich geradezu, daß er schreien, toben oder weinen würde – er war von der Frau, die er liebte, mißbraucht worden, hatte mit ansehen müssen, wie der Traum, auf dessen Verwirklichung er jahrelang mit wahrer Besessenheit hingearbeitet hatte, zerstört wurde, und konnte der Rückkehr seines Widersachers nur mit Grauen entgegenblicken –, doch seine Augen spiegelten weder Wut noch Verzweiflung. Nur Leere. Sie kam nicht an ihn heran. Und er trank zuviel. Anfangs hatte er getrunken, um die Schmerzen zu betäuben, die ihm seine Verletzungen und die gebrochenen Rippen verursachten, inzwischen trank er, um einen anderen Schmerz zu betäuben. Bald würde er trinken, weil er die Tage nicht anders überstehen könnte, eine Entwicklung, die sie voller Kummer beobachtete.
Heute abend hatte er sein Weinglas schon mehrmals nachgefüllt. Es fiel ihr schwer, Geduld zu bewahren. Sie glaubte den Grund für seine Gereiztheit zu kennen, doch seine Miene hatte sie daran gehindert, das Thema anzuschneiden. Die Ablenkung durch die lärmenden Frauen auf der Straße war ihr höchst willkommen.
Der Steuermann trat an ihre Seite und schaute auf die seltsame Gesellschaft hinunter. Plötzlich prallte etwas gegen das Fenster: ein Geschoß aus Eierschalen und Rosenwasser, begleitet von übermütigen Hurrarufen und Applaus. Und dann prasselte ein wahres Trommelfeuer an die Scheibe.
Constanza wandte sich an ihren Pagen. »Hélion – geh öffnen.« Und auf den fragenden Blick des Engländers antwortete sie: »Es ist Galeazzo. Er muß zum Karneval aus Lucca herübergekommen sein.«

Hélion lief hinunter und zog den Riegel zurück. Die Frauen hörten das Geräusch und drückten gegen die Tür. Als sie aufging, stürzten sie in die Halle. Tamburine und Flöten schlitterten über den Fliesenboden, Kleidernähte rissen und Lockenperücken rutschten in die Gesichter. Constanza hatte recht gehabt: Es war Galeazzo – und ein halbes Dutzend seiner Freunde, alle maskiert und angetrunken. Die Kurtisane, die von der Treppe auf das Chaos hinunterschaute, schlug die Hände vor den Mund und begann zu lachen.

»Mach mir einen Kräutertrank, meine Liebe, Lucia kann es nicht so gut.«
Zwischen Küche und Salon lagen drei Treppenabsätze – sechzig Stufen hinauf und sechzig Stufen hinunter. Serafina stand in der Küche und seihte eine Mischung aus Ringelblumen und Beinwell ab. Als sie gestern aus Viareggio zurückgekommen war, hatte sie Jacopo berichten müssen, daß das Boot sich als ungeeignet erwiesen und ihr Pferd hatte getötet werden müssen. Im Gegensatz zu ihr verschwendete er kein Mitleid an das Tier, sondern jammerte nur darüber, wieviel ein neues Pferd kosten würde. Serafina hatte die Augen geschlossen und das dunkle Blut auf den fauligen Blättern gesehen und sich an die Stille erinnert, die kälter als die Winterluft in ihre Knochen gekrochen war, nachdem Amadeo dem Tier die Kehle durchschnitten hatte. Als sie sich mit der Begründung, sie leide unter Kopfschmerzen und Übelkeit, früh zurückzog, war es diesmal keine Lüge. Die Schmerzen in ihrem Rücken ließen es ratsam erscheinen, nach der Hebamme zu schicken, aber Serafina war nicht bereit, klein beizugeben. Sie hoffte darauf, daß sie sich, wenn sie ruhig läge, wieder in die dunkle Höhle zurückziehen würden,

aus der sie gekrochen gekommen waren – und sie behielt recht: Nachdem sie dank eines der stärkeren Tränke von Kara Ali die Nacht traumlos geschlafen hatte, spürte sie nur noch hin und wieder ein ganz leichtes Ziehen.
Doch jetzt, nach einem arbeitsreichen Tag, kehrten die Beschwerden mit voller Heftigkeit zurück. Serafina stieg die Treppe wieder hinauf, stellte die Tasse mit dem Kräutersud neben das Sofa, auf dem ihr Mann lag, und ging zum Fenster. Es schneite leicht, aber die Flocken schmolzen, sobald sie den Boden berührten. Laternen und Fackeln tauchten die Straße und die Häuser auf der anderen Seite in ein warmes Licht. Jemand sang, und aus der Ferne klang leise Musik. Es war Karnevalszeit. Zu ihrem Ärger stiegen Serafina Tränen in die Augen.
»Schließ die Vorhänge, meine Liebe, es zieht!« Jacopos greinende Stimme riß sie aus ihrer Träumerei. Er hatte in den vergangenen Monaten stark abgenommen – ehemals hager, wirkte er jetzt, als leide er an Auszehrung. Sein Körper war in mehrere Schichten von Decken und Schals gewickelt. »Ich glaube, ich könnte etwas Suppe vertragen. Wenn du mir welche holen würdest... aber nicht zu heiß, denke daran.«
Wieder sechzig Stufen – nein, hundertzwanzig. Sie mußte auf jedem Absatz pausieren, um zu Atem zu kommen und sich den schmerzenden Rücken zu reiben. Jacopo bekleckerte sich und die Decken mit der Suppe. Wieder Stufen! Diesmal zum Schlafzimmer hinauf, um saubere Sachen für ihn zu holen. Serafina versuchte, ihre Stimmung etwas zu bessern, indem sie an Angelo dachte. Auf dem Bankett bei den Merlis hatte der Franzose Philippe Moireau von dem Gerücht berichtet, ihr Halbkusin habe mit Geldproblemen zu kämpfen. Diese Eröffnung hatte sie beflügelt. Sie machte sich daran, den guten Ruf zu schädigen, der

für eine Handelsfirma lebenswichtig war – und sie hatte drei von Angelos Kunden abgeworben. Es waren nicht seine wichtigsten – ihr Verlust allein würde ihn nicht ruinieren –, doch es hatte sie mit einer ungeheuren Befriedigung erfüllt. Als habe sie seine Schatztruhe geplündert. Sie würde sein Geschäft langsam und unauffällig untergraben, bis das Gebäude aufgrund seiner morsch gewordenen Grundfesten in sich zusammenstürzte – und dann würde sie aus den Trümmern wieder das schaffen, was er ihr gestohlen hatte.

Zu ihrem Kummer gelang es ihr heute nicht, das Gefühl nahenden Triumphes zurückzuholen, das sie seinerzeit empfand. Sie fühlte sich niedergeschlagen, eingeengt durch die Zwänge, die ihr Geschlecht ihr auferlegte, und durch die erschreckende Empfindlichkeit des menschlichen Körpers.

Jacopo war eingeschlafen. Vorsichtig nahm Serafina ihm Suppenschüssel und Löffel aus der Hand. Der Schmerz in ihrem Rücken hatte sich inzwischen so sehr verschlimmert, daß sie den Eindruck hatte, mittendurch geschnitten zu werden. Angst stieg in ihr hoch – davor, was er bedeuten könnte. Sie war zu müde, um noch einmal die Treppe zum Schlafzimmer hinaufzusteigen, zog ihren Schal um die Schultern zusammen und kuschelte sich in den Sessel, der am Fenster stand.

Zwischen Constanzas Haus und der Piazza lagen nur ein paar Straßen, doch Galeazzo, seine Freunde und die Kurtisane brauchten fast eine Stunde für die kurze Strecke. Plätze, Gassen und Brücken wimmelten von Menschen. Auf dem ockerfarbenen Wasser des Arno drängten sich kleine Boote. Stände waren aufgestellt worden, an denen man Schwein und Hammel vom Spieß oder Pfannkuchen kaufen konnte. Der Duft heißen, gewürzten Weines stieg aus zahlreichen Kesseln in die Winterluft. Die Leute waren verkleidet und trugen gold- oder silberfarbene oder rot-schwarze Masken mit Hörnern, Quasten oder langen Nasen. Auf Karren, die von Pferden gezogen wurden, grinsten Teufel, lächelten herrlich gekleidete Göttinnen, schleuderten Riesen Drohungen in die Menge. An der Ponte Mezzo stand ein blinder Junge und sang. Seine Hände konnten die Münzen, die er bereits bekommen hatte, kaum noch halten. Der Widerschein der Feuer und Fackeln färbte den Himmel blutrot.

In der Mitte der Piazza war eine riesige hölzerne Burg errichtet worden. Als Soldaten verkleidete Männer marschierten auf dem Wehrgang auf und ab. Andere versuchten, die Holzwände zu erklimmen oder die wackelige Zugbrücke herunterzuziehen.

Galeazzo brachte Constanza einen Glühwein, und sie umfaßte dankbar den Becher, um sich ihre kalten Finger zu wärmen. Gerade als sie den ersten Schluck trank, zündete jemand ein schnapsgetränktes Tuch an und schleuderte es in Richtung der Holzburg. Es landete auf einer Zinne, die sofort Feuer fing. Galeazzo Merli, dessen besticktes Mieder offenstand, grölte begeistert. Einer seiner Freunde, ein junger Notar namens Niccolo, riß eine Fackel von einer Hauswand und warf sie in die Burg. Ein Soldat schüttete einen Eimer Wasser auf das Feuer. Es zischte und spuckte, aber es war zu spät: Die Flammen tanzten bereits die Zinnen entlang, und außerdem warfen immer mehr Leute brennende Stoffe, Stöcke und Laternen. Männer sprangen von den Türmchen und der Zugbrücke. Orangefarben loderten die Flammen in den Himmel. Die Burg ächzte, bebte und stürzte dann in einem Funkenregen in sich zusammen. Viele klatschten, andere schrien Beifall. Der Brand verbreitete eine geradezu sommerliche Hitze und ließ Masken und Gesichter in allen Farben des Feuers leuchten. Am Arm von Galeazzo schlenderte Constanza über die Piazza, als jemand ihren Namen rief. Sie kannte viele von den Leuten hier. Kaufleute, Bankiers und Prinzen hatten sich ebenso zum Feiern eingefunden wie Angestellte und Bedienstete. Die Masken verbargen ihre Identität und hoben alle Standesunterschiede auf. Constanza hatte den Karneval schon immer gemocht – der Trubel und die Anarchie, die damit einhergingen, sprachen einen sorgfältig geheimgehaltenen Zug ihres Wesens an.

Musiker hatten eine Melodie intoniert, und vor der Kulisse der schwelenden Burgreste begannen Paare zu tanzen. Galeazzo entledigte sich seines Kleides und des Reifrockes, unter denen er korrekt gekleidet war, und zog Constanza mit sich.

Licht flackerte über die Gesichter, während die Tanzenden sich drehten. Dicke, hagere, alte, junge – Männer , mit denen sie geschlafen hatte, Ehefrauen, die sie ignorierten, wenn sie ihnen auf der Straße begegnete. Ein braunhaariges Mädchen, das sie an ihre Tochter Maria in Neapel erinnerte, ein hübscher junger Bursche wie derjenige, der zum Messer gegriffen und sie für immer gezeichnet hatte, blaue Augen, die das Bild des englischen Steuermanns heraufbeschworen.

Als die Musik verstummte, sanken sie erschöpft auf die Stufen, die zur Kirche führten. Es hatte vor einer Weile zu schneien begonnen, und die Flocken fielen jetzt dichter. Die großen Kristalle setzten sich auf Constanzas schwarzes Samtcape. Galeazzos Freunde gesellten sich zu ihnen, manche noch in Frauenkleidern, andere bereits wieder als Männer zu erkennen, in Wams und Beinkleid. Constanza

aß Bratäpfel und trank Glühwein. Ein frischer Wind kam auf und trieb sein Spiel mit den Schneeflocken. Es wurde kälter. Bald würde sich eine weiße Decke über die Burgruine legen und die Musik, den Gesang, das Gelächter und das Klappern der Holzsandalen auf dem Kopfsteinpflaster dämpfen.
Galeazzo zog Constanza auf die Füße, und sie ging an seinem Arm über den Platz. Sie beschloß, sich das Bootsrennen auf dem Arno anzuschauen und dann nach Hause zu gehen und einen langen Brief an Maria zu schreiben. In ein paar Wochen wäre Thomas sicher wieder so weit hergestellt, daß er ihn nach Neapel bringen könnte. Das böte ihm Gelegenheit, etwas anderes zu tun, als im Haus herumzulungern und zuviel zu trinken.
Galeazzo verließ sie kurz, um mit einem Musiker zu sprechen und ihm ein paar Münzen in die Hand zu drücken. Dann setzten sie ihren Weg zum Fluß fort. Ein rotschwänziger Teufel drängte sich vorbei, gefolgt von einer schimmernden Schlange. Einer von Galeazzos Freunden, dessen Fischbeinkorsett offenstand, fand für Constanza einen Platz am Brückengeländer. Als sie hinunterschaute, sah sie Galeazzo in eines der kleinen Ruderboote steigen, die wie Nußschalen auf dem Wasser schaukelten. Jedes war mit den Insignien und Farben seines Eigentümers gekennzeichnet. Das Publikum schrie Beifall, als der Wettstreit begann, bei dem die Teilnehmer rücksichtslos ihre Ruder einsetzten, um ihre Konkurrenten kampfunfähig zu machen. Fackeln beleuchteten die turbulenten Geschehnisse.
Der inzwischen sinnlos betrunkene Galeazzo ruderte im Kreis. Sein Boot hüpfte auf den Wellen und wurde immer wieder von anderen Booten gestreift. Der Spielleiter schwenkte ein weißes Tuch und feuerte eine Hakenbüch-

se ab, woraufhin die Boote sich auf den Weg zur Brücke machten. Als sie in die Dunkelheit unter dem Brückenbogen eintauchten, bewegten sich die Zuschauer wie ein tausendfüßiges Wesen zur anderen Seite. Fremde rempelten Constanza an, ein unbekanntes Gesicht näherte sich dem ihren mit gespitzten Lippen, ein Mann fluchte, als sie beim Zurückweichen gegen ihn stieß, eine Hand tastete an ihrer Taille nach ihrer Geldtasche. An der Ecke, wo der blinde Junge gestanden hatte, schleuderten drei Jugendliche einen Hund, den sie in eine Decke gelegt hatten, immer wieder in die Luft.

Auf dem Weg durch das Meer von Männern und Frauen hörte die Kurtisane plötzlich eine bekannte Stimme: »Wir treffen ihn in der Via San Domenico.« Sie gehörte dem jungen Notar Niccolo, doch als Constanza sich suchend umsah, konnte sie ihn nirgends entdecken. Auch Galeazzos andere Freunde waren wie vom Erdboden verschluckt. Als sie zum Fluß zurückschaute, sah sie Galeazzos Boot leer und mit hochgestellten Rudern auf dem Ufer liegen. Sie war schon ein ganzes Stück gegangen, als sie plötzlich die Richtung änderte. Sie hatte sich erinnert, wer in der Via S. Domenico wohnte: Serafina Capriani – die junge Frau, die Thomas Marlowe das Herz gebrochen hatte. »Es gibt andere Möglichkeiten, es herauszufinden«, hatte Galeazzo gesagt und sich damit auf Serafinas mögliche Schwangerschaft bezogen. Hatte er es bereits herausgefunden – und wenn ja, was würde er tun? Vielleicht waren er und seine Freunde so spurlos verschwunden, weil sie etwas im Schilde führten. Constanza wußte, daß ihr reicher Liebhaber eine Schwäche für bösartige Scherze hatte, und diese Nacht des Übermuts könnte sich durchaus inspirierend auf ihn auswirken. Constanza beschleunigte ihre Schritte, als sie sich daran erinnerte, wie er auf dem Weg zum Fluß einem Musiker Geld gegeben hatte. Sie zog die Kapuze ihres Capes tief ins Gesicht, um sich gegen den Schnee zu schützen, den der kalte Wind ihr entgegentrieb, und eilte ihrem Ziel entgegen.

Es war schon spät in der Nacht, als ein Klopfen an der Haustür Serafina hochschrecken ließ. Sie hatte in dem Sessel am Fenster geschlafen, war jedoch immer wieder von schneidenden Schmerzen in Leib und Rücken geweckt worden. Jetzt stand sie auf, stützte sich auf das Fensterbrett und spähte auf die Straße hinunter. Es war niemand zu sehen. Noch immer klang aus der Ferne der Lärm des Karnevals herüber. Dicke Schneeflocken trieben vorbei. Wieder klopfte es – laut und fordernd. Jacopo räkelte sich im Schlaf und grunzte.
Serafina blies die Kerze aus, die den Raum notdürftig erhellt hatte, und verließ den Salon. Die Bediensteten mußten entweder fest schlafen oder zum Karneval gegangen sein. Sie raffte die Röcke und hastete die Treppe hinunter. Das Ziehen in ihrem Rücken machte jeden Schritt zu einer Qual, und das Kind in ihrem Bauch schien Purzelbäume zu schlagen. Als sie die Haustür öffnete, lösten sich mehrere maskierte Gestalten aus dem Schutz der Hauswand. Eine von ihnen kam gebückt daher wie ein alter Mann, und aus der Kaufmannsrobe ragte ein grotesker Phallus. Eine zweite, grellweiß geschminkt und mit blutroten Lippen, trug ein Kleid, unter dem sich ein künstlicher dicker Bauch abzeichnete. Die dritte, in die Capriani-Farben gekleidet, schlug die Trommel und trug ein Gedicht vor.
Die Worte der Spottverse trafen Serafina wie auf sie niederprasselnde Schläge: Sie handelten von einer jungen Frau, die einen Greis geheiratet hatte und nun ein Kind

unter dem Herzen trug. War ihr altersschwacher Gatte der Vater, oder hatte sie sich nebenher einen Zuchtbullen gesucht?
Serafina lehnte sich mit dem Rücken an die Wand, denn die Schmerzen waren jetzt krampfartig und so stark, daß sie die obszöne Posse der Gestalten, deren Fratzen im Licht der mitgebrachten Fackeln gespenstisch leuchteten, zur Bedeutungslosigkeit verblassen ließen. Ich habe gesündigt, dachte Serafina, als sie langsam an der Hausmauer herunterrutschte. Aber meine Sünde war nicht, daß ich Jacopo heiratete.

Sie rannten gerade davon, als Constanza um die Ecke bog, und angesichts des Schneegestöbers nahm sie sie nur schemenhaft wahr – aber das genügte ihr: Sie brauchte die Gesichter nicht zu sehen, um zu wissen, wer die Männer waren.
Neben der offenstehenden Haustür lag etwas, das wie ein weggeworfenes Bündel Kleider aussah. Die Kurtisane eilte darauf zu. Sie erinnerte sich daran, wie sie Serafina das erste Mal erlebt hatte – auf dem Bankett der Merlis –, an ihr ausdrucksstarkes, hochmütiges Gesicht, das Intelligenz und Durchsetzungsvermögen verriet. Sie konnte gut verstehen, daß diese Frau Thomas Marlowe faszinierte, doch sie war ein harter Brocken für einen Mann mit einer konventionellen Einstellung gegenüber Frauen: Diese würde ihre Erfüllung nicht darin finden, eine Horde Kinder großzuziehen, während ihr Mann die meiste Zeit auf See wäre. Als sie gesehen hatte, wie unglücklich er war, hatte sie ihn bemitleidet – jetzt galt ihr Mitgefühl der Frau. Serafinas Gesicht war weiß wie die Schneeflocken, die sich auf ihrem dunklen Haar niederließen – und still wie das einer Toten. Sie trug keinen Umhang, und unter

ihrem Kleid zeichnete sich ihr gewölbter Leib ab. Die Kurtisane breitete ihr Cape über die Bewußtlose und ging ins Haus, um die Dienerschaft zu alarmieren.

Als Constanza eine Stunde später nach Hause kam, saß Thomas in der Küche auf dem Fensterbrett. Weil es ihm unmöglich gewesen war, untätig herumzusitzen, hatte er damit begonnen, den zerbrochenen Fensterriegel zu reparieren, und weil es ihm unmöglich war, sich der Vergangenheit, der Gegenwart und der Zukunft zu stellen, stand eine Flasche Aquavit neben ihm auf dem Sims.
»Na – genug gefeiert?« fragte er.
»O ja – weiß Gott genug!« Sie zog sich das Cape von den Schultern und ließ ihre Maske zu Boden fallen, die sie in der Faust zerdrückt hatte. »Ich habe die Nase voll vom Feiern, Thomas.«
Ihr Tonfall bescherte ihr einen prüfenden Blick. Thomas legte das Werkzeug weg. »Wo ist Signor Merli?«
»Als ich ihn zuletzt sah, saß er in einem Ruderboot auf dem Arno. Ich hoffe, er ist ertrunken!«
Der Steuermann rutschte vom Fensterbrett und trat zu ihr. Er spürte kaum Schmerzen – der Schnaps hatte seine Wirkung getan. »Dieses Haus gehört Signor Merli«, gab er vorsichtig zu bedenken.
»Dann gehe ich eben ins Kloster!« erklärte sie wütend und hob die Fäuste. Plötzlich schien alle Kraft aus ihr zu schwinden. Sie sank auf einen Stuhl am Tisch und barg das Gesicht in den Händen.
»Er hat Sie verletzt«, sagte er.
Sie schaute nicht auf. »Nicht mich«, antwortete sie undeutlich durch ihre Finger. »Mich könnte er nicht verletzten. Nein – er hat... jemand anderen verletzt.«

Thomas verstand natürlich nicht, wovon sie sprach. Er hob die Maske vom Boden auf und strich die zerknitterte Seide glatt.
Constanza nahm die Hände vom Gesicht. »Signora Capriani.« Sie richtete sich auf. »Er hat Signora Capriani verletzt.« Ihre Stimme war leise und hart.
Allein den Namen zu hören bereitete ihm Qualen. »Doch nicht meine Serafina«, sagte er kalt. »Nicht Jacopo Caprianis Serafina.«
»Signor Capriani liegt im Sterben.« Die Kurtisane schaute zu ihm auf. Ihre grauen Augen sprühten vor Empörung, als sie hinzusetzte: »Aber es ist gut möglich, daß seine Frau noch vor ihm stirbt.«
Er starrte sie verständnislos an. Constanza faltete die Hände vor sich auf dem Tisch. »Signora Capriani hat einen alten Mann geheiratet – wegen seines Geldes und seiner Firma – und bemüht sich, sein Geschäft zum Erfolg zu führen. Wahrhaft verbrecherisch, finden Sie nicht?« Jedes Wort troff von Sarkasmus.
Thomas holte die Flasche vom Fensterbrett und stellte sie auf den Tisch. »Sie heiratete ihn wegen des Geldes – und aus einigen anderen Gründen«, erwiderte er langsam. »Keiner davon ist besonders ehrenhaft.«
»Was hätte sie, Ihrer Meinung nach, denn sonst tun sollen? Eine Hure werden wie ich?«
Thomas hatte sich gerade etwas eingießen wollen, doch jetzt erstarrte die Hand mit der Flasche mitten in der Bewegung. »Es hätte noch eine andere Möglichkeit gegeben«, sagte er leise.
»Ach ja? Welche?«
Er goß sein Glas randvoll. »Ich habe ihr einen Heiratsantrag gemacht«, erinnerte er sie.
»Das stimmt«, nickte sie. »Aber wann? Als sie allein und

mittellos war – oder als sie ihr Leben bereits im Griff hatte?«
Seine Hände begannen so stark zu zittern, daß er es nicht wagte, das Glas zum Mund zu führen.
»Sie sind heute bei ihr gewesen, nicht wahr?« Es war eher eine Feststellung als eine Frage.
Er wußte, daß sie sich damit nicht auf Serafina bezog, sondern auf die andere geliebte »Sie«, die schwer beschädigt im Hafen von Livorno lag. Thomas nickte, nahm das Glas in beide Hände und trank einen großen Schluck. Es war das erste Mal seit der Auseinandersetzung mit Edward Whitlock, daß er die *Kingfisher* gesehen hatte. Seine Erinnerung an den Kampf und die Zeit danach wies große Lücken auf. Da war John Keane gewesen, und Antonio – und später Constanza. Zuerst ein heißer, stickiger Raum in Livorno, und dann kühle Laken und ein luftiges Zimmer in Pisa. Es dauerte Wochen, bis er aufstehen und herumlaufen, und noch viel länger, bis er wieder reiten konnte. Heute hatte er sich gezwungen, sich seinen schlimmsten Vorstellungen und Alpträumen zu stellen – und festgestellt, daß sie der Wahrheit entsprachen. »Er hat den Besanmast umgehackt, die Reling und die Treppe zertrümmert und Löcher in das Achterdeck geschlagen«, berichtete er.
»Die Schäden müssen doch zu beheben sein.«
Thomas schüttelte den Kopf. »Nur mit viel Geld, und ich habe keines. Whitlock kommt etwa in einem Monat aus Aleppo zurück, und dann wird er seine Drohung wahrmachen und mein Schiff zu Feuerholz zerkleinern lassen.« Er trank noch einen Schluck, um die Bilder loszuwerden, die durch seinen Kopf geisterten. Drei Dinge spielten eine Rolle in seinem Leben: sein Schiff, das Meer und die Frauen. Das Meer hatte ihn zweimal beinahe

getötet, wegen einer Frau hatte er sein Schiff verloren, und eine andere vergiftete sein Dasein.
»Was werden Sie tun?« fragte Constanza in seine Gedanken.
Er sah sie an, als sei er gerade aus einem Traum erwacht.
»Amerika«, sagte sie leise. »Die Westindischen Inseln. Ich dachte, Sie wollten dorthin – und noch weiter.«
»Vielleicht werde ich das alles noch sehen, nur eben nicht mit meinem eigenen Schiff. Ein Steuermann findet immer Arbeit. Mein Traum ist zu Ende, es wird Zeit, daß ich mich damit abfinde.«
»Nein, Thomas!« Constanza sprang auf und schlug ihm das Glas aus der Hand. Es zerschellte am Boden, die farblose Flüssigkeit glänzte auf den Terrakottafliesen. »Sie dürfen sich nicht aufgeben! Es gibt jemanden, der Sie dringend braucht!« Er schaute sie fragend an. »Hören Sie mir zu.« Ihre Augen waren dunkel vor Wut. »Heute abend hat mein Liebhaber, Galeazzo Merli, ein Possenspiel für Serafina Capriani arrangiert. Wissen Sie, was ein Charivari ist? Nein? Dann lassen Sie es mich Ihnen erklären: Wenn eine Person etwas tut, was die Gesellschaft verurteilt – beispielsweise als junge Frau einen alten Mann heiraten –, dann verkleiden sich Männer als Abbild der Beteiligten, und ein Spottgedicht wird rezitiert. Dieses üble Spiel haben Galeazzo und einige seiner Freunde heute nacht mit Serafina Capriani getrieben. Einer der Darsteller verkörperte einen alten, erstaunlich gutbestückten Mann, ein anderer eine Schwangere.«
Thomas starrte sie entsetzt an. In seinem Kopf wirbelten die Gedanken durcheinander.
»Serafina ist etwa im sechsten Monat schwanger, denke ich«, fuhr sie leise fort. »Aber es kann sein, daß sie das Kind heute nacht verliert. Ich kam leider erst bei ihr an, als

die Vorstellung bereits vorüber war, ich sah die Kerle gerade noch im Schneetreiben verschwinden, und sie lag ohnmächtig vor dem Haus. Ich ließ sie hineinbringen und die Hebamme rufen.«
Thomas mußte sich setzen – seine Beine trugen ihn nicht mehr. Männer starben in einer Schlacht oder auf See – Frauen bei der Geburt. »Wird sie es überleben?« brachte er mühsam hervor.
»Ich weiß es nicht.« Constanza trat zu ihm und legte ihm die Hand auf die Schulter. »Sie ist jung und stark. Sie wird kämpfen. Ich finde, Sie sollten zu ihr gehen.«
Tränen glänzten in seinen Augen. »Sie will mich nicht.«
Die Kurtisane strich ihm über die Schulter. »Damit werden Sie wohl leben müssen, mein Lieber, aber das sollte Sie nicht davon abhalten, ihr beizustehen.« Er starrte schweigend vor sich hin. »Weil Sie sie lieben«, setzte sie hinzu, »weil Sie ihr Freund sind – und weil sie niemand anderen hat.«

Nachdem er von den Bediensteten der Caprianis erfahren hatte, daß sie – wie er – dem Tod ein Schnippchen geschlagen hatte, machte Thomas sich eine Woche später auf den Weg zu Serafina. Es war bitter kalt, der gefrorene Schnee knirschte unter seinen Stiefeln. Serafina empfing ihn in einem Salon, von dem man über den Arno schauen konnte – zu Constanzas Haus. Ihr Anblick tat ihm in der Seele weh. Sie saß mit einer Decke über den Knien und Kissen im Rücken auf dem Sofa. Die leuchtende Blässe ihres Gesichts ließ ihr Haar und ihre Augen schwarz erscheinen. Noch immer war die feine Narbe zu sehen, die von ihrem Sturz auf den Bootsrand der Tartane herrührte. Serafina sah genauso jung aus wie damals – ein bleiches, wehrloses Kind.

Thomas verbeugte sich. Seine Stiefel hinterließen feuchte Spuren auf dem Holzboden, als er durch das Zimmer ging. Serafina sagte nichts, sie sah ihn nur schweigend an. Diesmal hätte er eine sarkastische oder hochmütige Bemerkung begrüßt – oder ein »Mr. Marlowe – wie nett«. Furcht stand in ihren Augen. Er kniete sich neben sie und legte sein Geschenk auf die Decke. »William Williams hätte es besser gekonnt«, sagte er, »aber er ist in Aleppo.«

Es war ein Schiff, aus Holz geschnitzt, naturgetreu bis ins kleinste. »Die *Kingfisher*!« Serafina lächelte schwach.

Er nickte. »Wenn Sie sie haben wollen, gehört sie Ihnen.« Es überraschte ihn, wie leicht ihm die Worte über die Lippen kamen, mit denen er ihr das anbot, was er außer ihr am meisten liebte. Er wußte, daß er sich damit in ihre Hand gäbe, doch er wußte auch, daß er keine Wahl hatte: Irgendeine Macht – Kara Alis geliebte Sterne oder die mediterranen Götter – hatte ihre Geschicke untrennbar miteinander verknüpft, ihres, seines und das der *Kingfisher*. Fast andächtig betrachtete Serafina das winzige Modell, die Masten und Rahen, den geräumigen Laderaum und den schnittigen Rumpf, der auf Schnelligkeit ausgelegt war. Schließlich sagte sie: »Ich erwarte ein Kind, Thomas. Ich hätte es fast verloren, aber die Hebamme meint, wenn ich mich ruhig halte, kann ich es vielleicht austragen.« Unter den Falten der Decke war die Wölbung ihres Leibes nicht zu erkennen.

»Ich weiß«, antwortete Thomas. »Constanza hat es mir erzählt.« Sie schaute ihn fragend an. »Die Kurtisane Constanza«, erklärte er. »Signor Merlis Geliebte. Sie fand Sie neulich nach dem üblen Possenspiel. Ich wohne seit über einem Monat bei ihr.« Serafina schloß die Augen, die dünnen Finger, die das Schiffsmodell umschlossen hatten, öffneten sich. »Ich wohne bei ihr, das ist alles«, rechtfertigte er sich hastig. »Vor einiger Zeit kam es in Livorno zu einem... Zwischenfall. Die *Kingfisher* wurde schwer beschädigt und ich verletzt. Constanza nahm mich zu sich und pflegte mich – warum, das wissen die Götter.« Er nahm Serafina das Modell aus der Hand und stellte es auf das Tischchen neben dem Sofa. Er hätte sie gerne in die Arme genommen, ihr langes dunkles Haar gestreichelt und sie gegen alle Gefahren geschützt, die Gott und die Menschen für sie bereithielten – und gegen die, die sie sich selbst geschaffen hatte –, aber er wußte, daß er der Versuchung widerstehen mußte. Also stand er auf und trat ans Fenster.

»Mit Geld könnte die *Kingfisher* instand gesetzt werden«, sagte er. »Sie wollten sie einmal haben. Wenn Sie sie immer noch wollen, gebe ich sie Ihnen, Serafina.« Bleigrau hing der Himmel über der Stadt. Schnee lag auf den Dächern, Fenstersimsen und Mauervorsprüngen der Häuser.

»Und was ist mit Ihnen?« hörte er Serafina flüstern.

Er verstand sofort, was sie meinte. Er hatte sich bereits entschieden, doch er starrte eine ganze Weile schweigend auf die Winterlandschaft hinaus. Am Flußufer vergnügten sich Leute damit, Skulpturen aus Schnee und Eis zu modellieren: Pferde, Drachen und voll aufgetakelte Galeonen. »Ich werde sie steuern«, sagte er schließlich. »Wohin Sie wollen.« Entgegen seiner Erwartung empfand er es nicht als Niederlage, sich ihr unterzuordnen. Nachdem Constanza ihm in aller Deutlichkeit klargemacht hatte, daß er ohne Serafina und die *Kingfisher* niemals sein Glück finden könnte, hatte er eingesehen, Zugeständnisse machen zu müssen. Er würde nicht länger versuchen, die Bedingungen zu diktieren. Er brauchte diese Frau und

sein Schiff – auch wenn er sich dafür aufgeben müßte. Er konnte das Meer von hier aus nicht sehen, doch er wußte, daß es auf ihn wartete.
»Mein Vertrag mit der Levant Company ist gelöst, Serafina. Die *Kingfisher* ist beschädigt, aber reparabel. Allerdings würden Sie eine beträchtliche Summe bereitstellen müssen, um sie wieder seetüchtig machen zu lassen – und mir das Geld leihen, das ich der Gesellschaft schulde. Ich würde als Kapitän und Steuermann auf dem Schiff fahren. Es würde unter Ihren Farben segeln und jeden Hafen Ihrer Wahl ansteuern. Wie ich von Constanza hörte, ist Ihr Mann krank, und Sie führen das Geschäft allein. Erlauben Sie mir, Ihnen zu helfen. Die *Kingfisher* kann in einem Bruchteil der Zeit, die ein Maultierzug braucht, von Neapel nach Marseille gelangen.«
Stille. Dann fragte Serafina: »Warum?«
»Weil ich nicht mit ansehen kann, wie Sie sich selbst zerstören.« Es hatte ihn eine Woche gekostet, um diese Erklärung für seinen Entschluß zu finden. Als er sich umdrehte, sah er, daß sie sich vorgebeugt hatte und die Kissen aufschüttelte, die ihren Rücken stützten. Thomas durchquerte den kleinen Raum mit zwei Schritten und half ihr, es sich wieder bequem zu machen.
Sie schaute zu ihm auf. Eine Spur des alten Feuers glomm in ihren Augen. »Meine Absicht hat sich nicht geändert, Thomas. Ich will mir immer noch meinen Besitz von Angelo zurückholen. Darauf könnte ich niemals verzichten.«
Er hatte nichts anderes erwartet. Serafinas Gefühle für ihren Halbkusin – ob nun Liebe oder Haß – waren ein Teil von ihr. Er fragte sich, ob das wohl jemals anders würde.
»Ich weiß. Ich werde nicht versuchen, Sie daran zu hindern.«

»Und wie stellen Sie sich zu dem Kind?«
Thomas setzte sich vorsichtig auf die Sofakante und nahm Serafinas Hände in seine. Sie wollte sie wegziehen, doch er hielt sie fest. »Sein Wohlergehen wird mir immer am Herzen liegen.« Wenn es, wie Constanza annahm, im Frühling geboren würde, könnte es ebensogut seines sein wie das des alten Mannes – aber er ging insgeheim davon aus, daß der Greis nicht mehr in der Lage gewesen war, ein Kind zu zeugen.
Serafinas Blick traf den seinen. Es stand eine deutliche Warnung darin. Er beantwortete sie. »Seien Sie unbesorgt – ich werde keinerlei Ansprüche stellen. Wir werden lediglich Geschäftspartner sein. Ich brauche Geld, um die *Kingfisher* auf See zu bringen, und Sie brauchen die *Kingfisher* für den Transport Ihrer Waren. Es ist nichts weiter als ein Handel, Serafina.«
Er sah das Mißtrauen in ihren Augen verblassen und spürte, wie ihre verkrampften Finger sich in seinen Händen entspannten. Dann nickte sie fast unmerklich. Diesmal verlangte sie nicht nach Schreibzeug, um den Vertrag schriftlich festzulegen, wie sie es früher getan hätte. Offenbar hatte sie begriffen, daß ihre Beziehung an einem Punkt angelangt war, an dem das nicht mehr angemessen gewesen wäre.

NEUNTER TEIL

1596
UNMÖGLICHES
WIRD ERMÖGLICHT

Es schien unmöglich, die Mauern von Jericho zum Einsturz zu bringen. Solche Unmöglichkeiten kann Gott möglich machen.

266 Christen aus türkischer Gefangenschaft befreit:
Richard Hakluyt

Jacopo Capriani starb Mitte April. Seine Frau nahm nicht an der Beerdigung teil, da sie drei Tage zuvor niedergekommen war. Serafina erlebte die langwierige, schmerzhafte Geburt als entwürdigend. Als die Hebamme ihr das Kind, nachdem sie gewaschen und umgezogen worden war, in den Arm legte, würdigte sie es zunächst keines Blickes. Es war ein Junge, hatte die Frau ihr begeistert erklärt, und er war kerngesund. Eine tiefe Erleichterung erfüllte sie. Das Kind sicherte ihr den Caprianischen Besitz. Hätte sie es verloren oder wäre es tot geboren worden, hätte sie wieder mittellos dagestanden. Sie hatte noch nicht einmal eine Mitgift in die Ehe eingebracht, die sie nach Jacopos Ableben hätte zurückfordern können. Das kleine, schlafende Geschöpf in ihrem Arm war die Garantie für ihre Zukunft – und der Lohn für all ihre Bemühungen und Opfer. Ein triumphierendes Lächeln erhellte ihr Gesicht.

Die Hebamme mißdeutete es als mütterlichen Stolz. »Ja – er ist wirklich ein Prachtkerl«, strahlte sie, als sei sie dafür verantwortlich. »Ein schöner kleiner Bursche. Zu schade, daß sein Vater ihn nicht mehr sehen kann.«

Die Frau mußte sich irren – schließlich wußte jedermann, daß alle Neugeborenen häßlich waren! Serafina hatte ihren Sohn noch immer nicht angeschaut – doch jetzt regte sich ihre Neugier. Es kostete sie unendlich Mühe, den Kopf zu drehen, die Hand zu heben und das Tuch wegzuziehen, das über das Gesichtchen gefallen war. Das Kind streckte sich, fuhr ziellos mit seinen winzigen Fäusten durch die Luft und öffnete die Augen. Sie waren blau! Serafinas Herz begann zu hämmern – doch dann erinnerte sie sich daran, gehört zu haben, daß alle Kinder anfänglich blaue Augen hatten. Es bedeutete nicht, daß Thomas Marlowe der Vater war. Aber natürlich hatte sie Pläne für den Fall gemacht, daß irgend etwas eindeutig darauf hindeute, denn sie wußte, daß Leute wie Galeazzo Merli ihr mit Genuß das Leben zur Hölle machen würden, wenn sie Verdacht schöpften: Sie würde das Kind aufs Land geben, bevor die bösen Zungen ihr Zerstörungswerk beginnen könnten. Sie durfte auf keinen Fall riskieren, daß ihr das Capriani-Vermögen von irgendeinem entfernten Verwandten ihres Mannes streitig gemacht würde.

Zu ihrer Überraschung stellte sie fest, daß ihr Sohn durchaus nicht häßlich war. Sein Kopf war kahl und die Nase ein wenig gequetscht, aber allgemein war er durchaus ansehnlich. Wie aus weiter Ferne hörte sie die Hebamme fragen: »Wie werden Sie ihn nennen, Signora?«
Serafina reichte das kleine Bündel der wartenden Amme.
»Francesco«, antwortete sie – und lächelte schon wieder.

Anfang Februar hatte Thomas Marlowe die Instandsetzung der *Kingfisher* in Angriff genommen – und je weiter die Arbeiten fortschritten, um so schwächer wurde die Angst vor der See, die ihn schon zweimal beinahe das Leben gekostet hätte.
Im März war der Konvoi der Levant Company aus Aleppo zurückgekehrt. Edward Whitlock hatte die *Garland* befehligt, John Keane die *Legacy*. Letzterer hatte die Geldübergabe Thomas Marlowes an seinen Erzfeind überwacht, um sicherzustellen, daß keiner der beiden zum Messer griffe, um dem anderen die Kehle durchzu-

schneiden. Vierzehn Tage später war der Konvoi nach London aufgebrochen.

Die Rückkehr des Konvois bedeutete auch die Rückkehr von William Williams und seines Lehrlings Cristofano. William wollte keinen Fuß mehr auf englischen Boden setzen, solange die alte Königin lebte. Bei einem Becher Glühwein in einer Hafenkneipe erzählte Thomas seinem Freund, daß nunmehr Serafina Capriani die Eigentümerin der *Kingfisher* sei. Er ging nicht auf Einzelheiten ein, und William fragte nicht danach. Thomas' Bitte, wieder als Schiffszimmermann auf der *Kingfisher* mitzufahren, entsprach er mit Freuden. Das Schiff würde in ein paar Wochen wieder seetüchtig sein. Serafina hatte bereits angeordnet, daß die erste Reise nach Neapel führen sollte – für den Einkauf der Seidenartikel, die Jacopo Caprianis Spezialitäten gewesen waren. Jetzt war der alte Mann tot, hatte zu guter Letzt doch noch den Kampf gegen das Fieber verloren, das ihn über so viele Jahre hinweg immer wieder heimsuchte. Die Neuigkeit wurde Thomas überbracht, als er die letzten Vorbereitungen dafür traf, die *Kingfisher* von Livorno nach Pisa zu bringen. Er konnte es kaum erwarten, Serafinas Gesicht zu sehen, wenn er ihr sein – nein ihr – Schiff in voller Pracht vorführte. Sie war hochschwanger, doch er würde sie, falls nötig, in einer geschlossenen Sänfte zum Hafen hinuntertragen lassen. Er wollte sie wieder lächeln sehen, erleben, daß sie etwas von der Sicherheit zurückgewänne, die Galeazzo Merli ihr mit seiner bösartigen Posse genommen hatte, versuchen, sie aus den Fängen ihrer Vergangenheit zu befreien, die sie fester im Griff hatten, als die Fesseln im Bagno in Algier. Würde es ihm gelingen, den Spuk zu beenden?

Vier Tage später lief die *Kingfisher* in Pisa ein. Drei davon

hatte er damit zugebracht, die letzten Arbeiten an dem Schiff, das seinem Empfinden nach noch immer das seine war, zu überwachen, und am vierten war er gemächlich an der toskanischen Küste entlanggesegelt, wobei er zahllose kleine Nachbesserungen vornahm und sich Zeit ließ, sein Meisterstück kennenzulernen. Es war, als mache er endlich die Bekanntschaft einer Frau, die er jahrelang nur aus der Ferne hatte anbeten dürfen. Als das Schiff den Hafen verließ, erfüllten ihn das Wasser, das am Rumpf entlangschäumte, und das schwankende Deck mit Unbehagen. Er war seit der Fahrt nach Zakynthos nicht mehr draußen gewesen, und er schauderte bei der Erinnerung daran, daß das Meer ihn nach dem Kampf mit Edward Whitlock beinahe in seiner nassen Umarmung erstickt hätte. Doch als die Segel der *Kingfisher* sich blähten und sie Fahrt aufnahm, verschwand seine Unsicherheit. Er war wieder zu Hause. Der klare Frühlingshimmel verlieh der See eine sattblaue Farbe, und der frische Wind schmückte die Wellen mit weißen Kronen.
Die Besatzung bestand aus William Williams, Cristofano und einem halben Dutzend von Thomas handverlesenen Männern. Er fungierte sowohl als Kapitän als auch als Steuermann, und er kletterte auch schon mal mit einem Messer zwischen den Zähnen in die Wanten, um ein verwickeltes Tau zu lösen.
Eine unbändige Freude ergriff von ihm Besitz – und die alte Liebe zu dem Element, das ihn seit jeher faszinierte. Die *Kingfisher* war die Erfüllung seines Lebenstraumes, und sie war noch schöner geworden als erhofft. Endlich wurde er für die Mühsal der Vergangenheit entschädigt, für den Untergang der *Toby*, die lange Reise von Marokko nach Livorno, die beinahe tödliche Auseinandersetzung mit Edward Withlock und dem Ligurischen Meer. All

diese Ereignisse waren Schritte auf dem Weg zu dem Ziel gewesen, das er sich vor langer Zeit gesetzt hatte. Die Vereinbarung mit Serafina schränkte seine Bewegungsfreiheit momentan auf das Mittelmeer ein, doch er hoffte, ihr die Schulden innerhalb eines Jahres zurückzahlen zu können und sie dazu zu bringen, die Möglichkeiten zu erkennen, die sich ihnen böten, wenn sie sich endlich von ihrer Vergangenheit löste. Der Atlantik wartete auf sie.

Thomas klopfte sich den Straßenschmutz von den Stiefeln und gab sein Cape dem Dienstmädchen, das ihm geöffnet hatte. Es war still im Haus. Ungewöhnlich still. Keine Schritte, keine Stimmen, keine geschäftig durch die Halle eilenden Angestellten, die selbst im Gehen in Papier vertieft waren, keine Serafina. Nur Stille. Und dann miaute irgendwo ein Kätzchen.
Sicher – Jacopo Capriani war vor vierzehn Tagen gestorben, aber es sah Serafina nicht ähnlich, die Ruhe einzuhalten, die von einer trauernden Witwe erwartet wurde. Wieder miaute das Kätzchen.
Nein – das war kein Kätzchen! Die Erkenntnis traf Thomas wie ein Schlag. Er stürmte an dem abwartend dastehenden Dienstmädchen vorbei die Treppe hinauf. Seine Stiefel durchbrachen die Stille mit schockierender Lautstärke. Die Amme schleuderte ihm einen empörten Blick entgegen, als er die Tür aufstieß, und ein Hausmädchen ließ mit einem leisen Schreckensschrei einen Stapel winziger weißer Kleidungsstücke fallen. Serafina, die mit einem kleinen Bündel im Arm in den Kissen saß, sagte gelassen: »Monsieur Marlowe – wie nett.«
Er grinste breit. Ohne sich um die finstere Miene der Amme zu kümmern, durchquerte er das Zimmer und setzte sich auf die Bettkante. Das Baby greinte, und Serafi-

na erklärte: »Es ist ein Junge. Ich habe ihn Francesco genannt.« Und damit reichte sie Thomas das Kind.
Im Gegensatz zu vielen anderen Männern seines Alters war er nicht ungeübt darin, ein Baby im Arm zu halten. Nicht weil seine Bastarde die Docks von Greenwich bevölkerten, wie er zu Edward Whitlock gesagt hatte, sondern weil sein Bruder Robert, der ein häuslicher Mensch war, außer einem Gasthaus auch eine Frau und fünf Kinder sein eigen nannte.
Thomas' Kleider rochen nach Meer und Pech. Serafinas Sohn roch nach saurer Milch, Seife und Rosenwasser. Er hatte eine Saugblase auf der Oberlippe und einen schön geformten, aber völlig kahlen Kopf. Thomas versprach dem Kind, das seiner Überzeugung nach sein Sohn war, im stillen das Meer, ein Schiff und alle Schätze, die die Welt zu bieten hatte. »Er hat eindrucksvolle Fäuste«, stellte er lächelnd fest. »Wenn Sie nicht aufpassen, wird er seinen Lebensunterhalt auf Jahrmärkten verdienen anstatt mit dem Seidenhandel.« Er drückte das Kind einen Moment lang zart an sich und gab es, als es sich sträubte, mit den Ärmchen durch die Luft ruderte und zu weinen begann, seiner Mutter zurück. Natürlich mußte er durch die für ihn unvorhergesehenen Umstände davon absehen, Serafina die *Kingfisher* zu zeigen, und so machte er sich daran, sie ihr ausführlich zu beschreiben. Ein weicher Schimmer lag in ihren Augen, und ein Lächeln umspielte ihre Mundwinkel, als er sagte, sie könne nun eine genaue Liste ihrer Kontakte in Neapel und der benötigten Dinge aufstellen. Als ihre Lider sich schließlich schlossen, blieb er noch eine Weile still sitzen und schaute auf die beiden hinunter – auf das Kind in der Wiege und auf Serafina, deren dunkle Haare ihr blasses, aber gelöstes Gesicht umrahmten. Zum ersten Mal, seit er sie kannte, wirkte sie zufrieden.

Eine Woche später verlas der Notar in dem Salon, in dem Serafina Thomas seinerzeit über ihre Heirat informiert hatte, Jacopo Caprianis Testament. Serafina, die bereits ihre zierliche Figur wiedergewonnen hatte, saß in einem strengen schwarzen Kleid mit niedergeschlagenen Augen und gefalteten Händen da. Sie rührte sich nicht, als der Notar ihr eröffnete, daß sie nun als Mutter und Beschützerin von Francesco Capriani Häuser in Pisa, Neapel und Marseille besitze, und sie zeigte auch keinerlei Reaktion, als die gelangweilte Stimme herunterleierte, was der Kaufmann seiner Frau und seinem Sohn außerdem noch hinterließ. Doch als sie schließlich begriff, wieviel Geld auf verschiedenen Banken, in Truhen und Geldtaschen lag, begann ihr Herz wie ein Hammer zu schlagen.

Sie wußte, daß Jacopo Capriani sein ganzes Leben lang hart gearbeitet hatte, aber sie hatte keine Vorstellung davon gehabt, wieviel er damit verdient hatte. Das verwahrloste Haus und seine fadenscheinigen Kleider waren Ausdruck seiner Gleichgültigkeit gegenüber Äußerlichkeiten gewesen. Den Kaufmann hatte nur eines interessiert: Geld zu horten. Er hatte sich sogar geweigert, einen Arzt zu bezahlen, der vielleicht sein Leben hätte verlängern können. Sein Geiz bescherte Serafina nun ein Barvermögen von mehr als fünfzigtausend Florin. Ein berauschendes Hochgefühl ergriff von ihr Besitz. In den dunklen Tagen nach Galeazzo Merlis Possenspiel, als eine Frühgeburt drohte, hatte sie all ihre Hoffnungen schwinden sehen. Ein quälendes Gefühl der Hilflosigkeit hatte sich auf sie gelegt wie eine schwarze Wolke, die ihr den Atem nahm. Die Geburt ihres gesunden Sohnes hatte eine Zentnerlast von ihrer Seele genommen, doch erst jetzt fühlte sie sich wirklich frei: Jacopos Vermögen versetzte sie in die Lage, all ihre Pläne zu verwirklichen.

Der Notar hatte aufgehört zu lesen, stand auf und verbeugte sich. Die Angestellten und Bediensteten, die an den Wänden aufgereiht standen, begannen mit den Füßen zu scharren und zu husten. Serafina erhob sich. Thomas Marlowe lehnte, den unvermeidlichen schwarzen Filzhut in den Händen, in einer Ecke des Raumes und lächelte ihr entgegen, als sie auf ihn zukam. Sie faßte ihn am Ärmel und zog ihn mit sich hinaus.
Als sie allein waren, sagte Serafina: »Ich habe Ihnen doch eine Liste für Neapel gegeben, Thomas. Kaufen Sie von allem, was darauf aufgeführt ist, die doppelte Menge.«

In der morgendlichen Rekreationszeit, die der Konvent in Neapel seinen Insassen gestattete, versuchte Maria Garzoni verzweifelt, das blaßgraue Oberteil ihres Kleides mit Regenwasser und ihrer Haarbürste zu reinigen. Es war durch schwarze Flecken verunziert. Bisher waren sie noch nicht bemerkt worden, da Schwester Teresa, die sie zuvor wegen ihres ungebührlichen Verhaltens gescholten hatte, unter Kurzsichtigkeit litt, und da sie Maria günstigerweise gezwungen hatte, sich ein Blatt Papier an den Busen zu stecken, das die Flecken verdeckte. »Ich habe in der Stickstunde geschwätzt« hatte Maria darauf schreiben müssen. So kam es, daß ihre Verfehlung vom Vortag die heutige verbarg, und diese Tatsache festigte Marias Glauben an einen gnädigen Gott. Doch beim abendlichen Appell würde das Papier entfernt – von Schwester Bonaventura, vor der sogar Maria Ehrfurcht hatte – und ihr Verbrechen offenkundig. Schwester Bonaventura hatte den unangenehmen Ehrgeiz, allen Dingen auf den Grund zu gehen, und Maria, die unfähig war zu lügen, konnte sich gut vorstellen, wie die Nonne reagieren würde, wenn sie ihr die Herkunft der schwarzen Flecken offenbarte. Sie rührte nicht etwa von Farbe her, sondern von Kahveh. Maria war vor einigen Tagen, nachdem sie sich mit Schwester Teresas Erlaubnis neue Handschuhe in der Stadt gekauft hatte, zu den Docks hinuntergegangen, und dort hatte ihr ein Mann Kahvehbohnen gegeben. Nicht, daß sie ihn darum gebeten hätte – nein, sie hatte nur voller Bewunderung die Schlangen und Bäume betrachtet, die auf seinem Oberkörper tätowiert waren. Darüber freute er sich so, daß er in einen Sack griff und ihr eine Handvoll Bohnen schenkte. Es geschah nicht selten, daß Leute ihr etwas schenkten. Maria konnte sich denken, was Schwester Bonaventura sagen würde, wenn sie es erführe, aber Maria wußte, daß keine böse Absicht dahintersteckte. Die Menschen – Männer ebenso wie Frauen – mochten sie, weil sie freundlich mit ihnen sprach und ihnen ein gutes Gefühl gab. Das war es, wonach sie sich sehnten.

Die Bohnen waren so ziemlich das seltsamste Geschenk, das sie bisher bekommen hatte. Der Seemann hatte darauf gedeutet und »Kahveh!« gesagt. Dann tat er, als trinke er, und leckte sich anschließend die Lippen, als habe es ihm gut geschmeckt. Und so bemühte sich Maria in den frühen Morgenstunden vor dem Weckläuten, ein Getränk aus den Kahvehbohnen zu bereiten. Sie versuchte sie zu mahlen wie Getreide, doch sie hüpften immer wieder aus der Waschschüssel und durch das ganze Zimmer. Als sie endlich doch eine Art grobkörniges Pulver hergestellt hatte, vermischte sie es mit Wasser und trank. Es schmeckte so abscheulich, daß sie den Becher fallen ließ, und sein Inhalt sich über das Oberteil ihres Kleides und den Fußboden ergoß. Sie ließ oft etwas fallen, und bekam entsprechend oft Ärger. Auch sonst wurde sie häufig gerügt. Ihre Stickarbeit, tadelte Schwester Bonaventura mehrmals, sähe aus, als sei eine Krähe über den Stoff gelaufen. Und bei diesen Gelegenheiten hielt Schwester Bonaventura ihr als leuchtendes Beispiel die herrliche Altardecke vor, die ihre Mutter gestickt habe. Maria, die wußte, daß Mama das blöde Ding hatte anfertigen lassen, senkte dann scheinbar beschämt den Kopf und ließ ihre Gedanken zu dem schönen Klostergarten oder den Schiffen im Hafen hinauswandern.

Im Augenblick jedoch vermochten nicht einmal die knospenden Rosen und duftenden Lilien um sie herum, der blaue Himmel über ihr und die im Sonnenschein glitzernde Fassade der Kirche S. Chiaro ihre Stimmung zu heben. Der Gedanke an die bevorstehende Rüge veranlaßte sie, mit zitternden Lippen ein Stoßgebet gen Himmel zu schikken, während sie sich weiterhin abmühte, die dunklen Flecken zu entfernen.

Gott, von dem Maria wußte, daß er gut und gnädig war, erhörte ihr Flehen umgehend. Schritte wurden laut, und Maria steckte sich eiligst wieder den Zettel an die Brust. Gerade hatte sie die Haarbürste in die Tasche geschoben, als Schwester Esmeralda erschien. Maria atmete auf: Esmeralda war ihre beste Freundin. Wie immer war das Mädchen außer Atem, und ihre Wangen leuchteten erhitzt.

»Du hast Besuch!« erzählte sie aufgeregt. »Schwester Bonaventura hat mich geschickt, damit ich dich hole!« Sie wischte sich das schweißglänzende Gesicht mit ihrem Taschentuch ab und versuchte, ihren verrutschten Schleier wieder ordnungsgemäß zu befestigen. Schwester Esmeralda machte stets den Eindruck, sich in einem Zustand hektischer Verwirrung zu befinden, aber sie war ein Schatz. Sie war es auch gewesen, die Maria auf dem heimlichen Ausflug zu den Docks begleitet hatte. »Du

mußt dich beeilen!« drängte sie. »Man läßt Besuch nicht warten.«
Maria fand zwar nichts dabei, Besuch warten zu lassen, tat ihrer Freundin jedoch den Gefallen und raffte die Röcke. Eine Nonnenstimme rief: »Gehen, mein Kind – nicht rennen!«, und sie drosselte gehorsam ihr Tempo.
In dem Dämmerlicht des kleinen Zimmers neben dem Eingang nahm Maria als erstes Schwester Bonaventuras finsteres Gesicht wahr und dann einen jungen Mann, der einen Hut in der Hand hielt. Außer dem klosterüblichen Geruch von Seife und Weihrauch stieg ihr der Duft von Rosenwasser in die Nase – und Seide raschelte.
»Mama!« rief Maria und fiel ihrer Mutter um den Hals.

Es gelang Constanza, Schwester Bonaventura die Andeutung eines Lächelns zu entlocken, indem sie ihr Kerzen für die Sakristei versprach. Danach ließ die Nonne die Besucher mit dem Zögling allein.
Als Constanza wieder zu Atem gekommen war und die Tränen weggeblinzelt hatte, stellte sie ihrer Tochter, die sie seit achtzehn Monaten nicht gesehen hatte, ihren Begleiter, Thomas Marlowe, vor. Dann trat sie, Marias Hände in den ihren, einen Schritt zurück und musterte das geliebte Gesicht ausführlich, um es sich für die langen Monate der Trennung einzuprägen, die diesem Treffen folgen würden.
Maria, deren braune Locken und Züge weder Constanzas noch denen eines der Männer ähnelten, an die sie sich erinnern konnte, war kein Kind mehr. Sie war jetzt sechzehn, fast so groß wie ihre Mutter und hatte eine Figur bekommen, die nicht einmal das formlose Klostergewand verbergen konnte. Doch ihre Figur war das einzige, was an ihr erwachsen wirkte. Mit einem Lächeln registrierte

Constanza, daß ihre Tochter sich in einiger Hinsicht kein bißchen verändert hatte: Trotz einer Unmenge Haarnadeln wirkte ihre Frisur, als käme das Mädchen gerade aus dem Bett, die Finger, die Constanza sich jetzt ansah, waren schmutzig, die Nägel schwarz – und dann war da noch dieser seltsame Zettel, der an ihrer Brust steckte. Die Schrift darauf war nicht zu entziffern.

»Da steht: ›Ich habe in der Stickstunde geschwätzt‹«, beantwortete Maria die unausgesprochene Frage ihrer Mutter. »Wir sollten französische Knoten machen, und es wollte mir einfach nicht gelingen. Und da habe ich meinem Ärger eben Luft gemacht.« Ihr entwaffnendes Lächeln erhellte den düsteren Raum wie ein Sonnenstrahl, der durch dunkle Wolken bricht. Constanza wußte, daß ihre Tochter, sollte sie sie mit in ihre Welt hinausnehmen, mit diesem Lächeln innerhalb einer Woche verloren wäre. Die Geier würden sich ihrer bemächtigen, ihr das junge, feste Fleisch von den Knochen reißen und tiefe Elendsfalten in dieses unschuldige, glatte Gesicht graben.

»Die Stickstunde ist vorbei«, erklärte Constanza resolut. »Und deshalb wird Schwester Bonaventura wohl nichts dagegen haben, wenn ich den Zettel jetzt entferne.« Damit zog sie die Nadel heraus – und entdeckte die schwarzen Flecken! Es sah aus, als habe ihre Tochter versucht, Tintenkleckse aus dem Stoff zu entfernen.

»Das ist Kahveh, Mama.« Marias grün und braun gesprenkelte Augen blickten die Mutter treuherzig an. »Ich versuchte, ein Getränk aus den Bohnen zu machen und verschüttete es. Aber es schmeckte sowieso scheußlich«, fügte sie hinzu, als rechtfertige das ihre Ungeschicklichkeit.

Constanzas Verständnislosigkeit mußte sich auf ihrem Gesicht gezeigt haben, denn Thomas fühlte sich bemüßigt

zu erklären: »Kahveh wird aus gerösteten Bohnen gewonnen. Die Türken trinken das Gebräu mit Begeisterung. Wo, um Himmels willen, haben Sie denn Kahvehbohnen herbekommen, Signorina?«
Wieder dieses Lächeln. »Ein Mann hat sie mir geschenkt. Auf den Docks.«
»Auf den Docks?« Constanza war entsetzt.
Maria drückte beruhigend ihren Arm. »Sei unbesorgt, Mama – Schwester Esmeralda hat mich begleitet. Sie ist Novizin, weißt du, und sie vermißt ihre Mutter sehr, und deshalb gehen wir manchmal zum Hafen und schauen uns die Schiffe an. Schwester Esmeralda ist aus Venedig, und wenn sie ein venezianisches Schiff sieht, ist ihr Heimweh nicht mehr so schlimm.«
Auf dem Gang wurden Schritte laut. »Schwester Bonaventura!« flüsterte Maria – und jetzt sah sie zum ersten Mal ängstlich aus.
Constanza hatte bereits ihren schwarzen Spitzenschal abgenommen und drapierte ihn über das fleckige Oberteil des Kleides ihrer Tochter. »Nichts mehr zu sehen«, lächelte sie. »Ich werde Schwester Bonaventura sagen, daß ich dich mit in die Stadt nehme, um dir ein neues Kleid schneidern zu lassen. Und dann«, fügte sie mit erzwungener Strenge hinzu, »wirst du mir ausführlich von Schwester Esmeralda berichten, von euren Ausflügen zu den Docks – und über den Mann, der dir die Kahvehbohnen geschenkt hat.«

Thomas setzte Mutter und Tochter beim Schneider ab, er hatte wichtigere Dinge im Kopf als Faltenwurf, Spitzenbesätze, Borten und Ärmelschnitt. Zwischen dem Maßnehmen und der Anprobe gelang es Constanza, ihrer Tochter einen einigermaßen vollständigen Bericht ihrer Erlebnisse

zu entlocken, und sie kam zu der Überzeugung, daß Marias Ausflüge nur gelegentliche Fluchten aus der Eintönigkeit bekannter Gesichter und bekannter Umgebung waren. Nichtsdestoweniger nahm sie dem Mädchen das Versprechen ab, nie alleine auszugehen – und nie wieder zu den Docks. Als sie diesen Punkt erwähnte, verdüsterte sich die Miene ihres Kindes, erhellte sich jedoch wieder, als Constanza ihr in Aussicht stellte, sie mit zum Hafen zu nehmen und ihr die *Kingfisher* zu zeigen. »Das ist eine Ausnahme«, erklärte sie. »Du bist alt genug, um mein Verbot zu begreifen. Schwester Bonaventura betrachtet die Docks bestimmt als etwas ebenso Verwerfliches wie eine Taverne oder ein verrufenes Haus, und wenn sie dahinterkäme, daß ihr zu den Docks geht, würde sie Schwester Esmeralda und dich mit Sicherheit aus dem Kloster verweisen.«
Maria starrte ihre Mutter entsetzt an, offenbar hatte sie nicht damit gerechnet, daß ihr harmloses Vergnügen solch verheerende Folgen haben könnte.

Jenseits des Hafens erstreckte sich die See, in allen Grün- und Blauschattierungen schimmernd, glatt wie ein Spiegel bis zum Horizont. Es war Constanzas erste Seereise gewesen. Und wenn nicht die Aussicht darauf, Maria wiederzusehen, sie aufrechterhalten hätte, wäre sie verzweifelt. Sie fühlte sich bedeutend wohler auf festem Boden und ohne den Launen der Naturgewalten ausgeliefert zu sein – aber um zu ihrer Tochter zu kommen, hätte sie es auch auf sich genommen, um den ganzen Erdball zu segeln. Wenn sie der Ansicht gewesen wäre, daß Thomas ihr etwas schuldete, hätte sie diese Schuld jetzt als hundertfach getilgt betrachtet.
Thomas war nirgends zu sehen, als sie die Gangway der

Galeone erreichten, doch Cristofano entdeckte sie, kam ihnen entgegen und geleitete sie auf das Besandeck. Constanza erwartete, daß Maria die Aufmerksamkeit des Jungen fesseln und er ihr das Mädchen für eine kostbare halbe Stunde entführen würde, um ihr alles zu zeigen. Aber es kam anders: William Williams, der auf dem Vordeck dabei war, einen Balken zu zersägen, legte sein Werkzeug aus der Hand, als er der Damen ansichtig wurde, rief Cristofano zu, er solle ihn ablösen, und erbot sich, Maria selbst herumzuführen.

Es gibt doch nichts Unberechenbareres als die Liebe, dachte Constanza, als sie sich auf einen Holzstoß niederließ. Man konnte nie vorhersehen, wen sie zusammenführen würde. Wenn Thomas Serafina lieben konnte, weshalb sollte der ruhige William, der wortkarge walisische Schiffszimmermann, sich dann nicht zu Constanzas quirliger Tochter hingezogen fühlen? Maria war, weiß Gott, liebenswert. Der Gedanke daran hielt ihre Mutter des öfteren nachts wach.

Als Thomas Marlowe eintraf, waren William und Maria auf dem Kanonendeck, wo er ihr die Funktion der Waffen erklärte. Constanza sah Thomas an, daß sein Nachmittag, den er damit verbracht hatte, Einkäufe zu machen, wobei er sich der Kontakte bediente, die Jacopo Capriani geknüpft und gefestigt hatte, zufriedenstellend verlaufen war. In einer Hand hielt er seinen unvermeidlichen Hut, in der anderen zwei Maiglöckchensträuße.

»Für Mutter und Tochter«, sagte er, nachdem er Constanza begrüßt hatte, und sah sich suchend um.

»Maria ist mit Signor Williams unter Deck«, beantwortete sie seinen Blick. »Er ließ es sich nicht nehmen, ihr das Schiff zu zeigen.« Sie senkte die Stimme. »Ich fürchte, der arme Cristofano ist schwer gekränkt.«

Thomas warf einen Blick zum Vordeck, wo der Junge mit verbissenem Gesicht seiner Arbeit nachging, und grinste: »Das schadet ihm gar nichts. Er hat ohnehin viel zuviel Erfolg bei den Mädchen, und das wirkt sich ungünstig auf seinen Fleiß aus.«

William Williams erschien auf dem Besandeck und streckte die Hand aus, um Maria vom Kanonendeck heraufzuhelfen. Marias Kleid, in aller Eile am Vormittag geschneidert, war aus hellblauem Stoff – und zu Constanzas Überraschung immer noch sauber.

»Thomas!« Es lag ein Drängen in seiner Stimme, das Constanza aufhorchen ließ. »Signorina Garzoni hat die *Fiametta* gesehen: Sie lag vor ein paar Tagen hier im Hafen!«

Thomas wandte sich an Constanzas Tochter: Sie sind sicher, daß das Schiff *Fiametta* hieß, Signorina?« Sein Ton war scharf, die Zufriedenheit, die auf seiner Miene gelegen hatte, war einer angespannten Neugier gewichen.

»Ja – ich bin sicher«, nickte Maria. »Es war eine Galeone wie diese hier, aber mit viel mehr Gold. Ich habe mir den Namen gemerkt, weil ich es merkwürdig fand, daß es ein italienischer war, obwohl sie unter französischer Flagge segelte.«

Thomas zog hörbar den Atem ein und tauschte einen schnellen Blick mit dem Zimmermann.

»Ich sah sie an dem Tag, als der Seemann mir die Kahvehbohnen schenkte. Die *Fiametta* war gerade fertig beladen worden, und wir schauten zu, wie sie auslief.«

Thomas' Augen glänzten hart wie Saphire. »Wissen Sie noch, welche Richtung sie einschlug, Signorina? Norden oder Süden?«

»Norden«, antwortete das Mädchen, ohne nachzudenken.

In der anschließenden Stille fragte sich Constanza, welche Bedeutung ein französisches Schiff namens »Fiametta« für Thomas haben könnte. Als habe er ihre Gedanken gelesen, sagte er vage: »Ich habe eine Angelegenheit mit dem Kapitän zu regeln. Nichts Wichtiges – aber es ist schon lange überfällig.«
Er griff in seine Tasche, und zog eine Liste und eine Geldbörse heraus und gab beides William Williams. »Ich werde ein paar Tage weg sein, Will. Die meisten Dinge auf der Liste habe ich bereits erledigt, bitte mach du den Rest. Constanza«, er wandte sich ihr zu. Sie hatte ihm die Erklärung, es handle sich um eine unwichtige Angelegenheit, nicht abgenommen, dazu kannte sie ihn zu gut, und jetzt bekam sie die Bestätigung dafür, daß sie sich nicht geirrt hatte: »Ich werde nach Norden reiten und versuchen, die *Fiametta* in einem Hafen abzufangen. Es macht Ihnen sicher nichts aus, ein paar Tage länger in Neapel zu bleiben als geplant«, fügte er mit einem Blick auf Maria hinzu. »Rufus und William stehen Ihnen jederzeit als Begleiter zur Verfügung, wenn Sie männlichen Schutzes bedürfen.«
Constanza nickte lächelnd und reichte ihm die Hand. Als er sich darüber beugte und ihre Fingerspitzen küßte, mahnte sie: »Seien Sie vorsichtig, Thomas, und tun Sie nichts Unüberlegtes.«

Auf Francescos Kopf kringelten sich die ersten schwarzen Löckchen, und seine Augen leuchteten indigoblau. Sie waren nicht, wie die Amme angenommen hatte, zur Farbe seiner Eltern nachgedunkelt – weder zu Jacopos blassem Braun noch zu Serafinas dunklem. Serafina, die mit ihrem nun schon sechs Wochen alten Sohn auf dem Schoß am Fenster saß, wußte, daß sie noch heller werden würden,

bis sie die Farbe des toskanischen Sommerhimmels hätten.
Sie hatte ihn gerade gestillt. Noch glänzte ein wenig Milch auf seinen Lippen, als sie ihr Mieder wieder schloß. Sie waren allein im Salon. Auf der Straße herrschte reges Treiben. Der Arno glitzerte in der Sonne, im Hafen ragten die Masten der Handelsschiffe in die klare Frühlingsluft. Sie brachten jetzt wieder Seide – und täglich wurde Ballen um Ballen entladen.
Serafina wußte, daß das, was vor ihr lag, unvermeidlich war, doch die Vorstellung, sich von ihrem Kind trennen zu müssen, zerriß ihr das Herz. Sie hatte das Baby zuerst nicht gewollt und dann lediglich als Garant für ihre wirtschaftliche Sicherheit betrachtet, aber inzwischen fühlte sie sich ihm so verbunden, als habe die Hebamme die Nabelschnur nicht durchschnitten.
Die verräterischen Augen ihres Sohnes schlossen sich, und die kleinen Fäuste, die kurz zuvor noch wild durch die Luft fuchtelten, öffneten sich wie fünfblättrige Blüten. Ein letzter Tropfen Milch rann seitlich aus den leicht geöffneten Lippen. Serafina tupfte ihn behutsam mit einem Spitzentaschentuch weg. Dann stand sie vorsichtig auf und legte den Jungen widerstrebend in die Wiege. Mit tränenblinden Augen deckte sie ihn liebevoll zu.
Es ist zum Besten des Kindes, sagte sie sich zum hundertsten Mal. Würde sie es auch irgendwann glauben? Sie zwang sich, an etwas anderes zu denken, an die Seide, die im Hafen auf sie wartete, an Angelo, der sich mit wirtschaftlichen Schwierigkeiten herumschlug, und an Thomas, der nach Neapel gesegelt war, um die Seidenartikel einzukaufen, die noch immer die Säulen darstellten, auf denen die Firma Capriani ruhte. Die We-

ber – erst eine Handvoll, aber es würden bald mehr sein – harrten der Rohseide, die die *Kingfisher* ebenfalls mitbringen würde.

Ihre Gedanken kehrten zu ihrem Sohn zurück. Gab sie ihn wirklich nur weg, um bösartigen Klatsch zu vermeiden – oder weil er ihr im Weg war? So schmerzhaft es auch für sie sein mochte, sie war immer ehrlich zu sich selbst. Bei ihrem Kampf gegen Angelo wäre Francesco hinderlich, daran gab es nichts zu deuten, aber sie beruhigte ihr Gewissen damit, daß sie den Jungen wieder zu sich nehmen würde, sobald sie ihren Besitz zurückgewonnen hätte.

Thomas fand die *Fiametta* in Civitavecchia, dem Haupthafen des Kirchenstaates. Vier Tage lang hatte er jeden Hafen überprüft, an dem er vorbeikam, und dann beschlossen, falls nötig noch bis Genua zu reiten. Er würde sich vierzehn Tage für die Suche einräumen, dieses eine Mal müßte Serafina warten.

Die *Fiametta* lag unterhalb des Klotzes der Michelangelo-Festung vor Anker – halb verborgen unter den vorspringenden Bastionen der Burg. Die üppige Vergoldung, die Maria aufgefallen war, ließ die anderen Schiffe um sie herum verblassen. Thomas stieg vom Pferd und führte es am Zügel. Die Sonne tauchte den Himmel mit ihren letzten Strahlen in ein zartes Rosa. Die Wut, die Thomas in Zakynthos empfunden hatte, war im Laufe der Zeit schwächer geworden, aber nie erloschen, und jetzt kochte sie wieder hoch. Als er sich dem Schiff näherte, erschien vor seinem geistigen Auge die Silhouette, die damals mitten in der Nacht auf offener See aus dem Nichts aufgetaucht war. In Blattgold zog sich der Name *Fiametta* am Bug entlang, die Wimpel hingen schlaff in der Abendluft. Die Decks wurden geschrubbt, Segel repariert und Taue überprüft – auf der Galeone herrschte rege Betriebsamkeit. Nur den Kapitän konnte Thomas nirgends entdecken, den Mann, dem es gelungen war, einen Handel zwischen dem Gouverneur von Zakynthos und einem algerischen Korsaren zu vermitteln.

Die *Fiametta* war größer als die *Kingfisher* und mit ebensoviel Gold verziert wie die Galeeren des Herzogs der Toskana. Sie glänzte im schwindenden Tageslicht, so wie sie seinerzeit im Mondlicht geglänzt hatte. Mit Wimpeln geschmückt, wie eine Stadt an einem Feiertag, überstrahlte sie sogar die Pracht der Galeeren, die am anderen Ende des Hafens angedockt lagen. Doch als Thomas an ihr entlangging, stellte er fest, daß ihre Schönheit nur oberflächlich war. Ein ungeübtes Auge ließ sich sicherlich blenden, aber er entdeckte bei näherem Hinsehen Risse in der Kalfaterung, Ritzen, durch die das Meerwasser eindringen konnte und die Planken mit der Zeit faulen lassen würde. Für die so wenig gewissenhafte Ausführung einer solch wichtigen Arbeit hätte ein Kalfaterer bei Thomas mit einer Tracht Prügel rechnen müssen

Auch das Bauholz war nicht von erster Qualität. Thomas beglückwünschte sich im stillen, sich erniedrigt und Schulden gemacht zu haben, um das beste Holz kaufen zu können. Der Besitzer der *Fiametta* war nicht so gewissenhaft gewesen. Die Balken waren schon jetzt leicht verzogen.

Von oben rief eine Stimme: »Suchen Sie jemanden, Monsieur?« Ein Seemann beugte sich über die Reling.

Thomas schwenkte mit einem Lächeln grüßend seinen Hut und antwortete: »Ich möchte ein Schiff mieten – für eine Reise nach Toulon. Segelt ihr nach Toulon?«

»Wir kommen auf dem Weg nach Marseille daran vorbei.«

Der Matrose wrang einen Lappen aus, den er in der Hand hielt, und beäugte Thomas neugierig. »Aber der Kapitän vermietet sein Schiff nicht.«
Dafür hatte Thomas größtes Verständnis, auch er würde seinen Augapfel nicht in fremde Hände geben. »Wie heißt denn euer Kapitän?« fragte er, sorgfältig darauf bedacht, kein übergebührliches Interesse zu zeigen.
»Guardi«, erwiderte der Seemann. »Monsieur Guardi ist auch der Eigentümer der *Fiametta*.«
Thomas hatte das Gefühl, einen Schlag in den Magen bekommen zu haben. Er hatte gedacht, die *Fiametta* gehe nur ihn etwas an, und jetzt stellte sich heraus, daß sie Serafinas Erzfeind gehörte! Mit Riesenschritten eilte er die Gangway hinauf und über das frischgeschrubbte Besandeck auf seinen Gesprächspartner zu, der ihm befremdet entgegenblickte. »Guardi?« fragte Thomas. »Signor Angelo Guardi? Aus Marseille?«
Er kramte ein paar Münzen aus der Tasche. Als sie in die Hand des Seemanns klimperten, ließ dieser sich zu einem Nicken herab. Das Geld hätte ich mir sparen können, dachte Thomas – ich wußte es ja ohnehin. Doch er hatte sich vergewissern müssen. Das Kreischen der Möwen und der Lärm von den belebten Docks, alle Geräusche schienen plötzlich aus weiter Ferne zu kommen. Thomas war wieder in Marseille – vor einem Haus, das ebenso goldüberladen war wie dieses Schiff – und neben ihm stand, wie ein Stallbursche gekleidet, Serafina. Kurz danach hatte sie in der Bäckerei ein Brot gestohlen.
Das goldene Haus gehörte Angelo – ebenso dieses Schiff. Serafinas Halbkusin war seit nunmehr beinahe neun Jahren der Besitzer des Guardi-Tuchhandels. Er hatte Serafinas Vater ermorden lassen und war dafür verantwortlich, daß sie in Sklaverei geriet und ihr Erbe verlor. Angelo war

das Objekt von Serafinas Liebe und Abscheu. Es war eine Beziehung, die Thomas nicht verstand, und zu der er niemals fähig gewesen wäre, doch er hatte ihre Natur erkannt, als er Serafina damals in der Taverne in Pisa, erfüllt von Verzweiflung, Wut und Eifersucht, zum ersten Mal geküßt hatte.

Es war also Angelo gewesen, der sechs Monate zuvor versucht hatte, das Zinn von der *Garland* zu stehlen, um es an einen türkischen Korsaren zu verkaufen! Nicht weiter verwunderlich, schließlich hatte er schon früher Geschäfte mit den Türken gemacht. Nur hatte es sich damals um menschliche »Ware« gehandelt! Thomas stieß einen unflätigen Fluch aus, woraufhin der Seemann ihn verständnislos anstarrte. Thomas zwang das Lächeln auf sein Gesicht zurück. »Kann ich mit Monsieur Guardi sprechen?«

Der Matrose schüttelte den Kopf und spuckte über die Reling. »Monsieur Guardi ist in Florenz.«

Doch Angelo Guardi hatte Florenz noch nicht erreicht. Nachdem er die *Fiametta* verlassen hatte, machte er einen Abstecher nach Livorno, wo er geschäftlich zu tun hatte. Anschließend ritt er mit seinen Begleitern gemächlich landeinwärts.

Angelo war mittlerweile Ende Zwanzig. Das volle, dunkelgoldene Haar fiel in weichen Wellen bis auf den Kragen, die Augen waren, wie bei allen Desmoines, fast schwarz, die edle Nase gab dem Gesicht mit den hohen Backenknochen etwas Aristokratisches. Seine Kleider waren aus kostbaren Stoffen und von tadellosem Schnitt. Er trug ein schwarzes Wams aus bester persischer Seide mit Flügelärmeln, wattierten Schultern und scharlachrotem Besatz. Das scharlachrote Cape, das er sich lässig

über die Schulter geworfen hatte, floß in weichen Falten über den schwarzen Rücken seines Pferdes.
Angelo genoß es, Muße zum Nachdenken zu haben. Obwohl er durchaus in der Lage war, blitzschnell zu handeln, wenn es sein mußte, zog er es vor, jede Möglichkeit bedenken und jeden Fehler ausschließen zu können, bevor er seine Entscheidung traf. In letzter Zeit hatten die Ereignisse sich allerdings derart überstürzt, daß ihm kaum Gelegenheit dazu geblieben war. Aber jetzt, auf diesem Ritt durch die liebliche, sonnenbeschienene Landschaft, konnte er durchatmen und sich etwas entspannen.
Die politische Situation in Marseille hielt die Bewohner durch ständige Veränderungen seit langer Zeit in Atem. Im Februar war Charles Casaulx, der selbsternannte Gouverneur der Stadt, ermordet worden. Kurz darauf öffneten Verräter nachts die Stadttore für das Heer des Duc de Guise. Im März schloß der ehrgeizige Duc d'Epernon Frieden mit Henri de Navarre – inzwischen König Henri IV. von Frankreich. Obwohl Spanien immer noch, fast schon aus Gewohnheit, an dem Königreich nagte, würde sich Frankreich in Kürze unvermeidbar unter bourbonischer Herrschaft befinden.
Doch dies alles war zu spät für Angelo gekommen. Wäre es König Henri früher gelungen, sein Reich zu vereinen, hätte er wahrscheinlich ohne Unterbrechung daran arbeiten können, das zwar alteingesessene, aber nicht übermäßig erfolgreiche Geschäft Franco Guardis auszubauen, aber unter den obwaltenden Umständen hatte er harte Zeiten durchgemacht und zu harten Maßnahmen greifen müssen, um zu überleben.
Die Jahre der Diktatur unter Charles de Casaulx waren besonders schwierig gewesen. Die übrige Bevölkerung war neidisch auf den Erfolg der Kaufleute, und anstatt

den immer mehr ausufernden Unmut einzudämmen, hatte Charles de Casaulx ihn noch geschürt. Angelo sah sich plötzlich bedroht und in Gefahr, alles zu verlieren, wozu er sich die Grundlage erschwindelt und in der Folge schwer erarbeitet hatte. Er büßte einige Kunden ein – sogar einige der langjährigen. Kunden, die der Firma auch nach dem Tod von Franco Guardi treu geblieben waren, schüttelten nun die Köpfe und murmelten etwas von Bankrott und nicht abgesicherten Schulden. Ein weniger starker Mann als Angelo wäre in Panik geraten und hätte aufgegeben.

Als sein Pferd vorsichtig durch das kristallklare Wasser eines Baches watete, und er die weiche, laue Luft einatmete, gratulierte Angelo sich im stillen dazu, daß er kein schwacher Mann war. Wenn er aufgegeben hätte, ritte er jetzt nicht nach Florenz, um einen der wohlhabendsten Kaufleute der Stadt aufzusuchen. Nein – er hatte nicht aufgegeben. Im Gegenteil, er hatte geborgt, gebettelt und geschachert, und mit dem Geld die *Fiametta* gebaut. Sie war aus drei Gründen wichtig: als Mittel, den Eindruck von Solvenz zu erwecken; zum schnelleren und sicheren Transport der Stoffe; und – und das war von allergrößter Bedeutung – um das Mädchen zu beeindrucken, das er zu heiraten beabsichtigte. Er hatte seine zukünftige Frau noch nicht kennengelernt, sein Ansinnen bisher nur ihrem Vater unterbreitet, doch er wußte, daß sie neunzehn Jahre alt, blond und noch nicht verlobt, daß die Schönheit ihrer Mutter, Giulia, in aller Munde war, und daß sie eine dreizehnjährige Schwester namens Nencia hatte, – aber keinen Bruder. Letzteres war es, was Angelo bewogen hatte, sich dem reichen Signor Lorenzo Nadi als Schwiegersohn anzutragen. Der Kaufmann hatte seine Tochter als »schön« beschrieben, doch Angelo hegte entschiedene

Zweifel an dieser Aussage. Schöne Mädchen waren mit neunzehn Jahren im allgemeinen bereits verheiratet. Doch Angelo hätte sein Schiff auch nach ihr benannt, wenn sie häßlich wie eine Hexe gewesen wäre, denn ihm kam es nur auf eines an, auf das Vermögen, das sie eines Tages erben würde. Er plante seine Heirat ebenso nüchtern wie seinerzeit die Übernahme des Guardi-Tuchhandels. Er würde immer alles tun, um zu überleben.
Dazu gehörte eben auch eine sorgfältige Planung. Seit seiner Kindheit hatte Angelo geplant und jede Situation zu seinem Vorteil gewendet. Als mittellose, uneheliche Waise hatte er sich dank seiner Intelligenz und seines Charmes sehr bald im Hause Guardi unentbehrlich gemacht. Er nahm die Stelle des Sohnes ein, der Franco nicht vergönnt gewesen war, fungierte als Bevollmächtigter und Verwalter und segelte an Francos Seite durch jeden Sturm. Er arbeitete Tag und Nacht – manchmal sogar feiertags –, und schließlich vertraute Franco Guardi ihm für die Dauer seiner Abwesenheit, die Serafinas Verlobung bedingte, die Geschäftsleitung und das Haus in Marseille an. Zu diesem Zeitpunkt war Angelo längst der Ansicht, daß der Guardi-Besitz, wenn schon nicht von Gesetzes wegen, so doch mindestens moralisch gesehen, ihm gehörte.
Als sie den bewaldeten Hang eines Hügels hinaufritten, fiel Angelos Blick auf den vor ihm reitenden Jehan de Coniques, der sich immer wieder vorbeugte, um tiefhängenden Ästen auszuweichen, wobei er jedesmal lästerlich fluchte. Der Notar war in letzter Zeit nur noch beim Aufwachen nüchtern, denn das einzige Mittel gegen Kopfschmerzen, die Übelkeit und das Händezittern befand sich in der Flasche, die er beim Einschlafen abends griffbereit neben sich legte. Es war noch nicht Mittag,

doch Angelos Spießgeselle hing bereits beängstigend schief im Sattel und sang zwischen seinen Schimpfkanonaden schlüpfrige Lieder.
Früher einmal hatten sie ein gemeinsames Ziel gehabt. Beide Stiefkinder des Schicksals, hatten sie sich ihrer Intelligenz bedient, um es zu etwas zu bringen, doch während Angelo ohne jegliches Schuldbewußtsein oder Bedauern auf seine Tat zurückblickte, schien Jehan die seine von innen aufzuzehren, so daß sein Gesicht schon bald wie von einer schweren Krankheit gezeichnet wirkte.
Sie hatten den Wald hinter sich und ritten den Hügelkamm entlang. Unter ihnen lag Florenz. Angelo schaute bewundernd auf die Kuppel der Kathedrale und den hohen, schlanken Glockenturm hinunter. Das Sonnenlicht ließ das Wasser des Arno wie ein glitzerndes Mosaik erscheinen. Durch Franco Guardis Tod hatte Angelo wertvolle Kontakte zur florentinischen Seidenindustrie verloren, doch durch seine Heirat mit Fiamette Nadi würde er diese Kontakte zurückgewinnen. Hin und wieder Zinn an Korsaren zu verkaufen war ein ganz einträgliches Nebengeschäft, würde jedoch niemals soviel Geld einbringen, wie Angelo brauchte.
Als sie den Hügel hinunterritten, strauchelte Jehans Pferd, er rutschte im Sattel seitwärts, und seine Kappe fiel zu Boden. Einer der Diener half ihm, sich wieder aufzurichten, was der Notar ihm mit derben Flüchen dankte.
Angelo, der die Szene beobachtete, ließ seine Gedanken erneut in die Vergangenheit wandern.

Ohne Francesco wirkte das Haus quälend leer.
Als ihre Brüste aufhörten zu schmerzen und Milch für den abwesenden Sohn zu produzieren, wurde Serafina allmählich bewußt, daß ihr Körper ihr nun wieder allein

gehörte, doch sie konnte sich nicht so recht daran erfreuen. Allerdings hatte sie kaum Zeit, sich in Grübeleien zu verlieren. Die Wochen flogen nur so dahin: Sie kaufte Seide in Livorno, stellte noch mehr Weber ein, rechnete und plante. Für die Angestellten war sie gleichermaßen lobende Mutter und gefürchtete Despotin. Sie schien überall gleichzeitig zu sein, ihrem scharfen Auge entging keine noch so winzige Nachlässigkeit. Sie arbeitete so hart, daß sie kaum dazu kam, etwas zu essen, stand früh auf und ging spät zu Bett. Es graute ihr vor dem Einschlafen, denn wenn sie schlief, kamen die Träume – grausame grellbunte Träume, aus denen sie schweißgebadet und schreiend erwachte. Es waren immer dieselben Bilder, und sie lauerten in ihrem Kopf darauf, daß sie die Augen schlösse. Es war besser, wach zu bleiben und zu arbeiten. Wenn sie beschäftigt war, empfand sie die Leere des Hauses nicht so sehr.
Als Thomas aus Neapel zurückkehrte, saß Serafina im Kontor am Schreibtisch, hatte den Kopf in eine Hand gestützt, und die Feder begann ihren sich öffnenden Fingern zu entgleiten. Die Zahlen verschwammen zu sinnlosem Gekrakel, ihre Lider senkten sich. Die Stimme des Dienstmädchens schreckte sie auf und verscheuchte die wirren Bilder aus der Vergangenheit, die durch ihren erschöpften Verstand gegeistert waren: »Signor Marlowe ist angekommen!«
»Sehr gut. Richte ihm das Gästezimmer her!« Sie hatte gerade noch Zeit, ein paar herausgerutschte Haarsträhnen an ihren Platz zu stecken und die Falten aus ihrem Kleid zu streichen, bevor Thomas hereinkam.
Er verbeugte sich und warf seinen verbeulten Filzhut auf einen Stuhl. »Es war eine erfolgreiche Reise, Serafina, und die *Kingfisher* flog über das Meer wie ein Engel.«

Thomas' Lebenstraum, dachte sie. Er hat sich erfüllt. Ihre Träume waren von ganz anderer Art – kalt und nüchtern. Würden auch sie sich erfüllen? Das hing zum Großteil von dem englischen Steuermann ab – und von seinem Schiff, das jetzt das ihre war. Sie bot Thomas Platz an – den er ablehnte – und goß ihm Wein ein, den er in einem Zug trank. Er hatte es offenbar so eilig gehabt, zu ihr zu kommen, daß er sich nicht die Zeit genommen hatte, sich umzuziehen. Seine Kleidung war salzverkrustet. Sonne und Seeluft hatten sein Gesicht tief gebräunt. Serafina wartete darauf, daß er ihre Einkaufsliste herausziehen und über Preise und Profite, Bänder und Spitze sprechen würde, aber er trat unbehaglich von einem Fuß auf den anderen und ließ den Blick ziellos durch den Raum wandern.
»Es war eine erfolgreiche Reise«, wiederholte er. Er rieb sich das stoppelige Kinn und fuhr sich durch die Locken. »Und eine interessante! Ich habe etwas erfahren, das Sie auch erfahren sollten, wie ich meine.«
Sie schaute zu, wie er auch das zweite Glas leerte, zum Fenster ging und in die Dunkelheit hinausstarrte. Es war still im Haus. Die Angestellten und Bediensteten hatten sich bereits zur Ruhe begeben. Thomas' Schweigen zerrte an Serafinas Nerven. Ungeduldig grub sie die Fingernägel in die Handflächen. Endlich wandte er sich ihr zu. Sein Gesicht verriet keine Empfindung, was bei ihm sehr ungewöhnlich war.
»Sie erinnern sich daran, daß ich für die Levant Company als Kapitän auf der *Garland* fuhr?« Sie nickte. »Wir hatten Waren für Zakynthos dabei. Stoffe und Zinn.« Zinn, gefördert in Cornwall, gehörte zu den wertvollsten Handelsgütern der Gesellschaft. »In der Nacht nach unserer Ankunft versuchte jemand, unser Zinn zu stehlen – mit

dem Einverständnis des venezianischen Gouverneurs, wie ich später begriff. Ich konnte das Schiff aufspüren, dessen Kapitän den Überfall deckte. Es lag in einer Bucht an der Nordküste der Insel. Ein neues Schiff, ein herrliches Schiff – größer als die *Kingfisher*. Es segelte unter französischer Flagge, trug jedoch einen italienischen Namen: *Fiametta*. Und die Franzosen hatten offensichtlich die Absicht gehabt, unser Zinn an einen Korsaren zu verkaufen, denn es lag eine türkische Galeere längsseits!«
Ein französisches Schiff und ein türkisches! Serafina trank einen Schluck Wein. Vor ihrem geistigen Auge erschien das Bild eines Schiffes, das unter dem Hoheitszeichen Venedigs – dem Löwen von San Marco – auf die *Gabrielle* zukam, das plötzlich durch die blutrote Sichel des Islam ersetzt wurde. Es war, als sei die Vergangenheit aus einer dunklen Ecke gekrochen und entführe sie in die schrecklichen Erlebnisse ihrer Kindheit. Dankbar ließ sie sich von Thomas in die Gegenwart zurückholen.
»Als ich in Neapel war«, berichtete er, »erfuhr ich, daß die *Fiametta* erst kürzlich dort gelegen hatte, und so beschloß ich, nach Norden zu reiten – man hatte mir gesagt, sie sei in diese Richtung gesegelt. Ich hoffte, sie hätte vor der Rückkehr nach Frankreich von Handels wegen noch in einem der italienischen Häfen geankert. Ich wollte unbedingt den Namen des Kapitäns in Erfahrung bringen. Wenn es den Franzosen gelungen wäre, das Zinn von der *Garland* zu holen, wäre sie gesunken!«
Die Finger im Schoß ihres seidenen Trauergewandes verschlungen, hob Serafina den Kopf und blickte in Thomas' kornblumenblaue Augen. Sie verstand, was der Verlust der *Garland* für ihn bedeutet hätte und daß er den Namen des Mannes wissen wollte, der dies alles geplant hatte – niemand konnte seine Wut besser nachempfinden.

»Ich fand die *Fiametta* in Civitavecchia«, fuhr der Steuermann fort. »Der Name des Kapitäns ist Angelo Guardi. Offenbar hat Ihr Halbkusin die vor vielen Jahren geknüpften Kontakte nicht abreißen lassen.«
Ihr war, als gefröre ihr das Blut in den Adern. »Angelo!« flüsterte sie: Angelo verkauft den Türken Zinn, damit sie Kanonen gießen können, die sie dann einsetzen, um christliche Schiffe aufzubringen. Französische Schiffe, Marseiller Schiffe – wie die *Gabrielle*, die *Mignon* und die *Petit Cœur*. Angelo stand in Verbindung mit Korsaren – wie damals, als er...
»Es besteht ein chronischer Mangel an Zinn, wissen Sie«, sagte Thomas in ihre Gedanken hinein. »Deshalb bringt es sehr viel ein. Aber Geschäfte mit den Türken zu machen ist gefährlich. Diesen Kurs segelt man nicht leichtfertig. Meiner Ansicht nach versucht Angelo, Einbußen bei seinen regulären Geschäften dadurch auszugleichen.«
Natürlich! Hoffnung flammte in Serafina auf. Der französische Religionskrieg, Charles de Casaulx' Isolationspolitik, der Haß der Marseiller Bevölkerung auf die wohlhabenden Kaufleute – all das mußte eine Bedrohung für Angelos Existenz bedeutet haben. Die Geschichte war nicht gerade sanft mit ihm umgegangen. Thomas hatte recht, Angelo würde sich nicht als Pirat betätigen und Geschäfte mit dem Feind machen, wenn er sich nicht in einem Engpaß befände. Vielleicht stand ihm das Wasser ja schon bis zum Hals! Ihre Hände hatten zu zittern begonnen. Sie umfaßte die Armlehnen ihres Stuhles und versuchte ihrer Erregung Herr zu werden.
Angelo war finanziell nicht mehr gesichert, und sie hatte dazu beigetragen, indem sie ihm Kunden abwarb und Gerüchte über seine mangelnde Solvenz ausstreute. Aber wie paßte das goldene Haus in dieses Bild, und jetzt auch

noch die *Fiametta*? Ein herrliches Schiff, hatte Thomas gesagt...

Daß sie laut gesprochen hatte, wurde ihr erst bewußt, als sie Thomas' Blick sah, der voller Besorgnis auf ihr lag.

»Die *Fiametta* ist wirklich atemberaubend«, sagte er. »Verschwenderisch mit Blattgold verziert und wunderschön in der Form, aber als ich in Civitavecchia Gelegenheit hatte, sie mir genauer anzusehen, stellte ich fest, daß Monsieur Guardi zugunsten der oberflächlichen Pracht beim Holz gespart und auch nicht das Geld ausgegeben hat, das erstklassige Handwerker nun einmal kosten. Das Schiff ist von Stümpern kalfatert worden.«

Den Körper angespannt wie eine Bogensehne, hörte sie aufmerksam zu, als er ausführte, wie wichtig es sei, nur bestes Holz zu verwenden, damit die Balken sich nicht verzögen oder Risse bekämen, und Sorge zu tragen, daß der Rumpf tadellos kalfatert würde, was nur auf dem Trockendock gewährleistet sei, jedoch nicht, wie in den Mittelmeerländern üblich, während das Schiff im Wasser lag.

Die Informationen formten sich in Serafinas Kopf zu einer Schlußfolgerung, die sie mit Triumph erfüllte: »Sie meinen, Angelo hat gespart – im Sinne des Wortes?«

Thomas zuckte mit den Schultern. »Es könnte auch sein, daß er schlecht beraten wurde, oder er versteht einfach nichts vom Schiffbau.«

»Sie kennen Angelo nicht«, sagte Serafina. »Er läßt sich nicht beraten, er hat sich immer nur auf sein eigenes Urteil verlassen. Und was Ihre zweite Vermutung betrifft: Es mag sein, daß er früher nichts vom Schiffbau verstand, aber bevor er die *Fiametta* baute, hat er sich mit Sicherheit das notwendige Wissen angeeignet. »Nein«, sie verschränkte die Arme, »Angelo hatte ganz offensichtlich

nur noch genügend Geld, um das zu tun, worauf er den größten Wert legt: Den Schein zu wahren.«
»Ich bin zu demselben Schluß gelangt«, nickte Thomas. »Der äußere Schein ist lebenswichtig für ihn: Wenn der Eindruck entstünde, daß es mit der Firma Guardi bergab ginge, würden die Geldgeber – und die Kunden – sofort abspringen. Darum das Haus – und darum das Schiff.«
Jetzt lächelte sie. Es war ein kleines böses Lächeln. Sie wußte jetzt, was sie zu tun hatte. Sie würde nach Marseille reisen. Serafina schenkte Wein nach, stand auf, hob ihr Glas und brachte einen Toast aus. »Auf die Vernichtung unseres gemeinsamen Feindes.« Sie stieß mit Thomas an.
Sie hatte sich vorgenommen, sich alles zurückzuholen, und sie würde sich niemals mit weniger zufriedengeben. Sie war jetzt eine reiche Frau, eine erfolgreiche Frau, Mutter eines wohlgeratenen Sohnes, Eigentümerin dreier Häuser und Besitzerin eines Schiffes – doch das genügte ihr nicht. Sie wollte wiederhaben, was ihr gestohlen worden war – ihr Heim, ihre Firma, ihren Namen. Sie schloß die Augen und sah Angelo vor sich – so deutlich wie in ihren Träumen. Nur kniete er diesmal vor ihr, mit gesenktem Kopf, in der Pose eines reuigen Sünders. Eines Bittstellers.
Sie wünschte, Thomas würde sich zurückziehen, damit sie ungestört nachdenken und planen könnte. Ja – sie würde nach Marseille, in ihre schöne Geburtsstadt, zurückkehren. Seit ihrem elften Lebensjahr hatte sie nur ein Ziel vor Augen gehabt: die Leitung der Firma ihres Vaters. Um es zu erreichen, würde sie alles wagen, ohne Rücksicht darauf, wie es ausgehen könnte.
»Sie brauchen die Ladung nicht zu löschen«, sagte sie. »Nehmen Sie die Waren aus dem Lagerhaus noch dazu. Wir segeln in den nächsten vierzehn Tagen nach Frankreich.« Sie stand neben Jacopos altem, zerkratztem

Schreibtisch. Sie hatte vorgehabt, ihn durch einen neuen zu ersetzen, doch das erübrigte sich jetzt – wenn alles gutginge. Dann würde sie wieder in dem Haus wohnen, das sie als einziges als das ihre betrachtete, in dem Land, das ihre Heimat war. Die Zimmer, die Möbel, der Name, den sie als Kind getragen hatte – alles würde wieder ihr gehören. Sie würde Angelo wiedersehen, und sie würde den Zeitpunkt, den Ort und den Verlauf des Gesprächs bestimmen.
Ihr Herz klopfte schnell, ihre Gedanken eilten ihrer Zunge weit voraus. »Auf dem Weg werden wir in Genua anlegen. Ich habe vor, im August in Marseille zu sein.« Sie blickte zu Thomas auf – in der Erwartung, in seinen Augen die gleiche Erregung zu sehen, die sie erfüllte. Doch es stand keine Vorfreude darin, keine Ungeduld – nur Mißtrauen und Vorbehalt. Er sagte nur ein Wort: »Wir?«
»Ja – ich werde natürlich mit Ihnen fahren.«
Er starrte sie an, als habe sie etwas Ungeheuerliches gesagt.
Aufgebracht fuhr sie ihn an: »Sind Sie auch wie die anderen Männer, Thomas? Meinen Sie auch, ich sollte mich auf Haushalt und Kinder beschränken? Sie müßten mich inzwischen gut genug kennen, um zu wissen, daß das für mich nicht in Frage kommt. Selbstverständlich werde ich Sie begleiten.«
»Und was wird aus Francesco?« fragte er.
Sie ging zur Tür und öffnete sie, um das Zimmer zu verlassen. »Ich habe Francesco weggegeben.«
Thomas war mit zwei großen Schritten bei ihr und blockierte mit einem Arm den Weg nach draußen. »Was soll das heißen? Wo haben Sie ihn hingegeben? Und wann?«
Sein Gesicht war ganz dicht vor dem ihren. Empörung

glühte in seinen Augen. Wut stieg in Serafina auf – darüber, daß er sich in eine Angelegenheit einmischte, die sie als ihre alleinige betrachtete, und darüber, daß er es wagte, sie daran zu hindern, sich in ihrem eigenen Haus frei zu bewegen. »Es geht Sie zwar nicht das geringste an«, sagte sie eisig, »aber ich werde Ihnen trotzdem antworten: Ich habe Francesco aufs Land gebracht – vor zwei Wochen.«

»Damit Sie ohne Anhang nach Marseille fahren können? Damit Sie sich dort Ihrem Kusin an den Hals werfen können, ohne sich um ein Kind kümmern zu müssen? Ist Ihr Sohn nur das für Sie, Serafina: eine Last, deren man sich entledigt, wenn sie im Weg ist?«

Sie begann zu zittern. Am liebsten hätte sie Thomas geohrfeigt – wie damals bei dem Bankett bei den Merlis. Unter Aufbietung aller Beherrschung zwang sie sich, ihr Zittern zu unterdrücken und ihre Fäuste zu öffnen. Ihre strahlende Zuversicht hatte sich in Nichts aufgelöst – durch einen Blick zunichte gemacht, und durch die schmerzliche Erinnerung an ihren kleinen Sohn. Sie haßte Thomas dafür, daß er ihr das antat, ihr die Hoffnung nahm, die sie so verzweifelt brauchte, daß er sie dazu brachte, sich wieder wertlos zu fühlen. Sie hatte sich einmal geschworen, sich nie mehr von einem Mann in dieser Weise verletzen zu lassen – ohne körperliche Gewalt, nur durch einen Gesichtsausdruck, durch Worte. Sie hatte den Fehler gemacht, Thomas Marlowe zu nah an sich heranzulassen.

Um ihn ihrerseits zu verletzen, erwiderte sie: »Dachten Sie tatsächlich, ich würde ihn bei mir behalten? Damit wäre ich ans Haus gefesselt. Ich will nach Marseille, um Geschäfte zu machen – und das wäre mit einem Kind auf dem Arm wohl kaum möglich.«

Thomas senkte den Arm und sagte angewidert: »Mein Gott – was sind Sie für ein selbstsüchtiges Ungeheuer. Natürlich habe ich das längst gewußt – aber nicht, in welchem Maße.«
Serafina zuckte zusammen wie unter Schlägen. Sie empfand seine Verachtung wie einen tätlichen Angriff, jedes seiner Worte wie einen Hieb in den Magen, der ihr den Atem nahm. Sie rang nach Luft. Alle Kraft wich aus ihren Gliedern, doch sie ließ sich nichts anmerken. Mit eiserner Disziplin hielt sie sich aufrecht. Wie kam dieser Mann dazu, ihr Vorschriften machen zu wollen? Niemand hatte ihr etwas zu sagen! Mit Jacopos Tod hatten sich die letzten Fesseln gelöst, nun war sie ihr eigener Herr.
»Ich würde es sehr begrüßen, wenn Sie mich mit Ihren Ansichten über meinen Charakter verschonten. Wir sind Geschäftspartner – weiter nichts.« Er bewegte sich nicht, starrte sie nur schweigend an. Sie sah den Schmerz in seinen Augen, und für einen Moment empfand sie Genugtuung. »Luisa hat Ihnen das Gästezimmer zurechtgemacht«, sagte sie kühl. »Ich wünsche Ihnen eine gute Nacht.« Damit ließ sie ihn stehen und floh in die Einsamkeit ihres Schlafzimmers.

Er hätte noch eine Flasche Wein aufmachen oder auf die *Kingfisher* zurückkehren können, doch er tat beides nicht, denn ihm war klar, daß beides ihm nur eine vorübergehende Flucht ermöglichen würde. Statt dessen blieb er in Jacopo Caprianis Kontor und schaute gedankenverloren auf die mondbeschienene Straße hinaus.
Nachdem er die *Fiametta* in Civitavecchia entdeckt hatte, graute ihm davor, Serafina von dem Schiff und seinem Kapitän zu erzählen, denn er wußte, daß die Geschichte Hoffnungen in ihr wecken und sie veranlassen würde,

das Ziel, den Guardi-Besitz wiederzuerlangen, mit neuer Kraft zu verfolgen. Dafür würde sie alles opfern – sogar ihren kleinen Sohn.
Und seine Befürchtungen hatten sich bewahrheitet. Es dauerte lange, bis Thomas' Zorn abflaute. Die ganze Zeit kämpfte er gegen die Versuchung an, sich entweder zu betrinken oder auf der Stelle dieses Haus zu verlassen. Warum war er eigentlich so wütend? Er hatte doch nicht erst heute abend erfahren, was für ein Mensch Serafina war. Daß er sie trotzdem liebte, war weiß Gott nicht ihre Schuld. Er hatte sie heute gleich nach seiner Ankunft sehen müssen – das vertraute Gesicht, das ihn so oft in Wut brachte –, ihre Stimme hören, bei ihr sein, dieselbe Luft wie sie atmen. Er war nicht fähig, ihr etwas abzuschlagen. Sie würden nach Frankreich segeln. Nach Marseille. Er und Serafina.
Er hatte sich und sein Schiff in ihre Hände gegeben und saß im Mittelmeer fest, doch dieser Zustand würde nicht ewig dauern. Er sah die regennassen Straßen und den grauen Himmel seiner Heimatstadt vor sich und hörte den Klang seiner Muttersprache in den Wirtshäusern und auf den Marktplätzen. Das Mittelmeer würde für ihn immer mit Serafina verbunden sein, mit den hohen Absätzen ihrer Schuhe, die über das Kopfsteinpflaster klapperten, und dem Rascheln ihrer Seidenkleider. Um sich von ihr zu befreien, müßte er Italien verlassen und nach Hause zurückkehren.
Aber vorläufig wäre das nicht möglich. Thomas wußte sehr wohl, daß England und seine hochfliegenden Ziele noch in weiter Ferne lagen, daß er letztere vielleicht sogar niemals erreichen könnte. Er war Verpflichtungen eingegangen, und er war auch dadurch mit Serafina verbunden, daß sie sich beide an demselben Mann rächen woll-

ten. Und außerdem lebte Edward Whitlock in England – und der Gedanke, dem Mann über den Weg zu laufen, der in mehr als einer Hinsicht beinahe sein Leben zerstört hätte, reizte ihn nicht im geringsten.

Thomas verließ seinen Platz am Fenster und stieg die Treppe zum Gästezimmer hinauf. Er war plötzlich todmüde.

Als er den ersten Treppenabsatz erreichte, hörte er ein Geräusch. Diesmal war es nicht das Greinen eines Kindes, sondern ein wildes Schluchzen. Ohne nachzudenken, riß er die Tür zu Serafinas Schlafzimmer auf und rief ihren Namen. Die einzige Antwort war ein gequältes Stöhnen, das sich zu peinvollen Schreien steigerte. Er zog den Bettvorhang auf. Das Licht seiner Kerze fiel auf Serafinas Gesicht. Sie hatte die Fäuste auf die Augen gepreßt, als könne sie damit die Bilder aussperren, die sie bedrängten, und wiederholte immer und immer wieder dieselben Worte, doch Thomas konnte sie nicht verstehen. Sie entstammten einer Sprache, die er noch nie zuvor gehört hatte. Er stellte die Kerzen auf den Nachttisch, zog Serafina die Fäuste von den Augen und öffnete sanft die verkrampften Finger. Und dann sagte er erneut ihren Namen.

Sie öffnete die Augen. Sie waren schwarz vor Angst und nahmen ihn offenbar nicht wahr. Ihre Haare waren wirr und verschwitzt, das Nachthemd klebte schweißnaß an ihrem Körper. Er zog sie hoch und sagte eindringlich: »Serafina! Ich bin's – Thomas!« – immer wieder, bis ihr Zittern nachließ und sie nicht mehr stoßweise und keuchend atmete. Sie klammerte sich an sein Wams und barg ihr Gesicht an seiner Schulter. Er wiegte sie hin und her wie ein Baby und streichelte beruhigend ihr Haar. Als sie sich schließlich entspannte, sagte er: »Es ist alles gut. Sie hatten einen schlimmen Traum. Vielleicht hilft es Ihnen, wenn Sie ihn mir erzählen.«

Sie schüttelte heftig den Kopf, doch dann flüsterte sie: »Es ist immer derselbe Traum. Ich sehe meinen Vater...« Sie brach ab und atmete zittrig ein. »Ein türkischer Soldat schlägt ihn. Er hat Angelos Gesicht. Ich flehe ihn an aufzuhören, aber ich kann nur die Lingua franca der Sklaven sprechen, und er versteht mich nicht. Er macht weiter – und er lacht!« Wieder brach sie ab, richtete sich auf und ließ Thomas los. »Aber heute nacht war etwas anders.« Ihre Augen wirkten wie Seen in der Nacht – tiefschwarz und unergründlich. »Diesmal schlug er nicht meinen Vater – er schlug Francesco!« Erst jetzt schien sie Thomas wirklich wahrzunehmen. »Ich mußte ihn weggeben, Thomas, ich hatte keine Wahl. Aber ich vermisse ihn schrecklich.«

»Ich weiß.« Zärtlich ließ er den Blick über ihr bleiches Gesicht wandern. »Ich weiß.«

Sie schlug die Augen nieder und sagte leise: »Geh nicht, Thomas, laß mich nicht allein.«

Wie hätte er nein sagen können? Er zog ihren Kopf zu sich heran und küßte sie auf die Stirn, ließ seine Lippen zu ihrem Mund und dann über ihre Kehle zu ihren Brüsten gleiten.

Es war das zweite Mal, daß sie ihn in ihr Bett holte, doch er hatte wieder das Gefühl, ein neues Land zu erforschen. Er wußte, daß er sie immer lieben würde – ob sie nun stritten oder miteinander schliefen, Liebesworte murmelten oder einander Beleidigungen entgegenschleuderten. Sie war ein Teil von ihm geworden, er würde nie mehr der Mensch sein, der er gewesen war, bevor sie in sein Leben trat.

Serafina schlief danach sofort ein, doch Thomas blieb

noch lange wach, aber das lag nicht an ihrer körperlichen Nähe oder dem Duft ihrer Haut. Er wußte, daß der Waffenstillstand, den sie mit ihm geschlossen hatte, nicht von Dauer sein würde, daß sie sich im Moment im Auge des Sturms befanden, der jederzeit wieder losbrechen könnte. Sie hatten einander verziehen, die harten Worte, die sie beide gesagt hatten, vergessen. Doch eines Tages, dachte Thomas, während er zart über die weichen dunklen Haare strich, die wie eine Decke über seine Brust gebreitet waren – eines Tages wäre ein Verzeihen vielleicht nicht mehr möglich.

ZEHNTER TEIL

1596
EIN OPFER
DER WELLEN

Ein rissiges Schiff mag auf dem ruhigen Meer sicher sein, doch in einem Unwetter wird es ein Opfer der Wellen.

Reisebericht:
Fynes Moryson

Im Haus der Whitlocks in London saß eine große Gesellschaft an der Tafel: Edward und seine Frau Faith, John Keane und seine Kusine zweiten Grades, Dorothy, und ein halbes Dutzend weitere Angehörige der Levant Company mit ihren Ehefrauen oder Freundinnen.
Das Abendessen war ganz gut verlaufen, dachte Faith, als sie einem Diener bedeutete, die bunten Torten, die Mandelcreme und die kandierten Früchte hereinzubringen, besser als ihre Ehe, die seit Edwards Rückkehr von dunklen Wolken überschattet war.
Edward war mit finsterer Miene in eine Diskussion mit Richard Staper vertieft, der inzwischen die Leitung der Gesellschaft innehatte. Mit einem heimlichen Seufzer stellte Faith Schüsseln mit Gebäck, Obst und glasierten Blüten auf den Tisch. Seit seiner letzten Reise schwankte Edwards Stimmung zwischen gereizt und grimmig. John Keane hatte Faith, während ihr Mann geschäftlich außer Haus war, besucht und ihr den Grund erklärt: Thomas Marlowe war – was Edward ihr verschwiegen hatte – nicht, wie angenommen, bei dem Untergang der *Toby* ums Leben gekommen, sondern er hatte in Livorno ein Schiff gebaut.
Faith fiel nicht vor Freude in Ohnmacht, denn sie hatte Thomas nie geliebt. Sie hatte ihn sehr gemocht, seine Gesellschaft genossen – vor allem im Bett –, aber Liebe war es nicht gewesen. Sie liebte Ned, der jetzt sechs Jahre alt war, und die kleine Alice, die demnächst ihren zweiten Geburtstag feiern würde. Männer waren gut dazu, sie im

Winter nachts zu wärmen und ihr Vergnügen zu bereiten, dachte sie, während sie kontrollierte, ob genügend Löffel da waren, aber ansonsten für kaum etwas. Sie hatte sich Thomas vor drei Jahren ins Bett geholt, weil ihr sein Gesicht und sein Körper gefielen und weil er sie zum Lachen brachte und nicht wegen tiefgehender Gefühle. Aber natürlich war sie froh gewesen zu hören, daß er nicht tot war. Sie hatte das Gerücht sowieso nie geglaubt. An ihrem letzten gemeinsamen Nachmittag hatte sich gezeigt, daß er ein Glückskind war, sonst hätte Edwards Kugel ihn umgebracht. Sie bedankte sich bei John Keane, der ein freundlicher, anständiger Mensch war und seiner Kusine Dorothy eines Tages sicherlich ein guter Ehemann sein würde, und wünschte Thomas im stillen alles Gute.
Edwards Faust schlug auf den Tisch, und die Löffel, die Faith gerade aufgelegt hatte, fielen klappernd zu Boden. Faith stellte ihm eine Schüssel mit Pflaumenmus hin – es war sein Lieblingsnachtisch – und setzte sich zu John Keane. »Wann werden Sie wieder abreisen, John?« fragte sie und machte sich daran, die bunten Torten in Stücke zu schneiden. »Edward ist es schon wieder leid, an Land zu sein.«
»Dann ist er ein Narr«, erwiderte Keane. »Er hat ein behagliches Haus, eine schöne Frau und zwei reizende Kinder. Ich beneide ihn.«
»Dann sollten Sie sich verheiraten.« Faith ließ ein grünes Kuchenstück auf seinen Teller gleiten. »Ich bin sicher, Sie kennen bereits die geeignete Kandidatin.« Sie blinzelte zu Dorothy Jenkins hinüber, die auf der anderen Seite der Tafel saß. Das Mädchen wäre die ideale Frau für John: Sie war recht hübsch und verfügte nicht nur über eine beachtliche Intelligenz, sondern auch über eine beträchtliche musikalische Begabung. Faith konnte sich gut vorstellen,

wie sie Arien sang und er sie auf der Laute begleitete.
»Oder ist Dotts verwünschter Vater noch immer nicht tot?«
John Keane schnitt eine Grimasse. »Bedauerlicherweise nein. Aber es geht ihm nicht gut.« Er grinste. »Sie sind manchmal erfrischend direkt, Faith. Doch um auf Ihre erste Frage zurückzukommen: Ich nehme an, daß wir im Herbst wieder die Anker lichten werden. Es ist am sichersten, spät im Jahr um das Kap zu segeln, wissen Sie. Die Winterstürme machen die spanischen Matrosen seekrank.«
Auch das Pflaumenmus hatte Edward nicht besänftigen können. Wieder krachte seine Faust auf den Tisch. Faith verdrehte die Augen.
»Es geht um Kanonen«, erklärte John Keane ihr und lud sich kandierte Früchte und Mandelcreme auf den Teller. »Edward will eine diesbezüglich bessere Ausstattung für die *Legacy* und die *Saviour of Bristol* durchsetzen, die Bewaffnung der *Garland* habe ich bereits erweitert, als das Schiff in Livorno überholt wurde, aber Richard Staper will das Geld dafür nicht herausrücken.«
Faith musterte ihren Gatten, der mit zornrotem Gesicht und geballten Fäusten dasaß. Wenn sie ehrlich zu sich war, mußte sie zugeben, daß sie es nicht bedauern würde, ihn zu verabschieden. Es war ohne ihn viel ruhiger im Haus, und außerdem hatte sie dann Gelegenheit, ihren Interessen nachzugehen. »Und – teilen Sie die Meinung meines Mannes, John?«
Keane nickte. »Allerdings. Die Seefahrt ist höchst gefährlich geworden. Überall lauern Feinde – die Spanier, die Venezianer, die Türken, und die verdammten Korsaren! Die Toskana steht äußerlich zwar noch zu uns, aber das wird auch nicht mehr lange währen. Wir sind zu erfolg-

reich, wissen Sie, das erregt Mißfallen bei den weniger Glücklichen.« Er schob seinen leeren Teller weg.
Was für ein netter, vernünftiger Bursche, dachte Faith wieder einmal. Dorothy könnte keinen besseren Mann bekommen, wenn ihr Vater nur endlich stürbe. »Sie lächeln«, sagte sie. »Warum?«
»Weil ich fast das gleiche Gespräch mit Thomas Marlowe hatte, wie Edward jetzt mit Richard Staper, mitten in der Nacht in Livorno. Auch er wies mich darauf hin, wie unverzeihlich es sei, bei der Bewaffnung eines Schiffes zu sparen.«
Faith hielt einen vorbeikommenden Diener auf und bat ihn, den Malvasier zu kredenzen. Ihre Augen strahlten noch immer, doch an ihrem Herzen nagte ein leichter Schmerz.
»Und er hatte recht – genau wie Ned recht hat. Irgendwann wird es ernst, und das weiß Mr. Staper so gut wie wir. Deshalb wird er Ned die Kanonen schließlich auch bewilligen. Wir werden sie brauchen.«

Fiametta trug auf dem Bankett im Hause ihres Vaters in Florenz ein weißes Satinkleid, das mit Silberlitze besetzt und mit Süßwasserperlen bestickt war. Ihr sandfarbenes Haar war verschwenderisch mit Borten und Bändern geschmückt, wirkte jedoch nicht im entferntesten so prächtig wie die rotgoldenen Locken ihrer Mutter.
Zu diesem festlichen Abend im Palazzo Nadi hatte sich die gesamte Prominenz der Stadt eingefunden. Die Donatis, die Frescobaldis, die Lambertinis und die Malespinis – all die illustren Vertreter der wichtigsten Gilden. Die Plateausohlen der Damen klapperten über den Marmorboden, Seiden- und Satinroben schleiften leise rauschend über die buchsbaumbegrenzten Gartenwege. Die Musiker, die

auch für die Medicis spielten, entlockten ihren Lauten und Lautengitarren die schönsten Melodien und sangen Balladen von Josquin des Prez.

Die Gäste tanzten im Salon, im Bankettsaal und im Garten zwischen den Springbrunnen und Blumenbeeten, Grotten und Statuen. Weinflaschen kühlten in dem Wasser, das durch ein Loch in der Mitte eines Steintisches sprudelte, Feuerwerkskörper und Wasserbomben explodierten in der duftenden Luft wie geräuschvolle Knospen. Eine Pastete wurde aufgeschnitten, die mit lebenden Fröschen gefüllt war, die unter die Reifröcke der Damen hüpften. Um sich zu rächen, warfen die so Belästigten kandierte Früchte und Geleebonbons nach den Herren. Gegen Ende des Festes schleppten Bedienstete einen Zuckerberg herein, an dessen Hängen sich Tiere aus Zucker tummelten. Wohlriechende Flammen züngelten aus den Felsspalten. Lorenzo Nadi überschlug im Geiste das gemeinsame Vermögen der Geladenen und kam zu dem Schluß, daß es mehr sein müßte als das Gold des sagenhaften Eldorado. Er beobachtete Angelo Guardi, den er inzwischen als möglichen Schwiegersohn betrachtete, und stellte fest, daß seine Erscheinung und seine Manieren keinerlei Anlaß zu einer Beanstandung gaben. Und gerade die äußere Erscheinung war im Geschäftsleben von großer Wichtigkeit: Ein Mann wurde nach dem Schnitt seiner Kleidung und dem Selbstvertrauen beurteilt, mit dem er auftrat. Lorenzo hatte dem jungen Mann eine angenehme Einführung beschert – gestern mit einem Abendessen im Familienkreis und heute als Gast auf diesem Bankett –, doch der morgige Tag würde nicht so angenehm werden: Morgen würden sie über Geschäfte sprechen, allein und nicht abgelenkt durch solche Albernheiten wie Liebe und Brautwerbung.

Der Notar der Firma Guardi, ein unangenehmer Franzose, betrank sich sinnlos, und Angelo Guardi schaffte ihn in das Zimmer, das der Rechtsbeistand für die Dauer des Besuches bewohnte. Der Mann tauchte an diesem Abend nicht mehr auf, aber es vermißte ihn niemand. Auch dieses souveräne Verhalten gefiel Signor Nadi. Angelo Guardi war ein intelligenter, charmanter junger Mann, den er sich durchaus nicht nur auf dem gesellschaftlichen Parkett sondern auch als kalten Geschäftsmann vorstellen konnte. In den dunklen Augen brannte das Feuer des Ehrgeizes, das unerläßlich war, wenn man es zu etwas bringen wollte.

Giulia Nadi, Fiamettas Mutter, tanzte mit einem Medici-Prinzen und einem der Donati-Grafen und zog sich dann am Arm des jüngeren Frescobaldi erschöpft in den Garten zurück. Mit dem hübschen Angelo würde sie erst später tanzen – wenn Fiametta zu Bett gegangen war und Lorenzo irgendeinen alten Langweiler gefunden hatte, mit dem er Backgammon spielen konnte. Als er ihr vorgestellt wurde, hatte sie Interesse in Angelos Augen aufflackern sehen und amüsiert festgestellt, daß er es sofort wieder erlöschen ließ. Daran hatte sie erkannt, daß der Junge nicht nur gut aussah, sondern auch klug war. Als sie auf einer Steinbank in einer der Grotten saß und der Frescobaldi-Grünschnabel vor ihr kniete und ihre Füße mit Küssen bedeckte, dachte Giulia mit Freuden an die vor ihr liegende Woche.

Mit finsterem Gesicht beobachtete Nencia, Fiamettas jüngere Schwester, das Bankett vom obersten Treppenabsatz aus und kaute neidvoll an ihren Fingernägeln. Fiametta sah, wie sie wütend durch das Geländer spähte, und lachte daraufhin noch ausgelassener und tanzte noch schwungvoller, um Nencia zu zeigen, wie köstlich sie sich amüsierte. Mama hätte sich beinahe von Nencia beschwatzen lassen, ihr zu gestatten, an dem Fest teilzunehmen. Doch als Fiametta das hörte, stampfte sie mit dem Fuß auf und erklärte, sie werde mit niemandem sprechen oder tanzen, wenn Nencia erscheine. Das Kind hatte die großen blauen Augen und leuchtend roten Haare der Mutter geerbt, war klein und zierlich – und kokettierte mit Begeisterung. Selbst wenn sie, wie jetzt, mürrisch dreinschaute, war sie hübsch – und das, obwohl sie nicht, wie Fiametta, ständig damit beschäftigt war, ihr Aussehen zu verbessern, indem sie Unmengen von Milch trank und Kalbfleisch aß, um einen vornehm blassen Teint zu bekommen, oder ihren Haaren Glanz zu verleihen, indem sie sie mit allen möglichen Mittelchen behandelte.

Früher hatte Fiametta davon geträumt, einen Prinzen zu heiraten und – wie ihre Mutter – in einem florentinischen Palazzo über ein Heer von Dienstboten zu gebieten und jeden Tag ein anderes Kleid zu tragen. Doch es hatte kein Prinz um sie angehalten. Kein Wunder, dachte Fiametta mit einem bitteren Lächeln – alle verfügbaren Prinzen waren in Mama verliebt! Und bald würden sie sich in Nencia verlieben. Angesichts dieser Umstände wäre eine Ehe mit Angelo geradezu als Glücksfall zu betrachten. Er sah gut aus, hatte tadellose Manieren, besaß eine große Tuchhandelsfirma und ein Schiff, daß er nach ihr, Fiametta, genannt hatte. Signor Guardi hatte Papa reichlich Honig um den Mund geschmiert, indem er seine seidenverarbeitenden Werkstätten, seine geschickten Weber und Färber bewunderte. Wenn er sie heiraten wollte, war es unerläßlich, Papa zu hofieren: Wenn seiner Werbung entsprochen würde, gewänne er nicht nur sie, sondern auch den Nadi-Besitz, und es hing nicht von ihr ab, ob die Ehe zustande käme.

Als sie im Laufe der komplizierten Schritte einer Gaillarde Angelos Hand nahm, dachte sie darüber nach, wie es wohl wäre, das Bett mit ihm zu teilen. Sie wußte, was von ihr erwartet würde. Mama hatte zwar noch keine Zeit gefunden, mit ihr darüber zu sprechen, aber sie hatte Hunde auf der Straße beim Kopulieren beobachtet – und eines der Dienstmädchen mit seinem Liebhaber auf dem Dachboden. Sie war sicher, daß diese Prozedur ihr nicht gefiele, doch sie wußte, daß sie sie würde ertragen müssen. Die einzige Möglichkeit, unbehelligt zu bleiben und dennoch Macht zu erlangen, böte der Eintritt in ein Kloster – mit dem Ziel, die Position der Mutter Oberin einzunehmen –, aber dazu würde Papa niemals seine Einwilligung geben.

Am folgenden Morgen schickte Lorenzo Nadi nach Angelo.
Der junge Mann verbeugte sich respektvoll, als er das Arbeitszimmer, einen eindrucksvollen Raum mit bücherbedeckten Wänden und einer Täfelung aus poliertem Buchenholz, betrat. Die Decke war geschnitzt, der Kamin aus Marmor. Angelo hatte nur vier Stunden geschlafen – als er sich zurückzog, saß Lorenzo noch immer beim Backgammon, doch obwohl der Ältere demnach eine noch kürzere Nacht hinter sich haben mußte, wirkte er erstaunlich frisch.
»Ah – Angelo. Nehmen Sie Platz.« Signor Nadi deutete auf einen Sessel vor dem Schreibtisch, hinter dem er saß, und auf dem sich Papiere stapelten und mehrere Federkiele lagen. Aus der Länge des Briefes, den sein Gegenüber vor sich liegen hatte, schloß Angelo, daß dieser bereits seit einer Weile arbeitete.
»Haben Sie das Bankett genossen?« Es war weniger eine

Frage als eine Feststellung, und Angelo antwortete pflichtschuldigst: »Sehr, Signor. Es war ein prächtiges Fest.«
»Ja, ziemlich.« Lorenzo schüttelte die Ärmel seines pelzbesetzten Gewandes zurück. »Und auch nützlich. Ich vermute, daß mindestens die Hälfte der Geschäfte von Florenz bei solchen Gelegenheiten abgeschlossen wird.« Lorenzo Nadi war groß, hatte einen Stiernacken und einen kahlen Schädel. Sein Erscheinungsbild paßte zu seiner Machtposition. Zweihundert Seidenweber, -färber und -rauher arbeiteten für ihn. Doch er war auch Bankier, und diese Profession entsprach seinem Wesen bei weitem mehr als der Seidenhandel. Im Gegensatz zu Angelo, den dies schon fasziniert hatte, als er noch in Franco Guardis Lagerhäusern arbeitete, erregte Lorenzo die Tatsache, Glied einer Kette zu sein, die sich von China bis zu den Städten im Norden erstreckte, nicht im mindesten. Ihn versetzte nur Geld in Erregung. Dukaten, Ecus, Florins, Silberreals – sie waren seine Welt.
Lorenzos Tragödie war, daß er zwei Töchter hatte. Töchter hatten keinen Nutzen – sie kosteten. Zu allem Übel beanspruchte der Herzog der Toskana auch noch den siebten Teil jeder Mitgift, aber ohne Enkel wären die Häuser in Florenz und Umbrien, die Werkstätten und die Bank verloren. Der gesamte Besitz würde an einen zwielichtigen und ungeliebten Kusin zweiten Grades in Neapel fallen.
»Wenden wir uns anderen Dingen zu.« Lorenzo streute Sand auf den Brief, der vor ihm lag, und schüttete den Überschuß in die Dose zurück. »Mein Geschäft ist in den letzten Jahren beträchtlich gewachsen, so beträchtlich, daß mir Florenz allmählich zu klein wird. Ich habe die Absicht, mich nach anderen Märkten umzusehen.«

Angelo atmete tief durch. Seine Chance war gekommen! »Die Guardis«, sagte er, »treiben nun schon seit fünfzig Jahren Handel mit den Städten im Norden. In ihren besten Zeiten nutzten wir die Tuchmärkte von Lyon – jetzt gehen wir weiter nördlich. Im letzten Jahr kamen wir bis nach Paris. Dort bekommt man Stoffe aus London, Antwerpen und Amsterdam, und es heißt, daß auch bald Pelze aus Rußland feilgeboten werden.« Angelos Mund war trocken, seine Zunge drohte am Gaumen klebenzubleiben. Er, der gewöhnlich kaum Alkohol trank, lechzte jetzt geradezu nach einem Glas Wein.
Doch er hatte sich umsonst gesorgt, Lorenzo Nadi nickte zustimmend. »Pelze, Weißwäsche und Wollstoffe – mit diesen Waren habe ich bisher nicht gehandelt, aber man muß das Angebot fächern, um sich im Wettbewerb behaupten zu können.«
Diese Erkenntnis hatte Angelo veranlaßt, sein Sortiment in den vergangenen schwierigen Jahren zu erweitern – und er hatte Handelsmöglichkeiten gefunden, die Signor Nadi nicht einmal in Erwägung gezogen hätte. Die Geschäfte mit Zinn hatten sich beispielsweise als erfreulich profitabel erwiesen – bis zu seiner letzten Reise, der Jungfernfahrt der *Fiametta*. Dabei sah die Sache anfangs wie ein Kinderspiel aus. Angelo hatte von einem Bekannten, einem Kaufmann aus Pisa namens Tomaso di Credi, erfahren, daß ein englisches Schiff, die *Garland*, Zinn von Livorno in die Levante bringen werde. Das traf zwar zu – aber er verlor drei Männer und wäre beinahe mit den Türken aneinandergeraten. Aber vielleicht würde er Hamid jetzt nicht mehr brauchen, und vielleicht könnte er sich außerdem die Zeit nehmen, sich an der *Garland* zu rächen. Die Schiffe der Levant Company wurden im Mittelmeer ohnehin ein immer größe-

res Ärgernis, es wäre nur recht und billig, der Gesellschaft ein wenig die Flügel zu stutzen.

»Ein großes Angebot ist für den Handel ebenso lebenswichtig wie das geeignete Transportmittel. Mit meinem Schiff, der *Fiametta*«, Angelo lächelte, »kann ich Rohseide und die besten persischen Stoffe in der Levante kaufen – zu günstigsten Preisen. Mit der *Fiametta* kann ich Handel treiben von Rußland bis Scanderoon.«

Der Gedanke, ein Handelsnetz fast über die gesamte bekannte Welt zu spannen, reizte Angelo in höchstem Maße, Lorenzo Nadi offenbar auch, glaubte Angelo, als er die Vorfreude auf neue Geldquellen in den Augen des Mannes leuchten sah, dessen Schwiegersohn er zu werden trachtete.

»Sie haben ein Schiff und Verbindungen«, sagte Lorenzo. »Was brauchen Sie noch?« Was er meinte, aber nicht sagte, war: Warum wollen Sie meine Tochter heiraten?

Schweiß lief Angelos Nacken hinunter, doch seine Miene blieb gelassen: »Den Zusammenschluß mit jemandem, der seidenverarbeitende Werkstätten besitzt. Die Firma Guardi arbeitete früher hier mit einer Firma zusammen, aber der Kontakt ist abgerissen.« Er sprach von den Corsinis, mit deren Familienoberhaupt, Michele, die damals zehnjährige Serafina hätte verlobt werden sollen.

»Die letzten Jahre sind für die Marseiller Kaufleute nicht einfach gewesen, wie Sie sicher wissen, Signor Nadi. Die Dinge haben sich zwar inzwischen geändert – wir haben wieder einen König –, aber wir leiden noch immer unter den Nachwirkungen jener schlimmen Zeit.«

»Sie haben Schulden«, meinte Lorenzo trocken.

Angelo schluckte. Jetzt ging es ums Ganze. »Ja«, bestätigte er mit entwaffnender Offenheit. »Ich habe Schulden.«

Deshalb war er hier, deshalb wollte er unbedingt die Hand

der unscheinbaren Tochter des Hauses gewinnen, deshalb ließ er dieses Verhör über sich ergehen. Es widerstrebte ihm aus tiefster Seele, sein Schicksal in die Hand dieses Mannes zu legen, aber er hatte keine Wahl. Lorenzo Nadi stellte die unvermeidliche Frage nach der Höhe der Schulden, und Angelo beantwortete sie ohne Zögern. Während der reiche Kaufmann hin- und herrechnete und zwischendurch immer wieder Einzelheiten erfahren wollte, dachte Angelo an seine zukünftige Frau.

Fiametta hatte bedauerlicherweise nichts von ihrer Mutter geerbt – nicht die wohlgeformte Figur, nicht die Haare, die wie gesponnenes Gold wirkten, nicht die ausdrucksvollen Augen und auch nicht die Ausstrahlung, eine Mischung aus Naivität und Raffinesse. All dies hatte die dreizehnjährige Nencia mitbekommen. Fiamettas Haare waren sandfarben, die Augen von einem verwaschenen Blau. Sie war fast so groß wie Angelo und versuchte dies durch eine gebeugte Körperhaltung zu vertuschen. Außerdem fehlte ihr die Unbefangenheit, mit der ihre Mutter und Schwester bezauberten, und ihre Konversation war ebenso unbeholfen wie ihr Auftreten. Beim Tanzen gestern abend hatte sie ihm kaum gestattet, sie zu berühren. Wie würde sie wohl im Bett sein? War sie tatsächlich so spröde, wie sie sich gab, oder wartete sie nur darauf, daß jemand sie erweckte? Hätte er die Wahl gehabt, wäre sie auf Giulia gefallen – oder auf die kleine Nencia. Aber er hatte keine Wahl, und deshalb hütete er sich, auf Giulias Signale zu reagieren. Nicht einmal ihre Reize waren es wert, sich Lorenzo Nadis Grimm zuzuziehen. Er beschränkte sich darauf, gelegentlich in Phantasien zu schwelgen. Und er hielt sich noch aus einem zweiten Grund zurück: Er konnte es sich nicht leisten, Fiametta zu verärgern.

Lorenzos Feder kratzte noch immer über das Papier.

Angelo war erstaunt, daß Signor Nadi die Berechnungen selbst anstellte, anstatt es einem Angestellten zu überlassen, und nicht einmal einen Abakus benutzte. Schließlich zog er einen schwungvollen Schlußstrich und blickte auf. »Ein ganz hübsches Sümmchen, Signor Angelo.«
Der registrierte zutiefst erleichtert, daß der Ältere ihn nach wie vor mit dem Vornamen ansprach. Mit unbewegtem Gesicht antwortete er in gelassenem Ton: »Das ist richtig – aber schon *eine* erfolgreiche Reise würde mich in die Lage versetzen, es zurückzahlen zu können. Darin liegt der Wert der *Fiametta*, deshalb habe ich Schulden gemacht, um ihren Bau zu ermöglichen.«
Lorenzo faltete die Hände vor sich auf dem Schreibtisch. »Um die Reise, von der Sie sprechen, finanzieren zu können, müßten Sie einen weiteren großen Betrag leihen.«
Angelo blickte ihm geradewegs in die Augen. »Ja, Signor.«
»Wenn diese Reise ein Erfolg würde, wären Sie aus dem Gröbsten heraus. Wenn Ihre Rechnung jedoch nicht aufginge«, Lorenzos Augen waren kalt wie Eis, »bedeutete das Ihren Bankrott.«
Angelo senkte die Lider und gab ihm mit einem angedeuteten Nicken recht. Lorenzo Nadi stand auf und trat zum Fenster, hinter dem der Garten lag. Nach einer Zeit, die Angelo wie eine Stunde erschien, sagte er: »Nun gut – ich werde mir überlegen, ob ich Ihnen das Geld für die Reise vorstrecke. Zu einem angemessenen Zinssatz natürlich. Und was Fiametta angeht, ich werde mir Gedanken über eine mögliche Verlobung machen. Meine Entscheidung wird Ihnen schriftlich zugehen. Seien Sie versichert, daß ich Ihre Werbung wohlwollend

in Betracht ziehe. Ach, noch etwas, Ihr Notar, dieser Jehan de Coniques, hat Ihnen sicher treu gedient, aber Sie sollten darüber nachdenken, ob er nicht lange genug für Sie gearbeitet hat, sein Benehmen gestern abend hat kein gutes Licht auf Sie geworfen.«
Wer zahlt, hat das Sagen, dachte Angelo, als er das Zimmer verließ. So hatte er es auch stets gehandhabt.

Von Pisa nach Marseille waren es zweihundertfünfzig Meilen – zweihundertfünfzig Meilen um den Golf von Genua herum, an der Côte d'Azur entlang und an den Iles d'Hyères vorbei in den Golf von Lion. Doch bevor die *Kingfisher* zu dieser Reise aufbrach, hatten ihre Eigentümerin und der Kapitän noch etwas anderes vor: Einen Ritt ins Landesinnere nach Umbrien, wo Meere aus reifenden Ähren wogten, die von Klatschmohn und Kornblumen gesäumt waren.
Francesco war gesund, die Amme, dank der großzügigen Bezahlung, überschwenglich freundlich. Sie blieben nicht lange – die Zeit drängte. Bereits nach einer Stunde waren sie wieder unterwegs. Als sie in einem Wäldchen anhielten, um sich mit einem Schluck Wasser zu erfrischen, lagen sie sich plötzlich in den Armen und sanken auf ein Bett aus kleinen blauen Blumen nieder, die den Boden bedeckten. Als sie danach aufstanden und ihre Kleider ordneten, entdeckte Serafina, daß zerdrückte blaue Blüten an ihrem Rock klebten. Die körperliche Entspannung, die Thomas ihr beschert hatte, half ihr, den Kummer darüber, daß sie ihren Sohn nicht mitnehmen konnte, leichter zu ertragen.
Zwei Tage später setzten sie Segel. Die *Kingfisher* hatte Kurzwaren, Samt, Taft und gold- und silberdurchwirkte Seiden geladen. Es war sehr warm, und die Seeleute

mußten all ihr Können anwenden, um die schwache Brise so zu nutzen, daß das Schiff Fahrt machte.

Bilder flackerten durch Serafinas Kopf, als sie auf das Meer hinausschaute. Sie war zehn Jahre alt und stand, in ein schwarzes Samtkleid gezwängt, auf dem Achterdeck der *Gabrielle*. Auch damals war es heiß gewesen, und das Sonnenlicht hatte sie schmerzhaft geblendet. Sie schützte die Augen mit der Hand und blickte zur Stadt hinüber, bis die Kirchtürme und Häuser von Pisa zu einer undeutlichen Silhouette verschwammen. Wieder einmal hatte sie die Sicherheit eines Heims verlassen und sich der Unsicherheit eines Schiffes ausgeliefert. Nur an den weiß hervortretenden Knöcheln ihrer Hände, mit denen sie die Reling umklammerte, und an dem scharfen Ton, in dem sie ihre Zofe Luisa anfuhr, die ebenso wie vor vielen Jahren die arme Mathilde an Seekrankheit litt, war ihre Angst zu erkennen. Sie beneidete Thomas darum, daß er beschäftigt war. Er hatte seine Karten und Instrumente, mußte dem Rudergänger Anweisungen geben und den Bootsmann überwachen. Sie hatte keine andere Aufgabe, als dafür zu sorgen, daß sie nicht im Weg stand. Wenn Sie nachts in ihrer Koje lag und sich einsam fühlte, hatte Thomas die Sterne, in denen er lesen, und Kameraden, mit denen er sich unterhalten konnte. Sie hatte nur die vier Holzwände der Kabine, die sie mit der bedauernswerten Luisa teilte.

Und so suchte sie den Kontakt zu den Seeleuten und ließ sich von ihnen das Schiff erklären. Wenn Thomas nachts Zeit erübrigen konnte, führte er sie in die Sternenkunde ein, und die geheimnisvollen Lichter begannen sich für sie zu einem Muster zu ordnen.

Tagsüber, wenn sie außer Sichtweite der Küste segelten, war es unmöglich zu erkennen, wo der Himmel aufhörte

und das Meer anfing – leuchtend blau ging eines in das andere über. Nach drei Tagen erreichten sie ihr erstes Ziel. Die verträumte Ruhe eines Mittsommerabends lag über der *Kingfisher*. Serafina stand noch an Deck, sie zögerte den Augenblick, da sie sich wieder mit der von Übelkeit geplagten Luisa in die enge Kabine begeben müßte, so lange wie möglich hinaus. Plötzlich sah sie einen Stern, wo kein Stern sein konnte, und stieß einen überraschten Ruf aus.
»Das ist die Laterna, Signora Capriani – der Leuchtturm von Genua.« William Williams war neben sie getreten. Er überragte sie um mehr als Haupteslänge. Seit seiner Bekanntschaft mit Maria, der Tochter der Kurtisane Constanza, war er noch ruhiger und sanfter geworden.
Der Anblick des Leuchtturms fegte jegliche Trägheit hinweg. Thomas rief dem Rudergänger und dem Bootsmann Befehle zu, wobei er den Kurs für die Einfahrt in den Hafen dank seiner zwölfjährigen Erfahrung präzise festlegte. Die Szenerie wurde von der Laterna, den Lampen an den Hauswänden und dem Licht erhellt, das aus den offenen Fenstern und Türen der Tavernen fiel. An der Mole drängten sich Fischerboote, Barks, große Galeassen und Galeeren. Die Genueser Galeeren waren fünfundsiebzig Schritt lang und wurden von je vierhundert Sklaven gerudert. Als die *Kingfisher* anlegte, sah Serafina im Fackelschein die Gesichter der Leute, die ihre Ankunft beobachteten: Neid und Bewunderung waren darin zu lesen.
Am nächsten Tag verließ Serafina das Schiff, um Kaufleute aufzusuchen. Die kopfsteingepflasterten Straßen schienen unter ihren Füßen zu schwanken, die prächtige Via Aurelia wirkte nach der Weite des Meeres geradezu beengend auf sie – aber wenigstens hatte sie in dieser Stadt, die

unter spanischer Herrschaft stand, eine Aufgabe. Serafina stellte sich, dank ihres Witwenstandes des Respekts sicher, mit Thomas Marlowe als Bevollmächtigtem an ihrer Seite Jacopos Geschäftsfreunden und Kunden vor, umschmeichelte sie, schacherte mit ihnen und schloß Geschäfte ab. Sie kaufte kostbare Stoffe und verkaufte Bänder, Kokarden und Halbedelsteine, und einmal sogar Antilopentränen – mit beträchtlichem Gewinn –, nachdem sie dem Interessenten mit ernster Miene erklärt hatte, Antilopentränen seien gut gegen Schlangenbisse, wobei sie es sorgfältig vermied, Thomas' Blick zu begegnen.

An den Abenden nahm sie an Banketten, festlichen Essen und Maskenbällen teil. Sie schlug keine Einladung aus, klagte mit den Damen über die Hitze und verhandelte mit den Herren über Ripsbänder, Bombasin oder Pannesamt. Sie lernte die besten Familien Genuas kennen: die Fregosis, die Adornis, die Dorias. Sie schlenderte durch herrliche Gärten und sprach über Dukaten, Florins und Ecus, über Zinssätze und Transportprobleme. Die Herren vergötterten die geschäftstüchtige, reiche junge Witwe, brachten ihr Wein und Süßigkeiten, schickten ihr Blumenbouquets und parfümierte Taschentücher. Sie hätten sie auch hofiert, wenn sie unansehlich gewesen wäre, doch sie erkannte an dem Leuchten in ihren Augen, daß sie sie durchaus nicht als unansehlich betrachteten. Sie akzeptierte mit angemessener Freude Geschenke auf mondbeschienenen Terrassen und in prachtvollen Sälen, aber immer war Thomas da und bot ihr den Arm, wenn sie sich schließlich zum Gehen entschloß. Sie schliefen nie im selben Bett, waren kaum je allein. Serafina steckte Galeazzo Merlis boshaftes Possenspiel noch zu sehr in den Knochen, als daß sie es riskiert hätte, erneut ins Gerede zu kommen, doch manchmal ertappte sie sich dabei, wie sie versonnen Thomas' muskulöse braungebrannte Unterarme betrachtete oder die breiten Schultern, die das elegante Seidenwams zu sprengen drohten.

Sie verließen Genua nach zwei Wochen. Ein Großteil der Seidenwaren, die sie in Neapel erstanden hatten, war verkauft, und der freigewordene Laderaum mit feinsten Genueser Stoffen aufgefüllt worden. Die kostbaren Gewebe schimmerten in allen Farben wie Regenbogen und glitten durch die Finger wie das Wasser eines murmelnden Baches. Eines Tages, dachte Serafina, als sie aus der stickigen Düsternis des Laderaums zum Deck hinaufstieg, würde sie selbst solche Stoffe herstellen. Capriani-Stoffe würden ebenso hoch im Wert angesetzt werden wie die venezianischen und genuesischen.

Um die Mittagszeit war Genua schon längst außer Sicht, und sie segelten an der ligurischen Küste entlang. Das schmale, Seehandel treibende Königreich Savoyen schimmerte lavendel- und indigofarben durch den Dunst. Die *Kingfisher* machte dank der Geschicklichkeit der Matrosen trotz der nur schwachen Brise gute Fahrt. Kajiks und Barks, Fischer- und Ruderboote, Galeeren und Galeassen – die Schiffe wirkten wie bunte Herbstblätter auf einem Dorfteich. Die kleineren Schiffe legten selbst in den winzigsten Häfen an, um Handel zu treiben: ein Faß Fische gegen einen Laib Käse, einen Korb Orangen gegen eine Bahn Segeltuch... Hochseeschiffe wie die *Kingfisher* warfen zumeist in einer Bucht Anker und schickten, wenn Aussicht auf Geschäfte bestand, ein beladenes Beiboot in den nächsten Hafen.

Als Serafina am dritten Tag der Reise aus der Kabine aufs Vordeck kam, erschien ihr ihr leichtes Kleid so warm wie ein Wollmantel. Thomas stand, den unvermeidlichen Filz-

hut auf dem Kopf, auf der Brücke. Die weiten Ärmel seines Hemdes flatterten im Wind. Er starrte über die Galionsfigur, die blau und golden im Sonnenschein glänzte, aufs Meer hinaus. Serafina trat neben ihn und folgte seinem Blick: In weiter Ferne glitzerte ein Schiff in der Sonne. Sie ahnte den Namen, bevor Thomas ihn aussprach. Die erholsame Ruhe der letzten Wochen nahm damit ein abruptes Ende. Der Frieden war nur eine Illusion gewesen, dort draußen lauerte der Feind. Trotz der Hitze rann Serafina ein eiskalter Schauer über den Rücken.
»Es ist die Fiametta – da bin ich ganz sicher«, sagte Thomas ruhig.

Er fürchtete die *Fiametta* nicht. Sie kam zwar noch immer in seinen Träumen vor, aber nicht mehr als die Bedrohung, als die sie ihm früher Alpdrücken verursacht hatte. Er wandte sich Serafina zu. Auf ihrem Gesicht zeigten sich widerstreitende Gefühle: Entsetzen und Hoffnung, Haß und Wehmut. »Sollen wir näher rangehen und sie uns ansehen?« fragte er.
Sie nickte schweigend.
Thomas gab die entsprechenden Befehle, lehnte sich an die Reling und schaute wieder nach vorn. Serafinas Augen waren wie gebannt auf die *Fiametta* gerichtet, als könne sie trotz der großen Entfernung das vertraute Gesicht entdecken. Als Thomas ihren Arm berührte, kam er sich vor wie ein Eindringling. »Er weiß natürlich nicht, daß er es mit mir zu tun hat«, sagte er. »Ich bin mit einem anderen Schiff unterwegs, segle unter anderer Flagge. Die *Kingfisher* hat nichts mit der Levant Company zu tun. Sie und die Farben der Caprianis sind Angelo gänzlich fremd.« Er hätte »noch« dazusetzen können, denn er

hatte nicht die Absicht, es dabei zu belassen. Er sah, wie Serafinas Augen sich verengten, und ein böses kleines Lächeln über ihr Gesicht huschte. Über ihnen flatterten die Flaggen der Toskana und die Wimpel der Caprianis blau und golden im Wind. »Lassen Sie die *Kingfisher* zeigen, was in ihr steckt, Thomas«, forderte sie ihn auf. Er legte kurz seine Hand auf die ihre, die die Reling umklammerte. Dann gab er Befehl, das Schiff zum ersten Mal mit aller Kraft über die ligurische See fliegen zu lassen.

Es wurde ein Wettrennen, denn das andere Schiff hatte denselben Hafen zum Ziel. Am frühen Nachmittag lag immer noch ein gutes Stück zwischen den beiden Schiffen, doch sie waren einander schon so nahe, daß die Besatzung der *Kingfisher* den goldenen Namenszug *Fiametta* am Bug des Konkurrenten entziffern konnte. William Williams trat zu Thomas auf die Brücke und nickte zu dem Franzosen hinüber: »Und wenn du sie hast – was wirst du dann tun?«

Er hatte die gleiche Frage vor neun Monaten bereits einmal gestellt – in Zakynthos – und bekam wieder die gleiche Antwort: »Nichts«, sagte Thomas, ohne den Blick von der *Fiametta* zu wenden. »Noch nicht. Bei der Bewaffnung hat Angelo nicht gespart, er könnte sich sogar in einer Seeschlacht behaupten. Und außerdem...« Er hielt inne.

William beendete den Satz für ihn: »Und außerdem wäre ein Kampf zwischen einem toskanischen und einem französischen Schiff keine besonders gute Idee.«

Thomas nickte grinsend. »Zumindest nicht in diesen Gewässern. Eher in der Levante – da würde es niemanden kümmern.« Aber, dachte er, als er wohl zum hundertsten Mal an diesem Tag zu Serafina hinüberschaute, die allein auf dem Achterdeck stand, es würde ihm nicht vergönnt sein, sich auf See mit Angelo Guardi auseinanderzusetzen. Serafina wollte den Mann zwar vernichten, aber nicht indem sie ihn ertrinken ließ. Und wie wütend er auch auf diesen französischen Piraten sein mochte – seine Interessen mußten hinter den ihren zurückstehen. Sie stand noch immer an der Reling, regungslos wie eine Statue und sehr aufrecht, und starrte zur *Fiametta* hinüber. Thomas wußte nur zu gut, wen sie zu sehen hoffte.

An diesem Abend warfen sie in einer kleinen Bucht an der Südküste Frankreichs Anker. Eine halbe Meile landaufwärts tat die *Fiametta* das gleiche. Am folgenden Morgen setzte die *Kingfisher* schon früh die Segel, doch als sie die Landspitze umrundeten, sahen sie, daß das französische Schiff ihnen bereits ein ganzes Stück voraus war. Blendend weiß hoben sich die Segel gegen den blauen Himmel ab, das Kielwasser schäumte hoch auf.
Gegen drei Uhr nachmittags hatte sie den Konkurrenten aus den Augen verloren. Thomas war mit der *Kingfisher* weit ins Meer hinausgefahren, um den scharfen Felsen und tückischen Sandbänken in der Umgebung der Iles d'Hyères zu entgehen. Angelo, der die Strecke seit seiner Kindheit kannte, hielt sich nah an der Küste, um Zeit zu gewinnen. Doch bald waren es nicht nur Untiefen und Felsen, die Thomas Sorgen bereiteten. Eine schwarze Wolkenbank schob sich von Süden heran, ein heftiger Wind kam auf und zerrte an den Segeln und der Takelage der *Kingfisher*. Bald würde ein Unwetter losbrechen.
Serafina, die seit dem frühen Morgen wieder »Wache stand«, wurde nun aus einem anderen Grund zum Objekt von Thomas' Besorgnis. Er ging zu ihr und sagte nach einer angedeuteten Verbeugung: »Ich möchte, daß Sie und Luisa Ihre Kabine aufsuchen. Sofort!« Wie schon oft,

wußte er, kaum daß er ausgesprochen hatte, daß er den falschen Ton gewählt hatte. Die Zofe erhob sich sofort folgsam von dem Stuhl, auf dem sie mit ihrer Strickarbeit gesessen hatte, doch Serafina sah ihn nur kalt an und rührte sich nicht. »Weil wir ein Unwetter bekommen, Monsieur Marlowe? Ich ziehe es vor, an Deck zu bleiben.«
Natürlich hatte sie seine vernünftige Bitte als Befehl aufgefaßt! Er hätte am liebsten gesagt: »Wenn du nicht sofort gehorchst, werde ich dich hinuntertragen!«, aber sie waren nicht allein, einige Besatzungsmitglieder standen erwartungsvoll in einiger Entfernung, und Cristofano hatte sein Werkzeug aus der Hand gelegt und grinste. Es kostete Thomas große Mühe, sein Temperament zu zügeln.
»Signora – wir haben ein schweres Gewitter vor uns. Als Kapitän muß ich darauf bestehen, daß Sie sich unter Deck begeben, schließlich trage ich die Verantwortung für Sie.«
Serafina änderte ihre Taktik. »Monsieur Marlowe«, sagte sie mit sanfter Stimme und einem liebenswürdigen Lächeln, »ist Ihnen entfallen, daß ich schon einmal durch ein Unwetter gesegelt bin, unter weit ungünstigeren Bedingungen? Ich bleibe hier!«
Die Narbe von ihrem Sturz auf den Bootsrand der Tartane war noch immer zu sehen. Wenn Serafina zur Mannschaft gehört hätte, hätte er sie wegen Unbotmäßigkeit bestrafen können, aber sie gehörte nicht zur Mannschaft – sie war derzeit die Besitzerin der *Kingfisher* –, und er würde seinen Männern nicht das Vergnügen gönnen, einem Streit zwischen dem Kapitän und der Schiffseignerin beizuwohnen. Ebenso sanft wie sie sagte er: »Wie Sie wünschen, Signora. Meine Leute werden es zweifellos genießen, sie mit nassen Haaren und durchweichten Kleidern bewundern zu dürfen, aber lassen Sie um Gottes willen Ihre Zofe gehen, bevor sie uns alle mit ihrem Gejammer wahnsinnig macht!«

Er wurde mit einem Gesichtsausdruck belohnt, der fast so finster war wie die Gewitterwolken – und damit, daß Serafina sich umdrehte und, gefolgt von der wimmernden Luisa, davonstolzierte. Cristofano, der nahe genug gestanden hatte, um jedes Wort mitzubekommen, prustete los. Zur Strafe schickte Thomas ihn in den Laderaum, damit er die Vertäuung der Waren überprüfte, während er selbst sich in seine Kajüte begab, um seine Karten zu Rate zu ziehen.

Als er auf die Küstenlinien und Sandbänke hinunterschaute, fragte er sich, was Angelo wohl tun würde. Die *Kingfisher* war zu weit draußen, um in einer Bucht Schutz suchen zu können, aber an Angelos Stelle hätte er bei den Iles d'Hyères Anker geworfen, – doch er bezweifelte, daß sein Widersacher das tun würde. Er kannte den Kapitän der *Fiametta* allmählich ganz gut – aus Serafinas Erzählungen und aus eigener Erfahrung. Angelo Guardi war unzweifelhaft ein gerissener Bursche – das verriet sowohl die Entführung von Serafina und ihrem Vater vor vielen Jahren, als auch seine Unternehmung in Zakynthos –, und er mußte außerdem über Charme und diplomatisches Geschick verfügen, denn sonst wäre es ihm nicht gelungen, sich mit dem venezianischen Gouverneur zu verbünden und – was weit schwieriger gewesen sein mußte – einem algerischen Korsaren ungestraft mitzuteilen, daß er das versprochene Zinn nicht liefern könne. Er hatte vor langer Zeit das Vertrauen von Franco Guardi gewonnen und Jehan de Coniques auf seine Seite gebracht. Er hatte das Kind Serafina bezaubert – und diese Verzauberung dauerte noch immer an.

Aber trotz seines unbestreitbar scharfen Verstandes handelte er zwischendurch geradezu erstaunlich dumm. Seine Großmannssucht hatte ihn dazu verleitet, das Guardi-

Haus in Marseille zu einem provozierenden Prachtbau umzugestalten und die nicht minder aufwendige *Fiametta* zu bauen. In einer Stadt wie Marseille als Kaufmann seinen Reichtum zu betonen war ein schwerer Fehler gewesen, und bei der *Fiametta* Unsummen für die Verzierungen auszugeben und zu wenig für Baumaterial und gewissenhafte Arbeitskräfte zeigte, daß er, wie Serafina gesagt hatte, größten Wert darauf legte, den Schein zu wahren. Eine Maxime, die ihm eines Tages zum Verhängnis werden könnte. Und er wurde von Ehrgeiz zerfressen. Deshalb, dachte Thomas, als er eine weitere Karte ausrollte und die Ecken beschwerte, würde Angelo nicht die nächste Bucht ansteuern. Für ihn, Thomas, war dieses Wettrennen lediglich eine willkommene Abwechslung, Angelo hingegen würde mit Sicherheit alles daransetzen zu gewinnen. Würde das Unwetter ihm einen Strich durch die Rechnung machen? Die Vorstellung, daß Angelo mit seinem Schiff vom Angesicht der Erde verschwände, hatte einen unbestreitbaren Reiz. Auch für die *Kingfisher* würde das Gewitter eine Bewährungsprobe – die einzig wahre, aber Thomas zweifelte nicht daran, daß sie sie bestehen würde.

Am folgenden Tag beobachtete der Fischer Jules Crau, wie zwei Galeonen in den Hafen von Marseille einliefen. Obwohl er Fischer war, besaß er kein eigenes Boot mehr. Er hatte einmal eines besessen – das Boot seines Vaters –, aber Alter und Witterungseinflüsse hatten ihre Spuren hinterlassen, und so liebevoll er es auch immer wieder herrichtete, irgendwann war es einfach nicht mehr seetüchtig. Also hatte er es zersägt und in einem besonders strengen Winter als Feuerholz verwendet. Das war vor vier Jahren gewesen, als seine Frau gestorben war – angeblich an einer Fehlgeburt, in Wahrheit jedoch an zuwenig Essen und zuviel Arbeit.

Jules hatte ein Kind – ein siebenjähriges Mädchen namens Isabelle. Nach dem Verlust seines Bootes verlegte er sich darauf, auf den Booten anderer Fischer mitzuhelfen. Es brachte nie viel ein und in letzter Zeit so gut wie gar nichts mehr. Zu Zeiten von Charles de Casaulx war die Lage besser gewesen, doch der war im Februar ermordet worden. Jules hatte Monsieur de Casaulx bewundert und mit vielen anderen hurra geschrien, wenn er vorbeiritt. Er hatte Hoffnung vermittelt – aber damit war es jetzt vorbei. Niemand tat etwas für die Armen, und die Reichen wurden immer reicher.

Wäre seine Tochter nicht gewesen, hätte er seinem Leben nach dem Tod seiner Frau ein Ende gemacht, aber Isabelle war ein guter Grund, es nicht zu tun. Also suchte er weiter Arbeit. Das Kind wäre hübsch gewesen, wenn es mehr zu essen bekommen hätte. Die Kleine hatte die dunklen Locken und die zarte Haut ihrer Mutter geerbt, doch im letzten Winter waren ihre Mundwinkel eingerissen, und Hoffnungslosigkeit zeigte sich in den großen dunklen Augen. Manchmal saß sie, die Hände im Schoß, stundenlang in einer Ecke der Hütte, die sie miteinander bewohnten, und starrte ins Leere.

Jetzt lag sie zu Hause und schlief, denn Jules hatte sie aufs Land mitgenommen und ihr die Mohn- und Margeritenfelder gezeigt. Die Sonne schien, der Himmel war wolkenlos und dunkelblau, und die Natur duftete nach dem nächtlichen Gewitter frisch wie im Frühling. Jules trug seine Tochter auf seinen breiten Schultern durch die Felder, damit sie die Pracht bewundern konnte. Er spürte ihr Gewicht kaum, pflückte Gänseblümchen für sie und sang ihr Lieder vor. Einmal lachte sie sogar. Doch am späten

Vormittag hatten sich ihre Augen umwölkt, und sie legte die Hand auf den Bauch und sagte, sie habe Schmerzen. Sie klagte so selten, daß er Angst bekam. Isabelles magere Beinchen gaben nach, und er mußte sie nach Hause tragen. Natürlich kannte er den Grund für ihre Schmerzen und die Schwäche: Sie war hungrig. Sie war ständig hungrig – ihr ganzes bisheriges Leben lang –, und er wußte mit schrecklicher Gewißheit, daß sie keinen weiteren strengen Winter überleben würde.

Bei ihrer Rückkehr war sie so müde, daß er sie in eine Decke gewickelt und auf den Strohhaufen gelegt hatte, der ihr als Bett diente. Dann bat er eine Nachbarin, ab und zu nach ihr zu schauen, und ging wie üblich zu den Docks hinunter, um sich nach Arbeit umzusehen – und wie üblich fand er keine. Er wanderte an den Booten entlang, die an die Mole vertäut lagen. Die Fischer, die seine Freunde waren, schüttelten die Köpfe, murmelten etwas von schweren Zeiten, und seine Verzweiflung spiegelte sich in ihren Augen. Einer von ihnen drückte ihm ein Paket Miesmuscheln in die Hand, und er nahm die milde Gabe um Isabelles willen an.

Wegen seiner Tochter konnte er auf keinem der Handelsschiffe anheuern: Er hatte niemanden, dem er sie hätte anvertrauen können, wenn er auf See wäre, und er wußte, daß ihr dünner Lebensfaden ohne seine Liebe und Fürsorge risse – und seine zerbrechliche Seele diesen Verlust nicht verkraften würde.

Jules saß, die Miesmuscheln neben sich, auf einem Faß und sah zu, wie die beiden riesigen Galeonen andockten. Er konnte nicht lesen, erkannte jedoch an den Flaggen, daß die eine aus der Toskana kam, und die andere eine französische war. Einige der französischen Segel hingen, zu Fetzen zerschlissen, an den Rahnocken, und einer der

Stags des Vormasts war gebrochen. Sie müssen letzte Nacht in das Unwetter geraten sein, dachte Jules Crau. Das toskanische Schiff, das eine halbe Stunde vor dem anderen angelegt hatte, war kaum beschädigt. Die Mannschaft war bereits dabei, die Segel an den Rahen festzumachen.
Die prächtigen Goldverzierungen der französischen Galeone faszinierten den Fischer. Diener schleppten Gepäck die Gangway herunter, Matrosen überprüften die Taue, die das Schiff am Kai festhielten. Und dann erschien ein junger, gutaussehender Mann – offenbar der Kapitän. Er war in Rot gekleidet und trug ein rot-silbernes Cape. Jules ging auf ihn zu, um etwas zu tun, das sein Stolz ihm bisher nie erlaubt hatte. Er hörte sich mit rauher Stimme undeutlich etwas über die schweren Zeiten und seine hungernde Tochter murmeln und sah, wie der feine Herr beim Anblick der schmutzigen Hände, die seinen Samtärmel berührten, die Nase rümpfte und angewidert den Arm schüttelte. Und dann kramte der reiche Mann in seiner Tasche und ließ etwas in Jules' Hand fallen.
Jules schaute darauf hinunter: Es war ein Knopf. Ein Knopf aus Horn.

Nach der wochenlangen Abwesenheit erschien Marseille Angelo schmutziger und bevölkerter als vor seiner Abreise. Die Docks und Straßen stanken. Die Stadt war laut und primitiv, ließ die gedämpfte Vornehmheit von Florenz vermissen, und die Bettler schienen sich zu vermehren wie die Ratten, denen sie in steigendem Maße ähnelten. Häßlich und nach Fäulnis stinkend, lungerten sie in den Gassen, Durchgängen und Innenhöfen herum.
Angelo verabscheute Bettler. Wie viele Männer, die es aus eigener Kraft zu etwas gebracht hatten, betrachtete er

einen Mangel an Würde und Ehrgeiz als abstoßend. Er, der sich aus dem Nichts hochgearbeitet hatte, verachtete jene, die noch immer in dem Rinnstein dahinvegetierten, in dem sie geboren worden waren.

Es gehört alles mir, dachte er, wenn er sich in dem geräumigen Haus aufhielt, das einmal das von Franco Guardi gewesen war. Doch manchmal – sogar jetzt noch, nach zehn Jahren – suchten ihn Geister heim: Francos Lachen hallte durch die Räume, Marguerites Kleider raschelten auf den Fluren, Kinderschritte trappelten über den Fließenboden. Gelegentlich ertappte er sich dabei, daß er sich anschickte anzuklopfen, wenn er Francos Arbeitszimmer betreten wollte. Oft erschien ihm alles, was er erreicht hatte, unwirklich – als träume er und würde beim Erwachen vor dem Nichts stehen.

Angelo bemühte sich, die gedrückte Stimmung abzuschütteln, die mit der Rückkunft in seine Geburtsstadt zusammenhing. Sein Bevollmächtigter hatte in Neapel und Civitavecchia gute Geschäfte gemacht, und er selbst in Florenz die herrlichsten Stoffe gekauft. Er sagte sich, daß er allen Grund habe, zuversichtlich zu sein, daß er die Reise nach Florenz als Erfolg betrachten sollte, daß er von einem Mann wie Lorenzo Nadi kein anderes Verhalten hätte erwarten können. Aber es beunruhigte ihn zutiefst, auf die Gnade eines anderen angewiesen zu sein, anstatt wie gewöhnlich selbst das Sagen zu haben. Er versuchte sich damit zu beruhigen, daß Signor Nadi ihn nur zappeln ließe, um ihm seine Macht zu zeigen, und daß er sicherlich bald schreiben und sich mit allem einverstanden erklären würde.

Angelo hatte sich mit einer Flasche Wein im Salon des goldenen Hauses niedergelassen. Er dachte an Fiametta. Sie war zwar keine Schönheit, aber es hatte unbestreitbare

Vorteile, eine unscheinbare Frau zu heiraten. Im Gegensatz zu Lorenzo Nadi müßte er sich nicht ständig Gedanken wegen der Treue seiner Frau machen. Er wußte, daß er attraktiv war und auf Frauen wirkte – Fiamettas Treue und Ergebenheit sollten ihm gewiß sein.

Er blickte auf den Hafen hinaus – und entdeckte in dem Wald von Masten, die in den blauen Himmel ragten, den wahren Grund für seine Niedergeschlagenheit. Zwei Tage zuvor hatte er auf dem Ligurischen Meer ein toskanisches Schiff gesichtet, das, wie er beim Näherkommen feststellte, seltsamerweise den englischen Namen *Kingfisher* trug. Ein schönes Schiff, aber er war überzeugt, daß die *Fiametta* ihm überlegen wäre und ließ sich auf ein Wettrennen ein. Er hatte letzte Nacht kaum geschlafen, weil er die durch das Unwetter leicht angeschlagene *Fiametta* durch die tückischen Gewässer um die Iles d'Hyères hatte manövrieren müssen. Und dann mußte er bei seiner Ankunft in den Hafen von Marseille zu seiner Enttäuschung feststellen, daß er das Rennen verloren hatte, sein Konkurrent lag bereits an der Mole!

Angelo schüttelte den Kopf über sich selbst: Es war wirklich albern, sich darüber zu ärgern. Wäre er ausgeschlafen gewesen, hätte er seiner Niederlage sicherlich keine solche Bedeutung beigemessen.

Thomas Marlowe war gerade in einen tiefen, traumlosen Schlaf gefallen, als die Eigentümerin seines Schiffes nach energischem Anklopfen seine Kabine betrat. Sie mußte ihn schütteln, um ihn wach zu bekommen, was sie mit wahrer Wonne tat: Sie betrachtete dies als kleine Rache für die vergangene Nacht, die sie mit der weinenden und sich immer wieder übergebenden Luisa in ihrer engen Kajüte hatte zubringen müssen. Thomas stöhnte, öffnete die

Augen und schwang schließlich widerwillig die Beine aus der Koje.
»Ich werde Jacopos Haus aufmachen«, erklärte Serafina und sah zu, wie er sich mit den Fingern durch die Locken fuhr und versuchte zu sich zu kommen. »Mein Haus, genauer gesagt.«
Er starrte sie mit finsterem Gesicht an. »Sie wecken mich aus dem ersten Schlaf, den ich seit sechsunddreißig Stunden hatte, um mir das zu sagen?«
»Ich habe Sie aufgeweckt«, antwortete sie schroff, »um Ihnen mitzuteilen, daß ich für die Dauer unseres Aufenthalts in meinem Haus wohnen werde – Sie bleiben an Bord der *Kingfisher*.«
Einen Moment lang sah er sie verständnislos an – dann erwachte sein Mißtrauen. »Warum?«
»Weil es passender ist. Die Leute würden sich die Mäuler zerreißen, wenn wir unter einem Dach schliefen. Vergessen Sie nicht – ich bin Witwe.«
Begreifen blitzte in seinen Augen auf. »Tun Sie das nicht«, beschwor er sie. »Es ist zu gefährlich, und Sie würden sich nur selbst weh tun. Warten Sie noch auf Ihre Chance.«
Serafina spürte, wie ihr die Röte ins Gesicht schoß wie einem ertappten Kind, doch sie fragte kühl: »Was meinen Sie, Thomas, was soll ich nicht tun?«
»Ihren Kusin Angelo besuchen. Ihn zu einem intimen Essen einladen. Sich wie ein verdammtes Lamm auf den Opfertisch legen.«
Zu seiner Überraschung erfolgte keine scharfe Zurechtweisung wegen seiner unverschämten Einmischung in ihre Angelegenheiten – nein, sie lachte! »Ich habe nicht die Absicht, eines dieser Dinge zu tun. Ich will allein im Capriani-Haus wohnen, weil es sich so ziemt.«
Thomas zog die Beine wieder hoch. »Dann habe ich

wenigstens meine Ruhe hier!« Damit drehte er sich zur Wand.

In Pisa hatte die Kurtisane Constanza Besuch von Bankier Merli. Sie hatten in Gesellschaft einiger seiner Freunde und Geschäftspartner gespeist und anschließend miteinander gesungen, wobei Constanzas tiefe, warme Stimme Galeazzos Brummen gottlob übertönte. Und dann hatten die Gäste sich verabschiedet und einen Tisch mit leeren Weingläsern und einen Teppich voller Brotkrümel und Weintraubenkerne zurückgelassen.
Galeazzo setzte sich auf einen Stuhl und sah Constanza beim Aufräumen zu. Er aß schon wieder – aber er ließ sie keinen Moment aus den Augen.
Die Kurtisane hob ihre Laute aus einer Weinpfütze. Wenn Galeazzo endlich gesättigt wäre, würden sie sich lieben. Nein, korrigierte sie sich, mit Liebe hatte das nichts zu tun. Zu ihrem Erstaunen griff er nicht nach ihr, als sie vorbeiging, und zog sie auch nicht die Treppe hinauf zum Schlafzimmer. Er saß nur da, inmitten des Durcheinanders, das seine Freunde hinterlassen hatten, und beobachtete sie. Schließlich sagte er: »Du hattest kürzlich einen Hausgast. Einen Engländer.«
Constanza, die vorsichtig die Laute trockenwischte, lächelte in sich hinein. Das also war der Grund für sein untypisches Verhalten: Signor Merli fürchtete um eines seiner Besitztümer. »Das ist richtig«, nickte sie gelassen. »Er wohnte einige Zeit hier: Thomas Marlowe, du erinnerst dich doch sicher an ihn.« Sie hatte keinen Grund zur Furcht. Selbst wenn etwas zwischen ihr und Thomas gewesen wäre – sie hatte Galeazzo keine Treue gelobt. Er vergütete ihr gewisse Dienste, es war gewissermaßen ein Handelsvertrag.

»O ja.« Merli nahm einen Pfirsich aus der Obstschale. »Er war letzten Herbst auf meinem Bankett – mit dem Beauftragten der Levant Company. Wie hieß er doch gleich? Keane? Ja – Keane.« Er teilte den Pfirsich mit den Daumen in zwei Hälften. Saft tropfte auf sein Wams, als er den Stein herausdrückte. »Ich habe gehört, daß du mit Signor Marlowe nach Neapel gesegelt bist«, fügte er hinzu.

Sie entwirrte die weinfeuchten Bänder am Hals der Laute, legte das Instrument an seinen Platz auf dem Ecktisch, wandte sich Galeazzo zu und erwiderte: »Er war so freundlich, mir anzubieten, mit ihm zu fahren. Er sah es als Dank dafür an, daß ich ihn bei mir beherbergt hatte. Wir sind nur Freunde, Galeazzo.« Er schob sich eine Pfirsichhälfte in den Mund. Saft lief an seinem Kinn herunter. Seine dunklen, kleinen Augen lagen unverwandt auf ihr. »Nur Freunde«, wiederholte sie mit fester Stimme.

Er hatte den Pfirsich geschluckt und umfaßte mit klebrigen Fingern ihr Handgelenk. »Signor Marlowe ist auch ein Freund der Witwe Capriani. Jedenfalls sagen die Leute das.«

Constanza antwortete nicht. Galeazzo begann die klebrige Saftspur von ihrem Handgelenk zu lecken. Sein stoppeliges Kinn kratzte schmerzhaft über die zarte Haut. Sie wußte, daß er sie am liebsten gleich hier, zwischen den Weinpfützen und Obstschalen auf dem Tisch nehmen würde, doch sie war keine gewöhnliche Dirne, und so machte sie sich los und ging die Treppe hinauf. Er folgte ihr.

Lautes Klopfen an der Haustür weckte sie. Sie war aufgestanden, angezogen und frisiert, bevor sie Hélion öffnen hörte. Galeazzo lag, auf dem Rücken ausgestreckt, fest

schlafend auf den Laken. Die unausrottbare Angst, die sie stets bei unangemeldeten Besuchern beschlich – oder bei Schritten hinter ihr in dunklen Gassen –, erwachte. Sie nahm ihr Stilett aus dem Schreibtisch und eine Kerze und schloß die Schlafzimmertür hinter sich. Zuerst hörte sie Hélions Stimme und dann eine zweite – die eines Mädchens. Maria! Sie stellte die Kerze auf ein Tischchen, legte das Stilett daneben, eilte die Treppe hinunter und schloß ihre Tochter in die Arme.
Dann schob sie sie von sich und betrachtete sie. Maria trug das Kleid, das Constanza ihr im Mai hatte nähen lassen, und die dunklen Locken quollen ungeordnet unter einem Hut hervor. Der Rocksaum hing auf einer Seite herunter, der Spitzenkragen war schmuddelig grau. Das Mädchen begegnete dem Blick der Mutter mit kindlicher Unbekümmertheit.
»Hast du in der Stickstunde geschwätzt?« fragte Constanza mit gespielter Strenge. »Oder warst du wieder auf den Docks?« Sie hatte Mühe, ernst zu bleiben.
Maria schüttelte den Kopf. »Schwester Esmeralda ist rausgeworfen worden – und es ist meine Schuld«, gestand sie kleinlaut.
Constanza legte ihr den Arm um die Schultern und führte sie in das noch immer nicht fertig aufgeräumte Speisezimmer. Stockend erzählte das Mädchen die schreckliche Geschichte. Maria hatte ein Kätzchen gefunden – nein, ein Mann hatte es ihr geschenkt. »Es war ein blaues Perserkätzchen, und es war einfach hinreißend – und es hatte ein verletztes Vorderpfötchen.« Dank heimlich aus dem klösterlichen Vorrat entwendeten Arzneien und Essensresten, die sie sich bei Tisch in die Taschen gestopft hatte, war das Tierchen, das sie in einer Truhe in ihrem Zimmer untergebracht hatte, allmählich genesen. Maria fürchtete,

daß Schwester Bonaventura, die sie ohnehin mit Mißtrauen beobachtete, hinter ihr Geheimnis kommen würde, und gab das Kätzchen in die Obhut von Schwester Esmeralda. Unglücklicherweise ertappte Schwester Teresa, der es normalerweise nicht einmal aufgefallen wäre, wenn jemand einen Elefanten innerhalb der Klostermauern versteckt hätte, Esmeralda dabei, wie sie mit dem Kätzchen im Habit über den Flur zu ihrer Zelle zurückeilte. Als sie die Bewegungen unter dem gestärkten Stoff bemerkte, befürchtete sie Dämonen oder ähnliches und rief in heller Aufregung nach Schwester Bonaventura.

»Sie hat das Kätzchen ertränkt«, berichtete Maria kummervoll. »Und als ich versuchte, ihr zu erklären, daß Schwester Esmeralda nichts damit zu tun hatte und daß es allein meine Schuld sei, hörte sie mir gar nicht zu. Sie sagte, Schwester Esmeralda habe ein Geschenk von einem Mann angenommen – meine Freundin hatte meine Geschichte als die ihre ausgegeben – und sei nicht geeignet, Nonne zu werden. Sie hat bestimmt gewußt, daß es mein Kätzchen war, aber sie hat es nicht zugegeben, weil der Konvent immer wieder etwas von dir geschenkt bekommt und Schwester Esmeraldas Familie arm ist.«

Constanza, die drauf und dran gewesen war, die lästige Mutterpflicht zu erfüllen, ihre Tochter zu schelten, fragte statt dessen: »Wie bist du denn hierhergekommen, Liebes?«

»Oh – mit einem Schiff. Es war keine Galeone wie Signor Marlowes – nur eine kleine Bark –, aber ich fand es herrlich. Ich habe Schwester Bonaventura eine Nachricht hinterlassen.«

»Gut«, nickte Constanza. Sie sah ein, daß es keinen Sinn hätte, einen besänftigenden Brief an die Oberin zu schreiben oder weitere Spenden in Aussicht zu stellen. Als sie in

Marias haselnußbraune Augen blickte, erkannte sie, daß ihre Tochter den Entschluß gefaßt hatte, dem Morast aus frömmelnder Heuchelei für immer den Rücken zu kehren, und daß jeder Versuch von ihr, diesen Entschluß umzustoßen, ebenfalls heuchlerisch wäre. Es half alles nichts – Maria würde in Pisa bleiben müssen. Wenigstens für eine Weile.

Sie hatte Galeazzo völlig vergessen – doch schwere Schritte auf der Treppe und die sich gleich darauf öffnende Speisezimmertür erinnerten sie daran, weshalb sie Maria überhaupt nach Neapel geschickt hatte. Er war gottlob vollständig angezogen – eine eindrucksvolle Gestalt, die Macht ausstrahlte. Beim Anblick des jungen Mädchens leuchteten seine Augen lüstern auf. Constanza stand hastig auf, stellte sich hinter ihre Tochter und legte ihr schützend die Hände auf die Schultern.

Galeazzo lächelte. »Möchtest du mich nicht vorstellen, Constanza?«

»Maria«, sagte sie steif, »das ist Galeazzo Merli – ein... Freund. Galeazzo – das ist Maria, meine Tochter.«

Maria stand auf und knickste. »Geh zu Bett, Liebes«, befahl Constanza. »Es ist spät.«

Der Blick, mit dem Galeazzo der schlanken Gestalt nachschaute, bestätigte ihre Befürchtungen. Hätte sie ihr Stilett zur Hand gehabt, sie hätte es benutzt.

»Die Jugend hat doch einen ganz besonderen Zauber«, sagte Galeazzo, und dann faßte er sie an den Schultern und zwang sie, in den an der Wand hängenden Spiegel zu blicken. Das Kerzenlicht fiel in einem ungünstigen Winkel auf sie und betonte die Furchen, die das Alter in ihr Gesicht gegraben hatte, und die dunklen Schatten unter ihren Augen. Die Narbe, die sich an ihrem Unterkiefer entlangzog, wirkte wie eine frische Wunde. »Glaubst du«,

flüsterte Galeazzo und grub seine Finger in das nicht mehr ganz feste Fleisch ihres Nackens, »daß du dir deinen Lebensunterhalt noch lange wirst verdienen können? Sieh dich an, Constanza: Du tätest gut daran, dich nach einer Nachfolgerin umzutun, die ihn für dich verdient.«
Niemals! dachte sie. Er ließ sie los, drehte sich um und ging. Schwer atmend stand sie da und starrte ihr Spiegelbild an. Niemals!

ELFTER TEIL

1596
DROHENDE
STAUBWOLKEN

Tücher aus mehrfarbiger gewirkter Seide. Augengläser als Schutz gegen den Staub.

Dinge, die mitzunehmen sind, aus den »Notizen für die geplante Entdeckung der Nord-Ost-Passage«:
Richard Hakluyt

Wenn sie gefürchtet hatte, in Marseille zuviel Zeit zum Nachdenken zu haben, so wurde Serafina angenehm enttäuscht: Die Tage – voller kleiner Ärgernisse und kleiner Triumphe – waren zu turbulent für Grübeleien.
Jacopos Haus lag am Rande von Marseille. Sie öffnete alle Fenster und entfernte die Laken, mit denen die Möbel zugedeckt waren. Der aufwirbelnde Staub drang ihr in Mund und Nase und führte zu einem heftigen Husten- und Niesanfall. Sie hatte zwei Jahre zuvor schon einmal unter diesem Dach gewohnt – als Küchenhilfe. Seit damals war viel geschehen.
Das Haus war häßlich und spärlich möbliert, aber das störte sie nicht. Aus einem Raum im Parterre machte sie ein Arbeitszimmer für sich und die Angestellten, und engagierte eine Köchin und ein paar Bedienstete. Sie ließ sich weder von der Hitze noch von den Fliegen, die durch die Lamellen der Fensterläden hereinkrochen oder den Lärm aus den umliegenden Gassen irritieren, arbeitete bis spät in die Nacht und stand früh am Morgen auf. Weil sie viel zu tun hatte – und weil sie schlecht schlief.
Sobald sie die Augen schloß, fiel die Vergangenheit über sie her. Manchmal träumte sie vom Hafen und erwachte mit einem Glücksgefühl, weil sie sich dort hatte stehen sehen – Hand in Hand mit ihrem Vater –, aber meistens stand der türkische Soldat mit seinem Brandeisen da und bescherte ihr Stunden voller Angst und Schrecken. Thomas ging sie so gut wie möglich aus dem Weg. Unvorsichtigerweise hatte sie ihm Gelegenheit gegeben, sie zu gut

kennenzulernen, und so wußte er genau, welche Ängste und Wünsche sie bewegten. Aber sie brauchte sein Einfühlungsvermögen nicht – sie brauchte seine Intelligenz und seine Energie, die er beide im Übermaß besaß. Und so beschränkte sie ihre Gespräche auf geschäftliche Angelegenheiten – den Transport der Waren vom Schiff zum Lagerhaus, das Fassungsvermögen des Laderaums der *Kingfisher*, die Zeit, die es dauern würde, von Pisa in die Levante zu segeln – und sie behielt ihre gewonnenen Erkenntnisse für sich: Daß Angelo Guardi sich Geld geliehen, jedoch trotzdem Probleme hatte, die Waren zu bezahlen, mit denen er den Laderaum der *Fiametta* füllen wollte. Wenn ihre Träume sie nicht vom Schlafen abgehalten hätten, dann hätten es diese Informationen getan. Wenn sie mit Thomas zusammen war, achtete sie sorgfältig darauf, ihre wachsende Hoffnung vor ihm zu verbergen, verhielt sich freundlich, aber schweigsam.
Die Geschäfte gingen gut. Marseilles Befreiung aus der Isolation gestattete einen einfacheren Transport der Güter in den Norden. Die Liste von Jacopos Kunden und Geschäftsfreunden war lang, und Serafina hatte sie noch durch ausgesuchte Bankiers und Kaufleute aus Pisa, Livorno und Genua ergänzt. Dank ihres Witwenstandes genoß sie Achtung, dank ihrer Schönheit Bewunderung. Sie hatte jedem Mann etwas zu bieten – was auch immer er erwartete: Charme, weibliche Reize, einen klaren Verstand und einen ausgeprägten Geschäftssinn. Die Kolonnen in den Bestellbüchern wurden immer länger. Die Stoffe und Seiden, die sie in Neapel gekauft beziehungsweise in Pisa hatte weben lassen, brachten gutes Geld ein. Abends, wenn alle anderen im Haus schliefen, saß Serafina im Kontor und rechnete.
Und eines Tages ging sie zu dem goldenen Haus – vor

Einbruch der Dunkelheit, denn sonst, das wußte sie, würde sie wieder die verächtliche Stimme hören: »Da würde ich ja noch lieber mit meiner Stute schlafen – die sieht bedeutend anziehender aus!« Serafina trug ein besticktes schwarzes Samtkleid und einen Schleier aus Brüsseler Spitze. Sie hatte sich mit Patschuli parfümiert und ihren Körper mit Rosenwasser eingerieben. Männer drehten sich im Vorübergehen nach ihr um und neigten grüßend den Kopf. Nichts erinnerte mehr an den verwahrlosten Jungen, für den Angelo sie gehalten hatte, als sie auf der Treppe zu dem Haus saß, das er als das seine ausgab. Serafina erreichte den Platz und schaute zu dem Gebäude hinüber, das einmal ihr Heim gewesen war. Die Blattgoldverzierungen hatten an Glanz verloren, hier und da blätterte Farbe ab und ließ die helle Ziegelmauer sehen, an die sie sich aus ihrer Kinderzeit erinnerte. Es war, als schäle sich das Haus aus der glitzernden Haut, in die Angelo es gesteckt hatte, schüttle die trügerische Fassade ab, um sein wahres Gesicht zu enthüllen.
Sie lächelte, als sie sich auf den Rückweg durch die belebten Straßen machte. Zu Hause angekommen, ging sie geradewegs ins Arbeitszimmer und setzte sich an den Schreibtisch, um einen Brief zu verfassen.

Der Notar Jehan de Coniques brachte seinem Arbeitgeber zwei Briefe. Den ersten öffnete Angelo sofort – er war von Lorenzo Nadi. Mit gemischten Gefühlen machte er sich daran, ihn zu lesen, doch bereits nach den ersten Zeilen atmete er auf: Das Schreiben enthielt die Einzelheiten der bereits erwogenen Übereinkunft! Nun würde bestimmt auch der Verlobung nichts mehr im Wege stehen. Angelo lächelte triumphierend.
Jehan, der ihn aufmerksam gemustert hatte, kicherte. »Sie

können ihrer Jungfräulichkeit sicher sein, Angelo, die italienischen Mädchen werden wie Nonnen gehalten.«
Es war nicht der ordinäre Tonfall des Notars, was Angelo wieder einmal in Wut brachte, sondern die Selbstverständlichkeit, mit der er ihn mit dem Vornamen ansprach. Früher einmal waren sie gleichgestellt gewesen – mittellos und ohne Zukunft –, doch die Zeit und die Manipulationen von Menschen und Ereignissen hatten sie voneinander entfernt. Jehan hatte das jedoch nie anerkannt, der Name Angelo kam ihm heute noch genauso natürlich über die Lippen wie damals, als Angelo ihn brauchte und deshalb hofierte.
»Machen Sie sich daran, die notwendigen Papiere auszufertigen«, sagte er mühsam beherrscht. »Ich werde mich voraussichtlich im Frühling mit Signorina Nadi verloben.«
Der Notar schenkte sich Wein nach und kicherte wieder.
»Mein Freund – Sie wissen, daß ich sehr gut darin bin, notwendige Papiere auszufertigen.« Er sprach undeutlich und schleppend. »Auf Ihre Braut!« Er hob sein Glas. »Auf die reiche Fiametta Nadi. Auf die Belohnung für Ihre Vergehen – fünfzigtausend Dukaten und eine neunzehnjährige Jungfrau...« Seine Hand zitterte, und Wein ergoß sich über die geschnitzte, polierte Platte des Tisches, an dem er saß. Angelo trat hinter ihn, umfaßte Jehans knochiges Handgelenk und packte ihn mit der anderen Hand am Genick. Der Wein – sein bester kretischer Wein – spritzte über Möbel und Teppich. Das venezianische Stielglas zersprang auf der Tischplatte in tausend Scherben.
»Vergehen«, sagte Angelo nah an Jehans Ohr, »an denen Sie ebenso beteiligt waren wie ich. Schlägt etwa plötzlich Ihr Gewissen? Erinnert Sie die bevorstehende Verlobung

der jungen Signorina Nadi vielleicht an eine Verlobung, die wir vor Jahren vereitelt haben?« Mit aller Kraft drückte er die Handfläche des Notars in die Glassplitter. Er hörte, wie Jehan scharf die Luft einzog – und ließ unvermittelt los. Die fettigen Haare vor seinem Gesicht und die faltige graue Haut unter seinen Fingern erfüllten ihn plötzlich mit einem würgenden Ekel. Der Notar hatte keinen Laut von sich gegeben – nur seine Augen waren gerötet, als habe er geweint. Obwohl Angelo ihn früher wegen des ständigen Gejammers über sein verlorenes Erbe verspottet hatte, brachte er ihm damals Achtung für seine juristische Kompetenz entgegen, doch inzwischen schwamm der Mann in einem Meer aus Alkohol und Neid, hatte in Angelos Augen jegliche Würde verloren und keinen Anspruch mehr auf Achtung.

Angelo entfernte sich von der unappetitlichen Mischung aus Wein, Blut und Scherben auf dem Tisch und öffnete die Fensterläden. Hinter ihm schlurfte der Notar zur Tür. Er atmete stoßweise – es klang fast wie Schluchzen. Die Fensterläden hatten Angelos gepflegte Hände staubig gemacht, und der von der Straße heraufdringende Gestank beleidigte seine Nase. Er merkte, daß er zitterte. Die letzten Monate hatten ihn geschwächt, ausgerechnet ihn, dessen größte Stärke seine unerschöpfliche Energie gewesen war!

Er rief sich ins Gedächtnis, daß das Schlimmste überstanden war und er nicht mehr den Verlust von allem fürchten mußte, wofür er gekämpft hatte. Eine Woge der Erleichterung überflutete ihn. Er zog den zweiten Brief heraus, den er in die Tasche gesteckt hatte. Das Siegel war ihm unbekannt. Als er die Unterschrift – Capriani – las, wanderte sein Blick zum Hafen hinaus. Er konnte die *Kingfisher* nicht sehen, aber er kannte den Namen des Besitzers.

Gründlich, wie er war, hatte er herausgefunden, daß die Galeone einem Kaufmann Capriani gehörte – und, zu seiner Verblüffung, daß dieser Kaufmann eine Frau war! Er merkte, daß er lächelte und daß seine Neugier erwacht war. Soviel er gehört hatte, entsprach die Dame ganz und gar nicht der Vorstellung, die man sich im allgemeinen von einer Witwe machte. Er hatte sich eine Feier verdient, warum sollte er sich dazu nicht charmante Gesellschaft gönnen? Er rief seinen Sekretär herein und diktierte ihm die Antworten auf beide Briefe. Die erste, an Lorenzo Nadi, fiel ihm leicht. Die zweite, an die geheimnisvolle Signora Capriani, verlangte ein wenig mehr Nachdenken, doch schließlich war er mit dem Ergebnis zufrieden. Der Nationalität der Schreiberin Rechnung tragend, war seine Einladung in toskanischem Italienisch abgefaßt: Signora Capriani, die Besitzerin der *Kingfisher*, wurde gebeten, Signor Guardi, dem Besitzer der *Fiametta*, die Ehre zu geben, mit ihm zu speisen.

In Greenwich packte Faith Whitlock für die bevorstehende Reise ihres Mannes. »Hemden«, sagte sie und deutete auf den Stapel auf dem Tisch. »Ein Dutzend aus Leinen, ein halbes Dutzend aus Seide, Überfallkragen und Halskrausen. Ich habe sie alle gestärkt, Ned, aber wenn es heiß ist, werden sie trotzdem schlapp.«
Edward Whitlock, der vor einer langen Reise stets nervös war, fingerte an dem Körbchen mit den Wäscheklammern herum, das neben dem Krug mit der Stärke und dem Riechtöpfchen auf dem Fensterbrett der Wäschekammer stand. Regen klatschte gegen die Scheiben und verwandelte Faiths Kräutergarten in eine Schlammwüste.
»Wann wirst du abreisen?« fragte Faith mit einem Blick auf das scheußliche Wetter.

Ihr Mann, der duftende Blätter aus dem Riechtöpfchen zwischen den Fingern zerrieb, antwortete: »Voraussichtlich Ende der Woche. Ich möchte im Oktober das Kap umrunden, dann müßten die Spanier schon im Winterschlaf liegen.«
Sie gestattete sich nie, sich um ihn oder seine Besatzung zu sorgen, beschäftigte sich niemals mit Gedanken an Schiffsunglücke, gierige Korsaren oder rachedurstige Spanier. Sie wäre verrückt geworden, wenn sie es getan hätte. Sie hatte schon vor langer Zeit begriffen, daß die einzige Möglichkeit, nicht vor Angst und Einsamkeit den Verstand zu verlieren, darin bestand, sich ein eigenes Leben aufzubauen – ein Leben, das so ausgefüllt war, daß sie nicht zum Nachdenken kam. Gelassen zählte Faith die Taschentücher durch, die vor ihr lagen, während Betty, das Dienstmädchen, die Hemden zusammenfaltete und in einer Truhe verstaute, wobei sie wegen des frischen Duftes Lavendelzweige zwischen die einzelnen Stücke legte.
»Neunundvierzig, fünfzig«, endete Faith. »Hast du die Kanonen bekommen, Ned?«
»O ja – Richard Staper hat es schließlich eingesehen.« Er drehte sich um und stieß dabei ein Kästchen mit Brasilholz herunter, ging auf die Knie und kroch auf dem Boden herum, um die Holzstückchen aufzusammeln. »Die *Legacy* und die *Saviour of Bristol* haben jetzt jeweils sechs Kanonen mehr. Die *Garland* wurde bereits in Livorno neu bestückt.«
Faith schaute auf ihren Mann hinunter und sagte: »Betty – hilf Master Whitlock beim Aufsammeln. Segelt John Keane mit dir, Lieber?«
Edward richtete sich auf und wischte sich die Hände an einem Lappen ab. »Ja – er wird das Kommando auf der *Legacy* übernehmen. Wenn wir zurückkommen, wird er

Dorothy Jenkins heiraten. Ihr Vater ist letzte Woche gestorben. Wußtest du das? Dott muß ungeheuer erleichtert sein – aber sie würde es natürlich nie zugeben. Ich werde als Kapitän auf der *Garland* fahren. Sie ist leicht kenterbar, aber ich werde sie heil nach Alexandretta und zurückbringen, Faith. Ich habe noch nie ein Schiff verloren. Meine Güte – dieses Zeug ist aber hartnäckig!« Er beugte sich über die Waschschüssel und begann seine vom Brasilholz rotbraun verfärbten Hände zu schrubben. Der Regen hatte aufgehört, und ein schmaler Streifen Sonnenlicht fiel auf seinen Kopf, wo das Haar allmählich schütter wurde und die Haut durchschimmerte. »Wozu brauchst du das überhaupt?« fragte er und deutete auf das Kästchen mit dem Brasilholz, das Betty wieder auf das Fensterbrett gestellt hatte.

»Um die Bettvorhänge zu färben«, erklärte Faith, die gerade dabei war, Wamse zusammenzulegen. »Sie sind schon ganz ausgebleicht.« Edward stand mit dem Rücken zu ihr. Sie unterbrach ihre Tätigkeit, trat zu ihm, legte ihm den Arm um die Schulter und drückte ihn zart an sich, wie sie es mit ihren Kindern tat. »Dein Sohn möchte für sein Leben gern einen türkischen Krummsäbel, aber ich möchte dich bitten, ihm diesen Wunsch nicht zu erfüllen. Neue Schachfiguren sind bedeutend sinnvoller, er hat die meisten von dem Spiel, das du ihm letztes Mal mitbrachtest, verlegt. Alice möchte Glasperlen oder anderen Tand – und ich eine Bahn Seide für das Taufkleid: Ich muß es ein wenig aufbessern.«

Er hörte auf, seine Hände zu bearbeiten, wandte ihr das Gesicht zu und sah sie überrascht an – und besorgt. Er ist ein guter Mann, dachte sie und küßte ihn. »Ein Kind zu bekommen ist eine ganz einfache Sache, Lieber –, und es wird mich beschäftigen«, lächelte sie.

Serafina ging ohne Begleitung zu dem goldenen Haus. Es war über einen Monat her, daß die *Kingfisher* in Marseille angedockt hatte, und dieser Monat war mit Einkaufen und Verkaufen, mit Planen und der Suche nach Informationen vergangen. Sie hatte, noch bevor sie in Pisa ablegten, gewußt, daß dieses Treffen der eigentliche Zweck der Reise war, doch jetzt hätte sie es gerne noch ein wenig hinausgezögert. Je näher sie ihrem Ziel kam, um so kälter wurde die Hand, die ihr Herz zu umschließen schien. Als sie den Fuß der Treppe erreichte, die zu dem Haus hinaufführte, rief sie sich zur Ordnung. Sie hatte monatelang von dieser Stunde geträumt – nein, jahrelang! Zweieinhalb Jahre lang, um genau zu sein –, seit sie damals hierhergekommen war und erfahren hatte, daß sie nicht nur alles verloren hatte, sondern auch noch betrogen worden war. Seit jener Zeit hatte sie Menschen manipuliert, Ereignisse erzwungen – alles im Hinblick auf dieses eine Ziel. Sie hatte sorgfältig geplant, und jetzt würden ihre Bemühungen Früchte tragen. Thomas war in Avignon und könnte nicht vor morgen zurück sein. Sie hatte in Marseille fast alles erledigt, was sie sich vorgenommen hatte. Der Laderaum der *Kingfisher* war mit wertvollen Stoffen gefüllt. Jetzt blieb nur noch das Wichtigste zu tun. Die Tür wurde ihr von einem Dienstmädchen geöffnet. Sie betrachtete ihr Bild in einem großen Spiegel, der über dem Kamin in der Halle hing: ein schwarzes, mit rosafarbenen Perlen besticktes Seidenkleid mit Ärmelaufschlägen und einem halben Kragen aus blonder Spitze. Dunkles Haar, zu einem tiefsitzenden Knoten geschlungen. Große dunkle Augen in einem bleichen Gesicht. Sie hatte kurz erwogen, ihren Teint mittels Mennige etwas frischer zu machen, den Tiegel jedoch hastig weggestellt, als ihr Thomas' Kritik einfiel.

Mein Haus! dachte sie, während sie den Blick schweifen ließ. Gestohlen, wie mein Name! Doch zu ihrer Überraschung stellte sich die erwartete Vertrautheit nicht ein – als habe sie dies alles früher einmal auf einem Bild gesehen, oder in einem Traum. Die Zimmer, an denen sie vorbeikam, erschienen ihr kleiner, das Mobiliar fade, ohne die leuchtenden Farben, die sie in Erinnerung gehabt hatte. Sie rief sich den Grundriß des Hauses ins Gedächtnis. Küche, Spülküche und Wäschekammer im Souterrain, die Geschäftsräume im Parterre. Sie folgte dem Dienstmädchen in den ersten Stock. Hier lagen das Speisezimmer, und der Salon. Einzelheiten fielen ihr ein: Ein gedrehter Messingleuchter auf dem Eßtisch – sie hatte immer die abgebrannten Kerzen gegen neue austauschen dürfen. Vorhänge, die regungslos in der Abendluft hingen – sie hatte die Pferde darauf gezählt und ihnen Namen gegeben. Destrier, Bayard...
»Monsieur«, sagte das Dienstmädchen in ihre Gedanken. »Signora Capriani ist da.«
Serafinas Augen, die durch das bekannt-unbekannte Haus gehuscht waren, ohne von etwas gefesselt zu werden, richteten sich auf den Mann, der in der Tür zum Speisezimmer stand. Das Kerzenlicht ließ sein dunkelgoldenes Haar glänzen.
Angelo.

Mochte das Haus ihr fremd geworden sein – Angelo war es nicht. Er hatte noch immer die Züge, die Liebe und Haß in ihr Gedächtnis gegraben hatten. Augen, Nase, Mund, Haare – das fleischgewordene Bild, das jahrelang durch ihre Träume geistert war. Sie brauchte dieses Gesicht nicht zu studieren – sie kannte es, es war in ihrem Herzen. Sie war es gewöhnt, ihre Gefühle zu verbergen, und das

erwies sich jetzt als wahrer Segen. Trotz des Gefühlssturmes, der in ihrem Innern tobte, war sie in der Lage, ihm die Hand zum Kuß zu reichen, zu lächeln und in unverbindlich-charmantem Ton über das Wetter zu reden.
Erst als sie vor ihm in den Raum trat, gestattete sie sich, für einen Moment die Augen zu schließen, doch sie faßte sich sofort wieder. Der Tisch war für zwei Personen gedeckt. Sie hatte darauf gehofft, denn das, was sie Angelo zu sagen hatte, sagte sich besser unter vier Augen. Es war offensichtlich, daß er sie nicht erkannt hatte. Sie erinnerte ihn weder an das Kind, das er den Korsaren in die Arme getrieben hatte, noch an den verwahrlosten Jungen, der auf der Treppe des Goldhauses gesessen hatte. Erstens hatte sie sich sehr verändert, und zweitens glaubte er ja, sie sei tot. Natürlich rechnete er nicht damit, sich mit der Einladung an Signora Capriani einen Geist aus der Vergangenheit ins Haus geholt zu haben.
»Es war dreist von mir, Ihnen zu schreiben, Signor Guardi«, begann sie das Gespräch. Es fiel ihr schwer, ihn mit ihrem Namen anzusprechen. »Aber ich wollte unbedingt den Besitzer der *Fiametta* kennenlernen.«
Angelo lächelte. Ein Diener goß Wein ein. »Signora – wenn das dreist war, dann wünschte ich, öfter Dreistigkeit zu erleben.« Er rückte ihr den Stuhl zurecht, und sie setzte sich an den Tisch. In diesem Zimmer hatten ihr drei Männer zugeprostet, nachdem ihr Vater ihr mitgeteilt hatte, daß sie mit Michele Corsini verheiratet werden solle. Wenn sie die Augen schlösse – welche Bilder würden erscheinen? Doch sie ließ sie offen, sie mußte sich auf die Gegenwart konzentrieren.
Angelo nahm ihr gegenüber Platz. Der Diener servierte den ersten Gang. »Sie besitzen ein gutes Schiff, Signora. *Kingfisher* ist englisch, nicht wahr?«

Sie nickte. »Die Galeone wurde von einem Engländer gebaut.«
Angelo hob sein Glas. »Ich trinke auf den Gewinner des Rennens. Ich gratuliere Ihnen. Zunächst war ich etwas enttäuscht, verloren zu haben, aber jetzt, da ich sehe, welch bezaubernder Gegner mich besiegte, betrachte ich es als eine Ehre.« Ihre Gläser klangen glockenhell aneinander.
»Nicht Gegner«, widersprach Serafina sanft. »Ich zumindest sehe Sie nicht als Gegner.«
»Als was sehen Sie mich dann?«
Sie antwortete nicht. Seine dunklen Augen weiteten sich fast unmerklich, und ein Lächeln erschien in seinen Mundwinkeln. »Sie sind Witwe, soviel ich gehört habe«, sagte er.
Als der Diener die Vorspeiseteller abräumte, stellte Serafina fest, daß sie nicht wußte, was sie gegessen hatte. Angelo musterte sie mit unverhohlenem Interesse. Ihre Hand zitterte, als sie ihr Glas an die Lippen führte. Thomas' Stimme hallte durch ihren Kopf: »Sie waren in ihn verliebt, nicht wahr? Und Sie sind es immer noch!« Aber Thomas irrte sich! Das Gefühl, das sie Angelo entgegenbrachte – dieses Gefühl, das sie innerlich verzehrte –, war blanker Haß!
Scheinbar gelassen antwortete sie: »Ja, ich bin Witwe. Mein Gatte, ein Kaufmann aus Pisa, starb im Frühling. Ich bemühe mich, sein Geschäft weiterzuführen – für mein Kind.«
»Ach – sie haben ein Kind?«
Dachte Angelo jemals an das andere Kind – das zehnjährige Mädchen, das er vor Jahren in den Tod schickte? Wenn sie ihm offenbarte, wer sie war, wie würde er reagieren?
»Einen Sohn«, antwortete sie. »Francesco ist noch sehr klein – aber er wird eines Tages die Firma Capriani erben.

Bis dahin obliegt mir die Verwaltung des Besitzes. Ich hoffe sehr, der Aufgabe gewachsen zu sein.«
Der Diener hatte den Hauptgang serviert. »Sie sind zu bescheiden, Signora«, sagte Angelo. «Ich habe Erkundigungen eingezogen: Selbst altgediente Kaufleute zittern vor Ihnen, weil Sie eine so harte Verhandlungspartnerin sind.« Er trug ein Seidenhemd und darüber ein ärmelloses scharlachrotes Wams mit schwarzen Taftstreifen. Serafina spürte, wie ihr unter Angelos prüfendem Blick der Schweiß aus allen Poren brach. »Ich für meinen Teil würde aus einem anderen Grund zittern«, fuhr er fort. »Ich hörte, daß Sie eine mächtige Frau seien, Signora, und ich sehe, daß Sie eine schöne Frau sind.« Seine Augen hielten die ihren fest. Sie kam sich vor wie eine Motte, die es unwiderstehlich zum Licht zog.
»Schönheit kann auch hinderlich sein«, beantwortete sie sein Kompliment in gewollt kühlem Ton. »Manche Kaufleute betrachten mich wie zerbrechliches Glas, zu zerbrechlich für die harte Welt des Handels. Andere halten mich für dumm, und wieder andere glauben, daß eine schöne Frau nur eine Hure sein kann.«
Sie legte ihr Besteck weg, sie konnte keinen Bissen mehr essen. Wie aus weiter Ferne hörte sie das Summen einer Mücke und die Stimmen von Passanten, die sich unten auf der Straße unterhielten.
Auch Angelo hatte aufgehört zu essen. Er erhob sich, reichte Serafina die Hand und zog sie hoch. Doch als sie stand, ließ er ihre Finger nicht los, sondern umschloß sie mit den seinen und drückte sie an seine Brust. »Eine zerbrechliche Frau würde keine Galeone durch ein Unwetter jagen. Eine dumme hätte sich nicht innerhalb eines Monats in Marseille einen Namen als Geschäftsfrau gemacht. Und eine unmoralische...« Er brach ab. Serafina

spürte seinen Herzschlag durch den dünnen Stoff. Auch ihr Herz schlug schneller. Sie fühlte sich, als schmelze sie, löse sich auf, verbrenne zu Asche. »Eine unmoralische«, setzte Angelo seinen Satz fort, »hätte mir keinen sachlichen Brief geschrieben, um mich kennenzulernen. Sie hätte dafür gesorgt, mich ›zufällig‹ zu treffen – am Hafen oder auf einem Markplatz oder im Haus eines anderen Kaufmanns. Das wäre nicht schwierig gewesen. Sie hätte das Gesicht hinter ihrem Fächer versteckt, kokett gelacht oder mir einen schnellen Blick auf ihren Fuß unter dem Saum ihres Kleides gestattet. Und wenn sie gegangen wäre, wäre ich ihr gefolgt.«
Als sie ihn vor langer Zeit anbetete, war sie in seinen Augen noch ein kleines Mädchen gewesen – jetzt begehrte er sie. Sie sah es in seinen Augen, und es machte ihr angst. Besaß er immer noch die Macht, mit der er ihre kindliche Seele verzaubert hatte? Sie schob den Gedanken weg. »Sprechen wir übers Geschäft, Signor Guardi«, lenkte sie ab. »Sie handeln mit Stoffen, soviel ich weiß.«
Er öffnete die Doppeltür zum angrenzenden Raum und trat beiseite, um sie vorangehen zu lassen. »Ebenso wie Sie, Signora. Ich kaufe Wollstoffe, Barchent und Weißwäsche im Norden – Seide, Brokat und Taft in Italien und der Levante. Die *Fiametta* habe ich gebaut, um die Transportkosten zu senken.«
»Als selbständiger Kaufmann versucht man, sich gegen alle Veränderungen zu wappnen, nicht wahr, Signor?« sagte Serafina. »Aber es gibt immer wieder Unwägbarkeiten – und gegen Unerwartetes können wir uns nicht schützen.«
Angelo lehnte sich in seinem Sessel zurück und streckte die Beine aus. »Da bin ich anderer Meinung, Signora«, widersprach er sanft. »Ich sorge dafür, immer alles unter

Kontrolle zu haben. Ich plane für jeden nur möglichen Fall. Das ist das Geheimnis meines Erfolges, so habe ich es zu diesem Haus, meinem Geschäft und dem Schiff gebracht. Es wurde mir nichts davon in die Wiege gelegt.«
In ihrem Innern tobten die widersprüchlichsten Gefühle. Sie mußte gleichzeitig gegen den unbändigen Drang ankämpfen, in höhnisches Gelächter auszubrechen, zu weinen oder ihm das makellose Gesicht zu zerkratzen, doch sie beherrschte sich und sagte, äußerlich ruhig: »Auch ich wurde nicht in die Position hineingeboren, in der Sie mich jetzt sehen, Signor Guardi. Wir haben offenbar beide für das gekämpft, was wir erreichen wollten. Sie haben ein Haus, ein Schiff und eine Firma – aber auch ich habe Nachforschungen angestellt. Und meine Augen benutzt. Von Ihrem Haus blättert die Farbe ab, Ihr Schiff ist mit geborgtem Geld gebaut worden. Die französischen Kaufleute haben schwere Zeiten durchgemacht – und die Marseiller Kaufleute besonders. Sie können planen, Signor Guardi, aber gegen politische Entwicklungen sind auch Sie machtlos.«
Wut flackerte in den dunklen Augen ihres Gegenübers auf, erlosch jedoch sofort wieder. Er lächelte liebenswürdig. »Signora Capriani – Sie sind außergewöhnlich! Und Sie haben natürlich recht. Die Jahre der Diktatur, die Isolation, waren nicht einfach für mich – wie auch für viele meiner Geschäftsfreunde. Es stimmt, ich habe mir das Geld für den Bau der *Fiametta* geliehen – aber der Guardi-Tuchhandel hat im Gegensatz zu vielen alten Firmen überlebt, und ich stehe zu meiner Überzeugung, daß alles von einer klugen Planung abhängt. Wir müssen für alle Wechselfälle planen, die Gott für uns bereithält.«
»Wir können nicht Gottes Gedanken lesen.« Es lag eine Bitterkeit in ihrer Stimme, die sie nicht zu zeigen beabsich-

tigt hatte. Angelo stand auf, kniete sich neben sie und nahm ihre Hand in die seine. »Sie sprechen von Ihrem Mann, nicht wahr? Es muß schrecklich sein, in so jungen Jahren einen solchen Verlust zu erleiden.«

Sie hätte die Hand ausstrecken und das seidige dunkelgoldene Haar berühren, ihre Finger über seine Wange und seine Lippen gleiten, sich vorbeugen und ihn küssen können. Sie hätte die Augen schließen und sich der Erinnerung an den Kuß hingeben können, den er ihr damals in den Hügeln hinter Marseille gegeben hatte. Doch sie hatte bereits vor Jahren begriffen, daß jener Kuß Blendwerk gewesen war, ebenso wie jedes Lächeln, jedes freundliche Wort und jede Berührung. Angelos angebliche Zuneigung zu ihr war nichts weiter als ein Mittel gewesen, sich Franco Guardis Vertrauen zu erschleichen. Bilder aus der Vergangenheit jagten durch ihren Kopf, drohten ihr die Fassung zu rauben. Sie grub die Fingernägel in die Handfläche. Der Schmerz brachte sie wieder zu sich. Sie öffnete die Hand. Kleine rote Sicheln leuchteten auf der weißen Haut wie die Symbole des Islam auf den Segeln der Korsarenschiffe.

»Ich liebe meinen Sohn, aber meinen Mann habe ich nie geliebt, Signor Guardi. Er war alt. Ich heiratete ihn, weil er alt war – und wohlhabend. Auch Frauen planen. Auch mein Besuch bei Ihnen ist die Folge eines Planes. Wie ich schon sagte, habe ich Nachforschungen angestellt. Ich weiß, daß Sie hoch verschuldet sind, und ich kann Ihnen eine Lösung Ihres Problems anbieten.«

Angelo stand auf, umfaßte die Armlehnen ihres Sessels und schaute mit einer Mischung aus Belustigung und Neugier auf sie hinunter. »Eine Lösung?« fragte er sanft. »Wie würde die aussehen?«

Sie mußte sich zwingen, seinem Blick standzuhalten. Ihr

Herz schlug bis zum Hals, als sie gelassen antwortete: »Ich biete Ihnen an, Ihre Firma zu kaufen. Ich bin – um meines Sohnes willen – daran interessiert zu expandieren, und Sie würde es vor der Erniedrigung eines Bankrotts bewahren.«
Sie hatte erwartet, daß das Wort »Bankrott« eine heftige Reaktion hervorrufen würde, doch Angelo zuckte nicht einmal mit den Wimpern. »Ich würde den Namen Guardi beibehalten«, fuhr sie fort. »Schließlich ist er viel bekannter als Capriani.«
Angelo richtete sich auf. Es kostete sie eine ungeheure Beherrschung, nicht aufzuspringen und zu fliehen – sie hatte plötzlich das Gefühl, der Situation nicht mehr gewachsen zu sein –, doch sie wußte, daß sie nicht aufgeben durfte. Zu ihrer grenzenlosen Verblüffung legte Angelo den Kopf zurück und lachte! Und dann sagte er: »Sie sind wirklich außergewöhnlich, Signora – ich bin beeindruckt! Aber«, er schüttelte den Kopf, nahm ihre Hände und zog sie auf die Füße, »ich werde mich nicht an Sie verkaufen – obwohl der Gedanke zugegebenermaßen seinen Reiz hat. Ich muß Sie enttäuschen. Ich habe bereits eine Lösung für mein Problem gefunden.« Triumph leuchtete in seinen dunklen Augen. »Ich werde in Kürze heiraten, wissen Sie.«

Angelo würde heiraten! Zu ihrem Befremden bohrte sich diese Eröffnung wie ein Messer in ihr Herz. Offenbar war ein Teil von ihr noch immer in den Hügeln hinter Marseille, wo Angelo ihr einen Kranz aus Rosmarinzweigen und Gräsern gewunden hatte. Sie hatte zurückhaben wollen, was ihr gehörte, und seine Vernichtung hätte sie für alles entschädigen sollen, was er ihr angetan hatte, und nun stellte sich heraus, daß er ein florentinisches Mädchen aus reichem Haus heiraten würde. Er würde mit seinem prächtigen Schiff in die Toskana segeln, und kein Korsar würde ihm auflauern und sein Leben zerstören!

Nach seiner niederschmetternden Mitteilung blieb sie noch etwa eine Viertelstunde in dem goldenen Haus, aber sie hatte das Empfinden, neben sich zu stehen und zu beobachten, wie sie äußerlich völlig ruhig über ihre Niederlage hinwegplauderte. Sobald sie sicher war, daß ihre Füße sie tragen würden, stand sie auf und verabschiedete sich. Wie in Trance wanderte sie durch Gassen und Innenhöfe, die selbst tagsüber für eine Frau ohne Begleitung nicht ungefährlich waren. Später dachte sie, daß wahrscheinlich ihr Gesichtsausdruck sie geschützt hatte. Sie mußte ausgesehen haben wie ein Gespenst.

Sie kam auf einen Platz, der offenbar ein Versammlungsort für Bettler war, denn er wimmelte nur so von zerlumpten Gestalten – doch Serafina fürchtete sich nicht. Eine Hand berührte ihren Rock, sie öffnete ihre Geldtasche und ließ Gold- und Silbermünzen auf das Kopfsteinpflaster regnen. Im Weitergehen zog sie ihren Ehering vom Finger, nahm ihre Perlenohrringe und die kostbare Kette ab und warf den Schmuck hinter sich.

Ihre Schritte führten sie zum Hafen. Sie trat an den Rand der Mole und starrte auf das dunkle Wasser hinunter. Es zog sie magisch an. Nein! Sie schüttelte den Kopf: Sie würde sich noch nicht geschlagen geben! Wenn sie ihn nicht aufkaufen konnte, würde sie eben eine andere Möglichkeit finden müssen, Angelo zu vernichten!

Serafina stand noch immer auf demselben Fleck, als die Sonne aufging und die See in orange- und rosafarbenes Licht tauchte. Die vergangenen Stunden hatten einen Entschluß in ihr reifen lassen: Sie würde Marseille verlassen und nie mehr hierher zurückkehren.

Als sie Jacopo Caprianis Haus erreichte, kam jemand die Straße heruntergepprescht und sprang neben ihr vom Pferd. Serafina war mit ihren Gedanken so weit weg, daß sie ihn zuerst gar nicht erkannte. Ihr Anblick erschreckte Thomas: Ihr Haar hatte sich gelöst und umrahmte ihr bleiches Gesicht, in dem die dunklen Augen wie große schwarze Löcher wirkten. Sie trug keinen Schmuck, und ihr Kleid war fleckig. Mit niederschmetternder Gewißheit erkannte er, was sie getan hatte.
»Sie waren bei ihm«, konstatierte er.
Sie nickte. Ihre Augen waren leer wie die einer Toten.
»Er hat Ihnen etwas angetan.«
Langsam schüttelte sie den Kopf – und dann sagte sie: »Nein, nicht auf die Weise, die Sie meinen. Angelo hat mich nicht angerührt. Er hat mich nicht erkannt. Ich war spazieren, das ist alles.«
Spazieren! In dieser verrufenen Stadt! Nachts! Nicht auszudenken, was ihr hätte passieren können! Thomas führte sie ins Kontor und drückte sie in einen Sessel. Dann goß er Wein in ein Glas und gab es ihr. Er erwog, ihre Zofe zu rufen, entschied sich dann jedoch dagegen. Bedienstete tratschten für ihr Leben gern. Er war geritten, als sei der Teufel hinter ihm her, getrieben von Angst um sie. Und nun zeigte sich, daß sein Gefühl berechtigt gewesen war. Nachdem er sie gezwungen hatte zu trinken, bat Thomas: »Erzählen Sie mir, was geschehen ist.«
Sie starrte in das Glas, das sie im Schoß hielt. Schließlich hob sie den Kopf. Ihr Blick streifte Thomas und richtete sich dann ins Leere. »Ich ging zu ihm, um ihm anzubieten, ihm die Firma abzukaufen.«
Thomas, der am Fensterbrett lehnte, starrte sie entgeistert an. »Was hat Sie denn auf diese aberwitzige Idee gebracht?«

»Angelo steht kurz vor dem Bankrott, Thomas. Ich habe Nachforschungen angestellt und bei seinem Abstieg meinerseits ein wenig nachgeholfen, indem ich ihm Kunden abwarb und Gerüchte über ihn in die Welt setzte.« Ihre Stimme war tonlos. Das Glas in ihren Händen zitterte.
Thomas erkannte, daß er das Ausmaß ihrer Skrupellosigkeit und bösartigen Intelligenz noch immer nicht begriffen hatte. »Und?« fragte er. »Sie sehen nicht so aus, als wäre ihr Besuch erfolgreich verlaufen.«
Ihr Mund verzog sich zu einem schiefen Lächeln. »Angelo eröffnete mir, daß er bereits jemanden gefunden habe, an den er sich verkaufen könne: Er wird heiraten.«
Thomas ließ pfeifend den Atem entweichen. Er wollte zu ihr gehen, den Ozean überqueren, der sie trennte, und sie in die Arme nehmen, doch er wußte, daß sie ihn zurückstoßen würde. Sie hatte ihm zwar ein paarmal gestattet, sich ihr körperlich zu nähern, aber sie würde keine Gefühle dulden. Sie schätzte seinen Ehrgeiz, sein Können und sein Wissen, aber sie liebte ihn nicht, würde ihn niemals lieben, solange sie die Fesseln der Vergangenheit nicht abstreifte.
»Eine Florentinerin«, fuhr Serafina fort. Ihr Blick glitt durch den Raum und dann zu dem sonnenbeschienenen Meer hinaus, das sich leuchtend blau bis zum Horizont erstreckte. »Ihr Vater ist Bankier und Seidenhersteller. Angelo hat ein Schiff, umfangreiche Kontakte und kennt die Handelsrouten – Signor Nadi hat Kapital und Webereien. Sie ergänzen einander ausgezeichnet.« Jetzt lag Bitterkeit in ihrer Stimme. Wenigstens zeigte sie endlich wieder ein Gefühl. Erleichtert sah Thomas, daß ihre Hände zu zittern aufgehört hatten und ein rosiger Hauch die wächserne Blässe ihrer Wangen milderte. Serafina suchte und fand Thomas' Blick und sagte: »Angelos Braut ist neun-

zehn Jahre alt und als älteste Tochter die Erbin ihres Vaters. Sie hat keine Brüder. Ihr Name ist Fiametta Nadi.«
Fiametta! Das goldene Schiff!
»Er hat sein Schiff nach ihr benannt. Welche Frau, sagte er, könnte einem Mann widerstehen, der ihr eine so prachtvolle Galeone widmet?« Er hörte den Schmerz in ihrer Stimme – und noch etwas: Neid. »Ich hätte es mir denken sollen«, meinte sie leise. »Es war zu erwarten, daß er heiraten würde, und natürlich ein reiches Mädchen aus gutem Hause. Angelo wirkte schon immer sehr auf Frauen.«
Serafinas Augen waren rot vor Müdigkeit – nicht von Tränen. Thomas hatte sie kaum jemals weinen gesehen. Es schmerzte ihn, daß er keine Möglichkeit hatte, sie zu trösten. Sie hatte ihre Fassung wiedergewonnen, doch er spürte die Verzweiflung hinter der Fassade.
»Angelo hat vor, in die Levante zu segeln«, fuhr Serafina fort. »Wenn die Reise ein Erfolg wird, werden er und Fiametta sich nach seiner Rückkehr verloben. Ich nehme an, daß die Hochzeit kurz danach stattfindet – er wird nicht lange warten wollen.«
Thomas hatte immer gehofft, daß sie die Vergangenheit irgendwann ungerächt ruhen lassen würde, doch jetzt begriff er, daß keine Chance dazu bestand, daß sie *sich* zerstören würde, wenn es ihr nicht gelänge, Angelo zu zerstören. Aber er wollte sich nicht damit abfinden, das mit ansehen zu müssen.
Sie war aufgestanden, stellte das Weinglas auf den Tisch und begann, Kontobücher und andere Geschäftsunterlagen in eine Truhe zu stapeln. Sie kniete auf dem Boden, ihr angeschmutztes Seidenkleid umfloß sie in weichen Falten. »Angelo wird zuerst nach Florenz segeln, um das Gold zu holen, das er für die Reise braucht«, berichtete

sie. »Monsieur de Coniques begleitet ihn, er braucht ihn wegen der abzuschließenden Verträge.« Sie hielt inne und setzte sich auf ihre Fersen. Und dann wiederholte sie langsam und nachdenklich den Namen: »Monsieur de Coniques...« Und plötzlich lag wieder Hoffnung in ihrer Stimme.

Monsieur de Coniques, dachte sie. Jehan.
Sie hatte den Notar am vorangegangenen Abend nicht gesehen, was ihr sehr recht gewesen war: Laut Thomas' Erzählung hatte er sich zu einem Trunkenbold entwickelt. Jehan! Sie wünschte Thomas weit weg, dann hätte sie den Gedanken, der ihr durch den Kopf geschossen war, in Ruhe weiterspinnen können. Aber Thomas rührte sich nicht von der Stelle, lehnte immer noch am Fensterbrett und musterte sie mißtrauisch.
»Monsieur de Coniques?« hakte er nach. »Haben Sie ihn gestern gesehen?«
»Nein, er war nicht dort. Wie es scheint, treibt er sich häufig in Gasthäusern herum.«
»Er ist sich offenbar treu geblieben«, bemerkte Thomas sarkastisch.
Jehan, dachte sie wieder. Jehan und Angelo. Vor zehn Jahren hatten die beiden den Korsarenüberfall auf die Guardi-Schiffe geplant. Nein, das war allein Angelos Werk gewesen. Jehan hatte ein neues Testament verfaßt, in dem Angelo als Erbe von Franco Guardi ausgewiesen war. Jehan wußte alles!
Man müßte ihn dazu bringen, es zu erzählen – es niederzuschreiben, zu unterzeichnen und zu versiegeln, wie es sich für einen gewissenhaften Notar geziemte. Aber wie? Durch Erpressung? Durch Bestechung? Nein, unmöglich. Sie hatte nichts in der Hand, um ihn erpressen zu können.

Und was die Bestechung betraf – Jehan hatte es nie nach Geld gelüstet, sondern nach einer Position und nach Achtung. Also bliebe nur die Möglichkeit, ihn einzuschüchtern. Serafina stellte fest, daß ihr die Vorstellung, Jehan ein Messer an die Kehle zu setzen, ihn um Gnade winseln zu hören, ausnehmend gut gefiel. Er sollte sich ebenso fürchten, wie sie sich gefürchtet hatte, als der Korsar ihr die Spitze seines Degens auf ihr Mieder setzte.

Sie hatte Thomas völlig vergessen und schaute überrascht auf, als sie plötzlich seine Hand an ihrem Ellbogen spürte. Er zog sie hoch und drehte sie zu sich um. Und plötzlich hatte sie die Lösung. Sie könnte Jehan nicht in einer dunklen Gasse auflauern und ihn zum Reden zwingen. Sie war nicht kräftig genug und außerdem unerfahren im Gebrauch von Waffen. Selbst ein Mann wie Jehan de Coniques, der eher den Umgang mit der Feder als mit dem Degen gewöhnt war und häufig zu tief ins Glas schaute, würde sie hohnlachend in den Schmutz stoßen. Sie hatte es allein vermocht, sich Wohlstand und Achtung zu verschaffen, aber in diesem Fall brauchte sie Hilfe.

»Sagen Sie es mir, Serafina.« Thomas hielt ihre Handgelenke fest. »Was ist mit Jehan de Coniques? Was haben Sie vor?« Er blickte ihr forschend in die Augen.

Sie antwortete nicht sofort. Plötzlich sah sie ihn in einem florentinischen Gefängnis, anstatt auf der Brücke seines Schiffes, und dann auf der Piazza della Signoria am Galgen, anstatt auf dem Weg zur Entdeckung der Nord-West-Passage. Und dann sah sie das Spiegelbild ihres entschlossenen Gesichts in seinen Augen und schob alle sentimentalen Bedenken beiseite. »Es gibt eine andere Möglichkeit, Angelo zu vernichten, aber ich

kann sie nicht selbst in die Tat umsetzen. Der Schlüssel dazu ist Jehan de Coniques.«
Thomas verstand sofort. »Aha«, sagte er. »Es gilt, den Diener dazu zu bringen, seinen Herrn zu verraten.«
»Früher war er nicht Angelos Diener – sie waren in der Firma gleichgestellt –, Angelo entstammt der Familie meiner Mutter, aber Jehan ist adliger Herkunft. Doch jetzt liegen die Dinge anders.«
»Und Sie meinen, dem Notar paßt das nicht.« Ein Lächeln huschte über Thomas' Gesicht. »Sie hoffen, daß es ihm nicht paßt.«
»Ich hoffe«, es war der letzte Strohhalm, an den sie sich klammern konnte, »daß Jehan genügend erbost darüber ist, um Angelo in den Rücken zu fallen.« Ihr Mund war völlig ausgetrocknet. »Vielleicht bedarf es aber eines zusätzlichen Anstoßes.«
Thomas lachte unfroh auf und ließ ihre Hände los. »Ich werde auf eine interessante Laufbahn zurückblicken können: Steuermann für die English Levant Company, Kapitän eines toskanischen Handelsschiffes und – Mörder. Hoffentlich lebe ich lange genug, um meine Memoiren schreiben zu können.«
»Seien Sie nicht albern«, sagte Serafina schroff. »Ich spreche nicht von Mord. Tot würde er mir nichts nützen.«
»Ich soll ihn also nur ein bißchen erschrecken, ja?«
Sie sah Jehan mit einem Messer an der Kehle vor sich. Blut rann aus der Stelle, wo Thomas' Messer seine Haut geritzt hatte. Sie schüttelte den Kopf, um das Bild zu verscheuchen. »Ich kann Sie natürlich nicht dazu zwingen, Thomas.« Ihre Stimme zitterte leicht. »Wenn Sie mir nicht helfen wollen, haben Sie bitte die Freundlichkeit, unser kleines Gespräch zu vergessen.«
Thomas musterte sie nachdenklich. »Und Sie werden

dann die finstersten Gassen von Marseille durchstreifen, um einen anderen ›Helfer‹ zu finden, nicht wahr!«
Er kannte sie einfach zu gut! Das Haus erwachte allmählich zum Leben. Serafina legte den Riegel vor, um den Angestellten den Zutritt zu verwehren. »Ja«, antwortete sie ruhig. »Und ich muß jemanden finden. Jehan de Coniques ist meine letzte Hoffnung.«
»Wollen Sie die Geschichte nicht endlich ruhen lassen?«
Sie schüttelte heftig den Kopf. Ihren Besitz zurückzuerlangen und Angelo zu vernichten war ihr wichtiger als alles andere auf der Welt. Wichtiger als das Capriani-Vermögen, wichtiger als die *Kingfisher* – sogar wichtiger als Francesco. »Wie ich schon sagte, werden Angelo und Jehan nach Italien segeln, um das Geld für die Reise zu holen.« Fiametta Nadi tauchte vor ihrem geistigen Auge auf: schön und mit dem Selbstbewußtsein, das einem Leben in Luxus und Sorglosigkeit entsprang. Serafina haßte Fiametta Nadi. »Angelo wird sich sicherlich seiner Braut widmen, und Jehan dürfte reichlich Zeit haben, die florentinischen Tavernen zu erkunden. Es sollte kein Problem sein, ihn bei einem seiner Ausflüge abzufangen.«
Thomas starrte nachdenklich vor sich hin. Serafina sah, wie es hinter seiner Stirn arbeitete. Serafina hatte Mühe, nicht den Atem anzuhalten – und sich damit abzufinden, daß wieder einmal ein anderer ihr Schicksal in der Hand hielt.
Schließlich – nach einer Ewigkeit, wie ihr schien – sagte er: »In Ordnung, ich werde es tun.«
Die Erleichterung machte sie schwindelig.
»Unter einer Bedingung.«
Sie hätte sich mit allem einverstanden erklärt. »Was immer Sie wollen.«
»Ich werde einen Brief schreiben – an meinen Bruder in

England.« Er setzte sich an den Schreibtisch. Serafina hatte keine Vorstellung, was diese Ankündigung zu bedeuten hatte, aber das störte sie nicht. Sie fühlte sich beschwingt und voller Hoffnung. Ihre Gedanken eilten voraus nach Florenz – zu Jehan. Sie sah ihn vor sich, wie er mit zitternder Hand das Geständnis niederschrieb, das sie brauchte, um Angelo zu vernichten.

Thomas' dunkler Kopf war über das Papier gebeugt, die Feder bedeckte es mit schnell hingeworfenen Wörtern. Als er fertig war, streute er Sand darüber, faltete den Brief zusammen und versiegelte ihn. Dann blickte er zu Serafina auf. »Ich habe ein Haus in England, – nichts Besonderes. Es gehörte meinen Eltern. Eigentlich hatten sie es meinem Bruder Robert vererbt, aber der besaß damals bereits das Gasthaus und überließ es mir: Er dachte, er könne mich dadurch bewegen, seßhaft zu werden, an Land zu bleiben.« Er stand auf. »Sie müssen sich darüber klar sein, daß Ihr Vorhaben gefährlich ist. Nicht nur für mich – auch für Sie: Sollte ich Jehan nicht zum Reden bringen können und er Angelo von unserem Ansinnen erzählen, wären unser beider Tage wahrscheinlich gezählt. Und ich halte es durchaus für möglich, daß Ihr Kusin auch vor Francesco nicht zurückschrecken würde. Deshalb der Brief an meinen Bruder: Ich denke, in England wären Sie und der Junge relativ sicher. Ich habe ihm geschrieben, wer Sie sind und wer Francesco ist, und ihn gebeten, Ihnen den Schlüssel zu meinem Haus zu geben. Versprechen Sie mir, daß Sie mit Ihrem Sohn nach England gehen, falls ich nicht aus Florenz zurückkehren sollte. Sie haben ja die *Kingfisher* – und William Williams wird einen Steuermann finden, der sie um das Kap segeln kann. Schwören Sie mir, daß Sie es tun werden, Serafina!«

Sie hätte ihm alle Fische des Meeres und alle Sterne des

Himmels versprochen. Sie wußte, daß sie nicht nach England würde fliehen müssen. Diesmal würde sich Angelos Schicksal erfüllen! Doch sie nahm Thomas' Brief, las die Adresse, legte ihn in die Truhe und schwor auf den Namen ihres Vaters. Als sie zur Tür ging, um den Riegel beiseite zu schieben, fragte er: »Wenn ich versage – wie wird Ihr Leben dann weitergehen?«
Sie antwortete nicht.

Nach der Episode mit dem Kapitän der Galeone wurde Jules Crau klar, daß er kein Fischer mehr war, sondern ein Bettler. Er ließ alle Hoffnung fahren, Arbeit zu finden. Isabelle hatte schlimme Bauchkrämpfe, und er wagte nicht, sie jeweils länger als eine Stunde allein zu lassen. Wenn sie schlief, verließ er die armselige Hütte, in der sie hausten, und ging in die Stadt. Er wanderte durch die Straßen von Marseille, an den herrlichen Häusern der Reichen vorbei und durch die stinkenden Gassen der Armen – immer die Hand ausgestreckt, immer Ausschau haltend nach einem Laib Brot, der vom Karren eines Bäckers gefallen war, oder nach dem unbeaufsichtigten Einkaufskorb eines Dienstmädchens. Isabelle schlief nachts besser, weil die Kühle das Fieber sinken ließ, und so wurde er zu einem Geschöpf der Dunkelheit.
In den Straßen drängten sich die Menschen. Es schien Jules, als wären die Armen der ganzen Welt nach Marseille gekommen und überschwemmten die Stadt mit ihrem Elend und ihrem Hunger: Zigeuner, Krüppel, Versehrte – nutzlose Überbleibsel des Bürgerkriegs – und Bauern, die nach Mißernten ihre Höfe verlassen hatten, weil sie hofften, hier ein besseres Leben zu finden. Jules versuchte sich an seine Kindheit zu erinnern. Hatte damals auch schon der Regen das sprießende Getreide flach

gedrückt und Stürme das Erdreich weggefegt? Oder steuerte die Welt, wie ein reisender Wahrsager auf einem Marktplatz prophezeit hatte, mit den letzten Jahren des ausgehenden Jahrhunderts auf ihr Ende zu?
Eines Nachts fand er sich plötzlich an dem Versammlungsort der Bettler, dem Place des Miracles. Dieser »Platz der Wunder« lag am Ende einer stinkenden Sackgasse, umstanden von baufälligen Häusern, die sich im Laufe der Zeit einander immer mehr zugeneigt hatten, so daß die Dächer von einigen Häusern sich fast berührten. Jemand packte Jules an seinem zerfetzten Ärmel und sagte aufgeregt: »Schau! Der König der Bettler!«, und Jules streckte sich, um ihn zu sehen. Der »König« war in mehrere Schichten von zerlumpten Gewändern gekleidet, die in ihren guten Zeiten reichen Männern gehört haben mußten: Sie waren aus Taft, Seide und Samt. Im Licht der Fackeln, die das Gefolge des »Königs« trug, wirkten die Kleider wieder prächtig, schimmerten in sattem Scharlachrot, Türkis und Smaragdgrün. Er sieht wirklich wie ein König aus, dachte Jules.
Die Stimme des Mannes war tief und wohlklingend, seine Gestik beredt und graziös. Zunächst sprach er in freundlichem Ton über die Brüderschaft, der alle auf diesem Platz angehörten, und dann – während er stetig lauter und aggressiver wurde – über die reichen Kaufleute mit ihren verwöhnten Ehefrauen, und die opulenten Feste, die sie in ihren prachtvollen Häusern feierten. Die Gier der Kaufleute führe zu einer Erhöhung der Preise für Lebensmittel, sagte er, wodurch die Armen gezwungen würden, zu betteln und zu stehlen, und trotzdem sorgten die Kaufleute dafür, daß selbst geringfügigste Diebstähle mit dem Tod durch den Strang geahndet würden. Im Licht der Fackeln leuchteten die Augen des »Königs« feuerrot. Als

er geendet hatte, johlten und tobten die Zuhörer, stampften mit den Füßen und schüttelten zustimmend die Fäuste, für kurze Zeit vergaß Jules sogar seine Tochter.
Am folgenden Tag gab es Aufruhr in den Straßen. Auf dem Marktplatz wurden Verkaufsstände umgekippt, die Ställe eines Kaufmanns angezündet. Die Stadtverwaltung schrieb die Ausschreitungen der glühenden Hitze zu. Jules verbrachte den Tag zu Hause mit Isabelle auf dem Schoß und bekam von alledem nichts mit. In der folgenden Nacht hatte er ein merkwürdiges Erlebnis. Wie magisch angezogen strebte er dem Place des Miracles zu und hoffte inständig, den »König« mit den wilden roten Augen wiederzusehen. Doch er war nicht da. Nur eine Horde Bettler, die sich auf dem Kopfsteinpflaster niedergelassen hatten, um zu schlafen. Auch Jules war müde. Er schloß die Augen, und als er sie wieder öffnete, sah er den Geist seiner toten Frau! Er erkannte Marianne sofort an den langen dunklen Haaren und der zarten Haut, die er so sehr geliebt hatte. Sie war ganz in Schwarz gekleidet, und als sie an ihm vorbeikam – nein, schwebte –, ließ sie es Münzen und Schmuckstücke regnen. Er fing eines der Geldstücke auf – einen Goldflorin. Als er versuchte, Marianne zu berühren, verschmolz sie mit der Dunkelheit und war verschwunden. Der Goldflorin ernährte Isabelle und ihn einen ganzen Monat.

ZWÖLFTER TEIL

1596
EINBRUCH
DER DUNKELHEIT

Diejenigen, die die Erlaubnis haben, in den Städten Waffen zu tragen, dürfen dies jedoch nur bis zum Einbruch der Dunkelheit.

Reisebericht:
Fynes Moryson

Altrosa-, terrakotta- und umbrafarben lag Florenz vor ihm, als Angelo durch den leichten Herbstregen auf die Stadt zuritt. Er betrachtete den pastellfarbenen Regenbogen in der Ferne als ein gutes Omen.
Im Palazzo Nadi wurde er zwar nicht als Schwiegersohn empfangen, aber immerhin wie ein Freund der Familie. Am Abend speisten er und Jehan mit den Nadis in einem eleganten Raum mit kostbaren Wandteppichen und schweren Vorhängen. Ein Lautenspieler sorgte für die musikalische Untermalung. Die bunten Bänder am Hals des Instruments leuchteten im Kerzenschein. Obwohl es nicht kalt war, brannte ein wohlriechendes Feuer im Kamin.
Lorenzo sprach über Stoffe und Geld, Giulia über Feste. Nencia errötete tief, sobald Angelo das Wort an sie richtete. Fiametta war einsilbig, redete nur, wenn sie etwas gefragt wurde. Angelo musterte ihr verdrießliches Gesicht. Später würde er diese zusammengepreßten Lippen zu einem Kuß öffnen. Er mußte erreichen, daß Fiametta ihn begehrte, von ihm abhängig würde.
Signor Nadi fragte Angelo nach dem Ergebnis seiner Geschäfte in Marseille. »Ich habe Wollstoffe, Barchent und Seidenrips eingekauft, aber es ist noch genügend Platz für Ihre Seiden«, antwortete er. Bald würde er diesen mächtigen Mann beim Vornamen nennen dürfen, dachte er, als er sich von einer Platte bediente, auf der ein tranchierter, wachtelgefüllter Fasan appetitlich angerichtet war. Angelo wandte sich mit einem gewinnenden

Lächeln an die gesamte Familie. Nencia kicherte und warf die rotgoldenen Locken zurück. Giulia, die in ihrem türkisfarbenen Seidenkleid besonders vornehm und zerbrechlich aussah, sagte: »Fiametta – betrachtest du es nicht als eine große Ehre, daß Signor Angelo sein Schiff nach dir benannt hat?«

Die Angesprochene murmelte etwas, ohne den Blick von ihrem Teller zu heben.

»Als ich jung und hübsch war«, erzählte ihre Mutter, »taufte ein Prinz vier Schiffe nach mir: *Giulia im Frühling*, *Giulia im Sommer*, und so weiter. Ich fand es reizend.«

Fiamettas Miene wurde noch finsterer.

»Wenn ich ein neues Meer entdecke«, strahlte Angelo die Hausherrin an, »werde ich es nach Ihnen benennen, Signora. Und wenn Sie von Ehre sprechen, so möchte ich Ihnen sagen, daß ich es als eine große Ehre betrachte, mit drei so wunderschönen Damen zu speisen.« Er hob sein Glas. Ein Jammer, daß er gezwungen war, dieses farblose, mürrische Geschöpf zu heiraten, anstatt ihre Mutter heimführen zu können. Doch auch diese hatte einen Makel: Sie besaß zwar Schönheit, aber kein Vermögen. Seine Gedanken wanderten zu dem Abend in Marseille, die er mit der Witwe Capriani verbracht hatte. Signora Capriani war schön und reich. Und sie verfügte über Intelligenz und Mut – und eine Unverfrorenheit, die er, wie er sich eingestehen mußte, sehr verführerisch fand. Außerdem – und das reizte ihn besonders – hatte sie etwas Geheimnisvolles, Rätselhaftes.

»Sie segeln also nach Scanderoon«, unterbrach Lorenzo seine Träumerei. Er hatte vor, ein Dutzend Ballen kostbarster Seide und eine Truhe voll Gold auf die Reise mitzugeben. Angelo winkte ab, als ihm eine Platte mit Trüffeln gereicht wurde. »Ja, Signor, aber ich erwäge, vorher noch einen

Abstecher nach Zakynthos zu machen.« Jehan, der am anderen Ende der Tafel saß, kicherte grunzend. Angelo überging diesen ungehörigen Kommentar und fuhr fort: »Ich habe schon früher Geschäfte in Zakynthos gemacht. Gouverneur Carcandella ist ein alter Bekannter von mir.«
»Angelo«, der Notar leerte sein Glas, »hat viele Bekannte – in allen vier Ecken des Mittelmeerraumes: in Frankreich, Venedig...«
Angelo schnitt ihm das Wort ab, ohne auf seinen Einwurf einzugehen. »Wie Sie wissen, Signor Nadi, war es der Firma Guardi früher nicht möglich, Rohseide in Scanderoon zu kaufen. Doch jetzt – mit der *Fiametta* und Ihrer Unterstützung – steht uns das gesamte Mittelmeer offen. Und irgendwann fahren wir vielleicht auch noch weiter – in die nördlichen Länder, zum Beispiel, oder zu den Westindischen Inseln.«
»Auf den Westindischen Inseln«, Nencia hatte das Kinn auf die ineinander verschlungenen Finger gestützt und sah Angelo keck an, »tragen die Frauen nur ein Tuch um die Taille und Perlenketten um den Hals. Stellen Sie sich das vor!« Sie lächelte und entblößte dabei kleine, ebenmäßige Zähne.
»Nencia!« fuhr Fiametta sie an, aber Angelo erwiderte das Lächeln des Kindes und sagte: »Und in Marokko verschleiern sich die Frauen von Kopf bis Fuß – man kann nur ihre Augen sehen. Ich bin froh«, er legte seine Hand auf Fiamettas, »daß hierzulande keine derartigen Bräuche herrschen.«
Sie riß ihre Hand weg, als habe sie sich verbrannt. Hektische Flecken erschienen auf ihrem Hals und ihrem Décolleté, und sie starrte auf ihren Teller.
Der Lautenspieler, der eine Pause gemacht hatte, intonierte eine Melodie, die »Bianco Fiore« hieß – weiße

Blume. Wie passend, dachte Angelo: Ein Symbol für die Jungfräulichkeit. Allerdings ließ Fiametta die Lieblichkeit vermissen, die man mit einer schönen Blüte verband. Dennoch freute er sich darauf, das Mädchen zu deflorieren. Er genoß zwar das Zusammensein mit erfahrenen Frauen, aber es lag für ihn ein besonderer Reiz darin, der erste zu sein. Er würde ihre Leidenschaft wecken und sie zu Höhen der Lust führen, die ihm garantierten, daß sie nicht in Versuchung käme, bei einem anderen Mann Erfüllung zu suchen. Er wollte sicherstellen, daß die Kinder, die er als seine betrachtete, tatsächlich von ihm wären. Was ihn selbst betraf, so sah er keine Notwendigkeit für eheliche Treue.

Giulia bedeutete dem Diener, das Dessert zu bringen – Kuchen, Torten, Geleefrüchte und dazu Sillabub, eine Mischung aus gezuckerter Milch und Wein. Die Tischdekorationen waren Kunstwerke aus Zuckerzeug und kandierte Blüten. »Wann werden Sie aus der Levante zurück sein?« fragte sie Angelo.

»Ich hoffe, im Frühling.« Seine Worte waren an Giulia gerichtet, doch aus dem Augenwinkel beobachtete er Jehan, der sich schon wieder Wein nachgoß. Er traute dem Notar nicht mehr. Seit dem Vorfall in Marseille hatte sich sein Verhalten geändert: Sein Neid trat jetzt offener zutage, und sein Ton war schärfer, manchmal sogar drohend – und der Alkohol machte ihn unberechenbar. In Marseille hatte er beim Zubettgehen eine brennende Kerze umgestoßen und war in tiefen Schlaf gefallen. Die Damastvorhänge fingen Feuer. Ein Bediensteter roch auf dem Weg über den Flur den Rauch, und so konnte das Haus gerettet werden – und Jehan leider auch. Angelo nahm sich eine Orange aus der Obstschale. »Aber man kann es natürlich nie genau voraussagen. Es ist eine lange

Reise, Signora, je nach Witterung kann sie ein paar Monate dauern oder fast ein Jahr. Aber ich werde alles daransetzen, schnell wieder zurück zu sein.« Er lächelte Fiametta an. »Schließlich habe ich einen guten Grund für eine baldige Rückkehr.«
»Einen Grund, der fünfzigtausend Dukaten wert ist«, grinste Jehan, »kann man weiß Gott als gut bezeichnen.« Er lachte schallend über seinen geschmacklosen Scherz, während alle anderen wie erstarrt dasaßen. Der Musikant hatte aufgehört zu spielen, die Flammen im Kamin schienen die Köpfe einzuziehen. Angelo spürte, wie alles Blut aus seinem Gesicht wich. Seine Finger umklammerten den Stiel seines Weinglases.
»Ich denke, Sie sollten die Tafel verlassen, Monsieur de Coniques«, sagte der Hausherr langsam. »Sie sind nicht mehr Herr über Ihr Benehmen.«
Der Notar rührte sich nicht. Angelo stand auf, ging zum anderen Ende des Tisches, griff in die Falten der weiten schwarzen Robe und zog Jehan auf die Füße. Er wog fast gar nichts – Angelo hatte das Gefühl, wenn er härter zufaßte, würden die Knochen zu Staub zerfallen. Er packte den Betrunkenen am Arm und führte ihn aus dem Zimmer. Draußen stieß und trat er ihn die Treppe hinauf zu seinem Zimmer. Besonders die Tritte bereiteten ihm Vergnügen. Der letzte ließ Jehan bäuchlings neben seinem Bett landen. Er rollte sich herum und starrte Angelo mit tränenblinden Augen an. Ich hoffe, er erstickt an seinem Erbrochenen, dachte Angelo, oder fällt die Treppe hinunter und bricht sich das Genick. Er schlug die Tür hinter sich zu. Er wußte jetzt, was er zu tun hatte, mit derselben Klarheit wie seinerzeit bei Franco Guardi. Wie damals gab es nur eine Möglichkeit für ihn. Er erwog, den Notar der alles verschlingenden Um-

armung der See zu überlassen. Nein, das ging nicht, er wollte Jehan ja nicht mit in die Levante nehmen, sondern allein nach Marseille zurückschicken. Gift kam auch nicht in Frage: Für diese Methode war er nicht Italiener genug: Der Franzose in ihm meldete Bedenken wegen der Schwierigkeiten bei der Beschaffung und der richtigen Dosierung an. Es gab bedeutend einfachere Lösungen. Angelo hatte schon immer eine Vorliebe für einfache Lösungen gehabt.

Fiametta hatte die Worte des Notars nicht als beleidigend empfunden, er hatte schließlich nur die Wahrheit gesagt. Als das enervierende Essen vorbei war, gestattete sie Angelo, sie auf die Galerie zu führen. Dort hingen vielarmige Kandelaber von der bemalten Decke und beleuchteten lüsterne Götter, die vollbusige Nymphen an den Wänden entlangjagten. Auf halbem Weg durch den langen Gang zog Angelo sie, wie sie erwartet hatte, an sich. Er war einen halben Kopf größer als sie, und sie blickte auf seine pulsierende Halsschlagader und den goldenen Flaum seines kurzgeschorenen Bartes. Der Geruch, der von ihm ausströmte – eine Mischung aus Rotwein und Sandelholz –, stieß sie ab. Sie wußte, daß er sie gleich küssen würde, und so kniff sie die Augen zu und hielt den Atem an.
Es war noch schlimmer, als sie befürchtet hatte. Seine Zunge drängte sich zwischen ihre Lippen und in ihren Mund, seine Finger krallten sich schmerzhaft in ihre dünnen Haare. War dies die vielbesungene Leidenschaft? Sie schlang pflichtschuldigst die Arme um ihn und spürte das Spiel seiner Rückenmuskeln unter der dünnen Seide seines Hemdes und Wamses. Er war stark und selbstbewußt, wie ihr Vater, und den hatte sie seit jeher gefürchtet. Sie

verabscheute ihre Mutter und Nencia, doch ihren Vater fürchtete sie wegen seiner Macht und Stärke.
Endlich gab Angelo ihren Mund frei, ließ sie jedoch nicht los. Fiametta öffnete die Augen und starrte unverwandt auf die Darstellung von Zeus und Leda, während Angelo ihre Wangen, ihre Kehle und ihre Schultern mit widerlich saugenden, nassen Küssen bedeckte. Es ekelte sie unsäglich, doch sie ließ es geschehen. Als Angelo ihre großen, flachen Brüste zu kneten begann, glaubte sie, den Gipfel der Erniedrigung erreicht zu haben. Sein Gesicht war dunkelrot, Schweißperlen standen auf seiner Stirn. Was sind Männer doch für erbärmliche Geschöpfe, dachte sie kalt, verlieren bei der Berührung selbst der unscheinbarsten Frau die Fassung und verwandeln sich in wilde Tiere.

Wenn ich versage – wie wird ihr Leben dann weitergehen? Sie hatte seine Frage nicht beantwortet, und er hatte es auch nicht erwartet, doch der Gedanke daran hatte Thomas auf der langen Fahrt von Marseille in die Toscana nicht losgelassen und verfolgte ihn auch noch, als er die Straßen von Florenz durchstreifte.
Den Palazzo der Nadis ausfindig zu machen war kein Problem gewesen. Schon der erste Passant, den er fragte, konnte ihm den Weg beschreiben. Das beeindruckende Haus mit dem leicht schrägen Ziegeldach lag nicht weit von der Kirche Santa Maria Novella entfernt. Die Gipsmauern waren mit gemalten Ornamenten verziert, und über dem Portal prangte das Familienwappen. Jetzt, am Abend, waren die Läden der hohen Bogenfenster, ebenso wie die der anderen prächtigen Bauten in der Straße, geschlossen.
Durch einen Nebel feinen Nieselregens schaute Thomas von dem Durchgang aus, in dem er Posten bezogen hatte,

zu dem pompösen Eingang hinüber. Er dachte an Angelo und an Jehan de Coniques. Er nahm an, daß sie nicht lange in Florenz bleiben würden, da sie ja bereits im Frühjahr wieder aus der Levante zurück sein wollten. Wenn er Pech hatte, würde der Notar bis zur Abreise nicht vor die Tür gehen. Vielleicht hatte er das Trinken aufgegeben und war wieder der korrekte, schweigsame Anwalt, als den Franco Guardi ihn geschätzt hatte. Aber Thomas glaubte nicht daran. Damals in Livorno hatte der Mann den Eindruck eines Menschen gemacht, der von Haß und Verbitterung verzehrt wurde, und daran hatte sich bestimmt nichts geändert. Früher oder später würde Jehan herauskommen und durch die dunklen Gassen zu irgendeiner Spelunke schleichen.

Thomas tastete nach seinem Messer, das er unter dem Wams verborgen hatte – im Florenz war es nicht gestattet, nach Einbruch der Dunkelheit Waffen zu tragen –, und vertrieb sich die Zeit damit, Passanten zu beobachten, deren Kleider und Gesichter aufleuchteten, wenn sie an den Wandlampen vorbeikamen, die den Eingang des Palazzos flankierten. Endlich öffnete sich die Tür. Thomas' Herz machte einen Satz. Er erkannte den Notar sofort an der weiten Robe, der gebückten Haltung und der vorspringenden Nase und heftete sich an seine Fersen. Jehan schien genau zu wissen, wohin er wollte. Er schaute sich mehrmals um, als fürchte er, verfolgt zu werden, doch Thomas konnte jedesmal rechtzeitig in Deckung gehen. Außerdem hatte er den Hut tief ins Gesicht gezogen, um nicht erkannt werden zu können. Allerdings hätte sich der Notar sicherlich nicht an ihn erinnert. Sie kamen zu dem Platz, auf dem die Kirche Santa Maria Novella in die Nacht ragte, vorbei an der Taufkapelle, die in der Dunkelheit geisterhaft weiß und grünlich schim-

merte, und gingen dann durch die Via del Proconsolo in Richtung Fluß.
Es war niemand auf der Straße, und Thomas hätte sich Jehan jetzt greifen können, doch er beschloß zu warten: Er war auf die Redseligkeit des Mannes angewiesen und mußte ihm deshalb Gelegenheit geben, sich zu betrinken. Er beobachtete, wie Jehan nicht weit vom Ufer des Arno entfernt eine kleine Taverne betrat. Er hätte selbst gerne etwas getrunken, aber er widerstand der Versuchung. Er mußte einen klaren Kopf behalten.
Etwa eine Stunde später kam der Notar wieder heraus. Er stolperte über die Schwelle und hielt sich am Türrahmen fest, um nicht hinzufallen. Dann zog er eine Flasche aus den Falten seiner Robe und trank alle paar Schritte einen Schluck. Er kam nah an Thomas vorbei, und der hörte ihn etwas flüstern. Das Flüstern steigerte sich zu Gemurmel und dann zu Gegröle.

> Sur les march' du palais
> Sur les march' du palais
> Il y a un' tant belle fille.

Jehan de Coniques stieß ein irres Gelächter aus und führte erneut die Flasche zum Mund. Thomas verließ seinen Posten und folgte ihm.

> Elle a tant d'amoureux
> Elle a tant d'amoureux
> Qu'elle ne sait lequel prendre...

Der Notar torkelte dermaßen, daß er fast die ganze Straße brauchte. Hoch über ihnen öffnete sich ein Fensterladen, und Thomas brachte sich eiligst vor dem Lichtschein in Sicherheit, der plötzlich die Szenerie erhellte. Jemand schimpfte auf italienisch. Jehan de Coniques schüttelte wütend seine Faust und setzte seinen Weg fort. Er steuerte auf den Fluß zu. »La bell' si tu voulais«, sang er wei-

ter, jetzt wieder bedeutend leiser. »Nous dormirons ensemble.«
Thomas schauderte. Die Hand, mit der er sein Messer umklammerte, wurde feucht.

  Dans un grand lit carré
  Dans un grand lit carré
  Aux belles taies blanches...

Die brüchige, spöttische Stimme war kaum noch zu verstehen. Jehan hielt inne, lehnte sich an eine Hausecke und hob wieder die Flasche an die Lippen. Thomas drückte sich an die Mauer. Auf dem Arno tanzte der Widerschein der Lichter des Ponte Vecchio. Der Weg gabelte sich hier in eine schmale Gasse und eine breitere Straße. Thomas wartete. Seine Muskeln waren schmerzhaft angespannt.

  Dans le mitan du lit
  Dans le mitan du lit...

Der Notar brachte die Strophe nicht mehr zu Ende. Eine Hand packte ihn an der Schulter und riß ihn herum, und die zweite drückte ihm ein Messer in die Rippen.
»Dans le mitan du lit«, sagte Thomas Marlowe leise, »la rivière est profonde.«
Jehan de Coniques blinzelte, sein Mund öffnete und schloß sich wie bei einem Fisch auf dem Trockenen. Jetzt, da er ihn so nah vor sich sah, bemerkte Thomas die Spuren, die der Alkohol und die Verbitterung in dem Gesicht hinterlassen hatten. Die grünlich graue Haut war schlaff, dunkle Tränensäcke hingen unter den trüben Augen.
»La rivière est profonde«, wiederholte Thomas mit einem bösen Lächeln. »Très très profonde. Wollen wir zum Fluß gehen, Monsieur de Coniques?«
Anfänglich hatte sich zu seiner Befriedigung Entsetzen auf dem Gesicht des Notars gezeigt, doch jetzt war es

verschwunden. »Wenn Sie möchten«, antwortete Jehan überraschend deutlich. »Monsieur...?«
»Marlowe«, erwiderte der englische Steuermann. »Thomas Marlowe. Wir haben uns schon einmal getroffen – in einer Taverne in Livorno.«
Der Notar kniff die Augen zusammen und studierte sein Gegenüber aufmerksam. »Sie sind Engländer«, konstatierte er schließlich.
»Das ist richtig, aber ich bin nicht hier, um mich mit Ihnen über Geographie zu unterhalten. Kommen Sie, gehen wir.« Er hakte Jehan unter und drückte ihm mit der anderen Hand die Spitze seines Messers in die Seite. Sie machten sich auf den Weg zum Fluß. Für einen unbeteiligten Betrachter mußten sie wie zwei sinnlos betrunkene Freunde wirken, denn Jehan strauchelte immer wieder und riß Thomas jedesmal mit. Er strömte einen säuerlichen Geruch aus, eine unangenehme Mischung aus billigem Wein und ungewaschener Kleidung.
»Sie haben mir Fragen gestellt«, erinnerte Jehan sich unvermittelt. »In Livorno. Über Angelo.«
Sie hatten den Uferweg erreicht. Hier unten war es sehr still. Nur das leise Plätschern der Wellen und das Rascheln der Taftrobe des Notars störten die Ruhe. Thomas drängte Jehan gegen eine Hauswand und setzte ihm das Messer auf die Brust. »Das stimmt. Ich habe Sie über Angelo ausgefragt – und über Franco und Serafina Guardi. Sie sagten mir, Angelo sei ein gerissener Bursche.«
Jehan de Coniques kicherte. »Das kann man wohl behaupten, ein verdammt gerissener Bursche!«
»Er hat es weit gebracht, nicht wahr, Monsieur de Coniques? Er hat die Firma Guardi in die Hand bekommen, ist Besitzer einer hübschen Galeone und steht im Begriff,

ein junges Mädchen aus reichem Hause zu heiraten. Was halten Sie davon, mein Guter?«
Der Notar schob die Unterlippe vor wie ein schmollendes Kind. »Es spielt keine Rolle, was ich davon halte.«
»Da irren Sie sich.« Thomas' Stimme klang klar durch die Nacht. Der Regen war stärker geworden. Die Tropfen mischten sich mit dem Schweiß, der an seinem Nacken herunterlief. »Ich möchte wirklich wissen, was Sie davon halten, Jehan. Immerhin haben Sie sich mir gegenüber schon einmal als höchst gesprächig erwiesen.«
Die halbgeschlossenen Lider des Notars hoben sich. »Ich habe Ihnen gar nichts erzählt!« zischte er.
»Aber Monsieur, haben Sie es tatsächlich vergessen? Dann lassen Sie mich Ihre Erinnerung auffrischen. Sie erzählten mir, daß Angelo den Tod seines Arbeitgebers arrangiert habe, um diese Firma übernehmen zu können.«
»Ich habe nie...«
»Sie sagten«, fuhr Thomas unbeirrt fort, »daß er dafür sorgte, daß Franco Guardi und seine Tochter von Korsaren entführt wurden, bevor das Mädchen verlobt werden konnte.«
Der Notar schüttelte den Kopf und hob die Flasche an die Lippen. »Das war ein glücklicher Zufall«, sagte er. »Zumindest für Angelo.« Er kicherte wieder, und Wein rann ihm aus dem Mund über das Kinn und versickerte in seiner regenfeuchten Robe. Thomas hätte ihm am liebsten das Messer zwischen die Rippen gestoßen oder ihn wenigstens geohrfeigt, doch er beherrschte sich. Noch nicht! Noch nicht! Geduld! »Ich brauchte ziemlich lange, um herauszufinden, welcher Plan hinter all dem steckte«, sagte er, »aber schließlich begriff ich es. Wenn es mit rechten Dingen zugegangen wäre, hätte der Korsar Fran-

co Guardi und seine Tochter gegen ein Lösegeld freigelassen. Die beiden hätten ihm ein schönes Sümmchen eingebracht.«
Jehan wischte sich mit dem Handrücken über den Mund. »Sie waren tot! Für Tote kann man kein Lösegeld verlangen. Franco Guardi starb im Bagno von Algier am Fieber...«
»Das stimmt nicht ganz, mein Bester«, widersprach Thomas. »Er starb nicht am Fieber, sondern durch die Peitsche. Und für Serafina hätte man durchaus ein Lösegeld verlangen können, aber es geschah nicht.«
Der Notar starrte ihn verständnislos an. »Zum Teufel, was sagen Sie da?«
»Ich sage, mein geschätzter Herr Notar, daß Serafina Angelos teuflisches Komplott überlebte. Ich habe sie in Algier kennengelernt.«
Die Weinflasche entglitt Jehans Fingern und zerschellte auf dem Kopfsteinpflaster. Der Rotwein wurde vom Regen fortgeschwemmt.
»Ich möchte, daß Sie etwas für mich tun, Monsieur de Coniques«, erklärte Thomas mit kalter Stimme. »Ich möchte, daß Sie niederschreiben, wie der Plan lautete und wie er ausgeführt wurde, wie Angelo mit dem Korsaren zusammenkam, wie Sie Franco Guardis Testament in Angelos Sinn umänderten. Ich habe doch recht, daß Sie diese kleine Korrektur vornahmen, nicht wahr? Ich möchte, daß Sie alles haarklein aufschreiben, von dem Tag an, als die Idee in Angelos Kopf reifte, bis zu dem Tag, als er sein angebliches Erbe antrat. Das Protokoll soll von zwei Zeugen unterschrieben und mit dem ordnungsgemäßen Siegel versehen werden, wie es ein solches Dokument erfordert. Aber das wissen Sie besser als ich, schließlich sind Sie Notar.«

Der Notar stieß ein ersticktes Lachen aus und fragte: »Warum?«
»Warum?« Thomas betrachtete Jehan de Coniques, als sei er ein widerliches Insekt. »Weil ich dafür sorgen will, daß der Besitz wieder in die Hände des rechtmäßigen Eigentümers übergeht. Sollten Sie sich weigern – ich bin bereit, bis zum Äußersten zu gehen.«
Gespenstisch hohl hallte Jehans Gelächter über den Fluß. »Und wenn ich es tue, wird er mich töten: Ich habe es heute in seinen Augen gelesen.« »Er« war natürlich Angelo. »Aber ich werde es trotzdem tun«, sagte er zu Thomas' Überraschung. Er grinste. »La bell' si tu voulais«, zischte er. »Nur wird sie nicht in meinem Bett schlafen, sondern in Angelos. Nicht, daß ich ihn um dieses hochnäsige Miststück beneide...«
Der Ausdruck ließ Thomas schaudern, als habe sich der warme Guß plötzlich in Eisregen verwandelt: Als »hochnäsiges Miststück« hatte der Notar damals in der Taverne in Livorno auch Serafina bezeichnet.
»... aber ich hätte gerne das Geld.« Jehans Stimme wurde schrill und weinerlich. Regen tropfte von seiner langen Nase. »Und seine gesellschaftliche Stellung. Wieso bekommt immer er alles? Schließlich ist er nur ein Bastard. Er hat mir nie gegeben, was mir zustand, er lachte mich nur aus. Ich entstamme einer der ältesten Familien Frankreichs – und er lachte mich aus! Aber wenn diese Hochzeit nicht stattfindet, ist er verloren – und ich werde mit Freuden zusehen, wie er untergeht. Der Bau seines Schiffes hat ihn an den Rand des Abgrunds gebracht.«
»Wie ich hörte, handelt Signor Guardi nicht nur mit Stoffen«, sagte Thomas, »sondern auch mit Zinn.«
Der Notar runzelte die Stirn und starrte ihn mißtrauisch an: »Was wissen Sie darüber?«

Thomas schüttelte den Kopf. »Das ist jetzt nicht wichtig.«
»Er kann in Marseille keine Seide herstellen«, murmelte Jehan. »Kein Wasser. Franco kaufte sie bei den Corsinis – aber nicht einmal Angelo wagte es, diese Geschäftsverbindung aufrechtzuerhalten.«
Angelo hatte durch den Tod Franco Guardis also eine wichtige Geschäftsverbindung verloren, die er jetzt durch eine familiäre Bindung an das Haus Nadi ausgleichen wollte. Ein kluger Plan. Wider Willen empfand Thomas Bewunderung für seinen Widersacher.
»Ich habe das Testament aufgehoben – das ursprüngliche, meine ich«, sagte Jehan. »Für alle Fälle.«
Diese Eröffnung nahm Thomas den Atem. Er wischte sich den Regen vom Gesicht und brachte gepreßt hervor: »Geben Sie es mir. Ich kann Sie so weit von Angelo wegbringen, wie Sie wollen. Auch ich habe ein Schiff!«

Jehan war zwar nicht in der Lage, glücklich zu sein, doch er empfand einen Anflug von Triumph, als er allein durch die dunklen Straßen zum Palazzo Nadi zurückschlurfte.
Serafina lebte! Es war zum Lachen! Es schien, als hätten die Götter Angelo fallengelassen und dem Schicksal eine Wendung gegeben, die selbst er nicht voraussehen konnte. Der Notar wünschte, er hätte die Flasche nicht verloren. Serafinas Überleben versetzte ihn in die Lage, Angelo zu vernichten – und diese neu erlangte Machtposition hätte er gerne mit einem ordentlichen Schluck gefeiert. Er warf den Kopf zurück und lachte keckernd. Er hatte bereits die Kirche Santa Maria Novella passiert, als er plötzlich Schritte hinter sich hörte. Er glaubte, der Engländer sei ihm gefolgt, drehte sich um – und stand dem einzigen Mann gegenüber, vor dem er sich jemals gefürchtet hatte. Unfähig, sich zu bewegen, ließ er sich die

Schnur um den Hals legen. Das letzte, was Jehan de Coniques in seinem Leben sah, waren die dunklen, triumphierenden Augen von Angelo Guardi.

Thomas hörte es zwei Tage später: Ein Mann war ans linke Arnoufer gespült worden, ganz in der Nähe der Kirche San Miniato, die mit ihrer herrlichen Mosaikfassade ein Schmuckstück der Stadt war. Er sei nicht ertrunken, fügte der Schankgehilfe hinzu, man habe ihn erdrosselt und ausgeraubt. Der Strick habe noch um seinen Hals gelegen. Deshalb war der Notar nicht wie versprochen zu ihm gekommen! Nach Tagen angespannten Wartens atmete Thomas jetzt erleichtert auf. Er hatte gefürchtet, der Notar habe seine Meinung vielleicht geändert und sich Angelo anvertraut – oder seine Zusage, verwirrt durch den Alkohol, einfach vergessen. Aber nun wußte Thomas, daß er sich keine Sorgen mehr zu machen brauchte – aber auch keine Hoffnungen. Er war zu spät gekommen. Ein Tag früher hätte genügt. Er wird mich töten, ich habe es heute in seinen Augen gelesen. Er hatte recht gehabt.
An diesem Tag lag der bittere Geschmack des Versagens auf Thomas' Zunge. Als er durch das Stadttor hinausritt, wurde ihm plötzlich bewußt, daß er die letzte Strophe von Jehans Lied vor sich hin murmelte.
> Nous y pourrions dormir
> Nous y pourrions dormir
> Jusqu'à la fin du monde.
> Lon la
> Jusqu'à la fin du monde.

Die Auffindung von Jehans Leiche gestattete Angelo, Florenz zu verlassen. Hätte der Fluß die Leiche mit ins Meer hinausgenommen, wäre er, um den Schein zu wahren, gezwungen gewesen, eine Suchaktion in die Wege zu

leiten, die natürlich nichts erbracht, ihn jedoch wertvolle Zeit gekostet hätte. Ein Liebespaar hatte den Toten gefunden – zwischen angeschwemmten Gemüseabfällen und verrotteten Wasserpflanzen. Angelo hatte ihn identifiziert, angemessene Betroffenheit gezeigt, eine gebührende Belohnung für die Ergreifung des Mörders ausgesetzt – und den Befehl gegeben, eiligst seine Sachen zu packen. Die Bediensteten der Nadis arbeiteten schnell. Er würde bereits nach dem Mittagessen aufbrechen können.
Zu seinem Erstaunen brachte er keinen Bissen hinunter. Er hatte schon früher Leichen gesehen, aber keine, die zwei Tage im Wasser gelegen hatten. Das blasse Kalbfleisch auf dem Teller erinnerte ihn an die blutlose, klaffende Wunde auf Jehans Stirn, die er sich nach seiner Ermordung zugezogen hatte – wahrscheinlich an einem scharfen Stein. Das glasierte Marzipandessert rief ihm die bleichen Glieder des toten Jehan ins Gedächtnis. Die gleiche Übelkeit hatte ihn befallen, als er, nachdem er den Leichnam zum Arno geschleppt hatte, dessen Taschen ausräumte, um den Eindruck eines Raubüberfalls zu erwecken.
Seine Empfindlichkeit überraschte Angelo, er hatte bisher niemals Magenbeschwerden gehabt. Es mußte an dem überreichlichen Essen liegen – und an der Anspannung, die es erforderte, sich als idealer Schwiegersohn zu präsentieren.
Er bereute seine Tat nicht im geringsten. Vorhin hatte er Jehans Zimmer durchsucht – und ganz hinten in einer Schreibtischschublade etwas gefunden, das sein Ende hätte bedeuten können: Franco Guardis echtes Testament! Zu seinem Ärger mußte er sich eingestehen, daß er den Notar unterschätzt hatte und daß die unerwartete Schlauheit des notorischen Säufers ihm eine gewisse Achtung abnötigte. Ein Segen, daß er den Mann aus dem Weg

geräumt hatte, bevor dieser sich hatte entschließen können, ihn ans Messer zu liefern.

Im Laufe der Zeit hatte Constanza eine tiefe Abneigung gegen den Klang polternder Männerstiefel und klopfender Fäuste an ihrer Haustür entwickelt, aber diesmal konnte es nicht Galeazzo sein, denn der schlief im ersten Stock. Er war mittags zum Essen und Trinken und einem Schäferstündchen gekommen und schließlich, in jeder Hinsicht gesättigt, zufrieden eingeschlafen. Sie öffnete die Tür – und sah sich Thomas Marlowe gegenüber. Dem Staub auf seinen Kleidern nach zu urteilen, hatte er einen längeren Ritt hinter sich. Sie legte den Finger an die Lippen und ließ ihn ein.

»Galeazzo schläft oben«, flüsterte sie. Bei der Erwähnung des Namens verfinsterte sich Thomas' Gesicht. Er haßte den Mann, der Serafina in aller Öffentlichkeit verspottet hatte. Thomas liebte Serafina. In einer anderen Welt, mit einer anderen Vergangenheit, hätte Constanza vielleicht Thomas geliebt.

Sie führte ihn in den Salon, wo die schwache Herbstsonne durchs Fenster schien. Auf dem Tisch lag Flickwäsche: Ein Unterrock, dessen Rüschensaum abgerissen war, und ein Hut, dessen Band herunterhing. Sie goß Thomas Wein ein. Er leerte das Glas in einem Zug.

»Verzeihen Sie mir diesen Überfall«, entschuldigte er sich. »Es war gedankenlos von mir – ich hatte mir nicht überlegt, daß Sie Besuch haben könnten.«

Es lag kein Sarkasmus in dem Wort »Besuch«. Andere hätten eine andere Bezeichnung gewählt, dachte Constanza, als sie sich ihm gegenüber hinsetzte. »Kundschaft«, zum Beispiel. »Das macht nichts«, sagte sie. »Galeazzo schläft immer mindestens eine Stunde, und ich freue mich ehrlich, Sie zu sehen, Thomas.« Sie nahm den

Hut und machte sich daran, das Band wieder an der Krempe zu befestigen. »Sie sehen müde aus.«
Er schnitt eine Grimasse. »Ich bin aus Florenz hergeritten – ohne anzuhalten. Ich wollte die Strecke so schnell wie möglich hinter mich bringen – aber jetzt«, er schüttelte den Kopf, »wage ich es nicht, die Reise zu beenden.«
Sie erriet, was er damit meinte. Am Ende jeder Reise von Thomas Marlowe stand Serafina. Irgend etwas war geschehen – etwas Schlimmes. Zu einer anderen Zeit hätte sie nachgefragt und gegebenenfalls ihren Beistand angeboten, doch im Moment war sie zu sehr mit ihren eigenen Problemen beschäftigt.
»Sie sehen selbst müde aus, Constanza«, sagte Thomas. »Fühlen Sie sich nicht gut?«
Sie brachte ein Lächeln zustande. »Doch, doch. Es ist nur... Maria ist hier.« Plötzlich merkte sie, wie groß ihr Bedürfnis war, ihre Ängste mit jemandem zu teilen.
Thomas schaute sie verwundert an. »Ich hatte gedacht, Sie würden sich freuen, wenn sie heimkäme.«
»Ich freue mich ja«, antwortete sie hölzern. Zum ersten Mal seit Jahren hatte Constanza den Wunsch zu weinen. »Das heißt – ich würde mich freuen, wenn Galeazzo nicht wäre.« Sie sah ihm an, daß er nicht verstand. Wie sollte er auch? Er war ein anständiger Mann. Mit wütenden Stichen nähte sie das Band an Marias Hut. »Er hat sie gesehen, Thomas.«
Nach einem kurzen Schweigen stieß er einen Fluch aus, stand auf und trat ans Fenster. »Er will sie haben«, folgerte er angewidert.
»Natürlich will er sie haben.« Constanzas Augen waren ebenso hart wie seine. »Würde nicht jeder Mann sie haben wollen? Und Galeazzo hat eine besondere Vorliebe für junge Mädchen. Er heiratet sechzehnjährige Mäd-

chen, die dann bei einer Niederkunft sterben. Er war ziemlich ärgerlich, als seine dritte Frau die Geburt ihrer Tochter überlebte. Er wird Maria nicht bekommen!« Sie starrte mit brennenden Augen vor sich hin. »Eher bringe ich ihn um! Aber was sollte aus Maria werden, wenn man ihre Mutter auf dem Marktplatz als Mörderin aufhängte?« Sie hatte viel mehr gesagt als beabsichtigt. Ihr Herz auszuschütten, das war eine Erfahrung, die ihr angst machte, als gäbe sie einen Teil von sich auf. Sie blinzelte die Tränen weg und machte sich wieder an ihre Näharbeit.
Thomas ging zu ihr und legte ihr tröstend die Hand auf die Schulter. »Wo ist Maria jetzt?«
»Mit Signor Williams unterwegs.« Sie lächelte zu ihm auf. »Ich hoffe, Sie nehmen es mir nicht übel, daß ich ihn von seiner Arbeit wegholen ließ. Ich habe einen Boten zu ihm geschickt – zur *Kingfisher*. Ich vertraue Signor Williams. Er geht ein paar Stunden mit Maria spazieren – bis Galeazzo aus dem Haus ist.« Sie war mit dem Hut fertig und nahm sich den Unterrock vor.
»Wir stechen bald wieder in See«, sagte Thomas. »Und William fährt mit.«
»Ich weiß«, nickte Constanza. »Maria hat es mir erzählt. Ich bitte Sie, unser Gespräch niemandem gegenüber zu erwähnen, dieses Problem ist zu persönlich, und helfen kann mir ohnehin niemand.«
Er wollte ihr gerade widersprechen, als über ihnen Schritte laut wurden: Galeazzo war aufgewacht und suchte seine Kleidungsstücke zusammen, die er vorher in seiner Ungeduld auf den Boden geworfen hatte.
»Ich werde gehen«, flüsterte Thomas. »Verzweifeln Sie nicht, ich werde mir etwas einfallen lassen.«
Wie sollte er eine Lösung finden können? Nein – wie

immer war sie auf sich allein gestellt. Doch als sie die Näharbeit beiseite legte und sich auf Galeazzos Erscheinen vorbereitete, war ihr etwas leichter ums Herz. Es hatte ihr gutgetan, sich einem anderen Menschen anzuvertrauen, und sie hatte den Trost einer mitfühlenden Berührung genossen und erkannt, daß sich jemand um sie sorgte.

Als er wieder aufs Pferd stieg, begann eine Idee in Thomas' Kopf Gestalt anzunehmen. Er war froh, etwas zum Nachdenken zu haben – es lenkte ihn von seiner Furcht vor dem bevorstehenden Gespräch mit Serafina ab.
Eine fahle Sonne stand an einem fahlen Himmel, die Kälte kündete vom nahenden Winter. Im Rinnstein lagen trockene Blätter, die der Wind dorthin getrieben hatte. Im Hafen wartete die *Kingfisher* – wahrscheinlich bereits für die Reise in die Levante gerüstet.
Auch Angelo Guardi war unterwegs – nach Livorno, wo die *Fiametta* ankerte. Er hatte ihn noch nie gesehen, doch in Thomas reifte die Überzeugung, daß ihrer beider Schicksal miteinander verknüpft war. Es schien ihm, als bedingten die Taten des einen die Taten des anderen.

Serafina wußte, daß sie verloren hatte, bevor Thomas den Mund öffnete. Sie erkannte es an seinem Gesichtsausdruck und an seiner Weigerung, sich zu setzen. Er sah übermüdet und ungepflegt aus, Staub lag auf seinem Gesicht und seinen Kleidern. Er warf seinen Hut auf einen Stuhl und sagte: »Ich habe Monsieur de Coniques eine Kostprobe meiner Überredungskunst gegeben, und er erklärte sich bereit zu tun, was ich von ihm verlangte – aber kurz darauf geriet er mit dem Hals in eine Schlinge und fiel in den Arno.«
Sie hatte Zeit gehabt, sich mit der Möglichkeit einer Nie-

derlage vertraut zu machen. Seit Thomas sie gefragt hatte, wie ihr Leben weitergehen würde, falls er versagte, hatte sie in sich hineingehorcht, um eine Antwort zu finden. Ich werde mein Geschäft weiterführen und meinen Sohn großziehen, hatte sie gedacht, und existieren. Existieren – nicht leben. Und doch empfand sie seine Worte als niederschmetternd. Sie setzte sich abrupt hin – plötzlich trugen ihre Beine sie nicht mehr. Todo mangiado, hallte es durch ihren Kopf, und dann erkannte sie an Thomas' verwundertem Blick, daß sie laut gesprochen hatte. »Das sagten die Gefangenen im Bagno von Algier«, erklärte sie. »Todo mangiado – für immer verloren.« Ein Bild erschien vor ihrem geistigen Auge: eine Leiche mit einem roten Striemen um den Hals. Sie schüttelte den Kopf, um den Anblick loszuwerden, atmete tief durch und fragte leise: »Angelo?« Thomas nickte. »Der Notar hatte Todesangst vor ihm. Es sah zwar wie ein Raubmord aus, aber ich bin sicher, daß Angelo seinen Spießgesellen umgebracht hat. Ich finde es erstaunlich, daß er das nicht schon vor Jahren getan hat. Na ja – vielleicht um der alten Zeiten willen.«
Daß Thomas Angelo derart sentimentaler Erwägungen für fähig hielt, zeigte Serafina, daß der Engländer den Charakter ihres Kusins noch immer nicht durchschaut hatte. »Nein.« Sie schüttelte den Kopf. »Es muß ihm unzweckmäßig erschienen sein.« Sie standen in dem Salon, in dem Jacopo sich um sein Leben gehustet hatte und Serafina sich – vor einer Ewigkeit, wie ihr schien – ein scharlachrotes und ein purpurrotes Band ins Haar geflochten hatte. Nur um Angelo vernichten zu können, hatte sie den abstoßenden Greis umgarnt und geheiratet. »Wenn Sie es wünschen, töte ich ihn«, sagte Thomas in ihre aufsteigende Verzweiflung hinein. Seine Worte holten sie abrupt in die Gegenwart zurück. Sie blickte ihn

verblüfft an. »Es wäre mir ein Vergnügen«, fuhr er fort. »Der Mann ist ein Ungeheuer, das ist mir im vollen Ausmaß in Florenz klargeworden. Wenn Sie es wünschen, töte ich ihn.«
Sie entdeckte etwas in seinen Augen, was sie dort noch nie gesehen hatte: die Bitte um Vergebung. »Nein«, lehnte sie ab.
Jetzt setzte er sich schließlich doch – in Jacopos Lieblingssessel mit den geschwungenen, ausladenden Armlehnen –, fuhr sich mit den Fingern durch die staubigen Locken und sagte, ohne Serafina aus den Augen zu lassen: »Nicht nur für Sie – auch für mich!«
Ihre Muskeln gehorchten ihr wieder. Sie stand auf und klingelte nach dem Dienstmädchen. Thomas war bestimmt hungrig. Sie stand mit dem Rücken zu ihm, als sie mit wohlgewählten Worten sagte: »Nein, Thomas. Sie haben das Recht dazu, aber ich bitte Sie – ich flehe Sie an –, es nicht zu tun. Versprechen Sie mir, daß Sie ihn nicht umbringen. Dadurch würde ich nichts gewinnen.« Sie verstand sich selbst nicht. Der Gedanke daran, das Jehan de Coniques erdrosselt in den Arno geworfen worden war, war ihr unangenehm gewesen, doch die Vorstellung, daß Thomas' Degen Angelo durchbohrte, war ihr unerträglich. »Versprechen Sie mir, daß Sie ihn nicht umbringen«, wiederholte sie mit einer Stimme, die anzeigte, daß sie am Rande eines Zusammenbruchs stand.
Thomas nickte mit ausdruckslosem Gesicht. Das Dienstmädchen erschien, und Serafina befahl ihr, Essen und Wein zu bringen. Es gelang ihr, sich zu verhalten, als sei nichts geschehen. Als sie wieder allein waren, sagte Thomas: »Jehan hatte das ursprüngliche Testament Ihres Vaters aufbewahrt – das Testament, das er und Angelo unterschlagen hatten. Er war bereit, es mir auszuhändi-

gen. Ich glaube nicht, daß Jehan seinem ehemaligen Kumpan vor seinem Tod von mir erzählt hat, ich denke, er betrachtete es als eine Möglichkeit, sich an ihm zu rächen, indem er ihm verschwieg, was ich ihm mitgeteilt hatte. Wenn Angelo meinen Namen erfahren hätte, wäre ich sicherlich auch schon tot. Sie sind also nicht in Gefahr. Gott sei Dank.«

Damit meinte er, Francesco ist nicht in Gefahr, dachte Serafina. Thomas hatte einmal den Versuch gemacht, über das Kind bestimmen zu wollen, und sie wußte, daß er es kein zweites Mal versuchen würde, aber das bedeutete nicht, daß er sich nicht mehr um seinen Sohn sorgte. Zu ihrer Überraschung empfand sie den Wunsch, ihn zu trösten. »Francesco ist hier«, sagte sie.

Thomas starrte sie verblüfft an. Bei ihrer Rückkehr nach Italien hatte Serafina den Kleinen besucht und festgestellt, daß die anfängliche Begeisterung der Amme für ihre Aufgabe stark nachgelassen hatte. Francescos Kleider und Bettzeug waren urindurchtränkt, die wunde Haut leuchtete feuerrot. Serafina verlor die Beherrschung und schlug die Amme links und rechts ins Gesicht. Dann packte sie den Jungen und nahm ihn mit nach Pisa, wo sie nach intensiver Suche eine geeignete Frau für die Betreuung ihres Kindes fand. »Francesco wird hierbleiben, bis er entwöhnt ist«, schloß sie ihren Bericht. »Ich kann es mir nicht leisten, ihn zu verlieren«, setzte sie hinzu, und hätte sich am liebsten die Zunge abgebissen. Thomas sah aus, als habe er sie geschlagen.

»Er ist Ihre Versicherung, nicht wahr?« sagte er eisig. »Ohne ihn sind Sie nichts.«

Das Dienstmädchen brachte das Gewünschte und verschwand wieder. Thomas bediente sich. Serafina wußte, daß sie wieder einmal am Rande eines Abgrunds entlang-

balancierte. Ein Teil von ihr wollte der Auseinandersetzung ihren Lauf lassen, ihn anschreien und seine Meinung über sie bestätigen, doch der andere Teil wußte, daß sie keine Befriedigung in einer solchen Szene finden würde und daß sie nicht die Kraft dafür aufbringen könnte. Thomas hatte für sie getan, was er konnte. In Zukunft würde sich ihr Leben auf das Geschäft und ihren Sohn beschränken, mehr gab es für sie nicht. Die Leere ihrer Seele würde niemals ausgefüllt werden. Serafina biß sich auf die Lippe und sagte: »Er ist alles, was ich noch habe, Thomas. Er und Angelo sind beide von meinem Blut, aber von Angelo muß ich mich nun endgültig trennen.« Sie trat zu ihm, lud ihn ein, sie in die Arme zu nehmen und sein Gesicht in ihren duftenden Haaren zu vergraben.
»Ich möchte Sie um einen Gefallen bitten, Serafina«, sagte er.
Sie mußte sich nicht dazu überwinden, seinem Wunsch zu entsprechen, Maria Garzoni vorübergehend bei sich aufzunehmen. Das Mädchen könnte mit Francesco spielen und ein Auge auf die neue Amme haben. Sie war mit Freuden dazu bereit, denn es gab ihr die Möglichkeit, alte Schulden zu bezahlen: bei Constanza, die nach Galeazzos üblem Scherz dafür gesorgt hatte, daß sie ins Haus gebracht wurde, und bei Galeazzo Merli, der sie zum Gespött gemacht hatte, als sie am verwundbarsten war.
Thomas verriegelte die Tür und zog Serafina an sich, und als sie auf das Sofa sanken, erschien ein bitteres Lächeln in ihren Mundwinkeln: Angelo hatte ihren Tod gewollt, ihr Leben zerstört, und dennoch wünschte sie, es wären seine Zärtlichkeiten, denen sie sich überließ, es wäre sein Körper, den sie willkommen hieß.

DREIZEHNTER TEIL

1597
ANGENEHME TAGE
IN ALEPPO

Im Jahre des Herrn 1583 machte ich, Ralph Fitch, mich mit der maßgeblichen Unterstützung der Londoner Bürger und Kaufleute, des ehrenwerten Sir Edward Osborne und Mr. Richard Stapers, mit einem Schiff namens *Tiger* auf den Weg zu den Ostindischen Inseln. Wir segelten zunächst nach Tripolis in Syrien und von dort nach Aleppo. Nach einigen angenehmen Tagen in Aleppo fuhren wir weiter nach Birma.

Ralph Fitchs Reise von Goa nach Siam:
Richard Hakluyt

Für die Repräsentanten der English Levant Company – John Keane, Kapitän der *Legacy*, Edward Whitlock, Kapitän der *Garland* und Izaak Taylor, Kapitän der *Saviour of Bristol* – bildete das »Inn of the Customs« in Aleppo den Schlußpunkt einer anstrengenden Reise.

Aber wir haben gute Fahrt gemacht, dachte John Keane, als ein Diener sie in der großen Herberge für europäische Kaufleute zu ihren Zimmern führte. Sie hatten Ende Oktober das Kap umrundet – gottlob unbehelligt von, wegen der schmählichen Niederlage im Jahre 1588, noch immer rachedurstigen Spaniern. Im Dezember erreichte der Konvoi Livorno, das für den größten Teil des Jahres 1595 John Keanes zweite Heimat gewesen war und wo nun die notwendigen Reparaturen vorgenommen und die Vorräte ergänzt wurden. Dann segelten sie weiter nach Scanderoon und brachten per Kamel den Weg nach Aleppo in drei strapaziösen Tagen hinter sich.

Als John Keane seine Kleider abstreifte und sich mit erfrischend kaltem Wasser den Reisestaub abwusch, dachte er freudig an das, was vor ihm lag: das Handeln und Schachern, das Erzielen eines zusätzlichen Gewinns von ein paar Dukaten beim Verkauf von einem Ballen Wollstoff oder einem Faß Zinn. Er war eigentlich kein Seemann, kein Abenteurer, dessen Lebensglück die Entdeckung neuer Routen und Länder war, kein Anthony Jenkins oder Ralph Fitch, die es in ferne Wüsten oder unbekannte Gewässer trieb. Er ertrug die Monate auf See nur, weil sie ihn zu dem Ziel führten, das ihn faszinierte: der Handel.

Er kleidete sich an – leuchtend rotes Wams, farblich passendes Beinkleid, schlichte Spitzen an Kragen und Manschetten des weißen Hemdes – und fuhr sich mit angefeuchteten Händen durch die schütteren Haare, um sie in Form zu bringen. Jenseits der geschlossenen Fensterläden pulsierte das Leben von Aleppo. Der Muezzin rief zum Gebet, Träger eilten, mit fortgesetzten Rufen »Aus dem Weg!«, beladen mit Gepäckstücken und Körben, durch das Gewimmel auf den Märkten und Straßen. Die Gerüche von Kamel- und Pferdemist, Kaffee und Gewürzen vereinten sich in der weiten levantinischen Luft zu einer berauschenden Mischung. John ließ Tageslicht herein und machte sich daran, vor dem kleinen Spiegel Bart und Schnurrbart zu stutzen. Als er fertig war, lächelte er sich zufrieden zu.

Das Haus des Vizekonsuls lag in einem der hübscheren Viertel Aleppos. Der amtierende Vizekonsul, George Dorrington, begrüßte die Kapitäne der englischen Schiffe mit überströmender Herzlichkeit und bat sie in einen großen Raum, der teils europäisch, teils türkisch eingerichtet war. Drei Feuer in Holzkohlenpfannen führten einen aussichtslosen Kampf gegen die hereindringende Kühle: Wie in der Türkei allgemein üblich, war auch hier kein Glas in den Fenstern.
»Hatten Sie eine gute Reise?« fragte George Dorrington und bot seinen Gästen Platz an.
»Ganz gut.« Edward Whitlock setzte sich auf einen Hokker, John Keane und Izaak Taylor ließen sich ungeschickt auf niedrigen, mit Kissen belegten Bänken nieder. »Am Kap gerieten wir in schlechtes Wetter, doch das war andererseits auch ein Glück für uns.«
George Dorrington, ein rundlicher, gutmütiger Mann,

lachte glucksend. »Es nahm den Spaniern die Lust, den Hafen zu verlassen, nicht wahr?«
Ein Diener brachte Wein, Nüsse und türkische Süßigkeiten. Dorrington zwängte sich in den einzigen vorhandenen Armsessel. »Die türkische Lebensart ist nicht mein Fall«, sagte er und deutete auf die Bänke. »Wenn ich erst mal unten bin, müssen mich drei Männer wieder hochziehen, allein schaffe ich es nicht aufzustehen. Und das Essen vertrage ich auch nicht.« Er nahm ein Glas Wein und einen kleinen gezuckerten Kuchen. »Diese Dinge mag ich ganz gerne, aber es wäre schrecklich für mich, wenn ich keinen Wein zum Nachspülen hätte. Glücklicherweise brachte der letzte Konvoi einen exzellenten Tropfen aus Kreta mit.« Seine blaßblauen Augen richteten sich hoffnungsvoll auf Edward Whitlock.
»Wenn Sie mit uns nach Scanderoon zurückreiten, können Sie Ihren Bestand aus unseren Vorräten ergänzen«, beantwortete John Keane die stumme Aufforderung.
Das runde, sympathische Gesicht des Vizekonsuls leuchtete auf. »Das Leben hier bietet nicht viele Freuden, wissen Sie«, sagte er. »In den jüdischen und armenischen Tavernen bekommt man zwar Wein, aber ansonsten sieht es düster aus. Das bei den Einheimischen so beliebte Gebräu, diesen Kaveh, finde ich scheußlich, und das einzige Mal, daß ich mich an Opium versuchte, büßte ich mit Kopfschmerzen, die eine Woche lang anhielten. Und was die Frauen betrifft...«, Dorringtons Augenbrauen verschwanden unter seinen sandfarbenen Stirnlocken, »wer möchte sein Vergnügen schon damit bezahlen, daß ihm der Kopf abgehackt wird?«
»Was ist mit den Tavernen und Badehäusern?«
»In den Badehäusern wimmelt es von schwarzgelockten Jünglingen«, antwortete Dorrington undeutlich, er hatte

den Mund voll Gebäck, »und die Huren in den Tavernen sind mir zu gefährlich: Mein Körper hat hier, auch ohne daß ich mir eine geheimnisvolle Krankheit einfange, genug zu ertragen.«

»Aber Sie sehen recht gesund aus«, meinte John Keane, der halb in den Kissen versunken war.

»Finden Sie?« George Dorrington leckte sich über die zuckrigen Lippen. »Mein verdammtes Knie macht mir wieder Ärger, und im Herbst lag ich fast drei Wochen mit einem Fieber darnieder. Dieses Klima«, er nahm sich noch einen Kuchen, »ist für Europäer einfach nicht geeignet.«

»Ja – die meisten sind nach kurzer Zeit mürbe«, nickte Edward Whitlock. »Es grenzt an ein Wunder, daß Michael Lock es zwei Jahre hier aushielt.«

»Scanderoon ist noch schlimmer.« Izaak Taylor versuchte, sich aus seiner halbliegenden Stellung aufzurichten. »Dort kommt das Fieber aus den Sümpfen.«

Whitlock lehnte die dargebotenen gezuckerten Mandeln mit einem Kopfschütteln ab. »Zugegeben, die Levante birgt beträchtliche Nachteile für uns, aber das sollte uns nicht die großen Vorteile vergessen lassen: die Möglichkeit, Seide, Gewürze, Baumwolle, Perlen und Porzellan kaufen zu können – alle Schätze des Orients.«

George Dorrington lächelte zustimmend. Aleppo, der Knotenpunkt der Seiden- und der Weihrauchstraße, diente als Marktplatz für die riesigen Karawanen aus dem Osten.

»Aber«, Whitlock zog einen Brief aus seinem Wams, »ich habe gute Neuigkeiten für Sie, George.«

Dorrington erbrach das Siegel, und seine Neugier wandelte sich sehr schnell in helle Freude. »Er ist von Ralph Fitch«, strahlte er, als er zu Ende gelesen hatte. »Er wird in ein paar Monaten hierherkommen, um meinen Posten zu

übernehmen. Ich darf nach Hause!« Er freute sich wie ein Kind.
»Dann müßten Sie im Sommer wieder in England sein«, meinte John Keane. »Stellen Sie sich das vor: keine verschleierten Frauen und keine unbequemen Bänke mehr.«
»Ich glaube, Fitch ist für diese Aufgabe gut geeignet«, sagte George.
Whitlock, dem sein Hocker zu unbequem wurde, stand auf und begann, auf und ab zu gehen. »Niemand rechnete damit, daß er von seiner letzten Reise zurückkehren würde«, erinnerte er sich.
John Keane nickte. Ralph Fitchs große Fahrt hatte ihn von Tripolis nach Ormuz geführt und von dort nach Goa und weiter zum Königreich des Großmoguls und nach Siam. Als er nach acht Jahren wieder in London eintraf, stellte er fest, daß seine Bekannten ihn als Toten betrauert hatten.
»Es wird erwogen«, Ned Whitlock wärmte sich die Hände über einem der Feuer, »eine neue Gesellschaft zu gründen. Ernsthaft erwogen, George.«
Dorringtons Augen blitzten interessiert auf. Er wischte sich die klebrigen Finger an dem feuchten Tuch ab, das der Diener ihm reichte. »Für den Handel mit Ostindien?« fragte er.
Whitlock nickte. »Das Monopol der Levant Company wurde bereits 1592 auf die Indies ausgedehnt, es wird Zeit, eine Tochterfirma zu gründen, die sich um die Belange des neuen Handelszweiges kümmert.«
»Das leuchtet ein, aber es wäre mit einigen Schwierigkeiten zu kämpfen.«
Die Sonne war untergegangen, und es wurde empfindlich kalt im Raum. John Keane wünschte, er hätte sein Cape beim Eintreten nicht abgegeben. »Was für Schwierigkeiten?« Er rieb sich die Hände, um sie zu wärmen.

»Nicht einmal der Sultan kann die Sicherheit garantieren. Da kann man bestechen und drohen, soviel man will – Städte wie Basra, Bagdad und auch Aleppo sind unberechenbar. Und dann muß man ständig mit Überfällen der Wüstenräuber rechnen, die einen ohne einen Faden am Leib zurücklassen, wenn man Glück hat. Die großen Karawanen können sich schützen, aber jede kleine Gruppe von Europäern ist leichte Beute.«

»Die Bewohner Ostindiens sind merkwürdige Leute«, sagte Whitlock. »Sie halten es für eine Sünde, eine Fliege zu töten, aber von den Frauen wird verlangt, daß sie sich bei der Einäscherung ihrer Männer selbst verbrennen.«

Ein kurzes Schweigen folgte, das George Dorrington brach. »Pfeffer, Ingwer, Muskat und Kampfer, Moschus, Bernstein, Rubine, Saphire, Spinelle und Diamanten – Fitch hat das alles gesehen«, sagte er andächtig.

Die Gesichter der vier Männer drückten übereinstimmend eine Mischung aus Hoffnung, Sorge und Faszination aus. John Keane riß sich und die anderen aus den Träumereien. »Wie auch immer – im Augenblick müssen wir uns mit der Gegenwart befassen. Sind die Seidenkarawanen schon eingetroffen, George?«

In Europa herrschte Hungersnot. Der Regen – dreimal soviel wie früher, wie es schien – zerschlug seit Jahren das junge Korn und belegte die sprießende Saat mit Fäulnis und Pilzbefall. Auch der letzten Mißernte war ein harter Winter gefolgt. Scharfe Winde jagten über das Land und fuhren durch die Ritzen der undichten Elendsquartiere. In den Städten lungerten allenthalben Horden von Vagabunden herum, unter den zerlumpten Kleidern der Kinder zeichneten sich ihre aufgedunsenen Bäuche ab, die Erwachsenen waren bis auf die Knochen abgemagert. Sie strömten aufs Land hinaus und stopften sich alles in den Mund, was sie fanden. Manche starben, wenn ihr Magen nicht verarbeiten konnte, wovon sich eigentlich die Tiere ernährten. Sie begannen Aas zu essen, bereiteten sich Festmahle aus verendeten Pferden, Eseln und Rindern. Schließlich wurden sie zu Kannibalen. In den Straßen wimmelte es von Menschen, die Hunger hatten und keine Arbeit.

In Marseille erkannte der Bettler Jules Crau, der geglaubt hatte, bereits die schlimmste Stufe der Armut erreicht zu haben, daß es noch eine Steigerung gab. Wenn er sich in der Stadt umschaute, schien es ihm, als erfülle sich die Prophezeiung des Wahrsagers, die er auf einem Marktplatz gehört hatte, vor seinen Augen: Die Welt steuerte auf ihren Untergang zu. Er hatte zwar noch keine Seeungeheuer aus dem Meer auftauchen und »Die Wilde Jagd« noch nicht über den Himmel jagen sehen, doch die anderen Dinge, die er sah, genügten, um ihn zu überzeugen, daß die Worte des Wahrsagers der Wahrheit entsprachen. Er hatte das Geld, das ihm – davon war er überzeugt – seine tote Frau geschenkt hatte, so lange gestreckt wie möglich. In jenen guten Wochen hatte sich Isabelles Gesundheit stabilisiert. Die Schrunden an ihrem Mund heilten ab, ein rosiger Schimmer überhauchte ihre Wangen, und sie begann wieder zu sprechen und Anteil an dem zu nehmen, was um sie herum vorging. Jules fühlte sich, als sei er aus einem Meer der Verzweiflung gerettet worden und spüre endlich wieder festen Boden unter den Füßen. Doch die Hochstimmung war nicht von Dauer, als der Goldschatz aufgebraucht war, brach das Elend erneut über sie herein.

Isabelle lag, mit mehreren Lumpenschichten zugedeckt, auf ihrem Strohbett. Als Jules sich über sie beugte und ihr

zart über den Kopf streichelte, bemerkte er, daß ihre Finger weiß vor Kälte und ihre Lippen aufgesprungen und voller Blasen waren. Sie schlief jetzt fast nur noch, und Jules fürchtete, daß sie eines nicht fernen Tages überhaupt nicht mehr aufwachen würde. Dann würde er hinauslaufen und sich auffressen lassen.
Der König der Bettler hatte den Grund für die schreckliche Armut genannt: die Kaufleute und feinen Herren, in deren prächtigen Häusern Überfluß herrschte. Sie erfüllten die Pflicht nicht, die Gott ihnen auferlegt hatte: den Armen Arbeit zu geben. Ihr Leben veränderte sich nicht durch schlechte Ernten oder Kälte oder Regen. Manchmal, wenn er vor einem der protzigen Paläste stand, verspürte Jules den Drang, an den Fenstergittern zu rütteln, bis die pompöse Fassade einstürzte.

Umgeben von lärmender Betriebsamkeit, stand Thomas Marlowe im Hafen von Scanderoon. Er hatte die *Fiametta* von Livorno bis in die Levante verfolgt – um die Stiefelspitze Italiens, durch das Ionische und das Ägäische Meer, vorbei an Rhodos und Zypern –, lag manchmal ein paar Tage oder sogar eine Woche hinter ihr, sorgfältig darauf bedacht, außer Sicht zu bleiben. Diesmal legte Angelo nicht in Zakynthos an, um zwielichtige Geschäfte zu machen, sondern segelte geradewegs nach Scanderoon, auch bekannt als Alexandretta.
Einen Tag nach der *Fiametta* legte die *Kingfisher* außer Sichtweite des französischen Schiffes an, denn der Kapitän würde die Galeone von Signora Capriani mit Sicherheit wiedererkennen. Thomas war sich durchaus bewußt, daß diese Verfolgung ihm nichts bringen würde. Er hätte Angelo mit bloßen Händen umbringen können und Genuß dabei empfunden, aber es gab Erinnerungen, die ihn

daran hinderten: die weinende Serafina, ihr Verbot, Angelo zu töten, die Worte »Todo mangiado«. In ohnmächtigem Zorn starrte er zur *Fiametta* hinüber, deren verschwenderische Verzierungen im schwindenden Tageslicht glänzten.
Jenseits der Docks summte der Hafen vor kosmopolitischer Geschäftigkeit. Scanderoon lag im Golf von Iskenderun und war ein von Sümpfen umgebenes Fieberloch, hinter dem das Amanus-Gebirge aufragte. Plumpe Kauffahrtschiffe aus dem Schwarzen Meer, stolze nordeuropäische Galeonen, schnittige Kajiks und Korsarengaleeren aus den nordafrikanischen Ländern gaben sich hier ein Stelldichein. Thomas' Blick blieb an einer der letzteren hängen. Viele von ihnen hatten einen Kranz blauer Perlen am Bug – gegen den bösen Blick –, aber diese trug dort einen gemalten Kranz aus blauen Blüten. Doch gleich darauf wandte er seine Aufmerksamkeit wieder der *Fiametta* zu. Er wollte den Mann sehen, der Serafinas Leben zerstört hatte und den sie trotzdem noch immer beschützte, den Mann, der es ihr unmöglich machte, einen anderen zu lieben, den Mann, dessen Platz in Serafinas Herzen er, Thomas, niemals würde einnehmen können. Sie hatte ein Kind von ihm, verdankte ihm das schönste Schiff im Mittelmeer und damit die Möglichkeit, ihr Geschäft zu erweitern, doch verglichen mit Angelo, verblaßte sowohl er als auch Francesco zur Bedeutungslosigkeit. Nichts hatte Bedeutung für sie, außer dem zerstörerischen Spiel, das sie mit ihrem Todfeind spielte.
Und dennoch war Serafina der Grund dafür, daß er hier stand. Seit sie einander kannten, hatte sie ihn nur ausgenutzt. Zuerst hatte er ihr Verhalten nicht verstanden, doch als er erkannte, welche Rolle sie ihm zugedacht hatte, glaubte er, mit dem Wissen um ihre Gleichgültigkeit

leben zu können. Aber seit er nach seinem Bericht über sein Scheitern in Florenz die Hoffnungslosigkeit in ihrem Gesicht gelesen und das Zittern ihrer Stimme gehört hatte – wissend, daß beides in ihrer Haßliebe zu ihrem Kusin begründet lag –, war er dessen nicht mehr sicher. Früher war er glücklich gewesen, wenn sie ihm gestattete, sich im gleichen Zimmer aufzuhalten oder ihr Bett zu teilen, wenn ihr gerade danach war. Jetzt jedoch fürchtete er, daß ihre Gleichgültigkeit ihn zerstören könnte, daß er seine Hoffnungen und Ziele verlöre, wenn er sich ihr weiterhin unterordnete – und dann wäre er nur noch Staub unter ihren hochhackigen, juwelenbesetzten Schuhen.

Obwohl Scanderoon eine Moslemstadt war, gab es auch hier Lokale, in denen man Zerstreuung finden konnte. Als Angelo an diesem Abend die *Fiametta* verließ, sehnte er sich nach Entspannung. Er war der Ansicht, sie sich verdient zu haben. Ein Jahr hatte er sich am Rande des Abgrunds entlanglaviert – nun durfte er endlich aufatmen. Der Existenzkampf hatte seine Kraftreserven fast aufgezehrt. Angelo wanderte durch die hereinbrechende Dämmerung über den Fischmarkt. Die Händler waren längst fort, und die Pflastersteine noch immer gefährlich glitschig, und er mußte sehr aufpassen, um nicht auszurutschen und hinzufallen. Er passierte das bereits geschlossene Badehaus und steuerte auf die armenische Taverne zu, wobei er sich an die Wegbeschreibung des Einpeitschers der Galeere seines langjährigen Bekannten hielt, die dieser ihm im Hafen gegeben hatte. Als er fast am Ziel war, glaubte er, Schritte hinter sich zu hören, doch als er sich umdrehte, sah er niemanden.

Der Gastraum war niedrig, nur spärlich beleuchtet und an drei Wänden standen die üblichen, mit Kissen belegten

Bänke und Holztische. Rauchwolken von Pfeifen und Nargilehs schwängerten die Luft mit den schweren Düften von Haschisch und Opium. Das Publikum setzte sich aus Seeleuten, Armeniern und Juden zusammen – und einer Gruppe türkischer Soldaten, die an einem Ecktisch saßen. Ihre hohen Zuckerhutturbane berührten fast die Decke.
Nach der Stille auf der Straße traf Angelo der Lärm in der Taverne wie ein Schlag. Die Musik des Zimbalspielers ging in lautstarken Unterhaltungen, kreischendem Frauengelächter und den Rufen nach Wein und Tabak unter. Nur die Opiumraucher saßen traumverloren da und schwiegen.
Angelo, in roten Samt mit schwarzem Besatz gekleidet, blieb in der Tür stehen und ließ den Blick langsam durch den Raum wandern. Eine Frau in den viellagigen, leuchtenden Gewändern, wie die Armenierinnen sie vorzugsweise trugen, trat auf ihn zu und berührte seinen Arm. Er schüttelte lächelnd den Kopf: Das hatte Zeit. Der Mann, den er suchte, saß im hinteren Teil des Gastraums. Er war nach Moslemart gekleidet und etwa fünfzehn Jahre älter als Angelo.
»Bruder«, begrüßte er den Ankömmling mit einer angedeuteten Verbeugung, ohne aufzustehen. Sein Name war Hamid, und die Beziehung zwischen ihm und dem Franzosen war ursprünglich nur auf gegenseitigen Nutzen gegründet gewesen, doch im Laufe der zehn Jahre seit ihrem Kennenlernen hatte sich zwar keine Freundschaft zwischen ihnen entwickelt, dank ihrer Seelenverwandtschaft jedoch eine gegenseitige Achtung.
»Wein?« fragte Hamid. »Tabak? Haschisch?« Der Korsar rauchte eine Nargileh, eine Art Pfeife, die aus einem Mundstück und einem biegsamen Schlauch bestand, der

in eine Kristallschale führte, in der sich entweder Tabak, Haschisch oder Opium befand. Angelo nahm ihm gegenüber Platz. »Wein«, sagte er. Hamid schnippte mit den Fingern, und gleich darauf wurde eine Karaffe auf den Tisch gestellt. Bereits der erste Schluck milderte die Anspannung der letzten Monate, und das Bild von Jehans Leiche, das Angelo seit Florenz verfolgte, begann zu verblassen. Er fing wieder an zu glauben, das Schicksal nach seiner Musik tanzen lassen zu können.

»Wie geht es deinem schönen Schiff, Bruder?« fragte Hamid. Sie hatten sich seit Zakynthos nicht mehr gesehen, und jenes Treffen war für Angelo äußerst peinlich gewesen, doch es stand kein Spott in den Augen des Türken – nur Interesse und beinahe Zuneigung, und der Mund mit den schwarzen Zahnstummeln lächelte freundlich.

»Die *Fiametta* ist in gutem Zustand«, antwortete Angelo. »Sie hat viel Gold geladen, das in den glorreichen Städten der Levante ausgegeben werden wird.«

Die Augen des Korsaren flackerten. Er strich sich über seinen ergrauten Bart. »Soll ich dich überfallen, Bruder? Soll ich meine Kanonen auf dein prachtvolles Schiff richten und dir das Gold rauben?«

Die Soldaten in der Ecke hatten einen mißtönenden Gesang angestimmt. Der Zimbalspieler saß noch immer über sein Instrument gebeugt in der Mitte des Raumes, aber nur er hörte seine Melodie noch. Ein Mann setzte sich neben Hamid, und Angelo studierte mißtrauisch das ihm unbekannte Gesicht, die fleckige Jacke und den verbeulten Filzhut. Ein europäischer Matrose, schloß er und entspannte sich. »Bruder«, wandte er sich wieder an den Korsaren, »deine schwachen Bâtards könnten den Rumpf der *Fiametta* nicht durchschlagen, und deine Ruderer hätten keine Chance gegen ihre Segel.«

Hamids hageres, wettergegerbtes Gesicht verzog sich zu einem Grinsen. »Ich würde deine Galeone niemals versenken wollen«, sagte er. »Ich würde sie mit nach Hause nehmen und genau untersuchen, um festzustellen, wie sie gebaut ist.« Der Fremde, der neben ihm saß, hatte sich ebenfalls Wein bestellt und trank bereits das zweite Glas. Angelo lächelte geschmeichelt. »Hast du vor, deine Galeeren abzuschaffen?« Hamids Pfeifenrauch verströmte einen Duft von Tabak und Haschisch. Angelo atmete den berauschenden Geruch ein und dachte wieder einmal, wieviel klüger die Lebensweise der orientalischen Völker war als die der Christen. Mit Haschisch und Opium konnte man inneren Frieden erlangen – einen Frieden, den Alkohol ihm niemals hatte spenden können. Er hatte Jehans Abhängigkeit von dieser Droge, die entweder lethargisch oder böse machte, nie verstehen können. Durch Wein konnte man keinen Zustand angenehmer Sorglosigkeit und das Versinken in unbeschwerte Behaglichkeit erreichen. Doch er würde sich diesen Genuß für später aufsparen. Es gab Vergnügungen, auf die Opium sich nachteilig auswirkte, und Angelo beabsichtigte, sich diesen so bald wie möglich in aller Ausführlichkeit zu widmen. Schließlich erwartete ihn bei seiner Rückkehr nach Florenz eine Braut, die ihm – das hatte er bei dem kleinen Intermezzo auf der Galerie des Palazzo Nadi erkannt – keinerlei sinnliche Freuden bereiten würde. Der einzige Vorteil, den er aus dieser Heirat ziehen würde, wäre ein finanzieller.

Der Korsar legte seine Pfeife beiseite. »Die Tage der Galeeren sind gezählt, Bruder. Die neuen europäischen Schiffe können bei jedem Wetter segeln und zu jeder Jahreszeit. Sie sind stark und schnell, und man braucht keine Ungläubigen, um sie fortzubewegen. Auch wir müssen mit der Zeit gehen, sonst können wir nicht überleben.«

Die türkischen Soldaten hatten zu streiten begonnen. Jetzt sprangen sie auf und zogen ihre Krummsäbel. Trinkgefäße zerbrachen, Metall klirrte auf Metall. Der Wirt verscheuchte hastig den Zimbalspieler, um Platz für die Tanzmädchen zu schaffen. Der Fremde neben Hamid hatte seine Karaffe geleert und lehnte nun mit verschränkten Armen und geschlossenen Augen an der Wand und schnarchte leise.

»In Scanderoon liegt ein Schiff, das dich interessieren dürfte«, sagte Angelo unvermittelt. »Ein englisches – von der Levant Company. Es heißt *Garland*.«

Sechs Tänzerinnen eilten in die Mitte des Raumes – vier erwachsene Frauen und zwei Mädchen von etwa vierzehn Jahren, die offenbar Zwillinge und gleich gekleidet waren. Alle waren Armenierinnen mit dunklen Haaren und elfenbeinweißer Haut, an ihren mit Borten und Litzen besetzten Gewändern klingelten Glöckchen, und in den Händen hielten sie bändergeschmückte Tamburine. Am Rand der Tanzfläche ließen sich ein Trommler und ein Fiedler auf dem Boden nieder. Der Blick des Korsaren kehrte zu Angelo zurück. »War das nicht das Schiff, dessen Zinn du mir verkaufen wolltest?«

Die Erinnerung daran ließ Angelo den Schweiß ausbrechen. Er lockerte die Verschnürung seines Wams am Hals und wischte sich mit einem seidenen Taschentuch die Stirn ab, was ihm einen verwunderten Blick Hamids einbrachte, denn die Fenster der Taverne waren nicht verglast und ließen die kühle Abendluft herein. »Sehr richtig«, antwortete er. »Ich habe mich erkundigt. Außer der *Garland* sind noch zwei weitere Schiffe der Levant Company dort. Die Kapitäne befinden sich derzeit in Aleppo, werden jedoch bald hierher zurückkommen.« Die Tänzerinnen hatten begonnen, sich im Rhythmus der Musik in den Hüften zu wiegen und zu drehen. Angelo war besonders angetan von den Zwillingen. Ohne die beiden Mädchen aus den Augen zu lassen, fuhr er fort: »Die *Garland* ist nicht besonders groß und schon etwas altersschwach, aber die beiden anderen – die *Legacy* und die *Saviour of Bristol* – sind wahre Prachtstücke von Galeonen. Nimm eine von ihnen mit nach Hause, und du hast ein Muster für deine neue Flotte. Dann brauchst du nur noch einen guten Schiffsbauer.«

»Oh«, Hamid lehnte sich lächelnd an die mit Kissen gepolsterte Wand, »Schiffsbauer fangen wir uns aus dem Meer wie Fische – ebenso wie die Besatzungen.« Fünf der Tänzerinnen hatten sich an den Rand der Tanzfläche zurückgezogen, um der sechsten Platz für ihren Soloauftritt zu machen. Sie kniete sich auf den Boden und bog ihren Oberkörper so weit nach hinten, daß ihre vollen, runden Brüste fast aus dem Ausschnitt sprangen. »Sie heißt Leilah«, sagte Hamid leise. »Das bedeutet ›schwarz wie die Nacht‹.« Die üppige Haarflut der jungen Frau ergoß sich wie ein dunkler Wasserfall in den Staub. Goldene und silberne Ketten schmückten ihre Hand- und Fußgelenke, und als Angelo die Augen zusammenkniff, sah er nur noch blitzende Lichter, die eine fast hypnotische Wirkung auf ihn ausübten. Die Gäste waren verstummt. Die heiseren Töne, die der Fiedler seinem zweisaitigen Instrument entlockte, und der dumpfe Rhythmus der Trommel füllten den Raum. Die Trommelschläge wurden schneller, und Leilah paßte sich dem Tempo an, bog sich, den Oberkörper schüttelnd, immer weiter nach hinten, bis ihr Hinterkopf den Boden berührte und ihr Leib gespannt war wie der einer Schlange vor dem Zubeißen.

Angelo stand, wie noch einige andere Männer auf, spuckte auf eine Münze und legte sie der Tänzerin auf die Stirn.

Bald waren Leilahs Stirn und Décolleté mit Münzen bedeckt, die an ihrer schweißfeuchten Haut klebten. Sie sah aus wie ein byzantinisches Goldmosaik. Ihre Haare waren wie ein Fächer ausgebreitet, ihre Augen und Lippen geschlossen, ihre Haut wirkte fast durchscheinend. Sie sieht aus wie eine Tote, dachte Angelo – wie eine Ertrunkene. Ein eisiger Schauer überlief ihn. Die Musik war verstummt, und ein Gefühl schrecklicher Leere ergriff von ihm Besitz. Als er zu dem Korsaren zurückkehrte, war er in kalten Schweiß gebadet.
»Trink, Bruder.« Hamid schob ihm die Karaffe hin. »Was ist mit dir – bist du einem Geist begegnet?«
Nur einer Erinnerung, dachte Angelo und goß sich mit zitternden Händen Wein in seinen Becher, an einen Narren und Trunkenbold. Und an ein zehnjähriges Mädchen, das ich in den Tod geschickt habe. Leilah sah aus, wie Serafina heute aussehen würde. Aber sie war am Fieber gestorben – als Sklavin im Hause eines Arztes in Oran. Das hatte Hamid ihm vor zehn Jahren berichtet. Gott war ihm zuvorgekommen. Angelo trank einen großen Schluck Wein.
Als eine männliche Tanzgruppe die Frauen ablöste, sagte der Korsar: »Deine Empfehlung, mir eine der Galeonen zu holen, ist verführerisch, aber wir müssen der Wahrheit ins Auge sehen: Selbst mit deiner Hilfe hätte ich keine Chance gegen die drei englischen Galeonen.«
Angelo verfolgte die tänzerische Darbietung, als habe er, ebenso wie die Soldaten, eine Vorliebe für schöne Knaben. Die Jungen waren wie Mädchen angezogen, hatten lange Locken und wiegten und drehten sich zur Musik, während sie im Takt mit den Fingern schnippten. Die Soldaten grölten Beifall und schlugen mit den Fäusten auf den Tisch. Der Fremde neben Hamid hatte den Kopf auf

die verschränkten Arme gelegt und schlief den Schlaf des sinnlos Betrunkenen. Angelo mußte Hamid zustimmen: Es wäre Selbstmord, bei einem so ungleichen Kräfteverhältnis einen Angriff zu wagen. Es erschreckte ihn, daß sein Wunsch, sich an den Engländern zu rächen, seine Urteilsfähigkeit getrübt hatte. Das Geheimnis seines Erfolges war stets seine Kaltblütigkeit gewesen. Natürlich waren seine Intelligenz, sein Charme und sein gutes Aussehen ebenfalls wichtig, doch es war seine Fähigkeit, unbeeinflußt von Gefühlen zu handeln, die ihn in die Lage versetzte, seine Pläne verwirklichen zu können.
»Du hast recht«, nickte er. »Aber es kann nicht schaden, sich auf die Lauer zu legen. Vielleicht verliert die *Garland* den Anschluß an die beiden anderen – beispielsweise in einem Unwetter. Mit ihr allein hätten wir leichtes Spiel.«
Der Tanz war zu Ende. Der Korsar winkte einen der Jungen zu sich. Er hatte ein hübsches Gesicht, zarte, olivgetönte Haut und war etwa zehn Jahre alt. Hamid umschloß die beringten Finger des Kindes mit der Hand und wandte sich an Angelo: »Und du, Bruder?«
Angelo verstand sofort, was er meinte. Die anderen Jungen standen noch auf der Tanzfläche – mit stereotypem Lächeln und schweißglänzenden Gesichtern. Die Mädchen saßen inmitten ihrer sich um sie bauschenden, leuchtenden Gewänder auf dem Boden. Angelos Blick streifte die Frau, der er die Goldmünze auf die Stirn gelegt hatte, und blieb dann an den Zwillingen neben ihr hängen. Die Mädchen waren klein, dunkelhaarig und selbstbewußt – wie Serafina früher. Er beantwortete Hamids Frage mit einem Nicken in ihre Richtung.
»Welche?« fragte der Korsar grinsend.
»Beide«, erklärte Angelo und stand auf.

Kaum waren Angelo und der Korsar mit ihren Auserwählten hinter dem Vorhang verschwunden, der den Weg zu den Hinterzimmern verbarg, richtete sich der Europäer an ihrem Tisch auf – hellwach und nüchtern. Hätte der Franzose den Ausdruck in den leuchtend blauen Augen gesehen, wäre ihm jegliche Lust auf seine beiden Gespielinnen vergangen, doch so gab er sich ahnungslos den sinnlichen Genüssen hin, die ihm die Mädchen bescherten, während Thomas Marlowe mit großen Schritten dem Hafen entgegenstrebte.
Am nächsten Morgen brach der englische Steuermann nach Aleppo auf.

Serafina war froh gewesen, Thomas verabschieden zu können – so konnte sie ungestört ihre Wunden lecken und die Gefühle entwirren, die sie bei seiner Rückkehr aus Florenz zu überwältigen gedroht hatten.
Zu Anfang dachte sie nur an Angelo – an den Angelo aus ihrer Kindheit, der ihr einen Kranz aus Rosmarinzweigen und Gräsern wand, bevor er sie in den Tod schickte; an den Angelo, der ihr bei ihrem letzten Aufenthalt in Marseille herablassend erklärte, er brauche ihre Hilfe nicht, da er reich heiraten werde. Und dann dachte sie an den Angelo, der in Florenz Jehan de Coniques erdrosselt hatte.
Das Bild des Notars mit der roten Strieme um den Hals hatte sich zu den anderen Alpträumen gesellt, die Serafina verfolgten. Wenn sie nachts zitternd und mit einem stummen Schrei auf den Lippen erwachte, fühlte sie sich unsäglich einsam. Dann umschlang sie schluchzend ihr Kopfkissen und flüsterte Thomas' Namen. Manchmal stand sie auf und ging ins Kinderzimmer, kniete sich neben die Wiege und streichelte die runden, rosigen Wangen ihres Sohnes.

Sie überließ die alltäglichen Aufgaben, die das Geschäft mit sich brachte, in steigendem Maße Amadeo und Michele – Amadeo hatte in ihrer Abwesenheit verantwortungsbewußt ihre Interessen vertreten, und Michele war fleißig und ehrlich – und widmete sich hauptsächlich Francesco und dem jungen Mädchen, das jetzt bei ihr wohnte. Sie hatte Maria ins Haus genommen, um ihre Schuld bei der Kurtisane Constanza zu begleichen – und aus Rache an Galeazzo Merli. Thomas brachte ihr das Mädchen, bevor er nach Aleppo aufbrach, und binnen kürzester Zeit verwandelte sich Serafinas penibel ordentliches Haus in ein Chaos. Bücher und Federkiele verschwanden und fanden sich Wochen später an den unwahrscheinlichsten Plätzen wieder, auf Stühlen und Tischen lagen Sachen herum, und in den Fluren fiel man allenthalben über dort Vergessenes. Einmal stolperte Serafina über ein Kätzchen, das zusammengerollt auf der obersten Treppenstufe schlief, und ein anderes Mal entdeckte sie auf Jacopos Lieblingssessel ein Vogelnest samt Brut.

Doch zu ihrer eigenen Überraschung genoß Serafina die Gesellschaft des jungen Mädchens. Marias Lebhaftigkeit und Fröhlichkeit vertrieb die Düsternis aus dem alten Haus. Sie kümmerte sich hingebungsvoll um Francesco und war eine erfreuliche Gesprächspartnerin für Serafina, die zu ihrem Erstaunen Vergnügen an Themen fand, die nichts mit Geschäften zu tun hatten.

Eines Nachmittags, als sie im Salon saßen, überfiel Serafina ein befremdendes Gefühl. Blasses Sonnenlicht strömte durch die Fenster herein. Auf dem zugefrorenen Arno bauten die Leute Burgen aus Schnee. Es war Karnevalszeit. Francesco, der bereits krabbeln konnte, versuchte sich mit Hilfe eines Stuhls aufzurichten. Unten im Kontor schlossen Amadeo und Michele die Buchhaltung für die-

sen Tag ab, in den Häusern zahlreicher Weber von Pisa wurde Seide für die Firma Capriani gewoben – und irgendwo, Hunderte von Meilen entfernt, stand Thomas Marlowe auf dem Deck der *Kingfisher*, unterwegs, um Rohseide und kostbare Stoffe zu kaufen und Wollstoffe und Weißwäsche zu verkaufen, die sie aus Marseille und Avignon mitgebracht hatten, und Kurzwaren aus Neapel. Er würde voraussichtlich erst im Hochsommer zurückkehren, überlegte sie, und plötzlich wurde ihr bewußt, daß sie ihn vermißte, daß sie wünschte, er wäre hier und würde miterleben, wie sein Sohn, der ihm so ähnlich sah, mit dem Daumen im Mund andächtig einer von Marias Schilderungen aus ihrer Zeit im Kloster lauschte. Unwillig schüttelte sie den Kopf. Was sollte diese Gefühlsduselei? Thomas Marlowe arbeitete für sie – das war alles.
Verdutzt beobachtete Maria, wie Serafina aufstand, Francesco hochhob und seinen dunklen Lockenkopf mit Küssen überschüttete.

Nach zuviel kretischem Wein und begeistertem Pläneschmieden für die neue Ostindien-Gesellschaft waren sowohl John Keanes Magen als auch sein Kopf in Aufruhr. Hoch erregt ging er durch die menschenleeren Straßen von Aleppo zum »Inn of Customs« zurück. Er betrat sein Zimmer, stellte die Kerze, die er vom Flur mit hereingenommen hatte, auf den Tisch, lockerte die Verschnürung seines Wamses und wollte sich gerade hinsetzen, als er ein leises Geräusch hörte. Er griff nach seinem Messer, doch eine Hand legte sich von hinten auf seine und hinderte ihn daran, die Waffe aus der Scheide zu ziehen. Und dann sagte eine Stimme: »Ich bin kein Dieb und auch kein Geist, der durch die Wand gekommen ist – Sie brauchen Ihr Messer nicht, John.«

John Keane fuhr herum. »Mein Gott – Thomas Marlowe!«
»Ich bitte um Vergebung für meinen dramatischen Auftritt«, entschuldigte Thomas sich fröhlich.
»Wie sind Sie hereingekommen?« fragte Keane.
»Das Schloß war kein Problem«, grinste Thomas.
»Und warum haben Sie mir hier im Finstern aufgelauert?«
»Es hätte ja sein können, daß Sie meinen Freund Edward Whitlock noch auf einen Schluck hereinbitten würden, und so versteckte ich mich vorsichtshalber hinter dem Vorhang.«
John bot Thomas Platz an, setzte sich und musterte den Besucher eingehend. Es war ein Jahr her, daß er ihn zuletzt gesehen hatte, als Thomas Ned Whitlock das Geld zurückgab, das die Levant Company ihm für die Fertigstellung der *Kingfisher* geliehen hatte. In seiner Gegenwart hatte es keiner der beiden Kampfhähne gewagt, auf den anderen loszugehen, doch es schien ihm, als sei Thomas mehr gealtert als in einem solchen Zeitraum üblich. Er mußte jetzt etwa dreißig Jahre alt sein, wirkte jedoch älter, und er hatte einen kummervollen Zug um den Mund. Hing das vielleicht mit dem zusammen, was John gerüchteweise bei seinem letzten Aufenthalt in Livorno zu Ohren gekommen war? »Was führt Sie hierher?« fragte er.
Thomas lehnte sich in seinem Stuhl zurück. »Dasselbe wie Sie, mein Freund: Geschäfte. Mit Taft, Kersey, Weißwäsche und Serge. Natürlich in geringerem Umfang als die Levant Company, ich habe nicht die Verbindungen. Noch nicht.«
»Ich meinte«, erklärte John lächelnd, »was führt Sie zu nächtlicher Stunde in mein Zimmer? Auch Geschäfte?« Er sprach leise: Ned Whitlock wohnte nebenan.

»Nein – Heimweh. Ich möchte Klatsch aus London hören, und endlich wieder einmal meine Muttersprache sprechen.«

John Keane sah ihm an, daß diese Antwort der Wahrheit entsprach – jedoch nicht der ganzen Wahrheit. Auf die würde er noch warten müssen. »Möchten Sie etwas trinken? Ich für meinen Teil habe bereits bei George Dorrington genug getrunken.«

Thomas schüttelte den Kopf. »Nein, danke. Ist Dorrington jetzt Vizekonsul hier?«

Keane nickte. »Aber nicht mehr lange. In Aleppo verschleißen sich die Europäer erschreckend schnell. Das liegt an dem verdammten Klima, und George leidet noch dazu so sehr unter seiner Isolation, daß er einen geradezu mit seiner Gastfreundschaft erstickt, wenn man ihn besucht.« Er tätschelte reuevoll seinen Magen. »Ich habe kretischen Wein und türkische Süßigkeiten im Übermaß bei ihm genossen.«

»Was gibt es an Neuigkeiten bei der Gesellschaft?« erkundigte sich Thomas.

John Keane registrierte erfreut, daß der englische Steuermann, obwohl er jetzt für eine ehrgeizige junge italienische Witwe arbeitete, noch Interesse an der Levant Company zeigte. »Allerhand«, antwortete er. »Wir tragen uns mit dem Gedanken, eine Tochtergesellschaft zu gründen, die für den Handel mit Ostindien zuständig wäre. Nach Fitchs Expedition wäre das ein folgerichtiger Schritt. Die Levant Company hat gut daran getan, Geld in diese Reise zu stecken, es wird sich auszahlen. Natürlich werden wir Männer brauchen – und Schiffe.«

Marlowe hob die Brauen, schwieg jedoch.

»Kommen Sie nach Hause, Thomas«, sagte Keane. »Sie sind schon viel zu lange weg. Vier Jahre jetzt, nicht wahr?«

»Fast: Die *Toby* sank im Herbst 1593.« Das Kerzenlicht malte flackernde Lichter auf das Gesicht des Steuermanns und ließ die Falten, die sich von den Nasenflügeln zu den Mundwinkeln zogen, wie tiefe Furchen erscheinen.

»Kommen Sie nach Hause«, wiederholte John. »Die Gesellschaft braucht Sie – und Ihr Schiff. Die *Kingfisher* ist für die Ozeane gemacht, nicht für das Mittelmeer.«

»Haben Sie bei Ihren Überlegungen nicht einen Punkt außer acht gelassen? Ich glaube kaum, daß Ned Whitlock es begrüßen würde, mich wieder bei der Levant Company zu sehen.«

»Wenn Sie nicht im selben Konvoi segeln, werden Sie einander kaum zu Gesicht bekommen. Außerdem können Sie sich nicht für den Rest Ihres Lebens vor ihm verstecken.« John sah ihn erwartungsvoll an.

Thomas blickte eine quälend lange Zeit nachdenklich vor sich hin. Schließlich sagte er: »Ihr Angebot ehrt mich – aber ich habe anderweitige Verpflichtungen.« Es klang allerdings nicht so, als bereiteten sie ihm Freude.

»Ich weiß«, nickte John. »Auf dem Weg hierher machten wir in Livorno halt, und ich fragte nach Ihnen.«

»Und – was haben Sie erfahren?«

»Daß Sie für eine gewisse Signora Capriani arbeiten, eine Seidenhändlerin.« Was er sonst noch gehört hatte, verschwieg er tunlichst: Daß das Verhältnis zwischen der Witwe und dem Steuermann erheblich über das Geschäftliche hinausgehe, daß die ehemalige Küchenhilfe den alten Jacopo wegen seines Geldes umgarnt und geheiratet und ihn dann innerhalb eines Jahres ins Grab gebracht habe – und daß sie eine Hexe sei. Thomas hätte ihn sicherlich niedergeschlagen, wenn er diesen bösartigen Klatsch in seiner Gegenwart wiederholt hätte. Er wechselte das Thema. »Ich werde bald einigen Einfluß bei der

Gesellschaft haben, Thomas. Sobald ich nach London zurückkomme, heirate ich Dorothy Jenkins – Sie wissen, wie lange wir schon darauf warten –, und sie möchte, daß ich die Anteile verwalte, die sie von ihrem Vater geerbt hat. Ich werde der Seefahrt adieu sagen – meine Sehkraft wird immer schwächer. Ich will die *Kingfisher* immer noch haben, Thomas, und ich will, daß Sie sie steuern.« Er sah, daß Thomas den Mund zu einer Absage öffnete, und legte eilends die verführerischste Karte auf den Tisch. »Das Mittelmeer wird immer gefährlicher, wie Sie wissen. Zu viele Banditen und Briganten. Wir müssen uns nach anderen Routen umsehen – um Afrika und Nord- und Südamerika herum. Wir brauchen Navigatoren mit Phantasie und Erfahrung.«

Thomas sagte nichts, doch John sah ihm an, daß sein Landsmann nicht mehr in einem Herbergszimmer in Aleppo saß, sondern auf dem Ozean auf der Brücke seines Schiffes stand, wo es nicht nach Kahveh, Haschisch und Kamelmist roch, sondern nach Pech und Salz, und der Wind als einziges Instrument zur Unterhaltung aufspielte. Manche Männer verloren dort draußen den Verstand – andere wurden süchtig danach, wie ein Pfeifenraucher nach Opium. Dennoch schüttelte Thomas den Kopf. »Es tut mir leid, John. Ich finde den Gedanken natürlich sehr reizvoll, aber ich bin vorläufig nicht abkömmlich.«

Offenbar übte die italienische Witwe eine noch größere Faszination auf ihn aus als die Aussicht darauf, neue Seewege zu erkunden und fremde Länder zu sehen. Doch John hoffte zuversichtlich, daß Thomas bald zur Vernunft kommen würde. Ein Mann wie Thomas könnte einer solchen Versuchung auf Dauer nicht widerstehen.

»Ich bin nicht nur zum Schwatzen zu Ihnen gekommen«, sagte Thomas plötzlich. Aha, dachte John, jetzt würde er

den zweiten Teil der Wahrheit erfahren. »Mein Hauptanliegen ist, Sie zu warnen, als Gegenleistung dafür, daß Sie mich in Livorno aus dem Hafenbecken gefischt haben.«
John sah ihn scharf an. »Mich zu warnen?«
»Ja. Als ich letztes Jahr für Sie nach Livorno segelte, ereignete sich ein kleiner Zwischenfall.« Mit wenigen Worten schilderte er den Vorfall und die Zusammenhänge. Als er geendet hatte, sagte John Keane: »Es ist wirklich so, wie ich sagte: Das Mittelmeer wird immer gefährlicher.«
»Der Grund, weshalb ich Ihnen die Geschichte erzählt habe, ist, daß die *Fiametta* in Scanderoon liegt – und das türkische Schiff ebenfalls und daß ich vorhin eine höchst interessante Unterhaltung zwischen Angelo Guardi und seinem heidnischen Freund mit anzuhören Gelegenheit hatte.« Er rekapitulierte das Gespräch. John Keane fluchte ausgiebig. »Es könnte also sein«, setzte Thomas hinzu, »daß Ihre Heimreise nicht so eintönig verläuft wie die Herfahrt.« Er stand auf und streckte Keane zum Abschied die Hand hin. »Seien Sie vorsichtig.«

»Er ist so nett«, schwärmte Maria und schnalzte mit der Zunge, um den Papagei auf sich aufmerksam zu machen, der neben einem Marktstand auf einer Stange saß und sich aus Langeweile eine Schwanzfeder nach der anderen ausriß. »Und der Verkäufer will nur zehn Dukaten für ihn haben«, fügte sie eifrig hinzu und schaute Serafina flehend an. Zum erstenmal seit langer Zeit schien die Sonne. Sie hatte viele Bewohner von Pisa aus ihren Häusern gelockt, und auf den Straßen herrschte reger Betrieb. Maria atmete die berauschende Luft ein, die vom nahenden Frühling kündete, und betrachtete wieder den Papagei. »Leas Junge sind alle gestorben, und sie ist ganz unglücklich. Sie braucht Gesellschaft.«

Lea war die Katze, die William Williams ihr vor seinem Aufbruch nach Aleppo geschenkt hatte. Der Papagei stieß einen lästerlichen Fluch aus. »Ein Vogel ist wohl kaum die richtige Gesellschaft für eine Katze«, lächelte Serafina. »Und außerdem würde Francesco ein schreckliches Vokabular von ihm lernen.«
»Oh!« Maria, die niemals lange gedrückter Stimmung war, hielt dem Papagei eine Haselnuß hin, die er mit einer deftigen Beschimpfung annahm. »Wahrscheinlich haben Sie recht. Aber Thomas würde ihn mögen. Seeleute mögen Papageien.«
»Seeleute«, gab Serafina zu bedenken, »haben nach einer langen Reise gerne etwas Ruhe und freuen sich nicht über ein lärmendes Tier, das sie jedesmal, wenn sie ins Zimmer kommen, mit Unflätigkeiten empfängt.«
Maria ließ sich zu dem Stand fortziehen, an dem es bunte Bänder gab, und schaute zu, wie Serafina die Stoffstreifen durch die Finger gleiten ließ und ungeduldig Bündel um Bündel beiseite legte, weil keines ihren Qualitätsansprüchen entsprach. Als Maria es leid war, ihre Freundin zu beobachten, entfernte sie sich ein paar Schritte und schaute zu dem wolkenlosen Himmel hinauf, und ihre Gedanken wanderten weit hinaus übers Meer. Wann würde die *Kingfisher* endlich zurückkommen! Sicherlich erst in ein paar Monaten. Sie konnte es kaum erwarten, denn nach seiner Rückkehr würden William Williams und sie heiraten. Sie hatte es ihrer Mutter noch nicht erzählt, da sie sich nicht schon jetzt ihren besorgten Einwänden aussetzen wollte. Constanze wirkte in letzter Zeit ohnehin ständig bedrückt, und Maria wollte ihr nicht noch zusätzliche Sorgen bereiten. Sie besuchte sie häufig und versuchte sie aufzuheitern, doch selbst die lustigsten Geschichten über Francesco vermochten ihr kaum ein Lächeln zu entlocken.

Einmal hatte die Mutter ein zugeschwollenes Auge und einen großen Bluterguß auf der rechten Wange gehabt. Maria hatte Constanza in den Arm genommen und ihr dann einen Umschlag auf das Auge gelegt, jedoch nicht nach der Ursache für ihren schlimmen Zustand gefragt – sie wußte, daß es Dinge gab, über die ihre Mutter niemals sprechen würde.

Sie hörte Schritte hinter sich, und dann sprach jemand sie an. Im ersten Moment konnte sie den Mann nicht einordnen, doch dann erkannte sie ihn: Es war Signor Merli, Mamas Freund.

Der feine Herr nahm seinen Federhut ab und verbeugte sich. »Signorina Garzoni – welch unerwartetes Vergnügen.«

Maria lächelte den großen, kahlköpfigen Bankier an, wie sie alle Menschen anlächelte. »Guten Tag, Signor Merli«, sagte sie und knickste.

»Signorina Garzoni – Maria – darf ich Sie Maria nennen? Ich hätte nicht zu hoffen gewagt, daß Sie mich wiedererkennen würden.« Auch Galeazzo lächelte. »Sie sind niemals da, wenn ich Ihre Mutter besuche.«

»Das liegt daran, daß ich jetzt bei Signora Capriani wohne«, erklärte Maria.

»Ach ja?« Sein Blick glitt zu Serafina, die mit dem Kurzwarenhändler über Güte und Preise seines Angebots diskutierte. »Ich wußte nicht, daß Ihre Familien so gut befreundet sind.«

»O doch, das sind wir.« Maria war mit halb Pisa befreundet, und Serafina hatte in ihrem Herzen den Platz der unglücklichen Esmeralda eingenommen. Sie versuchte Signor Merli, der merkwürdig verwirrt schien, die Verhältnisse zu erklären. »Signor Marlowe – der Mann, der die *Kingfisher* für Signora Capriani segelt – ist

mit Mama befreundet und wußte, daß Signora Capriani jemanden suchte, der sich um ihren niedlichen kleinen Sohn kümmert.«
»Dann haben Sie also eine Stellung als Kindermädchen bei ihr.« Galeazzos Brauen hoben sich mißbilligend. »Ein so hübsches junges Ding wie Sie sollte nicht für seinen Lebensunterhalt arbeiten müssen.«
Maria hatte es noch nie als Arbeit betrachtet, mit dem Jungen zu spielen. »Francesco ist ein Schatz«, sagte sie. »Ich freue mich sehr, mit ihm zusammensein zu dürfen.«
Signor Merli lächelte wieder. »Wenn Sie es so sehen... Ist er ein gesundes Kind?«
In einiger Entfernung begann der Papagei zu krächzen und an der Eisenkette zu rütteln, mit der er an seinen Freisitz gefesselt war. »Natürlich ist er gesund«, antwortete Maria und sah im Geiste Francescos runde, rosige Wangen vor sich, den sie wie einen Bruder liebte. »Es ist zu schade, daß sein Vater ihn nicht mehr sehen konnte. Signor Capriani starb kurz vor der Geburt seines Sohnes, wissen Sie.« Was sie, als sie davon hörte, als sehr traurig empfunden hatte. Gottlob hatte Serafina den Schicksalsschlag, ihr Kind ohne Mann aufziehen zu müssen, inzwischen verkraftet, dachte Maria, die die wahren Gründe für die anfängliche Niedergeschlagenheit ihrer Freundin nicht kannte.
Galeazzo Merli ließ nicht locker. »Sieht der Kleine seiner Mutter ähnlich?«
Maria dachte nach. »Seine Haare sind so dunkel wie ihre«, sagte sie dann, »und den Mund hat er auch von ihr. Aber seine Augen sind blau.«
»Wirklich?« Galeazzo schaute wieder zu Serafina hinüber, die ihre Einkäufe gerade in einer Tasche verstaute. »Wie

interessant.« Eine erste Wolke schob sich über die Sonne, und sofort wurde es merklich kühler, und die leuchtenden Farben des Marktes verblaßten. Signor Merli nahm Marias Hand und ließ seinen Daumen über die Innenfläche ihrer behandschuhten Hand gleiten. »Ich war gestern bei Ihrer Mutter. Es geht ihr nicht gut.«
Maria wollte ihre Hand wegziehen, doch er hielt sie fest. »Ist sie krank?« fragte sie alarmiert.
Er hob ihre Hand an seine Lippen. »Nun – ich glaube, Sie sollten sich mit dem Gedanken vertraut machen, daß sie nicht mehr lange für Sie sorgen können wird.« Seine Lippen berührten ihre Fingerspitzen und glitten dann an den Fingern entlang zur Handfläche. Maria war wie gelähmt – sowohl deswegen, was er tat, als auch deswegen, was er gesagt hatte. Serafinas Stimme riß sie aus ihrer Erstarrung. Sie war ebenso kalt wie der Wind, der plötzlich aufgekommen war und in die Abfälle unter den Verkaufsständen fuhr und Staubwolken aufwirbelte. »Es ist Zeit zu gehen,« sagte sie, ohne Galeazzo eines Blickes zu würdigen. »Die Leute, die man hier trifft, sind nicht alle nach meinem Geschmack.« Der Bankier ließ Marias Hand fallen, drehte sich grußlos auf dem Absatz um und ging mit großen Schritten davon. »Was wollte er von dir?« fragte Serafina in scharfem Ton.
Maria hatte Tränen in den Augen und zitterte. Signor Merli hatte ihr angst gemacht – in mehr als einer Hinsicht. »Er fragte, wieso ich nie zu Hause sei, wenn er zu Besuch käme«, flüsterte sie. »Und nach Francesco. Und dann sagte er noch, Mama sei krank.« Sie sah Wut in Serafinas Augen auflodern. Sie sieht noch zorniger aus als neulich, als sie entdeckte, daß ein Weber minderwertige Rohseide verarbeitet hatte anstatt der von ihr vorgeschriebenen, dachte Maria.

»Deine Mutter ist durchaus nicht krank«, erklärte Serafina aufgebracht. »Ich habe sie gestern gesehen. Sie wirkt ein wenig müde, das ist alles. Du solltest nicht mit Signor Merli sprechen, Maria, er ist kein Umgang für dich. Er taugt nichts.«
Marias Hand brannte, wo seine Lippen sie berührt hatten. Am liebsten hätte sie ihren Handschuh ausgezogen und ihn mit dem Absatz ihres Schuhs in den Straßenschmutz getreten. Tränen rollten über ihr Gesicht.
»Denk nicht mehr an ihn«, sagte Serafina in sanfterem Ton. »Es ist ja nichts passiert.« Damit hängte sie sich bei Maria ein und fügte hinzu: »Wollten wir nicht etwas für dich kaufen? Was hältst du von einem Papagei?«
Maria wischte sich mit dem Handrücken die nassen Wangen ab und strahlte ihre Freundin an, die sie nicht zum erstenmal um ihr Naturell beneidete.

Als die *Fiametta* sich der Insel Zypern näherte, sank die Sonne bereits als blaßrosafarbene Scheibe dem Horizont entgegen. Nur eine Landspitze lag noch zwischen der französischen Galeone und der *Garland*, und Angelo konnte es kaum noch erwarten, das kleine, schwerfällige Schiff vor seine Kanonen zu bekommen, die denen seines Opfers an Reichweite um mehr als das Doppelte überlegen waren. Er hatte sein Glück kaum fassen können, als er die *Garland* am Morgen Scanderoon allein verlassen sah und dann erfuhr, daß sie nach Zypern unterwegs sei, wogegen ihre Schwesterschiffe *Legacy* und *Saviour of Bristol* in südlicher Richtung nach Alexandria segelten. Es habe Ärger gegeben, hieß es; der Kapitän der *Garland* wollte seine Ladung – Zinn und Wollstoff – auf Zypern gegen Honig, Terpentin und Alaun eintauschen, wogegen die Kapitäne der beiden anderen wegen der feinen Baumwolle Alexan-

dria anzusteuern beschlossen. Der Kapitän der *Garland*, ein jähzorniger Mann, habe in einem Wutausbruch zur Pistole gegriffen und so lange damit herumgefuchtelt, bis man ihm seinen Willen ließ – und dann habe er sich nach Zypern aufgemacht, während die *Legacy* und die *Saviour of Bristol* ihrerseits ihr Wunschziel ansteuerten.
Angelo alarmierte Hamid, setzte schleunigst Segel und folgte der *Garland* – in diskreter Entfernung –, und die Korsarengaleere, die dank ihrer Ruderer eine enorme Geschwindigkeit erreichte, folgte wiederum der *Fiametta*. Nach seinem Aufenthalt in Scanderoon war Angelo entspannt und gut gelaunt. Er hatte ein paar Geschäfte getätigt und Gebote für die Seidenballen gemacht, die mit der nächsten Karawane eintreffen würden. Wenn er und Hamid die *Garland* überwältigt hätten, bekäme er die Ladung und der Korsar die Mannschaft. Er würde nach Scanderoon zurücksegeln und die Beute verkaufen und mit dem Erlös einen Teil der Schulden bezahlen, die er Lorenzo Nadi verschwiegen hatte. Danach würde seine Zukunft gesichert sein.
Er lehnte sich an die Reling, schaute auf das ruhige Meer hinaus, über dem sich ein lavendelblauer Himmel wölbte, und dachte an die beiden armenischen Mädchen. Er hatte drei angenehme Nächte mit ihnen verbracht und sie beim Abschied großzügig für ihre Bemühungen entlohnt. Es hatte einiges für sich, Moslem zu sein: Wenn sie wollten, konnten sie sich einen ganzen Schwarm Frauen halten.
Als die *Fiametta* die Landzunge umrundete, sah Angelo die *Garland* vor sich: Sie war fast in Schußweite. Wie ein Scherenschnitt zeichnete sie sich gegen die untergehende Sonne ab. Angelo gab den Befehl, die Kanonen feuerbereit zu machen. Die Schießscharten wurden geöffnet, die Kanonen vorgerollt. Die Kanoniere stopften mit den La-

destöcken Pulver in die Rohre und schoben die schweren Eisenkugeln hinterher, die neben den Geschützen aufgetürmt lagen. Es waren erstklassige Kanonen aus Bronze, die Rohre reich mit Schriftzeichen und Schnörkeln verziert. Angelo hatte eine bedeutende Summe für die Bewaffnung seines Schiffes ausgegeben.

Er blieb auf der Brücke – ein Bild der Gelassenheit. Die leichte Brise spielte mit seinen dunkelgoldenen Locken. Er lächelte: Die *Garland* mit ihrem Bauch voll Zinn erinnerte ihn an eine Ente auf einem Dorfteich. Die ruhige See war ein Vorteil für ihn: Ohne kräftigen Wind würde das englische Schiff nicht vorwärts kommen – die großen Segel der *Fiametta* hingegen fingen jeden noch so schwachen Hauch ein und verwandelten ihn in Antriebskraft. Angelo schaute nach hinten: Die Galeere holte auf. Fünfzig Ruder hoben und senkten sich in perfektem Einklang und brachten das Korsarenschiff den beiden Galeonen mit hoher Geschwindigkeit näher.

Der Oberkanonier rief Angelo zu, daß die *Fiametta* bereit für die Schlacht sei. Angelo nickte und spürte gleich darauf das Deck unter seinen Füßen vibrieren, als die erste Kugel abgeschossen wurde. Sie verfehlte ihr Ziel um mehr als hundert Meter, doch das störte Angelo nicht: Er wollte die *Garland* ja nicht versenken, sondern den Kapitän und die Mannschaft lediglich einschüchtern, deutlich machen, daß die einzige Chance zu überleben in einer Kapitulation bestand. Er wollte keinen Kampf, er wollte Zinn, und Hamid wollte Sklaven.

Doch obwohl den Männern auf der englischen Galeone klar sein mußte, daß jeder Versuch, sich zu wehren oder zu fliehen, sinnlos wäre, konnte er kein Zeichen entdekken, das eine Kapitulation signalisiert hätte. Statt dessen erfolgten ein Feuerblitz und eine Rauchwolke, und eine

Kanonenkugel schoß durch die Luft und landete unweit des Bugs der *Fiametta* im Wasser. Inzwischen mußten sie auch die Korsarengaleere gesehen haben, dachte Angelo. Jetzt ging es für die Engländer nicht mehr nur ums Überleben, sondern auch um ihre Landesehre, ihre Religion und ihre Freiheit. Sein Lächeln wurde zu einem breiten Grinsen. Es ist wie in einem Schachspiel. Er hatte es vor einem Jahr begonnen, und nun war er wieder am Zug.

Wieder feuerte die *Fiametta* eine Kanone ab, und unmittelbar darauf hörte Angelo einen dumpfen Aufprall und das Splittern von Holz. Sein Grinsen erlosch, als er Rauch aus den Schießscharten quellen sah, der die Sicht auf die *Garland* vernebelte. Als er das Kanonendeck erreichte, schlugen ihm Flammen entgegen. Er packte den am nächsten stehenden Kanonier an den Armen und schüttelte ihn. »Was ist passiert?« schrie er.

»Die Halteseile der Kanone sind gerissen, Monsieur.« Das Gesicht des Mannes war rußverschmiert. »Sie hat zwei Männer zerquetscht.«

Das Feuer, auf eine Ecke des Decks beschränkt, sank gottlob bereits in sich zusammen. Dennoch ergriff auch Angelo einen Eimer und schüttete Wasser in die Flammen. Schließlich erloschen sie zischend, und als der Rauch sich verzogen hatte, sah sich Angelo die fragliche Kanone an. Durch das Reißen der Seile war der Rückschlag nicht aufgefangen und das Fünfhundertpfundgeschütz zurückgeschleudert worden, hatte zwei Männer unter sich begraben und die Holzwand durchschlagen. Der Brand war durch einen Funken ausgelöst worden, der auf einem Haufen Segeltuch gelandet war, den jemand unvorsichtigerweise liegengelassen hatte. Wenn die Flammen auf die Fässer mit Schießpulver übergegriffen hätten, die neben den Kanonen standen, wäre die *Fiametta* in die Luft geflogen.

Angelo fühlte Wut in sich aufsteigen – und einen Anflug von Angst, der ihn unangenehm an die Übelkeit erinnerte, die ihn überfallen hatte, als er Jehans Leiche identifizierte. Er war es nicht gewöhnt, Furcht zu empfinden, doch dieser unvorhergesehene Zwischenfall bereitete ihm Unbehagen – wie ein böses Omen. Unwillig schüttelte er den Kopf. Es bestand nicht der geringste Anlaß zu Sorge – die *Garland* war leichte Beute.

Der Oberkanonier deutete auf die beiden Männer, die halb unter der Kanone begraben lagen. Sie stöhnten nur noch leise. »Was sollen wir tun?« fragte er.

Wären es verletzte Hunde oder Pferde, könnte man ihnen die Kehle durchschneiden, dachte Angelo. »Gebt jedem einen ordentlichen Schluck Branntwein und laßt sie liegen, bis ihr Zeit habt, euch um sie zu kümmern.« Er wußte natürlich, daß die beiden die nächste halbe Stunde nicht überleben würden. Auf dem Rückweg zur Brücke rief er dem Oberkanonier über die Schulter zu: »Alles bereitmachen für den nächsten Schuß – und zielt diesmal auf den Bug!« Er war froh, aus dem Chaos auf dem Kanonendeck wieder auf das stille und saubere Hauptdeck zurückkehren zu können. Außer Atem, als sei er gerannt, sog er gierig die frische Seeluft ein, wischte sich Schweiß und Ruß vom Gesicht und schaute auf die See hinaus.

Zuerst hielt er es für einen Trick, für einen Scherz, den das levantinische Licht sich mit ihm erlaubte oder für eine Luftspiegelung. Doch nachdem er sich die vom Rauch brennenden Augen gerieben und ein paarmal geblinzelt hatte, erkannte er, daß ihn kein Spuk narrte. Die *Garland* war nicht mehr allein! Zwei weitere Schiffe standen der

Fiametta jetzt gegenüber: die *Legacy* und die *Saviour of Bristol*!

Angelo erriet sofort, was geschehen war – und der Gedanke war unerträglich für ihn: Sie hatten ihn hereingelegt! Irgendwie waren die Engländer hinter seinen Plan gekommen und hatten beschlossen, diesen zu nutzen, um sich für den Überfall auf die *Garland* in Zakynthos zu rächen. Die beiden größeren Galeonen mußten den Kurs geändert haben, nachdem sie außer Sichtweite von Scanderoon waren, und Zypern von Süden her umrundet haben, und die *Garland* war mit Absicht so langsam gesegelt, um ihren Schwesterschiffen die Gelegenheit zu geben, sie einzuholen. Angelo ballte die Fäuste und knirschte mit den Zähnen: Die Erkenntnis, daß jemand schlauer war als er, brachte ihn beinahe um den Verstand. Doch er hatte keine Zeit, sich länger damit zu befassen. Er rief seinen Leuten Befehle zu. In Windeseile wurden die Kanonen wieder feuerbereit gemacht, und jeder Mann an Bord griff sich ein Gewehr und lud es.

Angelo selbst war mit einer Steinschloßpistole, seinem Degen und einem Messer bewaffnet. Als er nach hinten blickte, erkannte er, welchen Schluß der Korsar aus der neuen Situation zog: Die Galeere mit dem blaubekränzten Bug hatte bereits gewendet und nahm Kurs auf Scanderoon. Antonio verfluchte Hamid und alle seine Brüder. Er hörte zwar das Brechen der Masten und das Rauschen der Segel über sich, die wie die Schwingen eines sterbenden Vogels schlugen, aber er gab nicht auf. Sie beschossen einander in unentwegter Folge. Eine der Kugeln der *Fiametta* schlug in die Aufbauten der *Legacy* ein, eine andere kappte die Spitze des Bugspriets der *Garland*. Und dann prallte ein Geschoß der *Legacy* gegen den Rumpf der *Fiametta*. Es war hastig und ungenau gezielt abgefeuert worden, und wäre die französische Galeone aus erstklassigem Holz gebaut und auf dem Trockendock sorgfältig kalfatert worden, hätte es keinen Schaden angerichtet. Doch der getroffene Balken zerbrach und stürzte ins Meer. Als Angelo zur Reling lief und hinunterschaute, sah er, daß die See, die ihm kurz zuvor noch so friedlich und ruhig erschienen war, sich in die Seite des Schiffes fraß wie ein hungriges Tier. Balken auf Balken zerbrach, seit der Jungfernfahrt ständig den Angriffen des Salzwassers ausgesetzt und entsprechend morsch, und das Loch im Rumpf wurde zu einem einladenden Tor für das Meer.

Als Angelo hinunterlief, um den Schaden zu begutachten, hörte er schon von weitem das schreckliche Gurgeln, mit dem das Wasser sich der *Fiametta* bemächtigte, um ihren schönen, nachlässig gearbeiteten Körper in die Tiefe zu ziehen. Ein Schrei gellte in Angelos Ohren, als er in Panik die ihm endlos erscheinenden Treppen zum Hauptdeck hinaufhastete. Der Schrei kam aus seiner Kehle, aber das war ihm nicht bewußt, er glaubte, es sei die Stimme der *Fiametta*, die sich verzweifelt gegen das Schicksal wehrte, dem sie nicht entkommen konnte.

Seine Rettung verdankte er seiner Skrupellosigkeit und Menschenverachtung. Er war ins Wasser gesprungen. Ein paar Meter von ihm entfernt schaukelte ein Faß auf den Wellen, an das sich einer seiner Matrosen klammerte. Als Boje für zwei Männer würde es nicht ausreichen. Angelo zog sein Messer und erstach den Seemann, bevor dieser ihn überhaupt wahrgenommen hatte. Die Finger des Toten öffneten sich, und das klare blaue Wasser färbte sich rot.

Hinter ihm versank die *Fiametta* und mit ihr Lorenzo

Nadis Gold in der unergründlichen See. Die Korsarengaleere war bereits außer Sicht. Die drei englischen Schiffe hatten ihr Ziel erreicht, rollten ihre Kanonen zurück und schlossen die Schießscharten. Kurze Zeit später lag das Meer still und verlassen da. Die letzten Sonnenstrahlen malten Muster auf die zypriotische Küste. Angelo, der kein guter Schwimmer war, ließ sich mit dem Faß an einen silberweißen Strand schwemmen – und dort schlief er ein.

VIERZEHNTER TEIL

1597
UNANGEBRACHTE DINGE

Nehmt nur mit, was notwendig ist und guten Zwecken dient, denn unangebrachte Dinge werden euch Mißgunst und Verachtung einbringen.

Notizen für die Entdeckung der Nord-Ost-Passage:
Richard Hakluyt

Für die Kapitäne der English Levant Company bedeutete das Versenken der *Fiametta* nicht mehr als die Erfüllung der notwendigen Pflicht, Störenfriede, die den Handel behinderten, aus dem Weg zu räumen. Für Edward Whitlock war es eine weitere Geschichte, die er nach seiner Rückkehr seinem Sohn erzählen könnte, und für John Keane ein weiterer Grund, sich – offiziell wegen seiner schwindenden Sehkraft – aus der Seefahrt zurückzuziehen.
Thomas Marlowe hörte die Neuigkeit zwei Monate später im Hafen von Alexandria: Einer seiner Landsleute erzählte sie ihm, als er ihn zufällig an der Mole traf, wo Thomas das Beladen der *Kingfisher* überwachte. Der Mann hatte Mühe, sich bei dem Lärm der Hämmer und Sägen und summenden schwarzen Fliegenschwärme verständlich zu machen und befeuchtete seine strapazierte Kehle zwischendurch immer wieder mit einem Schluck Aquavit aus der Flasche, mit der er den Sieg der Engländer feierte. Er lud Thomas zum Mittrinken ein, der dankend ablehnte, aber die See mit erhobener Faust grüßte.
Lorenzo Nadi erfuhr nichts vom Schicksal der *Fiametta* – und auch Signora Capriani ahnte nichts davon, daß ihrem Todfeind ein so harter Schlag versetzt worden war.

Im Mai erfuhr der Bettler Jules Crau, daß in der Heiliggeistkirche in Aix-en-Provence Brot an die Armen verteilt werden sollte, und so entschloß sich der Vater, dem die glanzlosen Augen und der ausgemergelte Körper seiner Tochter das Herz zerrissen, mit ihr dorthin zu gehen.

Die Sonne schien, und der Himmel war wolkenlos. Jules trug Isabelle auf den Schultern. Mit knochigen Fingern hielt sie sich an seinem Kopf fest. Bei ihrem Ausflug im letzten Sommer hatte er Gänseblümchen für sie gepflückt und gesungen, heute war er dazu nicht mehr in der Lage. Hunger und Verzweiflung hatten seine Kräfte aufgezehrt, es bereitete ihm unsägliche Mühe, einen Fuß vor den anderen zu setzen, und Isabelles kaum spürbares Gewicht erschien ihm wie eine schwere Last.

In der Kirche roch es nach Weihrauch und ungewaschenen Körpern. Hohe Wände mit Nischen, in denen Heiligenfiguren standen, und bunte Glasfenster bildeten den Rahmen für die Speisung der Bedürftigen, die in so großer Zahl gekommen waren, daß Jules den Eindruck gewann, als hätten sich die Hungernden der gesamten Provence eingefunden, um einen Kanten Brot zu ergattern. Isabelle stand, die kleine zerbrechliche Hand in der seinen, neben ihm. Zum ersten Mal seit langem drückten ihre Augen wieder eine Empfindung aus: Furcht.

Jules konnte das Eintreffen des Pfarrherrn und seiner Helfer nicht sehen, aber er roch es: Ein verheißungsvoller, unendlich süßer Duft zog plötzlich durch das Kirchenschiff und überdeckte den Geruch von Weihrauch und Schweiß. Nun kam Bewegung in die wartende Menge. Binnen Sekunden vereinigte sie sich zu einem einzigen gierigen Wesen, das rücksichtslos vorwärts drängte. Jules erkannte die Gefahr und wollte Isabelle hochheben und wieder auf seine Schultern setzen, doch es war zu spät: Er war eingekeilt, unfähig, die Arme zu bewegen. »Belle!« schluchzte er, und dann spürte er, wie ihre kleinen Finger

den seinen entglitten, und er konnte nichts dagegen tun, hatte keine Möglichkeit, das Leben zu retten, das ihm soviel mehr wert war als sein eigenes.
Später schätzte man, daß an jenem Tag etwa zwölfhundert Menschen in Aix gewesen seien. Als es schließlich gelang, die Menge aus der Kirche zu drängen, fand man sieben Frauen und Kinder, die niedergetrampelt worden waren. Eines der Kinder war Jules Craus Tochter Isabelle.

Nachdem er von einem zypriotischen Fischerboot auf eine kretische Bark und schließlich auf ein Handelsschiff umgestiegen war, das einem seiner Landsleute gehörte, betrat Angelo im Juni italienischen Boden.
In Neapel lieh er sich Geld von einem Bekannten und nahm sich ein Zimmer, und dort setzte er sich hin und schrieb, während das frühsommerliche Sonnenlicht durch die Ritzen der Fensterläden hereinspähte, einen langen Brief an Lorenzo Nadi. Er glaubte zwar im Grunde nicht daran, etwas damit zu erreichen, doch er wollte sich später nicht vorwerfen müssen, es nicht wenigstens versucht zu haben. Aller Voraussicht nach würde der reiche Florentiner jedoch die Rückerstattung seines Geldes verlangen und Angelo untersagen, sich seiner Tochter noch einmal zu nähern.
Um jede Möglichkeit auszuschöpfen, schrieb er danach auch noch an Fiametta, doch obwohl er sich sogar einige ergreifende Verse abrang, rechnete er nicht wirklich damit, ihr Herz erreichen zu können. Wäre sie so leidenschaftlich wie ihre Mutter gewesen, hätte vielleicht die Chance bestanden, daß sie sich bemühte, ihren Vater umzustimmen, aber sie hatte nicht den Eindruck auf ihn gemacht, sich von Gefühlen leiten zu lassen. Sei's drum – er war nicht auf die Gunst der Nadis angewiesen. Das war

ihm auf Zypern klargeworden, als er sich nach einer Woche an der Schwelle des Todes wieder erholt hatte. Eine alte Bäuerin hatte ihn am Strand gefunden und mit in ihre Hütte genommen, und obwohl die Frau sich rührend um ihn kümmerte und ihn, wann immer er aufwachte, mit einer scheußlich schmeckenden Suppe fütterte, der sie Wunderkräfte zuschrieb, dauerte es Tage, bis das Fieber sank, das seinen erschöpften Körper schüttelte. Doch dann, als er in einer windstillen, mondhellen Nacht die Augen öffnete, sah er die Lösung all seiner Probleme vor sich, und die Verzweiflung, die ihn seit dem Untergang der *Fiametta* gequält hatte, schwand.
Er spürte das alte Feuer wiederkehren. Er hatte es schon einmal aus dem Nichts zu etwas gebracht. Er war besitzlos geboren worden, jedoch von vornherein entschlossen gewesen, sich nicht mit dem Leben abzufinden, das das Schicksal für ihn vorgesehen hatte.
Die *Fiametta* hatte er zwar verloren, aber seine Intelligenz, sein gutes Aussehen und sein Ehrgeiz waren ihm geblieben – und diese Eigenschaften würden ihm zu einem neuerlichen Erfolg verhelfen. Während er durch das glaslose Fenster zu dem zypriotischen Nachthimmel hinaufstarrte, reifte ein Plan in seinem Kopf, der seine Zukunft sichern würde.
Am folgenden Tag stahl er die kärglichen Ersparnisse der Bäuerin, während diese mit ihren mageren Ziegen unterwegs war, und machte sich davon. Ein Fischerboot brachte ihn nach Kreta, wo er Freunde hatte. Dort borgte er sich etwas Geld und fuhr mit einer Bark zum griechischen Festland, wo er einen Franzosen traf, der ihn mit nach Italien nahm.
Angelo stand auf, ging zum Fenster und öffnete die Läden. Tiefblau und glatt erstreckte sich das Meer bis zum

Horizont. Das Sonnenlicht malte silberne Flecken darauf. In der Ferne verschmolz der wolkenlose Himmel mit der See. Ich werde bald wieder dort draußen sein, dachte Angelo. Es gab noch andere Schiffe als die *Fiametta*, und eines davon war eine prachtvolle toskanische Galeone, die ungewöhnlicherweise einen englischen Namen hatte: *Kingfisher*.

In Serafinas Haus in Pisa stand Maria am Fenster und fütterte den Papagei mit Haselnüssen. Neue Federn sprossen auf dem ehemals kahlen Schädel des Tieres, und es fächerte seinen Schwanz zu herrlicher leuchtend roter Pracht auf, sobald Maria zu ihm trat, um mit ihm zu sprechen. Nicht nur sein Äußeres, auch die Laune des Vogels hatte sich wesentlich gebessert, er fluchte nur noch, wenn die Katze ihm zu nahe kam oder wenn der unermüdlich in Bewegung befindliche Francesco seine Nerven über Gebühr strapazierte.
Sein Freisitz stand am Fenster, weil Maria sich die meiste Zeit dort aufhielt. Täglich kamen Schiffe an – beladen mit Seide, Gewürzen und Edelsteinen –, und bald würde auch die *Kingfisher* von ihrer Reise zurückkehren. Jedesmal, wenn Maria die Straße entlangblickte, erwartete sie, Thomas Marlowe und William Williams die Via S. Domenico herunterkommen zu sehen.
»Wenn du noch lange dort stehst, wirst du festwachsen«, lächelte Serafina, als sie mit einem Arm voll Kontobüchern hereinkam. Als sie eine Stunde zuvor den Salon verlassen hatte, stand das Mädchen bereits seit einer geraumen Weile an demselben Platz.
»Es könnte doch sein, daß die *Kingfisher* heute noch ankommt«, sagte Maria. »Sie haben selbst gesagt, daß wir jetzt jeden Tag damit rechnen dürfen.«

Serafina setzte sich an den Tisch und schlug das oberste Kontobuch auf. Maria stützte die Ellbogen auf das Fensterbrett und legte das Kinn in die Hände. Stille senkte sich über den Raum, nur unterbrochen von dem gelegentlichen Rascheln, mit dem die Seiten des Kontobuchs umgeblättert wurden. Eine Atmosphäre des Friedens hüllte die Stadt ein und ließ alle Geräusche gedämpft erscheinen. Sogar der pastellfarbene Sonnenuntergang paßte zu der sanften Stimmung.
Vor ein paar Tagen hatte Maria Serafina gesagt, wie gerne sie bei ihr sei, worauf diese sie überrascht ansah und sie, ganz gegen ihre sonstige Gewohnheit, in die Arme nahm und an sich drückte. Wenn William zurückkäme, wäre ihr Glück vollkommen. Sie sehnte sich so sehr nach ihm, daß es schmerzte.
Als habe sie ihre Gedanken gelesen, sagte Serafina plötzlich: »Ich fürchte, du hast mich zu wörtlich genommen – ein wenig mußt du dich schon noch gedulden. Die *Kingfisher* ist ein schnelles Schiff und Thomas Marlowe ein ausgezeichneter Steuermann, aber es kann durchaus noch ein paar Wochen dauern, bis du deinen William wiedersiehst. Wie ich dir sagte, sind sie nach Alexandria gesegelt, wogegen viele der Schiffe, die jetzt ankommen, nur in Scanderoon waren.«
Maria seufzte. Sie versuchte die Gedanken an Piraten, Unwetter und neidische Konkurrenten zu verscheuchen. »Ich weiß«, sagte sie. »Aber...«
Aber es war schon endlose sechs Monate her, daß sie sich von ihrem heimlichen Bräutigam hatte verabschieden müssen. Doch das war nicht ihr einziger Kummer. Mama wirkte kraftlos und niedergeschlagen und ließ sich durch nichts aufheitern. Der schreckliche Galeazzo Merli hatte sie schon zweimal bis zum Hafen verfolgt, sie angespro-

chen und anzufassen versucht. Seitdem war sie froh, daß ein Diener sie begleitete, wenn sie ausging. Anfangs war es ihr lästig gewesen, doch Serafina hatte darauf bestanden. Maria hätte gerne einen großen Hund angeschafft, doch ihre Freundin hatte erwidert, ein solches Ungetüm sei zu gefährlich für Francesco.
Maria seufzte erneut und ließ den Blick die Straße hinunterwandern. Es dämmerte bereits. Eine Gestalt steuerte auf das Haus zu. Ein Mann! Das Herz des Mädchens begann wild zu klopfen – doch als er näher kam, überflutete sie eine Welle der Enttäuschung. Sie drehte sich zu Serafina um und sagte: »Es kommt ein Besucher zu uns. Ich dachte, es sei William oder Signor Marlowe, aber dann sah ich, daß ich mich geirrt hatte. Der Mann hat blonde Haare.«
Serafina stand auf und trat neben sie. Die Haare des Mannes waren nicht wirklich blond, sondern dunkelgolden. Er war in schwarzen Samt gekleidet. Maria schaute ihre Freundin neugierig an. »Kennen Sie ihn?«
Ein Schatten hatte sich über Serafinas Gesicht gelegt. »Ja«, nickte sie. »Ich kenne ihn. Ich stand ihm einmal sehr nahe, aber das ist lange her.«

Angelo! Angelo kam uneingeladen zu ihr? Warum?
Serafina schickte Maria auf ihr Zimmer und eilte die Treppe hinunter, um dem Dienstmädchen zuvorzukommen und selbst zu öffnen, ohne sich vorher noch Zeit zu nehmen, einen Blick in den Spiegel zu werfen. Sie wußte nicht, was sie erwartete, aber sie wußte, daß sie bei diesem Zusammentreffen keine Zeugen haben wollte. In der Halle angekommen, schloß sie für einen Moment die Augen und atmete tief durch. Dann straffte sie sich und ging zur Tür. Die widerstreitendsten Gefühle tobten in ihrem Inne-

ren, doch als sie Angelo gegenüberstand, begrüßte sie ihn kühl und förmlich. Er verstärkte seine Entschuldigung für den unangemeldeten Besuch mit seinem oft erprobten Lächeln. Serafina bat ihn herein und führte ihn in den ersten Stock. Eines der Dienstmädchen erschien, wurde jedoch mit einer ungeduldigen Handbewegung weggeschickt.

Als Serafina den Blick durch den Salon schweifen ließ, wurde ihr wieder einmal bewußt, wie sehr sich ihr Leben verändert hatte. Ihr Kusin hatte sie aus der Welt vertrieben, in die sie hineingeboren worden war, und nun hatte sie sich eine neue aufgebaut. Sie fühlte sich zu Hause in diesem Durcheinander aus Kontobüchern, Papageienfedern und Kinderspielzeug – aber Angelo wirkte hier völlig fehl am Platze. Er gehörte in die allmählich verblassende Pracht des Hauses in Marseille, das ihr, wie sie bei einem Besuch festgestellt hatte, ebenso fremd geworden war wie ihre Heimatstadt. Der Papagei, der sich den ganzen Tag über mustergültig benommen hatte, kreischte durchdringend und stieß einen lästerlichen Fluch aus. Ohne sich um Angelos befremdeten Blick zu kümmern, rief sie den Vogel in strengem Ton zur Ordnung.

Ihr Gast ließ sich in dem angebotenen Sessel nieder und sagte: »Signora Capriani – ich möchte Sie noch einmal um Vergebung bitten, daß ich unangemeldet hierhergekommen bin, aber da ich in der Nähe war und da wir doch schon fast alte Freunde sind...« Er ließ den Satz in der Luft hängen. Als Serafina nichts dazu sagte, fuhr er fort: »Sie sind eine bekannte Persönlichkeit in Pisa. Ich fragte einen Passanten nach der Villa Capriani, und er konnte mir, ohne überlegen zu müssen, den Weg weisen.«

»Nun – das ist nicht weiter verwunderlich. Mein Gatte lebte hier. Er war ein geachteter Bürger.« Allerdings kann-

ten die Leute sie inzwischen ebenfalls – nur aus anderen Gründen. Auf der Straße starrten sie sie an, flüsterten hinter vorgehaltener Hand, wenn sie vorbeiging, und ein paar Tage zuvor hatte eine Gruppe Halbwüchsiger sie mit Steinen beworfen, als sie allein unterwegs war. Es störte sie nicht sonderlich, unbeliebt zu sein. Sie hatte Francesco und ihre Arbeit – und für einige Zeit auch Maria –, und das genügte ihr.
Angelo nahm das angebotene Glas Wein dankend an. Serafinas Herzschlag hatte sich so weit normalisiert, daß ihre äußerliche Gelassenheit sie nicht mehr solche Mühe kostete wie zu Anfang.
»Als wir uns das letzte Mal sahen, sagten Sie mir, Sie würden sich bald verloben, Signor Guardi. Darf ich Ihnen bereits gratulieren?«
Er lächelte. Dieses Lächeln hatte ihr einmal fast das Herz gebrochen, doch jetzt bewunderte sie zwar den schöngeschwungenen Mund von Angelo und die mandelförmigen Augen, die den ihren so sehr ähnelten, aber sie fühlte sich ihm seltsam fern – als sei er eine Erinnerung, das Bild eines längst Verstorbenen. Sie war froh, sich einigermaßen gefaßt zu haben, doch seine Antwort machte ihre Beherrschung wieder zunichte.
»Ich habe mich nicht mit Signorina Nadi verlobt, Signora – und es wird auch zu keiner Verlobung kommen.«
Sie mußte die Hände ineinander verkrampfen, um ihr Zittern zu verbergen. Eine kaum bezähmbare Freude ergriff von ihr Besitz, als sie den Grund für Angelos Besuch begriff: Er war hier, weil er ihre Hilfe brauchte, denn freiwillig hatte er die reiche junge Florentinerin sicherlich nicht aufgegeben. Dennoch fragte sie, ihn mit hochgezogenen Brauen anblickend: »Sie haben der jungen Dame den Laufpaß gegeben, Signor Guardi?«

Er zögerte kaum merklich, bevor er antwortete: »Das trifft es nicht ganz. Wie Sie wissen, steckte ich in finanziellen Schwierigkeiten, und als sich meine Lage kürzlich noch weiter verschlechterte, wurde die Vereinbarung in gegenseitigem Einverständnis aufgehoben.«
Mit zitternden Knien und wild klopfendem Herzen stand sie auf, zündete die Kerzen an und schloß die Fensterläden. Noch vor kurzer Zeit war ihr jegliche Rache unmöglich erschienen. Nach Thomas' Bericht bei seiner Rückkehr aus Florenz vor einem halben Jahr hatte sie alle Hoffnung aufgegeben, das jemals wiederzuerlangen, was ihr zustand. In den Monaten danach hatte sie gelernt, sich mit Francesco, ihrer Arbeit und dem Warten auf die *Kingfisher* zu begnügen, die mit Schätzen beladen aus der Levante zurückkommen würde. Aber sie war nie wirklich zufrieden gewesen. Und jetzt würden sich ihre Träume plötzlich doch noch erfüllen!
Wieder einmal war sie dankbar für ihre Fähigkeit, ihre Gefühle verbergen zu können. Die Fassade, die sie ihrem Kusin präsentierte, war dieselbe, die er bereits in Marseille gesehen hatte: Eine selbstbewußte, gelassene Frau spiegelte sich in Angelo Demoines' dunklen Augen. Es lag in ihrer Macht, ihn zu zertreten, den Märchenprinzen ihrer Kindheit und Folterer aus ihren Alpträumen mit einem Wort zu vernichten – aber das war es nicht, was sie wollte. Sie würde ihn eine Weile hoffen lassen, dann wäre das Erwachen um so schlimmer für ihn. Sie lächelte. »Und haben Sie jetzt ein gebrochenes Herz?«
Er hatte sich in seinem Sessel zurückgelehnt. Ganz offensichtlich glaubte er, bereits gewonnen zu haben. Das Geständnis, sich in einer mehr als mißlichen Lage zu befinden, war die schwierigste Hürde gewesen, alles

andere wäre ein Kinderspiel – glaubte er. Serafina frohlockte.
»Aber nicht im mindesten, Signora«, erwiderte er fröhlich. »Ich hätte Signorina Nadi ausschließlich aus geschäftlichen Erwägungen geheiratet, mein Herz hatte damit nichts zu tun. Um mein Herz zu brechen, bedürfte es einer anderen Frau als eines in jeder Hinsicht farblosen toskanischen Mädchens.«
Serafina setzte sich wieder hin. Jetzt hatte sie auch innerlich ihre Fassung wiedergewonnen. Das Triumphgefühl, das sie erfüllte, war so belebend wie Quellwasser nach einem langen Ritt an einem heißen Tag. Fiametta Nadi, die sie in ihrer Phantasie mit allen erdenklichen Vorzügen ausgestattet hatte, verblaßte zu einer durchschnittlichen Neunzehnjährigen, der ihr Bräutigam keine Träne nachweinte. »Und wie müßte diese Frau sein, Signor?«
»Dunkelhaarig – Signorina Nadi ist blond. Und klein und zierlich – nicht groß und ungeschlacht. Und sie sollte ein Gefühl – nein, eine Leidenschaft – für Seide haben und einen ausgeprägten Geschäftssinn.«
Natürlich erkannte sie sich in dieser Beschreibung. In seiner grenzenlosen Eitelkeit meinte er, sie mit Schmeicheleien umgarnen und seinen Wünschen gefügig machen zu können. Doch er vergaß, daß sie all die aufgezählten Eigenschaften bereits besessen hatte, als sie ihm in Marseille ihre »Hilfe« anbot, und seinerzeit hatte er sie abgewiesen! »Ihre Einstellung ist ein wenig... ungewöhnlich, Signor. Die meisten Männer betrachten es als äußerst unpassend, wenn eine Frau glaubt, sich in ihrer Welt behaupten zu können.«
»Ich bin eben ein ungewöhnlicher Mensch, Signora, und ich betrachte nichts an Ihnen als unpassend.« Er stand auf, trat zu ihr und schaute sie an. Die Kerzenflammen

warfen Schatten an die Wände, ließen Angelos Haar wie flüssiges Gold glänzen und verliehen seinen Augen einen zusätzlichen Zauber. Er nahm Serafinas Hände und zog sie hoch.
Er will mich verführen, dachte sie. So viele Jahre hatte sie sich das gewünscht, und jetzt erfüllte es sie nur mit geringschätziger Belustigung. Doch eigentlich hatte sie kein Recht zu diesem Gefühl: Schließlich hatte sie sich desselben Mittels bedient, um bei Jacopo ihr Ziel zu erreichen. Angelo führte ihre Hände an die Lippen und küßte nacheinander ihre Fingerspitzen. Sein Mund war warm und weich, aber Serafina wartete vergeblich darauf, daß sie ein wohliger Schauer durchliefe. »Ich habe mich erkundigt«, sagte er. »Zu meiner Erleichterung erfuhr ich, daß Sie sich nicht neu verheiratet haben.«
Sie lächelte. »Unter den Herren, die mir einen Antrag machen, war keiner, der meinen Ansprüchen genügt hätte. Zudem waren sie alle alt, und ich werde niemals wieder einen alten Mann heiraten.« Und niemals mehr einen Mann über mich bestimmen lassen, fügte sie in Gedanken hinzu. Mit Schaudern dachte sie daran, in welchem Maße sie sich den Wünschen ihres greisen Ehemannes hatte fügen müssen, um ihre Ziele nicht zu gefährden, und daran, welche Macht der Mann über sie gehabt hatte, der jetzt mit schmelzendem Blick vor ihr stand. Sie zog ihre Hand nicht weg – sie würde ihn noch ein bißchen länger hoffen, ihn glauben lassen, daß sie seinem Charme und seinem guten Aussehen erläge.
Er hob die freie Hand und fuhr suchend an der Strähne entlang, die sie um ihre Haarkrone gewickelt hatte. Sie spürte, wie er die Nadeln herauszog, und gleich darauf ergoß sich eine schimmernde Flut über ihre Schultern und ihren Rücken. Serafina hob den Kopf und schaute

Angelo ins Gesicht. Die goldenen Locken und das gutgeschnittene Gesicht mit den hohen Backenknochen raubten ihr nicht mehr den Atem. Mit einem kleinen, spöttischen Lächeln in den Mundwinkeln fragte sie: »Was möchten Sie kaufen, Signor Guardi – und was haben Sie zu bieten?«
Er hielt ihren Blick fest. »Ich möchte eine Zukunft kaufen und sie mit Ihnen teilen. Stellen Sie sich das vor. Unsere Schiffe, unsere Bevollmächtigten in jedem Hafen der Levante...« Für einen Moment erlag sie dem Reiz dieser Vision, doch dann fügte er hinzu: »Und als Gegenleistung biete ich Ihnen meinen Namen – und meinen Ruf.«
Zorn loderte in ihr auf: Den Namen hatte er ihr gestohlen und den Ruf auf dem Tod ihres Vaters aufgebaut! Aus dem Zorn wurde Haß. Sie mußte alle Beherrschung aufbieten, um ihn nicht zu schlagen, ihm nicht die Augen auszukratzen und nicht seine kostbaren Kleider zu zerfetzen. Er zog sie so eng an sich, daß sie die Wärme seines Körpers durch ihr Kleid spürte. Ein leichter Sandelholzduft entströmte seiner Haut. Serafina bog den Oberkörper zurück und schaute Angelo in die Augen. »Sie bieten mir Ihren Namen und Ihren Ruf«, sagte sie scheinbar nachdenklich, »und wie steht es mit Ihnen selbst?«
Seine dunklen Augen flackerten und weiteten sich ein wenig. »Wenn Sie es wünschen«, antwortete er.
Wie ähnlich sie einander waren: Auch sie hatte sich verkauft, um ihrem Ziel näher zu kommen. Es erstaunte sie, daß er sie nicht erkannte, daß er nicht begriff, daß er in einen Spiegel blickte, der nicht nur sein Gesicht, sondern auch seine Seele zeigte. Sie waren vom gleichen Blut, hatten den gleichen Ehrgeiz und die gleiche Leidenschaft: Seide, Seide, Seide – scharlachrot, türkisfarben, smaragdgrün oder in allen Farben des Feuers changierend –, eine

Leidenschaft, die bereits in der Kindheit in ihnen entfacht worden war. Sie würden beide alles tun für ein paar leuchtende Bahnen des kostbaren Gewebes, dessen Rohstoff eine unscheinbare Raupe lieferte.

Er beugte den Kopf, seine Lippen streiften ihre Stirn und ihre Wangen – und dann fanden sie die ihren. Sie erwiderte den Kuß und flüsterte danach: »Dies ist nicht der geeignete Ort, unseren Handel zu besiegeln.« Mit einem vielsagenden Blick nahm sie eine Kerze vom Tisch und führte Angelo hinauf in ihr Schlafzimmer.

Als sie in ihrem Ehebett in den Armen ihres Kusins lag, hörte sie auf einmal Thomas' Stimme: »Sie waren verliebt in ihn... und Sie sind es noch!« Die Erkenntnis traf sie wie ein Blitz, und während sie sich dem einen Mann als heißblütige Geliebte präsentierte, dachte sie an den anderen. Sie konnte es kaum erwarten, ihm zu sagen, daß es vorbei und sie nicht länger Angelos Marionette war. Am liebsten wäre sie aus dem Bett gesprungen, doch sie beherrschte sich: Sie durfte den Weg, an dessen Beginn Angelo sie vor vielen Jahren unwissentlich gestellt hatte, so kurz vor dem Ziel nicht verlassen. Seine Haut war samtweich, sein Körper muskulös – sie wünschte, sie hätte ihn genießen können. Sie schloß die Augen und konzentrierte ihre Gedanken auf Thomas Marlowe, und plötzlich erwachte eine Leidenschaft in ihr, deren sie sich selbst niemals für fähig gehalten hätte.

Als Angelo schließlich ermattet in die Kissen sank, hatte er keine Ahnung, daß er eine der heißesten Nächte seines bewegten Lebens einem anderen Mann verdankte – dem Mann, der ihn in Zakynthos um ein lohnendes Geschäft gebracht hatte.

Serafina hatte nicht geglaubt, schlafen zu können, aber als sie die Augen öffnete, drang das Licht des neuen Tages

durch die Ritzen der Fensterläden. Sie zog sich leise an, um den Mann in ihrem Bett nicht zu wecken. Es fiel ihr schwer zu glauben, daß sein Zauber verflogen, daß sie nicht mehr seine Gefangene, sondern endlich Herrin über ihr Leben war. Die letzte Nacht hatte es ihr gezeigt – und nicht nur das. Sie hatte ihr auch gezeigt, wem ihr Herz in Wahrheit gehörte. Ein bittersüßer Schmerz erfüllte sie, doch gleich darauf kehrten ihre Gedanken in die Gegenwart zurück.
Es war an der Zeit, das Versteckspiel zu beenden. Serafina stieß die Fensterläden auf. Goldenes Sonnenlicht strömte herein. Sie ging zum Bett zurück. Angelo räkelte sich und schlug die Augen auf. Verwirrung stand darin – doch nur für einen Moment.
»Guten Morgen, Signora Capriani«, lächelte er.
»Findest du diese Anrede in Anbetracht der Umstände nicht ein wenig förmlich, Angelo?« fragte sie.
Er schwang sich aus dem Bett und schlüpfte in Hose und Hemd. »Wenn Sie auf eine vertrauliche Anrede Wert legen, müssen Sie mir Ihren Vornamen verraten.«
»Serafina. Ich heiße Serafina.«
Die Pause dauerte nur eine Sekunde. »Serafina? Ein hübscher Name.«
Er begriff immer noch nicht. Die Pause hatte er gemacht, weil der Name ihn an sie erinnerte, nicht weil er sie erkannte.
»Was ich meine, ist: Ich bin Serafina«, erklärte sie ruhig. »Schau mich an, Angelo! Erkennst du mich nicht? Ich bin Serafina!«
Plötzlich wich alle Farbe aus seinem Gesicht. Er sah aus wie ein Ertrunkener.
»Ich bin Serafina«, wiederholte sie. »Franco Guardis Tochter.«

Er starrte sie fassungslos an. »Nein!« flüsterte er. »Nein! Serafina ist... Serafina ist...«

»Tot?« Sie lächelte. »Nein, Angelo – Serafina ist nicht tot. Ich bin kein Geist. Du hast einen kleinen Fehler gemacht.« Dieser Fehler war gewesen, daß er bei seinem Plan die Liebe nicht bedacht hatte. Sie verdankte es der Liebe Kara Alis, der sie geliebt hatte, wie er alle Menschen liebte, daß der türkische Soldat sie nicht hatte mitnehmen können. Es gab die Liebe – aber nicht in Angelos Welt.

Er saß wie erstarrt da, einen Fuß mit einem halb hochgezogenen Strumpf bewegungslos in der Luft. Er sah lächerlich aus. »Franco...«, sagte er heiser.

Franco Guardi mit den freundlichen Augen, dem herzlichen Lächeln und dem großzügigen Wesen. Wieder wallte Haß in Serafina auf. »Mein Vater starb im Bagno von Algier, wie du es angeordnet hattest«, sagte sie. »Aber ich wurde von ihm getrennt und kam als Sklavin zu einem Arzt in der Nähe von Oran.«

Angelos Stimme war kaum mehr als ein Krächzen. »Hamid hat deine Spur bis dorthin verfolgt. Er schickte einen Soldaten hin, der mit der Nachricht zurückkam, daß du gestorben seist.« Er konnte den Blick nicht von ihr wenden. Er sah sie an, als sei sie wirklich ein Geist.

»Mein Herr zeigte ihm das Grab seiner Tochter und gab es als meines aus«, klärte sie ihn auf. »Ich blieb sechs Jahre bei ihm, und dann sorgte er dafür, daß ich nach Frankreich zurückkehren konnte. Als ich nach Marseille kam, erfuhr ich, daß du den Besitz meines Vaters geerbt hättest. Aber es gehörte alles mir, Angelo. Alles. Und jetzt gehört es mir wieder.«

Sein Mund verzerrte sich zu einem schiefen Lächeln. »Werde glücklich damit. Es ist nichts mehr da. Die Firma ist ruiniert.«

»Oh, das weiß ich.« Sie setzte sich an den kleinen Tisch und legte den Unterarm auf die Platte. »Ich habe Jahre darauf hingearbeitet, dir das Handwerk zu legen, und schließlich kam mir das Schicksal zu Hilfe.«
Wieder dieses schreckliche Lächeln. »Nicht das Schicksal, die English Levant Company.«
Sie sah ihn verständnislos an.
»Ich habe einmal versucht, eines ihrer Schiffe zu plündern, als es in Zakynthos lag«, erklärte er. »Es hatte Zinn geladen, das ich gut hätte verkaufen können. Es schien alles ganz einfach...«
Sie wußte, von welchem Schiff er sprach: von der *Garland*. Damals war Thomas Marlowe der Steuermann gewesen.
»Die Levant Company verübelte mir meinen Besuch.« Angelo stieß ein heiseres Lachen aus. »Und revanchierte sich vor kurzem – mit wahrhaft durchschlagendem Erfolg.«
»Du hast die *Fiametta* verloren?«
»Sie liegt auf dem Grund des Mittelmeers.«
Serafina wußte nicht, weshalb, aber sie war sicher, daß Thomas Marlowe für den Untergang der *Fiametta* verantwortlich war. Das große goldene Schiff, das mit der *Kingfisher* um die Wette nach Marseille gesegelt war, hatte ein unrühmliches Ende gefunden. Thomas hatte Angelo umbringen wollen. Daß er es nicht tat, lag vielleicht daran, daß er sich an den Schwur gebunden fühlte, den sie ihm abgenötigt hatte, aber seine Art der Rache war ebenso süß und wirkungsvoll.
»Fünfzigtausend Goldflorin«, sagte Angelo verträumt. »Lorenzo Nadis Geld. Jetzt spielen die Fische damit.«
»Warum?« fragte Serafina mit kalter Stimme. »Warum hast du es getan?«
Er begriff sofort. Schon in ihrer Kindheit brauchte sie ihm

nie zu erklären, was sie meinte, so groß der Gedankensprung auch sein mochte. Er zog sein Wams an und meinte: »Franco beabsichtigte, seine Firma einem florentinischen Schwachkopf und einer Frau zu hinterlassen. In Michele Corsinis Händen hätte der Guardi-Tuchhandel niemals überleben können, Serafina. Die Corsinis besitzen zwar seidenverarbeitende Werkstätten, aber sie verstehen nicht das geringste vom Handel. Sie haben Vermögen und einen alten Namen. Dein Vater hatte eine Schwäche für alte Namen – deshalb stellte er auch Jehan ein.«
Ich hätte es gekonnt, dachte sie. Plötzlich brannten Tränen in ihren Augen. Unter ihrer Leitung hätte die Firma Guardi nicht nur überlebt, sondern sie wäre neu erblüht. Aber als Angelo ihren Vater und sie aus dem Weg räumen ließ, war sie zehn Jahre alt gewesen – wer hätte damals ahnen können, welche Fähigkeiten in ihr schlummerten.
»Ich weiß, was du Vater angetan hast«, sagte sie. »Und Jehan. Und daß Marthe gestorben ist – aus Kummer über meinen vermeintlichen Tod. Auch das werde ich dir niemals verzeihen. Aber was ist aus Monsieur Jacques geworden?«
Angelo, der gerade dabei war, sein Wams zu schnüren, hielt mitten in der Bewegung inne und sah sie scharf an: »Woher weißt du von Jehans Tod?«
»Ich habe meine Quellen«, antwortete sie. »Was ist mit Monsieur Jacques passiert?«
»Gar nichts. Jedenfalls nichts, wofür ich verantwortlich wäre. Ich habe nie mehr etwas von ihm gehört. Er war nicht bereit, für mich zu arbeiten, was ich sehr bedauerte, denn er war ein sehr fähiger Mann und hätte mir von großem Nutzen sein können, und so ließ ich ihn gehen.«
»Einfach so?«
»Ich töte nur, wenn es erforderlich ist«, erklärte er mit

brutaler Offenheit. »Monsieur Jacques stellte keine Bedrohung für mich dar, er wußte ja von nichts.« Als Serafina nichts dazu sagte, fuhr er fort: »Was hast du jetzt vor? Wirst du mich verhaften lassen – oder mir die Kehle durchschneiden?« Er hatte seine Fassung wiedergewonnen. Sein Selbstvertrauen, das sich auf das Bewußtsein gründete, Charme, Intelligenz und gutes Aussehen zu besitzen, ließ sein Lächeln wieder im alten Glanz erstrahlen.

Nein – sie würde ihn weder festnehmen noch umbringen lassen. Ein vor langer Zeit begonnenes Kapitel war abgeschlossen. Der Wunsch, Angelo zu vernichten, war mit der Erkenntnis erloschen, daß er keine Macht mehr über sie hatte. Sie schüttelte den Kopf, ging zum Fenster und schaute auf die Stadt hinaus. Sonnenlicht vergoldete die Dächer und Türme, und der weite, wolkenlose Himmel spiegelte ihre Stimmung wieder. Sie war frei! Die Last der Vergangenheit war von ihren Schultern genommen. Auf dem Weg zur Vergeltung hatte sie gefunden, was ihr wirklich etwas bedeutete: Francesco und Thomas. Sie hörte Angelo aufstehen, und gleich darauf fiel die Tür ins Schloß.

Plötzlich setzte ihr Herzschlag aus: Eine vertraute Gestalt kam die Straße herunter – ein Mann in grobem Wollzeug, einen verbeulten Filzhut auf den wirren Locken und einen Seesack über der Schulter. Thomas Marlowe war in die Toskana zurückgekehrt! Und gestern abend noch hatte sie zu Maria gesagt, sie müsse sich noch gedulden. Die *Kingfisher* mußte geflogen sein! Serafina raffte die Röcke und lief die Treppe hinunter.

Als sie in der Halle ankam, verließ Angelo gerade das Haus. Sie stürzte zur Tür. Thomas Marlowe stand wie angewurzelt da. Sein Blick folgte dem Davoneilenden, und dann wandte er sich Serafina zu. Der Ausdruck seiner Augen schnitt ihr wie ein Messer ins Herz. Sie war unfähig, sich zu rühren oder etwas zu sagen. Wortlos drehte Thomas sich auf dem Absatz um und ging mit großen Schritten davon.

Ihre Haare waren noch nicht frisiert, und sie hatte noch ihre Pantoffeln an, doch nach ein paar Schrecksekunden rannte sie los. Die Straßen waren bereits ziemlich belebt. Lehrlinge eilten zur Arbeit, Dienstmädchen mit Körben am Arm zum Einkaufen, herrenlose Hunde suchten im Rinnstein nach Eßbarem. Serafina spürte das Kopfsteinpflaster schmerzhaft hart durch ihre dünnen Sohlen. Sie rief Thomas' Namen, aber er drehte sich nicht um. Mit seinen langen Beinen kam er viel schneller voran als sie, aber schließlich holte sie ihn ein und packte ihn am Ellbogen. »Thomas!« flehte sie beschwörend.
Endlich blieb er stehen und schaute auf sie hinunter. »Ich dachte, er wäre tot«, sagte er, und dann fügte er mit harter Stimme hinzu: »Sie sind sich ja offenbar recht nahe gekommen. Werden Sie ihn heiraten? Ich empfehle es Ihnen, Sie wären ein prächtiges Gespann.«
»Angelo wird nicht zurückkommen«, antwortete sie.
»Oh – Sie werden ihn schon umstimmen.« Thomas' Blick war eiskalt. So hatte sie ihn noch nie gesehen, nicht einmal bei ihren heftigsten Auseinandersetzungen. »Natürlich werden Sie ihn umstimmen, Sie erreichen doch immer alles, was Sie wollen.«
Serafina ließ seinen Ellbogen los. Sie standen nah beieinander, doch ihre Körper berührten sich nicht. Sie versuchte, ihm klarzumachen, was sie selbst erst vor ein paar Stunden begriffen hatte: »Aber ich will ihn gar nicht, Thomas! Das ist mir heute nacht klargeworden. Ich habe

Angelo überwunden, ich bin frei! Ich bin glücklich mit dem, was ich habe.«
»Wie schön«, erwiderte er trocken. »Es ist erfreulich, daß wenigstens einer von uns glücklich ist.«
»Ich will nicht Angelo, Thomas, ich will dich!« Zum ersten Mal sprach sie ihn in der Öffentlichkeit mit dem Vornamen an, ohne es beabsichtigt zu haben. »Ich liebe dich«, sagte sie. »Das weiß ich jetzt.« Ein Passant lächelte, als er hörte, wie eine Frau einem Mann auf offener Straße eine Liebeserklärung machte, doch Thomas' Gesichtsausdruck veränderte sich kaum, wurde höchstens noch ein wenig trauriger. »Liebst du mich denn überhaupt nicht?« fragte sie leise.
Er antwortete nicht, rührte sich nicht, schaute sie nur an. Schließlich sagte er: »Ich habe dich einmal mehr geliebt als mein Leben, aber jetzt... ich weiß nicht. Ich bin müde. Ich will nicht mehr. Ich gehe zurück nach England.«
Fassungslos starrte sie ihn an. Sie konnte nicht glauben, daß sie ihn verloren haben sollte – gerade jetzt, als sie erkannt hatte, wie sehr sie ihn brauchte.
Sein Blick wurde etwas weicher. Er sah tatsächlich müde aus. »Ich nehme die *Kingfisher* und kehre in meine Heimat zurück«, sagte er sanft. »Ich habe schon eine ganze Weile mit dem Gedanken gespielt, und in Aleppo erfuhr ich, daß die Levant Company mich wiederhaben will. Ich denke, ich habe meine Schulden bei dir bezahlt, der Gesellschaft schulde ich noch eine Menge. Ich lasse die Dinge, die ich aus der Levante mitgebracht habe, in die Lagerhäuser schaffen. Du wirst beachtliche Profite erzielen können.«
Sie wollte ihm sagen, daß Geld sie nicht mehr interessierte, aber sie wußte, daß er ihr nicht glauben würde, und so wiederholte sie nur kummervoll: »Ich liebe dich, Thomas.«

Endlich berührte er sie, legte ihr die Hände auf die Schultern. »Tust du das? Ich bezweifle es. Du hast in den letzten Jahren so viel gelogen, ich fürchte, du weißt gar nicht mehr, was Wahrheit ist und was nicht.« Er rückte den Seesack auf seiner Schulter zurecht. »Sorge gut für Francesco – und laß eines Tages ein Schiff für ihn bauen.«
Sie konnte immer noch nicht glauben, daß er tatsächlich gehen wollte. »Aber – was ist mit Edward Whitlock?« fragte sie. Doch auch dieser Punkt konnte ihn nicht umstimmen.
»Nun – ich werde es darauf ankommen lassen.«
Aus. Vorbei. Sie hatte verloren. Mit letzter Kraft brachte sie ein Lächeln zustande: »Hattest du nicht einmal gesagt, du wolltest nicht dein ganzes Leben lang Damenstrümpfe und Wollmützen im Mittelmeer herumschippern?«
»Doch, das habe ich, und es sieht ganz so aus, als sei bald Schluß damit. Die Levant Company plant, eine Tochtergesellschaft zu gründen – für den Handel mit Ostindien. Vielleicht...« Damit drehte er sich um und ging.
Serafina hatte plötzlich das Gefühl, allein auf der Welt zu sein, auf dem Gipfel des Berges zu stehen und auf ein Nebelmeer hinunterzublicken. Sie hörte den Straßenlärm nicht mehr, spürte die Wärme der Sonnenstrahlen nicht. Tränen strömten über ihr Gesicht.
Vielleicht, dachte sie. Vielleicht.

In Florenz klopfte Fiametta Nadi nach einem höchst unerfreulichen Gespräch mit ihrem Vater an die Tür des Schlafzimmers ihrer Mutter.
Giulia lag noch im Bett. Obwohl es bereits Mittag war, herrschte Dämmerlicht im Raum, denn die Fensterläden waren geschlossen. Pantoffeln, Kleider und Unterwäsche lagen über Möbel und Fußboden verstreut. Fiametta ging

zum Fenster und stieß die Läden auf. Sonnenschein und Straßenlärm fluteten herein.
»Liebes...« Giulia stöhnte, rieb sich die Augen und setzte sich auf. Ihre Tochter betrachtete sie voller Verachtung. Die Frau mit dem vom Schlaf aufgedunsenen Gesicht und den wirren Haaren hatte wenig Ähnlichkeit mit der Schönheit, als die Florenz sie kannte.
»Ich muß mit dir reden, Mama«, erklärte Fiametta entschieden. »Über meine Zukunft.«
Giulia schlang sich einen Schal um die Schultern. Die Luft im Zimmer war geschwängert von dem Duft von Lavendel und Rosenwasser. Der Geruch und die Erinnerung an die Unterhaltung mit ihrem Vater verursachten Fiametta Übelkeit, doch sie blieb am Fußende des Bettes stehen. Sie würde nicht gehen, bevor sie ihren Willen durchgesetzt hätte. Wütend ballte sie die Fäuste.
»Deine Zukunft ist doch geregelt, Liebes.« Giulia gähnte. »Sobald der gute Angelo aus der Levante zurückkommt...«
»Der ›gute Angelo‹ ist bereits zurück«, erwiderte Fiametta mit beißendem Spott. »Aber ohne sein Schiff.«
Endlich war es ihr gelungen, die Aufmerksamkeit ihrer Mutter zu erregen. Die verschwollenen blauen Augen richteten sich fragend auf sie. »Papa hat heute früh einen Brief erhalten. Die *Fiametta* wird niemals nach Italien zurückkehren, sie ist gesunken.«
Giulias Unterkiefer klappte herunter. Sie ist häßlich, dachte Fiametta, als sie das schlaffe Kinn, die unzähligen winzigen Runzeln um den Mund und die Krähenfüße um die Augen betrachtete. Ihre Mutter würde einen ganzen Becher Farbe brauchen, um dieses Gesicht der Öffentlichkeit präsentabel zu machen. »Mit Papas ganzem Gold«, setzte sie hinzu. »Er ist sehr wütend.«

Es war diese Wut, die sie veranlaßt hatte, ihre Mutter aufzusuchen. Nur wenige Male hatte sie ihn in einer derartigen Verfassung erlebt, doch die Gefahr eines Ausbruchs war ständig gegenwärtig – wie bei einem tätigen Vulkan. Sie hatte sich ihr Leben lang dem Willen ihres Vaters gebeugt, um keinen Ausbruch heraufzubeschwören, aber jetzt hatte sie es satt. Giulia war aus dem Bett gestieben und hatte sich einen Morgenmantel übergeworfen. »Geh zu ihm«, sagte Fiametta. »Du kannst ihn doch immer besänftigen.«

»Ja«, nickte ihre Mutter, aber ihre Stimme klang zweifelnd. Sie setzte sich an einen kleinen Tisch und begann, ihr rotgoldenes Haar zu bürsten. »Wie auch immer – wegen deiner Zukunft brauchst du dir keine Sorgen zu machen, ich bin sicher, wir finden einen anderen Ehemann für dich. Ich war von vornherein der Meinung«, sie drehte ihre Haare zu einem Knoten zusammen und sprach undeutlich, weil sie den Mund voller Haarnadeln hatte, »daß dieser Angelo ein wenig zu... nun ja, er war eben ein Emporkömmling, nicht wahr?«

»Ich werde niemals heiraten!« Fiametta strich sich eine sandfarbene Strähne aus dem Gesicht.

Giulia nahm eine Hasenpfote aus einer Schale und begann, Puder aufzulegen. »Sei nicht albern, Liebes. Du hast gerade eine Enttäuschung erlebt, aber deshalb mußt du nicht gleich das Kind mit dem Bade ausschütten. Er sah ja wirklich gut aus, doch ansonsten ließ er einiges zu wünschen übrig. Er ist es nicht wert, daß du dich seinetwegen grämst. Sobald bekannt wird, daß du wieder frei bist, werden die Bewerber an unserer Tür Schlange stehen.«

»Ich gräme mich nicht wegen Signor Guardi«, erwiderte Fiametta und verknotete ihre sommersprossigen Finger

ineinander. »Ich habe ihn verabscheut. Und ich werde niemand anderen heiraten. Ich verabscheue alle Männer.«
Ihre Mutter drehte sich mit der Hasenpfote in der Hand zu ihrer Tochter um. »Liebes...«
»Du mußt mich in ein Kloster eintreten lassen, Mama, und du mußt ihnen so viel Geld geben, daß ich eines Tages Äbtissin werden kann.«
Giulia starrte sie einen Moment lang verdutzt an und brach dann in Gelächter aus. »Das ist das Lächerlichste, was ich je gehört habe! Weshalb sollte eine meiner Töchter ins Kloster gehen? Deine Mitgift ermöglicht dir eine gute Heirat, und außerdem« fügte sie hinzu, »wäre Papa außer sich. Das weißt du auch genau. Er will, daß du ihm Erben schenkst.«
»Ich werde niemals heiraten«, wiederholte Fiametta. »Niemals! Und ich denke, du wirst mich bei Papa unterstützen. Stell dir doch nur vor, wie wütend er erst würde, wenn er von dir und dem jungen Frescobaldi erführe.«
Giulia schnappte nach Luft und ließ die Hasenpfote in die Schale fallen. Süßliche Puderwolken stiegen auf.
»Ich würde eine gute Äbtissin abgeben«, fuhr Fiametta ungerührt fort, »aber eine schlechte Ehefrau. Es liegt bei dir, Mama, aber ich könnte mir vorstellen, daß Papa dich tötet, wenn er von Signor Frescobaldi erfährt.«
»Du heimtückisches Geschöpf!« keuchte Giulia. Mit zitternden Händen versuchte sie, wenigstens einen Teil des Puders in die Schale zurückzufegen. Obwohl sie seit ihrer Jungmädchenzeit das Erscheinungsbild der hilflosen Naiven pflegte, war sie eine praktisch denkende Frau. Nach kurzem Überlegen fragte sie: »Und wenn ich ihm mitteile, daß du Nonne werden willst, wird er mich nicht umbringen?«

»Nein, das wird er nicht.« Fiametta, die in dem steifen rosafarbenen Brokatkleid noch ungelenker wirkte als sonst, steuerte auf die Tür zu. »Er hat ja noch Nencia, und die wird er bestimmt blendend verheiraten können. Du hast ihn doch immer zu allem überreden können, was dir am Herzen lag, und für eine kleine Weile wirst du es wohl auch weiterhin noch können«, fügte sie grausam hinzu. Damit verließ sie das Zimmer.
Giulia schaute nachdenklich in den Spiegel. Lange. Dann stand sie auf und rief nach ihrer Zofe.

Angelo kehrte in seine Geburtsstadt Marseille zurück, in Franco Guardis Haus, in Serafinas Haus – das einzige Zuhause, das er je gekannt hatte. Doch es schien ihm fremd. Er hatte Mühe, sich zu erinnern, wo welches Zimmer lag und in welchen Schränken und Schubladen sich welche Dinge befanden, und schließlich erkannte er, daß er alles mit Serafinas Augen sah: Sie hatte Besitz von ihm ergriffen, und er wußte, daß sie ihn zerstören würde. Doch er war entschlossen, sich nicht kampflos zu ergeben. Er zwang sich, seiner üblichen Arbeit nachzugehen, Briefe zu schreiben, die Kontobücher zu führen und das Ausmaß seines Verlustes zu berechnen. Er würde das Haus, die Bediensteten und auch die kleineren Schiffe verlieren – alle Annehmlichkeiten seines so mühevoll aufgebauten Lügengebäudes –, aber er lebte weiter wie bisher, weil er nicht wußte, was er sonst tun sollte.
Als er eines Nachts aufwachte, dachte er darüber nach, ob sein Leben auch anders hätte verlaufen können. Nein – er hätte sich niemals mit dem kärglichen Dasein abfinden können, das ein Bastard üblicherweise zu fristen gezwungen war. Doch jetzt war er am Ende. Gefangen wie eine Ratte in einer Abfalltonne, aber im Unterschied zu dieser

wußte er, daß er nicht ins Freie gelangen konnte, indem er im Kreis lief. Hin und wieder ertappte er sich dabei, es zu bedauern, nicht mit der *Fiametta* untergegangen zu sein.

Thomas segelte mit der *Kingfisher* an Mallorca und Sardinien vorbei. Sie machten gute Fahrt. Die meiste Zeit dachte er weder an die Vergangenheit noch an die Zukunft, sondern beschäftigte sich mit den Anforderungen der Gegenwart – dem Berechnen des Kurses, der optimalen Ausnutzung des Windes und der Ausschau nach anderen Schiffen. Einige Tage nach seiner Abreise aus Pisa sah er drei Galeonen vor sich und blieb zurück, als er sie erkannte: die *Legacy*, die *Saviour of Bristol* und die *Garland*. Sie waren auf dem Rückweg nach London, nachdem sie, von Scanderoon kommend, in Livorno angedockt hatten. Thomas beabsichtigte nicht, sich ihnen anzuschließen: Edward Whitlock war unberechenbar, es wäre durchaus möglich, daß er die *Kingfisher* unter Beschuß nahm, wenn sie sich näherte. Nein, die unausweichliche Konfrontation sollte lieber im kühlen, nüchternen England stattfinden als in der fiebrigen Atmosphäre des Mittelmeers. Und selbst dann würde Thomas John Keane bitten, dem Gespräch beizuwohnen.
Natürlich gab es hin und wieder Zeiten, in denen Thomas keine Aufgaben zu erfüllen hatte, und dann suchten ihn Bilder heim: Serafina in einem unscheinbaren grauen Kleid als Angestellte in Jacopo Caprianis Haus; Serafina kostbar gekleidet als Ehefrau Jacopo Caprianis beim Bankett der Merlis – stolz und zornig und mit seinem Kind unter dem Herzen; Serafina in seinen Armen – diese Erinnerung war kaum zu ertragen; Serafina auf dem Weg von Valencia nach Marseille – mit gesenktem Kopf neben ihm gegen den Wind reitend.

Es war lange her, doch es schien ihm, als reite er noch immer gegen den Wind.

Seit dem Tod seiner Tochter Isabelle erschien Jules Crau das Leben sinnlos. Eines Tages stellte er fest, daß er sich nicht erinnern konnte, wie er die Zeit seit ihrer Bestattung in einem namenlosen Armengrab verbracht, ob er geschlafen, gegessen oder mit jemandem gesprochen hatte. Eines Nachmittags fand er sich auf dem Marktplatz wieder, ohne zu wissen, wie er dorthin gekommen war. Eine Seite wurde von einem Haus beherrscht, das aussah, als sei es ganz aus Gold. Das Sonnenlicht ließ es so hell erstrahlen, daß es in den Augen schmerzte, doch er konnte den Blick nicht davon wenden. Es schien Jules, als verkörpere das Haus das Böse und verspotte ihn – und doch zog es ihn magisch an. Und plötzlich erwachte die Gewißheit in ihm, daß er heute noch begreifen würde, warum er noch immer lebte.
Irgendwann sprach ihn jemand an. Jules erkannte den Mann als einen der Bettler vom Place des Miracles, aber er sagte nichts: Er durfte nicht, die Stimmen hatten ihm verboten zu sprechen. So verzerrte er das Gesicht nur zu einem Grinsen, und der Mann entfernte sich.
Es war ein schwüler Tag. Schweiß lief an Jules' Körper hinunter, doch er spürte es nicht. Sein Freund kam zurück. Er brachte andere Bettler mit. Jules stand noch immer auf demselben Fleck und starrte zu dem Haus hinüber. Es schien sich zu bewegen und zu wachsen, bis es den ganzen Himmel ausfüllte. Schließlich öffnete sich die Tür. Jules blinzelte. Ein Mann kam die Treppe herunter und bog in den schmalen Durchgang neben dem Haus ein. Der Mann war ganz in Rot gekleidet. Das ist der Teufel, sagten die Stimmen. Rot ist die Farbe des Teufels.

Jules folgte ihm. Die anderen Bettler drängten nach. Auf halbem Weg durch die Gasse drehte der Mann sich um, offenbar hatte er gemerkt, daß er verfolgt wurde. Sein Haar leuchtete golden im Sonnenlicht, und er war jung und schön. Das ist Luzifer, raunten die Stimmen in Jules' Kopf. Und plötzlich erinnerte er sich, daß er diesen Mann kannte: Lucifer hatte die Gestalt eines Kaufmanns angenommen. Die Kaufleute waren verantwortlich für das Elend der Armen – Charles de Casaulx oder der König der Bettler hatte das gesagt –, und im letzten Sommer hatte dieser Kaufmann ihm, Jules Crau, einen Knopf gegeben. Einen Knopf aus Horn.

Und jetzt verstand Jules, weshalb er hatte am Leben bleiben müssen, obwohl alle, die er liebte, tot waren: Er war dazu ausersehen, die Stadt von dem Bösen zu befreien, das in Gestalt dieses Mannes aus dem goldenen Haus gekommen war. Ein unmenschliches Heulen – geboren aus Hunger, Kummer und Wut – stieg aus seiner Kehle auf und hallte schaurig durch die enge Gase. Die Bettler hinter ihm übernahmen es als Schlachtruf. Auf einmal fühlte er sich stark und stürzte sich auf den Kaufmann, bevor dieser Zeit hatte, seinen Degen zu ziehen. Jules' Waffen waren seine Fäuste und Füße, und mit ihnen attackierte er den Feind in einem wahren Trommelfeuer. Die nachdrängenden zerlumpten Männer vereinigten sich zu einem Wesen. Schmutzige Hände rissen den juwelenbesetzten Degen aus der Scheide. Mit Stichen, Hieben und Schnitten verstümmelten sie den Mann bis zur Unkenntlichkeit. Danach stürmten sie sein Haus. Sie zerschlugen die Fensterscheiben, zerschnitten die Gemälde, Teppiche und Gobelins, plünderten die Speisekammern und feierten Gelage, bis ihre geschrumpften Mägen alles wieder von sich gaben.

Und dann kam die Miliz. Einige der Bettler konnten fliehen, die anderen wurden niedergemetzelt. Schließlich war alles wieder still. Mondlicht fiel in den Durchgang neben dem goldenen Haus. Rote Seidenfetzen lagen auf dem Kopfsteinpflaster. Sie sahen aus wie die Mohnblumen in den Hügeln hinter Marseille.

In den Wochen nach Thomas' Abreise aus Pisa begannen die Feindseligkeiten gegen Serafina erschreckende Formen anzunehmen. Es fing mit einem Wort an, das mit schwarzer Farbe auf ihre Türschwelle geschmiert wurde: »Hure«. Sie befahl einem der Dienstmädchen, es wegzuputzen. Am liebsten hätte sie es selbst getan und ihre ohnmächtige Wut an den unschuldigen Buchstaben ausgelassen, doch sie wollte etwaigen Zuschauern kein derart erniedrigendes Schauspiel bieten. Zwei Tage später stand wieder ein Wort dort – und diesmal empfand Serafina eher Furcht als Zorn, als das Dienstmädchen es ihr zeigte: »Bastard« stand da, und sie dachte an den blauäugigen Francesco, der oben im Haus mit Maria spielte. Sie mußte sich am Türrahmen festhalten, weil ihr schwindlig wurde, und schaute links und rechts die Straße hinunter. Plötzlich erschien ihr das Haus baufällig wie eine Holzhütte, die jeden Windstoß fürchten mußte. Von nun an ließ sie nachts in der Halle Kerzen brennen und einen Diener Wache halten.
Die Dinge änderten sich, aber nicht zum Besseren. Es war Hochsommer, und Pisa brütete in der Hitze. Fliegenschwärme und üble Luft kamen aus den Sümpfen herüber. Als Serafina eines Tages allein vom Lagerhaus nach Hause ging, wurde sie von hinten angespuckt, doch als sie herumfuhr, hörte sie nur noch Gelächter und das Klappern davoneilender Schritte. Sie hetzte nach Hause,

riß sich das besudelte Kleid vom Leib, warf es zu Boden, trampelte darauf herum und schrubbte sich anschließend von oben bis unten, bis ihre Haut wie Feuer brannte.

Sie war gerade dabei, sich frische Sachen anzuziehen, als Maria hereinkam. In den sonst so heiteren Augen standen Tränen. »Mama sagt, Signor Merli sagt, Sie hätten Ihren Mann vergiftet. Das ist doch eine Lüge, oder nicht?«

Der nächste Schlag! Serafina atmete tief durch. »Ja – das ist eine Lüge.« Sie hatte gelogen und betrogen, aber nicht gemordet. Das war der Unterschied zwischen ihr und Angelo, dem sie ansonsten so ähnlich war.

Sie schrieb einen Brief an Constanza, die derzeit in Lucca weilte, und an William Williams, der nicht mit der *Kingfisher* gesegelt, sondern in Livorno war. Nachts wachte sie immer wieder auf, weil sie glaubte, Stimmen vor ihrer Tür und Schritte auf dem Flur zu hören. Endlich hatte sie erkannt, was ihr im Leben wirklich etwas bedeutete, und nun wurde es ihr durch die Mißgunst der Leute zur Hölle gemacht. Wenn sie durch die Straßen, über die Marktplätze oder die Docks ging, zischten Passanten: »Hure!«, »Hexe!«, »Mörderin!«

Als eines Morgens Marias Katze mit durchschnittener Kehle vor dem Haus lag, schrieb Serafina ein zweites Mal an Constanza und erklärte ihr, daß sie sich nicht länger für Marias Sicherheit verbürgen könne. Nachts stellte sie die Wiege mit Francesco neben ihr Bett. Verzweiflung ergriff Besitz von ihr. Sie hatte keine Möglichkeit, sich gegen die Verfolgungen zu wehren. Ihr Leben war von dem Wunsch nach Vergeltung bestimmt gewesen, und nun bekam sie die Strafe dafür.

Doch Serafina war nicht bereit, sich auf dem Altar der verlogenen Wohlanständigkeit eines Galeazzo Merli –

denn der steckte mit Sicherheit hinter diesem Vernichtungsfeldzug – opfern zu lassen. Sie holte ihr Geld von den Banken und versuchte die Waren zu verkaufen, die Thomas aus der Levante mitgebracht hatte, doch mit wenig Erfolg. Inzwischen hatte die Zerstörung ihres Rufes schon so weite Kreise gezogen, daß kaum noch ein Kaufmann bereit war, mit ihr Geschäfte zu machen. Bedienstete, die schon zu Jacopos Zeiten im Haus gewesen waren, kündigten, wobei sie es sorgfältig vermieden, Serafina ins Gesicht zu sehen. Schließlich packte sie für Francesco und sich eine Reisetasche, um jederzeit fliehen zu können, hielt die Fensterläden geschlossen und blieb im Haus – eingekerkert wie im Bagno von Algier.
Eines Nachts wachte sie, kurz nachdem sie endlich eingeschlafen war, wieder auf. Zuerst glaubte sie, das erste Sonnenlicht fiele durch die Ritzen der Läden, doch dann erkannte sie, daß der orangefarbene Schein einen anderen Ursprung hatte. Sie lief zum Fenster, öffnete den Laden einen Spalt und spähte hinaus. Vor ihrem Haus war ein Scheiterhaufen errichtet worden, auf dem eine schwarzgekleidete Puppe lag. Die Flammen züngelten an ihr hoch, und das Wachsgesicht begann zu schmelzen, wodurch sich die weiblichen Züge zu einer grotesken Grimasse verzerrten. Auf der Straße wimmelte es von Menschen. Der zuckende Feuerschein verwandelte ihre Gesichter in dämonische Fratzen. Der Kopf der Puppe zerfloß.
In Windeseile zog Serafina sich und Francesco an, weckte Maria und ließ den Jungen bei ihr. Dann hastete sie ins Kontor hinunter und öffnete die Truhe. Verzweifelt durchwühlte sie den Inhalt, warf Kontobücher, Briefe und Rechnungen auf den Boden. Er mußte hier sein – sie hatte ihn ein Jahr zuvor selbst hineingelegt. Als sie ihn schließ-

lich fand, las sie die Adresse und versteckte den Brief in ihrem Mieder. Fäuste donnerten gegen die Haustür, als sie in den ersten Stock zurückhetzte. Männerstimmen grölten.
Hure! Bastard! Hexe!

In den frühen Morgenstunden wurde Thomas durch Kanonendonner geweckt. Er hatte in der Kapitänskajüte der *Kingfisher* geschlafen. Sie befanden sich nicht weit vom Kap. Der Lärm riß ihn aus wirren, quälenden Träumen. Als er sich aus der Koje hievte, hörte er Schritte auf dem Gang und öffnete die Tür, bevor der Matrose Zeit hatte, anzuklopfen.
»Sir...«
»Ich weiß – ich habe es gehört.« Thomas streifte Hemd und Hose über und eilte auf die Brücke.
Eine steife Brise warf schaumgekrönte Wellen gegen den Schiffsrumpf. Der Horizont glühte im Licht der aufgehenden Sonne. Wieder das drohende Donnergrollen. Ein Schauer überlief Thomas. Mit zusammengekniffenen Augen starrte er zu den Schiffen hinüber, doch sie waren zu weit weg, als daß er sie hätte erkennen können.
Der Bootsmann trat zu ihm. »Spanier?« fragte er.
Thomas runzelte die Stirn. »Könnte sein.«
An Bord der *Kingfisher* war rege Geschäftigkeit erwacht. Thomas rief dem Rudergänger einen Kurs zu, und der Bootsmann sagte: »Sir – sollten wir nicht...«
»Wenden und ins Mittelmeer zurücksegeln?« Thomas' Augen leuchteten, und ein Lächeln umspielte seine Mundwinkel. »Nein – wir werden näher rangehen. Ich bin neugierig – von Natur aus.«

Aber es war nicht nur Neugier, was ihn dazu veranlaßte, die *Kingfisher* mit voller Kraft über das Wasser auf die Ursache der morgendlichen Ruhestörung zu jagen, sondern auch die Aussicht, der Eintönigkeit entfliehen zu können. Als sie näher kamen, erkannten sie, daß sie es nicht mit Spaniern zu tun hatten. Ein anderer Feind hatte die drei Schiffe umzingelt, die auf dem Weg um das Kap gewesen waren.

Bei den eingekesselten Schiffen handelte es sich, wie Thomas bereits vermutet hatte, um die *Legacy*, die *Saviour of Bristol* und die *Garland* – und sie kämpften gegen eine ganze Korsarenflotte.

Thomas hörte Rufus neben sich fluchen. Er sah die Furcht auf den Gesichtern einiger seiner Männer – hauptsächlich derer, die er in Livorno als Ersatz für jene eingestellt hatte, die in Italien bleiben wollten. Manche stammten aus Griechenland, andere aus Frankreich, und es waren auch einige Engländer dabei. Im Laufe der Wochen, die sie sich schon auf See befanden, hatte er die Neuen zurechtgebogen, bis sie ein Teil des Ganzen waren, das den Namen *Kingfisher* trug. Thomas selbst empfand keine Angst, aber er wägte dennoch ab. Sie könnten, wie der Bootsmann vorgeschlagen hatte, umkehren und sich in Sicherheit bringen. Dieser Kampf ging ihn nichts an, er war eine Sache zwischen der Levant Company und den Korsaren. Nein – das stimmte nicht: Er ging ihn sehr wohl etwas an. Sein Schiff, seine Mannschaft, die Kleider, die er trug, alles, was er besaß, war ihm, wenn er es genau nahm, mit Geld der Levant Company ermöglicht worden – mit dem Goldschatz aus dem Wrack der *Toby*. Das hatte er sogar Serafina gegenüber beim Abschied in Pisa zugegeben, als er ihr sagte, er schulde der Gesellschaft eine Menge. Er durfte sich nicht davonstehlen. Und außerdem hatte er sich schon vor Wochen entschieden. Er sah Serafinas Ausdruck noch deutlich vor sich, mit dem sie ihn ansah, als er erklärte: »Ich gehe zurück nach England.« Als er es ausgesprochen hatte, erkannte er, daß es ihm ernst damit war: Er würde den Weg gehen, den John Keane ihm in Aleppo angeboten hatte. Er erinnerte sich noch an alle Einzelheiten jenes schicksalhaften letzten Morgens in Pisa: An Serafinas seidige dunkle Haare, die ihr der warme Wind ins Gesicht wehte, an das Flehen in ihren Augen und die Liebe, die er so brutal zurückgewiesen hatte, an den Mund, der sich zu lächeln bemühte. Jedesmal, wenn er sich vorstellte, wie Angelo Guardi diesen Mund geküßt und diesen Körper liebkost hatte, kochte Mordlust in ihm hoch.

Doch jetzt richtete sich seine Wut auf ein anderes Ziel. Dreieckige Wimpel mit roten Mondsicheln darauf flatterten im Wind, rote Kreuze leuchteten auf den Segeln der englischen Schiffe. Sechs schwerbewaffnete Korsarengaleeren hatten die drei Galeonen in gut überlegter Formation eingekreist, und während Thomas hinüberschaute, feuerte eines der Berber-Schiffe eine Kanone ab. Die Kugel schlug in den Bug der *Saviour of Bristol* ein. Er konnte die Schreie der Verletzten nicht hören, aber er erkannte das schwarzumrandete Loch und die verzweifelten Bemühungen der Besatzung, es zu schließen. Als er die Galeere erkannte, die die *Saviour of Bristol* beschossen hatte, gab er Befehl, alles zum Angriff vorzubereiten. An ihrem Bug prangte ein Kranz aus gemalten blauen Blüten, der nach dem Glauben der Moslems vor dem bösen Blick schützte. Thomas hatte sie vor weniger als sechs Monaten in Scanderoon gesehen: Sie gehörte Angelo Guardis Freund, einem gewissen Hamid.

Meine Warnung war also berechtigt, dachte Thomas. Nur

war Hamids Verbündeter diesmal nicht Angelo, der Rache an der *Garland* nehmen wollte, sondern ein Korsarenhaufen, der nach reicher Beute an Seide, Gewürzen und Sklaven trachtete.
An Bord der *Kingfisher* beeilten sich die Männer, die Anordnung ihres Kapitäns auszuführen. Kanonenkugeln wurden aufgeschichtet, Pulverfässer herangerollt, Eimer mit Wasser gefüllt, das gebraucht wurde, um die überhitzten Feuerrohre zu kühlen, und Salz und Sand gestreut, um die Deckplanken weniger rutschig zu machen. Thomas Marlowes Galeone war ein wehrhaftes Schiff. Die größeren Kanonen befanden sich auf einer tieferen Ebene, die leichteren darüber. Auf Vor- und Halbdeck wurden Falkonette auf die Berber-Galeeren ausgerichtet. Thomas hörte Knarzen und Quietschen, als die hölzernen Schießscharten geöffnet und dann dumpfes Rumpeln, als die Kanonen in Stellung gerollt wurden. Hoch über ihm kletterten Matrosen in die Takelage, um die Rahen zu sichern.
Die *Saviour of Bristol* hielt sich noch über Wasser. Das Leck war notdürftig ausgebessert worden – aber ein zweiter derartiger Treffer wäre ihr Ende. Doch das, dachte Thomas, konnte nicht in Hamids Absicht liegen: Er und seine Spießgesellen wollten die Ladung und die Mannschaft übernehmen und nicht auf den Meeresgrund schicken. Die *Kingfisher* war bisher ganz offensichtlich noch nicht bemerkt worden. Beide Parteien waren zu sehr in ihren erbitterten Kampf vertieft, um ein anderes Schiff wahrzunehmen. Thomas lächelte, als er die Hand zum Signal für den Oberkanonier hob. Und dann verkündete ein Donnerschlag, daß sich ein neuer Teilnehmer zu dem Spiel gesellt hatte.

John Keane, den Kapitän der *Legacy*, riß der Kanonenschuß der *Kingfisher* aus der Anspannung, die ihn seit dem Auftauchen der Berber-Schiffe erfaßt hatte. Es war, als werde er gewaltsam aus einem Alptraum geweckt. Der Donner ließ seine Muskeln, seine Knochen und seine Zähne vibrieren.
Die Korsaren hatten die englischen Galeonen überrascht. Sie waren wie aus dem Nichts aufgetaucht und hatten den Konvoi in kürzester Zeit getrennt, indem zwei sich zwischen die *Garland* und die *Saviour of Bristol* schoben. Die anderen blockierten den Weg in den Atlantik und den Rückweg ins Mittelmeer. John Keane hatte sich stets vor einem solchen Überfall gefürchtet – und um so mehr, seit die englischen Schiffe durch das Scharmützel vor Zypern leicht angeschlagen waren. Die Aufbauten der *Legacy* waren in Alexandria repariert worden, aber die angejahrte *Garland* hinkte seit der Auseinandersetzung mit dem rachedurstigen Franzosen ein wenig. Schwer beladen, wie sie waren, hatten sie von vornherein keine großen Chancen gegen die Korsaren gehabt, aber nachdem die *Saviour of Bristol* getroffen worden war, sah es noch düsterer aus. Alles, was wir jetzt bräuchten, dachte John grimmig, wäre eine Horde Spanier.
Er stand auf der Brücke und ließ den Blick suchend über die See wandern, um den Ursprung des Kanonendonners zu finden, der ihn aufgeschreckt hatte. Unter ihm machten die Männer die Kanonen wieder feuerbereit. Johns Gesicht war rauchgeschwärzt, und seine Kleider stanken nach Schießpulver. Die *Saviour of Bristol* hielt sich nur noch mit Mühe aufrecht. Der Steuermann packte ihn am Arm: »Schauen Sie, Sir!«
Keane drehte sich um und versuchte angestrengt, in der angegebenen Richtung etwas zu erkennen, doch abgese-

hen von seiner Kurzsichtigkeit behinderte ihn auch noch die aufgehende Sonne. Er sah nur eine große dunkle Silhouette. »Wie lautet der Name?« fragte er voller Ungeduld. Nicht einmal die Farbe der Wimpel konnte er erkennen.
»*Kingfisher*«, antwortete der Steuermann.
Keane starrte fassungslos zu dem Schatten hinüber. Umspielt von orangeroten, violett- und rosafarbenen Sonnenstrahlen kam die Galeone näher, und dann sah er die Galionsfigur: einen großen Vogel, der drauf und dran zu sein schien, über das Meer davonzufliegen: »Tatsächlich«, sagte John Keane verblüfft. »Thomas Marlowe! Was macht der denn hier?« Es blieb ihm keine Zeit, sich zu freuen, daß Thomas sein Angebot offensichtlich annehmen wollte und sich auf dem Weg nach England befand. John löste seinen Blick von der *Kingfisher*, als die *Legacy* wieder in Feuerposition ging. Auf den Kanonendonner der *Legacy* folgte ein zweiter von der *Kingfisher* – wie ein Echo. Es schien Keane, als sei die ganze Welt ein Inferno aus schwarzem Rauch und roten Blitzen.
Wenn Ned Whitlock die *Kingfisher* erkannt hatte, was sehr wahrscheinlich war, mußte auch er ihr Erscheinen begrüßen, denn er war im Grunde ein vernünftiger Mensch. John konnte nicht sagen, wessen Kugel den ersten Treffer bei den Gegnern landete, zu diesem Zeitpunkt feuerten die vier englischen Schiffe aus allen Rohren: Kettenschüsse, Stangenkugeln und Brandbomben ebenso wie die schweren eisernen Kanonenkugeln. Das Korsarenschiff, das sich plötzlich von der *Legacy*, der *Garland* und der *Kingfisher* umzingelt sah, wurde zuerst von einer Kanonenkugel und dann von einer Brandbombe getroffen. Der Mast knickte um wie ein Holzspan, und John hörte die entsetzlichen Schreie der Sklaven, die darunter begraben

wurden. Es waren Christen – vielleicht sogar Landsleute von ihm. Das Feuer erfaßte zunächst das Sonnensegel am Achterdeck, raste dann am Bootsrand entlang, leckte an den hölzernen Aufbauten hoch und griff auf die Segel und die Takelage über – und auf die angeketteten Ruderer. John Keane schloß die Augen. Als er sie wieder öffnete, sank die Galeere bereits in den Wellen.
Es gab keine Verschnaufpause – der Kampf ging weiter. Irgendwann an diesem endlos erscheinenden Morgen schickte die *Kingfisher*, indem sie die *Garland* als Lockvogel benutzte, ein zweites Korsarenschiff zu den Fischen. Es sank jedoch sehr langsam, was der Mannschaft der *Garland* die Möglichkeit gab, es zu entern, die Türken zu töten und die christlichen Gefangenen zu befreien. Die Besatzung der Galeere wehrte sich verbissen, und zwei von Ned Whitlocks Männern fanden den Tod. Whitlock nahm die Sklaven an Bord – zwei Dutzend erschöpfte Männer, denen man die beste Mahlzeit seit Monaten vorgesetzt hatte, ehe man sie zwang, ein Schiff ihrer verhaßten Herren gegen ihre eigenen Glaubensbrüder zu führen, doch die Rettungsaktion verlief nicht störungsfrei. Der Besanmast der *Garland* wurde durch einen Kettenschuß gefällt, der sich um die Takelage wickelte wie eine Schlingpflanze. Das Bersten des Masts klang wie ein Schuß, und Keane wäre nicht überrascht gewesen, wenn Mündungsfeuer aus der Bruchstelle geblitzt wäre.
Wenigstens sind die gottlosen Strolche uns jetzt zahlenmäßig nicht mehr überlegen, dachte John Keane, als er erneut eines der Falkonette auf dem Vordeck lud und auf eine Galeere ausrichtete. Dennoch war dies nicht besonders beruhigend, denn von den vier englischen Schiffen konnten nur die *Legacy* und die *Kingfisher* als

ernstzunehmende Gegner für die Türken gewertet werden.

John kam nicht dazu, etwas zu essen. Er begnügte sich damit, zwischendurch ein paar große Schlucke aus einem der Kühlwassereimer zu nehmen. Mittags holte er mehrere Flaschen Aquavit aus seiner Kabine, machte die Runde bei der Mannschaft und sorgte dafür, daß jeder einen Mundvoll trank. Einer der Schiffsjungen – ein Bursche von etwa zwölf Jahren – bekam eine Kugel ins Knie. Der Arzt flößte ihm zur Beruhigung eine halbe Flasche Schnaps ein, und dann hielt John ihn auf dem Tisch fest, während der Doktor den unteren Teil des Beines amputierte. Als Keane ihn danach im Arm hielt und der Arzt den blutenden Stumpf verband, schrie und weinte der Junge nach seiner Mutter. Dann verlor er gottlob das Bewußtsein, und John kehrte in die beißenden Wolken von Pulverdampf und den penetranten Gestank von heißem Pech und Schweiß auf das Vorderdeck zurück.

Die *Saviour of Bristol* ging am frühen Nachmittag unter, nachdem sie sich fast neun Stunden gegen ihr unvermeidliches Ende gewehrt hatte. Der Streifschuß, der ihr Schicksal besiegelte, wäre an sich völlig bedeutungslos gewesen, doch das Loch im Bug brach durch die Erschütterung wieder auf, und Wasser drang ein. John sah, wie die Mannschaft in die Fluten sprang, als die Galeone senkrecht im Meer versank. Einige der Männer, die nicht schwimmen konnten, ertranken, noch bevor Keane sie mit der *Legacy* erreicht hatte. Er hatte gerade einige wenige der anderen gerettet, als eine Galeere kam und sowohl Seeleute aus dem Wasser gerettet wurden als auch Seidenballen und Fässer mit Gewürzen, die der Laderaum der sterbenden *Saviour of Bristol* freigegeben hatte. Und dann sah John, wie Izaak Taylor, der Kapitän des untergegan-

genen Schiffes, an ein Ruder gekettet wurde – und plötzlich wallte Haß in ihm auf, und er stellte mit Erstaunen fest, daß er, der zivilisierte Mann, der Lautenklänge und das Schachspiel liebte, jeden dieser bärtigen Männer, der ihm in die Hände fiele, mit Freuden umbringen würde – mit bloßen Händen.
Jetzt stand es noch vier gegen drei. Natürlich zeigten sich mit der Zeit Ermüdungserscheinungen. Die Sklaven auf den Galeeren zogen die Ruder trotz der Hiebe der Einpeitscher langsamer durch das Wasser, und Keanes Mannschaft begann Fehler zu machen. John, der sich selbst als friedlichen, ausgeglichenen Menschen kannte, entdeckte eine neue Seite an sich: Fast hätte er einen Matrosen getötet, weil dieser einen schwelenden Zünder unbeaufsichtigt auf dem Kanonendeck liegengelassen hatte.
Einzig an Bord der *Kingfisher* schien alles wie am Schnürchen zu laufen. Ihre Manöver waren wohldurchdacht und präzise ausgeführt – als habe Thomas Marlowes hitziges Temperament sich durch die Schlacht abgekühlt und nüchterner Entschlossenheit Platz gemacht und als verfüge er über unerschöpfliche Kraftreserven, die auch seine Männer stärkten. Wann immer John Keane, nachdem er wieder einmal einen Fehlschuß abgegeben oder dem Bootsmann einen Befehl zugerufen hatte, zu der prachtvollen Galeone hinüberschaute, sie wirkte wie ein Fels in der Brandung. Ihre Segel und ihre Takelage, die sich gegen den allmählich blasser werdenden Himmel abhoben, waren noch durch keinen Treffer beschädigt, und ihre Geschütze feuerten unermüdlich. Noch bevor John, der sich einen Moment lang erschöpft an die Reling lehnte, Thomas' Absicht durchschaut hatte, verschwand eine weitere Galeere nach einem perfekt gezielten Schuß in den Bug lautlos im Meer. Und plötzlich fiel ihm ein, was

der Steuermann ihm von der Galeere erzählt hatte, deren Bug ein Kranz aus gemalten blauen Blüten zierte: Thomas war nicht nur hier, um seinen Landsleuten beizustehen, er hatte auch ein ganz persönliches Interesse an diesem Kampf. Trotz seiner Müdigkeit grinsend, wischte Keane sich das rußverschmierte, verschwitzte Gesicht ab. Sein Landsmann war nur an einer einzigen Galeere interessiert; daß er die anderen ebenfalls angriff, war für ihn nicht mehr als das Abschütteln einer Hundemeute, die ihm den Zugriff auf den Fuchs erschwerte. Wäre es nicht um sein Leben und um das seiner Mannschaft gegangen, hätte John mit Genuß beobachtet, wie Thomas seinem Feind den Garaus machte. Doch so, wie die Dinge lagen, durfte er sich keine Muße gestatten, sondern mußte sich auf die Erfüllung seiner unmittelbaren Pflichten besinnen. Edward Whitlock hatte es am schwersten: Die *Garland* war das schwächste Glied im Konvoi, das langsamste Schiff, doch er hatte sie in der bestmöglichen Weise eingesetzt und die Korsaren bisher daran hindern können, sie zu entern. Aber dann beobachtete John Keane, als er von der verwickelten Takelage aufblickte, die er verzweifelt zu entwirren versuchte, wie Whitlock einen Fehler beging. Die *Garland* feuerte mit allem, was sie hatte, auf eine kleinere Galeere und traf das Steuerruder, während sich unbemerkt die größte Galeere – diejenige, auf die Thomas es abgesehen hatte – mit ungeheurer Geschwindigkeit von Lee näherte. Die Ruder wirbelten nur so. Kurz darauf lag sie längsseits. John brüllte Befehle, und quälend langsam drehte sich sein Schiff und nahm Kurs auf die *Garland*. Als er sich umwandte, bemerkte er, daß die *Kingfisher* sich von hinten an das Korsarenschiff heranpirschte. Es bedurfte eines meisterhaften Kanoniers, um die Galeere, nicht jedoch gleichzeitig die *Garland* zu treffen. John

hielt den Atem an, als der Schuß krachte und die Kugel durch die Luft flog.
Hamids Stolz sank so schnell, als würde er von einem gigantischen Schlund eingesaugt. John warf seinen Hut in die Luft und schrie hurra – doch der zweite Freudenschrei blieb ihm im Halse stecken. Zuerst begriff er nicht, warum Thomas die letzte noch verbliebene Galeere nicht sah, aber als er nach Westen blickte, verstand er: Von der *Kingfisher* aus konnte in dieser Richtung nichts zu erkennen sein, außer der untergehenden Sonne, die in blendend leuchtendem Orange bereits den Horizont berührte. Er brüllte eine Warnung, doch der Wind verwehte sie, bevor sie den halben Weg zurückgelegt hatte. Er hörte den Schuß, sah das Mündungsfeuer erblühen – und dann gähnte ein Loch im Rumpf der stolzen Galeone. Sie erzitterte tödlich getroffen und trat ihre letzte Reise an.

Der Himmel wurde allmählich dunkel, und die See wirkte jetzt fast schwarz. Thomas hielt sich an einer Planke fest, obwohl er ein guter Schwimmer war und sich auch ohne dieses Hilfsmittel leicht hätte über Wasser halten können. Zwei Schiffe kamen auf ihn zu. Er sah, daß die Galeere schneller war als die *Legacy*, doch es kümmerte ihn nicht. Es war unwichtig. Alles war unwichtig. Das verzweifelte Flüstern, mit dem die *Kingfisher* untergegangen war, hatte ihm das Herz gebrochen. Er hatte zugelassen, daß sie getötet wurde, hatte ihr nicht helfen können. Mit Tränen in den Augen hatte er vom Wasser aus zugesehen, wie ihre Masten sich bogen und krachend brachen, wie das Meer durch die klaffende Wunde in ihren herrlichen Körper drang und von ihm Besitz ergriff. Er hatte gestohlen, sich verkauft und gekämpft für seinen Traum – umsonst. Es schien eine Ewigkeit zu dauern, bis die Wellen sich

über der *Kingfisher* schlossen, als wolle das Meer ihm Gelegenheit geben, sich von ihr zu verabschieden.
Er hatte Serafina verloren, Francesco und sein Schiff – und bald würde er vielleicht auch noch sein Leben verlieren. Es war ihm gleichgültig, aber dennoch traten seine Füße weiter Wasser. Und nicht einmal, als ihn starke Arme über die Reling hievten, ließ er die Planke los, die ihm als einziges von der *Kingfisher* geblieben war.

FÜNFZEHNTER TEIL

1599
JETZT,
DA ICH MÜDE BIN

Und jetzt, da ich müde bin und alt werde, bin ich's zufrieden, mich zu Hause auszuruhen.

Anthony Jenkinsons Reisen:
Richard Hakluyt

Ich weiß nicht, ob unser Schicksal in den Sternen steht, aber mit einem hatte Kara Ali recht: Es ist alles vorbestimmt.
In jener letzten schrecklichen Nacht in Pisa verließen wir das Haus durch die Hintertür und flohen durch verlassene Gassen. Wir entkamen zu William Williams nach Livorno. Ich hatte alles geplant – aufgrund meines Hasses auf Angelo besaß ich darin jahrelange Übung. Von Livorno reisten wir weiter nach Neapel, wo wir für sechs Wochen Jacopos Haus bewohnten. Nachdem Maria und William geheiratet hatten und meine Angelegenheiten geregelt waren, bestieg ich mit Francesco ein Schiff nach England. In Italien konnte ich nicht bleiben – ich hatte zu viele Regeln verletzt –, und nach Frankreich wollte ich nicht zurück. Das Haus in Neapel übereignete ich Constanza – als Dank dafür, daß sie sowohl Thomas als auch mir das Leben gerettet hatte. Und aus Rache an Galeazzo Merli. Es würde ihn hart treffen, Constanza nicht mehr erpressen zu können.
Als wir in England ankamen, war es Winter. Die kahlen Äste der Bäume ragten wie knochige Finger in den fahlen Himmel. Ich hatte zu frieren begonnen, als wir das Kap umrundeten, und ich fror weiter, während ich in London eine Unterkunft für Francesco und mich suchte. Schließlich fand ich etwas Passendes, und der Wirt hatte nichts gegen mein ausländisches Geld einzuwenden, da die Münzen aus Gold waren. Und Francesco, mein schöner blauäugiger Sohn, gewann die Herzen im Sturm. Schon

kurz nach unserem Einzug war er in der Küche der Wirtin zu Hause, wo er versuchte, die Katze mit Holzkohlestückchen zu füttern, die er aus dem Korb neben dem Herd holte. Am Ende unseres ersten Tages in der Fremde sprach er bereits drei englische Worte: »Katze«, »nein«, und »mehr«. Ich brauchte einen Monat, bis ich mich einigermaßen verständigen konnte, doch selbst dann sträubte meine Zunge sich noch, derart fremdartige Laute hervorzubringen: Thomas und ich hatten stets entweder französisch oder italienisch miteinander gesprochen.
Zwei Tage später ritt ich nach Southwark. Der Wirt hatte einen Begleiter für mich gefunden – einen jungen Mann, der einmal im Dienste des französischen Botschafters gestanden hatte. Roland ist immer noch bei mir, jetzt jedoch als Sekretär, und nebenher macht er eine Notarausbildung. An jenem Tag zeigte ich ihm die Adresse auf dem Brief, den Thomas mir vor langer Zeit gegeben hatte, und wir ritten gemeinsam los. Es war bitter kalt, und meine Finger waren trotz der Handschuhe binnen Kürze kaum noch zu bewegen. Francesco fing an zu weinen, weil ihm der Wind ins Gesicht schnitt, und ich nahm ihn unter mein Cape und wärmte ihn mit meinem Körper. Ich kam mir schrecklich verlassen vor. Thomas! dachte ich sehnsüchtig, als Roland mir am Ziel Francesco abnahm und ich vom Pferd stieg. Thomas wird mich wärmen.
Robert Marlowes Gasthaus war das größte am Platze. Ein loderndes Kaminfeuer verbreitete behagliche Wärme in der Stube, und an Spießen brieten große Fleischstücke. Es war Mittagszeit und das Haus entsprechend gut besucht. Als wir eintraten, wandten sich uns alle Köpfe zu. Ich fühlte mich sehr klein und sehr fremd und sehr hilflos, doch ich ließ mir nichts anmerken. Ich war verkauft worden, verheiratet gewesen und hatte ein Kind geboren, ich

hatte viel erreicht und viel verloren – warum sollte ich mich vor diesen harmlosen Gästen fürchten?
Ich hatte gehofft, Thomas an einem der Tische sitzen oder bei seinem Bruder am Tresen stehen zu sehen, doch ich wurde enttäuscht. Ein Mann kam auf uns zu und fragte nach unserem Begehr. Das mußte der Wirt sein – Thomas' Bruder. Roland sprach ein paar Worte mit ihm und forderte mich dann auf, den Brief zu übergeben. Robert Marlowe war klein und dick und hatte eine beginnende Glatze. Wie ich später erfuhr, war er acht Jahre älter als Thomas – und ein herzensguter Mensch. Während er das Schreiben las, blickte er immer wieder auf und musterte mich und Francesco, den ich auf dem Arm hielt. Dann nahm er mich am Arm und führte mich in die rückwärts gelegene riesige Küche. Kupfertöpfe und -pfannen hingen an den Wänden, und auf dem Herd brutzelte und kochte es. Wie sich herausstellte, hatten die Marlowes sechs Kinder. Vier davon gingen voller Eifer der Mutter zur Hand, während das fünfte eine Wiege schaukelte, in der das sechste lag.
Nachdem auch Anne den Brief gelesen hatte, merkte ich, daß etwas nicht stimmte. Ich erkannte es an den mitleidigen Blicken, mit denen sie Francesco und mich ansahen. Ungeduldig und voller Angst hing ich an Rolands Lippen, der mir übersetzte, was die Wirtsleute sagten. Die *Kingfisher* war auf dem Weg von Pisa nach England vor dem Kap von algerischen Korsaren versenkt worden. Wenn er überlebt hatte, war er jetzt ein Gefangener der Berber. Meine Knie gaben nach, und Anne Marlowe setzte mich auf den einzigen freien Stuhl und flößte mir heiße Suppe ein.
Am nächsten Tag ritt ich nach Blackfriars zu John Keane. Er sprach gottlob sowohl französisch als auch italienisch, und so erfuhr ich die ganze Geschichte, ohne einen Über-

setzer zu benötigen. Während er erzählte, wuchs die Überzeugung in mir, daß Thomas lebte. Es konnte nicht sein, daß die See ihn besiegt hatte.

Robert Marlowe hatte mir den Schlüssel zu dem Haus seines Bruders in Greenwich gegeben, und nach meinem Besuch bei den Keanes begab ich mich dorthin. Es war, wie Thomas gesagt hatte, »nichts Besonderes«, aber es lag in der Nähe der Docks, was mir sehr lieb war. Ich befreite die Möbel von den Schonbezügen, machte Feuer in allen Kaminen, um die Feuchtigkeit aus den Räumen zu vertreiben, und engagierte einige Bedienstete und Angestellte.
Und dann machte ich mich an die Arbeit: Ich mußte herausfinden, was aus Thomas geworden war. Ich wußte, an wen ich mich wenden mußte, und ich beherrschte die Lingua franca des Bagno und die Sprache des Islam, was bei meinen Nachforschungen äußerst hilfreich war.
Da ich die Absicht hatte, in England zu bleiben, trat ich zum protestantischen Glauben über. Dieser Wechsel bedeutete mir nichts, ich hatte schon in der Zeit bei Kara Ali meine eigene Religion entwickelt. Der herkömmliche Gott war meiner Ansicht nach nur eine Erfindung, die den Menschen half, ihre Ängste besser zu ertragen.
Und dann kam eines Tages die Nachricht, daß Thomas noch am Leben war. Ein Mitglied der Redemptionist Friars hatte den Brief geschrieben, und er besagte, daß Thomas in Algier gefangengehalten werde. Selbst ein Mann, der für die Türken so wertvoll war wie Thomas, konnte freigekauft werden, wenn die Summe hoch genug war. Ich besaß reichlich Gold, das ich in Neapel und Livorno hinterlegt hatte, bevor ich Pisa verließ, und ich hatte noch immer Freunde in Italien: William Williams, Constanza und einige Bankiers und Kaufleute, die zu-

nächst meinen Körper begehrt hatten und mich dann wegen meines Verstandes schätzen lernten. Thomas war durch und durch Engländer, er würde niemals den Turban nehmen. Also leitete ich seinen Freikauf in die Wege. Es trafen weitere Briefe ein, und in allen wurde berichtet, daß die Türken Thomas gut behandelten, da sie seine Fähigkeiten sehr zu schätzen wüßten. Ich schrieb ihm mehrmals, obwohl ich Zweifel daran hatte, daß die Briefe ihm ausgehändigt würden. Vor sechs Monaten erreichte mich die Nachricht »Thomas Marlowe baut ein Schiff«. Ich zeigte das Schreiben Edward Whitlock – seit Thomas seine *Garland* gerettet hatte, war er versöhnt –, und er erklärte mir, daß die Berber bestrebt seien, ihre Galeeren durch große Galeonen zu ersetzen, wie sie in den nördlichen Ländern gebräuchlich seien, und ihre christlichen Gefangenen dazu zwängen, sie zu bauen, um damit in Zukunft noch erfolgreicher Jagd auf Christen machen zu können. Wenn Thomas zurückkehrte, würde er nicht mehr ins Mittelmeer segeln. Er würde ganze Ozeane überqueren, zu den Ländern reisen, von denen er schon immer geträumt hatte – und nicht einmal die Korsaren würden es wagen, ihn mit ihren neugebauten Schiffen zu überfallen. Ich würde nicht versuchen, ihn festzuhalten, meine Liebe zu ihm war so tief, daß ich die Zeiten der Trennung damit überbrücken könnte.

Ich habe mehr als ein Jahr gebraucht, um mich an das Wetter zu gewöhnen, mit dem dieses Land gestraft ist. Lange Zeit rettete ich mich in Illusionen, um dem Anblick des wolkenverhangenen Himmels, des schmutziggrauen Wassers und der regennassen Straßen zu entfliehen, indem ich die Augen schloß und mir den italienischen Himmel vorstellte, der am Horizont leuchtend blau mit dem Meer verschmolz, auf dem goldene Sonnenflecken tanzten. Inzwischen komme ich ohne diesen Selbstbetrug aus. Ich habe festgestellt, daß auch dieses Land seine Reize hat.

Durch Zufall erfuhr ich von Angelos Tod, als ich eines Tages im Hafen Bruchstücke eines Gespräches aufschnappte. Der Matrose war im Juni 1597 in Marseille gewesen und hatte den Überfall der Bettler als Zuschauer miterlebt. Zuerst konnte ich es kaum fassen, daß seine Intelligenz und seine Schönheit auf so primitive Weise zerstört worden waren, doch dann erkannte ich die Gerechtigkeit darin.

Die englischen Frauen sind von großer Schönheit und Willensstärke. Die Männer empfand ich zunächst als unhöflich, aber inzwischen habe ich mich an ihre Art gewöhnt – ja, ich mag sie sogar. Mit ihrer dickschädeligen Zielstrebigkeit erinnern sie mich an Thomas – und an mich selbst. Ich beginne, mich hier wohl zu fühlen. Das ist nicht zuletzt das Verdienst meiner Freunde, der Whitlocks, der Keanes, der Marlowes und der Stapers. Die drei Kinder der Whitlocks lieben Francesco abgöttisch. Hier nennen ihn alle Francis.

Über John Keane habe ich mich in die East India Company eingekauft und auch Anteile für Thomas erworben. Das Land braucht Männer wie ihn – und solche Schiffe, die er zu bauen versteht. Sie sind die Lebensgrundlage für diese Insel. Ich bin auch Mitbesitzerin von zwei Schiffen, die im Herbst nach Ostindien aufbrechen werden. Ich bin wieder ins Geschäftsleben eingetreten. Mutter zu sein ist eine wunderschöne Aufgabe, aber sie kann nicht die Erregung ersetzen, die mir der Handel beschert.

Wenn Thomas nach Hause kommt, werde ich ihn bitten, ein Schiff für mich zu bauen. Ich sehe noch heute vor mir,

wie die *Kingfisher* die Segel ausbreitete wie Schwingen, um über das Wasser zu fliegen, und ich spüre noch den Wind auf meinem Gesicht und in meinen Haaren und das Rollen der See unter meinen Füßen. Vielleicht kann ich Thomas dazu überreden, Francesco und mich auf eine seiner Reisen mitzunehmen.
Seit Angelo sich im Hafen von Marseille von mir, wie er meinte, für immer verabschiedete, habe ich einen dornenreichen, langen Weg zurückgelegt, aber er hat sich gelohnt. Ich habe den Wert der wahren Liebe erkannt und innere Ruhe und Zufriedenheit gefunden. Ich schlafe tief und traumlos – die Geister der Vergangenheit haben aufgehört, mich zu verfolgen. Ich hoffe, daß Thomas mir vergeben wird – und begreifen, daß ich nicht anders handeln konnte.

Ich stehe im ersten Stock am Fenster. Die Sonne malt tanzende Lichtpunkte auf die Themse. Es ist Mittag, und auf den Straßen und den Docks herrscht reger Betrieb. Der Himmel ist von einem durchscheinenden Blau, das ich liebengelernt habe, obwohl es so ganz anders ist als das leuchtende Lapislazuli über dem Mittelmeer. Das vom Regen der vergangenen Nacht noch feuchte Kopfsteinpflaster glänzt im Sonnenlicht. Mein Blick wandert zum Hafen – und weiter hinaus. Eine Galeone segelt vom offenen Meer herein – ein herrliches Schiff, von einer Schönheit, die sowohl Schnelligkeit als auch Wendigkeit verrät. Mit gerefften Segeln gleitet sie zwischen den anderen Schiffen auf dem Fluß hindurch. Der Kapitän steuert sie sicher um die Hindernisse. Es ist das Spiegelbild der Galeone, an deren Rahen einmal blaugoldene Wimpel flatterten – ein wiedergeborener Eisvogel.
Ich öffne das Fenster, um besser sehen zu können, doch es

ist nicht das Fenster, das meine Sicht behindert. Ungeduldig wische ich mir die Tränen aus den Augen – und jetzt kann ich den Namen lesen, der in goldenen Lettern am Bug der Galeone steht.
Serafina.

SERIE PIPER

Judith Lennox

Das Winterhaus
Roman. Aus dem Englischen von Mechtild Sandberg. 541 Seiten.
SP 2962

Der Gartenpavillon der Familie Summerhayes – genannt das »Winterhaus« – ist ein Ort der Zuflucht für drei Freundinnen, die zwischen den Weltkriegen in der idyllischen Umgebung von Cambridge aufwachsen. Da ist die idealistische, kluge Robin, die in der nahegelegenen Universitätsstadt studieren soll. Da ist Maia, die schönste und ehrgeizigste der drei, auf der Suche nach einem reichen Mann, und da ist die stille Helen, die von ihrem scheinbar gutherzigen Vater, dem Vikar der Gemeinde, mehr als vereinnahmt wird. Dramatisch, romantisch und voller Warmherzigkeit erzählt Judith Lennox, wie sich diese drei jungen Frauen in einer Welt behaupten lernen, die rauher und aufregender ist als das grüne Paradies der Kindheit.

»Judith Lennox' Winterhaus steht in bester Tradition des romantisch-realistischen Gesellschaftsromans.«
Brigitte

Tildas Geheimnis
Roman. Aus dem Englischen von Mechtild Sandberg. 552 Seiten.
SP 3219

Die begabte junge Rebecca aus London, gerade verlassen und auch sonst nicht vom Glück verwöhnt, glaubt zu träumen: Für einen renommierten Verlag darf sie die Biographie der Tilda Franklin niederschreiben, die ihr Leben ganz in den Dienst von Waisen und unehelichen Kindern gestellt hat. Rebecca aber hat nicht geahnt, worauf sie sich einläßt: Durch ihre Besuche bei Tilda in deren malerischem Haus in Oxfordshire, durch die Gespräche mit der faszinierenden alten Dame und nicht zuletzt durch ihre Gefühle für Tildas Enkel Patrick läßt Rebecca sich immer tiefer in ein tragisches Familiengeheimis hineinziehen, dessen Wurzeln bis in die Zeit des Ersten Weltkriegs zurückreichen. Bis sie erkennt, daß der Schatten eines schrecklichen Verbrechens auf Tildas Vergangenheit lastet ... Eine bewegende Familiengeschichte, deren dramatischem Sog man sich nicht entziehen kann.

Susanna Kearsley

Mariana

Roman. Aus dem Englischen von Karin Diemerling.
350 Seiten. SP 2769

«Das ist mein Haus«, erklärte die fünfjährige Julia Beckett ihren Eltern, als sie zum ersten Mal »Greywethers« sah, das große Bauernhaus aus dem 16. Jahrhundert. Julia, inzwischen dreißig und erfolgreiche Illustratorin, erfüllt sich ihren Kindheitstraum und kauft das Haus. Sie liebt ihr neues Leben auf dem Land und findet schnell gute Freunde unter den Dorfbewohnern. Doch kaum ist Julia eingezogen, geschieht Seltsames mit ihr und läßt sie an ihrem Verstand zweifeln: Sie meint, das Leben von Mariana zu führen, einer unglücklich verliebten Dienstmagd, die 1665, zur Zeit der großen Pest, in diesem Haus gelebt hatte. Julia fällt es immer schwerer, zwischen Vergangenheit und Gegenwart zu unterscheiden. Susanna Kearsley ist mit diesem Buch eine spannende Mischung aus romantischer Liebesgeschichte und Historienroman gelungen.

Glanz und Schatten

Roman. Aus dem Englischen von Leon Mengden. 395 Seiten.
SP 3048

Der Historiker Harry hat es sich in den Kopf gesetzt, die Juwelen zu suchen, die die unglückliche Königin Isabelle Plantagenet vor achthundert Jahren auf ihrer Flucht in den unterirdischen Gängen von Schloß Chinon versteckt hatte. Harry überredet seine junge attraktive Cousine Emily, ihm von London aus an den malerischen Adelssitz im Loire-Tal zu folgen. Bei Emilys Ankunft fehlt jedoch jede Spur von ihm, so daß sie sich einer Clique von Weltenbummlern anschließt und es genießt, von charmanten Männern umschwärmt zu werden. Die Urlaubsidylle zerbricht, als ein Mord geschieht. Auf der Suche nach Harry, dem Schatz und dem geheimnisvollen Drahtzieher im Hintergrund gerät Emily in höchste Gefahr. – In »Glanz und Schatten« verknüpft Susanna Kearsley gekonnt Geheimnis, Verbrechen und romantische Liebe und führt die Frauenschicksale verschiedenster Epochen in einem ebenso überraschenden wie furiosen Finale zusammen.

SERIE PIPER

John Burdett

Die letzten Tage von Hongkong
Roman. Aus dem Englischen von Sonja Hauser. 487 Seiten. SP 2632

Endzeit-Atmosphäre in Hongkong – eine explosive Mischung aus Gier und Macht, Geld und Sex. Nur noch wenige Wochen, bis die boomende britische Kronkolonie an das chinesische Mutterland zurückfällt. In dieser Zeit des Machtwechsels werden drei Menschen bestialisch ermordet. Für Chefinspektor Chan, Sohn eines Iren und einer Chinesin, wird der Fall zu einer gefährlichen Gratwanderung, denn die Drahtzieher dieses Verbrechens sind offensichtlich auf höchster Ebene zu suchen. Chan stößt auf ein Geflecht aus italoamerikanischen Mafiosi, chinesischen Triaden und kommunistischen Militärs.

»Mit leichter Hand und kühnem Schwung verwebt Burdett das Fiktive und die realen Reibungen, die das Zusammenleben der Kulturen in der boomenden Metropole prägen, zu einem dichten Thriller.«
Süddeutsche Zeitung

Eine private Affäre
Roman. Aus dem Englischen von Sonja Hauser. 356 Seiten. SP 2946

Der ehrgeizige James Knight hat es geschafft: Als brillanter Jurist steht er kurz vor seiner ehrenvollen Berufung zum Kronanwalt und vertritt die vornehmsten Bürger Londons. Doch eines Abends möchte ihn die Polizei in einer delikaten Mordsache sprechen: Der Kleinkriminelle Oliver Thirst ist ermordet worden, einer der ersten Klienten des aufstrebenden Anwalts. Fasziniert von dessen Cleverness hatte Knight sich damals mit ihm eingelassen und sogar seine Freundin Daisy an ihn verloren. Kein Wunder, daß James Knight und die ebenso reizvolle wie undurchschaubare Daisy die Hauptverdächtigen sind... Nach seinem Bestseller »Die letzten Tage von Hongkong« führt John Burdett uns hier in die abgründige Welt der Londoner High Society, wo nur eins zählt: der gesellschaftliche Erfolg. Der Roman ist eine subtile Parabel auf das englische Klassensystem und zugleich die spannende Geschichte einer fatalen Dreiecksbeziehung.